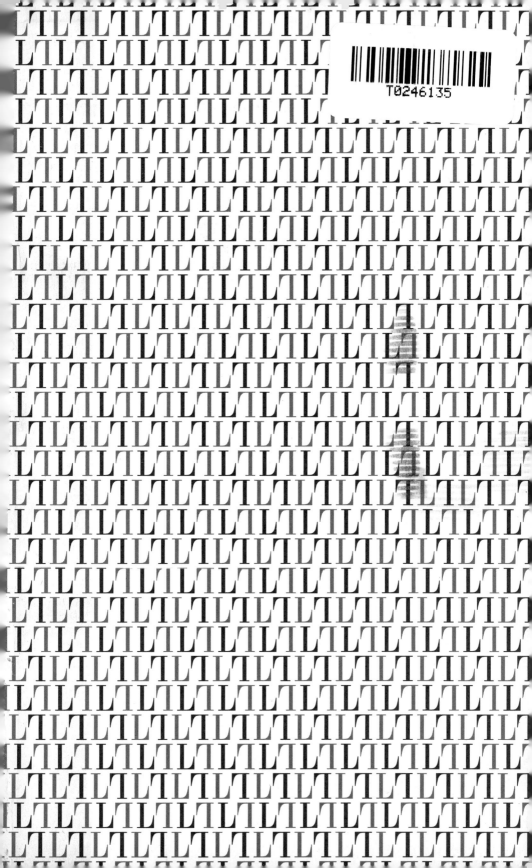

T0246135

Leonís

Leonís

Vida de una mujer

Andrés Ibáñez

Lumen

narrativa

Papel certificado por el Forest Stewardship Council®

Primera edición: octubre de 2022

© 2022, Andrés Ibáñez
c/o SalmaiaLit, Agencia Literaria
© 2022, Penguin Random House Grupo Editorial, S. A. U.
Travessera de Gràcia, 47-49. 08021 Barcelona

Printed in Spain – Impreso en España

ISBN: 978-84-264-2377-1
Depósito legal: B-13.830-2022

Compuesto en M. I. Maquetación, S. L.
Impreso en Egedsa (Sabadell, Barcelona)

H 4 2 3 7 7 1

Para Mariajo

PRELUDIO

Tres retratos

En el viejo barrio de La Latina de Madrid, en una callejuela de cuyo nombre no quiero acordarme, existe, hasta el día de hoy, un caserón antiguo que ostenta el curioso nombre de Palacio de las Calas. El edificio no impresiona en exceso desde fuera, y su arquitectura de piedra leonada se funde insensiblemente con la de los otros edificios del viejo barrio medieval. Tiene un gran portón de madera coronado con un escudo nobiliario y un jardín aledaño protegido por un alto muro de mampostería, por encima del cual se vislumbran las copas de varios cipreses.

Una fría mañana de principios del invierno del año 1938, se vio a una figura descender a toda prisa por la callejuela y dirigirse al Palacio de las Calas. Era una mujer joven, de no más de treinta años, alta y de buena planta, que llevaba un bolsito en la mano derecha y un rollo de papel de estraza bajo el brazo izquierdo. Se acercó a la casa, sacó del bolso una gran llave de hierro, abrió el portón sin la menor dificultad y desapareció en el interior.

Una vez dentro, cerró la puerta apoyándose en ella y suspiró como si acabara de dejar atrás un peligro. Luego echó a caminar a través de una sucesión de habitaciones en las que no había ni un solo mueble y en las que resonaba con fuerza el eco de sus tacones. Subió al piso superior, recorrió un pasillo y entró en una estancia bastante amplia cuyas paredes estaban cubiertas de libros desde el suelo hasta el techo. Aquí sí había algunos muebles, muy pocos. Frente a la ventana, una mesa de despacho de madera de castaño y al lado una silla con respaldo de ratán. Sobre la mesa, una escribanía de piel y una lámpara de pantalla. La mujer dejó el bolso y el rollo de papel de estraza sobre la mesa, abrió las contraventanas para que entrara bien la luz y luego, por espacio de unos instantes, se puso a contemplar los miles de volúmenes de la biblioteca girando sobre sí misma. A la luz grisácea de la mañana los lomos de los libros brillaban débilmente como joyas. Muchos tenían, de hecho, tejuelos y nervios de oro, ya que había entre ellos volúmenes muy antiguos y ejemplares muy valiosos. ¿Cuánto tiempo, cuántos siglos, cuántas vidas habían sido necesarias para reunir una biblioteca como aquella?

—¡Adiós, viejos amigos míos! —dijo la mujer en voz alta—. ¡Quién sabe si nos volveremos a ver alguna vez!

Luego se dirigió a la habitación de al lado, una alcoba en la que había también algunos muebles: un armario de lunas, una cama de matrimonio y un antiguo espejo de forma oval colgado en la pared.

Recordaba con toda claridad el día en que había comprado aquel espejo y el precio que había pagado por él en una moneda que ya no existía. En cierto modo la historia de aquella casa era la historia de su vida, y la historia de su vida, la de la casa. Ahora se hallaba medio vacía, pero tiempo atrás había estado abarrotada de muebles de todo tipo, de alfombras, de cuadros, de figuritas, de tapices, de lámparas. Los muebles habían entrado y habían salido. Las alfombras se habían apolillado y habían sido sustituidas por otras. Luego los ladrones se habían ocupado de hacer desaparecer muchas otras cosas, y también ese otro gran ladrón, el tiempo, aunque afortunadamente los asaltantes humanos, que habían llegado a robarle cuberterías y vajillas enteras, nunca habían sentido el menor interés por los libros.

Era su casa, pero ya no era su casa. La casa le pertenecía, pero ella ya no pertenecía a la casa. Se marchaba de España, y no sabía si volvería alguna vez. Habían sido dos años y medio de guerra en Madrid, de continuos bombardeos, de muerte, de violencia, de hambre. Madrid había resistido y seguía resistiendo, pero cada vez se hacía más evidente que la guerra estaba perdida. Y ella, ¿a qué estaba esperando? ¿Por qué había tardado tanto en marcharse? Todavía había una extensa parte del país que no había caído en manos de los rebeldes, toda la mitad sudeste de la península desde Madrid hasta la costa, desde Valencia hasta Almería. Hacia allí, hacia los puertos del Mediterráneo, se dirigían ahora todos los que deseaban huir, con la esperanza de encontrar algún barco que quisiera acogerles para llevarles a Francia o a Inglaterra. Cada día que pasaba, la situación se hacía un poco más difícil.

Perder la casa no le dolía tanto como perder los miles de libros de su biblioteca, pero había dos cosas que no quería y que no podía perder de ningún modo.

Se dirigió al armario de lunas, lo abrió y apartó los dos o tres vestidos que colgaban de la barra. La pared del fondo del armario era falsa, y consistía en dos paneles de madera que se retiraban con facilidad revelando un doble fondo del que extrajo dos bultos bien embalados en telas gruesas. Los puso sobre la cama y los fue desembalando con cuidado. Eran dos cuadros, uno de ellos pintado en una tabla, el otro en un lienzo con un marco sencillo. No eran muy grandes, pero ¿cómo iba a llevárselos? Era necesario protegerlos bien, ya que eran dos joyas de un valor incalculable y no podía imaginarse qué clase de dificultades y de inclemencias le aguardaban en su huida: el tren, si tenía suerte, los caminos embarrados, la lluvia, malas posadas, un barco hasta Marsella o cualquier otro puerto fuera de España, bodegas, aduanas, quizá incluso la detención, el campo de concentración... Se dijo que lo mejor era quitar el marco al lienzo para que abultara menos y luego envolver ambos cuadros con telas y luego con papel de estraza. Los metería en una maleta, bien acolchados con su ropa.

Tras desenvolver los cuadros, los colocó uno al lado del otro sobre la cama. La tabla parecía de fines del siglo XV y representaba el busto de una dama muy elegante, enfundada en un precioso vestido de brocado rojo y dorado entreverado de esas perlas diminutas llamadas aljófares. Se trataba de una mujer muy bella, de cabellos oscuros peinados en dos gruesos rodetes a los lados que dejaban el cuello desnudo, y grandes ojos morenos y melancólicos que apartaban modestamente la mirada, dentro de la moda de los retratos femeninos de la época. Después de contemplarlo por espacio de unos minutos, le dio la vuelta. Por el otro lado de la tabla había otro retrato de la misma dama, pero en este, que sin duda debía permanecer secreto cuando el cuadro estuviera enmarcado, aparecía completamente desnuda, mostrando el pecho, con apenas un collar de perlas y una cinta de terciopelo cruzándole la frente para atenuar su desnudez. En este otro retrato, la mujer miraba directamente a los ojos del espectador con un gesto de tranquila confianza y una sonrisa apenas esbozada en los labios. Era, pues, un doble retrato de la misma mujer, anverso y reverso, vestida y desnuda, y estaba ejecutado con la delicadeza y la pulcritud características de la pintura holandesa del primer renacimiento.

El otro cuadro, el lienzo, era también un retrato, pero de un hombre joven, como de unos treinta años. El retratado iba vestido con una levita azul índigo, un chaleco plateado estampado de flores celestes y una corbata blanca anudada al cuello, a la moda de finales del siglo XVIII, y sostenía un librito en la mano derecha. Parecía un hombre elegante y refinado pero también agradable e inteligente. No cabía duda de que el pintor le miraba con simpatía y con afecto cuando le hizo el retrato, y que quería no solo representar unos rasgos físicos, sino también la persona interior, el carácter, el temperamento. El de aquel joven parecía agradable, sí, pero también algo frívolo, poco profundo. ¿Y de quién era el pincel capaz de mostrar tales sutilezas psicológicas solo aplicando manchas de colores oleaginosos sobre un trozo de tela? La firma que aparecía en la esquina inferior derecha no dejaba lugar a dudas: Goya.

Goya, decía la firma, y la calidad y el estilo del retrato hacían que la firma fuera del todo innecesaria, ya que el cuadro era, sin duda, de Francisco de Goya y no podía ser de ningún otro. Pero ¿quién ha oído hablar de este retrato de un joven aristócrata vestido con una levita azul? ¿Quién lo ha visto alguna vez? No aparece mencionado en ningún sitio, ni reproducido en ningún catálogo.

El doble retrato de la mujer debía de ser de principios del siglo XVI, el de Goya, de finales del siglo XVIII. Trescientos años los separaban. No podían ser más distintos en cuanto al estilo y la técnica. Y sin embargo, ambos rostros, el de la mujer y el del hombre, resultaban tan extraordinariamente parecidos que uno hubiera dicho que se trataba de miembros de una misma familia, quizá madre e hijo. A pesar de los trescientos años que los separaban, bien podrían haber sido hermanos, quizá hermanos gemelos.

La mujer pasó un largo rato contemplando ambas pinturas. Luego quitó con cuidado el marco del retrato de Goya, envolvió de nuevo los dos cuadros en las telas y a continuación comenzó a embalarlos con papel de estraza y bramante a fin de dar a los paquetes la apariencia de cosas de poco valor. Mientras lo hacía, las lágrimas le corrían por el rostro.

LIBRO PRIMERO

1. El unicornio

Recuerdo muy bien cuándo fui consciente de mí misma por primera vez. Mi vida había sido como una niebla hasta ese momento, pero de pronto, quién sabe por qué, me desperté. ¿Dónde estaba yo entonces? ¡Era tan niña! Tenía solo quince años, aunque en aquella época se consideraba que ya era una mujer. Era la primera vez que entraba en la Universidad de Salamanca, la casa de los estudios con la que tanto había soñado. Allí, en el vestíbulo, había una panoplia donde se exhibía un cuerno de unicornio, una larguísima espada de marfil recorrida en toda su longitud por una línea espiral, que había adornado, tiempo atrás, la frente de una de esas bestias santas que tan difíciles son de ver y de apresar. Yo había oído hablar de aquella reliquia de la que la universidad estaba justamente orgullosa, una de las pocas de su clase que existen en el mundo. Y algo me sucedió en ese momento: era como si aquel cuerno fuera la primera cosa verdaderamente real que hubiera visto en mi vida.

«¡Soy Inés! —me dije, con una sensación de sorpresa que me recorrió el espinazo como un fuego frío—. Soy yo, Inés. ¡Estoy aquí!».

Y hasta ese momento, ¿dónde había andado yo escondida? ¿Cómo había vivido? En una cueva, en la oscuridad, dormida. Y ahora había despertado.

Era el 18 de octubre del año de Nuestro Señor de 1484, festividad de San Lucas y día de inicio de las clases. Unos días atrás me había presentado ante el cancelario y el Juez de Estudio y a pesar de que no llevaba las ropas reglamentarias, la sotana y el manteo prescritos, sino un vestido de mujer serio y recatado y cerrado hasta la barbilla que mi tía había considerado más adecuado a mi sexo, me habían dado la papeleta con la inscripción «Va arreglado en traje», sin la cual no podía inscribirme en la matrícula. De modo que pagué los siete maravedíes que, si mi memoria no me engaña, costaba entonces matricularse en Salamanca y firmé el juramento de lealtad al decano. Todos me miraban con asombro, casi con espanto, aunque no era yo la primera mujer que asistía a Salamanca. Ya me había precedido Beatriz Galindo, famosa por su dominio de la lengua latina, y me seguirían algunas otras como Luisa de Medrano, ya que en aquellos tiempos las cosas no resultaban tan difíciles para las mujeres como lo serían un poco más tarde, tras la muerte de la reina Isabel.

Cuando entré en la clase vi que los primeros bancos estaban ya ocupados por los pajes y criados de los alumnos ricos, llamados «generosos», cuyos amos los enviaban muy temprano para que les reservaran los mejores sitios, aunque a mí, siendo mujer, me habían reservado un banco aparte de los demás donde no tendría que dar codazos para hacerme sitio y podría tomar mis notas sin dificultad. Llevaba yo conmigo, como todos los estudiantes, un tintero de cuerno lleno de tinta, un par de plumas de ganso bien cortadas y un cartapacio con pliegos para tomar apuntes. Todos me miraban, y me pareció que al entrar yo en la clase se hizo un silencio expectante. No se habrían admirado más de ver a una mona con un cuerno de tinta y un cartapacio debajo del brazo.

Pero ¿no había acaso mujeres por todas partes, en las calles y en las casas, en las lavanderías y en los palacios, tirando del arado y vendiendo cebollas en el mercado? ¿Por qué ver a una mujer en aquellas salas parecía algo tan extraordinario?

Yo, como es natural, no hice ningún caso. Todo me maravillaba. Había en aquel lugar un ambiente de seriedad y de propósito que me emocionaba profundamente. Aunque no tardaría en descubrir que no todo en Salamanca eran estudio y latines, en aquel momento yo me sentía como si hubiera llegado al empíreo de los saberes y a la cima de la eminencia humana. Enseguida se llenó la clase y se abarrotaron los bancos, que eran estrechos y carecían de respaldo y tenían una tabla delante sobre la cual los estudiantes se apoyaban para tomar sus notas. Luego entró el maestro, fray José de Calderuega, un clérigo de gesto bondadoso y ojos fríos de águila, subió a su cátedra, que era como una torre de madera a la que se accedía por una escalerilla y que me parecía tan imponente como un púlpito, y se dirigió a la clase en latín, para confusión y risa de los estudiantes, muchos de los cuales no entendían ni palabra.

—¿Qué es lo que he dicho? —preguntó también en latín, ya que en aquellas estancias venerables no se hablaba otra lengua.

Como nadie decía nada, yo le respondí también en latín, diciendo que acababa de citar unos versos del canto tercero de la *Eneida*.

—¿Puedes escandir los hexámetros?

Hice lo que me pedía, roja como una amapola y rogando a Dios que no me fallara la voz.

—Tu latín es excelente —me dijo fray José—. ¿Dónde lo has aprendido?

—En la casa de mis padres —dije bajando los ojos modestamente.

—¿Tú sola? —se sorprendió.

—Sí, padre, yo sola, con un diccionario y las gramáticas de Prisciano y de Donato.

Hubo un rumor de admiración en la clase, y también algunas risas.

Cuando terminaron las clases esa mañana, uno de los estudiantes que se sentaban en las últimas filas se acercó a mí.

—¿Cómo te llamas? —me dijo.

—Soy Inés de Padilla —dije.

—Tú no eres de Salamanca. ¿De qué nación eres?

—De Madrid.

—Eso es la Mancha —dijo otro de sus compañeros.

—No —dije yo—, Madrid es Madrid.

No sabía yo entonces que en Salamanca todos los estudiantes están repartidos en «naciones», y que cada nación tiene un distintivo que los estudiantes suelen llevar cosido a su manteo: una aceituna los andaluces, una espiga los castellanos, una botella los de La Rioja...

¡Tenía tantas cosas que aprender! Aquel lugar me fascinaba tanto como me aterraba. En la Universidad de Salamanca todo estaba rigurosamente organizado. La ciudad entera gravitaba en torno a la universidad y era la universidad la que imprimía su carácter alegre, juvenil y montaraz a la ciudad entera. ¿De qué nación era yo? Creo que fue en ese momento cuando comencé a comprender que Salamanca era un mundo complicado y que había muchas cosas que aprender allí además de latín, gramática y retórica.

—Ven, Inés de Padilla —me dijo el estudiante—, unos cuantos de nosotros vamos a reunirnos en los jardines para traducir a Horacio. Tú podrías ayudarnos, que ya se ve que eres una latina como Beatriz Galindo.

Yo era muy joven entonces, ignorante e inocente, y me sentí fascinada y maravillada por esas palabras. El que me hablaba era un muchacho bastante más alto que yo, con rasgos varoniles y agradables y unos ojos verdes que me parecieron cautivadores. Se llamaba Félix, los otros dos, García y Francisco. No tenían ropas ricas, pero tampoco parecían manteístas ni sopistas.

Estaba yo muy contenta porque ya en mi primer día en Salamanca había logrado hacer amigos, y me prometía una conversación muy sabrosa sobre Horacio, cuyas odas conocía a la perfección y cuya «Epístola a los pisones» me sabía casi de memoria.

Salimos de la universidad y echamos a caminar y enseguida, no sé ni cómo, nos encontramos en una era, un terreno inclinado de algo menos de una fanega de tierra, que bajaba escalonadamente hacia el Tormes. Más abajo había un huerto con una noria, un algarrobo muy grande y un burro de pelaje oscuro atado al tronco del algarrobo. El prado donde nos hallábamos estaba sin cultivar, todo lleno de un aroma de hinojos tan intenso que casi me mareaba. Cuando entramos allí, me parecía como si fuera aquel un jardín de los que aparecen en las novelas sentimentales, en los que cada cosa tiene un significado: una fuente son los ojos, una rosa son los labios, un templete es el corazón, y poseída por esos pensamientos y por el recuerdo de esos jardines mágicos de los tapices y las estampas, dije sin pensar:

—El unicornio.

Pensaron que hablaba del burro que estaba un poco más abajo, y se echaron a reír.

—Unicornio es —dijo entonces García, que era el más deslenguado de los tres—, pero el cuerno no lo tiene en la frente.

Y era cierto que el animal, aunque no era la época del estro, se encontraba como suelen hallarse las bestias en primavera. Hicieron muchas bromas con el cuerno de marfil que tenía el burrito tan bien dispuesto, y luego nos sentamos entre las matas de hinojo, y me pregunté cómo íbamos a poder estudiar allí a Horacio.

—Saca las Sagradas Escrituras —dijo Francisco.

Félix abrió una escarcela que llevaba y sacó de allí una bota de cuero dentro de la cual, con toda evidencia, no había latín.

—La sangre de Cristo —anunció con tono de cura santurrón.

Yo estaba un poco asustada, pero también sedienta. Todos bebían y yo también, aunque aquel no era un vino como el que yo había tomado en mi casa o en casa de mi tía, sino otro más espeso, que enseguida se me subió a la cabeza. Insistían e insistían en que bebiera, y yo por no desairarles me bebí la bota casi entera, y de pronto noté que veía chiribitas y que todas las cosas me daban vueltas.

Entonces ellos me cogieron entre los tres y empezaron a tocarme, mientras me seguían diciendo cosas muy amistosas y con mucha guasa, como si todos fuéramos viejos amigos, y yo notaba sus manos en todas partes, pero sobre todo en las tetas, que me pellizcaban con fuerza. Intenté gritar, pero me taparon la boca y luego me agarraron y me dieron la vuelta, y yo de pronto no sabía dónde estaba ni lo que sucedía. Pensé en el cuerno del unicornio, pensé en el burrito atado al algarrobo de un poco más abajo, pensé en que el burrito se transformaba en el blanco unicornio de crines de oro y que se acercaba hacia mí con sus belfos color de camelia y sus ojos color de mandarina y noté entonces cómo me daban vueltas entre ellos, como jugando, pasando de las rodillas de uno a las de otro en medio del aroma intenso y mareante de las umbelas de los hinojos en flor, y cómo me levantaban las faldas y la camisa, y de pronto me di cuenta de que estaba boca abajo y con las nalgas al aire, porque notaba la brisa fresca entrando por mis muslos y por mis partes, y sentí una vergüenza tan grande que me ardían las mejillas, pero también, no sé por qué, tenía ganas de reír y estaba como esperando a ver qué hacían aquellos ganapanes ahora que me tenían así, tendida sobre las rodillas de uno de ellos y con el culo al aire. «Dios mío —me dije, tan mareada y ebria como estaba—, ¿qué me va a suceder ahora?». Pensé que me iban a forzar pero a pesar de todo no lograba gritar, ni tampoco sentir verdadero miedo. Todavía hoy no puedo comprender aquella reacción mía de aquel día, aquella sensación de peligro entreverada de placer y maravilla. A pesar de todo, intenté soltarme y gritar con todas mis fuerzas para pedir ayuda, pero me tenían bien sujeta y amordazada. Y de pronto, empecé a oír unos gritos y noté que me dejaban caer al suelo.

Me incorporé como pude. En el extremo de la era, por detrás de un olivo, había aparecido un muchacho vestido con ropas negras de estudiante que arrojaba piedras a mis atacantes y les gritaba que me soltaran.

—¡Soltadla! ¡No seáis malnacidos!

—¡Tú sí que eres malnacido, judío! —le dijo Félix muy furioso.

Los tres empezaron a tirarle piedras al muchacho, que se refugió tras el tronco del olivo pero seguía gritando.

—¡Soltad a la moza y no diré nada! ¡Dejad que se vaya!

Fueron allí corriendo y le agarraron entre los tres. Era muy pequeño y delgado, y parecía tullido. Tenía una ligera joroba y una pierna más corta que la otra que le hacía caminar cojeando. Su rostro era muy fino y delicado, sin apenas bozo, casi como el de una muchacha, pero tenía el ojo derecho cubierto con una nube azulada. Yo parecía más alta y fuerte que él, y me sorprendió que hubiera tenido el arrojo de enfrentarse él solo a los otros tres valentones.

Le llevaban con ellos tirando de él y dándole golpes y pescozones, y el muchacho no tenía fuerza para resistirse.

—¡Vamos, judío! —le decían—. ¿Ves ese burro de ahí? Pues vas a besarle el culo.

Aquella nueva posibilidad de diversión les había hecho olvidarse de mí. Contemplé horrorizada, temblando y con lágrimas en los ojos, cómo arrastraron al delicado muchacho judío hasta el huerto de más abajo, y cómo, mientras uno levantaba el rabo del burro, los otros dos le obligaban a besar el trasero del animal y, puesto que se negaba a hacerlo, le hundían allí la cabeza.

—¡Bésalo, inmundo! —le decían entre carcajadas.

Yo me alejé de allí corriendo. Pero no sabía cómo regresar a la universidad ni por qué corredores ni callejuelas me habían traído hasta allí.

Por fortuna, mis atacantes se cansaron enseguida de vejar al muchacho judío, que fue tras mis pasos y me encontró perdida por las callejas.

—¿Te han hecho daño? —me preguntó.

—No, tú me has salvado —le dije con gratitud.

Nos alejamos de allí, cruzamos una puerta de un muro y ya estábamos de nuevo en la ciudad.

Ahora que le tenía al lado veía que yo era, en efecto, más alta que él y me maravillé de la cantidad de desgracias que le aquejaban: la corcova, la cojera, la mancha azul y la nube que cubrían su ojo derecho. Sin embargo su rostro era agradable y delicado, y podría incluso haber sido hermoso.

—No vayas con esos —me dijo—. Son la vergüenza de Salamanca, siempre con naipes y con mancebías.

—¿Y tú quién eres?

—Soy Miguel Abravanel.

—Miguel es nombre cristiano.

—Y también judío —dijo el muchacho—. No somos tan diferentes de vosotros como creéis.

—Pero no vais a misa.

—No, eso no.

—Y no creéis en Jesucristo.

—No.

Regresamos a la universidad, donde ya estaba Marcela, la criada de mi tía, envuelta en lágrimas y preguntando por mí en todas partes, que pensaba que me habían robado y que tendría que regresar sin mí a casa y que mi tía la haría azotar. Cuando me vio me agarró de los hombros y me preguntó dónde me había metido. Miguel le dijo que como no conocía la universidad me había perdido buscando la salida, y así regresé a casa de mi tía, avergonzada, borracha y temblando de sensaciones nuevas, no todas tan desagradables como hubiera sido lógico esperar. Me encontraba yo, la verdad sea dicha, bastante asustada conmigo misma. ¿Qué habría pasado si no llega a aparecer Miguel Abravanel? ¿Qué habrían hecho conmigo Félix y los otros dos? Y sobre todo, ¿cuánta resistencia habría opuesto yo a sus ansias? ¿Me habría defendido o me habría dejado hacer?

2. Miguel

Desde aquel día, Miguel Abravanel fue mi amigo y mi confidente. La siguiente vez que nos vimos me trajo un regalo: un fino estilete de acero con su funda de cuero y dos correítas para atarla. A partir de entonces lo llevaba siempre en la pantorrilla derecha. Sentirlo allí me proporcionaba una sensación de seguridad.

Miguel era muy dulce y muy sabio y resplandecía en el latín, el griego y el hebreo. Era su propósito aprender también arameo y caldeo para poder leer así los textos de la Biblia en sus lenguas originales. Discutíamos a menudo, a la salida de las clases, caminando por las calles de Salamanca o saliendo a las eras y prados que rodean la ciudad, especialmente las huertas de avellanos y almendros de las orillas del Tormes.

—Pero tú, Inés, ¿qué vas a hacer? ¿No vas a casarte?

—Yo soy de familia hidalga, pero mi padre no tiene fortuna y no puede dotarme —le explicaba yo—. Por eso quiere que entre en religión.

—Pero ¿tú quieres ser monja y vivir apartada del mundo?

—¡Si yo pudiera elegir...! —decía yo—. Pero así fue dispuesto desde que era muy chica, que mi hermano Don Fernán entraría en la carrera de las armas y yo entraría en la orden de las carmelitas.

Pensar en todo aquello me llenaba de melancolía, porque lo que yo verdaderamente deseaba era leer y aprender para convertirme en una «latina», una mujer sabia, pero también deseaba casarme y conocer el amor.

Un día Miguel Abravanel me regaló unos bollitos de miel y de almendra con aroma de azahar. Eran deliciosos, y aunque quise convidarle a él también insistió en que eran para mí y solo para mí. Siempre he sido aficionada a los dulces, y mi amigo se reía al verme comerlos y relamerme y chuparme los dedos y poner los ojos en blanco. No me di cuenta del sacrificio que había hecho hasta que un día, al entrar en una de las pastelerías que hay cerca de la catedral, vi que bajo el mostrador había unos cuantos libros atados con una correa, y me pareció reconocer la correa.

—¿Qué es esto? —pregunté—. ¿Qué hacen ahí esos libros?

—Algunos estudiantes los empeñan para comprar pasteles —me dijo la dueña de la tienda—. ¿Le interesan estos a vuestra merced?

Pedí verlos, desabroché la correa y vi que, en efecto, eran los libros de Miguel. Pagué lo que la pastelera pedía por ellos, que era mucho más que lo que costaban los pasteles, y al día siguiente se los devolví a Miguel, reprendiéndole por lo que había hecho. Él parecía tan corrido y avergonzado que no sabía qué decir.

Vivía en la Aljama, la judería de Salamanca, que estaba situada muy cerca de la universidad. Tiempo atrás la judería había sido grande y floreciente, ya que los mercaderes judíos daban mucho dinero al rey para sus empresas y conquistas. Los médicos judíos eran, también, los más renombrados, y muchos señores y prelados principales, incluido el rey Don Fernando, se preciaban de tener médicos judíos. Pero desde hacía un tiempo la convivencia con los judíos había ido empeorando sobre todo a causa de los gravámenes impuestos por la corona, que se unían ahora a los que se debían a los acreedores israelitas.

—¿Ves? —me decía Miguel cuando caminábamos por la Rúa Nueva, que era la vía principal de la Aljama—, tiempo atrás aquí había una *midrash* y una *yeshiva*, que son las escuelas donde nosotros aprendemos nuestra fe, y también había una gran sinagoga. Nada de eso existe ya: la *midrash* es ahora el Hospital del Estudio, y la Sinagoga Vieja, la iglesia de San Salvador. La universidad va ocupando edificios, y nos obliga a vendérselos a precio de ganga. Nos van cerrando y aplastando.

Yo había oído contar tantas cosas malas de los judíos que no sabía qué contestarle. Se decía que a veces robaban niños cristianos y los mataban, o que hacían escarnio de imágenes sagradas de vírgenes y cristos, azotándolas o profanándolas de otras maneras. Algunos judíos habían sido quemados en la hoguera por ofensas como aquellas, algunos en efigie, otros en persona.

—Pero Miguel —le decía yo—, ¿no sería más fácil que tu familia y tú os convirtierais a la fe cristiana?

—Tú tienes tu fe y yo tengo la mía —me decía él, apretando el gesto.

—Pero muchos se convierten —le decía yo.

—Sí, muchos se convierten a la fuerza, o por miedo a que les maten o les quiten todo lo que tienen. ¿Qué valor puede tener una conversión así?

Un día me llevó a su casa para que conociera a su madre y a sus hermanas. Yo nunca había entrado por aquellas callejuelas tan estrechas y sórdidas. Con los expolios y las expropiaciones, los judíos habían visto de tal modo reducido su espacio vital que habían empezado a unir unas casas con otras y también a edificar en huertos y jardines, cegando algunas calles y reduciendo las plazas a rincones en los que apenas podían colocarse los puestos de los mercaderes.

La casa donde él vivía tenía un huerto minúsculo en el que había apenas espacio para el pozo del que sacaban el agua. Ese día conocí a las hermanas de Miguel, que se llamaban Sara, como la mujer de Abraham, y Abigail, como una de las esposas del rey David. Eran muy bonitas las dos, lo cual me sorprendió al compararlas con mi pobre amigo, lusco, zambo y corcovado. Tenían una jineta doméstica con la cual jugaban y a la que vestían con lazos y haldas como si fuera una niña como ellas, y los ojos de las dos me recordaban a los grandes ojos negros y vivos de la jineta.

—¿Te vas a casar con Miguel? —me preguntó Abigail, la más pequeña, en un momento en que Miguel salió de la habitación para ir a buscar unas galletas que nos había hecho su madre.

—No puedo —le dije con cariño—. Yo soy cristiana.

—Pero ¿si fueras como nosotros te casarías con él?

—No la hagas caso, que es una niña y no sabe lo que dice —dijo Sara.

—Pero Miguel te quiere —dijo Abigail.

En realidad yo ya lo sabía, por la forma en que me miraba y por sus muchas atenciones.

Cuando mi tía se enteró de que había ido a la judería me riñó mucho y me obligó a confesarme, aunque yo la desafié preguntándole contra qué mandamiento de la Ley de Dios había pecado. Mi tía, que no comprendía la decisión de mi padre de enviarme a Salamanca, sufría mucho con estas cosas y me advertía que las mujeres deben ser sumisas y obedecer y servir en todo al varón, que no hay cosa peor que una mujer sabia, nada más ridículo y contra natura, y que los hombres odian más a una mujer sabia que a una fea.

Tenía un libro, el *Carro de las donas* de Francesc Eiximenis, que era su Biblia para la educación de la mujer, y donde se recomendaba que las hijas no se relacionaran con musulmanes ni judíos, que no jugaran con muchachos y que estuvieran siempre con la mirada baja, fijos los ojos modestamente en el suelo. Tejer, coser y rezar eran, según Eiximenis, las actividades propias de la mujer.

—Cuando entres en el convento ya te quitarán todos esos resabios —me decía mi tía.

Pero no era mala conmigo, y yo sabía que me tenía cariño.

El padre Eiximenis recomendaba en su libro que los padres apalearan a menudo a sus hijas, no en la cabeza sino en las espaldas, hasta dejarles «alguna verdusca», pero mi tía, aunque a veces perdía la paciencia conmigo, nunca usaba la vara.

Estaba la casa de mi tía al final de la calle del Arcediano, cerca de la muralla. Era una construcción severa de dos plantas adornada con bolas de piedra, con una puerta de medio punto y un alfiz decorativo en el muro que rodeaba un balconcillo. En la parte trasera, protegido por una alta pared de piedra, había un pequeño jardín donde se abría un pozo y crecían varios árboles frutales, así como rosas, azucenas y otras flores que eran el orgullo y el placer de mi tía. Como la buena mujer se había quedado viuda y no tenía hijos, había mucho espacio en la casa y yo podía disfrutar de una alcoba para mí sola que tenía una ventanita que daba al jardín.

3. Fernando

Mi fascinación con la universidad no disminuyó con el paso del tiempo, pero yo me fundí con las extrañezas de aquella vida y me convertí en parte de ella. Mi presencia en las aulas comenzó a ser aceptada como algo habitual y en lo que apenas se repara. En cierto modo era yo como el cuerno del unicornio que se exhibía en la entrada de la universidad, algo que maravilla al principio y que luego, por la fuerza de la costumbre, ya ni siquiera vemos.

Durante mis años en Salamanca conocí a muchas personas notables y curiosas, entre maestros y estudiantes, pero me gustaría hablar sobre todo de tres de ellas.

El primero era un estudiante toledano con el que trabé una cierta amistad. Digo «cierta» porque, aunque era tan docto como bien criado, sus inclinaciones por el juego, la bebida y la parranda le convertían en una compañía que yo hubiera debido evitar. Pero me resultaba simpático y me gustaba hablar con él.

No era de familia rica y no había conseguido beca en ningún colegio, de manera que tenía que vivir en una casa de pupilaje, llevada por un maestro de pupilos que, según me contaba con mucha gracia, mataba de hambre a los que tenía a su cargo. Les daba diariamente una libra de carnero, media para la comida y media para la cena, las medidas de pan y vino correspondientes y una vela que durara al menos tres horas, aunque a menudo el carnero era escaso, el vino estaba aguado y la vela se consumía antes de haber podido decir «¡Ave María!».

Algunos de sus amigos eran todavía más pobres que él, ya que, por alguna razón que yo no podía comprender, se sentía atraído por los llamados «sopistas», que viven de la limosna y van a los conventos para comer la sopa que dan las monjas; los «manteístas» o «capigorrones», que no tienen oficio ni beneficio, y los que llaman «vagantes» o «extravagantes», como los caballeros de la Tuna, que eran vagabundos, ladrones, cantores de serenatas, borrachos y licenciosos. Era, además, aficionado a los naipes y a las mancebías.

Se pasaba los días, según me contaba, en el Mesón del Estudio, cerca del puente romano, jugando a los naipes y frecuentando las malas compañías. Gracias a él descubrí que cerca de la casa de mi tía había varias mancebías, que también solía él visitar. Pensar que allí, cerca de mi casa, había casas de mujeres de la vida que se acostaban con cualquiera que les pagara una jarra de vino o les regalara unas monedas me daba escalofríos, pero me producía también una gran curiosidad. Cuando pasaba por delante de las casas que él me había señalado, veía a veces a mujeres asomadas a las ventanas. Me parecían tan corrientes y normales que me preguntaba si no me lo habría dicho por burla.

—Pero Fernando —le decía yo—, ¿para eso te ha mandado tu padre a Salamanca, para que frecuentes la compañía de tahúres y de malas mujeres?

—Yo no he venido a Salamanca solo a estudiar las leyes de los romanos —me decía con mucha gracia, porque ya digo que, a pesar de sus malas costumbres, era un muchacho de muy buena crianza.

A veces le castigaban por sus malas andanzas y le encerraban varios días en la cárcel de la universidad o le enviaban de vigía a la muralla de la ciudad durante la noche. No eran penas demasiado severas, y cuando las cumplía volvía al maldito Mesón del Estudio, que era el centro de la picaresca salmantina, y también a una casa que había al otro lado del Tormes, donde frecuentaba, según me habían contado los que envidiaban la amistad que nos unía, una casa de mancebía regida por una vieja trotaconventos que era famosa por sus artes de hechicera. Yo me moría de miedo con estas cosas porque tenía un terror cerval al Diablo. A veces veía en la plaza de Salamanca a mujeres puestas en la picota por haber sido acusadas de brujería. Casi siempre eran pobres y viejas, y a mí me daban tanta lástima que intentaba pasar sin mirarlas.

Se llamaba Fernando de Rojas, y a pesar de la vida de disolución y diversiones que llevaba, llegó a ser bachiller en Salamanca, y en las paredes de la ciudad debe de haber todavía alguno de esos «Víctor» con su nombre pintados con sangre de toro y alumbre que los estudiantes ponían tras las graduaciones, aunque su fama en los siglos venideros no se debería ni a un anagrama en una piedra ni a un título de bachiller, sino más bien a sus excursiones a las tabernas y las casas de lenocinio. ¡Bonitas ironías de la vida! De esas casas y tabernas, y de unos pliegos que, según él decía, había encontrado dentro de un cartapacio caído en la calle, saldría la famosa *Tragicomedia de Calisto y Melibea*, que es uno de los libros más hermosos del mundo.

4. Beatriz

La tercera persona importante para mí que conocí en Salamanca, después de Miguel Abravanel y de Fernando de Rojas, fue la famosa Beatriz Galindo, a la que llamaban «la Latina». A pesar de su juventud, ya que era apenas unos años mayor que yo, era ya una maestra reconocida, y durante una larga temporada sustituyó a nuestro catedrático de latín, que estaba postrado en cama con fiebres tercianas. Al terminar la clase, como hacían los otros maestros, Beatriz salía al claustro y se apoyaba en una de las columnas para «asistir al poste» contestando las preguntas que le hacían los alumnos. Yo, que nunca me había atrevido a acercarme a ninguno de los maestros en el claustro, me presenté ante ella con toda humildad, y ella desde el principio me trató como a una amiga, casi como a una hermana.

No sé cuál era la pregunta que había preparado como excusa para acercarme a ella, pero recuerdo perfectamente que tenía que ver con Ovidio y sus *Metamorfosis*. Recuerdo también mi atrevimiento al decirle a Beatriz que yo consideraba las *Metamorfosis* muy superiores a la *Eneida*.

—¡Eso sí que me sorprende! —me dijo ella con su tono alegre y desenfadado, porque era una mujer muy simpática, llana y carente de afectación—. Pero explícate, mujer, ¿cómo es que pones a Ovidio por encima de Virgilio? ¡Si el propio Ovidio consideraba a Virgilio su maestro!

—Lo sé, maestra —dije yo humildemente—. Pero Ovidio en sus *Metamorfosis* me ha hecho reflexionar profundamente sobre la vida, más todavía que Virgilio. Me ha hecho reflexionar sobre lo que significa ser una persona. Porque a lo mejor eso es lo que nos sucede a todos, que por miedo, porque nos persigue Apolo, o por vanidad, o por tristeza, dejamos de ser personas para convertirnos en plantas que no sienten o animales que carecen de entendimiento...

—El mundo de los paganos era muy cruel y no se regía, como el nuestro, por la práctica del bien —me dijo Beatriz—. Los seres humanos se sentían perdidos frente a los deseos de sus dioses, pues si uno les ayudaba, otro les era enemigo.

—¿Y no eran los deseos de esos dioses sus propios deseos? —dije yo.

Beatriz quedó en silencio durante un rato al escuchar estas palabras.

—Eso que has dicho me da mucho que pensar. ¿De dónde sacas esas ideas, muchacha?

—Lo digo porque a veces me parece que cuando los antiguos hablan de sus dioses y sus diosas están hablando en realidad de sus propios pensamientos y de sus sueños.

—¿Y cómo es eso?

—Pues en Homero, por ejemplo, ¿no ven siempre los hombres a los dioses en sueños? No los ven nunca con los ojos abiertos, sino con los ojos cerrados...

Me recomendó que leyera a Aristóteles, que era de todos su autor favorito. Creo que me veía muy fantástica y soñadora y quería que bajara un poco los pies a la tierra.

A partir de ese día fuimos amigas. Me preguntó por mí y por mis circunstancias, y cuando le conté mi vida me decía que le recordaba tanto a ella misma que era como si se estuviera viendo en un espejo. Todo lo que le contaba le interesaba. Me preguntaba sobre mis padres, sobre mi hermano, sobre la villa de Madrid, cómo era mi casa, cómo era mi madre. También a ella sus padres la habían destinado al convento, dado que su padre, como el mío, carecía de fortuna para darle la dote adecuada.

Era muy bella. Tenía una preciosa cabellera rubia y rizada, unos ojos vivos, unos labios gordezuelos y rojos y una frente ancha y despejada y parecía más destinada a brillar en la sala de un palacio que a dilapidarse en la oscuridad de una celda, pero ella parecía haber aceptado su destino de mucho mejor grado que yo.

—Si tu verdadera vocación es el estudio —me decía mi maestra—, entonces el convento ha de ser para ti un refugio y un paraíso. Allá, en la soledad de tu celda, podrás dedicarte a los libros y al ejercicio de la pluma, si es que Dios te llama por ese camino. Mucho mejor que la vida de esposa, atada siempre a los caprichos y la autoridad de un marido y a la incomodidad de niños que se ensucian y berrean.

—Sí, sí —decía yo—, pero el amor...

—¡El amor! —me decía ella con una carcajada—. ¡El amor déjalo para las novelas! ¡El buen amor es el amor de Dios! A nosotras las mujeres el amor solo nos trae dolores y locuras.

¡Proféticas palabras! Ya que pronto conocería yo el amor, sus dolores y sus locuras.

5. Don Luis

Se llamaba Don Luis de Flores y Sotomayor, y era hijo del marqués de Colindres. Como pertenecía a una familia rica, había puesto casa propia en Salamanca, y tenía caballos, criados, pajes y hasta coche. Su situación era ideal, mucho mejor incluso que la de los estudiantes con beca, que al vivir en la propia universidad se veían obligados a llevar una vida monacal y estrictamente regulada, de modo que tenían que pasarse el día, cuando no estaban en clase, rezando y estudiando. Él, en cambio, era libre de ir y venir como quisiera. Nos fijamos enseguida el uno en el otro en las clases, creo yo, pero pasó un cierto tiempo hasta que él me hablara.

—¿Por qué andas con ese Fernando de Rojas? —me dijo un día, mirándome con enorme altivez—. ¿Es que no sabes que es un sopista y un tuno, y que se pasa el día con malas mujeres?

—Conmigo siempre ha sido cortés y bien criado.

—Así hace siempre el gavilán con la paloma —dijo él—. Pero tú eres demasiado buena para ese gavilán.

—Yo no soy paloma de nadie —le dije.

—Ay, mi señora, en este mundo todos somos de alguien. Y yo, desde que te vi, soy de tus ojos.

—Vaya, Don Luis, o sea que es vuestra merced el verdadero gavilán.

Él se echó a reír, y al instante yo sentí que le amaba. No sé si reía por mis palabras o porque yo sabía su nombre aunque nunca hubiéramos hablado antes.

Era bastante más alto que yo, y eso teniendo en cuenta que siempre he sido alta para ser mujer, y muy refinado y cortés. Tenía un rostro muy hermoso, ovalado, adornado con unos ojos bellos y tristes y orlado con una fina barba oscura, bien cuidada y recortada, y era tan suave en sus facciones como varonil en su ademán. Iba vestido con las ropas exigidas en la universidad, la sotana, el manteo y el bonete, pero en él aquellas ropas corrientes parecían investidas de una elegancia y una gracia que no tenían en los otros estudiantes. En el escudo de su casa, que llevaba cosido en su ropa de fuera de las clases y en su coche, había dos cisnes blancos con los cuellos entrelazados sobre fondo turquesa.

Aquellos dos cisnes me maravillaban. Yo había leído hacía poco *La gran conquista de ultramar*, donde aparece la leyenda del Caballero del Cisne, ya que me gustaban mucho las historias caballerescas y de aventuras, y a partir de entonces llamaba a Don Luis, medio en serio medio en broma, «el Caballero del Cisne».

Solíamos encontrarnos en los recreos de las clases. A pesar de la vigilancia a que yo estaba sometida, a veces bajábamos hasta el Tormes y nos sentábamos a contemplar el río. Descubrimos un escondido lugar de la orilla donde vivía una pareja de cisnes. La hembra se quedaba en el nido incubando y el macho le traía comida en el pico.

—Mirad, Caballero del Cisne —le dije—, son los dos de vuestro escudo.

—Los cisnes no son como los otros animales —me dijo Don Luis—, se casan como los hombres y se son fieles de por vida.

—¿Es eso cierto?

—Así seremos vos y yo, como esos dos cisnes de las orillas del Tormes —me dijo, mirándome con sus bellos ojos.

Yo me sentía halagada de que me requiriera de amores, aunque suponía que solo lo hacía por juego, o me forzaba a mí misma a creer que lo hacía por juego, ya que él estaba tan por encima de mí que cualquier alianza posible entre los dos quedaba fuera de cuestión.

Iba a las clases siempre con un paje suyo llamado Leoncillo, que se ocupaba de tomarle las notas y que incluso era el encargado de preguntar por él a los maestros cuando estos se ponían a «asistir al poste», no porque no le gustaran las enseñanzas o no tuviera cabeza para entenderlas, sino porque sus intereses eran muchos y las clases normales eran solo una parte de ellos.

Un día me contó, con mucho misterio, que junto con sus estudios formales en Salamanca había iniciado otros que le interesaban todavía más y en los que estaba encontrando unos tesoros del conocimiento como jamás había imaginado que pudieran existir.

Estábamos los dos en un rincón apartado de uno de los claustros. Solo había allí unas palomas posadas en el brocal de un pozo, pero él bajaba la voz como si temiera que alguien pudiera oírnos.

—Hay un sacristán que enseña las ciencias ocultas en una cueva —me contó—. Solo toma a siete estudiantes, y yo he logrado ser uno de ellos.

Algo había oído yo contar sobre la cueva de Salamanca y la parroquia de San Ciprián, pero nunca había dado crédito a lo que suponía que eran solo habladurías.

—No podéis hablar en serio —le dije asustada—. Entonces, ¿existe de verdad la cueva de Salamanca? ¿Y está debajo de la parroquia de San Ciprián?

—No, no, eso son solo cosas que cuentan. Pero no me preguntéis ni cómo se llama el párroco ni dónde está la cueva, porque no puedo revelar nada bajo pena de muerte.

—¿De verdad os interesan las artes mágicas? —le pregunté.

—Siempre me han interesado —me dijo—. Y a mi padre también. ¿De dónde crees que he sacado yo este interés por la magia, más que de los libros que mi padre tiene ocultos en su biblioteca?

—¿Qué libros?

—*La clavícula de Salomón. El Grimorio.* El libro de Alberto Magno. El *Picatrix*, de Maslama «el madrileño».

—Pero ¿no están esos libros prohibidos por la Santa Madre Iglesia?

—Desde luego que no deberían estar al alcance de todos —me dijo Don Luis—. Pero no todos están prohibidos, y algunos son considerados sabios y santos, como el *Picatrix*, ya que revelan las propiedades de las piedras, de las hierbas y de los números.

—Pero ¿cómo puede un simple sacristán saber esas cosas ocultas a todos?

—No es el sacristán nuestro verdadero maestro —me dijo Don Luis bajando todavía más la voz, como si tuviera miedo de que hasta las palomas pudieran oírle—. Cuando entramos los siete en la cueva, el sacristán se queda a un lado, y no hace sino encender unas velas y cantar unas oraciones y jaculatorias. Hay allí una cabeza de alambre, y al cabo de un rato la cabeza empieza a hablar y a explicar las artes mágicas. Es de la cabeza de alambre de la que aprendemos.

—¿Y quién es el que habla en la cabeza de alambre?

—¡Nadie!

—Alguien habrá escondido, debajo de la cabeza, o detrás de la pared, que finja ser la voz de la cabeza.

—Allí no hay nadie, ni lugar donde se esconda.

—Pues entonces será el sacristán. ¿Acaso no has oído hablar de esos que saben hablar con el estómago y que pueden pronunciar palabras sin mover los labios?

—No cabe duda de que no es la cabeza de alambre la que habla —dijo Don Luis—. Es *una voz* la que habla en ella, pero no menos milagroso sería que hablase por intermediación del sacristán, aunque fuera a través de su epigastrio.

—Pero Luis —le dije yo, muerta de terror—. Entonces ¿es el Diablo el que habla?

—Sí, es el Diablo —dijo él gravemente.

—Pero si sirves al Diablo te condenarás.

—¿Por qué, si soy un buen cristiano? Yo no pienso usar la hechicería para hacer el mal.

—¿Para qué, entonces?

—Para conocer los poderes que existen y aprender a usarlos en mi beneficio, sin buscar el perjuicio de nadie. El mago invoca a los diablos, pero los somete a su poder.

—Pero el Diablo siempre pide un precio.

—Es cierto —dijo él—. Al cabo de siete años, uno de nosotros tendrá que quedarse con él. Ese es el pago que exige. Satisfecho esto, los otros seis quedaremos libres.

—Pero ¿y si eres tú ese que ha de quedarse?

—No lo seré, con la ayuda de Dios.

Todo aquello me tenía tan fascinada y aterrada que no sabía qué hacer ni qué pensar.

Ya no volvimos a hablar de estos asuntos, seguramente porque él se dio cuenta del miedo que me causaban. ¡Ay, si mi padre supiera las amistades que estaba yo cultivando en Salamanca: un judío, un visitador de burdeles y un estudiante de artes oscuras!

6. Una novatada

Miguel Abravanel no lo tenía fácil en Salamanca. Los alumnos nuevos sufrían siempre novatadas, una horrible tradición de Salamanca de la que yo me libraba por ser mujer. En el caso de Miguel se unía su condición de novato a la de judío y también al hecho de haberse destacado ya desde el primer día, cuando se enfrentó a los pequeños malhechores de mi clase.

Él las sufría todas. Sufría, desde luego, las colectivas, como la «lluvia de nieve», que consistía en ir escupiendo a los novatos hasta dejarlos cubiertos de gargajos, o el «obispillo», que no era otra cosa que vestir a la víctima con una especie de mitra ridícula y hacerla subir a un púlpito para que pronunciara un discurso, tras lo cual le tributaban acatamiento burlesco, a veces arrojándole trozos de papel mascados. Pero también sufría otras dedicadas a él exclusivamente.

En una ocasión le agarraron entre varios y le pelaron toda la cabeza dejándole unos pocos mechones, que mi pobre amigo intentaba luego cubrirse como podía con el bonete de estudiante.

Lo único que podía hacerse en estos casos era lo que llamaban «pagar la patente», que consistía en convidar a los atacantes a comer y a beber, tras lo cual todos quedaban tan amigos y los que le habían humillado pasaban a protegerle. No sé cómo consiguió Miguel reunir los maravedíes suficientes para pagar a sus atacantes un gran banquete, en el que convidó y festejó a todos aquellos que habían insultado a su madre llamándola perra y ramera. Pero ni siquiera abajándose y humillándose de aquel modo logró librarse.

Le dijeron que por ser judío tenía que pagar la patente dos veces, y como no tenía con qué hacerlo, volvieron las novatadas.

Yo me fui a hablar con fray José de Caleruega, mi maestro de latín, y le dije que había un muchacho al que estaban torturando con las novatadas, y que aunque había pagado la patente no le dejaban en paz.

—Las novatadas son una práctica bárbara —me dijo—. Somos muchos los que nos oponemos a ellas, pero ¿cómo vamos a controlar lo que hacen los alumnos fuera de las aulas y lejos de la casa?

—¿No hay nada que pueda hacerse? —le dije—. Acabarán por matarle.

—Bueno, bueno —me dijo—. Nadie ha muerto nunca por una novatada. Ya se cansarán y le dejarán en paz.

Los torturadores de Miguel, entre los cuales se contaban también el trío de Félix, García y Francisco, que habían pasado de perseguidos a perseguidores, le obligaron a jugar al jincamorro en una rueda de novatos.

Consiste este juego en que los estudiantes se colocan en círculo y por orden van extendiendo una pierna hacia el centro, donde otro de ellos, armado de un palo muy largo y terminado en una punta metálica, intenta golpearles. Miguel, que no era ágil y se movía con torpeza, no fue capaz de esquivar el golpe, y recibió un garrotazo tremendo que le provocó una herida abierta y sangrante en el tobillo. No le dejaron que recibiera auxilios inmediatamente y en parte por la falta de piedad de sus compañeros, en parte porque intentó ocultarles a sus padres aquella herida que tanto le avergonzaba, temeroso de que le sacaran de Salamanca al ver cómo le trataban, dejó la herida sin curarla de la forma adecuada, de modo que se le infectó y se le gangrenó.

Aunque mi tía me había prohibido que fuera a la Aljama, yo iba a verle con Marcela algunas veces. Le veía muy mal, y su madre me dijo llorando que el médico había dicho que la gangrena se había extendido y habría que cortarle la pierna entera por lo alto del muslo.

—Inés, tengo mucho miedo —me dijo Miguel cuando fui a verle.

—Todo lo que te pasa es por defenderme aquel día —le dije, intentando contener las lágrimas—. Si no hubieras intervenido, no te habrían cogido tanto odio.

—Entonces te habrían forzado aquellos malnacidos —me dijo—. No me arrepiento de lo que hice.

—Miguel, Miguel —le dije cogiéndole de la mano y sintiendo que las lágrimas corrían por mis mejillas sin que pudiera contenerlas—. ¡Tienes que convertirte!

—¿Convertirme? —me dijo—. ¿Convertirme a la fe de mis torturadores para poder disfrutar del *amor cristiano*?

Yo no sabía qué decirle. Me habían enseñado que solo los discípulos de Cristo podían salvarse, y que los judíos y los mahometanos iban todos derechos al infierno.

—Además, yo ya vivo sin corazón, o sea que podré vivir sin pierna.

—¿Sin corazón, Miguel? —le dije—. ¿Y cómo es eso?

—Porque tú me lo has robado, Inés de Padilla —me dijo.

Tuvieron que cortarle la pierna, una operación tan bárbara y salvaje que cuando me ponía a pensar en lo que tenían que hacerle sentía que me ponía enferma. Los cirujanos realizaron la amputación y Miguel no murió desangrado, pero, aunque logró recuperarse de la operación, era demasiado tarde. La gangrena se había metido ya en su sangre y había avanzado tanto que era imposible detenerla.

Yo iba a verle y veía que se estaba muriendo.

—Y tú, Inés —me dijo un día—. ¿Sientes algo por mí? Dime, si tuviera las dos piernas, si me hubiera convertido al cristianismo, ¿te habrías casado conmigo?

—Pues claro —le decía yo—. Eres el mejor hombre que he conocido. Y no me importa que tengas una pierna o dos piernas.

—Aunque yo me hiciera cristiano y no fuera contrahecho y fuese hermoso como un príncipe, tus padres tampoco querrían casarte con un cristiano nuevo —decía él con tristeza.

Me hablaba abiertamente de amor porque sabía que iba a morir, y yo veía ya en sus ojos la humillación y la vergüenza de la muerte cercana, aunque al mismo tiempo no paraba de hablar de los futuros estudios bíblicos que haría cuando aprendiera arameo, árabe y caldeo, e incluso comenzó a enseñarme las letras hebreas, que yo habría de dominar también, me decía, si quería avanzar en el estudio de las Escrituras. Y me hablaba de las bellezas de la Cábala, el movimiento místico surgido entre los judíos de Guadalajara, y de *El Zohar*, publicado por Moisés de León, porque estaba orgulloso de su herencia y de todos aquellos que eran a un tiempo judíos y españoles.

Un día fui a su casa a visitarle y encontré a su madre y a sus hermanas envueltas en llanto y con las ropas rotas y rasgadas, que es lo que hacen los de su raza para manifestar el duelo, y supe que Miguel había regresado con su Hacedor y que todos sus tormentos habían terminado.

Así fue como murió Miguel Abravanel, valiente hasta el final, hermoso como un lirio que se apaga. Fue enterrado extramuros, en el fonsario judío que hay en el vado de Santervás, cerca del Arrabal del Puente, junto a la aceña del Arenal.

Aquel fue también el final de la familia Abravanel en Salamanca. Como muchas otras familias judías llevaban haciendo desde hacía un tiempo, el padre de Miguel vendió su casa y sus bienes y los Abravanel pasaron a Portugal, a la ciudad de Coimbra. Unos años más tarde, cuando los judíos fueron expulsados de Portugal, los Abravanel se trasladaron a Flandes, donde es de esperar que pudieran llevar una vida más feliz que la que habían tenido en España.

7. Tomás de Córdoba

Don Luis faltaba cada vez más a las clases. Enviaba siempre a Leoncillo, su criado, que era muy despierto y aprendía lo mismo que los demás alumnos, y él aparecía de vez en cuando, y yo le veía como consumido por dentro, y me preguntaba si estaría enfermo. Luego desapareció, dejó de buscar mi compañía, y yo pensé que había perdido todo interés por mí.

Hice un nuevo amigo, un muchacho rubicundo y bondadoso llamado Tomás de Córdoba. Por el nombre se sabía que era de familia conversa y que no era cristiano viejo. Era un gran latino y se sabía a Horacio y a Juvenal de memoria. Juntos repasábamos las lecciones del día. También nos gustaba comentar la *Vulgata* y recitar nuestros salmos favoritos, y el *Jeremías*, y el *Job*, y el *Eclesiastés*, que era su libro predilecto de la Biblia. Yo le escandalizaba diciendo que el mío era el *Cantar de los Cantares* de Salomón. Le propuse que lo tradujéramos juntos y me miró con ojos de terror.

—Pero ¿es que no sabes que está prohibido traducir la Biblia?

—Pero si nadie va a saberlo.

—¡Estás loca, Inés de Padilla! Si se enteraran los del Santo Oficio nos encerraban a los dos.

—¿Por traducir unos versos?

—¡No se te ocurra ni volver a hablarme de esas cosas! —me dijo muy asustado.

Yo no sabía al peligro que me exponía, ni podía imaginar que por traducir el *Cantar de los Cantares* a lengua vulgar uno podía ser denunciado a la Inquisición.

Un día estábamos hablando de un pasaje de las *Tristes* de Ovidio, que él prefería a mis amadas *Metamorfosis*, cuando sentí unos ojos fijos en mí, y alzando la vista me encontré con los de Don Luis, que nos observaba muy serio desde una esquina del claustro. Hacía tiempo que no le veía por las clases, y le encontré más delgado y más pálido.

Al día siguiente me buscó, y cuando salía yo con Tomás de Córdoba, me tomó del brazo y me apartó de él para hablar conmigo.

—Dichosos los ojos —le dije—. ¡Qué caro os hacéis de ver!

—Y vos qué pronto habéis encontrado otro amigo —me dijo él.

—¿Y qué os va a vos en ello? —le dije.

—¿Es que no sabéis que es judío, o que lo fueron sus padres?

—¿Y eso a mí qué se me da?

—Sois amiga de lo peor de Salamanca, Inés —me dijo—. Sopistas y tunos, judíos y conversos.

—Y aprendices de hechicería —dije yo con intención—. ¿Seguís estudiando las artes mágicas? ¿Sois ya un hechicero?

—De los dos, tú, Inés, eres la verdadera hechicera —me dijo él—. Me miraste un día, y tu imagen entró por mi pupila y la tengo grabada en mis entrañas.

—No es hechicería si no está hecho a voluntad —dije yo.

—Ay, Inés, esa es precisamente la hechicería más poderosa, la que no se hace a voluntad.

—Pensaba que ya os habíais olvidado de mí —le dije—. Pensaba que solo la magia os interesaba.

—Me he consagrado a las artes secretas para intentar olvidaros —me dijo—. Por eso os habré parecido serio y desapegado, porque el Diablo exige total dedicación a sus artes durante los siete años que le hemos prometido. Pero no puedo más, Inés. Ya no puedo esconderlo ni sufrirlo. Y cuando os veo hablando con ese... ¡Siento que ardo por dentro!

—Ay, Don Luis —dije yo, que estaba que se me salía el corazón por la boca pero intentaba aparentar una gran calma y muy buen humor—. ¡Rezad a Dios para que os apague esos fuegos!

Yo misma, desdichada de mí, sentía los mismos fuegos, y también el mismo deseo de arder en ellos.

—Os he visto riendo con él —me dijo.

—¿Y qué tiene de malo?

—Los que ríen juntos... —comenzó a decir él, sin atreverse a seguir.

—Es una risa casta e inocente.

—Pero ¿le queréis?

—¿A Tomás de Córdoba? A mí me gusta lo dulce en la comida y lo salado en los hombres —le dije, usando unas palabras que jamás había oído en parte alguna y que no sé de dónde salían—. Y él es muy dulce para mi gusto.

—¿Y yo qué soy? —me dijo él.

—¿Vos? Ni dulce ni salado —le dije.

—¿Os ha hablado él de amores? ¿Qué le habéis prometido?

Le veía consumido por los celos, lo cual me agradó tanto que no cabía en mí de gusto. De pronto había descubierto que tenía en mis manos un arma poderosa. Don Luis solo me había revelado sus sentimientos cuando había visto que me interesaba por otro y pensé que a lo mejor habían sido precisamente los celos lo que le había hecho descubrir su amor por mí.

A partir de ese día, le evitaba a propósito, afectaba estar siempre muy ufana y contenta y pasaba todos los recreos y el tiempo libre con Tomás de Córdoba. Un día, Tomás me entregó con mucho secreto un papel doblado varias veces. Don Luis se enteró de esto a través de Periquillo, uno de sus criados, que solía quedarse en los claustros jugando a los dados y a los naipes con los otros pajes, y al que debía de haber encargado que me espiara y que viera qué hacía yo con Tomás.

—Sé que os han entregado un billete —me dijo Don Luis, pálido y trágico.

—No sé de qué me habláis —le dije.

—¿Os ha declarado su amor? ¿Os ha citado en algún lugar? ¿Os ha requerido de amores? ¡Mirá que podéis perderos!

—Pero eso, ¿a vos qué se os da? —le dije yo, seca y cortante—. No era billete ni carta, era solo una traducción de Ovidio, que estamos haciendo juntos.

—Dejadme verla.

—No sois mi dueño —le dije.

—Juradme, al menos, que no es un billete de amor.

—Es pecado jurar en vano.

Lo cierto era que aquel papel que me había dado Tomás de Córdoba no era ni billete ni carta ni traducción ni nada más que un papel en blanco, y yo me había puesto de acuerdo con él para que me lo entregara, como si fuera algo secreto, cuando nos estuviera espiando Periquillo.

Pero mis manejos no terminaron ahí.

Como yo sabía que el paje de Don Luis observaba todos nuestros movimientos, le pedí a Tomás de Córdoba que me guardara durante una semana un relicario que llevaba yo siempre al cuello, y se lo entregué de forma que Periquillo lo viera.

Cuando Don Luis me habló, le vi tan consumido por los celos que casi me dio miedo.

—¿Qué le habéis dado? —me dijo muy agitado—. Os han visto darle un regalo a ese malnacido. Le habéis dado un relicario que llevabais al calor de vuestro pecho.

—Ay, Don Luis —le decía yo—. ¿Quién os cuenta esas cosas?

—¿Sois suya acaso? —me preguntó—. ¿Le habéis dado palabra de ser su esposa?

—Me ofendéis con esas sospechas —le decía yo—. Si solo sabéis hablarme para insultarme, no me habléis.

Ahora Don Luis me perseguía y me requería continuamente de amores; me hacía regalos, una perla, una margarita, una mandarina; me escribía villancicos y letrillas, que me entregaba escondidamente; me miraba siempre con aquellos ojos suyos que tenía, como de ciervo dolorido, y yo me resistía con todas mis fuerzas a entregarme a él a pesar de la inclinación que le tenía, porque sabía que nunca podría ser su esposa y porque era muy joven entonces y tenía mucho miedo al amor. Ni siquiera entiendo por qué le daba tantos celos y por qué disfrutaba yo de aquel modo viéndole sufrir y consumirse de amor por mí, si sabía que él nunca podría ser mío ni yo suya.

No creo que sea yo una persona malvada, pero en aquellos días me comporté como una verdadera diablesa.

Moría por decirle que Tomás de Córdoba no era nada para mí más que un buen amigo y que era a él a quien quería con todas mis fuerzas desde el día que le conocí. Me moría por decirle que era la luz de mi vida y el consuelo de mi alma, pero no lo hacía porque sabía que si le revelaba mi amor, estaba perdida.

8. El huerto

Y es lo cierto que el amor nos enloquece. Solo así puede explicarse lo que sucedió una noche de primavera, en mi segundo o tercer año en Salamanca.

Ya he hablado del huerto que había en la casa de mi tía. Estaba por la parte de atrás, cerrado con una alta tapia de piedra cubierta de madreselvas, y en él había encontrado yo mi pequeño paraíso. Tenía varios árboles frutales, manzanos, almendros y cerezos, unos arriates de flores y un pozo, y allí, en el banquito de piedra que rodeaba el pozo, o bien sobre la hierba que crecía como espesa y verde alcatifa, solía sentarme yo por las tardes para estudiar mis lecciones decorándolas en alta voz y para leer a mi Ovidio y a mi Juan Rodríguez de Padrón, cuyo *Siervo libre de amor* me gustaba tanto que al leerlo se me aceleraba el corazón.

Seguramente Don Luis se enteró de la existencia de este huerto y de su situación óptima y apartada, ya que una de sus tapias daba a un callejón en el que era fácil poner una escala sin ser visto, y eso le hizo concebir, en su loco deseo, lo que ahora se verá.

Una noche me desperté de pronto y sentí el súbito deseo de bajar al huerto. Era una idea extraña, estando yo sin vestir y con toda la casa a oscuras, y aunque nunca antes había tenido antojo semejante, de pronto no podía pensar en otra cosa. Era una noche cálida de primavera y había luna llena, y me esforcé por salir de la casa sin ser notada caminando en la oscuridad sin ayuda de vela ni candil y utilizando una puertecilla trasera que daba directamente al huerto.

Iba yo vestida solo con un bonete y una camisa de cenda muy ligera que usaba para dormir, pero nada más entrar en el huerto sentí el deseo de descubrirme y soltarme los cabellos y de quitarme también la camisa, cosa que hice al instante, sacándomela por los brazos y quedándome en cueros.

Me sentía yo igual que Eva en su jardín, caminando desnuda por entre los árboles del huerto, envuelta en el perfume de la madreselva y sintiendo en mi piel erizada y sensible el roce de las plantas, la caricia de las flores y el hálito fresco de la brisa nocturna. Entonces vi cómo por encima de la tapia del jardín aparecía la figura de un hombre, que con toda facilidad la saltaba, a pesar de la altura, y vi que estaba envuelto en una especie de fulgor que le hacía brillar en la oscuridad. Cualquier mujer en mi situación habría salido de allí espantada y se habría puesto a gritar pidiendo ayuda, pero yo era incapaz de moverme del lugar donde estaba y, para mi propia sorpresa, no sentía el menor temor ni tampoco la menor vergüenza. Enseguida vi que se trataba de Don Luis, y que estaba tan desnudo como yo. Pero ¿cómo era aquello posible, y cuándo se había quitado él la ropa? Ya que no podía ser que él hubiera llegado hasta mi casa desnudo ni que hubiera saltado así la tapia.

Era la primera vez que veía a un hombre en cueros, y me pareció la cosa más hermosa del mundo, lo que me sorprendió también sobremanera, porque muchas veces había oído decir que los hombres desnudos son muy feos y que ofenden a la vista. Le vi avanzar hacia mí bajo los manzanos del huerto diciéndome: «Inés amada, aquí está tu esposo», y yo, para mi propio espanto y maravilla, le dije a mi vez: «Toma de mí lo que es tuyo», porque de tal modo tenía rendida la voluntad que me resultaba imposible hacer otra cosa más que obedecerle en todo. No sé si era realmente Don Luis o un íncubo que había tomado su apariencia. Llegó hasta mí y los dos nos abrazamos y nos dimos los labios, y los suyos me parecieron dulces como el almíbar y no podía cansarme de ellos. Ya estaba a punto de tomarme y hacerme suya cuando de pronto me dijo: «No, no, Inés, no es así, con artes y rindiendo tu voluntad, como deseo que seas mi esposa», y se apartó de mí y con la misma presteza volvió a saltar las tapias del huerto, y yo, avergonzada de pronto de encontrarme en cueros, y como volviendo a mis sentidos, cogí mi ropa y volví corriendo a mi cuarto, donde me encomendé a una imagen de nuestra Señora besándola muchas veces y regándola con mis lágrimas.

«Inés, Inés, Inés —me decía a mí misma—. ¿Qué locura es esta? ¿Te habrías entregado a él? ¿Qué locura es esta?».

Al día siguiente Don Luis no vino a los estudios y Leoncillo me contó que había sufrido una caída del caballo y estaba dolorido, lo que me extrañó, porque era muy buen jinete, y supe entonces que el Diablo, su señor, le había castigado.

Yo estaba tan triste y tan confusa que no oí nada de las clases. Don Luis pasó diez días sin aparecer por los estudios, y cuando regresó al fin, me miraba con ojos de culpa. En el recreo de las clases me lo confesó todo: a saber, que había usado uno de los hechizos que aprendía con su grupo de magos para doblegar mi voluntad y hacer que me entregara a sus deseos. Y pasó a explicarme el mágico embeleso que había hecho, trazando un pentáculo en el suelo, escribiendo mi nombre y el suyo en diversas combinaciones de letras y arrojando luego sobre el pentáculo alumbre y vinagre, aceite de abelmosco y agua de rosas.

Entendí entonces de dónde había surgido aquel impulso mío súbito de bajar al huerto y de aguardarle desnuda, y cuál era la razón de que todo mi pudor y mi miedo hubieran desaparecido ante él de manera tan inexplicable.

—Ahora os he perdido para siempre —me dijo.

—Pero ¿de verdad pensáis que se puede doblegar tanto la voluntad de una persona? —le dije yo.

—Había jurado no usar mal mis artes —me dijo—. Por eso he sido castigado.

—¿Castigado cómo? ¿Con una caída de caballo?

—No, Inés, con tu desprecio.

—Pero yo no os desprecio.

—Eres muy niña, no sabes lo que dices.

Pero yo no le despreciaba y él no me había perdido. Al contrario. Al comprender de qué modo había logrado sobreponerse a su deseo por respeto a mí y cómo había sabido rendir su ansia por no comprometer mi libertad, mi amor por él se hizo tan grande que ya no cabía dentro de mí, y le quería tanto que no podía vivir.

«Somos como dos cisnes —pensaba yo, pobre loquita llena de amor—, y estaremos unidos de por vida. ¡Él mismo lo dijo aquel día! ¡Fue él quien lo dijo!».

No podía leer, no podía comer, no podía casi ni respirar, y tenía que aflojarme la ropa porque sentía que el pecho se me salía y que el corpiño me ahogaba. ¿Cómo había podido yo encontrar a un hombre así, que al propio Diablo se enfrentaba por mí? ¿Cómo había yo podido inspirar un amor tan grande? Me pasaba el día una mitad llorando por cualquier causa y otra mitad riendo por cualquier cosa. Sentía piedad y amor hasta por las hormigas de la casa, y un día vi a un criado persiguiendo a un ratón y le pedí que no le hiciera mal a pesar del aborrecimiento que siempre he tenido a esos animalejos, porque estaba tan llena de amor que deseaba extenderlo a todo y a todos.

9. Un traidor

No podía dejar de pensar en él, y a partir de esa noche que saltó las tapias del huerto de mi tía no lograba dormir, pensando que podía saltarlas otra vez, y me aficioné a bajar allá en medio de la noche para esperarle, cosa que hacía sin candela ni candil para no ser notada de ninguno de los que vivían en la casa. Y a veces me quedaba dormida en el huerto esperándole, y a veces me quitaba la camisa y me soltaba el pelo y me paseaba desnuda entre las adelfas y las azucenas.

Un día, ya enloquecida con tanta espera, tanto deseo, tanto pasearme en cueros por el huerto a riesgo de que me descubrieran los criados de mi tía y esta me hiciera azotar o me hiciera encerrar en mi cuarto, le escribí un billete, que le puse al día siguiente discretamente en la mano. Decía así:

> Señor Don Luis, vos me disteis palabra de ser mi esposo y yo me di entera a vos y os dije que tomarais lo que es vuestro. ¿Qué os detiene entonces para cumplir vuestra palabra? Os espero esta noche en el lugar que sabéis.

Esa noche le esperé de nuevo en el huerto, pero él no vino. Al día siguiente, en Salamanca, me dirigí a él con palabras de fuego.

—Inés, Inés —me dijo—. No eres tú la que habla. ¡No estás en ti!

—¿Cómo es eso, Don Cobarde? —le dije—. ¿Hacéis promesas que luego no cumplís?

—El matrimonio es el libre acuerdo de dos almas, y en este caso vos no sois libre. No os entregáis a mí por vuestra libre voluntad ni porque me améis, sino por la fuerza de un embrujo.

—Yo soy la dueña de mis actos y sé lo que siento y a quién amo.

—No, Inés, es la fuerza del Diablo la que te hace querer entregarte a mí.

—Pues ¿qué os importa eso a vos? —le dije bajando la voz e intentando sosegar mi pasión—. ¡Tomadme, que ya soy vuestra!

—No, Inés, todavía no sois mía. Todavía eres tuya y estás entera. Yo os quiero, pero os quiero libre. Y si es a otro a quien amáis...

—Mirá que sois simple, Don Luis —le dije yo entonces—. Sois tan lindo como necio.

—¿Necio?

—Tomás no es nada para mí —le dije—. ¿Es que no veis cómo os miran mis ojos? ¿Es que no veis que solo vos estáis en ellos? Desde el momento en que os vi os amé. Mucho antes de que entrarais en esa malhadada cueva con ese hechicero y empezarais a escuchar las necedades de una cabeza de alambre, yo ya habría dado el mundo por vos y os habría seguido contenta a lugares de fuego. Os amo sin remedio por mi propia libertad y albedrío, que daría gustosa por vos.

—Yo también os quiero desde el primer momento, desde el primer día, desde que puse los ojos en vos. Algo sucedió en ese instante, Inés: yo comencé a vivir.

—Pues entonces, ¿por qué no tomas lo que es tuyo?

—Ya lo he tomado.

Nos cogimos de las manos y noté que las suyas temblaban, y como estábamos en un claustro apartado y no había nadie a la vista, nuestros labios se unieron también y nos besamos hasta cansarnos.

—Esta noche iré a tu huerto —me dijo al oído.

—Te estaré esperando.

¿Sucedió así de verdad? ¿No es al revés como siempre suceden estas cosas en las historias? ¿No es el hombre siempre el que intenta convencer a la doncella y la doncella siempre la que intenta, como fortaleza inalcanzable que le enseñaron que fuera, no hacerse perdediza y no ser ganada?

¿Qué locura se apoderó de mí, yo que era niña, virgen e inocente como una paloma? ¿Qué fuerza es esta, señora Venus, que de tal modo agitas los corazones?

Había algún traidor escondido entre las muchas columnas, y nos vio y nos oyó y fue con el cuento a mi tía, que me recibió al llegar a casa como si fuera el tribunal del Santo Oficio. Pero no tuvo necesidad de darme tormento para hacerme confesar, porque venía yo tan emocionada y temblorosa, tan llena de felicidad y de amor que le dije libremente todo lo que había sucedido, y que le había dado mi palabra de ser su esposa a Don Luis de Flores y Sotomayor. Vi tan furiosa a mi tía que pensé que me iba a hacer azotar, pero se limitó a decirme que a partir de aquel día yo viviría encerrada en mi habitación, de donde solo saldría para ir a las clases, cosa que haría siempre acompañada de Marcela, con instrucciones de que si dejaba que me alejara un minuto de su vista le daría doscientos azotes.

Esa noche me encerró en mi cuarto, cosa que hasta el momento no había hecho nunca. Yo cerraba la puerta por las noches desde dentro, pero mi tía cogió la llave y me dijo que a partir de entonces la guardaría ella.

Y allí estaba yo, encerrada y prisionera en mi propia casa. Había una ventana que daba al huerto, pero estaba muy alta y sabía que si saltaba por allí me mataría. Desesperada, comencé a anudar unas sábanas con otras para hacer con ellas una soga por la que poder descender. Até luego esta soga a la pata de la mesa, colocando esta al lado de la ventana, que era tan estrecha que solo con muchas dificultades podía yo salir por ella. Movida por la locura del amor, cuando consideré que los nudos ya eran lo suficientemente fuertes y no se soltarían y que la soga tenía la longitud necesaria, salí por la ventana y, agarrándome a la tela como pude, logré ir descendiendo hasta el extremo, que no estaba cerca del suelo. Calculaba yo que si me dejaba caer desde allí la hierba amortiguaría mi caída. Así lo hice, y caí al suelo sin daño.

¡Qué feliz me sentía de haber escapado de mi cárcel! Nunca me había parecido tan mágico aquel huerto, tan inmenso y lleno de aventura. Me acerqué al muro, protegida por la oscuridad, y me puse a esperar a que llegara Don Luis.

La noche de Salamanca estaba llena de peligros. Cuando se ponía el sol, la oscuridad más absoluta inundaba las calles, y llegaba la hora de los salteadores y de los asesinos. Era peligroso caminar a oscuras, tentando las paredes y sin ver los pozos y socavones de las calles, y peligroso también caminar con luces y llamar la atención de los matarifes. Cuando pensaba en mi amado atravesando las calles con la sola defensa de su espada y un par de criados armados que llevaría con él, me llenaba de terror.

Al fin llegó. Le vi aparecer en lo alto de la tapia y descender, agarrándose a las enredaderas con la agilidad de una garduña, y corrí hacia él y me fundí en sus brazos. De lo que hicimos entonces y de lo que dijimos, y de la dulzura de nuestros besos y nuestras caricias, ¿qué habré de contar? El que lo conoce, ya lo sabe, y el que no lo conoce es como si no hubiera vivido.

Él me juró su amor de nuevo y yo le juré el mío. Yo le quité sus ropas y él me quitó las mías, aunque yo, estando en camisa, quedé desnuda mucho antes que él. Me maravillaba poder estar así, desnuda ante él, y no sentir la menor vergüenza, y que él estuviera desnudo ante mí y me pareciera aquello lo más natural, y la forma en que el amor y el deseo me inflamaban, deseo de entregarme a él, de fundirme en él y con él y darme a él entera. Y así me enseñó él una ciencia nueva que yo no conocía, y que me gustó más que toda la ciencia que había conocido hasta entonces. Di un grito, sentí un dolor dentro, pero luego el dolor desapareció y todo era dulzura. Nunca había imaginado yo que fuera así, como navegar por un río que arrastra en dirección al sol, como hundirse en un océano en el que el cuerpo y los nervios parecen deshacerse.

—Ay, mi señor, y qué bueno es esto, ¿y cómo es que yo nunca lo había conocido?

—Porque eras niña, y ahora eres mujer.

—Quiero hacer esto muchas veces —le dije.

—Toda la vida —dijo él.

—Toda la vida —dije yo.

A partir de entonces fuimos marido y mujer, si no ante los ojos de los hombres, sí ante los de Dios. Y cuando yacíamos allí abrazados sobre la hierba del huerto, oliendo los olores de la madreselva y del aligustre, de las adelfas y las azucenas, y contemplando sobre nosotros los guiños que nos hacían las estrellas, yo solo podía pensar en la bondad de Dios que ha creado este mundo de maravillas, y me sentía en el paraíso porque de pronto había descubierto que el paraíso no era un lugar ni un jardín, sino mi propio cuerpo. Mi cuerpo y su cuerpo fundidos el uno en el otro como se deshacen los elementos en la alquitara, como se funden los metales en la fragua, como penetra en la esponja el agua.

Oímos entonces cantar el gallo, y él comenzó a vestirse para marcharse, pero yo no podía soltarle y le requerí de amores de nuevo, y tanto era nuestro ardor que una vez más me tomó entre sus brazos, y oímos cantar al gallo otra vez. Temerosos de que nos descubriera el alba, enemiga de los amantes, le dejé partir al fin.

¡Ay, niña tonta, inexperta, joven loca de amor! Ahora que me encontraba de nuevo sola en el jardín, descubrí que no tenía manera de volver a entrar en la casa. ¡Pero qué necia había sido, qué hábil para escapar y qué torpe para pensar en la retirada! La puerta por la que había salido las otras veces estaba cerrada, ya que yo, cuando salía por ella, la dejaba abierta, y la soga hecha de sábanas anudadas por la que había descendido desde mi ventana quedaba demasiado alta y no podía agarrarla.

Esperé a que llegara la mañana, suplicando a la Virgen y a todos los santos que Marcela se despertara antes que mi tía y abriera la puerta del jardín. Y así lo hizo, por puro milagro, porque ella no sabía dónde estaba yo ni lo que hacía, y pude colarme en la casa, pero cuando subía las escaleras, mi tía me descubrió. Era inevitable que esto sucediera tarde o temprano, ya que ¿cómo iba yo a entrar en mi cuarto, si solo ella tenía la llave? Se alteró mucho al verme fuera de la habitación, con los pies manchados de tierra y de hierba y la camisa manchada de sangre. Cuando abrió la puerta de mi cuarto lo comprendió todo.

Aquella fue la primera y última vez que mi tía me golpeó. Cogiendo una vara que tenía, comenzó a sacudirme en las espaldas y yo no me defendí por no acrecentar su furia pero le rogaba que dejara de golpearme, y ella me gritaba y me decía que era una perdida, y que iba a hacer que me metieran en un convento, y que solo esperaba que no me hubiera quedado preñada para no terminar de desgraciarme y de avergonzar a mi familia.

Yo jamás la había visto tan furiosa y de pronto me entró un terror desmesurado ante lo que había hecho, y comencé a llorar por el miedo que sentía, aunque mi tía pensaba que era por el daño que me causaba con la vara. Me dejó la espalda llena de verdugones y moratones y en las nalgas unos verduscos que me impidieron sentarme cómodamente durante semanas. Los duros bancos de Salamanca me hacían tanto daño que se me saltaban las lágrimas. Se lo confesé a Marcela, que esa misma tarde me hizo un ungüento diciéndome que me lo pusiera en las partes doloridas y que me alivió mucho. La buena muchacha me contó que había sido apaleada tantas veces desde que era niña que había aprendido a hacerse su propio bálsamo.

Mi tía hizo poner barrotes de hierro con argamasa en mi ventana, que de milagro no ordenó que la tapiaran con ladrillos, y me dejó allí encerrada igual que a un pajarillo en su jaula. A partir de entonces, me acompañaba ella misma a las clases y me recogía a la salida, y yo vivía encerrada en mi cuarto con mis libros, mis plumas y mis pliegos.

Creo que aquella fue la primera de mis cárceles.

Me dijeron que había sido Tomás de Córdoba el que me había delatado. Se lo pregunté, y primero enrojeció y se puso muy nervioso, pero no tuvo valor para negarlo. Me dijo con falsa santurronería que lo había hecho para proteger mi honra, que aquel Don Luis era un pájaro de cuidado, un saltatapias y un galán de monjas que tenía mozas burladas por doquier en Salamanca, cosa que yo sabía que era mentira. Y le aborrecí tanto por su doblez y su mezquindad, que ya no quise volver a hablarle nunca.

Por su parte, Don Luis le confesó a su padre sus amores y su deseo de casarse conmigo, pero el marqués de Colindres no quiso ni oír hablar del asunto. Le tenía prometido desde que tenía nueve años con una joven de la nobleza local, heredera de una discreta fortuna y de una isla frente a la costa cántabra, y yo no era nadie, carecía de título y de propiedades y era hija de un hombre que, aunque cristiano y honrado, no tenía dinero.

10. Madrid

Cuando terminaron mis estudios en Salamanca, mis padres dispusieron que regresara a Madrid, donde entraría como novicia en el convento de la Encarnación (el antiguo, digo, y no el que construirían más tarde) para, con el tiempo, profesar de monja.

Los viajes largos eran entonces muy peligrosos porque los caminos estaban llenos de salteadores y ladrones, algunos de ellos notoriamente crueles, pero la reina Isabel acababa de crear la Santa Hermandad y los ataques y asaltos se habían reducido de forma notable. Fuera como fuera, un viaje tan largo como aquel siempre entrañaba incomodidades: fondas sucias, comistrajos incomibles, caminos polvorientos llenos de baches, ruedas rotas, camas con chinches, puentes en mal estado y aquel bendito calor de Castilla.

Volver a ver la villa de Madrid después de tantos años me produjo una gran emoción. Rodeada de vegas y valles con espesos bosques de fresnos, espinos, chopos, álamos, encinas y tamarindos, Madrid aparecía en lo alto de una gran eminencia, fuertemente amurallada y coronada, a la izquierda, por las torres del alcázar, que tiempo atrás había sido un castillo de los moros. Cruzamos el Manzanares por un puente de varios arcos, y la ciudad crecía y crecía sobre nosotros como una montaña.

Justo antes de entrar en la villa había una amplia plaza llena de puestos de mercaderes, y había también inmensas despensas de eras y ejidos donde se almacenaba el alimento para la villa. Entramos por la Puerta de la Vega, la principal entrada de Madrid, que ascendía en una empinada cuesta desde la quebrada donde estaba la Puerta de Segovia y por donde corría entonces un arroyo, llamado de San Pedro. Cruzamos la puerta, pagamos lo que se debía y enseguida estábamos recorriendo las calles que yo recordaba tan bien. Muy pronto me encontré ante la puerta de mi casa, donde mis padres y mi hermano Don Fernán ya me esperaban. Al principio no me reconocían, tan cambiada estaba yo, según me decían, por los años transcurridos, porque había salido como una niña y volvía como una mujer. También yo los veía cambiados. A pesar de los pocos años transcurridos, mis padres habían envejecido mucho, y encontré a mi madre muy desmejorada. También me enteré de que mi hermano Don Fernán había decidido cambiar la carrera de las armas por la de las letras, y había entrado en religión.

Todo estaba dispuesto ya para que yo entrase en el convento. La alegría de volver a Madrid se veía enturbiada por aquel cambio profundo que me esperaba.

Pensaba yo con escalofrío en las emparedadas, esas desdichadas mujeres que son encerradas de por vida en una celda de un convento, cuya puerta tapian con ladrillos. La emparedada o enmurada vive toda su vida en esta celda minúscula, que solo tiene un ventanuco por el que le dan la comida y por el que ella saca sus aguas una vez al día, y así pasa toda su existencia, los años que dure, hasta que muere. Y el día en que muere, o unos días más tarde, cuando el mal olor dice a las de fuera que ya es cadáver, rompen el muro y abren de nuevo la puerta para sacar a la muerta.

¿Y esto es una vida de oración, me preguntaba yo, esto es una vida dedicada a Dios, estar toda la vida encerrada en una tumba que huele como una cuadra? ¿Es esto lo que quiere Dios de nosotras, que nos encerremos sin ver la luz del sol, que no riamos nunca, que no seamos nunca felices? Cuando pensaba en estas pobres mujeres encerradas en los conventos, no solo en las emparedadas en vida sino en las monjas corrientes que vivían en la clausura de una casa cuya única comunicación con el mundo es un torno, sentía tanto sufrimiento y tanta angustia que me daban ganas de llorar. Intentaba recordar las palabras de mi maestra, Beatriz Galindo, que me decía que para una mujer interesada en los estudios era mejor la vida enclaustrada que la vida de esposa, llena de obligaciones y sufrimientos.

Una monja vino a nuestra casa para hablar conmigo, ya que mis padres me veían triste y desconfiada. Era una mujer mayor, de cabellos blancos y rostro amable y bondadoso.

—La vida del convento es la más feliz que puede disfrutar una mujer —me dijo—. ¡Imagina la dulzura de una vida dedicada enteramente a Jesucristo, libre de todas las ocasiones de pecar que hay en el mundo!

Pero yo sabía que no todo eran dulzuras en la vida del claustro, que había también penitencias, votos de silencio, ayunos, disciplinas, cilicios, celdas y aislamientos. Sin duda la madre que me hablaba sabía que yo conocía estas cosas, o había oído hablar de ellas, pero se esforzaba por suavizarlas.

—La vida del convento no es de regalo y de riquezas, es verdad. Es una vida dedicada a la oración y a Dios, pero precisamente por eso, todos los dolores y ansiedades que traen las vanidades del mundo allí no existen. No hay que preocuparse de si una es mejor que yo o si yo soy peor que otras, porque allí todas somos iguales. Las demás hermanas serán para ti como madres y hermanas, y se convertirán en tus mejores amigas.

Era cierto que durante dos años sería novicia, y luego podría decidir si hacerme monja o no. Pero ¿qué otra cosa podía decidir si era eso lo que había dispuesto mi padre para mí? En realidad, yo no tenía ninguna alternativa y, puesto que no podía casarme, o no podía casarme con alguien de mi clase, lo único que podía hacer era ser monja.

Y de pronto, mi vida cambió. Un hombre apareció en la puerta de la casa trayendo una carta para mi padre. Aquello era algo muy poco habitual y causó un gran revuelo en mi hogar, ya que el mensajero venía del alcázar, que era donde ahora vivían los reyes Doña Isabel y Don Fernando. Después de leer la carta en privado, en lo que tardó un tiempo que me pareció excesivo (sin duda la leyó varias veces y pensó mucho sobre lo que decía), mi padre ordenó reunir a la familia y a los criados para comunicarnos su contenido.

—Esta carta no va dirigida a mí —nos dijo, solemnemente—, sino a Inés.

—¿A mí? —pregunté asombrada.

—La escribe Doña Beatriz Galindo —dijo mi padre—, y solicita mi permiso para que te permita ir a la corte con ella.

Yo sentí que me volvía loca. ¿Cómo? ¿A la corte? ¿A la corte con los reyes? ¿Yo sola? ¿Y qué ropa iba a ponerme yo para presentarme en la corte?

Al parecer, la reina Isabel deseaba tener una maestra de latín para ella y para sus hijas y, enterada de la fama de Beatriz Galindo, la había hecho llamar para que se fuera a vivir con ella. Beatriz, por su parte, había solicitado mi presencia a su lado para que la ayudara en sus labores de magisterio real.

Todos en mi casa se quedaron conmocionados con la noticia, y me pareció que empezaban a mirarme de otra manera, con respeto, casi con miedo. Yo ya les había hablado de la Latina, y de que había sido mi maestra, y de la amistad que había surgido entre ambas, pero no creo que hubieran escuchado aquellas historias con excesivo interés, y a lo mejor pensaban incluso que yo las exageraba para hacerme más interesante ante sus ojos.

Aquella carta lo cambiaba todo.

—Tienes que ver qué es lo que quieres hacer, Inés —me dijo mi padre, que sostenía todavía la carta en una mano que temblaba—. Si te vas a la corte para asistir a Doña Beatriz a enseñar latín a las infantas, tendrás que renunciar al convento.

—Renuncio al convento de muy buena gana —dije yo, tan feliz que no sabía si reír o llorar.

—¡Pobrecita! —dijo mi madre—. ¿Y qué vas a hacer tú entre esas señoras cubiertas de armiños y de perlas? ¿No te vas a sentir muy sola? ¿Qué vas a saber decirles cuando te pregunten? ¿Y qué harás en la mesa? ¿Sabrás comportarte como bien criada, no limpiarte las manos en el mantel, no escarbar en las bandejas y sorber la sopa sin mancharte, como te hemos enseñado? Mira que los grandes señores son muy mirados con esas cosas, y que tendrás que tener tu propio cuchillo y limpiarlo bien, que no tenga restos de comida...

Mi madre estaba tan llorosa y preocupada, de pronto, por aquellas cosas sin importancia que todos nos echamos a reír y yo la abracé y la cubrí de besos y le dije que no sufriera por esas cosas. Yo entonces no sabía que estaba muy enferma y que le quedaba poco tiempo de vida.

11. En el alcázar

Unos días más tarde, en la fecha en la que nos había convocado Beatriz Galindo, fuimos al alcázar. Estaba situado en uno de los puntos más elevados de Madrid. Desde el patio de armas que había ante él, se veía el valle del Manzanares, los oteros, las vegas, y a lo lejos la línea azul de la sierra.

Entré con mis padres, que parecían algo intimidados por las espléndidas salas y los largos pasillos cubiertos de tapices, y fuimos conducidos hasta una sala donde Beatriz Galindo me recibió dándome besos y saludando muy cariñosamente a mis padres. Estaba tan elegante como una princesa. Yo nunca la había visto con aquellas ropas chapadas que se llevaban en la corte, y me sentí todavía más cohibida.

—¡Inés! —me dijo—. ¡Ya ves el aprieto en que me hallo! ¡Y yo que iba para monja, y que pensaba pasarme el resto de mi vida traduciendo a Aristóteles y escribiendo poemas latinos! Dime, ¿me vas a ayudar? Porque aquí hay mucho trabajo. La señora desea que también sus hijas reciban instrucción desde chicas. ¡Dime que sí, Inesilla, no me dejes aquí sola!

Creo que mis padres estaban asombrados de que aquella mujer tan sabia, tan importante y tan bien vestida me hablara con tanta confianza y se expresara, además, con tanta gracia y desenfado.

—Si mi padre me autoriza, acepto de todo corazón —dije yo con voz tan temblorosa que casi no podía hablar, y sintiendo que se me saltaban las lágrimas—. No tengo palabras para agradeceros vuestra bondad.

—Vamos, vamos, chiquilla, no llores —dijo ella—. De algo tenía que servirte todo lo que estudiaste en Salamanca.

—Pero hay tantas otras que podrían hacerlo mejor que yo —murmuré, pensando en las muchas *puellae doctae* que florecían entonces en España—. ¡Tantas otras mucho más dignas que yo, con más méritos y más conocimientos!

—Ya sabía yo que no me equivocaba contigo —me dijo ella entonces—. Con esas palabras que acabas de decir, ya no me quedan dudas.

He escrito que mi vida comenzó el día en que entré por primera vez en la Universidad de Salamanca y vi el cuerno de unicornio que tienen allí expuesto. Pero la vida termina y comienza muchas veces, y también podría decir que mi vida comenzó de verdad aquella mañana, al entrar en el alcázar de Madrid.

12. La reina

Recuerdo muy bien la primera vez que fui presentada a la reina. Era una mujer imponente, muy alta y muy bella. Tenía unos ojos inolvidables de color verde claro, penetrantes e inteligentes, no tan hinchados como aparecen en algunos retratos, o quizá es que ella era más joven entonces, y una cabellera espléndida de color rubio rojizo. Su voz, en cambio, no era hermosa, era aguda y quebrada, un poco ronca, aunque muy expresiva. Era una gran señora y no necesitaba corona ni armiño para que se supiera que era la reina: solo con que entrara en una habitación su presencia era notada, y aun estando callada, cosa que sabía hacer bien, porque era de esas personas que escuchan con interés cuando les hablan, llamaba la atención de los que la rodeaban. Era como si hubiera en ella algo magnético, como si estuviera toda ella hecha de piedra imán. También su forma de hablar era magnética aunque su voz no fuera hermosa. Cuando estaba en confianza siempre andaba haciendo bromas y era muy afectuosa con sus hijos y sus criados. Beatriz y ella siempre estaban riendo juntas.

—Inés de Padilla, sé bienvenida a mi casa —me dijo muy risueña el día que me presentaron ante ella—. Beatriz me dice que eres también una gran latina y que eras el espanto de las aulas de Salamanca. ¿Qué voy a hacer yo en medio de tantas mujeres sabias? Porque yo, Inés, seré la reina de Castilla y León, pero a mí nunca me enseñaron nada que valiera la pena. Mi señora madre, Doña Isabel de Portugal, me enseñó las normas de comportamiento y la oración en portugués y en castellano, y cuando era muchacha aprendí a coser y a hacer rodar la rueca, como todas las mujeres, y también la danza baja, y algo de canto, y un

tanto más de clavicordio, ya que heredé de mi padre el amor y devoción
por la música, y equitación, desde luego, y también cetrería, que siempre he sido yo muy aficionada a mis halcones y neblíes, y también juegos de mesa, que aquí nos gustan mucho, como el ajedrez, en el que
soy bastante hábil. Los frailes del convento de San Francisco me enseñaron a leer y también algo de cálculo, que sé sumar y restar, Inés, y ahí
se acaba todo, y cuando digo esto se me salen los colores al pensar lo
ignorantes que somos las mujeres y el poco aviso que tenemos para
navegar por el mundo con cartas y brújulas tan pobres. ¿Y cómo no
han de considerarnos necias si no sabemos nada? ¿Y cómo no vamos a
ser necias si no nos enseñan nada? Yo siempre me he sentido ignorante y envidiosa de las pocas que habéis ido a Salamanca o a Alcalá y he
querido remediar mi poca instrucción leyendo todo lo que caía en mis
manos en las lenguas que conozco, el castellano y el portugués que aprendí de mi madre, pero he querido también aprender el latín y que mis
hijas lo aprendan a su vez, no solo para leer a los sabios de la antigüedad y saber de dónde vienen las palabras y los conceptos que decimos
en nuestra vulgar lengua castellana, sino para poder hablar con los
otros soberanos en las cortes europeas. ¡El rey Don Fernando habla el
latín igual que el castellano! ¿Y qué voy a hacer yo con un príncipe de
Inglaterra o de Flandes, o con un obispo de Dinamarca o de Polonia?
¿Quedarme callada? ¿Decir que sí a todo y sonreír como una necia?
Dime, Inés, ¿cómo es que tu padre te permitió ir a Salamanca?

—Es que desde muy niña me pasaba el día entre libros y latines,
señora. Mi señor tío, el hermano de mi padre, que es clérigo en Alcalá,
nos visitaba a menudo y siempre se admiraba de que yo conociera tan
bien a Horacio, a Séneca y la Biblia Vulgata.

—¿Y cuántos años tenías entonces?

—Ocho o nueve debía de tener.

—¿Y ya leías a Séneca con ocho años, chiquilla? —me dijo muerta
de risa—. Ay, pero ¿qué voy a hacer yo con tantas mujeres sabias?

La reina Isabel era una gran señora y también una gran reina. Tenía un carácter fuerte, que ya manifestó casi desde niña. Cuando a los
dieciséis años quisieron casarla con Don Pedro Girón se negó en redondo, ya que solo quería por marido a un hombre al que amara. Se

prometió en secreto con el rey de Sicilia, Don Fernando de Aragón, y este, para reunirse con ella, salió una noche de Zaragoza disfrazado de criado con un grupo de caballeros que iban de guisa de mercaderes. Solo con diecinueve años ya supo convencer a su hermano de la bondad de esta alianza entre Aragón y Castilla, después de un siglo de continua degradación de la corona y del reino, de guerras y de enfrentamientos, que habían dejado a Castilla hundida en la pobreza. Era una reina porque pensaba como una reina, y pensaba así porque tenía un alma grande y una ambición inmensa, y deseaba dejar su nombre inscrito en los anales de la historia.

Nada puede hacerse sin ambición, y esta ha de ser infinita, ya que siempre logra menos de lo que ansía.

¡Y qué personalidad tenía! Había comprendido como pocos soberanos que la esencia de la monarquía consiste en inspirar al mismo tiempo, y en la misma y justa medida, amor y terror. Demasiado amor, y el monarca es débil y el país sufre, demasiado terror y el monarca es un tirano. Solo las personas capaces de inspirar amor y terror en los otros pueden ser reyes o reinas.

Yo, entonces, no imaginaba que la vida pudiera ser de otro modo.

La reina hablaba con todos, todo le interesaba, a todos escuchaba. Se entrevistaba con todos los sabios de la época, cuya compañía y conversación parecía preferir a la de los cortesanos palaciegos. Admiraba especialmente a los hombres de letras, a los que honraba más todavía que a los nobles, lo que ofendió a no pocos poderosos, como al arzobispo Carrillo, al que le oyeron decir: «Yo saqué a Doña Isabel de hilar y la volveré a la rueca».

Pero Doña Isabel jamás volvió a la rueca. Su influencia se hacía notar en todos los ámbitos de la vida, hasta en la moda femenina, en la que instituyó una nueva elegancia discreta y austera. Transformó la vida entera del país, desde lo más pequeño a lo más grande. Creó la Santa Hermandad para que vigilara los caminos y los limpiara de bandoleros y ladrones y también, ay, instituyó el Tribunal del Santo Oficio de la Inquisición para combatir a los herejes, ya que estaba obsesionada con la religión y con la defensa de la fe. Siempre se recuerdan de ella las cosas malas, como la triste expulsión de los judíos, y nunca las buenas, que fueron muchas, y que llevaron a Castilla, de ser una nación en ruinas, a convertirse en la más poderosa del mundo.

Siempre consideró a los nativos de los nuevos territorios descubiertos por Colón como súbditos de pleno derecho y dictaminó que de ningún modo los moradores de aquellas tierras deberían sufrir agravios ni en su persona ni en sus bienes. Cuando el Almirante, al regresar de su segundo viaje, trajo a España cuatro indios con intención de venderlos como esclavos, la reina intervino para impedirlo y pronto promulgó una ley para prohibir la venta de nativos de las «islas y Tierra Firme», que era como se llamaba entonces al Nuevo Mundo. Los matrimonios mixtos entre españoles e indias fueron no solo aceptados desde el principio, sino fomentados, incluso, por la reina, seguramente porque veía en ellos una ocasión para lograr más conversiones a la fe de Jesucristo.

Protegía las artes y las letras de mil maneras, muy especialmente la música, que amaba por encima de todo, y creó una capilla en su corte formada por instrumentistas y cantores. Se esforzó por promover el nuevo arte de la imprenta mediante exenciones fiscales y creando imprentas en ciudades que carecían de ellas. Si en la biblioteca de la Universidad de Salamanca había doscientos libros, en la suya había nada menos que cuatrocientos, entre los que se encontraban títulos como el *Decamerón* o la *Fiammetta* de Boccaccio, los *Triunfos* de Petrarca, el *Libro de buen amor* del Arcipreste de Hita y numerosos libros de caballerías.

Tenía una fabulosa colección de pinturas y una de tapices que era la más grande que se había reunido en el mundo. Daba tanta importancia a la educación que no quería limitarla a sus hijos, todos ellos futuros reyes y reinas, sino que la extendía también a las damas, pajes y criados de su corte. Entre los monarcas de la historia de España, solo Alfonso X el Sabio puede comparársele en su defensa de las artes y las letras. Su reinado fue, además, una época de oro para las mujeres.

13. Granada

La reina Isabel decidió reemprender la reconquista, que llevaba años detenida. El dominio moro había quedado reducido a una serie de pequeños reinos situados en el sur de España. La reina concibió la idea de organizar un gran ejército con fuerzas castellanas para expulsar definitivamente a los árabes y lograr el dominio completo de la península. Los aragoneses apenas participaron en aquella campaña aunque sí el rey Don Fernando, que estuvo siempre al lado de la reina.

Doña Isabel se pasaba el tiempo en el campo de batalla organizando la estrategia y negociando con los distintos reyes moros, algunos de los cuales se ponían del lado de los cristianos. Todas las guerras se alimentan de estas enemistades internas, porque en realidad todas las guerras son guerras civiles.

Pero aquella guerra fue diferente a todas. La reina Isabel convenció al grueso de la nobleza castellana de que unieran todos sus fuerzas y reunió un ejército tan organizado y numeroso como no se había visto nunca, y planeó una campaña cuya finalidad no era la venganza, ni la conquista de un territorio, ni el abajamiento de un señor, sino un verdadero proyecto nacional. Aquella no era una de esas guerras que se libraban cuando hacía buen tiempo y se interrumpían en otoño, sino una guerra sin cuartel. Ya he dicho que Isabel era grande para lo bueno y para lo malo. Y también es cierto que las cosas malas traen siempre alguna cosa buena. Como los heridos de aquella ambiciosa guerra eran muchos, Isabel creó algo que hasta entonces no existía: los hospitales de campaña.

Consideró la reina que era importante que sus hijos fueran testigos de aquella ocasión para ella y para todos tan gloriosa, y mandó que llevaran a los infantes a Granada. Y allá que nos fuimos todos, los hijos de los reyes, Isabel, Juan, Juana, María y Catalina, la más pequeñita, que no debía de tener más de siete años entonces. Isabel, la mayor, acababa de quedar viuda del infante Alfonso de Portugal, que había muerto ahogado al ser arrastrado con su caballo en las aguas del Tajo.

Con los infantes iban también las damas de la corte más allegadas a la reina, las tres Beatrices, Beatriz de Bobadilla, que era la camarera mayor de la reina, Beatriz de Silva y Meneses, que había sido dama de la madre de la reina y era una de sus principales confidentes, Beatriz Galindo y también quien esto escribe, la joven Inés de Padilla.

Beatriz de Bobadilla era diez años mayor que la reina. Cuando la joven Isabel fue prometida a Don Pedro Girón, a quien ella ni amaba ni deseaba por marido, Beatriz de Bobadilla, que ya era buena amiga suya, se ofreció a matarle. Y nadie sabe lo que sucedió, pero lo cierto es que Don Pedro Girón murió cuando viajaba de Jaén a Madrid para formalizar la petición de matrimonio. ¿Fue ella la que le mató con su propia mano? Yo la miraba, veía a una dama refinada y buena conversadora, devota cristiana y buena con sus criados, y me preguntaba si habría sido capaz de clavarle un cuchillo a un hombre. Más tarde me enteré de que la muerte de Don Pedro Girón se debió a un ataque de apendicitis, y me sentí desilusionada. Pero quise todavía más a Beatriz de Bobadilla.

Claro que aquel ataque de apendicitis pudo muy bien ser un envenenamiento.

La mayor de las tres Beatrices era Beatriz de Silva y Meneses, que estaba unida a la reina por una curiosa historia. Beatriz de Silva había sido una dama muy hermosa cuando era joven, y se había dicho, falsamente, que era amante del rey Juan II, el padre de Isabel. La madre de Isabel creyó en las habladurías y ordenó que la metieran en un baúl, lo pusieran en una habitación cerrada y la dejaran allí encerrada hasta que muriera. La pobre muchacha pasó una semana dentro de aquel baúl, del que fue rescatada por fin medio ahogada y con una debilidad extrema. Después de aquello abandonó la corte y se enclaustró como pisadera en el convento de Santo Domingo el Real de Toledo, donde vivió durante treinta años como monja de clausura.

Al cabo de ese tiempo, Isabel, ya reina, tuvo ocasión de conocerla y de enterarse de su historia, y quiso recompensarla por la injusticia con que había sido tratada. La volvió a llevar a la corte, le restituyó los honores y le regaló los palacios de Galiana, donde Beatriz de Silva fundó un monasterio de la Orden de la Inmaculada Concepción en honor a la Virgen, como agradecimiento por algo que había sucedido cuando estaba encerrada en el baúl. Ya que en aquella semana que pasó encerrada, sin comida ni bebida y casi sin aire, se le apareció la Virgen como una mujer muy bella, de pie en medio de un prado, vestida con una túnica azul y con rosas brotándole de las palmas de las manos, y le dijo que confiara en ella y que sería salvada, y gracias a esa visión, decía, había podido resistir sin desesperarse.

—Pero ¿te dijo esa señora que era la Virgen María? —le preguntaba la niña Juana con aquellos ojos tan grandes que ponía cuando algo la asombraba.

—No me lo dijo, hija, pero ¿quién más podía ser? —contestaba Beatriz de Silva.

—Pero ¿le viste la cara?

—Claro, hija, como te estoy viendo a ti.

—¿Y cómo era? ¿Era muy bella? —preguntó María—. ¿Más que nuestra madre?

—Tenía la misma cara que mi madre —nos dijo Beatriz de Silva.

—¡Entonces no era la Virgen! —protestó Juan.

—¡Ay, ay, qué niños sois! —dijo Beatriz de Silva—. ¿Pues no comprendéis que Ella quiso tomar la apariencia de alguien que me fuera cercano y querido?

Los niños se quedaban entre maravillados y confusos.

La infanta Juana me dijo un día con mucho secreto que ella no creía que aquella mujer que había visto Beatriz de Silva fuera la Virgen, porque a la Virgen nunca le habían salido rosas de las manos.

—Entonces, ¿quién crees que era? —le pregunté divertida, porque siempre me extrañaban y me interesaban las cosas que decía Juana.

—Creo que se durmió y tuvo un sueño.

—Ay, cariño mío —le dije—, pero ¿es que no sabes que así es como se nos aparecen Jesucristo y la Virgen, siempre en los sueños, que no podemos verlos directamente?

—Pero si es un sueño no es verdad —dijo Juana.

—Algunos sueños sí son verdad.

Finalmente, después de muchos preparativos, como se hacían todas las cosas en palacio, nos fuimos todos para Granada. Pronto comenzaría el invierno y hacía mucho frío, pero cuando llegamos a Andalucía todo estaba lleno de luz y me parecía que el aire era más suave y amable que en los páramos de Castilla.

Los reyes habían establecido el campamento cristiano en Santa Fe, en la vega de Granada, donde habían hecho construir una gran fortaleza rodeada de torres y murallas almenadas. La reina se reunió con todos nosotros y abrazó y besó a sus hijos y luego a nosotras, porque era siempre muy cálida y afectuosa. La encontré muy cambiada. Siempre había estado llena de vitalidad y de energía, pero ahora la veía cansada en el rostro, con grandes bolsas bajo los ojos como si no durmiera lo suficiente, y al mismo tiempo con más fuerza que nunca.

Reflexionando ahora, me doy cuenta de que Doña Isabel me daba un poco de miedo. Siempre me trató con cariño y me distinguió con regalos y mercedes, pero nunca he conocido a nadie de quien se pueda decir, sin lugar a dudas, que es poderoso. Un poder de esa clase atrae y fascina, pero también aterra.

Al día siguiente de nuestra llegada fuimos a contemplar la Alhambra. Se elevaba en una colina cubierta de bosque, un palacio rojo rodeado todo alrededor de un paisaje de montañas nevadas. La luna estaba ese día en el cielo a pesar de que era de día, y me pareció la media luna de los árabes, que se desvanecía. Las tropas castellanas llevaban meses asediando la ciudad, que seguía allá arriba, como un sueño. Pensé que nunca había visto un lugar más hermoso.

Todas las tropas estaban formadas para recibir a la reina. Era impresionante ver todas aquellas baterías de cañones, lombardas y culebrinas dirigidas hacia la roja fortaleza de la Alhambra. Yo jamás había visto soldados, verdaderos soldados en el campo de batalla, y me causaba admiración ver aquellas hileras e hileras de hombres sosteniendo lanzas y de jinetes en sus cabalgaduras, todos armados, todos dispuestos a morir por defender a su reina y a su fe. Sonaron los pífanos y los tambores, y Doña Isabel apareció montada en su caballo, al trote, sosteniendo las riendas con una mano y enarbolando una espada desnuda con la otra, ya que era una gran amazona. Iba vestida de mora, con una túnica azul tachonada de estrellas y un velo plateado, y tal visión provocó un alarido de entusiasmo entre los soldados, que la vitorearon durante un largo rato.

Estas son imágenes que jamás olvidaré: la reina vestida de mora apareciendo en su caballo, los vítores, la Alhambra en lo alto de su peña.

Todas nosotras y los niños también teníamos deseos de ver la batalla. Pero no hubo batalla alguna. Esa parte de la guerra, las masacres y los asedios, los cautivos y los ríos de sangre, habían quedado atrás, con la toma de Baza, de Málaga, de Almería. El Zagal, que las había perdido, fue enviado a África donde, como castigo por su derrota, y por haberse declarado vasallo de los reyes de Castilla y Aragón, le cegaron echándole plomo en los ojos.

Boabdil no era un gran guerrero e Isabel era, ante todo, una sagaz negociadora. Ya estaba todo acordado y escrito, y Granada estaba ya perdida. La reina firmó un acuerdo según el cual los moros que lo desearan podrían seguir viviendo en Granada, practicando su religión y manteniendo su forma de vestir y sus usos y costumbres. También a Boabdil se le permitió quedarse en aquellas tierras con los suyos cuando saliera de la Alhambra.

Finalmente, en una ceremonia solemne que tuvo lugar en la vega, entre Santa Fe y Granada, Boabdil se presentó con su ejército para hacer la entrega simbólica de las llaves de la ciudad. Allí estaban Doña Isabel y Don Fernando en sus caballos, lujosamente vestidos, Don Fernando de granate y Doña Isabel de azul y de plata, y allí estaban todos sus generales y los soldados y también los infantes y nosotras con ellos. Al ver llegar al ejército moro con Boabdil a la cabeza yo tuve un momento de terror pensando que nos habían engañado y que de pronto iban a sacar sus alfanjes y a presentar batalla.

Había algo infinitamente triste en aquella ceremonia. Boabdil entregó las llaves de la ciudad a los reyes de Castilla y Aragón, y los reyes entregaron al rey moro las Capitulaciones donde se recogían los acuerdos del tratado de paz.

Yo lloré al ver a aquellos magníficos guerreros árabes y sabiendo que aquel era el fin de su reino y que tendrían que marcharse a otras tierras, humillados y vencidos. Sí, lloré por ellos aunque no eran los míos. Aquellos eran los últimos árabes que quedaban en Europa.

Esa tarde entraron las tropas en Granada. Al día siguiente fuimos nosotras con los infantes, subiendo en nuestras cabalgaduras por largas calles y caminos en los que apenas había árboles, ya que los moros tenían las laderas desnudas para mejor proteger su fortaleza, y los pocos álamos y granados que había estaban deshojados, porque era el 3 de enero y hacía mucho frío. Entramos en la Alhambra y fuimos recorriendo las estancias del palacio, donde todavía se veían objetos y utensilios de los hombres y las mujeres que habían vivido allí. En una de las habitaciones, caída en una esquina, había una muñeca pequeñita de madera pintada con suaves colores y con un vestidito de tela. Yo la cogí y se la di a Juana en secreto, para que sus hermanos no tuvieran envidia.

—Inés, ¿no será pecado tener una muñeca mora? —me preguntó en un susurro, guardándosela en la manga.

—No, cariño —le dije—. Era de una niña igual que tú.

El esplendor de aquellas salas y de aquellos patios ajardinados y llenos de estanques era tal que quitaba el aliento. La piedra labrada como si fuera madera, los mosaicos, los azulejos, la delicadeza de las celosías y los aljamiados... Yo jamás había contemplado nada que tuviera tal refinamiento.

Aquella muñeca que estaba caída en el suelo me ha dado luego mucho que pensar. Porque de acuerdo con el Corán, los musulmanes tienen prohibido representar imágenes, ya sea pintándolas o esculpiéndolas. Pero los árabes de Granada, que también esculpieron leones en el célebre patio que lleva ese nombre, debían de sentirse muy lejos de La Meca.

14. Un matrimonio

Mi posición en la casa real se había asentado. Yo era la gran amiga y confidente de Beatriz Galindo y Beatriz había llegado a ser la gran amiga y confidente de la reina. Los reyes dotaron a Beatriz con una suma excepcional para casarla, nada menos que medio millón de maravedíes, y la dieron en matrimonio a uno de los héroes de la conquista de Granada, el capitán de artillería Francisco Ramírez de Madrid, a quien habíamos conocido durante nuestra estancia en Andalucía.

En cuanto a mí, la reina Isabel dijo que también le gustaría verme casada, y me propuso un partido bastante ventajoso, Don Enrique de Murillo, que era escribano en la corte, gracias a lo cual no me iría muy lejos, y me ofreció también una dote de cincuenta mil maravedíes, además de una casa solariega en Madrid, el Palacio de las Calas, mucho más de lo que yo hubiera podido soñar.

Mi padre recibió la noticia de la generosidad de la reina con lágrimas en los ojos, y me aconsejó que aceptara a Don Enrique como esposo a pesar de que tenía cuarenta y cuatro años, era viudo y tenía dos hijos de mi edad, uno de ellos, de hecho, cuatro años mayor que yo. Yo le dije que le había conocido, que era feo, que hablaba como un cura, que no olía bien y que no me gustaba, y vi que mi padre se ponía tan triste que temí incluso que se muriera allí mismo del disgusto. Mi madre había muerto unos años atrás, y mi padre, al quedarse solo, se había convertido de la noche a la mañana en un viejo.

—Pero, hija, Inés —me dijo—, ¿qué es lo que buscas tú en este mundo? Uno no puede subir por encima de sí mismo. Es como si quisieras trepar por una cuerda que tú misma sostienes en lo alto y que no se agarra a nada. ¿No te das cuenta de lo mucho que te ha sonreído la fortuna? ¡Es la propia reina la que se ofrece a pagar tu dote y la que te entrega como esposa a un funcionario de su corte!

Yo sabía que mi padre tenía razón. Tampoco el marido de Beatriz era un hombre joven, y a pesar de ser uno de los héroes que se habían destacado en la guerra de Granada, era también viudo y con hijos mayores. Me sentí avergonzada al compararme con Beatriz, que era mejor que yo en todo y a pesar de eso sabía aceptar las cosas con más humildad que yo: primero, ser monja, luego, casarse con un hombre que la doblaba en edad.

Poseída por la desesperación, le escribí una carta a Don Luis de Flores contándole mi situación, hablándole de la suerte que había tenido de haber logrado la confianza de la reina y de cómo ella y Don Fernando se habían ofrecido a pagarme cincuenta mil maravedíes de dote y a regalarme un casón en Madrid. Pensaba, en mi gran ingenuidad, que quizá ahora mi partido fuera aceptable a los ojos de su familia.

Como su padre era marqués de Colindres dirigí la misiva a esa villa, aunque con poca esperanza de que llegara a su destino. Unas semanas más tarde tuve la gran sorpresa de recibir una carta lacrada con los dos cisnes con el cuello entrelazado del sello del marqués de Colindres, en la que Don Luis me decía que acababa de casarse con otra Inés, Inés García de Montesinos, hija del marqués de Montalvo y de la condesa de Ahumada, con la que estaba prometido desde que tenía nueve años. Me decía, entre melancólico y galante, que yo era mucho más guapa que ella, y luego, con cierta temeridad, ya que una carta que cruza media España puede caer en las manos de cualquiera, que por mí se había puesto en las manos del Diablo y que jamás haría nada parecido por la que ahora era su esposa. Me contaba también que por su matrimonio había heredado una isla que estaba frente a la costa cántabra.

Aquella fue la primera vez que oí en mi vida hablar de aquella isla, que llegaría a jugar un papel tan curioso en mi vida.

Mucho me apenó enterarme de que estaba casado con otra, pero algo me sirvió de consuelo haber descubierto que podíamos, al menos, comunicarnos por carta. Le escribí otra preguntándole discretamente por sus estudios de necromancia (a los que me referí como «esos otros estudios que emprendisteis en Salamanca») y él me contestó que todavía seguía en ellos, puesto que aún no se habían cumplido los siete años, al cabo de los cuales lograría lo que era su gran deseo, o al menos, me decía, su segundo gran deseo, ya que nunca había podido cumplir el primero. A partir de entonces, las cartas siguieron llegando, separadas a veces por semanas o incluso por meses. Casi siempre nos escribíamos en latín.

En una de sus cartas me contó que había pensado construir un pequeño palacio en la isla de la que ahora era propietario, y que carecía de nombre. Yo le sugerí que la llamara «Leonís», como esa isla maravillosa de los relatos de Don Tristán y de la Tabla Redonda, la isla de Lyonesse donde crecen las manzanas de la eterna juventud.

Pero volvamos a Don Enrique Murillo, mi prometido. Era un hombre oscuro, pequeño y de piel macilenta. Le he descrito como «feo», pero no era ese el verdadero problema ni lo que me hacía sentir cierta repulsión hacia él. Para atraer a las mujeres los hombres no tienen que ser guapos, tienen que ser hombres. Es el carácter varonil de un hombre, que sea fuerte, tanto en el sentido físico como en el moral, que sea recto, que sea bondadoso, que nos haga sentir confianza en él, que nos haga reír, eso es lo que nos gusta de los hombres. Don Enrique Murillo no era ninguna de estas cosas: no era noble, no era fuerte, no me hacía reír. Hay hombres que son suaves pero que son recios por dentro, pero Don Enrique era suave por fuera y blando por dentro, y es distinto ser suave que ser blando. Suave es la seda, blanda es una babosa. Suave es el marfil, que es duro como el pedernal, blanda es la fruta madura, que ya no deseamos morder.

Tenía un bigote pequeño y ridículo y unos dientes prominentes que me recordaban a los de un ratón, y todo él tenía algo de ratón, tanto que a veces, cuando le miraba, buscaba sin darme cuenta, puesto que su bigote ya lo veía, dónde estaban sus grandes orejas y su rabo, ¡así de ridículo me parecía! Era blando, relamido, muy hablador de cosas que no me interesaban, muy religioso, muy tacaño con el dinero, y enseguida me dijo que cuando fuera su esposa no debía esperar ni joyas ni trajes caros, que el verdadero adorno de la mujer cristiana debía ser su castidad y la devoción a su esposo. Me presentó a sus hijos, que me parecieron casi tan tristes como él, y que a pesar de su juventud tenían ya los mismos modos y actitudes que su padre.

No le gustaba la lectura, ni la música, ni la danza, ni las actividades físicas, y era mal jinete y pésimo espadachín. Cuando tenía que cabalgar prefería un asno pequeño, porque tenía miedo de caerse, y como no sabía sostenerse sobre los estribos, el paso de la cabalgadura le hacía temblar como si fuera un muñeco de trapo. Como no había leído ni un libro en su vida, todo su conocimiento venía de los refranes, que decía sin cesar, y sin tener miedo de repetir mil veces el mismo en la misma circunstancia, como si estuviera diciendo, cada vez, algo sagaz y significativo. Tampoco le gustaba mucho bañarse, y decía que solo los que están sucios se bañan. En resumen, que no había hombre en el mundo que pudiera atraerme menos como marido.

Tuve el atrevimiento de decírselo a la reina, y noté que no estaba contenta con mi respuesta.

—Mira, Inés —me dijo—, me parece que tú has leído muchas novelas. Don Enrique Murillo es un buen cristiano, un hombre honrado que conoce bien el mundo y la vida, tiene una buena posición y ha aceptado de buen grado ser tu esposo. Es un hombre tranquilo que no te pondrá nunca la mano encima y te cuidará y proveerá toda tu vida. Pero si no quieres casarte con él, nadie puede obligarte. ¡Y menos yo, que rechacé no sé cuántos partidos!

—Yo no deseo ser ingrata, señora —dije—. Mi único deseo es serviros.

—Pues si deseas servirme, cásate con él, hija.

—¿Y la felicidad, señora?

—¡La felicidad! —dijo la reina—. La felicidad no existe, Inés. Lo que existe es la voluntad en el hombre y la obediencia en la mujer. La felicidad ya nos la dará nuestro Señor cuando nos encontremos con Él, si es que la merecemos.

Así quedó zanjado el asunto, para gran alegría de mi padre. Me contó, el pobre hombre, que había hablado con mi madre y que ella había llorado mucho y que también estaba muy feliz por mi matrimonio, y de este modo me enteré de que mi padre seguía hablando con mi madre como si estuviera viva y que mantenía con ella animadas conversaciones en las que ella le respondía, le reprendía y le aconsejaba. Después de contarme aquello en la efusión del momento le vi un poco corrido, como si hubiera revelado algo que no debiera. Pero a mí no me extrañó que siguiera hablando con su esposa muerta, y no pensé menos de él por ello. Yo misma me descubría muchas veces hablando con Don Luis, contándole lo que sentía y pensaba, y a veces él me respondía, y me decía cosas que me sorprendían y que no eran las que yo hubiera imaginado que diría.

Sus cartas seguían llegando, lentamente, separadas por semanas, luego por meses. Yo me preguntaba qué diría Don Enrique Murillo si se enterara de que me carteaba con otro hombre, por inocentes que fueran las cosas que nos escribíamos, si debería contárselo, y si, de enterarse, me permitiría seguir haciéndolo.

Tenía veinticuatro años cuando me casé. Mi marido, cuarenta y cinco. Como él ya tenía hijos y herederos, no era la paternidad lo que le obsesionaba, y enseguida descubrí que tampoco se sentía excesivamente atraído por mí. La noche de bodas cumplió e hizo lo que se esperaba de él, pero enseguida perdió el interés por mí, y comenzamos a dormir en habitaciones separadas. Yo me preguntaba por qué había querido casarse conmigo y también, bastante ofendida, cómo era que una mujer joven y hermosa como yo le interesaba tan poco. Se lo pregunté un día y me dijo que aquella no era la forma de hablar de una mujer honrada.

—Yo me miro en el espejo y me veo hermosa —le dije—. Toda mi vida, casi desde que era una niña, los hombres me han mirado con deseo. Estas son cosas que una mujer sabe, no por vanidad ni por lujuria. Todos me celebran y me admiran, todos menos tú, que eres mi señor.

—¡No cabíamos al fuego y parió mi suegra! —dijo mi esposo, expresándose, como siempre, con refranes—. Mira, Inés, no diga la lengua por do pague la cabeza. Nada tiene el que nada le basta. El hombre y la mujer deben yacer para hacer hijos, lo demás es fornicio.

—Vos tenéis hijos, pero yo no.

—Ya los tendrás, Inés, ya los tendrás. Madre serás, y amansarás. Rompiose el cesto y acabose el parentesco. Ruin pájaro, ruin cantar, y no digo más.

Tenía yo la esperanza de que nos trasladaríamos al Palacio de las Calas que tan generosamente me había regalado la reina y que era parte de mi dote, pero mi marido no quiso ni oír hablar de ello. A pesar de su ostentoso nombre, el palacio era poco menos que un gran caserón vacío con un pequeño huerto, al que se llegaba ascendiendo una de esas empinadas escaleras que hay cerca de la Puerta de Segovia. Mi marido decía que amueblar y acondicionar aquella casa resultaría muy caro y que dado que su trabajo le hacía viajar a menudo, ya que era el encargado de redactar y copiar todos los documentos oficiales, no tenía sentido acondicionar una casa tan grande para que yo viviera sola en ella la mayor parte del tiempo.

Algo de razón tenía, porque pasaba mucho tiempo siguiendo a la corte. Aquellos viajes suyos me daban libertad y respiro, pero estimulaban sus sospechas. No sé si era un hombre de natural celoso y si lo había sido con su primera esposa. Es posible que al verme tan joven y llena de vida y a él tan viejo y carente de vigor, empezara a pensar que tarde o temprano yo le pondría los cuernos. No había nada en mi comportamiento que lo sugiriera, y siempre intentaba comportarme con él como una buena esposa, pero los celos son como la carcoma, que una vez entran en una casa la devoran entera desde los cimientos al tejado.

Sospechó que mi doncella, Elisa, que era de mi edad, sería mi confidente y amiga, y me puso a una vieja criada suya, llamada Margarita, para que me acompañara cuando saliera de casa. Yo imaginaba que después de nuestras salidas le preguntaba si yo había hablado con alguien, si nos seguía algún hombre, si no me habrían dado un billete en secreto o cosas parecidas.

No sé si por causa mía o por una costumbre que tenía de antiguo, a mi marido le complacía sobremanera hablar mal de las mujeres.

«Casar, casar, bueno es de mentar, malo de llevar», decía, expresando sus pensamientos, como siempre, por medio de refranes, que iba hilando uno tras otro.

«La que hizo un yerro y pudiendo no hizo más, por buena la tendrás», decía, como insinuando que todas las mujeres eran infieles y que eso no podía evitarse, tras lo cual soltaba una de sus risitas de ratón.

Decía mucho aquello de «la mujer en casa y el hombre en la plaza», y también «la mujer, la pata quebrada y en casa», sabiendo lo mucho que me gustaba a mí salir a la calle. Luego añadía aquello de «la mujer y la candela, tuércele el cuello si la quieres buena», aunque la verdad es que a mí jamás me puso la mano encima. Decía que las mujeres debían ser moderadas en el vestir, en el hablar y en el comer, y que «la mujer golosa, o puta o ladrona». Y yo, que siempre he sido muy golosa y sabía que ladrona no era, me decía que entonces debía de ser puta sin saberlo. También le disgustaban las mujeres que se cuidaban y se bañaban mucho, y decía que «la puta y la corneja cuanto más se lava más negra asemeja», ya que era tan melindroso al hablar en ocasiones como grosero en otras, y la palabra «puta» y otras lindezas dichas sobre las mujeres eran frecuentes en su vocabulario. «La que del baño viene bien sabe lo que quiere», decía, como queriendo decir que la mujer que se baña es porque se está preparando para un hombre. Mi afición al agua y a cambiarme de camisa le parecían extravagancias y gastos inútiles, y yo no me bañaba tanto como hubiera querido por no enfadarle.

15. Fiesta de toros

Me hallaba sola en Madrid cuando hubo unas famosas fiestas de toros. Yo deseaba ir, pero mi marido me lo había prohibido, aduciendo que en aquellos festejos había muchos peligros en las calles. Pero yo era joven, deseaba diversión y estaba harta de la oscuridad de mi casa. Sabía que habían cerrado la plaza principal de la villa, cortando todas las calles que conducían hasta ella, para celebrar allí los toros, y quería ver todo aquello por mis propios ojos.

Me las arreglé para escapar de mi propia casa sin mi sombra, Margarita, y eché a caminar por las calles con ese sentimiento de alacridad y de gozo que siente uno siempre que hace lo que libremente ha elegido. Las calles que llevaban a la plaza estaban abarrotadas de gente, y me costó llegar a los tendidos desde donde se veían los toros.

La fiesta estaba ya en pleno apogeo. Soltaban los toros en la plaza, que estaba rodeada de una empalizada, y allí se les enfrentaban jinetes con lanzas vestidos de muy alegres colores. Pero también las gentes saltaban a la plaza, armados con lanzas, jabalinas, porras y cuchillos y se acercaban al toro para pincharle y cortarle como pudieran. Me costó encontrar al toro en medio de tanta gente como había en la plaza, y cuando al fin lo descubrí me quedé espantada, porque tenía el lomo, los cuartos traseros y los costados llenos de lanzas y flechas clavadas. Incluso así, sangrando por mil heridas, tuvo fuerza para embestir a uno de sus atacantes clavándole una de las astas en el vientre y levantándole por los aires, donde revoló como un pelele de trapo para después caer al suelo moribundo. ¡Fiestas le llamaban a aquel espectáculo atroz y sangrante! El valor de los caballeros que se enfrentaban a los toros era indudable, y los rugidos de la multitud estaban justificados al contemplar la elegancia con que los jinetes se acercaban a las temibles bestias negras, cuyas cornamentas blancas parecían medias lunas sarracenas, pero a veces el toro atacaba al caballo y le rajaba el vientre, y todos sus intestinos grises y azules se le salían. Los cirujanos cosían rápidamente al caballo así herido y lo enviaban de nuevo a la plaza. Si hubieran sido solo los jinetes con lanzas los que atacaban al toro, el espectáculo hubiera sido quizá bárbaro pero bello, pero ver a aquella multitud vociferante y llena de odio atacar por todas partes al desdichado animal me parecía una gran cobardía. Los que no se atrevían a saltar a la plaza aguardaban desde la barrera con pértigas a las que habían atado navajas en la punta, con la esperanza de que el toro se acercara a donde ellos estaban y poder clavárselas en alguna parte de su cuerpo.

Me aparté de allí, sin desear ver más, y eché a caminar por las calles de vuelta a casa. Estaba un poco aturdida, como si hubiera bebido demasiado vino, y creo que no sabía ni por dónde andaba. Pasé frente a un aguaducho en el que unos hombres bebían vino y uno de ellos se acercó a mí con familiaridad y me saludó llamándome Estrella.

—Yo no conozco a vuestra merced —le dije con toda la altanería de que fui capaz.

—¿Que no me conoces? —dijo él tomándome del brazo y volviéndose a sus amigos—. ¿No os he hablado de una israelita bella como un sueño a la que conocí hace años y que era la perla de la judería y la puta más hermosa de Madrid? ¿Y cómo sigues tú por aquí? ¿Te has convertido a la fe de Jesucristo para poder seguir puteando?

Los otros reían, se acercaron y me rodearon. Yo les dije que no era judía sino cristiana vieja, y que mi esposo era Don Enrique Murillo, escribano de la reina. Pero estaban todos borrachos y excitados y yo era una mujer sola, y ya se sabe lo que es una mujer sola por las calles, más aún si es joven y hermosa. Grité, pero en medio del caos que había en las calles, los clarines de los toros y los tambores, chirimías, pífanos y zanfoñas de los bailes, mis gritos no llamaron la atención de nadie. Me metieron a rastras en un portal de una casa y allí empezaron a tocarme y a abrazarme. Yo llevaba mi estilete bien atado en el tobillo derecho, pero no podía llegar hasta él, porque me habían agarrado los brazos.

Me arrancaron un collar de perlas que llevaba y tiraron del escote del vestido hasta sacarme las tetas, que me apretaban y retorcían haciéndome daño. Me puse a gritar pidiendo auxilio y entonces el que me había llamado Estrella me dio un bofetón y luego otro y otro más y me dijo que si no me callaba, me mataría. Noté cómo me levantaban las faldas y me forzaban a arrodillarme en el suelo, descubriendo mis nalgas, y de pronto me vino un recuerdo de humillación infinita, cuando era solo una niña en Salamanca, y me pareció sentir de nuevo el olor de los hinojos a mi alrededor, la brisa fresca de los huertos en las nalgas, la misma sensación de sometimiento y de degradación. Pero en esta postura, cuando mis atacantes pensaban que ya era suya, y hallándome con las manos libres, pude por fin coger el estilete, y me puse a darles cuchilladas. Cogidos por sorpresa, a uno que se había inclinado frente a mí, seguramente para sujetarme mientras los otros abusaban de mí, le clavé el estilete en un ojo, del que manó un chorro de sangre que parecía un grifo de vino, y luego di un par de cuchilladas más que solo se encontraron con tela o con aire, y finalmente se lo clavé a otro de mis atacantes en la ingle. Ahora eran ellos los que gritaban. El último al que yo había herido gritaba «¡soy muerto!, ¡soy muerto!, ¡confesión!, ¡confesión!», y los otros vieron que le manaba un río de sangre, porque el estilete le había seccionado la arteria femoral, y en pocos minutos, sin que nadie pudiera hacer nada por evitarlo, estaría frente a frente con su Hacedor. Sin querer verse implicados en una muerte y pensando que nada podían hacer por el que se desangraba, aquellos finos caballeros salieron de allí en estampida, uno de ellos golpeándose con las paredes porque iba ciego, y yo cogí mi estilete con manos temblorosas y salí de allí también como pude. Llegué a mi casa con las ropas llenas de sangre para gran espanto de los criados y me pasé la noche llorando. De pronto mi marido ya no me parecía tan malo, y pensaba en él con gratitud porque era un hombre bueno que jamás abusaría de una mujer y porque había jurado servirme y protegerme hasta la muerte.

16. El demonio de los celos

Fui madre. Tuve dos niños, un niño y una niña, mellizos, y mi marido me miraba con malos ojos, porque entonces se decía que las mujeres que tenían mellizos eran adúlteras. No tenía ningún motivo para sospechar de mí y jamás había yo ni puesto siquiera los ojos en otro hombre ni me había pasado por la cabeza serle infiel, pero el demonio de los celos es como la yesca, que con la más mínima chispa se enciende. Se obsesionó con la idea de que aquellos dos niños, a los que bautizamos como Beatriz y Manuel Pedro, no eran suyos. Buscando entre mis cosas pruebas de mi culpabilidad, abriendo armarios y arcones, mi desconfiado esposo acabó por encontrar las cartas de Don Luis, que yo tenía escondidas dentro de mi ejemplar de las *Metamorfosis* de Ovidio. Las leyó, y sin acabar de entenderlas, y aunque no había en ellas nada que me inculpara, me las tiró a la cara y me acusó de ser una meretriz.

—Don Luis de Flores es un amigo de mis estudios de Salamanca —le dije una y mil veces—. Vive en Santander, en el otro rincón de España. ¿Qué crees, que se convierte en garza por las noches y entra por mi ventana? Si te he sido infiel, dime, ¿cómo, cuándo, dónde?

—Estás llena de artes y engaños, como todas las mujeres —me dijo—. La que va a la plaza no vuelve santa. Ya sabía yo que tantos libros y tantos latines no eran buenos. Me convencieron de que me casara contigo y ahora me has hecho padre de dos bastardos.

Llegué a pensar que podía hacerles algo malo a los niños, y no me apartaba de su cuna. Mi marido quiso ponerles un ama de cría, pero yo me negué y dije que quería amamantarles yo. Sentir cómo mi cuerpo se había convertido en un jardín del que manaban fuentes de leche me llenaba de estupor y maravilla, y pensaba que no había sensación más bella y tierna en la vida que tener a mis dos niños, cada uno en un pecho, tomando de mí misma su alimento.

Pero las cosas malas siempre engendran otras peores. Hubo una epidemia de garrotillo en Madrid. Las gentes morían por las calles. También mis hijos se contagiaron, primero la niña, poco después el niño. Los dos murieron, mis dos pequeñas rosas, mis dos ángeles. Murieron en mis brazos, de los que tuvieron que arrancármelos para colocarlos en sus pequeños féretros. Después de aquello, yo entré en una época de desolación. Perdí todo el gusto por la vida.

Pensaba en aquella monja que había venido a visitarme a casa de mis padres y que me hablaba de las felicidades y las dulzuras de la vida del claustro, y de pronto me daba cuenta de que tenía razón, de que era cierto que la vida de las mujeres en el mundo no era sino una sucesión de horrores, de violencias, de desengaños, de humillaciones, de servidumbres y de penas.

Para mi marido, la muerte de nuestros hijos venía a ser una prueba más de mi infidelidad. Sé que pensó en repudiarme o en pedir la anulación de nuestro matrimonio, y si no lo hizo fue porque no tenía ninguna prueba material y, sobre todo, por vergüenza. Consumida por el dolor, yo también me sentía culpable, porque había tenido hijos con un hombre al que no amaba.

No hay límite para la culpa, sobre todo para las mujeres.

17. El año 1500

Cuando llegó el año 1500, que es el año en que nació el Emperador, murieron, con pocas semanas de diferencia, primero mi padre y luego mi marido, de modo que me encontré de pronto huérfana y viuda.

La muerte de mi padre me apenó mucho, pero me consolé pensando que había ido a reunirse con mi madre y que ahora estarían los dos juntos. La muerte de mi marido, en cambio, no me produjo más que alivio. Fue tan ridícula como lo había sido, en general, su vida y su persona: bebió un vaso de agua fría, se enfrió, enfermó y murió. De pronto, de la noche a la mañana, me encontré libre. Libre de su presencia, de sus celos, de su mal olor y de sus refranes.

Yo tenía treinta y un años entonces y estaba en la flor de la vida. Pensaba que siempre había vivido sometida a algo o a alguien: a mis padres, a mi tía, a mi marido, y que por primera vez era dueña de mi propio destino.

La idea de que podía pasar todas las horas del día haciendo lo que se me antojara y sin responder ante nadie me parecía maravillosa.

Una de las primeras cosas que quise hacer en mi nuevo estado fue comprarme un espejo. Siempre he sido aficionada a los espejos, objetos que me parecen mágicos y misteriosos, porque multiplican la realidad y hacen lo mismo que Dios y que las mujeres. Mi fábula favorita de Ovidio siempre fue la de Narciso, que se mira en el espejo de un estanque, se cae dentro de su propio reflejo y se ahoga, es decir, que se muere dentro de sí mismo.

Tenía un espejito muy pequeño y muy turbio, apenas del tamaño de la palma de una mano, que era el único que me había permitido mi esposo. Decía que el espejo hace vanas a las mujeres y que «el espejo y la mujer pequeños han de ser», y cuando me veía mirándome en aquel espejillo miserable me decía «estábamos en el lugar pero no vimos las casas» y también «la flor del romero, niña Isabel, hoy es flor azul, mañana será miel», como queriendo decir que pronto sería vieja y dejaría de mirarme.

Pero lo que yo deseaba era un espejo en el que pudiera verme bien. No sé por qué se me puso aquella idea en la cabeza. Busqué por las calles un mercader de espejos y me compré uno bastante grande en el que podía verme la cabeza, el cuello y el pecho hasta la cintura. Tenía un lujoso marco de madreperla, era muy claro y estaba muy bien azogado, y el mercader me dijo que era de cristal veneciano, el mejor de Italia, y que había pertenecido a una dogaresa. Pagué por él una suma exorbitante que hubiera escandalizado a mi esposo, y lo coloqué en mi cuarto en un lugar en el que recibiera bien la luz. Me gustaba mirarme en él desnuda y a solas, contemplando mis cabellos sueltos cayendo por los hombros; mis ojos grandes y oscuros como los de la jineta, con iris que parecían cerezas maduras, bien separados y ligeramente rasgados, ribeteados con oscuras pestañas naturalmente espesas; mis labios grandes y carnosos, rugosos como pétalos de rosa y dotados de su mismo tono carnación, ya que nunca he tenido yo esa boquita de piñón que tanto se estimaba entonces; mi barbilla redondeada y adornada en la punta con una almohadilla mullida; mi cuello mórbidamente blanco, muy largo y elegante, mis pechos perfectos, y pensaba con melancolía que aquellos labios ya no besarían a nadie y que aquellos pechos ya nunca serían besados por nadie con amor y que tampoco servirían ya para dar de mamar a nadie, y me preguntaba cuánto tiempo se mantendrían así de bellos y perfectamente torneados, sostenidos en el aire fuera del cuerpo sin sujeción alguna, como por una especie de milagro de la naturaleza y coronados por dos pezones rosados tan delicados que parecían peones de ajedrez de palisandro.

La contemplación de mi imagen en el espejo me llevó a pensamientos melancólicos, y comencé a decirme que aquel rostro perfecto y aquel cuerpo de diosa duraría solo unos pocos años más y pronto comenzaría su declive inevitable. Los ojos se harían más turbios y se hincharían. Aparecerían bolsas debajo. Las arrugas surgirían primero a ambos lados de los párpados, luego alrededor de la boca, que no he sido yo nunca muy fruncidora pero sí muy sonreidora. La piel se iría oscureciendo, perdería ese brillo que ahora tenía y esa transparencia que dejaba ver en las sienes, en la garganta y en los senos, como a través de un mármol fino, las venas azules que corrían por debajo, y aparecerían manchas. Mis pechos comenzarían a caer y a colgar, y también caerían y colgarían mis mejillas, mi papada y la carne de mis brazos. Mis cabellos se tornarían ralos y grises, perdería varios dientes, mi nariz se haría grande y ganchuda y yo sería una vieja horrenda.

A pesar de todo, no sentía ningún deseo de volver a casarme. Muchas veces soñaba que estaba en brazos de un hombre, y a veces sentía un ardor en toda mi sangre que no sabía cómo calmar, pero la experiencia del matrimonio y de la maternidad me había resultado tan decepcionante que me daba miedo intentarlo de nuevo.

Un día, de vuelta de misa con mi doncella, caminando sin rumbo por las calles de Madrid, nos encontramos de pronto frente a la puerta del Palacio de las Calas, el magnífico regalo de la reina, que yo apenas había pisado en aquellos años.

Me pareció, por primera vez, un verdadero palacio. A la luz de la mañana, que iluminaba su piedra leonada, me resultaba aquel un lugar de magia. La fachada era imponente, y estaba adornada con un escudo solariego. Sobre las altas tapias del huerto se veían asomar varios cipreses.

—Elisa —le dije—. ¿Qué te parecería si nos viniéramos a vivir aquí?

—¿Aquí, señora?

—Elisa, está decidido. Voy a venir a vivir aquí. Me voy a marchar de esa casa tan triste.

—Sí, señora, es verdad que hay allí muchos recuerdos tristes.

Yo recordaba cómo ella también había llorado al ver cómo la enfermedad se llevaba a los dos recién nacidos de la casa y cómo había corrido en mitad de la noche para buscar al médico y cómo los había abrazado y besado también como si fueran sus propios hijos, y le cogí la mano con afecto.

—Mañana mismo voy a hacer que traigan todos los muebles y las ropas que son míos. De hoy en adelante, esta será mi casa.

—Pero esta casa está vacía, señora —dijo Elisa.

—Habrá que llenarla, entonces —dije yo.

Las dos estábamos felices y también un poco asustadas.

Una vez más, sentí que mi vida comenzaba.

Mi marido me había dejado una modesta renta con la cual, bien administrada, podría vivir sin dificultades, y me llevé a mis tres criados a mi nueva casa: Elisa, mi doncella, Mencía, la cocinera, y su esposo, que era mozo de cuadras y que no tendría mucho que hacer en una casa sin cuadras y sin cabalgaduras, pero me parecía, por lo que conocía del mundo, que era mejor que hubiera algún hombre en la casa y tampoco quería separar a los que tanto tiempo llevaban sirviéndome bien.

Hice trasladar al Palacio de las Calas los muebles que tenía, así como las alfombras, tapices, almohadas, colchones y almadraques, e incluso así, la nueva casa parecía vacía, y había muchas habitaciones que no tenían dentro ni una silla. A pesar de todo, me sentía feliz en esta gran casa desierta, sobre todo porque estaba llena de ventanas, que se abrían en dos fachadas a dos vistas distintas de Madrid, una de las cuales me permitía ver la sierra, y también porque tenía un pequeño huerto que me recordaba al de la casa de mi tía en Salamanca y donde me agradaba sentarme a leer.

—Señora —me decía Elisa—, ¿no le da miedo vivir en esta casa tan grande y tan vacía?

¡Tan vacía estaba que ni ratones tenía! Y es verdad que algunas veces yo oía ruidos por la noche y tenía miedo, y nunca me apartaba de mi estilete, pero a pesar del temor que sentía, en aquella casa me sentía libre, y el miedo es el pequeño precio que hay que pagar por la libertad. En mi dormitorio, que era muy amplio y cómodo, yo tenía todo lo que necesitaba: mi cama con baldaquino, mi ajuar, mi espejo de medio cuerpo, mi baúl, mi armario, mi mesa de trabajo y mis libros. En aquella época había logrado reunir nada menos que sesenta y dos volúmenes, que tenía colocados en dos baldas de roble cerca de mi cama para poder verlos siempre. Mi sueño era llegar a ser la dueña de cien libros, con los cuales pensaba que tendría lectura hasta el fin de mis días.

18. Un retrato

Los hechos demostraron, sin embargo, que yo no era tan lista como me creía, y que estaba resultando una pésima administradora de mi hacienda. Me poseyó una avidez de cosas, y al gasto de mi precioso espejo veneciano siguieron otros, sobre todo telas para hacerme vestidos, guantes, zapatos, muebles, alfombras e incluso algún tapiz, que apenas podía permitirme por lo caros que eran. Pero me dediqué sobre todo a visitar los comercios de la calle de los Libreros. Pronto me hallé dueña de los cien libros que me había propuesto, y entonces me di cuenta de que no podía parar, y que deseaba hacer crecer más y más mi biblioteca. Pero hubo otra cosa que terminó por descabalar mis finanzas.

Como estaba obsesionada con la idea de que me hallaba en la cumbre de mi belleza y que a partir de entonces solo me esperaba el declive físico, tuve la idea de hacerme un retrato, y de que este fuera lo más fiel posible al original. Pensé inmediatamente en Juan de Flandes, el pintor de la corte, que había hecho un maravilloso retrato de la reina Isabel, uno de Doña Catalina y sobre todo uno de Doña Juana cuando era muy joven. Se veía allí el rostro ovalado de Juana, que tanto se parecía al de su madre, sus cabellos color dorado rojizo, que también había heredado de la reina, sus ojos tristes y esquivos, la ternura de su carne, representada con tanta delicadeza que parecía que el pecho quería salirse del brial. Removí mis antiguos contactos cortesanos, hablé con Beatriz Galindo, que me recibió con el mismo cariño y afecto de siempre y me pidió noticias de mi vida y se entristeció mucho al enterarse de la muerte de mis hijos. Cuando le hablé de mi deseo de pedirle a Juan de Flandes que me hiciera un retrato, se quedó espantada.

—Pero Inesilla, ¿es que te ha dejado rica tu marido?

—Algo me ha dejado —repuse yo.

—¡Ay, no seas cabeza hueca, Inesilla! —me dijo—. Juan de Flandes es el segundo pintor de la casa real, y solo pinta a los reyes.

—¿El segundo? Pues ¿quién es el primero?

—El primero es Melchior Alemán, pero ese es el pintor más caro de España. ¡Hija mía, pinta unos retratos que parece que están vivos! La reina Isabel le paga cincuenta mil maravedíes al año. Solo una reina podría costearse un retrato suyo.

Al oír aquello me quedé asustada. Revisé mis arcas y mis joyas, vi qué tenía, qué podía empeñar y qué podía vender, y finalmente me presenté en el estudio del gran Melchior Alemán, que era como se conocía entonces en España a Michel Sittow, y le dije que me gustaría que me hiciera un retrato. Creo que mi petición le pareció extraña, acostumbrado como estaba a pintar a los grandes señores, pero acordamos que fuera una tabla pequeña, de veinte por treinta, y me pidió un precio razonable, que yo logré rebajar un poco, de modo que quedamos de acuerdo en que iría allí a posar todos los días.

Creo que la verdadera razón de que aceptara el encargo fue que yo le gustaba como modelo. Hacía mucho tiempo que yo conocía perfectamente el efecto que causaba en los hombres y aquella mirada que vi en sus ojos cuando me contemplaba la había visto muchas veces antes.

Comenzó a hacerme bocetos con carboncillo, y luego a medir mis proporciones con una cuadrícula y ciertos instrumentos ópticos. A continuación comenzamos a elegir vestidos, peinados y joyas, a decidir entre seda y brocado, entre perlas y turquesas, y me di cuenta de que para él los estampados de las telas, sus pliegues y caída, así como los brillos de las joyas y el arreglo y ornamento de los cabellos, cintas, encajes, broches y colgantes, eran tan importantes, al menos, como mis facciones y mi piel. Perdimos sesiones enteras en elegir los pendientes adecuados, los collares adecuados, el vestido adecuado. Dudamos entre un vestido de seda de Valencia color verde y berenjena y otro de brocado digno de una reina. Nos decidimos, finalmente, por el segundo: un magnífico brial de brocado de punto asargado, con dibujos de raso de ocho lizos y una trama de dos colores, dorado y rojo, entrelazado de hilo de oro y aljófares, con un escote redondo que revelaba el nacimiento del pecho, el más lujoso que yo tenía, y que mi marido nunca me había permitido ponerme. Discutimos también sobre el cabello, y al final optamos por peinarlo con una raya en medio y poner unos rodetes a ambos lados, dejando desnudo el cuello y sin velo ni bonete que lo cubriera, a lo que el maestro añadió un collar de corales y unos cordones de seda dorada con aljófares entrelazados en los cabellos.

Cuando el retrato estuvo terminado, en una tabla que reproducía aproximadamente a la mitad del tamaño natural mi cabeza, mis hombros y mi pecho hasta la cintura (quiero decir hasta la cintura del vestido, que en la moda de entonces estaba colocada justo debajo de los pechos), me sentí muy satisfecha y feliz, pero enseguida comencé a pensar que lo que yo deseaba era un retrato que me perpetuara a mí, no a mis ropas ni a mis joyas, de modo que le propuse a Michel Sittow que me pintara otra vez, por el otro lado de la tabla, pero sin ropa.

—Pero señora —dijo él—. ¿Queréis que os pinte en camisa?

—No, caballero. Sin camisa, sin nada. Tal y como mi madre me trajo al mundo.

Vi en sus ojos un brillo como de fascinación o de miedo.

—¡Deseáis que os pinte desnuda! —me dijo—. He visto en Italia imágenes así, y sé que a veces son nobles señoras las que posan, y aparecen con el pecho desnudo, como si fuera su propia belleza la que protegiera su pudor. Vi una vez una imagen de Venus naciendo de la espuma... Pero aquí, en Castilla...

—Lo pintaréis en la parte de detrás de esa tabla, y luego le pondremos un marco y nadie sabrá nunca que esa pintura está allí escondida. No me diréis que no habéis pintado nunca cuerpos desnudos.

—Sí, señora. ¡De mártires!

El buen hombre no sabía qué decir. A fin de convencerle, o quizá para mostrarle que una mujer desnuda no es algo peligroso, comencé a soltarme el pelo, y luego hice que mi doncella me desabrochara el vestido y me lo bajara por los hombros hasta dejar el pecho al descubierto. Muchas veces, los hombres miran los pechos femeninos, que son la cosa más corriente del mundo, como si fueran un milagro. Al menos así es, en mi experiencia, como los ven los hombres: como lo más humanamente hermoso.

—Pondremos, a pesar de todo, un collar de perlas o de rubíes —dijo el pintor, colocando con dedos temblorosos las trenzas desordenadas sobre mis hombros—. Y una cinta negra, fina, alrededor de la frente.

—Quiero, además, que me pintéis mirando directamente a los ojos —le dije—. No quiero apartar la mirada, sino mirar al que me mira.

Conociendo su afición por las joyas, los brillos y los metales, y ya que no podía regodearse en tejidos, estampados, bordados ni pliegues de las telas, sino solo en mis cabellos, en mis facciones y en mi piel, acepté llevar un fino collar de perlas y un cordón de terciopelo negro alrededor de la cabeza, por la parte alta de la frente, ya que me gustó cuando me vi con él reflejada en el espejo. Cuando ya habíamos decidido los detalles del nuevo retrato, le pregunté entonces cuánto me cobraría por él y me contestó que no me costaría ni un solo maravedí.

—¿Ni un maravedí? ¿Y cómo es eso?

—Lo único que quiero como pago es un beso, si queréis dármelo.

—Vaya, señor, sois muy atrevido —le dije poniéndome encarnada.

—Y vos, señora, sois muy bella.

Michel Sittow había nacido en una de las repúblicas de la liga hanseática y tenía el porte de los hombres del norte. Era rubio, muy alto y nada desagradable en su apariencia, además de que era, no hay que decirlo, muy elegante y refinado, y sentí que me costaría muy poco entregarme a él.

—Muy bien —le dije temblando—. Siempre que solo me pidáis un beso.

—El primero se roba —me dijo él, acercándose a mí, tomándome por el talle y acercándome a él—. Los demás ha de regalarlos la dama, si ella lo desea.

Me besó en la boca, y cuando nos separamos le dije:

—Caballero, si ese primer beso lo habéis robado, todavía no os he pagado nada. Dejadme, pues, que salde mi deuda.

Volvimos a besarnos, esta vez más despacio, y a partir de ese día fuimos amantes.

El segundo retrato, sin embargo, no salió tan bien como el primero. El rostro era verdaderamente extraordinario, más real todavía, ya que el primero estaba pintado al estilo flamenco, con el busto ligeramente girado hacia un lado y la mirada de la modelo dirigida al exterior del cuadro, y este nuevo retrato me representaba tal y como yo me veía en el espejo, mirando de frente al espectador. No exactamente igual que en el espejo, es cierto, ya que allí vemos siempre una imagen invertida, de modo que en el óleo milagroso de Michel Sittow yo era capaz de ver, por vez primera, la verdadera forma de mi rostro. Sin embargo, por perfecto que fuera el rostro del cuadro, el cuerpo no lo era tanto. Los pechos eran demasiado pequeños, redondos como manzanas, y los pezones parecían dos pequeñas frambuesas. Se lo dije al gran Michel Sittow y se ofendió.

—Pero mi cuerpo no es así —dije yo—. Mis pechos no son tan pequeños. Tú los has tenido en las manos y en los labios. Los has tocado, besado y acariciado durante tardes enteras y no has aprendido cómo son —añadí burlándome de él—. No son redondos como esferas perfectas, ni mis pezones son como tú los has pintado, rojos y pequeñitos. Deseo que me pintes como soy de verdad.

—Lo que he pintado es un ideal, Inés, un ideal de la belleza. ¿No deseáis veros reflejada como el ideal de belleza?

—No, no, señor mío, nada de ideales. Deseo que me pintéis como soy, como son las mujeres de verdad. ¿O es que os parece que tengo los pechos demasiado grandes?

—Dios mío, no. Pero una cosa es la vida y otra cosa es el arte.

—¡Ay! —dije yo—. En eso no estamos de acuerdo.

—Entonces vos, Inés, ¡deseáis que pinte *lo que ven los ojos*! —dijo él como si hubiera comprendido de pronto—. Eso es lo que hacen los pintores en Italia.

Se puso a la tarea de nuevo, me pintó otra vez desde la garganta para abajo, y esta vez el milagro fue completo. Yo nunca había visto una pintura como aquella.

—Señora, tenemos que destruir esta pintura —me dijo Michel Sittow—. Si alguien la descubriera... Tenemos que quemarla inmediatamente. Os devolveré todo lo que me habéis pagado.

Lo que le daba miedo no era haber pintado a una mujer desnuda, cosa que en aquellos años no era tan corriente pero tampoco era algo nuevo, sino haber pintado un desnudo que no representaba a una diosa ni a una ninfa, sino a una mujer real.

La mujer que miraba desde aquella tabla estaba viva. Era una mujer de 1500 de treinta y un años que miraba directamente a los ojos con naturalidad, libre y segura de sí misma.

Hubo un momento en que casi tuvimos que luchar por la tabla, que él quería romper en pedazos. Luego se arrodilló ante mí llorando y me pidió perdón. Tuve que jurarle que jamás mostraría a nadie aquella pintura, y que, en caso de que fuera descubierta, jamás revelaría quién era su autor. Me pidió que me casara con él, me dijo que le había embrujado, que no podía apartarme de su pensamiento. Era un hombre bien parecido, rico y refinado, y casarme con él me hubiera dejado en una buena posición social y económica, pero yo acababa de quedar libre y no quería verme atada de nuevo. De modo que el retrato se quedó en mi casa y el pintor salió de ella para no volver nunca más.

19. Doña Juana

Había gastado tan desmedidamente que pronto me encontré en la ruina. Comencé a vender mis muebles y mis ropas, pero los acreedores me daban por estas mercancías mucho menos de lo que me habían costado en un principio.

Desesperada, volví a visitar a Beatriz Galindo para pedirle consejo. Ah, si en algún momento su vida y la mía habían corrido parejas, qué distintas eran ahora. Porque Beatriz era una gran señora, y se parecía mucho, por temperamento y aptitudes, a la reina Isabel, siempre en acción, magnífica administradora de su hacienda. Se había dedicado a fundar conventos, a dotar a novicias, a ayudar a los pobres, ¡hasta había fundado un hospital!, mientras que yo no había hecho más que gastar a manos llenas y sin pensar en nadie más que en mí misma.

—Creo que hay algo que podrías hacer —me dijo, primero divertida con mis cuitas, luego preocupada, finalmente algo desilusionada conmigo—. Doña Juana está en Toledo, muy triste y desesperada. Su esposo acaba de partir a Flandes dejándola sola y encinta, y según se dice la consume la melancolía.

—Dicen que Don Felipe es un hombre muy hermoso.

—Así le llaman —dijo Beatriz con una nota de desdén en la voz—. Pero mira, Inés, si te has quedado viuda, podrías entrar otra vez a su servicio como dama de compañía. Ella te quiere mucho, y tú siempre alegras a los que te rodean. Ya no somos unas jovencitas como antes, ¿te acuerdas? Pero ¡hija de mi vida!, los años no pasan por ti, ni las desgracias te quitan esa sonrisa que llevas siempre, que ilumina los corazones. Voy a escribirle y ya verás como te recibe con los brazos abiertos.

No me pareció mala idea. Juana, la pequeña Juana, a la que yo conocía desde que era una niña y a la que había visto tantas veces jugar al trompo con sus hermanas, era ahora la heredera de la corona de Castilla. Su hermano Juan había muerto muy joven, según se decía de agotamiento por la pasión venérea, y su hermana mayor, la reina de Portugal, había muerto en el parto, de modo que ahora, de acuerdo con la línea de sucesión, la corona le correspondía a ella. Su hermana María, casada con el viudo de su hermana, era ahora reina de Portugal. Catalina, la menor, se había casado con el heredero de la corona inglesa, el príncipe Arturo, que la había dejado viuda poco después.

Dejé arregladas como pude las cosas de mi casa, y partí en dirección a Toledo para reunirme con Doña Juana. Me llevé conmigo ciertas cosas de las que había jurado no separarme nunca: mi retrato, que había hecho enmarcar con un marco de marfil muy fino y cubrir por detrás con una tabla, bien envuelto en una tela de tafetán, mi ejemplar de las *Metamorfosis* de Ovidio y, bien atado en mi tobillo derecho, el estilete que me regalara Miguel Abravanel, y que ya una vez me había salvado.

Doña Juana me recibió con grandes abrazos y muestras de cariño. Todavía conservaba aquella muñequita mora que yo había encontrado en la Alhambra y le había regalado, y me dijo que la guardaba para su hija Isabel. Había cambiado mucho, porque ahora era esposa y madre, pero seguía siendo tan bella y encantadora como siempre. Acababa de dar a luz a su cuarto hijo, Fernando, y todavía se recuperaba del parto. Los otros niños, Leonor, Carlos e Isabel, estaban en Flandes, ya que Don Felipe no quería que tuvieran una relación estrecha con la corona de Castilla. Especialmente Don Carlos, su heredero, que había nacido en Gante por expreso deseo suyo a fin de que fuera un nativo de sus territorios.

A mí me parecía una gran crueldad que mantuvieran a Doña Juana separada de sus hijos y estoy convencida de que esta era una de las principales razones de que la princesa de Asturias deseara volver a Flandes.

Como todas las grandes señoras, vivía rodeada de damas y de sirvientes de todas clases, pero entre ella y yo enseguida se estableció un vínculo de especial confianza, como el que solo tenemos con las personas a las que conocemos desde la infancia.

Su casa estaba compuesta por ciento setenta personas, entre las que había veintitrés mujeres, que incluían damas de honor, criadas y esclavas. Había también un cirujano, un farmacéutico, un secretario, un repostero de camas, varios valets que se había traído de Bruselas, dos aposentadores, siete escuderos, un limosnero, un maestro cerero, varios palafreneros, doce monteros, un cazador, tres maestros cetreros, varios guardias, soldados y arqueros, una señora de Valencia a la que llamaban «el ama» y quien esto escribe, Inés de Padilla, que no se sabía si era dama de compañía, sirvienta o maestra. Las otras damas también me miraban con sospecha, porque no sabían quién era yo ni de dónde había salido.

Tampoco yo las conocía, aunque en principio pensé que esto se debía a los años que llevaba apartada de la corte. Poco a poco fui comprendiendo que en realidad todas aquellas mujeres no habían sido elegidas por la propia Juana, sino por su madre, y que la reina las había puesto allí con la misión de convencer a su hija de que permaneciera en Castilla en vez de viajar a Flandes para reunirse con su esposo Felipe.

Salimos un día a cabalgar por los campos cercanos a Toledo y a soltar los halcones, y yo la veía muy feliz. Había heredado de su madre la afición a la cetrería, y se entusiasmaba contemplando cómo su halcón atrapaba una paloma torcaz en pleno vuelo. Se ponía de pie sobre los estribos, daba palmas y gritaba de felicidad. ¡«Caza de altanería»! ¡Qué maravillosas sensaciones evocan en mí esas palabras! ¡Qué recuerdos de otra época!

En otras cosas no se parecía a la reina Isabel. Era inconstante, melancólica, llena de pequeños temores. Su abuela, Isabel de Portugal, había muerto loca, y se decía que corría una vena de locura en la familia. Comía muy poco y tenía muchos escrúpulos con la comida. Prefería la ensalada a los asados, la trucha escabechada al cabrito, unas cerezas a las flores de sartén. A mí me desesperaba ver cómo rechazaba las delicadezas de repostería que le preparaban en la cocina, ya que siempre he sido muy golosa, pero ella me animaba a que disfrutara de las rosquillas de limón, de las hojuelas, de los mazapanes, de los prestiños, de las rosquillas de alfajor, de los nuégados, las sopaipas, los hojaldres, los hormigos torcidos con aceite, las talvinas y tantos otros dulces que se comían entonces, que a mí me hacían casi saltar las lágrimas de buenos que me sabían. Por su forma de alimentarse estaba muy delgada y, dado que solo consumía alimentos fríos y húmedos, su temperamento era melancólico.

—Inés, ¿tú qué piensas? —me decía—. Todas me dicen que mi lugar está aquí, en Castilla, que la reina tiene razón y que no debo moverme de estas tierras. Pero digo yo que una esposa debe estar al lado de su marido, ¿no?

—Ay, señora —dije yo—, sé de muchas que estarían felices de no tener que estarlo.

—Pero no me salgas con esas, Inés —me dijo, impaciente—. Tú eres la única en la que puedo confiar. Todas esas las ha puesto mi madre para que me calienten la cabeza y me vigilen. Dime de verdad lo que piensas.

—¿Y qué importancia puede tener lo que yo piense, señora?

—Vamos, Inés, no me traiciones.

—Vuestra madre me dijo una vez que la principal virtud de la mujer es la obediencia.

—¡Está muy bien eso! —dijo ella—. ¡Si mi madre no ha obedecido a nadie en su vida! Es que yo no puedo vivir sin mi marido, Inés. No puedo. Me vuelvo loca.

—Ay, señora —decía yo.

—Pero ¿tú me comprendes? ¿Tú has sentido esto alguna vez por un hombre?

—Señora, sí.

—Que no puedo estar sin él, Inés, que es como si me faltara un trozo de mi carne.

Es cosa bien sabida que los melancólicos pueden ser muy voluptuosos. Yo ya había oído aquellas historias del amor desmedido que sentía la princesa por su esposo. Pedro Mártir de Anglería, el capellán de la reina, embajador de los Reyes Católicos y una de las personas más poderosas de la corte, se había dedicado a decir (y a escribir, por cierto) que Doña Juana sentía «unos ardores desmedidos por su marido», Don Felipe el Hermoso, y que andaba siempre caliente y deseosa de estar a su lado, con un deseo inmoderado que bien podía pintarse como simple lujuria o, incluso, como un principio de locura. Sí, Pedro Mártir había tenido el atrevimiento de pintarla como una especie de perra en celo, como una hembra ansiosa por ser cubierta por su toro, una imagen bien poco respetuosa y poco halagüeña, que convertía a la princesa de Asturias y archiduquesa de Austria en un personaje ridículo y la despojaba de la dignidad que se merece una reina, o más bien, de la que merece cualquier mujer. Creo que fue en esa época cuando comenzó a fraguarse la leyenda de la locura de Juana.

Lo cierto es que Juana era una persona pequeña, modesta, tranquila, aunque como muchas personas tímidas tenía también repentinos gestos de atrevimiento e inesperados arrebatos de pasión e incluso de violencia. He visto esto muchas veces: madres todopoderosas, hijas amilanadas. Si hubiera nacido en otra familia o no hubiera tenido una madre tan deslumbrante quizá hubiera podido ser razonablemente feliz, pero el peso de su madre la abrumaba y empequeñecía.

—Mi madre no me quería —me dijo un día que estábamos las dos sentadas al lado de la ventana, contemplando la lluvia, ella con un salterio, cantando una de las cantigas de Alfonso X el Sabio que tanto nos gustaban, yo con un libro del marqués de Santillana, con el dedo marcando la serranilla de la vaquera de la Finojosa—. Quería mucho a mi hermano Juan, todas le adorábamos, era nuestra luz, quería a Isabel porque era la mayor, pero a mí no me quiere. Y por eso mi padre tampoco me quiere.

—Vamos, vamos, señora —le decía yo.

—Es cierto, Inés. Los padres no siempre quieren a sus hijos. Es porque yo no quería ir a misa ni recibir la comunión. ¡Imagínate! ¡Ella, que es tan devota! No soporta tener una hija como yo.

Los enfrentamientos de Doña Juana con su madre espantaban a toda la corte. La reina Isabel no quería que Juana, la futura reina, abandonase Castilla y fuese una desconocida y una extranjera para sus súbditos, y por eso no quería que viajara a Flandes para reunirse con su esposo. Doña Juana se volvía loca con estos retrasos, y a veces le gritaba a su madre y la insultaba de una forma que a todos los presentes nos dejaba consternados. La reina, por su parte, la trataba con una frialdad gélida. A veces los ataques de ira dejaban a Juana enferma, y le producían accesos de fiebre y dolor en el pecho. En una ocasión, se pasó a la intemperie toda una fría noche para lograr que la reina la recibiera y escuchara sus razones. Protestaba y luchaba, como solo lo saben hacer los débiles, con explosiones de furia y de violencia, o bien con la pasividad más absoluta, quedándose en silencio días enteros, negándose a comer, a vestirse y a comulgar. Así se iba creando la leyenda de su locura, o incluso de su posesión demoníaca.

Finalmente, la reina Isabel tuvo que ceder y le concedió a su hija permiso para viajar a Flandes. Yo me alegré mucho de la noticia, no solo por la felicidad que esto le traería a Doña Juana, sino porque era la primera vez que iba a conocer el mar y a salir de España.

20. Flandes

Salimos de viaje a finales del invierno. Fuimos primero a Medina del Campo y luego a Laredo para embarcarnos, aunque tuvimos que esperar allí un mes a causa del mal tiempo. Era la primera vez que yo veía el mar, y me maravilló, aunque era gris y oscuro y estaba cubierto por continuas borrascas. Cuando dejaba de llover nos acercábamos a la orilla para pasear por la arena, y yo no me cansaba de mirar cómo rompían las olas en las rocas. Caminábamos por las dunas y los lagos dejados por la marea coleccionando caracolas y conchas, bucios istriados y estrellas de mar.

Me gustaría contar cómo era Juana entonces. ¡Tanto se ha escrito sobre ella, y tantas cosas inventadas o malintencionadas! Me gustaría recordar cómo era en aquellos años, cuando era una joven princesa llena de vida, la forma en que disfrutaba en las fiestas y en las reuniones cortesanas, aquella época en que necesitaba de toda una caravana de mulas apropiadamente guarnecidas para llevar su equipaje, ¡ella, que luego se convertiría en una mujer tan austera en el vestir y tan desdeñosa de su apariencia! En el famoso retrato que le hiciera Melchior Alemán, aparece con un medallón con un gran rubí rojo sostenido con un sencillo lazo negro, y aquel rubí se convirtió en algo así como su emblema, y aparecía ya siempre con él en todos sus retratos. Esa era Juana, mi Juana, en aquellos años, un rubí encendido enmarcado en oro. Las telas de color carmesí, las más caras de todas, eran sus favoritas. Unas coplas anónimas que se cantaban entonces la describían así:

Su alteza ataviada
—vos diré cómo la vi—
con una ropa colorada
de escarlata muy preciada
aforrada en carmesí.
Ella trae un gran rubí
y otras piedras relumbrosas
que el claror que dan de sí
alumbrasen por aquí
a las noches tenebrosas.

Esa es la Juana de Castilla que me gustaría evocar aquí, la que disfrutaba vistiendo, la que florecía en las cenas de las cortes de Europa por su ingenio y su cultura, la que podía mantener conversaciones en varias lenguas con igual soltura, ya que dominaba el español, el francés, el portugués y el latín, la que nos deleitaba a todos tocando folías y gallardas en el claviórgano, porque había heredado de su madre el amor por la música y tocaba muy bien los instrumentos de tecla.

Recuerdo la entrada triunfal que hizo en Amberes. El propio Erasmo de Róterdam escribió un discurso dedicado a Don Felipe y a Doña Juana donde la comparaba con todas las heroínas de la antigüedad. Pero esto es retórica, claro, y también el lenguaje de las celebraciones oficiales.

Recuerdo la enorme sensación que creó en la corte de Blois cuando surgió de sus habitaciones vistiendo un vestido al estilo español de tela de oro y cuando, tras la cena, contentó a la corte bailando, como se decía entonces, «a la manera española».

Recuerdo la impresión que causó en la corte de Inglaterra y en el rey Enrique VII cuando visitamos Inglaterra unos años más tarde. Nunca olvidaré aquellos maravillosos días que pasamos en Windsor, paseando con el rey por la orilla del Támesis y soltando los halcones, y luego el esplendor de las fiestas, aquellos laudistas ingleses y aquellas *masques* con danzas que hacían. Juana estaba feliz al poder disfrutar de la compañía de su hermana Catalina, viuda del príncipe Arturo, que seguía viviendo en la corte inglesa. El rey Enrique VII se había quedado tan hechizado con mi señora que nos obligaba a prolongar nuestra estancia más y más. Era un hombre mayor, viudo desde hacía tiempo, pero sus ojos se encendían cuando la miraba y era evidente que se había enamorado de ella. Al parecer, sus consejeros le decían que estaba loca, que hasta su marido y los miembros de su corte lo afirmaban, pero al rey Doña Juana le parecía muy discreta y muy cuerda. Al final, sus consejeros, aterrados ante la posibilidad de que se produjera un incidente diplomático, se vieron obligados a pedirle que no se inmiscuyera entre marido y esposa. Supe todas estas cosas por una dama de la corte que hablaba buen latín y con la que entablé cierta amistad. A mí me daba vergüenza pensar que el propio esposo de Doña Juana hablaba de ella con tan poco respeto delante de extraños.

Retomo mi relato. Cuando llegamos a Amberes para reunirnos con Don Felipe, Doña Juana, sin hacerse anunciar siquiera, se dirigió a los aposentos de su esposo. Estaba toda encendida de amor, y corría para lanzarse a sus brazos, y tras ella, como es natural, su séquito de damas y criadas. Los criados del palacio nos miraban con cara de espanto cuando abrían las puertas ante nosotras, y así llegamos a la alcoba de Don Felipe, donde solo encontramos a una mujer sentada en la cama, completamente desnuda y con una gran cabellera pelirroja que le caía hasta la cintura.

Al vernos entrar, aquella sirena de cuerpo blanquísimo cubierto de pecas doradas se puso a dar gritos porque no sabía quiénes éramos ni quién era aquella mujer airada que gritaba tanto, de manera que Juana gritaba y la ninfa pelirroja gritaba también, y luego apareció Felipe y también se oyeron allí sus gritos. Las damas del cortejo salimos discretamente, pero Doña Juana ordenó que buscaran a aquella mujer que era la amante de su marido e hizo que le cortaran el pelo dejándole trasquilones. ¡Ah, cómo se lo pasaron ese día sus criadas y sus esclavas, viendo las lágrimas de la ramerilla cuando le mostraron su aspecto en un espejo! Aquella mujer excepcionalmente pálida y de cabellera anaranjada era la sobrina del obispo de Amberes y estaba además emparentada con varias grandes señoras flamencas. Supongo que debió de quedarse escondida en su casa hasta que volviera a crecerle el cabello.

Pero las amantes de Felipe estaban por doquier. Uno abría un baúl o un armario, miraba detrás de un tapiz o debajo de una cama y aparecía una damisela desnuda, que salía corriendo por el pasillo sujetándose los pechos. Unas eran rubias, otras morenas, unas gruesas, otras delgadas, e incluso alguna de piel oscura había, aunque las favoritas de Felipe eran las grandes bellezas zelandesas, gruesas, rubias, de pequeños senos y grandes culos. Doña Juana era todavía joven y, a pesar de su esmerada educación de princesa, algo inexperta en las cosas del mundo. El comienzo de su matrimonio había sido tan apasionado que no podía imaginar que su marido se cansara de ella tan pronto. La tan ansiada reunión con su esposo se había convertido en una desilusión inmensa.

—Todos los reyes son así —le decía María de Solís, una de sus damas, intentando tranquilizarla—. Todos los hombres son así.

—¿Todos los hombres son así? —decía Doña Juana enloquecida por el dolor y los celos.

—Los que son hombres de verdad, sí —le decía María de Solís.

—Entonces, ¿es que ningún hombre es fiel?

—Solo son fieles los feos o los mal dotados por la naturaleza —dijo Aldonza Lasso, otra de las damas, que tenía una voz gangosa que a mí siempre me hacía mucha gracia.

—¡No sabes lo que dices! —dijo Doña Juana—. ¡Inés, dile que está equivocada!

—Yo no sé tanto sobre los hombres, señora —dije yo—. Mi marido me era fiel. Es verdad que era feo, y que no estaba muy dotado por la naturaleza.

Todas se morían de risa, de modo que Juana tuvo que reír también. Pero estaba muy lejos de sentirse feliz.

Pero los verdaderos problemas no comenzaron hasta la muerte de la reina Isabel.

21. Encerradas

No sé si Felipe el Hermoso había amado a Juana alguna vez. Los matrimonios de interés no están reñidos con el amor, como no lo está tampoco la infidelidad. Hay muchos hombres que sienten una enorme devoción por su esposa y no podrían vivir sin ella y a pesar de eso la engañan una y otra vez. En el caso de Felipe y de Juana, si hubo verdadero amor, duró muy poco tiempo. Harto de sus escenas de celos, Felipe se apartó de ella. Igual que antes la reina Isabel se había negado a recibirla, ahora era su propio esposo quien no quería verla.

Llegaron entonces las noticias de que la reina Isabel la Católica había muerto. Esto convertía a Juana, de acuerdo con el testamento de su madre, en la reina de Castilla. Pero la propia Isabel había dejado escrito de su puño y letra que si Juana no deseaba ser reina o si «no era apta» para serlo, debía ser sustituida por otra persona. Pero ¿qué significa «ser apto» para ser rey? Ha habido reyes locos, reyes estúpidos, reyes malvados, reyes tiránicos, reyes títeres, reyes lelos, y nadie se ha cuestionado nunca si «eran aptos» para ser reyes, simplemente porque eran hombres. En el caso de las mujeres, parece que solo una mujer perfecta y dotada de cualidades casi sobrenaturales como Isabel la Católica podría llegar a ser reina.

Felipe se encontraba en una situación extraña y delicada. No soportaba a su esposa y no quería ni verla, pero al mismo tiempo la necesitaba, ya que ella era ahora su llave para convertirse en el monarca más poderoso del mundo.

Felipe el Hermoso, archiduque de Austria, duque de Borgoña, Brabante, Limburgo y Luxemburgo, conde de Flandes, Habsburgo, Hainant, Holanda, Zelanda, Tirol y Artois, señor de Amberes y Malinas y de otras ciudades, quería ser también rey de Castilla, de Aragón, de Sicilia y de las Indias, pero el heredero del trono no era él, sino su esposa. Si Juana era coronada reina, él tendría simplemente el rango de príncipe consorte. Lo mismo le sucedía a Fernando, el padre de Juana: pretendía un trono, el de Castilla, al que había estado unido por matrimonio pero que no le correspondía. Su obsesión era tener un heredero con su nueva esposa, Germana de Foix, que pudiera reclamar legítimamente el trono de Castilla, pero ese heredero no aparecía.

Por esa razón, Felipe y Fernando conspiraron para impedir que Juana llegara a ser reina de Castilla. Primero cada uno por su lado, luego los dos juntos y de acuerdo.

¿Cómo lo hicieron? No podían matarla, desde luego, porque eso hubiera sido matar la gallina de los huevos de oro. Pero sí podían apartarla de la vida pública, cortar sus lazos con el mundo. Ella sería la reina, pero solo de nombre, porque permanecería siempre encerrada.

Fue en esos días cuando Felipe comenzó el asedio de Juana. Algo así como el que sitia una ciudad, no para destruirla ni para acabar con el enemigo, sino para someterla y sojuzgarla.

Mi señora tenía a unas esclavas moriscas que la servían desde hacía tiempo y que la bañaban y le lavaban la cabeza, pero se consideró que su salud peligraba con tantos baños y tanta agua. Un día apareció en los aposentos de la reina el repostero de camas, es decir, un don nadie, que traía un mensaje de Felipe.

—¿Dónde está mi marido? —preguntó Juana—. ¿Cuándo va a venir a verme?

Esta era su pregunta diaria, el tema de cien misivas y billetes.

—Señora —dijo el repostero de camas con mucha dignidad, porque era un hombre grande y solemne—, Don Felipe me envía a comunicaros que no os visitará hasta que no despidáis a vuestras esclavas. Tantos baños son peligrosos para la salud de vuestra alteza.

—Ah, sí, entiendo —dijo ella—. ¡Eres tú el que estás despedido!

La respuesta de Felipe no tardó en llegar. Esa noche la encerró con llave en sus aposentos, y ella, sabiendo que la habitación de él estaba justo debajo de la suya, se pasó la noche golpeando el suelo y el techo de Felipe, demandando su atención. Al día siguiente, cuando le trajeron la colación matinal, se negó a comer, y dijo que no volvería a probar bocado hasta que su esposo accediera a hablar con ella.

El siguiente movimiento de Felipe fue separarla de todas sus damas y sirvientas que había traído de España y sustituirlas por damas borgoñonas y criados que le obedecieran e informaran directamente a él. De las acompañantes que había elegido la propia Juana solo quedamos alguna sirvienta, una esclava guanche a la que llamaban Ana, Doña María de Solís y quien esto escribe, Inés de Padilla. He de explicar aquí cómo logré mantenerme en mi puesto. Un funcionario flamenco se entrevistó conmigo a solas, y me explicó que Don Felipe estaba muy preocupado por la salud mental de su esposa.

—Parece ser que tienes la confianza de la señora —me dijo, hablando los dos en latín—. Por eso hemos pensado que puedes hacerle un gran servicio a ella y también a tu señor, Don Felipe.

—¿En qué puedo serviros?

—Tu posición como persona de confianza de Doña Juana es muy importante en estos momentos. El señor duque de Borgoña desea enterarse de las cosas que hace su esposa y también conocer sus pensamientos y opiniones. Su salud le preocupa mucho, y solo quiere lo mejor para ella.

—He comprendido —dije yo.

—Mantendrás tu puesto —me dijo aquel hombre, cuyo cargo exacto nunca logré averiguar—, e informarás regularmente de las cosas que hace y que dice tu señora. También le dirás a tu señora las cosas que nosotros te diremos, e intentarás convencerla de que es lo mejor para ella. ¿Crees que ella escuchará lo que le digas?

—Señor —le dije—, soy la más humilde de las servidoras de Doña Juana, pero conozco a la señora desde que era una niña y creo que ella tiene confianza en mí.

—¿Entiendes, entonces, lo que se exige de ti?

—Servir a mi señora y a mi señor, el duque de Borgoña, es todo lo que deseo —dije humildemente.

—Muy bien —dijo él, que parecía muy satisfecho—. Continuarás a su servicio, entonces.

De este modo me convertí en espía de Juana, simplemente porque pensé que aquella era la única manera de mantenerme cerca de ella. De haberme negado a traicionar la confianza de mi señora, me habrían enviado de vuelta a España y habría tenido que dejarla abandonada en medio de mujeres que ni la conocían ni eran amigas suyas. Creo que mi decisión fue la mejor que podía tomar, dadas las circunstancias. Siempre sospeché que María de Solís era también ahora una espía de la reina pero, como es lógico, jamás hablé de esto con ella. Me encontraba en la extraña situación de los agentes dobles, obligados a fingir con todos.

A partir de entonces, tuve que informar sobre las cosas que hacía Juana, si comía o no, si rezaba o no, qué libros leía, qué cosas decía, si daba señales de estar en sus cabales o no. Ignoro en qué medida mis fantásticos informes ayudaron a la reina o más bien contribuyeron a cimentar la leyenda de su locura. Intenté ser lo más veraz posible, pero en estos casos cualquier cosa que se diga puede ser interpretada al gusto del que escucha. Juana leía mucho, tenía más de cien libros con ella, sobre todo libros de horas y manuales de «devoción moderna», que defendían la piedad interior, y creo que esa es una de las razones de que no diera tanta importancia a la parte externa del ritual. No necesitaba ir a misa todos los días para sentirse cerca de Dios, que para ella era una voz interior y una presencia personal. De mis informes podía deducirse, malinterpretándolos, que la reina despreciaba la religión y que aborrecía tomar la comunión, de manera que comenzó a sospecharse que estaba embrujada o endemoniada.

Como no sabía qué hacer con su esposa y no deseaba que fuera vista públicamente como reina, Felipe ordenó que la encerraran en un palacio de Bruselas. Allí nos metieron a todas, en unas pocas habitaciones donde vivíamos confinadas y amontonadas. A la reina Juana se le prohibía salir, se le prohibía recibir a nadie y se le prohibía escribir cartas o recibirlas. Ni siquiera con su padre, el rey Fernando, podía comunicarse. El embajador de Venecia estuvo meses pidiendo audiencia con ella sin que se la concedieran. Juana, como es lógico, estaba furiosa, consumida por los celos, por la rabia contra su marido y por la indignación por la forma en que era tratada.

Vivíamos en una serie de aposentos cuya única comunicación con el mundo exterior era una sala en la que había doce arqueros preparados para repeler cualquier ataque, viniera de dentro o de fuera. Y luego estaban las ventanas del palacio, esas ventanas que son, junto con el espejo, el símbolo de la vida de las mujeres. Encerradas en aquellas lujosas estancias, contemplábamos a través de las grandes ventanas el mundo de fuera, sin poder salir ni participar en él.

Enviaron una delegación para hablar con Juana pidiéndole que escribiera una carta manifestando su amor y lealtad a su marido, pero ella se negó a firmarla.

Creo que todo el amor que había sentido por él en un principio se fue deshaciendo en aquellos meses de encierro hasta quedarse en nada. ¿«Locura de amor»? Sin duda. Pero esa locura pronto fue consumida por la desilusión y el desprecio.

Por razones legales, Felipe necesitaba aquella carta firmada por Juana cuanto antes, y no paraba de enviar delegaciones a sus aposentos para reclamársela.

—¿Una carta, decís? —dijo ella un día, en vez de negarse en redondo como hacía siempre—. ¿Manifestando mi amor y lealtad a mi señor esposo?

—Eso es todo lo que os pide el señor duque —dijo el funcionario de turno.

Aquellas delegaciones flamencas estaban formadas por nobles rubicundos, muy altos y floridos, todos cubiertos de terciopelos y toisones. Los que habían venido en aquella ocasión estaban muy satisfechos porque creían haber logrado, por fin, que la reina entrara en razón, por lo cual serían felicitados y recompensados.

Juana entró en otro cuarto, en apariencia para buscar el sello y el lacre, pero salió empuñando una barra de hierro.

—¡Fuera de aquí! —gritó, golpeándoles con toda su furia—. ¡Soy la reina de Castilla! ¿Cómo os atrevéis?

Tuvieron que salir de allí corriendo, alguno con unas cuantas magulladuras, si no con un hueso roto.

Así iban pasando los días y las semanas. Pasó un mes, y luego otro mes. Las delegaciones pidiendo la famosa carta dejaron de llegar. Parecía que todo el mundo se había olvidado de Juana y que íbamos a morir todas allí, en aquel palacio de Bruselas, detrás de aquella puerta tras la cual había doce arqueros. Pasamos casi medio año encerradas. A mí me costaba dormir. Comencé a engordar. Todas menos la reina, que apenas comía, habíamos comenzado a engordar a causa de las nutridas y grasientas comidas flamencas y la ausencia total de ejercicio físico. Las damas borgoñonas eran más grandes y corpulentas que las españolas, cuyo fino talle decían ellas envidiar mucho.

Ana, la esclava guanche, era la que más sufría con aquel confinamiento. Yo hablaba con ella alguna vez, porque la veía muy mal.

—Yo nunca he estado así, señora —me decía, mirándome con sus grandes ojos oscuros llenos de miedo—. Es como vivir encerrada en una cueva.

—Todas nos sentimos así, Ana —le decía yo—. ¿Crees en Dios?

—Sí, señora. ¿Dios sabe que estamos aquí?

—Dios lo sabe todo.

—Entonces, ¿por qué no hace algo?

—Yo creo que no puede —dije yo.

—¿Que no puede? Entonces no es Dios de verdad. No, eso no puede ser. Tiene que ser que está enfadado con nosotras y nos castiga.

—¿Tú has hecho algo malo, Ana? —le pregunté—. ¿Algo tan malo como para que te encierren?

—Oh, sí, señora, he hecho muchas cosas muy, muy malas —me dijo.

—¿Te has confesado?

Bajó los ojos sin contestar. Ignoro qué era eso tan terrible que había hecho, pero sé que a ella le parecía tan malo que no tenía posible perdón.

Era una muchachita muy joven y muy delgada, de raza bereber como son los guanches, a la que habían vendido cuando tenía diez años. Además de la S y el clavo que tenía en las mejillas (formando la palabra «s-clavo»), la habían marcado con fuego en la frente la inscripción «De Sevilla», seguramente como castigo. ¿Qué cosas malas podía haber hecho una desdichada niña esclava? ¿Intentar huir? ¿Qué puede hacer, bueno o malo, un esclavo, que no es dueño de su vida ni de su cuerpo?

Estaba tan obsesionada con salir de allí que un día se asomó a una de las ventanas, que estaban muy altas, y se dejó caer. Es posible que fuera un accidente, no lo sé, yo creo que se tiró de pura desesperación. Cayó sobre un suelo de piedra. Oyeron sus gritos, la encontraron y la volvieron a subir, pero estaba muy malherida y un par de días más tarde, murió.

22. Espectáculos nocturnos

Así es el mundo. Las mujeres viven encerradas, y los hombres deci-
den. Así era el mundo entonces, al menos. Nuestro encierro duró hasta
que Don Fernando el Católico negoció con el marido de Juana que abandonaría sus pretensiones al trono de Juana. Don Felipe sería coronado
rey de Castilla, y a cambio de esta cesión de derechos, Don Fernando
recibiría la mitad de los beneficios que se obtuvieran de las Indias.

Así fue como regresamos a España. Felipe y Juana fueron coronados reyes, pero poco después Felipe I moría en la ciudad de Burgos.
Aquella torre de hombre sucumbió de la manera más ridícula: bebió
un vaso de agua fría, se enfrió y enfermó. Su muerte me recordó a la
de mi esposo, Don Enrique Murillo, a quien yo veía como un pequeño
ratón asustado. Siempre se ha dicho que la muerte iguala a los pequeños y a los grandes.

Cuando cojo la pluma para contar lo que sigue, siento desánimo.

Isabel la Católica había sido enterrada en Granada. Juana quería
que su marido fuera enterrado allí también, a su lado, para asegurar la
continuidad del linaje real que llegaba hasta su hijo Carlos. Por esa
razón se obsesionó con llevar el cuerpo de Felipe desde Burgos hasta
Granada, en un viaje desesperado y desesperante que duró meses y
meses. Se ha escrito tanto sobre este viaje, se ha inventado e imaginado
tanto, que no me decido a escribir también yo. Se ha hablado de la
«locura de amor» de Juana, y de que aquel viaje interminable era una
excusa para no apartarse del cuerpo embalsamado del rey, y que ella a
veces hacía abrir el féretro para besar los pies del cadáver de su esposo.
Yo estuve con ella durante aquellos meses y jamás la vi ordenar tal cosa

ni cometer tales desatinos. Pedro Mártir estuvo también con nosotras durante largos períodos, y de haber visto a la reina hacer tales locuras sin duda que lo habría contado en sus cartas, en las que no había vacilado en describir a la futura reina como una perra en celo. No, no creo que fuera un amor insensato lo que motivaba las acciones de la reina. ¿Cuánto amor podía quedarle por aquel hombre que la había engañado con todas las mujeres de Flandes, que la había encerrado durante cinco meses, que la había tratado con el más absoluto desprecio, que la había apartado de todas sus personas de confianza, que había demostrado de todas las maneras posibles que lo único que le importaba de ella era su corona?

Cualquier viaje duraba entonces meses, y aquel lo iniciamos en pleno invierno, cuando los caminos estaban helados. Se declaró la peste en Burgos, de modo que la comitiva que llevaba el real féretro iba buscando refugio en unos pueblos y en otros, pero parecía que la peste nos iba siguiendo. La reina deseaba que los castellanos sintieran la presencia de aquel que había sido su rey durante apenas unos meses, y organizaba unas impresionantes caravanas nocturnas con cien antorchas encendidas, que creaban el espanto y la maravilla a nuestro paso por aquellos olvidados yermos de Castilla. Veían los castellanos aquella terrorífica comitiva de caballeros, antorchas y catafalcos, y sabían que era la reina Doña Juana que llevaba a su esposo, el rey Don Felipe, a enterrar a Granada.

Creo que Juana estaba intentando, con aquellos espectáculos nocturnos, seguir las enseñanzas de su madre, que había aprendido ya desde muy joven que un monarca debe inspirar, en igual medida, amor y terror. Pero cuando ella inspiraba amor, era en realidad compasión lo que inspiraba, y cuando lograba inspirar miedo, no inspiraba respeto.

Luego se unió a nosotros el rey Don Fernando, que también fue siguiendo el féretro durante un cierto tiempo. Doña Juana era ahora uno de los mejores partidos de Europa, y muchos reyes se disputaban su mano, ya que casarse con ella quería decir formar parte de la monarquía más poderosa del mundo. El rey de Inglaterra, que se había enamorado de ella durante nuestra visita a Windsor, estaba tan obsesionado con hacerla su esposa que llegó a contemplar la posibilidad de invadir España para casarse con ella y reinar en Castilla a su lado. Pero ni ella quería casarse ni su padre deseaba que lo hiciera, arrebatándole así la posibilidad de ganar el trono de Castilla para su posible heredero. Mantener al rey Felipe insepulto era por eso, para los dos, una manera de retrasar a cualquier posible pretendiente, ya que la reina no podía ponerse a hablar de matrimonio estando su esposo todavía de cuerpo presente.

Fernando y su hija no se llevaban mal, y existía afecto entre ambos. Pero los dos tenían intereses muy distintos. Juana pensaba en su hijo Carlos y en la continuidad de la monarquía castellana. Fernando, en sus pretensiones sobre esa monarquía. Juana quería enterrar a su esposo en Granada, al lado de Isabel la Católica; Fernando, en cualquier lugar al norte, en cualquier sitio menos la mítica Granada.

Quedaba, por supuesto, otra cuestión: la situación de la propia Juana como reina de Castilla. ¿Sería posible, una vez más, que Castilla estuviera regida por una mujer?

No fue posible. Fernando dictaminó que su hija no estaba preparada para gobernar, y ordenó su encierro en Tordesillas.

Igual que había hecho su madre, igual que había hecho su marido, ahora su padre procuró, una vez más, separarla de todas sus damas, criados y personas de confianza y rodearla de espías. Y así marché yo también a Tordesillas al lado de la reina Juana, como espía de Fernando o, en este caso, de Mosén Luis Ferrer, que había sido enviado por el rey de Aragón para vigilar y «cuidar» de la reina.

23. Tordesillas

Nos alojaron en un palacio bastante grande y cómodo, situado frente al río Duero, con amplias ventanas que daban a las infinitas llanuras de Castilla y dotado de un jardín agradable, de modo que al principio yo pensé que allí podríamos vivir relativamente bien. Aunque el padre de Doña Juana se había llevado consigo a su nieto Fernando, provocando de nuevo la desesperación de la pobre madre, que veía cómo la apartaban de sus hijos una y otra vez, la pequeña Catalina, nacida apenas dos años atrás, vivía con nosotros. Doña Juana estaba siempre con ella, como si temiera que en caso de separarse de la niña pudieran quitársela también. Ahora la pequeña Catalina tenía la muñequita mora que yo había encontrado en la Alhambra. El gorjeo de su voz nos llenaba a todas de alegría.

No éramos realmente prisioneras en aquel gran palacio a orillas del Duero. ¿O sí lo éramos? Había un águila que vivía en una hornacina y la veíamos entrar y salir de su nido para alimentar a los aguiluchos, y aquella visión maternal me llenaba, quién sabe por qué, de ilusión y de esperanza.

Y sin embargo... ¿qué esperanza podría ya haber en la vida para mí? El año que entramos en Tordesillas yo cumplí cuarenta años.

Tampoco era pequeña la comitiva de la reina en Tordesillas. Su casa estaba formada por un confesor (que ganaba sesenta mil maravedíes al año por este cargo aunque jamás pisaba Tordesillas), doce capellanes, diecisiete servidores, treinta y seis oficiales, doce damas de honor y cuarenta y nueve guardias armados.

La reina estaba rabiosa. Tal y como había hecho ya cuando el rey de Aragón se había llevado consigo a su hijo Fernando, se negaba a comer, a vestirse, a bañarse, a ir a misa. Permanecía días y días sin cambiarse de camisa o de tocado, se negaba a usar su cama, dormía en el suelo. Cuando comía lo hacía sin sentarse a la mesa, poniendo los platos directamente en el suelo. Olía muy mal. ¡Ella, que antes se bañaba y se lavaba el pelo todos los días! Cuando llegó el invierno, se negaba a ponerse ropa de abrigo aunque tiritara de frío. Ella, que había sido una de las mujeres más elegantes de Europa, aficionada al carmesí y emblematizada en un rubí rojo, vestía ahora con un ajuar corriente y descuidado. Había perdido todo interés por sí misma. Se automortificaba.

Había una congregación de clarisas al lado del palacio, el monasterio de Santa Clara, y la reina cogió la costumbre de visitar a las monjas, de las que se hizo muy amiga. Les hacía regalos y mercedes, y llegó a darles sesenta mil maravedíes para ayudar a pagar un nuevo tribunal situado encima del coro. Pero estas pequeñas diversiones, estos desahogos que le ayudaban a sentirse útil, a salir del palacio y a hablar con otras gentes, duraron bien poco, porque Mosén Luis Ferrer le prohibió que saliera del palacio. Yo no entendía aquel empeño en mantenerla encerrada.

Este Mosén Luis Ferrer era un hombre brutal y horrendo, y trataba a la reina como si fuera un animal. Parecía haberse determinado a hacer su vida miserable de todas las formas posibles, y llegó a ordenar que mataran al águila que había anidado en la hornacina y que destruyeran el nido que tanto nos gustaba mirar. Le prohibía las distracciones más inocentes, le escondía su laúd y su salterio o bien ordenaba que se los dieran sin cuerdas. La insultaba ante sus sirvientes con las peores palabras que se pueden emplear con una mujer, la llamaba «perra», «bestia», «animal».

—A esta bestia habría que darle paja y cebada —decía cuando se negaba a comer—. A lo mejor eso sí lo comía.

El cerero mayor era el que controlaba la casa de la reina y el que aprobaba los gastos. Era un cargo importante el suyo, ya que, al estar a cargo de las velas, era el responsable de que tuviéramos o no tuviéramos luz por las noches. Era un fiel servidor de Mosén Ferrer y tenía sus mismos modos brutales.

—¡Come, bestia! —le dijo un día a la reina, agarrándola del cogote y bajándole la cabeza al plato.

—¡Maldito seas! —le dijo ella, apartando el plato que había frente a ella de un empellón—. ¡Te voy a hacer azotar!

—¿Tú azotarme a mí? —dijo el hombre, furioso.

Ordenó que entraran varios criados y allí, a la vista de sus servidores y sus damas, les ordenó que la sujetaran y que trajeran una vara de avellano.

—¿Tú azotarme a mí, bestia del campo? —le dijo el cerero a la reina—. A ti sí que te vamos a azotar. Ahora vas a probar la vara, y te vamos a dar vara hasta que te pongas a comer.

Señaló a uno de los criados, uno grande y fuerte, y le entregó la vara. Con toda brutalidad, le desnudaron las espaldas a la reina dando tirones de la ropa y rompiendo los cordones.

—Dale cuarenta —dijo el cerero—. Y no seas flojo. Caliéntale bien las espaldas, a ver si así se calla esta ramera.

—¡Bastardo! —gritaba ella—. ¡Soy la reina de Castilla!

Todos vimos, impotentes y en silencio, cómo azotaban a la reina hasta hacerla gemir y gritar de dolor. Luego salieron de allí, dejándola caída en el suelo, la carne de la espalda llena de costurones rojos y de regueros de sangre. Llamaron al médico para que la curara, pero en los días siguientes yo fui la encargada de cuidar sus heridas y moratones untándolos con aceite y ungüento. Durante semanas tuvo que dormir boca abajo. Estas escenas se repitieron a menudo, y duraron hasta la muerte del rey Don Fernando.

Así fueron pasando los años. Siete años pasaron, nada menos, siete años de encierro en Tordesillas, durante los cuales la reina intentó en varias ocasiones recuperar el poder y la autoridad que le habían quitado sin lograrlo. No solo la mantenían alejada del gobierno, sino que procuraban por todos los medios que no supiera nada de lo que sucedía en su reino.

Siete años es mucho tiempo, es cierto, pero no lo es tanto cuando todos los días son iguales, cuando desaparece la esperanza, cuando uno no es libre de decidir sus actos. Las que viven encerradas no viven en el tiempo, sino en un hoy que no termina nunca.

Todo tipo de cosas sucedían en el mundo a nuestro alrededor, pero las noticias no llegaban a Tordesillas.

Cuando el nuevo regente de Castilla, el cardenal Cisneros, vino a visitar a la reina, se quedó asustado por las condiciones en que vivía la señora. Al enterarse de la forma en que había sido tratada destituyó al instante a Mosén Luis Ferrer y ordenó que le castigaran a él y a sus criados. A continuación, nombró al marqués de Denia para que se encargara de la casa de la reina.

Comenzó entonces una época mejor: desaparecieron los castigos físicos y los maltratos y también mejoraron nuestros alojamientos. En realidad, el marqués de Denia, Don Bernardo de Sandoval y Rojas, y su esposa, Doña Francisca Enríquez, que dirigía con él la casa de la reina, solo estaban interesados en el dinero. Tenían una habilidad increíble, aquellos dos, para reunir salarios, beneficios, impuestos y cargos, y ganaban millones de maravedíes al año.

Se instalaron en el Palacio de Tordesillas con doscientos criados. Vivían allí como reyes. Pero su principal obsesión, aparte del poder y del dinero, era mantener a la reina apartada de la realidad. Esto incluía, por supuesto, apartarla de todas las personas de su confianza. Una vez más, despidieron a las mujeres y sirvientas de Juana y las sustituyeron por personas afines a ellos, incluso por miembros de la familia de ambos. También intentaron apartarme a mí, aunque logré convencerles de nuevo de mi utilidad como informante.

—Haces bien, Inés, en querer servir bien a tu señora —me dijo el marqués en la primera de las muchas entrevistas que tuvimos—. Tú me vas a ayudar a mantener a la reina tranquila y feliz, que es lo que todos deseamos. Lo primero, lo más importante, es que no sepa a qué se deben estos cambios que han tenido lugar en su casa.

—¿Cómo, señor? —pregunté algo confusa.

—Inés, la reina no tiene que enterarse de que su padre, el rey Don Fernando, ha muerto. Tiene que creer que sigue vivo y con buena salud. Toda esta información que viene del mundo la desasosiega mucho, y nosotros lo que deseamos es que viva tranquila y sin sobresaltos.

—Sí, señor.

—Si te pregunta por qué no viene Don Fernando a verla, dile que está en Málaga.

—Sí, señor.

—Tampoco tiene que enterarse del fallecimiento de su suegro, Maximiliano de Austria. Sería bueno que les escribiera a los dos, ¿no te parece? Dile que les ponga a los dos unas letras. Eso la animará.

Yo me veía obligada a vivir como en el filo de una navaja, temiendo siempre caer de un lado o de otro. Por una parte, no quería traicionar a la reina. Por otra, no quería descubrir mi fidelidad a ella para no ser apartada de su lado.

Sin embargo, los engaños y cambalaches habían llegado a un punto que yo no podía más, y tomé la decisión de hablar con Doña Juana y explicarle la situación, intentando convencerla de que entrara también ella en el juego.

—Señora —le dije yo, después del encuentro con Denia—. Tengo algo muy doloroso que deciros.

—Dime, Inés.

Estábamos las dos con la niña Catalina.

—Son malas noticias, señora, pero antes tengo que explicaros otra cosa para que me comprendáis bien. Señora, yo le he dicho al señor marqués de Denia que le informaría sobre las cosas que hacéis y que decís. Hace mucho que vengo haciendo esto, señora, ya desde Bruselas. El mismo acuerdo tenía con vuestro esposo y también con Mosén Ferrer.

—¿Cómo, Inés? —dijo ella agitándose mucho—. Pero ¿qué me dices? ¿También tú? ¿Eres una Judas como todas mis damas y todas mis criadas? ¿He criado a un cuervo en mi seno?

—Sí, señora. Soy una Judas. Pero una falsa Judas. Soy un cuervo, pero un falso cuervo. Recordad cómo según Ovidio el cuervo, en un principio, era blanco...

—Explícate.

—Señora, he pensado que si aceptaba ser una espía no me apartarían de vuestro lado como han hecho con todas vuestras amigas y confidentes y con todas vuestras criadas y esclavas.

—Vaya, vaya, Inés, o sea que eres una serpiente con dos lenguas.

—Y ahora con tres lenguas, señora —le dije—. Nunca les he dicho nada que fuera en vuestro demérito.

—¿Y por qué habría yo de creerte? ¿Cómo sé que no me estás contando esto para ganarte mi confianza de una manera retorcida y extraña y lograr que te abra todavía más mi corazón?

—Señora, lo que tengo que deciros será la prueba de la pureza de mis intenciones —le dije—. Yo siempre os he amado, señora, siempre fuisteis mi niña favorita, la que más quería de todas las hermanas. Pero ahora quieren manteneros en el engaño. El marqués de Denia intenta crear para vos un mundo de fantasía.

—Explícate, Inés.

—Señora, vuestro padre el rey Don Fernando ha muerto. Esa es la razón de que Mosén Ferrer haya sido despedido, y esa es también la razón de que el cardenal Cisneros haya sido nombrado regente de Castilla.

—¿Cómo? Pero ¿qué dices? ¿Mi padre, muerto?

—Sí, señora, murió en Madrigalejo, y lo van a enterrar en Granada.

—Pero ¡eso es imposible! Es imposible, Inés. Ayer mismo vino a verme mi tesorero, Ochoa de Landa, y me dijo que mi padre se había ido a Málaga.

—Sí, señora, es lo que le ordenaron que dijera.

—¿Que le han ordenado...?

—El marqués de Denia ordena a todos los que vienen a veros que os cuenten que el rey Fernando está en Málaga y que por eso no puede venir a veros.

—Pero ¿qué dices, Inés? ¿Es cierto esto que me estás contando? ¡Ya no sé qué creer!

—Vuestro suegro, el archiduque Maximiliano, ha muerto también, pero el marqués de Denia me ha pedido que le escribáis cartas a ambos.

—¿Cartas a ambos...? —dijo Doña Juana, frunciendo el ceño.

—Pero aquí está la cosa, señora —dije yo—. Y esto es lo que más me preocupa. Si escribís cartas a vuestro padre y a vuestro suegro estando ambos muertos...

—Entiendo, entiendo —dijo la reina, respirando agitadamente—. Si escribo esas cartas a personas que no existen, será como certificar que no estoy en mis cabales.

—Exactamente.

—Entiendo, entiendo... Y tú quieres que escriba las cartas, pero no quieres que sepan que me has contado todo esto.

—Señora, si lo saben me darán tormento, me echarán de Tordesillas y me apartarán de vuestro lado. ¿Comprendéis la dificultad? Tenemos que engañarles, señora.

—¿Cómo que te darán tormento? —preguntó ella, confusa.

Yo sabía que su esposo había mandado torturar a uno de sus hombres de confianza, Lope de Conchillos, al enterarse de que estaba apoyando la causa de Doña Juana. Le habían torturado de tal modo que el pobre hombre había perdido la razón, o al menos eso era lo que se decía. Sabía, por eso, que me estaba arriesgando mucho al contarle todas aquellas cosas a la reina. Si eso habían hecho con un hombre importante, le dije a la reina, ¿qué no harían con una simple mujer?

—Entiendo, entiendo. Entonces, ¿qué podemos hacer? —dijo Doña Juana suspirando profundamente.

—Señora, tenéis que escribir esas cartas. No me descubráis, por favor. Si se enteran de que os he hablado...

—Mira, te voy a decir lo que vamos a hacer... Una tiene que volverse más lista que una raposa en estos tiempos. No escribiré esas cartas de mi puño y letra, sino que las dictaré.

—Está bien pensado.

—No pienso volver a firmar nunca ningún documento, Inés. Una nunca sabe lo que está firmando. Uno puede poner su firma hasta en su propia sentencia de muerte.

—Sí, señora.

—Y tú ten cuidado con lo que les cuentas.

Así transcurría nuestra vida en Tordesillas.

Yo miraba a través de las ventanas y veía las infinitas extensiones de Castilla. Campos y campos de trigo. Un mar sin fin, amarillo como el oro. En los días claros se veían en la lejanía las torres de Medina del Campo.

Aquel mar sin fin, aquel vacío, aquella planicie sin detalles, sin escolios, sin quebradas, sin misterios, así era nuestra vida... un mar de tiempo sin límites... un mar de tedio...

Con los años, aquella ficción fantástica que rodeaba a la reina comenzó a cobrar sesgos dramáticos y, al mismo tiempo, casi cómicos.

—Inés —me dijo la marquesa de Denia en una de las reuniones que yo solía tener con ella, atareado como estaba siempre su marido en mil cuestiones, pleitos y negocios—. Es necesario que la reina se asome a las ventanas de la galería esta tarde a eso de las siete.

—Muy bien —dije yo—. A esas horas la reina no suele hacer nada.

—Tú procura que se asome, pero por la parte de la galería, donde se ven las calles del pueblo.

Yo solté una risa, como haciendo ver que aquellos engaños y trampantojos me resultaban divertidos.

—¿Qué va a pasar, señora?

—Ay, Inés, curiosa eres como toda mujer —me dijo, pero tenía tantas ganas de contármelo que no pudo resistirse—. Verás, hemos decidido sacar a la reina de Tordesillas y llevarla a Arévalo.

—¿A Arévalo?

—Pero para explicarle este cambio, le hemos estado contando que se ha declarado la peste en Tordesillas, y que es imperativo sacarla de aquí para que no se contagie.

—Pero entonces, ¿hay una peste en Tordesillas?

—¡No, tonta, no hay nada! Pero vamos a hacer que pasen por las calles, delante del palacio, muchos curas con cirios y con cruces, como haciendo ver que hay muchos muertos en la ciudad. Cuando la reina vea todas estas comitivas fúnebres, se convencerá de que hay una peste de verdad.

—¡Muy ingenioso! —dije yo riendo—. Pero ¿se van a prestar los religiosos a hacer ese teatro?

—¡No, mujer! —me dijo la marquesa riendo—. ¡Pero qué simplecica que eres! Serán criados disfrazados de clérigos.

Yo me eché a reír haciendo ver que estaba en el ajo.

—Pero, señora, Arévalo... —dije entonces, dudando.

—¿Qué pasa con Arévalo?

—La señora abuela de la reina fue encerrada allí, en Arévalo. Yo no sé si la reina va a querer que la lleven allí.

—Exacto, Inés. Piensas en todo, por eso me sirves bien —me dijo la marquesa—. Ya habíamos pensado que la reina no querría ir a Arévalo.

—¿Entonces?

—Cuando la llevemos allí, le diremos que es otro pueblo. Le diremos que es Madrigal de las Altas Torres. Para eso también te necesitamos a ti, por si tuviera alguna sospecha al llegar.

—Comprendo, comprendo muy bien.

—Si ella tuviera dudas, tú le dirás que es Madrigal de las Altas Torres, y que tú lo sabes porque reconoces esta o aquella iglesia.

—Sí, señora.

—¡Ay, Inés, cuántas servidumbres tiene cuidar de nuestra señora la reina! ¡Cualquier cosa con tal de mantenerla tranquila y sosegada!

Finalmente, la reina no fue trasladada a Arévalo, y continuamos viviendo en Tordesillas.

Así pasaron cuatro años.

24. Comienzo a escribir

Como muchas carreras literarias, al menos las de mi patria, la mía comenzó en una cárcel.

Cuando pienso ahora en la cantidad de años que viví encerrada en Tordesillas al lado de la reina, no puedo explicarme cómo resistí aquello sin volverme loca. En las largas tardes, en las infinitas noches, contemplando aquellas tediosas planicies castellanas que se vislumbraban desde las ventanas del palacio, cuando nuestra única diversión eran la música y los libros, yo comencé a abrigar la idea de escribir. Sabía que Beatriz Galindo había escrito unos comentarios a Aristóteles y había compuesto poemas en latín, y yo comencé a hacer lo mismo. La propia reina Juana había escrito también poesía latina en su juventud, pero aquello lo hacíamos, creo yo, más para ejercitar un arte que por una verdadera vocación.

Me puse a escribir poemas latinos, deleitándome en medir perfectamente los versos y en respetar las sílabas breves y largas, ese arte tan difícil porque es completamente distinto del arte de versificar en castellano, pero me cansé pronto. Pensé entonces en imitar las *Geórgicas* de Virgilio y comencé a escribir un poema titulado *El olivo*, pero ¿qué sabía yo de los olivos y del cultivo de la aceituna y de lo que ha de hacerse con los olivos en primavera o en verano? Intenté entonces un comentario a la *Ética a Nicómaco* de Aristóteles, pero enseguida vi que aquello no era lo mío. Me daba cuenta de que estaba imitando, que intentaba hacer lo que hacían otros de la forma en que lo habían hecho otros, y aquello no acababa de convencerme porque no me causaba placer.

Me sentía cómoda escribiendo en latín, quizá demasiado cómoda, y por esa razón decidí intentar hacerlo en nuestra común lengua vulgar. El latín era la lengua excelsa, era cierto, pero Dante había escrito su *Comedia* en lengua vulgar, y lo mismo había hecho Petrarca en su *Cancionero* y Sannazaro en su *Arcadia* y Juan de Mena en sus *Trescientas*.

Como siempre me habían gustado las novelas sentimentales y las aventuras de los caballeros de ultramar que viajaban para conquistar Jerusalén y los de la Tabla Redonda y el mago Merlín y los de Carlomagno, que habían luchado contra los moros en Roncesvalles, pensé en escribir una novela de amores que fuera también de caballerías y, buscando nombres raros y peregrinos para mis dos protagonistas di con los de Cleóbulo y Lavinia, que me parecían llenos de misterio y maravilla, y a los que califiqué, sin saber muy bien por qué ni conocer todavía la materia de sus aventuras, de «amantes místicos». Me decía yo que si Cleóbulo y Lavinia eran «amantes místicos», entonces sus amores no debían de ser de este mundo, sino del otro, y me parecía extraño todo aquello, porque no quería escribir yo un libro de religión, sino uno de entretenimiento, aunque fuera un entretenimiento, como se decía entonces, honesto y de acuerdo con los preceptos de la Santa Madre Iglesia.

Era posible, incluso, que acabara teniendo problemas con la Inquisición por aquello de los «amantes místicos», aunque era corriente entonces escribir «a lo divino», es decir, transformar asuntos mundanos en asuntos religiosos, de modo que un poema de amor mundano se transformaba en uno de amor a la Virgen, o un soneto heroico, por poner otro ejemplo, en uno de exaltación del Santísimo Sacramento, con solo cambiar unas palabras. Pero ¿era eso lo que yo quería hacer, escribir una novela sentimental o de caballerías «a lo divino»? ¡Claro que no! Yo soñaba día y noche con el amor, con el amor de los hombres y las mujeres, con ese dulce amor, con ese amor que tanto cuesta y tanto duele, no con el amor a Dios.

Siempre, desde que era una niña, me he preguntado cómo es posible «amar» a Dios, al que jamás hemos visto, del que no podemos tener imagen ni recuerdo. A Dios, me decía yo, se le puede obedecer, se le puede temer, pero ¿cómo vamos a amarle? Uno solo puede amar lo que conoce. El amor entra por los ojos, o por la voz.

El confesor que tenía en Salamanca, fray Melchor de Casamartina, me dijo una vez que yo estaba equivocada, y que si bien a Dios no podemos verle directamente, sí podemos ver la manifestación de su bondad y su magnificencia en la belleza de las cosas, y que era posible amar a Dios al mirar el cielo, las nubes, las rosas, el agua o el fuego. Y me dijo también algo que nunca olvidaré:

—Cuando decimos «amar a Dios» decimos mal, Inés, porque no se puede «amar» a Dios como si Él fuera una cosa externa: Dios es el amor en sí.

—Entonces, ¿todo amor es amor a Dios?

—Sí, pero ha de ser un amor libre, sin deseo, sin codicia, sin orgullo, sin lujuria, un amor que no desea nada a cambio, un amor que se da sin esperar recibir nada, un amor que solo trae felicidad y nunca desdicha. Si amas de ese modo, no importa cuál sea el objeto aparente de tu amor, es a Dios mismo a quien amas, porque ese amor es Dios. Dios no es un ser que está encima de las nubes, Inés, ni es una criatura, como nosotros solemos imaginarlo: Dios es un sentimiento, y está dentro de nosotros.

¡Oh, divino fray Melchor de Casamartina, qué feliz estaba yo entonces oyendo aquellas palabras, que me hacían sentir que vivía verdaderamente en un universo regido por el amor! Más tarde comenté estas palabras con mi confesor de Madrid, que me dijo que aquellos pensamientos eran heréticos, y que seguramente aquel fraile con el que me había confesado en Salamanca habría acabado en una cárcel del Santo Oficio, cuando no atormentado y quemado. Y lo mismo me dijo un confesor que tuve en Tordesillas: que aquellas ideas parecían paganas, y que debía borrarlas de mi cabeza. Escribo todo esto porque creo que esta idea mía de describir a mis imaginarios Cleóbulo y Lavinia como «amantes místicos» proviene de fray Melchor de Casamartina, a quien deseo de todo corazón que jamás tuviera que enfrentarse a los inquisidores del Santo Oficio.

Me puse a escribir mi libro de aventuras, y pronto me vi tan inmersa en su escritura que no podía creer mi felicidad. Ante mí se levantaban las olas de los mares y los cuernos de las montañas. Cleóbulo era un hombre alto, rubio, proveniente de un país del norte, y siempre que pensaba en él lo veía como Melchior Alemán, es decir, como Michel Sittow, mi retratista, mi amante, un hombre tan cortés como hermoso, dulce y apasionado, y aunque Cleóbulo era un guerrero y no un pintor, decidí hacerle tan ducho en la espada como en el pincel, un don poco frecuente en los personajes caballerescos. En cuanto a Lavinia, era una bellísima joven de Sicilia que había sido robada por unos piratas berberiscos y abandonada junto con su madre en una remota isla, donde había sido luego capturada y vendida como esclava en África. ¡Oh, qué estupendas invenciones me prometía yo en aquella obra mía, qué de casualidades asombrosas y encuentros y desencuentros y viajes por mar y por tierra y cuevas encantadas y palacios subidos a las peñas, y lágrimas y crueldades!

Sin embargo, al cabo de un cierto tiempo, la historia de Cleóbulo y Lavinia comenzó a hacérseme artificial y lejana. Las aventuras se amontonaban unas sobre otras pero no sabía yo cómo conducirlas, ni sabía cómo lograr que las vidas de ambos se entrelazaran para que lograran, al fin, conocerse y mirarse a los ojos para que saltara entre ellos la sagrada chispa del amor.

Necesitaba escribir otra cosa para descansar de los excesos imaginativos de mi historia de los amantes místicos, y así fue como concebí un proyecto que a mi entender nunca había sido intentado antes. Pensé en escribir sobre mí misma y sobre las cosas que me pasaban a diario, de las cosas que hacía y que pensaba, y de mis deseos y sueños, sin orden, sin plan, sin otra organización que la que dieran los días. Era como si me convirtiera en cronista de mí misma, y así decidí titular aquella curiosa y loca empresa: *Crónica de mí misma*. Me maravillaba mi atrevimiento, porque nunca había leído yo ninguna obra parecida. Yo conocía muy bien las *Meditaciones* del emperador Marco Aurelio, las *Confesiones* de San Agustín y la *Vida nueva* de Dante, y también otra obra que me fascinaba, el *Secretum meum* de Petrarca, todas ellas obras en las que los autores, de un modo o de otro, hablaban de sí mismos y de su vida y experiencias. Pero ninguno de ellos se había propuesto recoger en sus páginas, llenas de citas clásicas y eruditas, las actividades que hacían a diario, los cambiantes pensamientos de cada día, las cosas que se ven y que se sienten, siempre efímeras y poco importantes. No, aquellas «confesiones», «vidas» y «meditaciones» eran, en realidad, libros de filosofía en los que Marco Aurelio hablaba sobre la belleza, y Agustín sobre el tiempo y la memoria, y Dante sobre la composición de sus rimas y Petrarca sobre los pecados capitales. Todos ellos habían tenido vidas infinitamente más interesantes que la mía, y quizá por esa razón nunca habían pensado en la posibilidad de hacer esto que estaba haciendo yo: contar las cosas que les pasaban a diario. Habían tenido vidas más interesantes que la mía por la sencilla razón de que eran hombres, y por tanto libres y señores de las calles y los caminos del mundo, y no habían tenido, como yo, la obligación de vivir encerrados.

Así fue como me consagré a escribir dos libros que eran tan diferentes entre sí como la noche y el día. Uno era una historia llena de fantasía e imaginación que trataba de enamorados que viajaban a través del mundo viviendo infinitas aventuras; el otro era la crónica diaria de una mujer que vivía encerrada en un palacio en Tordesillas.

Tenía así yo un manuscrito anfisbena, un manuscrito con dos cabezas: por un lado estaba *Cleóbulo y Lavinia*, por el otro, la *Crónica de mí misma*. No sabría decir cuál de los dos me gustaba más: a unas horas del día era uno, a otras horas el otro. Entre ambos libros había otras diferencias importantes. *Cleóbulo y Lavinia* sabía por qué lo escribía, a qué género pertenecía y cómo sería leído, pero mi *Crónica* no sabía realmente para qué lo escribía y dudaba de que aquello tuviera interés para nadie. Ambas obras me fascinaban, la una porque me sacaba de mí y me llevaba a países lejanos como Etiopía o la India, la otra porque me llevaba a mí misma, a mi pobre y solitaria vida. En una describía cómo Cleóbulo entraba en un castillo y combatía con un dragón, en otra cómo ese día había visto unas garzas volando hacia el Duero y la niña Catalina había bordado una flor de lis. Ambas obras me fascinaban por alguna razón que no podía acabar de explicarme, pero al cabo de un tiempo fue mi *Crónica* lo que me fascinaba más. Solía escribirla al final del día, recordando las cosas que habían sucedido durante la jornada. A veces eran solo un par de frases, a veces varias páginas. Tenía yo la sensación de que de este modo, al registrarla por escrito, mi vida pobre e insignificante no se perdía en el tiempo. Había cumplido años suficientes para saber ya qué poco es lo que recordamos de las cosas que vivimos: gracias a mi *Crónica* yo tendría ahora una segunda memoria en la que los recuerdos no se los llevaría el olvido.

25. Los comuneros

Las ciudades se levantaban contra el rey. Quién sabe por qué, llamaban a aquello levantarse en Comunidades, y de ahí el nombre de comuneros. Yo no podía imaginarme quiénes eran estos comuneros ni por qué querían levantarse contra el rey Don Carlos, nuestro señor, y los imaginaba como una recua de bandidos sin Dios y sin ley. El nombre «comuneros» sugería que eran gente común, como así era, en realidad, ya que entre los levantados no había apenas nobles, aunque sí bastantes hombres de religión.

Como no le permitían salir del Palacio Real, la reina me había pedido que me encargara de repartir sus limosnas entre los pobres. Cerca del palacio vivía un caballero enfermo, Don Diego de Arramía, que había luchado en la guerra de Granada y ahora sufría de podagra, una enfermedad muy dolorosa que le tenía postrado en el lecho y que le había hecho perder un pie, dejándole imposibilitado. La reina me había encomendado que me ocupara de que no le faltara de nada a él y a su familia. Yo le visitaba de vez en cuando, y allí en su casa oía las noticias de cómo toda Castilla se ponía en armas contra el rey: Toledo, Segovia, Toro, Valladolid, Madrid y muchas otras plazas se levantaban en Comunidades a causa de los abusos de los nobles flamencos.

—Este rey que tenemos —me decía Don Diego— no es castellano, ni habla castellano ni conoce Castilla ni se siente de Castilla. Ignora las costumbres y usos de nuestro país y desprecia a los propios a favor de los extraños. Pone a nobles flamencos en todos los oficios y dignidades, y estos se dedican a robar todo lo que pueden y a llevarse todas nuestras riquezas para sus arcas y sus guerras. ¿Cómo íbamos a soportarlo sin rebelarnos? Es vuestra señora la que debería estar en el trono, y no su hijo.

—Mi señora está en el trono —le decía yo—. Es la reina propietaria de Castilla.

—Es verdad.

Su esposa, Margarita de Olías, era una mujer de apariencia dulce pero también muy ardiente partidaria de la causa comunera.

—La Santa Junta que se ha creado en Ávila vendrá aquí a Tordesillas y se pondrá a las órdenes de Doña Juana —me dijo un día, con una fe y una pasión que me dejaron admirada—. Ellos la sacarán de su encierro y le devolverán todas las dignidades que le han arrebatado.

—¿Aquí van a venir? —decía yo—. ¡Pero si a mi señora todos la han olvidado! ¡Si todos dicen que está loca!

Pero el desdichado caballero con podagra y su esposa no estaban tan equivocados como yo creía. Los comuneros habían creado en Ávila unas Cortes y Junta General del Reino a la que se habían unido las principales ciudades de Castilla. El rey estaba entonces en Alemania, adonde había ido para que le coronaran emperador del Sacro Imperio Romano Germánico y le entregaran la espada de Carlomagno, y en España había dejado como regente a un borgoñón, el cardenal Adriano de Utrecht. Aquello había bastado para terminar de inflamar los ánimos de los castellanos.

Todo esto sucedía en el verano de 1520. A finales de agosto tuvimos noticias de que los comuneros venían a Tordesillas para hablar con la reina Doña Juana. Las tropas del rey habían provocado un incendio en Medina del Campo y ahora la indignación general se había extendido por toda la piel del reino. Creo que fue uno de los primeros días de septiembre cuando los capitanes de los comuneros, Padilla, Bravo y Maldonado, se presentaron en el Palacio Real de Tordesillas. La reina los saludó desde el balcón.

Los capitanes comuneros pidieron audiencia con la reina, y ella, de pronto, se sintió perdida. Llevaba tantos años apartada de cualquier función oficial que no podía dominar los nervios.

—Pero Inés —me decía—, ¿cómo voy a recibir yo a esos señores, yo que ya me he apartado del mundo y vivo como una avecica en su hornacina?

Abrimos todos los baúles y sacamos los briales, los velos, las estameñas, los brocados, las perlas, y así, y como mejor pudimos, y con muchas prisas y muchas risas, conseguimos que Doña Juana pareciera de nuevo una reina. Yo me puse a buscar su famoso broche de rubí, pero no aparecía por ninguna parte.

Cuando los levantados entraron en el palacio para entrevistarse con la reina, el marqués de Denia se opuso a ellos sacando su espada y exigiéndoles que se retiraran. Pero ellos venían pisando fuerte.

—Señor marqués, queda vuesa merced relevado de su cargo —le dijo Padilla, que era ya entonces el capitán de las tropas comuneras—. Le rogamos que salga de Tordesillas cuanto antes. Y baje esa espada, que no queremos que haya sangre.

Yo me había imaginado que los comuneros, quizá por el nombre que habían adoptado, serían gente común, es decir, revoltosa y canalla, y que por eso tenían el atrevimiento de levantarse contra el rey. Pero cuando los vi entrar en la sala donde la reina les esperaba, me quedé maravillada por su prestancia y su cortesía. Juana me había pedido que me mantuviera a su lado durante la entrevista, y así nos vimos de nuevo como en los antiguos tiempos, en una sala con un techo de ricos artesonados y las paredes cubiertas de lujosos tapices, abarrotada de caballeros, damas, nobles, dignatarios y soldados, secretarios y escribanos. Sentose la reina en una silla alta tapizada de terciopelo y yo la miraba y creía ver a su madre, y mientras los comuneros exponían a Juana su petición de que la Santa Junta se trasladara a Tordesillas para estar junto a ella, yo no podía dejar de admirar la gallardía y la elegancia de aquellos jóvenes hidalgos, llenos todos ellos de energía y de propósito. Padilla, aunque con la armadura puesta, llevaba sobre los cabellos una gorra de terciopelo verde tocada con una pluma. Nuestras miradas se cruzaron en un momento. Me pareció que sus ojos se detenían en los míos, y sentí un escalofrío.

—Mucho me place, señores, recibiros en Tordesillas y recibir a los procuradores de la Santa Junta —dijo la reina—. Aquí tenéis vuestra casa.

—Se constituirá entonces la Santa Junta en Tordesillas bajo la tutela de vuestra real persona —dijo Maldonado.

—¡Viva Castilla! —gritaban todos—. ¡Viva la reina Juana!

Todos coreamos aquellos gritos muchas veces, y de este modo Tordesillas quedó constituida en cabeza y corazón de la revuelta comunera.

En los días siguientes, Padilla, Bravo y Maldonado venían a menudo al palacio para hablar con Doña Juana. De los tres, Juan de Padilla era el que más me impresionaba. Era moreno, enjuto, adornado el rostro con una barba bien cuidada, de ojos intensos y pobladas cejas, y cuando hablaba, quizá acaso por su tono de voz, que era grave y varonil, yo sentía que se me erizaba el vello de la nuca. No me parecía guapo, pero cuando le miraba pensaba que le seguiría a cualquier lugar y haría cualquier cosa que me pidiera.

¡Qué extraña locura! Yo le miraba a él y él me miraba a mí, y un día se me acercó y me preguntó, con una mezcla de cortesía y de desenvoltura que me pareció cautivadora, mi nombre y mi patria. Le complació enterarse de que llevábamos el mismo apellido, aunque los apellidos en aquel entonces se elegían igual que los nombres, y muchas veces no coincidían con los de los padres o hermanos.

—Inés de Padilla —me dijo mirándome con una admiración que yo no podía acabar de comprender—, ¿pero qué hace la mujer más bella de Castilla encerrada en estos tristes muros?

—Conozco a la reina desde que era una niña —le dije—. Siempre la he servido, como antes a su madre.

—¿A su madre, decís? Eso no es posible —me dijo él.

—Caballero —le dije—, pues ¿cuántos años pensáis que tengo?

—No muchos más de veinticinco —me dijo él.

—¡Es verdad! —dije yo riendo—. Veinticinco tengo, pero dos veces.

Él se echó a reír, pensando que bromeaba. Su interés por mí era indudable, lo veía en sus ojos y en su forma de hablarme, pero ¿cómo era aquello posible siendo él un hombre de treinta años y yo una matrona de cincuenta?

Don Juan de Padilla estaba casado con una mujer formidable, Doña María de Pacheco, pero a pesar de todo, y a pesar de que se hallaba en medio de una guerra y había de pasarse el día tomando decisiones sobre tropas, armas, alianzas, batallas y otras mil cuestiones, supo encontrar el tiempo para requerirme de amores.

Me buscaba por los pasillos del palacio. Sabía siempre hallar la ocasión y el momento. Me hablaba con aquellas dulces, ardientes palabras, me miraba con aquellos ojos suyos de avellana y de fuego, y yo sentía que me derretía por dentro. Me pedía un beso y se lo negaba; me cogía las manos y yo las apartaba; me tomaba del talle y yo le empujaba riendo. Me resistía con todas mis fuerzas sobre todo por vergüenza, porque me sentía demasiado vieja para él. Pero su asedio era implacable. Sus artes de seducción eran como un vino delicioso que una vez probado uno no puede parar de beber. Sabía cómo hacer que una mujer se sintiera tan bella como una diosa, tan exaltada como una reina y así, poco a poco, me fui sintiendo vencida por el amor.

Una noche puso una escala en el muro y entró por una de mis ventanas, que yo mantenía siempre abiertas para intentar refrescarme de los calores del verano. Cuando le vi aparecer en el rectángulo de la ventana, sigiloso como una raposa, le reconocí al instante por su gorra tocada con una pluma. Pude haber gritado, pero no grité: al contrario, me abracé a él como el jazmín se enreda en la vid, y cuando sentía sus labios en mis labios temblaba de deseo como si tuviera las fiebres. Nada hay tan dulce en el mundo como esos primeros besos.

Él quería encender una vela para verme, pero a mí me avergonzaba mi cuerpo maduro y le rogué que no lo hiciera. Me quitó la camisa, que era la única prenda que llevaba, y quedé así desnuda ante él, pero protegida por las sombras. En ese momento la luna apareció surgiendo por detrás de las nubes, y una claridad azulada inundó la habitación, de modo que yo ya no podía esconderme. Hacía tantos años que no estaba con un hombre que le pedí que fuera gentil conmigo. No sé si fue gentil: me tomó como un sacre toma una paloma en pleno vuelo, me abrió como se abre una granada. Y luego el placer, el placer por fin, después de tantos años de esperarlo, después de tantas noches de sentirme una mala mujer por soñarlo. Sentí que temblaba el mundo cuando me hacía suya, como si un terremoto sacudiera el

Palacio Real de Tordesillas, como si un fuego blanco consumiera mis médulas y deshiciera mis huesos. Era como comenzar a vivir después de tantos años.

—¡Demasiado tarde! —dije yo, sintiendo que se me llenaban los ojos de lágrimas—. ¡Has llegado a mí demasiado tarde!

—¿Por qué, mi amor?

—Es demasiado tarde, demasiado tarde...

—No, no lo es —me dijo él—. A partir de ahora vendrás conmigo, me acompañarás.

—¿Te acompañaré? Pero ¿cómo, adónde?

—A donde yo vaya. Tenemos todavía muchas batallas que ganar, muchos lugares a los que ir.

—Pero mi lugar está aquí, con la reina.

—Pídele que te deje partir —me dijo él—. Yo intercederé por ti.

—Pero si yo podría ser tu madre, Juan —le decía—. ¿Cómo voy a ir yo contigo? ¿Como tu camarera? ¿Como tu ama de llaves?

—Como mi amiga —dijo él—. ¿A quién le importa? Entre los comuneros hay hombres y hay mujeres, tú serás una más.

Me levanté del lecho envolviéndome con una sábana, abrí un armario que tenía y saqué de allí el retrato que me hiciera Michel Sittow veinte años atrás. Seguía envuelto en la tela de tafetán, y mientras lo desenvolvía, le decía:

—Mira, quiero que veas cómo era yo cuando era guapa.

Le mostré el retrato y se quedó admirado.

—El parecido es asombroso —me dijo.

—Y ahora mira —le dije—. En la parte de atrás hay otro retrato mío.

Con la punta de un cuchillo, saqué el marco de marfil y la tablilla que cubría el reverso del retrato, y le mostré la pintura del envés, donde aparecía yo con el pelo suelto y el pecho desnudo.

—Así era yo en 1500 —le dije—. Entonces sí que me habría ido contigo hasta el fin del mundo. ¡Entonces sí!

Le vi confuso, mirando el retrato y mirándome a mí, contemplando el haz y el envés de aquella pintura, y apartándome la sábana con la que yo me había cubierto y comparándome con la pintura.

—¡Pero Inés! —me dijo—. ¡Esta pintura no puede ser de 1500! ¡Si estás igual!

—El amor te nubla los ojos y el juicio —le dije, cubriéndome de nuevo y riendo con melancolía.

—¿Hay algún espejo en este palacio? —preguntó él.

—Ni la reina ni yo tenemos ninguno. En este palacio no hay espejos.

A pesar de todo llamó por la ventana a sus criados y les ordenó que buscaran un espejo. No sé de dónde consiguieron traer uno, ovalado y no mal azogado. Era ya casi la hora del alba cuando llegó, por lo que creo que los criados de Juan de Padilla debieron de pasarse toda la noche buscándolo. Los espejos eran entonces raros en Castilla y en todas partes, y los pocos que había solían ser pequeños y no muy claros. Estábamos los dos dormidos, medio abrazados entre las sábanas, como los caídos después de una batalla, que no cuidan de su postura ni de su apariencia, cuando llegó el espejo por fin. La luz de la mañana entraba ya a través de los cristales emplomados de las ventanas, entre los que había rombos azules y dorados, y mi amante se acercó a mí con el espejo como si me mostrara la cabeza de la Medusa, así de temible y horrendo me parecía aquel instrumento. Yo me tiré del lecho para no verme.

—¡Quita, quita! —le dije—. ¿Es que quieres hacerme burla, queriendo que me mire cuando más fea está una mujer, nada más levantada, con los cabellos revueltos y sin un afeite en el rostro?

—Eso, eso quiero —dijo él—. Pero ven aquí, no te escondas, dame gusto.

No podía negarme a lo que me pedía porque desde el momento que le conocí no podía negarle nada, de modo que volví a subir al lecho y tomé el espejo entre las manos. Lo que vi allí me dejó sin aliento.

—Pero esto no es posible —dije yo, me dije yo a mí misma, me dijo a mí la que hablaba en el espejo.

Y es que la que veía en el espejo era idéntica a la mujer del retrato. Idéntica en todo, la misma Inés de Padilla del año de 1500. Había esperado yo encontrarme bolsas bajo los ojos, las mejillas caídas, arrugas en los párpados, en la frente y en las comisuras de los labios, una papada de matrona, unos ojos carentes del brillo cerval de la juventud, una piel marchita y llena de manchas, pero no había nada de eso. La edad no había dejado en mí rastro alguno.

—Y ahora explícame este enigma, Inés de Padilla —me dijo Juan.

—No sé qué decir —dije yo.

Dejé caer la sábana con la que tan celosamente me cubría y contemplé mis senos en el espejo. Eran idénticos a los del retrato, igual de firmes, igual de jóvenes, igual de erguidos en el aire. La piel, igual de limpia.

Así fue como descubrí que, por alguna misteriosa razón, había dejado de envejecer. La reina, que era diez años más joven que yo, era ya una mujer madura, pero no es que ella hubiera envejecido prematuramente o se hubiera descuidado en exceso, que era lo que yo siempre pensaba. Ella representaba la edad que tenía. Yo seguía teniendo treinta años.

26. La condesa de Tordesillas

Los comuneros querían poner a Doña Juana en el trono en lugar de su hijo. No todos los comuneros eran partidarios de Doña Juana, y había algunos que seguían siendo fieles al rey, pero en aquellos tiempos al menos, cuando la Santa Junta estaba reunida en Tordesillas, ese parecía ser el deseo predominante.

Yo veía a la reina transformada, rejuvenecida, convertida de nuevo en la gran señora que había sido tiempo atrás. Las dos habíamos vuelto a la vida, aunque por razones bien diferentes. Uno de aquellos días Doña Juana dio un discurso ante los comuneros tan vibrante, tan directo, tan sincero, que me hizo saltar las lágrimas.

—Yo tengo mucho amor a todas las gentes —dijo la reina en aquella ocasión solemne—, y pesaríame mucho de cualquier daño o mal que hayan recibido. Pero siempre he estado mal acompañada, me han dicho falsedades y mentiras y me han ocultado las cosas. Yo quisiera estar en parte donde pudiera entender las cosas que tienen que ver conmigo, pero el rey, mi padre, me puso aquí, en este encierro de Tordesillas, no sé si a causa de aquella que entró en lugar de la reina Isabel o por otras causas que a lo mejor vosotros conocéis, y no he podido hacer más. Y cuando supe de los extranjeros que entraban y se situaban en Castilla, pesome mucho de ello. Yo pensaba que venían para ocuparse de ciertas cosas en servicio de mis hijos, pero no fue así. Me maravillo mucho de que vosotros no hayáis tomado venganza de los que tanto mal os han hecho, como habría hecho cualquiera, porque las cosas buenas me placen, pero las malas me pesan. Si yo no quise intervenir en aquello fue por que no hicieran mal a mis hijos, ni aquí ni allá. Aunque no creo que se atreva nadie a hacerme daño a mí, siendo como soy señora y reina, y aunque no lo fuera, tampoco merecería yo que me trataran como me han tratado, siendo como soy hija de rey y de reina. Por eso me huelgo mucho de que vosotros queráis ahora remediar las cosas mal hechas, y si no lo hiciéredes, que caiga sobre vuestras conciencias. Yo así os encargo y os pido que lo hagáis. Y en lo que a mí respecta, yo me pondré también a hacer cuanto pueda, aquí o en los lugares donde me hallare. Y si yo no pudiere encargarme, será porque tengo todavía que lograr sosegar mi corazón y esforzarme por la muerte del rey, y mientras yo tenga disposición, me ocuparé de ello. Y porque no vengáis aquí todos juntos, nombrad entre vosotros de los que estáis aquí a cuatro de los más sabios para que esto hablen conmigo, para informarme de todo lo que conviene, y yo les escucharé con atención, y hablaré con ellos y entenderé en ello cada vez que sea necesario, y haré todo lo que pudiere.

Nunca he oído hablar yo a un rey o a una reina con tanta fragilidad, con tanta dulzura, con tanta timidez. Algunos interpretaron aquella referencia a la muerte del «rey» como si estuviera hablando de su esposo, que había muerto casi veinte años antes y como si todavía no hubiera podido consolarse de haberle perdido. En realidad hablaba de su padre, Fernando de Aragón, de cuya muerte hacía poco tiempo que había tenido noticia.

Por suerte o por desgracia, aquello no duró mucho. La reina se había prometido a sí misma años atrás que jamás volvería a firmar ningún documento y persistía en esta costumbre, que la imposibilitaba en la práctica para ser soberana. No sé si era esto debido, en el fondo, a que no quería enemistarse con su hijo Don Carlos.

Padilla se había dado cuenta del ascendiente que yo tenía sobre la reina y me pedía que hablara con ella, pero ella no quería escucharme. Me escuchaba, pero no decía nada. Se encerraba en un silencio pensativo, del que era imposible sacarla. Como he dicho, no todos los procuradores de las Cortes ni diputados de la Santa Junta estaban de acuerdo en restituir a Juana I como reina de Castilla, y los partidarios fieles a Don Carlos crecían de día en día.

Porque los comuneros no querían derribar la monarquía, ni tampoco al rey, sino modificar su política, hacer que el rey suavizara los impuestos e impedir que los cargos públicos fueran ocupados por extranjeros. Como he dicho, el rey había puesto como regente, en su ausencia, a un obispo de Flandes, y los comuneros pedían que el regente de la nación fuera castellano. El resto de las cosas que pedían también me parecían razonables: que fueran las Cortes las que dirigieran el país, y no el rey; que el poder de las Cortes fuera independiente del poder real; que los cargos públicos no fueran heredados de padres a hijos, que no pudieran acumularse muchos cargos en una sola persona, que los cargos fueran elegidos mediante el voto y que tuvieran que rendir cuentas cada cuatro años; que los ayuntamientos pudieran redactar sus propias leyes; que el rey no pudiera obstaculizar a la justicia; que los jueces y magistrados recibieran como paga su salario y no tomando parte de los bienes de los condenados; que se aliviaran los muchos impuestos que sufría entonces la población; que la corte y el rey tuvieran que pagar por su estancia en los lugares donde paraban y se hospedaban; que se estimulase la fabricación de tela en Castilla, ya que entonces la lana de las ovejas castellanas era enviada a Flandes, donde regresaba en forma de sábanas y vestidos. Nada de esto me parece desaforado ni poco razonable, sino todo lo contrario.

Aquel otoño fue de los más felices que yo recordaba desde hacía muchos años. Juan de Padilla ya no entraba en mi cuarto por una escala, con riesgo de matarse o de ser confundido con un ladrón, sino por mi puerta. A veces salíamos a esparcirnos por las orillas del Duero, y caminábamos por entre los álamos, y Juan sacaba su puñal y grababa nuestros nombres en la corteza de un árbol. Me decía que aquella era una ciudad de enamorados.

—¿No lo sabías? —me dijo en uno de nuestros paseos por el Duero, perdidos entre las hojas amarillas de los álamos blancos y las hojas rojas de los chopos negros—. Aquí, en Tordesillas, vivió Doña Leonor de Guzmán, esposa de Alfonso XI, de la cual nació Enrique II, el primer monarca de la casa de Trastámara. Luego Pedro I le entregó la villa a su amante, María de Padilla, con la que más tarde se casaría. La villa pasó luego a ser propiedad de la esposa de Enrique II, Juana Manuel; más tarde, de la reina Leonor de Aragón, primera mujer del rey Juan I, y luego de su segunda mujer, Beatriz de Portugal, que fue dueña de la villa hasta que su marido la restituyó a la corona. Reinas, amantes, madres de reyes, grandes señoras... Y ahora tú, Inés de Padilla. Tú eres ahora la dueña de Tordesillas —me dijo haciéndome una reverencia—. Yo, en nombre de la Santa Junta, te la entrego.

—Os doy las gracias —dije yo inclinándome también graciosamente—, pero llevo tantos años encerrada en este lugar que he llegado a aborrecerlo.

Pero aquella idea de Juan de Padilla, surgida de un paseo a las orillas del Duero, tuvo una curiosa continuación cuando la propia reina me dijo un día que había pensado en recompensarme por mis muchos servicios a la corona y a su real persona. Yo no podía imaginar qué era lo que quería darme, porque conocía bien el estado de su hacienda.

—Señora, yo no quiero nada —le dije—. Serviros es mi placer.

—Ay, Inés, Inés —me dijo—. Llevas aquí no sé cuántos años encarcelada entre estas paredes, has malgastado media vida en mi compañía, y ¿para qué? ¿Por qué no te has marchado de aquí, Inés? ¿Por qué no te has casado? Ni una vez me lo has pedido. ¡Ni una vez me has pedido nada! Todos me han abandonado, hasta mis hijos, que apenas vienen a verme, y eso más por averiguar si de verdad estoy tan loca como dicen. Todos menos tú.

Yo sentía que tenía razón. En mil ocasiones había pensado yo abandonar aquel exilio triste y mezquino y regresar a Madrid.

—Sabes muy bien que bienes materiales no poseo —me dijo—. Pero como reina de Castilla que soy, tengo el privilegio de hacer mercedes a los súbditos que me han servido bien. Por eso quiero darte un señorío, Inés. Te nombro condesa de Tordesillas. ¿Qué dices?

—¿Condesa yo, señora? —dije espantada.

—Condesa sois a partir de hoy.

Me arrodillé ante ella y le besé las manos. No sé cuál de las dos estaba más emocionada, si ella o yo. La reina hizo venir a un escribano para que lo pusiera todo por escrito y lo sellara, firmara y rubricara en su nombre. Creo que aquel fue uno de los pocos actos que realizó como monarca en el curso de su largo pero extraño reinado. Cuando se lo conté a Juan de Padilla, se le iluminaron los ojos.

—Señora condesa de Tordesillas —me dijo haciéndome una venia—. Cuánto me alegro de que hayáis recibido esta merced, vos que tantas merecéis.

—Estoy muy feliz porque mi señora me ha querido así mostrar su gratitud y su amistad, pero ¿qué cambia esto en mí? ¿Qué diferencia hay en mi persona ahora que soy condesa? ¿Qué significa ser condesa o no ser nada? ¡Ella es la reina y mirad cómo vive!

—La diferencia, señora —me dijo él, que no podía contener la risa—, es que ahora sois rica.

—¿Rica yo? ¿Por qué?

—Porque la reina os ha regalado Tordesillas. Ahora es de vuestra propiedad, junto con todas sus riquezas, tributos y alcabalas.

—¿Cómo es eso? —dije yo.

—¿Es que crees que tener un título es una cosa del aire? —me dijo.

Descubrí que tenía la razón, y que ahora la villa de Tordesillas me debía pagar tributo. Al instante tuve miedo de que aquella medida provocara el descontento de la población, sobre todo hallándonos en tierras comuneras y en lucha contra todo aquello que era percibido como los excesos del poder de los reyes. Y en efecto, la noticia de que la villa de Tordesillas ya no pertenecía a la corona sino a Doña Inés de Padilla, condesa de Tordesillas, creó mucha inquietud en la villa. Sé que algunos quisieron impugnar mi título aduciendo que la reina no estaba en sus cabales, pero era la reina y, por tanto, la dueña y propietaria de aquellas tierras, y como dueña que era, podía hacer con ellas lo que le pluguiera. Me interesé por los impuestos a que estaba sometida la villa y descubrí enseguida que eran muchos y por muy diversos supuestos. Todos temían que ahora que la villa no pertenecía a la corona sino a mí, yo comenzaría a exigirles nuevos aranceles, pero hice exactamente lo contrario. Relevé a la villa de algunos de los tributos reales, entre ellos los servicios extraordinarios impuestos por Don Carlos para sufragar su coronación en el trono de Carlomagno y que habían sido una de las causas de que las ciudades se levantaran en Comunidades. Me quedé espantada al enterarme de las cantidades que habían de pagar los distintos estamentos de la villa tanto en dineros como en bienes, grano, hombres y lanzas, e intenté aligerarlos en lo posible, gracias a lo cual, tras la oposición y las sospechas iniciales, comencé a ser vista como una heroína y casi una salvadora de la villa. En cuanto a mí, calculé la suma que sería necesaria para vivir holgadamente un año y dije que eso era cuanto exigiría. Los burgueses, clérigos y pecheros estaban asombrados y daban gracias al cielo y a la reina Doña Juana por que les hubiera caído en suerte una señora tan buena y generosa como yo. Con todo y con eso, y por mucho que intenté rebajar los tributos y quitar los que pudiere, de pronto me encontré rica. Pero ¿qué iba yo a hacer con aquel dinero, que no tenía en qué gastar? Cuando cobré la suma correspondiente a ese año, me vi con tanto dinero en mis manos que no sabía qué hacer con él. Lo guardé en el fondo de mi arcón, y comencé a temer que me lo robaran, y algunas noches, como si fuera yo un viejo usurero, abría el arcón y levantaba todas las cosas que estaban allí guardadas para asegurarme de que los dineros seguían en el fondo. Ahora ya tenía una cosa más que era mía además de mi retrato de Michel Sittow, mi Ovidio, mi estilete y mi título, y por tanto también otro motivo de preocupación y de sospecha.

27. Villalar

Se acercaba el invierno. Don Pedro Girón, que estaba entonces al mando de las tropas comuneras, salió de Tordesillas para atacar la villa de Villalpando. Algunos dicen que aquel acto irresponsable fue una simple traición, y que había pactado con las tropas leales al rey la entrega de Tordesillas. Lo cierto es que poco después de aquello desertó y abandonó el ejército rebelde. El ejército real, que vio que la villa había quedado prácticamente desprotegida, reunió sus fuerzas y atacó con todo su poder. La batalla duró un día entero.

Las mujeres del palacio nos pasamos todo el día alrededor de la reina, sin atrevernos a salir de nuestras habitaciones. Las noticias de la batalla nos iban llegando de forma fragmentaria, sobre todo en forma de ruidos y gritos, porque apenas nos atrevíamos a asomarnos a los balcones, y a partir de lo que oíamos y las pocas noticias que nos llegaban del exterior, intentábamos recomponer lo que estaba pasando. Se oían gritos y trompetas, y luego sonidos de arcabuces y de cañones a lo lejos, y también el sonar febril de las campanas. No entendía yo por qué echaban las campanas al vuelo, si era para pedir ayuda en alguna zona de la muralla que estaba siendo asediada o, todo lo contrario, porque los invasores habían logrado entrar.

A las ocho de la tarde uno de los sirvientes entró como un loco gritando que las tropas del rey habían roto la muralla y habían entrado en la villa. Yo me acerqué a los balcones para intentar ver algo de la batalla y vi soldados corriendo por las calles y una columna de humo hacia el sur, que resultó ser un incendio provocado por los defensores para cortar el paso de las tropas del rey, que efectivamente habían logrado romper la muralla.

Al final del día el capitán Suero del Águila llegó desde Alaejos con cien lanceros para sumarse a la defensa de la ciudad, pero todo fue inútil, porque el grueso de las tropas comuneras estaba en Villalpando y los pocos que quedaban en la ciudad no podían contener a tantos atacantes. Cuando la ciudad cayó por fin, la soldadesca invasora se dedicó al saqueo y al pillaje durante toda la noche. Se oían gritos y disparos a lo lejos y se veía el relumbrar de las hogueras en el cielo, pero aquello ya no era la batalla, sino el horror que sigue a la batalla. Entraban en las casas, robaban lo que podían, torturaban a los hombres para que revelaran dónde tenían guardado el dinero, forzaban a las mujeres y a las niñas y cuando no podían encontrar lo que deseaban, quemaban la casa por divertirse. La reina, la infanta Doña Catalina y yo, junto con las damas de la casa, las criadas y las esclavas, permanecíamos todas juntas en las habitaciones de la reina, con los rosarios en la mano y rezando en alta voz. La reina no rezaba, siguiendo en ello sus costumbres, y yo rezaba a ratos y a ratos me ponía a escuchar los rumores distantes intentando adivinar lo que estaba sucediendo en la villa. Y todo el rato era muy consciente de mi estilete, bien atado en mi tobillo derecho, y a veces me inclinaba disimuladamente para tocarlo y sentirlo en su lugar, diciéndome que si entraban allí y pretendían hacernos violencia, alguno podría salir sin un ojo o sin su vida.

A pesar del miedo que sentía, la curiosidad era más fuerte que yo, y en algún momento de la noche me escabullí para asomarme otra vez al balcón y contemplar con mis propios ojos lo que sucedía.

Vi una casa ardiendo en la plaza, y vi cómo una puerta de un establo se abría y salían de allí varias cabalgaduras aterradas por el fuego, y luego una mujer gritando y con todo el pelo en llamas y tras ella tres o cuatro soldados que la derribaron en el suelo. Un muchacho salió también de la casa en llamas, quizá el joven esposo de la mujer, o su hermano, y se puso a gritarles a los soldados para que no la forzaran. Luego cogió piedras y empezó a tirárselas a los soldados, uno de los cuales se volvió y le clavó una lanza que le salió debajo de la clavícula izquierda, y el muchacho quedó allí tendido en el suelo retorciéndose y con las dos manos agarradas al asta de la lanza. Vi también cómo arrojaban a una mujer desde una ventana. Luego bajaron a por ella y viendo que estaba viva la volvieron a meter en la casa y volvieron a arrojarla desde la misma ventana, y esto volvieron a repetirlo un par de veces más hasta que la mujer dejó de gritar y de moverse. Luego arrojaron por la misma ventana a un muchacho, que quedó muy malherido pero gritaba, de modo que volvieron a subirle para tirarle por la ventana de nuevo. Eran las cosas que les hacían a los lugareños para que revelaran dónde tenían sus tesoros escondidos. Allí, dentro de la casa, debía de haber un hombre atado y viendo cómo mataban a su familia uno tras otro mientras gritaba inútilmente que no tenía tesoros en parte alguna. Otros soldados habían embadurnado con pez los cuernos de un toro, los habían encendido y lo habían soltado por las calles. El animal, loco de dolor, iba topándose con las paredes y embistiendo a lo que se encontraba a su paso en un inútil intento de librarse de su tormento.

Yo pensé que aquel toro era España.

Volví a entrar en la sala de las mujeres.

—¿Qué haces, Inés? ¿Adónde has ido? —me dijo la reina.

—Me he asomado a ver qué pasa en las calles.

—¡No vuelvas a asomarte, loca! —me dijo una de las damas—. Si descubren que aquí hay mujeres, entrarán.

—¡No se atreverán con la reina! —dije yo.

Pero a pesar de todo estaba temblando de miedo, porque ellas imaginaban lo que podría estar pasando, pero yo lo había visto.

La noche pasó y llegó el alba. Ni las iglesias ni el Palacio Real de Tordesillas sufrieron ataques.

Al día siguiente las tropas reales se paseaban por las calles y vinieron señores a arrodillarse ante la reina Juana y declararla liberada de sus captores.

La Santa Junta se trasladó a Valladolid, y yo decidí irme con ellos. Pero antes de partir fui ante la reina Juana y le pedí licencia para separarme de su lado.

—Pero cómo, Inés —me dijo—, ¿vas a irte así, por los caminos, siguiendo a un hombre? Pero ¿con los años que tienes, a ti te parece sensato?

—Señora, es verdad que soy vieja —le dije—, pero por un milagro que no puedo explicarme, todavía conservo la belleza. No sé cuánto durará este regalo que me ha hecho Dios, o el Demonio. ¿Uno o dos años más, antes de que todo el peso de mis años caiga sobre mí y de pronto, un día, me despierte siendo una anciana con el pelo gris? Yo le quiero, señora, y él me quiere a mí. Dejadme que viva, señora. Dejadme que viva.

—Ay, Inés, me parte el corazón que me pidas eso, como si estuviera en mi mano que tú vivieras o no.

Quedamos las dos en silencio. Yo veía a la reina consumida por las emociones de aquellos últimos días, de aquellos últimos meses, y pensé en aquel toro que corría por las calles embistiendo a todo lo que se encontraba a su paso.

—Yo no puedo mantenerte aquí encarcelada —me dijo al fin la reina—. Me has servido bien durante toda tu vida, Inés. Yo me voy a morir aquí, en esta cárcel, pero tú no tienes la culpa de mi triste destino. Vuela, sé libre. Me has pedido que te deje vivir. Vive, hija.

«Vive, hija», me dijo la reina, y yo la recordé unos años atrás, cuando era más joven, y la alegría que le producía soltar su halcón y ver cómo se remontaba en las regiones del aire, y yo sabía que lo miraba con admiración y con envidia porque aquel halcón podía hacer lo que ninguna mujer puede, que es volar libre y elevarse mil veces sobre sí misma. Y ahora el halcón era yo.

Partí con Padilla para Valladolid, pero desde ese momento todo fue guerra, guerra, guerra. Al entrar en la ciudad del Pisuerga, Juan de Padilla fue recibido con tales vítores que parecía que había entrado en la villa el Gran Capitán o el Emperador en persona. Los hombres gritaban su nombre y las mujeres le arrojaban claveles. Más tarde fue nombrado capitán de todas las tropas comuneras y se pasaba los días viajando de una plaza a otra, dirimiendo batallas, firmando documentos, sin apenas dormir y sin apenas tiempo para estar conmigo. Yo le esperaba en Valladolid, y cuando venía a mí, agotado de mil batallas, herido, dolorido y lleno de polvo, le quitaba la armadura, le desvestía, le bañaba con amor, curaba sus heridas con hilas y con aceite y luego le recibía en mi lecho, donde aquel hombre hecho de metal y de fuego aún tenía vida en sus venas para hacerme suya y tomarme en sus brazos hasta el alba. Tanto era su ardor que yo le decía:

—Tate, tate, señor, que habéis de dormir algo para ir mañana a la guerra y no quedaros dormido en medio de la batalla.

—Dos batallas tengo yo —me decía él—. Una la perderé, una ya la he perdido, pero otra la he ganado gracias a vos.

Aquella certeza suya de que la causa comunera estaba condenada al fracaso siempre me llenaba de tristeza. Creo que los extremos de pasión que me demostraba se debían, también, a esa sensación que él tenía de que cada uno de nuestros encuentros podía ser el último.

Se vestía, se ponía la armadura, disimulando el dolor de sus muchas heridas y magulladuras, se marchaba y allí quedaba yo muerta de preocupación. Quedaba como siempre había estado toda mi vida, sola, encerrada, mirando por una ventana, esperando.

Padilla y sus hombres decidieron dejar Valladolid y marchar a Toro. Juan Bravo y Francisco Maldonado también se unieron. Yo, como es lógico, me fui con ellos. No era la única que iba con las tropas. Existían entonces algunas palabras no muy halagüeñas para describir a las mujeres como nosotras, que iban con su hombre a la guerra, a veces esposas legítimas, a veces amantes, a veces amantes de uno o de muchos. A mí nadie me trató nunca sin respeto, sin duda por el que sentían por Padilla.

Comenzaron a caer unas fortísimas lluvias, lo peor que le puede suceder a un ejército que avanza. A mí me daba pena ver a aquellos hombres cubiertos de hierro y de cuero avanzar bajo la lluvia cargando sus armas, empapados, las botas hundidas en el barro. Nos establecimos en Torrelobatón, pero el tiempo no mejoraba.

—Debes prepararte para lo peor —me dijo mi amante una de aquellas noches—. Las guerras, o se ganan pronto, o se acaban perdiendo.

—¿Y no sería mejor abandonar la lucha, si piensas que no podéis vencer?

—Abandonar la lucha... —dijo él—. No, Inés, esas palabras no tienen ningún significado para mí. La lucha se abandona cuando uno muere.

—También hay rendiciones honrosas.

—Las hay, pero la nuestra no lo sería.

—Entonces, ¿vas a llevar a todos esos hombres a la muerte?

—A la muerte vinieron cuando aceptaron unirse a nosotros. A la muerte van también los hombres del rey. A la muerte vamos todos, Inés, por mil caminos distintos.

Nos pusimos en marcha de nuevo en dirección a Toro. Cuando llegamos a la ciudad de Villalar, a unas pocas leguas de Tordesillas, fuimos sorprendidos por el ejército del rey. Las tropas comuneras se defendieron como mejor pudieron, pero finalmente fueron vencidas.

Lo que sucedió después, todo el mundo lo sabe. Vencido el ejército de los rebeldes, Padilla, Bravo y Maldonado fueron detenidos. Yo busqué refugio para pasar la noche en el convento de San Agustín. Las monjas me recibieron con una simpatía que me sorprendió, sin duda porque veían con buenos ojos la causa comunera. No pegué ojo esa noche, que pasé casi entera rezando y pidiéndole a Dios que, al menos, salvara la vida de los tres capitanes. Pero no fue así como sucedió. A la mañana siguiente, Bravo, Padilla y Maldonado fueron llevados ante los jueces Cornejo, Salmerón y Alcalá, que los encontraron culpables de traición y los condenaron a muerte y a la incautación de todos sus bienes y propiedades.

La sentencia se llevó a cabo inmediatamente en la plaza de Villalar, donde estaba levantado el cadalso en el que ajusticiaban a los condenados. Yo también estaba allí, entre la multitud que se amontonaba para contemplar la ejecución.

Enseguida los llevaron allí a los tres, con las manos atadas a la espalda. Qué horrible lugar era aquel. Sobre el cadalso había una picota y también el tajo de madera, donde los condenados se arrodillaban para poner el cuello. Allí estaba el verdugo con una enorme espada de hierro, el alcalde Cornejo, que había sido uno de los tres jueces, el pregonero, varios soldados con lanzas, unos cuantos nobles presentes, entre ellos, por una de esas casualidades de la vida, el propio hijo del marqués de Denia, y un fraile franciscano que había subido para oír la confesión de los condenados, que duró muy poco.

—Matadme a mí primero —dijo Juan Bravo—. Concededme, al menos, no ver cómo matan a Juan de Padilla.

El alcalde se lo concedió y luego le hizo una seña al pregonero, que se adelantó para leer el acta de ejecución con la voz estentórea y monótona propia de los de su oficio, y en la que se decía que los tres condenados iban a ser degollados por traidores.

Juan Bravo, que ya estaba frente al tajo, se volvió furioso:

—¡Mientes tú y quien te lo manda decir! ¡Traidores no somos, sino celosos del bien público, y defensores de la libertad del reino!

—¡Mantened la lengua quieta! —le dijo el alcalde.

—¡Traidor eres tú, que nos condenas por defender Castilla! —le dijo Juan Bravo.

El alcalde le golpeó en el pecho con su vara.

—¡Mirad el paso en que estáis, caballero! —le dijo—. ¡No curéis ya de esas vanidades!

—¡Señor Juan Bravo! —dijo entonces Padilla con voz clara y firme—. Ayer era día para pelear como caballero. Hoy lo es de morir como cristiano.

Juan Bravo no dijo más. Se arrodilló, puso la cabeza en el tajo y el verdugo vino con su enorme espada y realizó su trabajo. La cabeza cayó por un lado y el cuerpo por otro, chorreando sangre. Era el turno de Padilla. Antes de acercarse al tajo, le pidió algo a Don Enrique de Sandoval y Rojas, el hijo del marqués de Denia, y vi cómo este le quitaba unas reliquias que llevaba al cuello. Yo conocía muy bien aquellas reliquias, que llevaba siempre consigo.

—Os ruego que las guardéis y que las hagáis llegar a mi esposa, María de Pacheco —dijo con voz clara.

Luego se arrodilló y puso la cabeza en el tajo. El cuerpo muerto de Juan Bravo estaba allí al lado.

—¡Ahí estáis, buen caballero! —dijo Padilla, mirándole.

Aquellas fueron sus últimas palabras.

La espada del verdugo le separó la cabeza del cuerpo.

A continuación decapitaron a Maldonado.

Los soldados cogieron las tres cabezas, las clavaron en tres picas y las dejaron allí expuestas a la vista de todos, donde serían pasto de los pájaros y donde permanecerían hasta pudrirse.

28. Toledo

Después de Villalar y de la muerte de Padilla, yo no sabía qué hacer conmigo, ni adónde ir. Como yo también me sentía comunera, me fui a Toledo, que seguía resistiendo a las fuerzas del rey, y me puse allí en una casa cerca de la plaza de Zocodover. Notaba yo que me miraban mucho cuando salía por la calle, y pronto descubrí que era por mis ropas. No es que fueran viejas, es que estaban anticuadas. En todos aquellos años, la moda había cambiado, y yo seguía vistiendo como en el siglo anterior. Hice reformar algunas prendas, las que se pudo, tiré otras, conservé mi vestido de brocado dorado y rojo, porque el lujo nunca pasa de moda, visité las tiendas de paños de la ciudad y compré telas y me hice nuevos vestidos, entre ellos uno negro para guardarle luto al que tanto había querido, y compré también medias y camisas y zapatos. Pero había otro motivo que me había llevado a Toledo, y era el deseo de conocer a María Pacheco, la formidable esposa de Juan de Padilla, que ahora regía la ciudad de Toledo y era la capitana de los comuneros.

Yo quería tenerla ante mí, ver cómo era, si era bella o no, si era más bella que yo, ver cómo vestía, cómo hablaba, cómo se movía en el mundo, compararla conmigo, encontrarla tosca y hombruna, decirme que Juan nunca podía haberla amado. Me enteré de que a la muerte de su esposo había caído enferma, y que ahora vestía siempre de luto. No me fue difícil acercarme a ella presentándome en el alcázar, desde donde ella ahora dirigía la resistencia contra las tropas realistas. Quizá en tiempos de paz me habría resultado más difícil entrar en aquel castillo imponente que corona la ciudad de Toledo y presentarme y lograr audiencia, pero la guerra lo revuelve todo y a veces abre puertas que suelen estar cerradas. Me presenté como la condesa de Tordesillas, dama de la reina Juana I de Castilla y comunera desde el fondo de mi corazón. Me preguntó si estaba de luto y le dije que sí, que mi esposo había sido muerto en la batalla de Villalar, y ella me cogió de las manos y me miró a los ojos con lágrimas. Era una mujer hermosa de tez olivácea, una gran señora, y yo comprendí al instante que Juan debió de haberla amado mucho, tanto como ella a él. Llevaba al cuello las reliquias que yo le había visto colgadas a Juan en el pecho y que tantas noches le había ayudado a quitarse cuando le desnudaba, y al ver aquello no podía evitar que se me cayeran las lágrimas. Ella entonces me besó en los labios y me dijo:

—Las dos hemos perdido a nuestro esposo, pero no la honra ni el valor para seguir luchando por la libertad. Sed bienvenida a Toledo, condesa.

Me preguntó mucho por la reina Juana y le asombró saber que yo había estado con ella desde el inicio de su cautiverio en Tordesillas. Le hablé de todas las cosas que habían sucedido allí, de cómo había sido la reina maltratada y de las visitas del cardenal Cisneros que tanto habían mejorado nuestra situación, y de cómo yo no creía que la reina estuviera loca como decían, sino que más bien había sido apartada del trono por los intereses de su marido y de su padre, y le hablé también, porque ella me lo preguntó, de la llegada de los comuneros a Tordesillas, y me preguntó si había conocido a su marido y le dije que sí, que había tenido ese honor, y de pronto me pareció percibir un brillo de sospecha o de certeza en sus ojos, pero fue algo fugaz, como un reflejo momentáneo sobre el ala de un pájaro, como pasa con las urracas, que son negras pero a veces, por espacio de un segundo, las vemos azules.

—Inés —me dijo—, como sabéis ha caído sobre mis hombros la tarea de regir la ciudad de Toledo y de dirigir la causa comunera, pero me agrada vuestra compañía y desearía que fuéramos amigas. ¿Dónde vivís?

—He tomado unas habitaciones cerca de Zocodover.

—¿Son cómodas? ¿Son limpias?

—Razonablemente.

—Nada, nada, os vendréis a mi casa. Allí hay espacio suficiente.

Me resistí como pude, pero no era María una mujer a la que se le pudiera decir que no. Tenía un talento para el mando y para el poder que es tan raro, o tan común, en las mujeres como en los hombres, pero que las mujeres raramente pueden ejercer fuera de las paredes de su hogar. Tenía fe en sí misma, una absoluta convicción en lo que hacía y una enorme fuerza que yo no sabía de dónde venía. Y era una mujer muy cultivada, además, sabía latín y griego, y música, y matemáticas, y cuando se enteró de que yo había estudiado en Salamanca no paraba de hacerme preguntas que yo no sabía cómo contestar para que no descubriera lo vieja que era yo en realidad, ya que iba para cincuenta y tres años. Ella tenía entonces veinticuatro, y parecíamos exactamente de la misma edad.

He conocido muchas mujeres bravas en mi vida, mujeres valientes y animosas, inteligentes y decididas, pero pocas como María Pacheco. Durante la guerra de Toledo hubo un momento en que ordenó dirigir los cañones del alcázar contra los propios toledanos para mantener el orden en la ciudad. Hace falta tener un temple especial para dar una orden como esa. Más tarde, cuando la causa estaba falta de fondos, entró en la catedral y requisó toda la plata que se guardaba allí. Pero no entró por su pie, sino caminando de rodillas. He visto esto mismo muchas veces en las personas poderosas, una mezcla de arrogancia y de verdadera humildad.

Me recibió en su casa y me trataba como a una amiga, y yo me sentía culpable por engañarla de aquel modo.

Toda la villa hervía de actividad, porque era una de las más populosas y animadas del reino. Había allí muchas gentes de muchos lugares, y a pesar de la guerra y del cerco, muchos mercaderes y muchas delicias y dulces en los puestos callejeros, y después de los largos años de encierro que yo había sufrido me pasaba el día en las calles disfrutando del sol y de la compañía de las gentes, aunque fueran desconocidos, y comprando dulces y bajando hasta el Tajo para refrescarme los pies en sus aguas, que según los antiguos estaban llenas de pepitas de oro. Había un gran tráfico de aguadores en Toledo, que se pasaban el día bajando y subiendo desde el Tajo y llevando tinajas llenas de agua en sus mulas, ya que la ciudad es tan empinada que tiene muy pocas fuentes, y yo subía y bajaba con ellos escuchando sus canciones y a veces sus requiebros, pero lo que más disfrutaba eran las calles populosas, el brillo y el ruido de la vida. Allí habían vivido muchos moros y muchos judíos, cuyas mezquitas y sinagogas se encontraba uno por doquier, y por esa razón creo que había muchos moriscos y muchos cristianos nuevos. También se decía que había habido allí mucha brujería y hechicería, y seguía habiéndola, tanto que algunos aseguraban que era Toledo la capital de la magia de toda Europa.

Una noche sucedió algo verdaderamente extraño. María Pacheco me visitó en mis aposentos cuando ya era bien entrada la noche. No sé cómo supo que yo estaba todavía levantada, escribiendo a la luz de una vela.

—¿Escribís cartas, Inés? —me preguntó con curiosidad, acercando una silla a la mesa y dejando sobre ella el candil de aceite que traía—. ¿Tan tarde?

—No son cartas —dije entregándole el manuscrito para que lo viera.

—*Historia de Cleóbulo y Lavinia o Los amantes místicos*. Pero Inés, ¿qué es esto? ¿Una novela? ¿Escribís?

—Sí, señora.

—Pensaba que escribiríais en latín. No imaginaba que dedicarais vuestro ingenio a la lengua vulgar.

—Siempre he disfrutado de las novelas de Juan de Padrón, de Juan de Flores, de Diego de San Pedro, y también de los libros de caballerías que hay ahora.

—Pero Inés, ¡una mujer tan docta como vos! —dijo María riendo—. ¡Libros de caballerías!

—Si da tanto placer leerlos, imagino que el mismo placer dará el escribirlos —dije yo.

—Inés —me dijo bajando los ojos—. He venido esta noche para preguntaros algo que viene comiéndome por dentro desde el momento en que vos y yo hablamos por primera vez.

—Vos diréis —dije temblando.

—Ese esposo que perdisteis en Villalar... Ese esposo por el que lleváis luto... Era Juan de Padilla, ¿no es así?

Yo dudé unos instantes antes de contestar, pero me di cuenta de que mentir era inútil, y que además habría sido una vileza.

—Sí.

Quedó en silencio unos instantes, y yo veía cómo en su interior se libraba una batalla.

—¿Le quisisteis mucho?

—Sí, mucho.

—Está bien —dijo—. Pero no digáis que fuisteis su esposa, decid que fuisteis su ramera.

—Señora, él también me quiso.

—¿Te requirió él de amores? ¿O fuiste tú?

—Fui yo. Yo le busqué y le perseguí. Yo me arrojé a sus brazos.

—Mientes —me dijo—. ¿Te crees que no conozco a los hombres? ¿Te crees que no conozco a mi esposo?

Yo quedé en silencio.

—¿Por qué has venido a Toledo? ¿Por qué has venido a mí? —me dijo entonces, hablando siempre con una voz muy mesurada y tranquila.

—Señora, no lo sé.

—¿Querías conocerme? ¿Querías compararte conmigo?

—Es posible —dije yo.

—Yo también lo hubiera hecho —me dijo.

—Me marcharé mañana —dije.

—No, Inés —me dijo—. No os marchéis. Quiero teneros cerca. Cuando yo ofrezco mi amistad, no la retiro tan fácilmente. Siempre he sabido que ese «esposo» vuestro que había muerto en Villalar era mi marido. Lo supe nada más conoceros y ver cómo temblasteis al oír su nombre.

—¿Entonces? ¿No me odiáis?

—Sí, os odio. ¿No me odiáis vos a mí? Os odio y os amo a partes iguales.

Más tarde me confesó que había subido esa noche a mi cuarto con la intención de azotarme o incluso de dejarme marcada en el rostro, y que mientras hablábamos tan apaciblemente a la luz de una vela y un candil, sus criados estaban al otro lado de la puerta, esperando una voz suya para entrar, arrancarme la ropa, sujetarme y dejar que su ama me azotara a su gusto hasta hacer que mi sangre salpicara las paredes. ¿Por qué no lo hizo? ¿Por qué insistió en que siguiera siendo su huésped en su casa?

Algunas noches soñaba con ella, y tenía sueños que me extrañaban y me avergonzaban al día siguiente. Una noche soñé que, dado que nuestro esposo había muerto, decidíamos vivir ella y yo como si fuéramos un matrimonio, un extraño matrimonio de dos mujeres, y nos dábamos las alianzas y nos profesábamos fe y dormíamos juntas en la misma cama, y aunque es cosa bien sabida que los sueños sueños son, y que uno no puede pecar en sueños, al día siguiente fui a confesarme a una parroquia cercana. Le dije al cura que había tenido sueños impropios sin entrar en más detalles, por mucho que él intentó sonsacarme, y me dijo que los sueños no son pecado en sí mismos, porque no son ni palabra, ni obra, ni omisión, pero que nos revelan lo que está en nuestro corazón, y que rezara muchas avemarías y salves para apartar de mí a aquel Diablo que me estaba tentando. Pero no había en aquellos sueños tentación alguna. ¿O quizá sí la había?

Lo cierto es que yo estaba obsesionada con María Pacheco, tanto como ella lo estaba conmigo, y lo que nos unía no era realmente la amistad ni el amor, sino otra cosa: a mí, que ella había sido la esposa de Juan de Padilla; a ella, que yo había sido su barragana. ¿Era, entonces, un hombre, el recuerdo de un hombre que ya ni siquiera existía, el imán que nos atraía a las dos la una hacia la otra, o había algo más? Varias veces le dije que me diera venia para partir y ella me decía que no, que me quería cerca, que me quería a su lado. Yo le preguntaba si no le hacía sufrir mi presencia y ella me decía que sí, pero que también le daba fuerza y coraje.

—Quiero teneros cerca, Inés, porque todavía no he decidido qué hacer con vos.

Me lo decía riendo, pero yo la iba conociendo, veía cómo hablaba a los soldados y a los obispos, y me daba cuenta de que era una mujer capaz de cualquier cosa.

Sucedieron más cosas en Toledo. El obispo Antonio de Acuña llegó a la ciudad con sus mesnadas, un feroz ejército compuesto por sacerdotes que había tomado Frómista y había dado batallas en muchos otros lugares. Fue nombrado arzobispo de Toledo y ahora María Pacheco se veía obligada a compartir con él el poder de la ciudad. Yo seguía viviendo en su casa y ella no dejaba de decirme que era bienvenida y que gustaba de mi compañía, pero yo comenzaba a sentirme de más y lo único que deseaba era regresar a Madrid. Un día soñé que ella se acercaba a mí durante la noche y me marcaba el rostro con un cuchillo. Me desperté tan sobresaltada como si aquello hubiera sucedido de verdad, gritando y defendiéndome con todas mis fuerzas de un atacante que solo existía en mi imaginación. Me tocaba la cara llorando, sintiendo todavía el fuego de la hoja en mi frente, en mi nariz, en mis mejillas, en mis labios, hasta que me di cuenta de que todo había sido un sueño. Como había leído a Artemidoro y sabía que sueños los hay de dos clases, los comunes, que son simple reflejo de nuestros recuerdos y temores, y los proféticos, en los que algún espíritu o dios (que es como los paganos llamaban a los ángeles) nos advertía de un peligro, pensé que a lo mejor estaba yo corriendo un riesgo mortal viviendo en aquella casa y al día siguiente recogí todas mis cosas, mandé llamar un carro con una acémila para cargar mi baúl y otros bártulos que llevaba y me despedí de Doña María Pacheco.

Había también otra razón para que me marchara al instante de Toledo. Había descubierto que estaba encinta.

29. Nace mi hija

Le indiqué al arriero que entráramos en Madrid por la Puerta de Segovia para evitar el mucho tráfico que hay siempre por la de la Vega, y enseguida me encontré caminando por las calles familiares. «¡He vuelto a casa!», me decía por dentro, y sentía que se me saltaban las lágrimas. Pero cuando llegué a la puerta del Palacio de las Calas, lo encontré abandonado y con signos de llevar muchos años deshabitado.

—Muchachos, ¿sabéis quién vive aquí? —pregunté a unos chiquillos que jugaban en la calle.

—No vive nadie, señora —me dijeron—. Esa casa está embrujada.

—¿Embrujada?

—Algunos dicen que por la noche se ve a una mujer caminando por las habitaciones con una vela, pero que sus pies no tocan el suelo. Durante el día dicen que se convierte en gato. Y algunos lo han visto, y es negro, como el Diablo.

Les di unos maravedíes y vi cómo corrían muy ufanos para gastárselos.

Cuando entré, me encontré la casa tal y como la había dejado, aunque llena de polvo y de telarañas. Solo eché a faltar algunos objetos de valor, sobre todo dos tapices que tenía en mi habitación, y supuse que mis criados los habían vendido cuando se convencieron de que yo no regresaría y se decidieron a abandonar aquel caserón muerto. Pero ¿cuántos años habían pasado desde que dejé yo aquella casa? Me puse a contar con los dedos, y no me salían las cuentas. No, no era posible.

Veinte años. ¡Veinte años ya! Tuve que sentarme en una silla, porque se me aflojaron las piernas y sentí que me mareaba. ¿Cómo era posible?

Ya no conocía Madrid. Las calles y las plazas eran las mismas, pero las tiendas, los puestos, las mercaderías, la ropa, los aguaduchos y tabernas, todo me era desconocido. Había iglesias nuevas y conventos nuevos, algunas construidas encima de otras iglesias que habían sido derruidas, y nuevas torres y nuevas casas por doquier. Había también una puerta nueva en Madrid, la Puerta del Sol, que llamaban así porque durante la guerra con los comuneros habían levantado allí un castillo en la muralla que tenía un gran sol pintado en sus muros. Madrid había crecido mucho fuera de los muros, sobre todo por el este y por el norte.

Como venía de Toledo, ya me había habituado a los nuevos modos de vestir, pero a pesar de todo me sentía como una extraña en aquella ciudad en la que ya no conocía a nadie. Visité la casa de mis padres, que estaba cerrada. Me costó ponerme en contacto con mi hermano, al que logré localizar después de enviar varias cartas a su orden y a distintos monasterios o conventos donde yo pensaba que podía encontrarse, hasta que recibí por fin una carta suya gracias a la cual entendí que seguía vivo y con buena salud, y en la que me decía que hacía mucho que me daba por muerta y que le gustaría mucho volver a verme. Estaba en Valencia, en el reino de Aragón, donde había sido nombrado archidiácono y me pareció entender que tenía una buena vida y que se sentía tan feliz como puede uno serlo en este mundo. Yo también sentía un gran deseo de verle, porque era el último pariente vivo que me quedaba, pero él me decía que las obligaciones de su cargo le impedían hacer un viaje tan largo, y que era mejor que viajara yo a Valencia. Yo estaba de varios meses, y pensé que no haría aquel viaje hasta que naciera el niño y cumpliera dos años.

30. Cazada

Una vez más, me encerré en mi casa y me preparé para el parto que se acercaba. Busqué criados, encontré una familia de Asturias que me parecieron honrados y dignos de confianza y los puse a servirme, la hija Clotilde como camarera mía, la madre como cocinera y ama de llaves y el padre a cargo de la casa y del jardín y del huerto, que estaba todo crecido como una selva. Nos pasamos las tres una semana entera limpiando, y no acabábamos. No sé cuántos años llevaba la casa desierta, pero debían de ser muchos por lo espesa que era la capa de polvo y lo grandes que eran las telarañas.

Di a luz a una niña muy sana, a la que bauticé con el nombre de Luz María de Padilla. Como ese era mi mismo apellido, nadie sospechaba que era también el apellido de su padre. Yo misma le di de mamar, y la niña crecía y ganaba peso y parecía fuerte y llena de vida, pero yo recordaba a los dos niños que había perdido cuando todavía estaban en la cuna y cuidaba a Luz María con una dedicación obsesiva.

Viajé a Tordesillas para visitar a la reina Juana, que me recibió con mucho afecto y se alegró mucho al ver a mi niña. Pasé dos semanas con ella y la vi bastante bien, algo desmejorada en lo físico pero razonablemente lúcida y animosa. Ahora que la guerra de las Comunidades había quedado atrás, su breve momento de gloria se había apagado también y había vuelto a ser lo que había sido casi toda su vida: una mujer sola y encerrada en un caserón de la que nadie se acordaba. Cobré los dineros que me correspondían como dueña de la villa, que fueron algo menos que los de la vez anterior porque todavía se sufrían las consecuencias de la guerra, pero a pesar de todo regresé a Madrid sintiéndome la mujer más rica de Castilla.

¡Mi casa, mi Palacio de las Calas! ¡Mis grandes ventanas que daban al norte y al oeste! No era la mejor orientación, y las tardes de verano se hacían interminables, pero luego yo disfrutaba de los más bellos crepúsculos del mundo.

Como no tenía amigos ni parientes en Madrid, me consagré a mi hija, a los libros, a los paseos por la ciudad, que quería volver a conocer de nuevo, y a las compras en mercados y alcabalas, ya que quería poner bien mi casa. Después de los años de pobreza en Tordesillas, y siendo dueña de una pequeña fortuna, me sentía poseída por un deseo de belleza y de lujo. Me propuse comprarle a mi hija un gran ajuar de sábanas de hilo y camisas de Holanda para cuando se casara, y convertir el de las Calas en un verdadero palacio. Compré cortinas y óleos, muebles y alcatifas, y no paré hasta lograr que no hubiera un pasillo de mi casa sin una mesa, ni una mesa sin una arqueta, ni una arqueta sin una bandeja de plata, ni una bandeja de plata sin un puñado de virutas de junípero, hojas de lavanda y pétalos de rosa y de escaramujo secos. Clotilde y sus padres estaban maravillados conmigo, sobre todo cuando vieron lo generosa que era con ellos, quizá porque me sentía culpable de haber abandonado de aquel modo a mis anteriores sirvientes. Les regalé ropa, muebles, almadraques cómodos, almohadas blandas, sábanas y estameñas, y ellos me besaban las manos y me decían que yo era la mejor señora del mundo. Me había propuesto además que en mi casa se comiera bien, y a menudo acompañaba a Clotilde al mercado para comprar lo mejor que pudiera encontrarse, aunque me daba cuenta de que ella, que era una cocinera magnífica, conocía los alimentos mejor que yo.

Y es que en el curso de aquellos años, la cocina castellana se había transformado por completo. Era una consecuencia de la llegada del Emperador a España junto con todos los nobles borgoñones que había traído con él. De pronto me encontraba los mercados llenos de alimentos, frutas, verduras, viandas y pescados que yo jamás había visto y cuyos nombres ni siquiera conocía. Clotilde, que había tenido tiempo de acostumbrarse a aquellas novedades, ya no las encontraba tan extrañas, pero a mí se me ponían los ojos como platos cuando veía aquellas extraordinarias criaturas marinas que se comían ahora, yo que estaba acostumbrada a comer nada más que salazones, escabeches, ensaladas, duelos y quebrantos y un pichón asado en un día de fiesta. Había también muchas especias, aunque a precios muy elevados, y toda clase de dulces, de los que yo no quería privarme. Y confieso que durante algunos meses me abandoné de tal modo a mi gusto por la repostería que engordé un tanto y notaba yo las mejillas redondeadas y un par de dedos de pura manteca en mi cintura, que casi no podía meterme la ropa.

En uno de mis paseos por la ciudad, de pronto, al doblar una esquina, tuve una sensación de alarma. He sentido esto mismo muchas veces, y creo que es una especie de sexto sentido que han desarrollado las mujeres a través de los siglos, la sensación de hallarse en peligro. Me refugié en un portal y aguardé, y al cabo de unos instantes, vi pasar a un caballero vestido de verde. Se detuvo, miró a ambos lados de la calle y siguió su camino. Iba elegantemente vestido y llevaba un sombrero con dos plumas. Continué mi camino diciéndome que aquello no era nada, pero en los días siguientes cuando salía de mi casa iba siempre mirando a todas partes y temiendo volver a encontrarme con él. Una o dos veces sentí que alguien me seguía, pero resultaba difícil saber si era cierto o no, porque yo evitaba las calles solitarias. Clotilde me veía nerviosa y me preguntó si sucedía algo.

—¿No has visto si alguien nos sigue, Clotilde?

—Ay, señora, creo que no.

Ahora ella estaba también preocupada y también se volvía a cada rato para ver si nos seguían. Una vez creí verle por la calle Mayor, caminando veinte o treinta pasos por detrás de nosotras, o a lo mejor era solo un sombrero que se parecía al suyo. Yo pensaba siempre en el estilete que llevaba en la pantorrilla derecha, y en tener tiempo de inclinarme a cogerlo en caso de necesidad. Sabía que lo primero que hacen los hombres cuando atacan a una mujer es sujetarle los brazos, y busqué otra manera de llevarlo para poder cogerlo más rápidamente, pero no se me ocurría ninguna.

Un día, al salir de misa, sentí que nos seguían.

—Señora —me dijo Clotilde—, alguien nos viene siguiendo desde casa.

—¿Desde casa?

—Sí, señora, nos han seguido hasta la iglesia y ahora nos siguen otra vez.

—¿Por qué no me has dicho nada?

—Para no asustar a vuesa merced.

Yo me volví discretamente y vi a un hombre con un sombrero tocado con dos plumas y a dos acompañantes, uno a cada lado.

—Son tres —dijo Clotilde—. Señora, yo creo que quieren robar a vuesa merced.

—Pero aquí, en la calle, a pleno día —dije yo—. No pueden robarme aquí.

—Señora, los hombres son muy atrevidos. Estarán buscando la ocasión.

Ahora ya no vivía tranquila, y cada vez que salía de casa iba mirando a todas partes. Me sentía completamente indefensa, porque no tenía ni padre, ni hermano, ni marido. ¿Quién me podría ayudar en una situación así? A pesar de todo, con el paso de los días comencé a confiarme, porque uno no puede vivir asustado y escondiéndose todo el tiempo. Me dije que el peligro había pasado, que el que me acechaba se había cansado o estaría acechando a otra.

Un día de verano bajamos a la vega del Manzanares Clotilde, sus padres, Luz María y yo, para disfrutar de la frescura del río y de los árboles. Llevamos comida y vino para pasar el día, pusimos unos manteles sobre la hierba, a la sombra de unos altos pinos, y allí estuvimos muy felices, cantando y tirando piedras al río y jugando con Luz María, a la que hacíamos coronas de flores. Tanto placer nos daba estar allí a la sombra de los árboles y escuchando el canto de los pájaros y el rumor de las aguas del río, que comenzó a caer la tarde. Recogimos al fin todas las cosas y nos pusimos en camino para regresar a la ciudad. Nos habíamos alejado bastante del camino para hallar un rincón solitario y tranquilo, y a la sombra de los árboles era casi de noche. De pronto oímos ruido de cascos y de cabalgaduras y aparecieron cuatro hombres a caballo con las caras cubiertas y las espadas desnudas, que nos rodearon. Nos quedamos todos inmóviles, suspendidos por esta visión que no podíamos comprender.

—Nadie se defienda y nadie saldrá herido —dijo uno de los hombres.

Acercándose a mí, y con una fuerza sorprendente, me agarró de la cintura y me subió a su caballo. Yo empecé a gritar y a debatirme, y mis criados gritaban también, pero los otros hombres los detuvieron con la punta de la espada diciendo que si intentaban ayudarme les cortarían y se llevarían a la niña y no la volveríamos a ver. Yo a pesar de todo intentaba librarme de los brazos de mi raptor, pero de pronto no sé qué me dio ni qué me hizo, que perdí el sentido y quedé como muerta.

Cuando me desperté, me encontré tumbada en una cama, en una habitación completamente a oscuras, cubierta con una colcha y desnuda. Quedé un rato inmóvil esperando a que mis ojos se acostumbraran a la oscuridad y poco a poco fui descubriendo los perfiles de la habitación en que me encontraba y vi que era muy amplia y bien guarnecida, con tapices en las paredes y ricos muebles labrados. Me pareció que no había nadie allí dentro, y apartando la colcha que me cubría me puse a buscar mis ropas tanteando por el suelo, pero no lograba dar con ellas. Me levanté de la cama para descorrer una cortina y permitir que entrara algo de luz, pero las ventanas estaban tapadas con algo, no sé si con tablas o con tela gruesa, y no dejaban entrar ni el más fino rayo de luz. Tampoco era posible abrirlas. Pensé en gritar. Pensé que nadie oiría mis gritos. Me sentía muy mal, con un terrible dolor de cabeza, seguramente a consecuencia de aquello que me habían hecho para que perdiera el sentido, y tenía una sed acuciante, tanta que hubiera bebido cualquier cosa. Busqué la puerta de la estancia y para mi sorpresa estaba abierta. Daba a un largo pasillo oscuro por el que fui avanzando tocando las paredes. En medio del pasillo había una puerta cerrada con llave, y al fondo otra puerta que daba a otra habitación pequeña donde olía a incienso y que pensé que debía de ser una capilla. No tenía ventanas y la oscuridad allí era total. Tanteando con las manos extendidas rocé lo que me pareció un altar, y en este altar hallé un pequeño crucifijo, que por su peso consideré que debía de ser una rica joya y que debía de estar adornado con una talla y con piedras preciosas. Lo cogí y luego deshice mi camino, regresé a la habitación donde había despertado y guardé el crucifijo debajo del colchón.

Pasó un largo rato, hasta que oí el ruido de una llave en el pasillo, unos pasos que se acercaban y el crujido de la puerta de la habitación que se abría. Alguien entró.

—¡Alto! —dije, corriendo a meterme en la cama y cubriéndome con la colcha y las sábanas—. ¿Quién sois y qué hago yo aquí?

—Soy... —dijo la voz de un hombre joven, y luego quedó en silencio.

—Dadme mi ropa —dije—, dejad que me marche.

El hombre permanecía en silencio.

—Señora —dijo al fin—, lo que está hecho ya no puede deshacerse.

—¿Y qué habéis hecho? ¿Habéis abusado de mí mientras estaba dormida?

—Sí, señora. Os he gozado. Esa es la verdad, y no hay razón para negarlo. Vuestra belleza me ha vuelto loco y me ha hecho perder todo sentido del decoro y de la propiedad. Pero nadie sabe lo que ha sucedido, y si lo dejamos en secreto, vuestro honor quedará a salvo. Vos no sabéis quién soy. Nunca habéis visto mi rostro.

—No.

—Entonces dejémoslo así. No lo contéis a nadie, y vuestro honor quedará intacto.

—¿Cómo va a quedar intacto mi honor si me habéis robado frente a mis criados?

—Ellos no saben lo que ha sucedido. Aquí está vuestra ropa —añadió acercándose a la cama y dejando un montón de ropa sobre ella.

—¿Y mi estilete?

—Eso no os lo voy a devolver, señora. Vestíos, que la oscuridad excusa que yo permanezca aquí, puesto que no puedo veros y además ya os he visto, señora, en toda vuestra gloria.

—Si yo pudiera os clavaría mi estilete en el corazón —le dije con odio reconcentrado.

Sentía tanta humillación, tanto odio, que no podía ni hablar. Las lágrimas me corrían por las mejillas, pero intenté con todas mis fuerzas no sollozar. Busqué mi ropa con manos que temblaban tanto que pensé que no iba a ser capaz de vestirme, y me la puse como pude. Aunque la oscuridad de la habitación era casi total y sabía que él no podía verme, me resultaba horrible tener que vestirme delante de aquel hombre. Sabiéndome protegida por la oscuridad, saqué el pequeño crucifijo que había escondido debajo del colchón y me lo guardé en el escote.

—Ahora, señora —dijo el hombre—, voy a vendaros los ojos, y mis criados os llevarán hasta un lugar desde el cual podréis regresar a vuestra casa. Si gritáis, he dado orden de que os apuñalen. Quiero proteger vuestra honra, pero yo también he de proteger la mía. No es mi deseo haceros daño más del que ya os he hecho, pero lo hecho, hecho está. Callad, obedeced, y todo será para bien.

¡Grandes palabras! He pensado después muchas veces que «Callad, obedeced, y todo será para bien» podría ser el cartel que pusieran en la puerta del mismo infierno, quiero decir en el infierno de las mujeres.

Se acercó a mí y entonces le olí, y su olor me repugnó tanto que sentía que me daban bascas y arcadas. Me puso un pañuelo alrededor de los ojos y yo no intenté siquiera defenderme, temiendo que me hiciera daño o que cambiara de opinión y pensara que yo pudiera hacer un escándalo al sacarme de su casa y no me dejara marchar. De modo que fui dócil, fui callada, obedecí, mansa como buena mujer a la que raptan, a la que violan y a la que luego mandan callar como buena hembra que ha sido usada y ya no sirve para nada más. Porque así era como me sentía yo, como un animal utilizado, como una persona convertida en una cosa. Y tenía que sufrir que aquel hombre me tocara al ponerme el pañuelo sobre los ojos, sentir el tacto de sus dedos en mi piel y en mis cabellos, y combatir como podía el impulso que sentía de morderle y de arañarle los ojos.

Un par de hombres se unieron a nosotros, supongo que dos criados, me condujeron al exterior de la casa y, siempre en silencio, fuimos caminando por las calles, dando muchas vueltas para que yo perdiera todo el sentido de la orientación y no fuera capaz de rehacer mis pasos, y así hasta que me encontré sola en un lugar y noté que los que me guiaban se escabullían discretamente. Me quité la venda que me cubría los ojos y vi que estaba muy cerca de mi casa.

Cuando llegué, mis buenos criados me recibieron llorando y abrazándome, aunque yo solo deseaba abrazar a mi pequeñita, que se había despertado al oír nuestras voces y que, viendo el desconsuelo de todos y sin poder entender lo que pasaba, se había echado a llorar también.

Saqué de mi escote el crucifijo que había robado y vi que se trataba de una joya, un riquísimo crucifijo de oro que tenía una talla de Cristo de marfil y estaba adornado con toda clase de piedras preciosas. No sabía qué hacer con aquello, que solo servía para traerme el recuerdo de mi vergüenza y de mi desgracia, pero mi intención al cogerlo no había sido la codicia ni la venganza, sino tener alguna señal de la casa en la que había estado y de la persona que me había despojado de mi honra. Una joya como aquella debía de ser bien conocida, y seguramente si yo la mostraba, enseguida se sabría quién era su dueño. Por esa misma razón consideraba que tenerla en mi posesión me daba una cierta garantía y constituía una prueba, si es que la necesitaba alguna vez, de que la historia de mi rapto era cierta.

Compré otro estilete y encargué a un talabartero que le hiciera una funda con dos correas para atarlo a la pantorrilla. La última vez no me había servido de mucho, pero tener un arma no quiere decir que una vaya a ganar todas las batallas.

No pasó mucho tiempo hasta que descubrí que me había vuelto a quedar embarazada. Nueve meses más tarde di a luz a un varón al que puse de nombre Fernando de Padilla.

31. El misterio de la San Cosme

Ahora era madre otra vez, había alumbrado a dos hijos sin padre, no tenía que dar cuentas a nadie, vivía desahogadamente gracias a las rentas de Tordesillas, pero me sentía curiosamente amedrentada. Había cogido miedo a salir de casa, y ahora limitaba mucho mis excursiones, y solo frecuentaba las zonas muy transitadas. Pero no era solo el miedo a ser atacada otra vez lo que me mantenía recluida, sino el temor de que alguien del pasado me reconociera.

Pensé en visitar a Beatriz Galindo, que vivía cerca de mi casa, pero no me decidía a hacerlo. ¿Cómo iba a presentarme ante ella con aquel aspecto que tenía yo, que parecía que no había cumplido treinta años cuando en realidad tenía cincuenta y cinco? Fue entonces cuando comencé a comprender que aquel destino de no envejecer más se parecía a una maldición que a un regalo.

Pensé en presentarme ante Beatriz diciéndole que era la hija de Inés de Padilla, pero deseaba ser yo la que hablara con Beatriz, no una hija imaginaria con la que, necesariamente, nada tendría ella en común. Finalmente, un día fui a su casa, y me presenté ante ella. Cuando me vio, no podía salir de su asombro. Se quedó inmóvil, helada. No podía dejar de mirarme.

—Inés —me dijo—. Pero ¿cómo es posible?

—No sé, Beatriz —le dije—. No sé cómo es posible. Yo tampoco lo entiendo.

—Pero tú has hecho un pacto con el Diablo —me dijo.

—No, no he hecho ningún pacto. Dios me guarde.

—Entonces, ¿cómo lo explicas?

—No lo sé. No sé cómo explicarlo.

—Inés —me dijo muy asustada—, no debes dejar que nadie se entere de esto.

—¿Por qué no? —dije.

—Pero ¿eres tú de verdad? ¿No eres la hija de Inés?

—No, Beatriz, soy yo. Soy yo, soy Inés, la misma Inés a la que llamaste para que fuera al alcázar a ayudarte a educar a los hijos de los reyes. Hazme las preguntas que quieras. Examíname y verás que soy yo.

Hizo lo que le decía, hasta que quedó convencida.

—Pero Inés —me dijo—, esto que te sucede solo se puede explicar por intervención diabólica.

—¿Tú crees?

—Inés —me dijo muy seria—, no puedes dejar que nadie se entere de esto. Puedes tener serios problemas.

—Pero ¿por qué, Beatriz? ¿Qué he hecho yo de malo? ¿Qué culpa tengo yo si no envejezco?

—¿Y me dices que has tenido dos hijos pasados los cincuenta? Pero ¿no te das cuenta de que eso es imposible, chiquilla? Es contra natura.

—¿Y no será más bien un milagro lo que me pasa?

—¿Un milagro? —dijo ella mirándome con un gesto de desconfianza que me llenó de zozobra—. ¿Un milagro operado en ti? ¿Y por qué razón iba a querer Dios operar en ti un milagro como ese? A mí más me parece magia que milagro. En cualquier caso, Inés, yo me mantendría bien callada y no hablaría de esto con nadie, y menos aún hablaría de milagros. ¡Ten mucho cuidado, Inés!

—Pero ¿cuidado por qué?

—Porque puedes acabar en la picota o en la estaca, chiquilla. Por mucho menos han quemado a algunas.

—No me digas eso, Beatriz. Me muero de miedo.

—Te lo digo por el amor y la fe que te tengo. No le hables de esto a nadie. Yo tampoco le hablaré a nadie, ni contaré que has venido a verme.

—¿Tienes miedo de que venga a verte? ¿Te doy miedo, Beatriz?

—No, Inés, me he expresado mal. Quiero decir que yo no te denunciaría nunca, pero que otra persona sí podría denunciarte.

—Yo no le importo a nadie —le dije.

—Nunca menosprecies la maldad de los demás, y la peor maldad de todas, que es la envidia —me dijo Beatriz—. Lo que tú tienes es lo que todos desean. Todos, grandes y pequeños, hombres y mujeres, desean que el tiempo no les atrape, que la guadaña no se acerque. Pero solo tú lo has conseguido. ¿Cómo? Si tú me dices que no lo sabes y que no has hecho nada para lograrlo, yo te creo. Pero habrá otros que no te crean, y que quieran retorcerte con unas tenazas de fuego o ponerte en el potro para hacerte hablar.

—¡No digas eso! —dije aterrada.

—Quiero que veas lo grave que es tu situación, y lo importante que es que seas discreta.

—Pero ¿cuál es mi culpa?

—Hay culpas que nos caen sin merecerlo. Eso es algo que la vida me ha enseñado. Este mundo no es justo ni sensato. No todo es un gran concierto regido por la armonía cósmica, y el que diga que lo es ignora muchas cosas.

—Beatriz, me llenan de terror las cosas que dices.

—Perdóname, amiga mía —me dijo tomándome las manos y besándome—. Toda la vida has sido como mi hermana, y así te he querido y te quiero.

—Yo también te quiero como a una hermana.

Vi que tenía los ojos llenos de lágrimas, y comprendí que aquello era una despedida, y que después de aquella conversación nunca volveríamos a vernos.

Mi soledad era tan grande que intenté volver a ponerme en contacto con mi antiguo amor, Don Luis de Flores. Le escribí varias cartas a Colindres y no obtuve respuesta. Algo más tarde recibí una carta proveniente de Nápoles y firmada por una dama llamada Doña Isabel de Flores, condesa de Lípari, que resultó ser la hermana pequeña de Don Luis. En ella, Doña Isabel me contaba una historia muy extraña. Copio la carta aquí.

Para Doña Inés de Padilla, condesa de Tordesillas, saludos:

Señora mía, me he tomado la libertad de abrir las cartas que habéis enviado a mi hermano, Don Luis de Flores, como ahora me tomo la libertad de dirigirme a vos por la razón que enseguida os diré. Recuerdo que mi hermano me contó, muchos años atrás, que había conocido a una Inés de Padilla durante sus estudios en Salamanca, una mujer extraordinaria que asistía a las clases y era de los estudiantes más aventajados de entonces. He de suponer que vos sois esa misma mujer. Vos habéis sido para mí siempre un ejemplo de lo que pueden hacer las mujeres. Yo también hubiera querido estudiar en Salamanca, aunque nunca me atreví siquiera a pedírselo a mi padre, y cuando escuchaba las cosas que mi hermano me contaba de vos, de cómo hablabais con los maestros y de cómo todos os escuchaban y os respetaban, me decía que si vos habíais podido hacerlo, otras no tan brillantes ni tan doctas como vos también podríamos. Si vos sois aquella Inés de Padilla, mucho me gustaría que me escribierais aunque sea unas pocas líneas para confirmarlo, ya que he pensado en vos muchas veces a lo largo de mi vida. Pero no es este el motivo principal de que os escriba esta carta. No sé qué fue mi hermano para vos o vos para él, si fuisteis solo amigos y compañeros de estudios o hubo algo más entre los dos. Han pasado tantos años desde entonces que creo que eso ya no importa. Imagino que desde que mi hermano regresó de Salamanca ya no volvisteis a veros. Ignoro si os seguisteis escribiendo, y qué sabéis de su vida. Sabréis, sin duda, que se casó, que tuvo tres hijos, que vivió en Italia varios años, que se quedó viudo pronto, que fletó varios barcos y que llegó a amasar una gran fortuna y luego la perdió a causa de los piratas y de algunas malas decisiones. Entonces pensó en pasar a las Indias, y embarcó en una nao, la San Cosme, que salió del puerto de Santander. Yo misma fui a despedirle y le vi subir a bordo junto con sus criados, y nos despedimos de él con lágrimas en los ojos, porque no sabíamos si volveríamos a verle. Unos meses más tarde llegó una carta suya hablándonos del viaje a través del mar Océano, de cómo durante toda la travesía habían tenido buen tiempo y vientos favorables y cómo la San Cosme había alcanzado la isla de la Hispaniola casi una semana antes de lo previsto. Luego seguía contándonos que vivía en México, y nos describía las bellezas y las maravillas de aquel país. Hablaba con tanta riqueza y detalle de aquellas tierras, de las costumbres de aquellas gentes, de los distintos alimentos que se cultivaban allí, de los extraños ídolos que habían adorado antes de la llegada de los españoles, que sus cartas eran para nosotros un tesoro, y muchas veces las leíamos en voz alta a pesar de que ya las conocíamos casi de memoria. Pasaron dos o tres años, y parecía que mi hermano era feliz en el Nuevo Mundo y que la fortuna le sonreía. Pero entonces, por una casualidad, nos enteramos de que aquella nao que había partido del puerto de Santander con rumbo a la Hispaniola, la San Cosme, había naufragado en una tormenta en aquel mismo viaje en que se había embarcado mi hermano, y que todos sus tripulantes habían muerto. ¿Cómo era aquello posible? Recordábamos con toda claridad que mi hermano nos había contado en su primera carta que había hecho la travesía sin dificultades.

Hicimos inquisiciones y nos enteramos de que, en efecto, la San Cosme se había perdido y que todos los que iban a bordo habían muerto ahogados, y que había sido precisamente en aquel viaje que salió de Santander tal día de tal mes. No había duda posible. Pero entonces, ¿cómo había logrado mi hermano llegar a las Indias? Otra sospecha comenzó a corroernos el alma: que Don Luis había muerto en el mar, y que aquellas cartas que recibíamos no eran suyas, sino de otro que se hacía pasar por él. Pero ¿quién iba a hacer una cosa así, y qué iba a conseguir con ello? Sin embargo, la explicación más sencilla de este misterio ha de ser, necesariamente, otra: que mi hermano, en realidad, nunca embarcó en la nao San Cosme, que se bajó de ella secretamente poco después de que esta saliera de Santander, y que nunca viajó a las Indias, sino que se fue a algún otro lugar desde el que nos enviaba aquellas cartas fingiendo que venían desde la Nueva España. ¿Dónde está mi hermano, Doña Inés, y cuál es el motivo de que haya decidido ocultarse de su familia? Esa es la pregunta que nos hacemos desde hace años y que no podemos contestar. Os cuento todo esto con la vana esperanza de que quizá vos sepáis algo que nosotros no sabemos, y que nos ayude a resolver este misterio. Si fuera así, os ruego que nos lo hagáis saber cuanto antes.

Queda vuestra segura servidora y afectísima,

ISABEL DE FLORES Y SOTOMAYOR

Escribí una carta inmediatamente a la hermana de Don Luis diciéndole que yo era, en efecto, aquella Inés de Padilla que había estudiado con su hermano en Salamanca. Le confesé que había amado mucho a su hermano y su hermano a mí, pero que todo aquello había sucedido hacía muchos años, cuando los dos éramos muy jóvenes, y que desde entonces nunca habíamos vuelto a vernos y solo habíamos intercambiado algunas cartas. Le conté por encima mi vida, cómo había quedado viuda, cómo había ido a vivir con la reina Doña Juana y cómo hacía muchos años que había perdido todo contacto con Don Luis de Flores.

Continuamos escribiéndonos. Ella vivía ahora entre Nápoles y la isla de Lípari, en el reino de Aragón, ya que su marido, Andrea Paolo Orsinari, conde de Lípari, era napolitano. Tenía cuatro hijos y tres nietos. En todas sus cartas me invitaba a que fuera a visitarla.

Cuando yo leía sus cartas, me quedaba luego mirando los cielos de Madrid a través de la ventana, perdida en ensoñaciones. Y pensaba en lo inmenso que era el mundo, y en lo mucho que me hubiera gustado viajar a Italia.

32. Valencia

Dos años pasaron desde el nacimiento de mi hijo Fernando. Con la primavera llegó una nueva carta de mi hermano rogándome que, si estaba bien de salud, fuera a Valencia a visitarle, y me decidí por fin a realizar aquel viaje tantas veces pospuesto. Me fui para allá con mis dos hijos, con mi fiel Clotilde, con mi Ovidio, con mi estilete y con mi título de nobleza y mi título de propiedad de la villa de Tordesillas. Había hecho copiar aquellos documentos por el escribano real, y guardé las copias legalizadas detrás de una piedra de un muro de mi casa, en un lugar que solo yo conocía. Dudé si llevarme el retrato conmigo, pero no me pareció necesario hacerlo para un viaje que duraría apenas unas semanas, y lo guardé bien envuelto en un baúl mundo en el que había hecho construir un doble fondo. También me llevé el manuscrito de mi libro anfisbena, en el que trabajaba casi todas las noches, así como tinta, pluma y piedra pómez.

Nos pusimos en camino. Cuando entramos en el reino de Aragón me sorprendió comprobar que el paisaje era exactamente igual que el de Castilla. Pues ¿qué había imaginado yo, que a partir de la línea que separaba ambos reinos los pájaros volarían hacia atrás y las margaritas serían azules?

Llegamos a Valencia, una ciudad muy animada y llena de una vida y unos perfumes que me resultaban nuevos y sorprendentes. Las flores crecían por doquier. El calor era húmedo y pesado. Aquel mar Mediterráneo no se parecía a los oscuros y grises mares del norte que yo había conocido. Era del color de las turquesas, y brillaba como si estuviera espolvoreado de diamantes.

Ahora que nos encontrábamos en Valencia, me daba cuenta yo de lo absurda que era mi situación, y veía que de ningún modo podía presentarme ante mi hermano sin provocar su confusión y su escándalo. Tenía dos niños muy pequeños que no podía decirle que eran míos ni explicarle de dónde habían salido. Pensé una vez más en hacerme pasar por mi propia hija, y recordé las palabras de Beatriz Galindo: «Sé discreta».

Tenía que ser discreta, y por esa misma razón tenía que renunciar a volver a ver a mi hermano.

Nos alojamos en una posada al llegar, y en un par de días de preguntar y callejear, encontré una casa cerca del puerto donde podríamos alojarnos cómodamente. Era el piso superior de una vivienda ocupada en su planta baja por un hidalgo y su familia.

Me causaba un gran placer estar en aquella ciudad donde nadie me conocía. El aire del mar, el perfume del jazmín y del azahar me envolvían como una promesa de cosas buenas por venir. Pensé en quedarme en Valencia para siempre.

Me gustaba ir al puerto para contemplar los barcos, aquellas carabelas, naos, carracas, galeones, galeras y bergantines con sus magníficas arboladuras y aquellas flámulas y gallardetes que ondeaban al viento y que a veces eran tan largos que al disminuir la fuerza del viento caían hasta tocar el agua. Había una gran carraca que tenía el estandarte de los estados papales. En aquel momento unos esclavos negros estaban descargando frente a ella unos carros de los que sacaban jaulas con animales salvajes, que luego portaban con largas pértigas para subirlos por la pasarela al barco. Yo jamás había visto bestias como aquellas, pero por las láminas de los bestiarios reconocí un leopardo, un león y un avestruz. Había también un rinoceronte, al que los antiguos habían confundido con el unicornio.

Un prelado estaba allí, seguido por un sirviente que sostenía sobre él un quitasol. Iba vestido de púrpura, como los cardenales. Era un hombre como de cuarenta años, corpulento, de rostro poderoso y ojos brillantes. Luz María, quién sabe por qué, echó a correr hacia él y se agarró a sus faldones. El cardenal bajó la vista sorprendido, y al ver a la niña la cogió en sus brazos.

—¿De quién es esta niña tan guapa? —preguntó.

Yo me acerqué, hice una reverencia y él me dio la mano a besar. Pedí perdón al cardenal, y cuando extendí los brazos para tomar a mi niña, vi sus ojos fijos en mí con aquella expresión que conocía tan bien, mezcla de admiración, deslumbramiento, deseo y dominio.

—¿Quién sois? —me preguntó, con una voz recia y melodiosa que me agradó. Tenía acento italiano.

—Soy Inés de Padilla, condesa de Tordesillas, eminencia.

Pero él no me daba a la niña, que parecía sentirse muy a gusto en sus brazos.

—¿Queréis ver mi colección de animales? —le dijo a la niña—. ¿Os gustan las fieras?

Yo estaba avergonzada y solo deseaba recuperar a mi niña y alejarme de allí cuanto antes, pero el cardenal, con gran simpatía, nos invitó a subir al barco para mostrarnos los animales. Cogió al pequeño Fernando de la mano, subimos todos a la carraca y nos mostró los animales que estaban cargando en el barco y bajándolos a la sentina mediante unas poleas alimentadas de gruesas maromas.

A todos nos impresionó sobre todo la visión del león, un enorme macho adornado con la gran melena rubia y castaña de la que tanto había leído. Cuando lo bajaban a las entrañas del barco bostezó mostrando sus enormes colmillos. Clotilde estaba tan aterrada que se escondía detrás de mí.

Esa tarde, al regresar a casa, escribí a Doña Isabel de Flores diciéndole que pensaba pasar a Nápoles, y que mucho me gustaría hacerle una visita. Pronto volvió una carta suya dándome sus señas y diciéndome en qué meses estaría allí y en cuáles en Lípari, e invitándome a visitarla en cualquiera de los dos lugares. Nada más recibir aquella carta bajé al puerto y busqué un barco que partiera para Nápoles y que dispusiera de espacio para llevar a dos pasajeras con dos niños. Unos días más tarde, nos embarcamos.

33. Nápoles

Era la segunda vez que yo salía de España, pero aquel viaje era muy diferente de aquel primero que hiciera con Doña Juana cuando todavía era infanta. En aquel primer viaje yo no era más que una acompañante, mientras que en este era mi propia dueña y señora de mis actos. En aquel yo era una mujer joven, en este una mujer madura llena de recuerdos, muchos buenos y algunos malos, y con un deseo de vivir y de ser feliz todavía mayor que el que había tenido aquella jovencita ignorante que casi nada sabía de la vida.

Tuvimos una buena travesía. Viajamos a Palma, luego a Cagliari, en Cerdeña, y pronto nos hallamos entrando en la bahía de Nápoles, que me pareció la más bella del mundo. La forma cónica del Vesubio, con sus dos picos, la coronaba formando una vista inolvidable.

Puede parecer increíble, teniendo en cuenta todas las cosas que habían sucedido antes, pero no fue hasta el momento de hallarnos frente a las puertas del palacio de Doña Isabel de Flores cuando se me ocurrió pensar que ella estaría esperando, como era lógico, la visita de una dama de casi sesenta años y no de una mujer joven como yo. Las puertas se abrieron, nos hicieron pasar y ya era demasiado tarde. Pasamos a un claustro interior, y vi a Doña Isabel en el piso de arriba, vestida de azul claro, saludándome muy alegre y apresurándose a bajar las escaleras para recibirnos. Pensé en salir huyendo, pero ya no era posible.

Ella bajó por fin, y se acercó a mí.

—Vos sois... —me dijo deteniéndose y sin saber qué hacer ni qué decir.

—Soy Inés de Padilla —le dije.

—Inés de Padilla —repitió ella confusa.

Era una dama de cabellos grises pero todavía hermosa, y en sus rasgos adivinaba yo el parecido con aquel Luis de Flores al que yo había querido tanto. Me moría de ganas de abrazarla y de llamarla hermana.

—Pero no es posible —dijo ella—. Señora, ha habido una confusión. La dama a la que yo estaba esperando...

—Era mi madre —dije yo—. Y estos niños son sus nietos.

—Vuestra madre... —dijo ella mirándome con una mezcla de duda y de maravilla—. Sois exactamente como mi hermano me describía a vuestra madre. Me hablaba de ella a todas horas, cuando regresaba a Colindres. Pero lo que no entiendo, señora...

—Mi señora madre no se encuentra bien de salud —le dije, forzada por las circunstancias a mentir—. ¿Era a ella a la que esperabais?

—En efecto.

—Siento mucho la confusión —dije yo—. Pensaba que mi madre os lo había explicado todo con claridad.

—Sabía que tenía una hija y un hijo, pero en sus últimas cartas me dio a entender que era ella misma la que pensaba viajar a Nápoles.

—Señora, mi madre ya no tiene la claridad de ideas que tenía cuando era joven —dije yo—. Creo que a veces se le mezclan el presente y el pasado. Tampoco tiene buena salud como para hacer un viaje tan largo. Lamento mucho esta situación en la que nos ha puesto a las dos y causaros esta incomodidad.

—No, no, no habléis de incomodidad —dijo ella tomándome de las manos—. Sois bienvenida en mi casa, Inés de Padilla.

Pronto nos hicimos grandes amigas. Las pocas dudas que Isabel pudiera tener sobre mí se disiparon cuando me puse a hablarle de aquellos años de Salamanca, de su hermano y de las clases y de nuestras conversaciones y de nuestra amistad y de nuestros amores. En mis relatos, que ella bebía como agua de mayo, yo no era yo, desde luego, sino mi propia madre. Le conté cómo había surgido el amor entre ambos. Le dije que Don Luis había sido el gran amor de mi madre, su verdadero y único amor, y que me había hablado tanto de aquellos años que había pasado en Salamanca que yo me sabía su historia de corrido.

Isabel era una mujer muy bondadosa que dedicaba gran parte de su tiempo a hacer obras de caridad. Me acostumbré a visitar con ella los hospitales de Nápoles y las barriadas pobres, donde ella solía dar limosnas a varias familias. Se había propuesto crear un hospital para marinos y para viudas de marinos, y también íbamos a menudo a supervisar las obras. Yo compré una gramática y un diccionario y me puse a estudiar la lengua toscana. Gracias a mi conocimiento del latín, no me resultaba difícil, ya que el italiano está todavía más cerca de la lengua del Lacio que la nuestra, y pronto comencé a hablar el toscano con mediana habilidad. Fuera como fuera, el castellano se hablaba mucho y se comprendía bien en Nápoles, ya que la ciudad estaba llena de aragoneses y de no pocos castellanos.

El esposo de Isabel, Paolo, me recibió y trató siempre con enorme amistad y cortesía. Era un hombre muy refinado, y entre su esposa y él había un amor y un entendimiento como yo raramente los he visto en un matrimonio. Cuando los veía juntos no podía evitar pensar en la mala suerte que había tenido yo con los hombres.

Quedaba el misterio del destino de Don Luis de Flores y de aquellas cartas que él enviaba supuestamente desde las Indias. Isabel me las mostró y reconocí al instante su letra, y aquella forma suya de escribir la G mayúscula, que siempre me extrañaba.

—No cabe duda de que son de su puño y letra —dije.

—Reconocéis su letra, ¿verdad? —me dijo Isabel.

—Esta G tan florida solo podría ser suya —dije—. Y esta flámula que corona la L, que parece la vela de un barco...

—Entonces, ¿leísteis las cartas que le envió a vuestra madre?

—Muchas veces. Mi madre no tenía secretos conmigo.

—Qué bella es la amistad que puede existir entre una madre y una hija, ¿verdad? —me dijo—. Lidia y yo también tenemos mucha confianza, pero ahora está casada y ya no nos vemos tanto como yo quisiera.

—¿Seguís recibiendo cartas de Don Luis?

—Llegan de vez en cuando —me dijo ella—. Tardan mucho, cada vez más.

—Pero ¿nunca le habéis preguntado dónde está realmente? ¿No le habéis dicho que sabéis que no es posible que esté en Nueva España, que aquel barco en el que fingió embarcarse nunca llegó al Nuevo Mundo?

—He hablado muchas veces de esto con mi esposo —me dijo—. Hemos pensado en hacerle esas preguntas, desde luego, pero tememos que al saberse descubierto es posible que deje de escribirnos.

—Comprendo.

—Acabo de ponerle unas letras —me dijo muy alegre—, y le he contado que os he conocido.

—Pero ¿le escribís a Nueva España y él recibe las cartas? ¿Sabéis dónde vive? —pregunté muy agitada.

—No. De acuerdo con sus instrucciones, le escribo a una dirección de Sevilla, donde se ocupan de enviar las cartas... a dondequiera que esté.

—Pero en Sevilla —dije yo—, quienquiera que sea el que recibe las cartas sabrá dónde se encuentra...

—Es de suponer —dijo Isabel bajando los ojos con un suspiro—. Es la dirección de una compañía naviera.

—¿Y no les habéis preguntado cuál es el paradero de Don Luis?

—Claro que lo he hecho, Inés, pero han recibido instrucciones muy estrictas de no revelar nada —me dijo ella—. Además, he hecho mucho más que eso. Hace algunos años, conocimos a un noble sevillano de paso por Nápoles, Don Fadrique Balseiro y, al oír la historia extraordinaria de la desaparición de mi hermano, de su misterioso viaje en la San Cosme y de sus cartas, se ofreció a visitar esa compañía naviera a su regreso a Sevilla para intentar averiguar lo que pudiera.

—¿Y qué pasó?

—Unos meses más tarde regresó a su ciudad natal y, tal como habíamos hablado, fue a la dirección adonde se envían las cartas. Lo que encontró fue de lo más extraño: que esa calle y ese portal corresponden a una casa vieja y, en apariencia, abandonada. Que nadie vive allí y, desde luego, que aquella no es la sede de ninguna compañía naviera. Tampoco existe en Sevilla ningún naviero con ese nombre.

—Entiendo —dije, desilusionada—. De modo que es imposible averiguar dónde se encuentra...

—En efecto.

—¡Vaya misterio! —dije yo.

—¡Sí, mi hermano es un hombre lleno de misterios!

—Entonces, ¿le habéis hablado de mí?

—Espero no haber hecho nada inconveniente —dijo ella, de pronto muy preocupada.

—¡Claro que no! Es solo que...

No sabía cómo decirle que yo deseaba también escribirle una carta. Todo aquello no me gustaba. Odiaba tener que mentir a aquella mujer por la que sentía tanto afecto, pero me daba cuenta de que la mentira sería, a partir de entonces, una parte integrante de mi vida, y que no había forma de evitarlo.

Unos días después le pedí a Isabel las señas de Sevilla para escribirle a Don Luis unas letras. La carta que le escribí fue muy breve.

Queridísimo Luis:

He conocido a tu hermana Isabel, en Nápoles, donde ahora vivo. Ella te habrá contado que soy la hija de Inés, pero no es así. Soy yo, Inés, tu Inés. Escríbeme a su casa, dime dónde estás y dónde puedo encontrarte. No puedo dejar de pensar en ti, y no puedo creer que tú me hayas olvidado. Pero si es así, si ya me has olvidado, si tienes otra vida en otra parte, dímelo para que pueda yo continuar mi vida.

Hice enviar esta carta y esperé su respuesta durante meses y luego durante años. Luis jamás contestó, y tampoco volvió a escribir a Isabel.

¿A qué se debía este mutismo? ¿Sería una consecuencia de la carta que yo le había enviado? ¿Sería una casualidad que la correspondencia que duraba ya largos años se hubiera interrumpido precisamente en el momento en que yo le escribí? No había manera de saberlo. El hilo que unía a Luis de Flores con mi mundo y con el mundo en general era tan débil y misterioso que podía haberse roto de mil modos. A lo mejor había muerto. Tendría por aquellos años más de sesenta, de modo que aunque no era todavía un anciano, tenía ya una edad en la que abundan los achaques y dolencias.

Claro está que había otra posibilidad. Que a él le sucediera lo mismo que a mí. Que él hubiera escapado de España y se ocultara de su familia por la misma razón por la que yo me había ocultado de mi hermano y no me había atrevido a visitarle.

Sí, no cabía otra explicación del misterio. Yo no había envejecido ni un solo día desde que cumplí veinticinco años, y a él le sucedía lo mismo. Esto le obligaba a no poder quedarse muchos años en el mismo sitio, a apartarse cada cierto tiempo de sus seres queridos... Pero de todas las personas del mundo yo era la única de la que no necesitaba apartarse. Le escribí otra carta contándole todo lo que sucedía. Preguntándole si a él le sucedía lo mismo que a mí. Pero esta carta tampoco obtuvo respuesta.

«Inés —me dije a mí misma—. Tienes que rehacer tu vida. Tienes que vivir, Inés, vivir, sin aferrarte a ese recuerdo del pasado».

¿Cuánto había durado mi relación con Luis de Flores, mi verdadera relación con el hombre de carne y hueso y no con su fantasma? Dos noches nos habíamos encontrado en el huerto de mi tía. ¡Dos noches nada más, tras lo cual mi tía nos había descubierto y había puesto rejas en mi ventana! Poco después, Don Luis había sido llamado por su padre, quizá alarmado por aquella carta suya en la que le manifestaba su deseo de casarse conmigo, y se había visto forzado a regresar a Colindres. ¡Y a ese recuerdo tan breve, a esos instantes de amor y de placer tan intensos pero tan efímeros llevaba yo toda la vida agarrándome!

Era posible que él hubiera muerto, desde luego, pero también era más que probable que me hubiera olvidado, y que yo no fuera para él más que un recuerdo de juventud, uno más, uno de tantos. Él había sido mi primer amor y mi primer hombre, pero es posible que yo no hubiera sido lo mismo para él. ¿Y cómo saber qué somos para otro? ¿Cómo saber de verdad qué es lo que los otros sienten por nosotros? Tendríamos que ser el otro para saberlo, meternos en sus ojos y en su corazón, y eso no es posible. Estamos forzados a vivir encerrados en la cárcel de nuestro propio cuerpo, nuestros propios ojos y nuestra propia alma. Lo que sienten y piensan los otros jamás podremos saberlo.

34. Sannazaro

El esposo de Isabel pertenecía a la alta diplomacia napolitana y su casa era frecuentada por príncipes y dignatarios, filósofos y poetas, embajadores y obispos. Allí, en aquellas reuniones que se celebraban en la casa de los Lípari, en las que se hablaba de poesía y de política y se pasaba del latín al italiano, conocí a Jacopo Sannazaro, cuya *Arcadia* había leído yo unos años atrás con enorme admiración.

Sannazaro era un hombre muy inteligente. Era delgado, oliváceo, de ojos oscuros y tristes, y vestía siempre con ropas oscuras. Como todos los escritores a los que he conocido desde entonces, era muy vanidoso y estaba sediento de admiración, y me cobró una gran simpatía cuando le dije lo mucho que yo amaba su obra. Llegué en mi atrevimiento a tomarle la mano y decirle que deseaba tocar con mis dedos a alguien que sabía que sería inmortal. El tiempo ha demostrado que yo no estaba equivocada.

Era un hombre mayor entonces, pero me parecía muy atractivo. Era nervudo, nervioso, y caminaba muy erguido. Las pocas arrugas que tenía en el rostro me parecía que le añadían un barniz de experiencia y de conocimiento que no se encuentra en los jóvenes. Pronto nos hicimos amantes. Me agradaba sentirme deseada por aquel hombre magnífico al que tanto admiraba, y me costó muy poco ceder a sus requerimientos. Creo que me enamoré un poco de él, pero no me permití enamorarme locamente.

A partir de ese momento, Sannazaro fue mi valedor. Él pertenecía a la Academia Pontaniana, una institución venerable que había sido fundada por Alfonso V de Aragón y a la que habían pertenecido poetas, filósofos y eruditos, y me propuso introducirme en aquel círculo del saber.

Fui presentada a la Academia en una reunión solemne celebrada en el Castel Nuovo, esa altiva fortaleza que se eleva frente al mar, en el centro de Nápoles. La presencia de una mujer en aquella institución venerable fue en un principio recibida con hostilidad y sospecha, pero cuando pude demostrar mis habilidades con el latín y mi conocimiento de los clásicos, los académicos me abrieron sus puertas y me permitieron enseñar latín y gramática.

Mi relación con Sannazaro no duró mucho. Aquel espíritu preclaro, aquel poeta maravilloso, el recreador de la Arcadia en los tiempos modernos, comenzó también a manifestar un temperamento celoso y un deseo de posesión. No le gustaba la libertad con que entraba y salía yo del palacio de los condes de Lípari e incluso pretendió, él que había sido mi principal abogado, que dejara de asistir a las reuniones de la Academia Pontaniana.

—Oh, caballero, cómo me habéis decepcionado —le dije.

—Inés, Inés, ¿por qué quieres comportarte como un hombre? ¿Es que no te basta con ser mujer?

—Sí, me basta con ser mujer y no tengo el menor deseo de ser hombre. Pero soñaba yo con un mundo ideal en que los hombres y las mujeres pudieran participar de la vida por igual, un mundo que no fuera propiedad de unos y donde las otras hubieran de vivir encerradas, y donde todos, hombres y mujeres, vivieran como hermanos compartiendo sus tareas diarias... Un mundo, en fin, parecido a ese mismo que vos pintasteis en vuestra Arcadia.

—Ah, Inés, pero vos y yo no somos pastores ni vivimos en una égloga.

—Es una gran lástima —le dije yo—. El mundo debería ser como una égloga. Todos deberíamos ser pastores.

Sannazaro tenía en su casa muchos pájaros en jaulas, porque le gustaba escuchar sus cantos. Uno de sus favoritos era un cardenal, un precioso pájaro rojo y negro que le habían traído de Nueva España. Lo mantenía en una gran jaula dorada y le gustaba alimentarlo con sus dedos.

—Vos queréis encerrarme en otra de vuestras jaulas —le dije—. Queréis tenerme a mí como a este cardenal.

Dejándome llevar por un impulso repentino abrí la jaula dorada, tomé al pajarito con las dos manos y lo solté.

—Mirad, Jacopo —le dije—. ¡Esa soy yo!

Vi cómo corría por el pasillo intentando atrapar al pájaro que volaba en dirección al balcón. Tropezó con la balaustrada y a punto estuvo de caer al jardín mientras el pajarito liberado se perdía entre las palmeras.

—¡Loca española! —le oí gritar—. ¡Loca española!

Me sentía tan feliz en Nápoles que pensé en quedarme allí a vivir de forma permanente. Mi doncella Clotilde se prometió con el hijo de uno de los criados más antiguos y queridos de los condes de Lípari y yo le entregué una generosa dote, que le permitió hacer una buena boda. A pesar de todo siguió sirviéndome. Pronto dio a luz a una niña, Giovanna, que se convirtió en algo así como mi tercera hija.

Durante los meses estivales, la familia se trasladaba a la isla de Lípari, situada al norte de Sicilia, donde tenían una villa en una colina cerca del mar. Allí disfrutábamos de la paz del campo después del bullicio y el trasiego de Nápoles. A esas alturas, Isabel de Flores y yo nos habíamos convertido en amigas inseparables y nos tratábamos como si fuéramos hermanas.

Hablé con ella en varias ocasiones para buscar una casa propia en Nápoles, pero nunca me lo permitió, insistiendo en que en su palacio había sitio de sobra para mí y los míos, y diciéndome que en mí había encontrado a una amiga inmejorable a una edad en la que uno ya no espera hacer nuevos amigos, y que siendo además sobrina suya me consideraba de la familia. Lo cierto es que, aunque ella me tomaba por una mujer joven, teníamos casi los mismos años, y nos comprendíamos perfectamente.

Yo me sentía como en mi casa en la ciudad de la bahía, y hablaba el toscano como una italiana. Nunca había vivido yo en una ciudad tan alegre y tan llena de vida ni había tenido una vida social tan interesante y variada como la que llevaba en Nápoles. En realidad yo jamás había tenido una vida social de ninguna clase, ni había imaginado que tal cosa existiera. Cuando pensaba en la fría Tordesillas, alejada de todo, perdida en medio de una interminable llanura de trigales, sentía escalofríos.

Tuve un encuentro inesperado en la Academia Pontaniana. Me dijeron que iba a visitarnos un personaje importante, su eminencia reverendísima el cardenal Francesco Bonormini, uno de los hombres más poderosos de los Estados Pontificios. Cuando entró en la sala donde le aguardábamos, me pareció que yo ya le había visto antes. Me presentaron, y yo me incliné ante él y le besé el anillo.

—Inés de Padilla —me dijo en castellano con una voz muy jovial—. ¿Y cómo están vuestros hijos, Luz María y Fernando?

—¡Eminencia...! —dije confusa.

Era él, desde luego, aquel mismo cardenal al que habíamos conocido en el puerto de Valencia vigilando cómo subían a su nave unas jaulas con animales salvajes. Pero lo que no podía explicarme era que después de los años que habían pasado él todavía recordara no solo mi nombre sino también el de mis hijos.

Después de la reunión se dirigió a mí interesándose por mi vida, mi estado y mi situación en Nápoles. Le agradó enterarse de que era viuda, lo cual quería decir que estaba libre, por así decir, y también que era pariente de los Lípari, una familia muy buena, me dijo, por la que sentía un gran cariño.

Era un hombre varonil, fuerte, nada espiritual, enamorado del refinamiento y de la belleza, inmensamente vital y curioso. He de decir que yo me sentía halagada de que un personaje tan importante se interesara por mí. Ah, qué estúpidas somos las mujeres: siempre caemos en la misma trampa.

Le pregunté por sus leones y sus leopardos.

—En Roma —me contestó— tengo una colección de animales salvajes que me traen directamente del África. Me gusta rodearme de cosas extrañas y bellas, condesa. Mis colecciones de pintura y de escultura no tienen igual en Italia. Os entusiasmarían. ¿No os gustaría venir a Roma para conocerlas? Tengo además una gran biblioteca, que pondría enteramente a vuestra disposición.

Mi último amante había sido Sannazaro, años atrás, y me descubrí pensando cómo sería ser seducida por aquel hombre enorme y poderoso.

«Pero Inés —me decía a mí misma—, ¿es que estás loca? ¿No te das cuenta de que es un príncipe de la Iglesia, que ha hecho voto de no acercarse jamás a una mujer y que toda su vida no es más que rezar y encomendarse a Dios?».

Pero yo, que comenzaba a conocerle mejor, me daba cuenta de que toda la vida del cardenal no era rezar, ni mucho menos, y veía en sus ojos y en su voz lo mucho que yo le gustaba.

35. Garcilaso

Conocí a más luminarias en la Academia Pontaniana: al poeta Luigi Tansillo, a Bernardo Tasso, padre del que luego sería el célebre Torquato Tasso, a Minturno, cuyas ideas sobre la poética de Aristóteles me entusiasmaron, a Mario Galeota y también a un par de escritores españoles, un erudito llamado Juan de Valdés y un poeta amigo de Mario Galeota.

Percibía yo que se estaba operando un gran cambio en el mundo de las letras. Lo percibía cuando hablaba con Minturno, que afirmaba que lo más importante de la poética de Aristóteles no era la imitación, como siempre se había dicho, sino la invención.

Pero el que me volvía completamente loca, el que me obligaba a volver a pensar todas las cosas que había pensado yo en la vida, era Juan de Valdés. Como nadie sabía que yo era tan vieja, nadie podía imaginar que yo había nacido cuando los escritores más reconocidos eran Juan de Mena y el marqués de Santillana, que a él le parecían autores tan malos y despreciables que se pasaba el día riéndose de ellos.

—«Siempre divina llamando clemencia», escribe Juan de Mena en sus *Trescientas* —decía—. ¿No debería decir «llamando siempre a la divina clemencia»? ¿En qué lengua escribe Juan de Mena? ¿Es castellano? ¿Es latín?

Yo no sabía qué decir a todo aquello.

—Es verdad que la poesía de Juan de Mena es pesada —decía yo—. Pero entonces, ¿cómo debe escribirse? ¿Cómo escribís vos?

—Como hablo —contestó él sin dudarlo—. Solamente tengo cuidado de utilizar vocablos que signifiquen lo que quiero decir.

—¿Escribís, entonces, sin artificio?

—Cuanto menos artificio, mucho mejor.

Conocí también a un poeta español que era amigo de Mario Galeota. Era un hombre recio, muy velludo, muy buen mozo, muy elegante, muy cortés, con unos ojos tristes que se me quedaron prendidos en el alma nada más verlos. Era soldado y había luchado en las guerras del Emperador, pero era también un fino cortesano. Había nacido en Toledo, y hablando con él descubrimos que durante mi estancia en esa ciudad yo había conocido a su hermano, Pedro Lasso de la Vega, que estaba con los comuneros mientras que él estaba con las tropas del rey, porque aquella había sido, literalmente, una guerra entre hermanos. Un día nos leyó una de sus canciones que había escrito a propósito de unos amores de su amigo Galeota. Tenía un título latino, pero estaba en romance, como casi todas sus obras.

Al parecer, el bueno de Galeota se había enamorado de una dama que vivía en el barrio napolitano de Nido. Se llamaba Violante Sanseverino, y era hija del duque de Soma y célebre por su belleza. Garcilaso, ya que no otro era el nombre del poeta español, la había convertido en «la flor de Gnido», uniendo el barrio napolitano con el Gnido de la antigüedad, aquella ciudad de Asia Menor donde había una famosa estatua de Afrodita realizada por Praxíteles. De este modo, transformaba a Violante en Venus, y ponía a su pobre enamorado a remar atado a su concha, convertido así, de Galeota, en «galeote».

Pero no eran estas ingeniosidades lo importante de la oda, sino su música.

Oh, aquella música. Yo jamás había oído nada parecido. La alternancia de versos breves y muy breves me recordó en un principio a las maravillosas *Coplas* de Jorge Manrique, pero la música de Garcilaso era muy distinta. La música de Jorge Manrique era más seca, más pesada, más cuadrada: parecía cerrarse en cada verso. La de Garcilaso saltaba de un verso a otro, en una continua onda melódica que se elevaba sin cesar. Al contrario que los de Juan de Mena, con su música pesada y repetitiva, sus versos apenas tenían acentos, y fluían como un río. Sentía yo, además, que nunca en toda mi vida había oído la lengua castellana usada con más belleza y elegancia, sin imitar al latín, sin usar palabras extrañas, sin cambiar el orden de las palabras, con una confianza absoluta en la capacidad expresiva del idioma.

36. El Vesubio

En Nápoles el mar brillaba a todas horas. Era aquel el país más bello del mundo. Sannazaro, que era un enamorado de las ruinas, nos había llevado a Pompeya, un lugar abandonado y solitario donde se podía pasear por las antiguas calles de la villa romana y sentir cómo había sido la vida de ese mundo perdido, que hasta entonces yo solo había conocido a través de los libros.

Algunas veces íbamos en un pequeño velero a las islas de la bahía, a Ischia, la más grande, o a Prócida, las dos deliciosas, o a la bellísima isla de Capri, o a Amalfi, en la costa del sur de la península. En la costa amalfitana todo era tan hermoso que a mí se me saltaban las lágrimas. Las empinadas laderas verdes, la villa de Ravello colgada en lo alto, la bellísima ciudad de Amalfi que tiempo atrás dominó el Mediterráneo, los limoneros cargados de enormes limones, las hileras de cipreses por doquier, los perfumes, la música, la alegría de Italia.

Yo recordaba la subida de Petrarca al Monte Ventoso y le propuse a Isabel que subiéramos un día a lo alto del Vesubio.

—Pero ¿para qué? —me preguntó ella sorprendida.

—Para ver el mundo desde allá arriba.

—Pero eso no se puede hacer —me dijo muerta de risa—. Debe de ser un lugar espantoso aquel. ¿No se dice que hay un gigante en su interior, y que cuando grita, el volcán lanza fuego?

—Sí —dije yo riendo—, pero el gigante parece tranquilo estos días.

—Además, ¿cómo vamos a subir hasta allí?

—Algún camino habrá —dije yo—. Hay caminos para ir a todas partes.

Se echó a reír y le pareció una idea extraordinaria, pero por darme gusto se informó de cómo podía llegarse al Vesubio y enseguida organizó una expedición con mulas, acemileros y provisiones suficientes y subimos allí una bonita mañana de primavera.

El camino ascendía por la ladera rocosa deslizándose entre árboles y matorrales y luego entre rocas desnudas, y a nuestros pies la bahía de Nápoles se iba extendiendo en una vista magnífica que incluía las islas de la bahía y el perfil recortado de la península sorrentina, al extremo de la cual se veía la isla de Capri. Por encima de nosotros quedaba el imponente y terrorífico cráter del volcán, pero el camino a partir de allí era demasiado difícil y escarpado y decidimos detenernos en un recodo verde y amplio, para descansar y contemplar el paisaje desde allí. Había sido un largo camino y los niños, que eran ya unos mocitos, estaban cansados y descontentos, pero creo que al contemplar la vista que había desde allá arriba todos sentimos que el esfuerzo había merecido la pena.

Yo había traído conmigo las *Metamorfosis* de Ovidio y le conté a Isabel cómo Petrarca, más de cien años atrás, había subido a lo alto del Monte Ventoso en la Provenza y al llegar a la cumbre y al contemplar la inmensa vista que se divisaba desde allí, que iba casi desde los montes Pirineos hasta la desembocadura del Ródano, había abierto al azar el libro de las *Confesiones* de San Agustín, y le dije que yo me proponía hacer lo mismo, pero no con San Agustín, sino con Ovidio.

Saqué el libro, lo abrí por un lugar cualquiera y esto es lo que leí:

En el universo entero, creedme, nada perece, sino que cambia y renueva su aspecto, y se llama nacer a empezar a ser algo distinto a lo que antes se era, y morir a dejar de ser eso mismo...

Vi que los ojos de Isabel estaban llenos de lágrimas.

—¿Qué os pasa, Isabel? —le dije.

—Gracias, Inés —me dijo.

—Pero ¿gracias por qué?

—Porque me habéis ayudado a ver cosas que yo nunca había visto antes —dijo señalando la vista que se extendía a nuestros pies—. Porque me habéis ayudado a pensar cosas que yo nunca había pensado. Mirando esta vista infinita, en la que la mirada se extiende sin límites, acabo de darme cuenta de que he vivido todo este tiempo en el paraíso sin saberlo. Todo este tiempo, todos estos años...

Yo no sabía qué decirle ni cómo contestarle.

—Sois vos, Inés, la que lleváis el paraíso con vos —me dijo—. No me extraña que mi hermano os amara tanto. Lo que no entiendo es por qué no luchó por no perderos.

—¿Que me amara tanto? ¿A mí? —dije toda turbada.

—Sí, Inés, hace tiempo que sé quién sois. Lo he ido descubriendo poco a poco, por mil pequeños detalles, uniendo una cosa con otra. Ya no me cabe duda en mi corazón de que vos sois Inés de Padilla, aquella misma de la que mi hermano me hablaba, aunque mi razón se rebele, aunque lo que veo sea imposible o nos diga la razón que es imposible...

—Pero vos no podéis creer...

—Yo solo creo lo que mi Salvador me dice y lo que tengo delante de mis ojos. Ni siquiera me pregunto ya el porqué de las cosas, porque sé que muy pronto todas mis dudas serán resueltas. No me queda mucho tiempo de vida, Inés, los médicos me lo han dicho y también me lo dice mi corazón. Hace tiempo que sé que en realidad sois mi hermana.

—Vuestra hermana, sí —dije yo.

—Ven a mis brazos, hermana mía —dijo ella.

Nos abrazamos, y me di cuenta de que las dos estábamos llorando.

Los niños nos miraban extrañados, y luego se acercaron y se abrazaron también a nosotras.

Una extraña melancolía se había posado sobre nosotras, esa tristeza especial que trae a veces la felicidad, y cuando hacíamos el camino de vuelta, descendiendo por las verdes laderas del volcán, fuimos casi todo el rato en silencio.

Y entonces, por primera vez en mi vida, pensé que ella moriría pronto y que me dejaría sola, y que pronto morirían todas las personas que había conocido en mi vida, y también por primera vez deseé ser una persona como las demás, envejecer y morir.

Era cierto que Isabel estaba enferma, y pronto se puso muy grave y los médicos dijeron que le quedaba poco tiempo de vida. La acompañé hasta el final, junto con su esposo, sus hijos y sus nietos, y murió en su lecho, rodeada de los suyos, con su mano en las manos de su esposo y dándonos a todos las gracias por haber sido tan generosos con ella. Si alguna vez he contemplado una muerte buena, fue aquella. Cuando todo acabó, su esposo la besó en los labios, en los ojos y en la frente, y le cruzó las manos sobre el torso, y su hija mayor le puso entre los dedos un misal, un rosario y una azucena blanca. Todos estábamos llorando.

El conde de Lípari me rogó que siguiera viviendo en su casa, pero yo me sentía tan triste por la muerte de Isabel que solo pensaba en abandonar Nápoles y regresar a casa. En mi corazón, la felicidad de Nápoles estaba unida a la felicidad de haber encontrado aquella verdadera hermana, y al morir ella era como si Nápoles también hubiera muerto para mí.

Sin embargo, el pensamiento de regresar a casa no acababa de hacerme feliz. Mis hijos hablaban la lengua toscana mucho mejor que la castellana, que solo practicaban conmigo, y eso a regañadientes, porque yo les hablaba en castellano y ellos me respondían siempre en toscano. Maria della Luce, que era como la llamaban allí, era un niña deliciosa que pronto se convertiría en una mujer. Ferdinando, un mocito bastante descarado que prometía convertirse en un joven muy guapo. Ninguno de los dos tenía el menor recuerdo del país en el que habían nacido, y pensé que si regresábamos a Castilla se sentirían como extranjeros. Quizá yo misma me sintiera allí como extranjera.

Sentía un gran deseo de conocer Roma, la capital de la cristiandad y también de aquel imperio que había sido el más grande que habían conocido los siglos. De modo que comencé a hacer planes para viajar a Roma.

37. Roma

Un par de cartas bastaron para dejar zanjado el asunto. Escribí al cardenal Bonormini comunicándole mi intención de viajar a Roma y le dije que mucho me gustaría visitar algún día su colección de arte y aquella biblioteca de la que tanto me había hablado. Él me respondió enseguida diciéndome que era bienvenida en su casa y que no pensaba consentir que me hospedara yo en ningún otro lugar. Me insistió en que mis hijos y yo estaríamos allí mejor que en ningún sitio, y que se sentiría muy honrado de recibirme.

De modo que al llegar a Roma me dirigí directamente al Palacio Bonormini. Yo no me hacía idea de lo que me iba a encontrar, ni tampoco podía imaginar el lujo principesco en que vivía el cardenal. El palacio estaba situado en el Pincio, una de las siete colinas, y era una mansión monumental de tres pisos diseñada originalmente por Leon Battista Alberti, a quien se debían muchas de sus extrañezas arquitectónicas. Estaba rodeada por un doble jardín, uno delantero, público por así decir y presidido por una formidable escalinata que había sido diseñada por Miguel Ángel, y otro posterior y cerrado, donde el cardenal guardaba su colección de fieras salvajes y donde celebraba sus fiestas secretas.

Me recibió en lo alto de la formidable escalinata de entrada, envuelto en púrpura, bajo la sombra de un quitasol que sostenía un fámulo. Los niños se sentían cohibidos al verle, pero él los saludó como si se tratara de viejos amigos y les preguntó si se acordaban de él de cuando se encontraron en el puerto de Valencia y les hizo subir a su barco para que vieran su león. Los niños se acordaban de aquello con claridad, porque la escena les había impresionado mucho. Una de las muchas cosas sorprendentes del cardenal Bonormini era lo mucho que le gustaban los niños y lo bien que se llevaba con ellos.

Nos condujeron a nuestras habitaciones para que descansáramos del viaje. La mía era casi tan grande como todo un piso de mi Palacio de las Calas. El cardenal me mostró, con toda naturalidad, una puertecita de marfil que había al fondo, disimulada tras una cortina de terciopelo, y que comunicaba con su propia estancia.

—¡Vaya, eminencia! —dije sorprendida, y sin saber cómo reaccionar.

—Descansad y refrescaos —me dijo él—. ¿No tenéis doncella?

—No, eminencia. Mi Clotilde se quedó en Nápoles.

—Entonces os enviaré a Marcellina. Creo que será de vuestro agrado. Y si no lo es, buscaremos a otra que lo sea.

Yo me sentía abrumada por tanta amabilidad, y no sabía qué pensar. El cardenal actuaba como si fuéramos a quedarnos a vivir en aquella casa para siempre.

Enseguida nos enseñó su palacio y su jardín, al menos las partes que podían ver los niños. Visitamos su galería de arte, que era realmente impresionante, así como su biblioteca. Como sucede en tantos palacios, el edificio tenía dos entradas, una que daba a la calle y otra posterior, no menos historiada y monumental, que se abría al jardín trasero. Este era su Jardín Secreto y, como he explicado, estaba separado del delantero por un altísimo muro completamente cerrado, de modo que el único acceso al Jardín Secreto era a través de la casa. Era allí donde estaba su colección de fieras, que entusiasmó a Ferdinando y también a Maria della Luce, aunque siendo ya una señorita se comportó con cierto remilgo afirmando que no le gustaba el olor de los animales. Había allí un laberinto, un invernadero, un estanque con cocodrilos, una cascada artificial, una gruta llena de estatuas musicales y animales mecánicos, y un jardín dedicado al tiempo donde había un reloj de flores, una colección de relojes de arena, una clepsidra tan grande que medía días enteros, varios relojes de sol de distintas épocas y estilos, el más antiguo del siglo I de nuestra era, y un hidrocronómetro. Era este un jardín tan frondoso que parecía una de esas selvas llenas de plantas, lianas y flores de las que yo tanto había leído en los libros, como la selva de Sarón de la *Jerusalén liberada*.

El cardenal poseía la pasión del coleccionista. Era incapaz de tener una sola cosa de cualquier clase: si conseguía una, deseaba obtener muchas más, todas las posibles, y de todo deseaba poseer lo mejor. En su colección de animales salvajes había un elefante indio, pero nos confió que su sueño era poseer un elefante africano, el animal terrestre más grande que existe.

Ese fue también un día de los que no se olvidan. Cuando nos retiramos a dormir, comprobé que la puertecita de marfil que comunicaba con la estancia del cardenal estaba cerrada, tal como era de esperar. Me metí en la cama preguntándome si iba a poder dormir en aquel lugar tan esplendoroso y tan lleno de sensaciones nuevas. Llevaba un rato intentando conciliar el sueño cuando oí un chasquido casi imperceptible. Era una puerta que se abría. No la principal, sino la de marfil.

Me incorporé en la cama sobresaltada, y vi al cardenal aparecer por detrás de la cortina de terciopelo que cubría la puerta sosteniendo una vela encendida.

Estaba en camisa.

—Querida mía, ven —me dijo sencillamente.

Yo me levanté de la cama con toda naturalidad y fui con él. No hubo muchas más palabras entre nosotros esa noche. A partir de entonces, comenzamos a vivir como marido y mujer.

38. Indulgencias

Todos decían que el saqueo de Roma («el saco de Roma», se decía entonces) por las tropas del emperador Carlos V, que había tenido lugar unos años atrás, había dejado la ciudad destrozada y que después de aquel asalto todo su esplendor había quedado apagado para siempre. Como yo no había conocido Roma antes del saco, no tenía manera de comparar: a mí me pareció una ciudad deslumbrante.

Allí me sentía yo inmersa en el mundo de los césares con el que llevaba toda la vida soñando. Las pobres ruinas de Pompeya no eran nada comparadas con el esplendor del Coliseo, de las termas de Caracalla, del foro. Yo lloraba al recorrer aquellos lugares. Me mostraron el lugar donde había sido asesinado Julio César, y las puertas donde habían clavado las manos cortadas de Cicerón. Yo entendía de pronto que aquellos hechos habían sucedido realmente, que no eran cosa de los libros. También me daba cuenta de que de aquel mundo solo quedaban ruinas, y que éramos nosotros, los modernos, los que debíamos construir e inventar el mundo de nuevo. Era lo mismo que decía Minturno, que lo importante no era imitar, sino inventar.

Todas las noches el cardenal me decía:

—Y ahora venid, amor mío, vamos a la cama, que hay asuntos urgentes que tratar.

—Ay, señor, no me dais un respiro —le decía yo.

—Estoy loco por vos, Inés.

—Pero eminencia —le decía yo—. ¡Yo necesito dormir, aunque sea un poco!

—¿Es que no os gusta?

—Sí, me gusta.

Lo cierto es que él no descansaba nunca. Jamás en mi vida he conocido a un hombre con más energía. Era un amante incansable, y su deseo de mí era tan intenso que me buscaba a veces varias veces al día, especialmente a la hora de la siesta, que siempre le encontraba caliente. Nos metíamos en la cama y pasábamos dos horas sin parar, hasta que yo le decía riendo que ya no podía más, tras lo cual él se vestía y se ponía a dictar cartas a su secretario dando vueltas por la habitación, y luego se comía un pollo asado o una pierna de cordero, se montaba en su mula y se iba a hacer visitas, o se montaba en un caballo y se iba a cazar. Cuando llegaba la noche otra vez tenía ganas de mí. Me colmaba de besos, de ternezas, de regalos. Apenas dormía.

Los libros solo le interesaban como objetos lujosos y bellos y por eso su biblioteca consistía sobre todo en incunables, libros de horas, papiros egipcios y manuscritos antiguos copiados e iluminados por los monjes, pero tenía un gusto exquisito para el arte y, en general, para todo lo que pudiera verse, tocarse y gustarse: pintura, escultura, artesanía, muebles, telas, joyas, vinos, comidas. Adoraba los mecanismos, las máquinas, los juguetes mecánicos, las fuentes musicales, los autómatas, y también las rarezas, los monstruos, lo excepcional en cualquiera de sus manifestaciones. Poseía dos esclavas siamesas que estaban unidas por la cabeza y cuya función en su casa era simplemente ser mostradas a sus horrorizados invitados.

Tenía un verdadero talento para lo escénico y disfrutaba inventando fiestas y disfrazando a todos sus criados de romanos, de persas, de flores o de pájaros. Las prostitutas de Roma le adoraban porque era uno de sus mejores clientes y a veces contrataba a cuarenta o cincuenta de ellas para entretener a sus invitados o para entregárselas, ofreciendo premios a aquellos que fornicaran con más mujeres y durante más tiempo. Al parecer había sido el papa Borgia el que había iniciado aquellas fiestas, que él seguía manteniendo en recuerdo de aquella época delirante y desmesurada.

Aquellas orgías me daban miedo y asco, aunque no podía evitar asistir a ellas porque la curiosidad vencía mis reparos. Al cardenal le fascinaban los espectáculos extraños, y en una ocasión me llevó a una orgía en un palacio de Roma al que fuimos en coche tapado para no ser vistos y para que yo no supiera dónde iba, y me encontré en una sala llena de hombres y mujeres cubiertos todos con máscaras, la mayoría de las mujeres completamente desnudas. También nosotros nos pusimos máscaras antes de entrar, y cambiamos nuestras ropas por disfraces en una antecámara a la que nos condujeron para no poder ser reconocidos por nuestras ropas. En la sala principal habían colocado un estrado donde se subastaban mujeres igual que se hace en un mercado de esclavos. Subían a una mujer, desnuda como vino al mundo, cubierto el rostro con una máscara de plumas, y los asistentes pujaban por ella para ser su dueño durante esa noche. El cardenal me explicó que aquellas que se vendían eran grandes damas romanas, muchas de ellas esposas y madres, que hacían esto por diversión. Yo no acababa de creerle, y estaba convencida de que se trataba de prostitutas.

—Lo son, lo son —me dijo él—. Pero se prostituyen por divertirse o, más a menudo, por complacer a sus maridos o amantes.

—¿Cómo por complacerles?

—No penséis que esas esposas romanas están aquí a escondidas de sus maridos: muchas veces son ellos los que las traen aquí, para ver cómo se venden y se entregan a otros.

—No es posible —dije yo.

—Cualquier cosa es posible en Roma —me dijo él—. A veces son los propios esposos los que comienzan a pujar, para que suba el precio.

Me dio por pensar que a él también le gustaría que yo participara en aquellos juegos morbosos y crueles, y tenía miedo de que algún día me lo pidiera.

En una ocasión me llevó a una extraña celebración en la que se trataba, según me dijo, de encontrar a la Venus Calipigia de Roma, y me dijo también que le gustaría que yo participara en el concurso, porque estaba seguro de que resultaría vencedora. *Calipigia* significa en griego «glúteos bellos», y es uno de los epítetos de Venus, especialmente de una escultura que se encuentra en Nápoles, y cuyos glúteos son de una belleza legendaria. Participaron cuarenta o cincuenta mujeres en aquella extraña fiesta en la que una mesa de doce jueces eligió a la mujer que tenía el culo más bello de Roma, a la que luego se le dio a elegir entre quitarse la máscara o dejarse marcar a fuego con una pequeña «c». Para mi sorpresa, la ganadora prefirió el hierro a mostrar su rostro.

—Es un momento de dolor nada más —me dijo el cardenal—. Mejor que una vida entera de vergüenza.

Os preguntaréis si yo acepté participar en aquel extraño juego, y que, de haberlo hecho, si resulté ganadora. Mejor no decir nada al respecto, y dejar que la imaginación de mi lector, o de mi lectora, vuele libre.

El cardenal tenía muchas amantes, pero yo era claramente su favorita y la única que vivía en el palacio. ¡Y cómo vivía! Las promesas que me había hecho se quedaban cortas. Cualquier cosa que yo deseaba aparecía ante mí al instante, y los sirvientes me trataban con el mismo respeto y deferencia con que le trataban a él.

¿Me molestaba a mí que tuviera otras amantes? En realidad, no. ¿Qué derecho tenía yo a exigirle nada? Además, de haberle tenido entero para mí no sé si hubiera podido resistir su insaciable ardor.

Pronto descubrí que, como no podía privarse de nada, también disfrutaba de la sodomía, que practicaba entre otros con su secretario, un joven muy aniñado y de mejillas sonrosadas que se llamaba Enzio Martinari, que me odiaba con todas sus fuerzas y que ni siquiera se preocupaba de disimular su odio. Una vez le vi cerca de una bandeja donde había copas y un decantador de vino y me pasé varios días sin beber vino por miedo a que estuviera intentando envenenarme. Enzio, el catamito del cardenal, también odiaba a mis hijos.

Francesco Bonormini era un cardenal de la Iglesia de Roma, pero no había en él ni un átomo siquiera, ni una mácula, ni una mota, de espiritualidad. Las misas le aburrían y le hacían bostezar y no soportaba los servicios largos, de los que muchas veces se escabullía con el pretexto de sus muchas ocupaciones. Cuando tenía que decir misa, lo hacía a toda prisa. Su principal ocupación como cardenal consistía en vender indulgencias.

Oh, era aquel un negocio maravilloso y una de las principales fuentes de su riqueza.

—Es el acto cristiano del perdón —me decía—. Nada satisface más a Cristo que las indulgencias, gracias a las cuales se lavan los pecados.

Por el precio adecuado, las indulgencias podían servir para reducir el tiempo pasado en el Purgatorio o para exonerar completamente de pasar por aquel lugar horrible. Puesto que «pagar» por los pecados es lo que hace el pecador en el Infierno y en el Purgatorio, las indulgencias permitían realizar ese pago en vida, y además en dinero contante y sonante. Los precios variaban según el tipo de pecado cometido y también, como es lógico, de acuerdo con la riqueza del pagador. Los más pobres se limitaban a dar lo que podían para pasar menos años, o menos siglos, en el Purgatorio. Era posible incluso comprar una indulgencia por anticipado: por ejemplo, antes de cometer un adulterio o un crimen. Uno compraba la indulgencia correspondiente y ya podía acostarse con la mujer de su hermano o hacer envenenar a un pleiteante molesto sin el menor cargo de conciencia.

También los cargos eclesiásticos se compraban entonces. El cardenal Bonormini había pagado ciento cincuenta mil ducados para que le hicieran cardenal, un puesto que tenía para él las cualificaciones de una oficina o cargo cualquiera, aunque trajera consigo ciertos inconvenientes, como los de ser cura, tener que decir misa y atender ciertas obligaciones religiosas imposibles de evitar. Pero eran poca cosa comparadas con el poder político y la riqueza inmensa que el cargo le proporcionaba. Además, no se privaba de nada, y su vida espléndida y mundana la realizaba a la vista de todos. Yo iba siempre con él a todas partes igual que lo hubiera hecho una verdadera esposa, y todo el mundo sabía que yo era su amante. Nadie me trataba por eso con menos respeto: todo lo contrario.

Pronto quedé embarazada de él, y tuve a una niña, a la que pusimos de nombre Sofonisba, y luego otra niña más, a la que llamamos Nisea. En cuanto a mis hijos anteriores, el cardenal se ocupaba de ellos como si fueran también sus propios hijos. Ya he dicho que uno de los muchos rasgos extraños de su carácter impredecible es que le encantaban los niños y las personas muy jóvenes, con las que siempre se mostraba dulce y encantador. A Maria della Luce le había buscado un buen partido, el hijo mayor de un noble de Orvieto que tenía solo cuatro años más que ella y que era educado, guapo y rico. En cuanto a Ferdinando, a pesar de que era casi un niño, le propuso entrar en la carrera eclesiástica. El pícaro y descarado Ferdinando, viendo cómo era la existencia de los clérigos romanos, aceptó encantado, ya que no sentía ninguna atracción por las armas ni por la vida de soldado, y el cardenal me dijo que cuando cumpliera los dieciséis o diecisiete años, moviendo los hilos y las influencias adecuadas y pagando la cantidad necesaria, Ferdinando podría ser nombrado cardenal.

—Pero Francesco, ¿cardenal ya? ¡Si es un niño!

—Algunos han sido nombrados cardenales con catorce años —me dijo encogiéndose de hombros—. Hay que ir a por todo. Hay que pensar a lo grande, Inés Calipigia.

—¡No me llames así! —le decía yo, apartándole las manos, que siempre estaban en mi trasero, agarrándolo, tocándolo y palmeándolo, a veces con tanta fuerza que luego veía en el espejo la huella roja de su mano.

A pesar de lo mucho que admiraba y festejaba siempre mi trasero, estas bromas las hacía siempre en privado, porque no era rudo ni maleducado. Lo cierto es que me resulta difícil describirle. Cuando releo lo que he escrito sobre él, veo que siempre en la página aparece como una especie de sátrapa, como un rústico campesino o como un bruto insensible, cosas que no era en absoluto. Conmigo, a pesar de aquella exuberancia suya y aquellos dones desmesurados con que le había dotado la naturaleza, siempre fue un amante cariñoso y dedicado. Creo que sentía verdadero amor por mí, incluso una verdadera pasión amorosa, porque no es posible tener una relación tan intensa con otra persona durante tantos años si lo único que nos une a ella es la pasión carnal. Ya he dicho que con mis hijos y con las dos hijas que tuvimos juntos siempre se portó como un padre o un padre adoptivo modélico.

Era un magnífico protector de las artes y de las ciencias, y su casa estaba llena de pintores, de escultores, de arquitectos, de matemáticos, de físicos, de músicos, de poetas.

En su casa conocí a Miguel Ángel, un hombre oscuro y difícil, y a Tiziano, al que el cardenal había encargado un retrato, y me reencontré con Bernardo Tasso, a quien ya había tratado en Nápoles. Consciente de mi gran amor por los libros, el cardenal me llevó a conocer la Biblioteca Palatina del Vaticano, que debía de ser en aquella época la más grande del mundo, y que poseía tantos miles de volúmenes que nadie sabía cómo clasificarlos ni cómo ordenarlos. No existían entonces las estanterías ni las baldas, y los libros se colocaban en arcones o bien apilados en mesas, lo cual hacía muy difícil su consulta. En el Vaticano pude admirar también las dos creaciones más asombrosas de la humanidad: las «estancias» de Rafael, que representaban la totalidad del conocimiento humano, y los frescos que cubrían la bóveda de la Capilla Sixtina, la obra maestra de Miguel Ángel. Visité mil veces este lugar, donde me quedaba maravillada contemplando las imágenes radiantes que flotaban en lo alto.

De todas las personas que tratamos del mundo de las artes y las letras, el que más venía por nuestra casa era el poeta Pietro Aretino, que era el gran amigo del cardenal. Aretino disfrutaba contándonos aventuras en conventos de monjas que eran tan falsas e inverosímiles como divertidas. Según Aretino, Roma no era más que un inmenso lupanar, una gran orgía perpetua en la que participaban todos sin importar si eran hombres o mujeres, jóvenes o viejos, casados o solteros, clérigos o seglares. Todos, desde el último mendigo escrofuloso hasta el sumo pontífice, participaban en la gran fiesta. De acuerdo con él, en los conventos de Roma se fornicaba con la misma alegría y soltura que en los burdeles, y cuando faltaban los hombres, las monjas se dedicaban a buscar formas de satisfacer su lubricidad fabricando miembros artificiales con hortalizas, mangos de herramientas o cirios pascuales, que tallaban con gran arte y realismo, o también usando miembros de cristal que llenaban de agua caliente, y lo describía todo con tal minuciosidad que parecía que lo que contaba era cierto. Cuando yo le preguntaba cómo podía él saber lo que sucedía en el interior de los conventos nos explicaba que solía hacerse pasar por monja disfrazándose de mujer y poniéndose un hábito religioso o un vestido entallado de dama de la corte, y que de este modo era admitido en todas aquellas celebraciones paganas ocultas a los ojos de todos. Yo me moría de risa al imaginar a Aretino vestido de mujer, ya que era un hombre muy corpulento y muy varonil y tenía además una espesa barba negra.

39. Llega la vejez

Pasaron los años. Mis hijos iban encontrando su lugar en el mundo. Maria della Luce, Luz María, se casó con Ludovico, el hijo del conde de Valsinari, en Orvieto, y yo les veía a los dos felices y enamorados y rogaba que mi hija tuviera tanta suerte en su matrimonio como la había tenido mi amiga y hermana Isabel de Flores. Ferdinando entró en la Iglesia con la ayuda y el apoyo del cardenal y yo también le veía feliz con su destino. En cuanto a Sofonisba, se convirtió en una mujer muy bella, muy alta, de cabellos claros y aspecto serio y solemne, y nos pidió entrar en religión. El cardenal no estaba contento, porque tenía otros planes para ella, pero Sofonisba, que era una muchacha callada y seria, no sentía el menor interés por el lujo ni por los hombres y se pasaba el día rezando y leyendo libros devotos. Finalmente, cumplimos su deseo y entró como novicia en un convento.

Nisea era muy diferente de su hermana: era graciosa, delicada, enamoradiza, muy amante de la música y de la poesía. Desde muy joven manifestó enormes aptitudes para el laúd, el órgano y el clave, tanto que el cardenal decía que tendríamos que haberla llamado Cecilia. Le pusimos un maestro de contrapunto y pronto se reveló como una maestra consumada en ese arte y comenzó a escribir madrigales, motetes y misas. Se enamoró de su maestro de contrapunto —un calabrés diecinueve años mayor que ella— y se escapó con él, pero la pareja fue detenida en el puerto de Ostia, donde pretendían embarcarse rumbo a no sé dónde, y Nisea fue traída de vuelta a casa envuelta en llanto y, al parecer, ya no tan virgen como había salido. Afortunadamente no se quedó preñada como consecuencia de aquella pequeña aventura y pudimos también casarla bien con un noble romano que la adoraba y que también adoraba la música.

Aquello que yo tanto esperaba, la llegada de la vejez, no se producía, y yo seguía teniendo exactamente el mismo aspecto, la misma lozanía, que cuando Sittow me hiciera aquel retrato que estaba en aquellos momentos escondido en el doble fondo de un baúl mundo en un palacio de Madrid.

Mis tres hijas parecían haber encontrado su lugar en el mundo, dos casadas, la otra en el convento, y mi hijo se hallaba bien encaminado en una carrera eclesiástica que podría llevarle a donde él quisiera, a ser un santo o a ser un príncipe. El mundo cambiaba. A pesar de los muchos esfuerzos de Erasmo, la Iglesia se había partido en dos, lo cual quería decir que el sueño de una Europa unida bajo un solo trono temporal y un solo trono espiritual, que había sido el del Emperador Carlos, se había desvanecido. Aquello que había predicho el poeta Hernando de Acuña en su famoso soneto, «un monarca solo en el suelo», un sueño de paz universal y de unidad europea, nunca llegaría a hacerse realidad.

El mundo cambiaba. En vez de la paz soñada, Europa se llenaba de nuevas guerras, a partir de entonces llamadas «de religión».

Todo cambiaba menos yo.

Muchas veces me había preguntado cuál sería el tiempo máximo que podría yo permanecer en un solo lugar sin levantar sospechas. Lo cierto es que nunca había estado tanto tiempo en una misma ciudad como había estado en Roma. El cardenal envejecía, perdía su vigor físico, se encorvaba. Si antes yo le veía como una torre a mi lado, ahora era incluso más bajo que yo. Caminaba apoyándose en un báculo y ya no me hacía nada en la cama. Esto le ponía furioso, sobre todo cuando me veía desnuda a su lado, una mujer joven, espléndida, y él un viejo de setenta años incapaz siquiera de tocarla.

Yo sabía que debía separarme de él y desaparecer, pero no me imaginaba cómo. Llevaba tantos años fuera de España que todos debían de haberme dado allí por muerta, y hacía mucho tiempo que no cobraba mis impuestos de la villa de Tordesillas, de modo que no tenía ni un escudo. Ni siquiera sabía si la villa seguía siendo de mi propiedad, o si seguía yo teniendo algún derecho sobre ella. Los títulos de nobleza o se heredan o se pierden.

—Tú eres una bruja —me dijo un día el cardenal cuando estábamos los dos en la cama—. Cuando te conocí debías de tener unos veintisiete o veintiocho años. Veinticinco años han pasado, o más, y sigues igual, exactamente igual que el día que te conocí.

—Me ves con buenos ojos. Soy más joven que tú, eso es todo.

—No, no, esto es algo extraordinario, algo nunca visto. Tú has hecho un pacto con el Malo.

Me maravillaba que un hombre que no creía en nada sobrenatural y que no sentía el menor interés por lo invisible pudiera creer, sin embargo, en el Diablo.

—Pero Francesco —le decía yo—, ¿qué Diablo, de qué hablas? ¿Me has visto alguna vez invocar a mí al Diablo?

—Lo hiciste hace tiempo, mucho tiempo —decía él, mirándome con unos ojos inyectados en sangre—. Cuando estabas en Salamanca, ¿no estudiaste artes ocultas? Algunos lo hacen.

Yo me puse a temblar.

—No, jamás —le dije—. ¿Qué vais a hacer, denunciarme a la Inquisición?

—¿Qué eres tú, una diosa inmortal? —me decía—. ¿Quién eres, la propia Venus, enviada a mí como un castigo ahora que soy impotente?

—Mi señor, habéis disfrutado mucho de mí —le dije.

—Todavía no me he cansado de ti, Inés. Todavía te deseo. Todavía te amo. Te amo como el primer día.

—¿Amor, eminencia? —le dije—. Es la primera vez que usáis esa palabra conmigo.

—¡La palabra, la palabra! —decía él—. No entiendo qué os pasa a las mujeres con las palabras. Son los actos lo que cuenta, no las palabras. Las palabras son aire y se las lleva el viento. ¿Es que no es toda mi vida contigo un monumento al amor? ¿Todo lo que te he dado, cómo te he tratado, cómo he tratado a tus hijos y a los nuestros, no era un testimonio del amor más grande que un hombre puede tener por una mujer?

Le veía extrañamente emocionado, quizá próximo a las lágrimas, y sentí compasión por él, un sentimiento que jamás había imaginado que él pudiera inspirarme.

—Nunca me lo habíais dicho.

—No pensé que fuera necesario. «Obras son amores, que no buenas razones» —dijo en castellano—. ¿No decís eso en España?

Yo bajé los ojos, pensando si yo podría decirle lo mismo, si podría responderle que yo también le amaba, o le había amado.

—Yo nunca te denunciaré, Inés —me dijo entonces—, yo te protegería con mi vida, eso ya lo sabes. Pero cualquier otro podría hacerlo. Eres una mujer conocida en Roma. Esa perpetua juventud tuya ya es motivo de comentarios, no todos bienintencionados. Ya sabes que tengo muchos enemigos.

—Entonces tendré que marcharme de Roma.

—¿Marcharte? ¿Marcharte adónde?

—A mi patria.

—¿Quieres abandonarme ahora que soy viejo? No, no, ni lo sueñes. Tú estarás conmigo hasta el final. Yo no puedo renunciar a ti. Eres mía, Inés. Eres mi única alegría y mi única bendición ahora que soy viejo. No puedes irte de mi lado.

40. Un peregrino

Aquella conversación me preocupó sobremanera. Si el cardenal estaba de acuerdo en que yo debía desaparecer de la vida pública pero no quería separarse de mí ni permitirme que me marchara de Roma, ¿qué era lo que se proponía?

Al día siguiente salí de casa sola y me eché a caminar por las calles sin acompañamiento, litera, ni criado alguno.

Tenía necesidad de caminar, caminar, caminar, para pensar qué debía hacer. Durante muchos años había sido madre y había vivido dedicada a mis hijos. Había vivido, de hecho, como una honrada señora casada, y ni una sola vez le había sido infiel al cardenal a pesar de sus muchas infidelidades. Ahora mis hijos habían crecido, tenían todos su vida y su casa, y yo volvía a ser libre.

Me daba cuenta de que tenía que marcharme de Roma cuanto antes, pero ¿cómo, si no tenía dinero? No podía pedirle dinero al cardenal para huir: me habría dado cualquier cosa, pero no para que me alejara de él. Me dije, incluso, que si hacía planes para marcharme de su lado debía mantenerlos bien en secreto, porque conocía muy bien su carácter posesivo.

Lo único que yo tenía eran objetos, joyas, ropas, obras de arte. Tendría que vender todo lo que pudiera para conseguir fondos suficientes para regresar a España, y comencé a pensar cómo hacerlo sin que el cardenal se enterara. Estar informado de todo lo que sucedía en Roma era su trabajo. Tenía espías por todas partes.

Caminando por las calles, llegué al Panteón de Agripa. Aquel templo romano, dedicado «a todos los dioses pasados y futuros», y por tanto también al Dios cristiano, siempre me había fascinado. Ahora era la iglesia de Santa María Rotonda. Entré en su interior, y contemplé sobre mí la que era entonces, y lo seguiría siendo aún durante algunos años más, la cúpula más grande del mundo, una proeza de la arquitectura romana que no había podido ser replicada en mil cuatrocientos años. Era una cúpula de inmensas proporciones dividida en casetones que iban decreciendo de tamaño a medida que se elevaban, añadiendo todavía más grandiosidad a aquella construcción que parecía más propia de titanes que de hombres. En lo alto de la cúpula hay una gran abertura circular de nueve metros de diámetro que se abre al cielo, el óculo. La primera vez que estuve allí yo pensaba que estaba rota, y que nadie se atrevía a subir a arreglarla a causa de la inmensa altura. Luego me enteré de que era así como había sido diseñada por los arquitectos romanos.

Siempre me había preguntado el porqué de aquel óculo que se abría en lo alto, y por el que entraba libremente la lluvia. En aquella ocasión creí entender la razón. Una cúpula, me dije, es algo que cierra, que protege. Es el principio de la casa y de la madre. Y la casa y la madre protegen del mundo, protegen del viento, del frío y de la lluvia. Para eso está la casa, para eso está la madre. Pero los arquitectos romanos que levantaron el Panteón sabían que esto no es cierto, que no existe una casa que pueda protegernos del todo. Que la lluvia, de algún modo, entra siempre. Que no podemos protegernos completamente del mundo, porque el mundo siempre nos alcanza.

Otros decían que aquella abertura era un lucernario, un simple recurso para iluminar la inmensa cúpula. Pero ¿acaso no hay maneras de hacer lucernarios protegidos de la lluvia como vemos en tantos otros edificios? ¿No pueden también abrirse troneras a diversas alturas de las paredes para hacer que entre la luz? Las explicaciones lógicas y razonables casi nunca son las explicaciones verdaderas.

Estuve un largo rato mirando el círculo de cielo de lo alto, tanto rato que cuando al fin bajé los ojos, estaba casi ciega. Vi frente a mí la figura de un hombre vestido con ropas talares. Tuve que parpadear varias veces para aclarar la visión.

—Inés —me dijo el hombre en castellano—. Inés. ¿Eres tú?

Mis ojos se acostumbraban rápidamente a la luz más tenue, y vi que frente a mí se hallaba un peregrino, uno de los infinitos que visitaban Roma y deambulaban por sus calles. Llevaba un hábito de color marrón, sandalias en los pies, un cinturón de cáñamo en la cintura del que colgaban una bolsa de cuero y una concha de vieira, un sombrero de ala redonda que sostenía en una mano y un largo báculo, me pareció, de madera de olivo florecido. Tenía una larga barba color castaño oscuro. Parecía un hombre joven y fuerte.

—Así me llamo, hermano —dije.

—¿Sois vos Inés de Padilla? —repitió él—. ¿Inés de Padilla, de Madrid?

—Así me llamo y de allí soy —le dije.

No paraba de mirarme. Incluso extendió una mano, como si quisiera tocarme el rostro. Yo di un paso atrás.

—Id con Dios, hermano —le dije al fin, dándome la vuelta.

—Espera, Inés —me dijo él.

Yo me di la vuelta y me aparté. ¿Es que no puede una mujer pasear tranquila sin que los hombres la rodeen como moscas que vienen a la miel?

Pero ¿cómo podía él saber mi nombre? Muchos conocían mi nombre en Roma, pero ¿también un peregrino sin patria?

Salí del Panteón y eché a caminar por las calles en dirección al Tíber. Estaba muy agitada, y sentía que todo mi cuerpo temblaba. Llegué pronto a las orillas del río, y me acerqué a la balaustrada para contemplar sus aguas. Al otro lado se elevaba la mole de piedra del castillo de Sant'Angelo.

Un cisne descendió volando y se posó sobre las verdes aguas del Tíber. Le vi luego avanzar, como un altivo navío blanco, en dirección a los arcos dorados del puente de Sant'Angelo, bajo cuya sombra verde oscuro se encontró con otro cisne. Entonces oí una voz a mi lado que decía:

—¿Te acuerdas, Inés, de cómo nos gustaba mirar a los cisnes en las orillas del Tormes?

Me volví. El peregrino estaba otra vez a mi lado. A pesar de la larga barba y los poblados bigotes vi que era un hombre muy joven, de no más de veinticinco años. Pero sus ojos, sus ojos... Aquellos ojos no mentían, porque eran los mismos de entonces. Y de pronto me sentí en Salamanca, en la juventud del mundo, y le vi bajando de un caballo blanco, vestido como un joven caballero del siglo XV.

—No es posible —dije mirándole con espanto.

—No me digas que no me reconoces —me dijo, y aquella voz era la suya, sin ninguna duda, la misma voz que venía a mí a través de los años y que parecía traer al presente el sol y los sonidos y los perfumes del pasado.

—No, no, no es posible —dije yo.

—Y sin embargo, es posible —dijo él.

—¡No, no es posible! —dije otra vez mirando a mi alrededor como para asegurarme de que estaba en la realidad y no en un sueño.

—Soy yo, Inés —dijo él—. Soy yo.

—¡No has envejecido ni un solo día!

—¡Tú tampoco!

Era Don Luis de Flores.

Yo sentía que todo me daba vueltas. Puse una mano sobre el pretil de piedra para no caerme. Tenía una sensación rara en la boca del estómago que se extendía por todo el cuerpo, como si estuviera vacía por dentro, como si las piernas no pudieran sostenerme.

—Inés —volvió a decir él—. ¿Eres realmente tú?

—¡Pues claro que soy yo!

—Pero ¿cómo es posible? —dijo él—. ¡Yo no sabía...! ¡No podía imaginar que tú...! ¿Eres tú mi Inés, no eres su hija, ni su nieta?

—¿Y qué iba a saber mi nieta de aquellos cisnes del Tormes? —dije yo, extendiendo la mano y tocándole suavemente el rostro con los dedos, como para asegurarme de que era de carne y no una ensoñación.

—Yo te dije entonces...

—Me dijiste que los cisnes se emparejan de por vida.

—Sí.

—Entonces a ti también te pasa lo mismo que a mí —dije—. Estaba convencida de que habías muerto. ¡Pensaba que ya jamás volvería a verte!

—No, Inés, ya ves que no he muerto. Creo que no puedo morir.

—Pero ¿qué vamos a hacer, Luis? —le dije—. ¿Qué vamos a hacer ahora?

—No lo sé —dijo él.

Cuanto más le miraba, más me daba cuenta de que era él, el mismo de siempre. La última vez que nos habíamos visto él debía de tener entre dieciocho y veinte años. Ahora no aparentaba más de treinta.

—He soñado mil veces con este encuentro —me dijo, y noté que estaba casi sin aliento y que le costaba hablar—. Recibí una carta de mi hermana Isabel en la que me contaba que yo había tenido una hija... y comencé a pensar que aquello no era posible... comencé a pensar que podías ser tú... que tenías que ser tú...

—Pero ¿por qué no me buscaste?

—Porque no podía volver. No podía presentarme ante Isabel así como soy.

—¡Pero había mil maneras! —dije.

Los transeúntes nos miraban con curiosidad: una elegante dama romana vestida con lujosas ropas y un peregrino medio descalzo, conversando amigablemente en mitad de la calle. Pensé que cualquiera podría vernos e irle con el cuento al cardenal, y le propuse a Luis que bajáramos hasta el paseo que corre por la orilla del río, donde estaríamos más protegidos de las miradas. Descendimos por una larga escalera, y fuimos caminando, paralelos al nivel de las aguas. Bajo los puentes había vagabundos viviendo, pero fuimos alejándonos hacia el este, donde las orillas se iban llenando de árboles y plantas.

—¿Dónde estabas? —le decía yo—. Mi amor, mi amor, ¿dónde has estado todos estos años? Si sabías dónde estaba yo, ¿por qué no me buscaste?

—Yo no sabía que a ti te sucedía lo mismo que a mí.

—Pero lo imaginabas.

—Era solo un sueño que me gustaba soñar, un sueño imposible.

—¡Qué barbas tienes! —le dije riendo—. ¡Cómo te has abandonado!

—Yo ya no soy el que era, Inés.

—Entonces, ¿ya no me quieres como antes? —dije, jugando.

Yo esperaba una respuesta, y la respuesta no llegó. Vi cómo el monje que tenía ante mí suspiraba profundamente y bajaba los ojos. ¿Cuántos años habían pasado? Los suficientes para haber olvidado mil veces un lejano amor adolescente que apenas duró unos días. Pero yo, ¿por qué no lo había olvidado?

—Pero dime, ¿qué haces tú en Roma? —me dijo entonces—. ¿Estás de paso?

—Llevo muchos años viviendo aquí.

—¿Estás casada?

—He estado casada. Soy viuda.

Me daba vergüenza decirle que era la amante de un cardenal. No quería mentirle, pero tampoco podía contarle toda mi vida de pronto. Le veía tan cambiado, y vestido con aquellos hábitos religiosos, que no sabía ya cómo hablarle ni si él seguía siendo aquel al que yo había conocido tantos años atrás.

—Vistes como una gran dama —me dijo.

¿Lo decía con resentimiento? ¿Había una nota de desprecio en su voz? Yo no sabía qué contestarle.

—Es solo ropa —dije.

—Y joyas —dijo él—. ¿No tienes miedo de que te roben esas perlas?

—Raramente salgo sola.

—¿Tienes hijos? —me preguntó.

—He tenido seis hijos, de los que viven cuatro.

—Pero ninguno mío.

—No. Ojalá hubieran sido todos tuyos.

—¿Cuántos años han pasado? Inés, Inés... ¿Cuántos años?

—Eso no importa —dije yo—. No pienses en eso.

—¿Y cómo fue que te encontraste con mi hermana?

—Te escribí a Colindres, y alguien, la mano de un ángel, le hizo llegar mis cartas a Nápoles. Y ella me escribió desde allí, contándome que te habías ido a las Indias.

Vi cómo su rostro se oscurecía.

—En su carta —añadí— me contaba acerca de tu viaje en la nao San Cosme, y cómo les escribías desde México, y de tu buena fortuna en aquel país. Y también cómo habían descubierto más tarde que la San Cosme nunca había llegado a cruzar la mar océana, que naufragó y que todos los que iban en ella perecieron... Entonces pensé que quizá todo aquello no era más que un engaño que habías urdido...

Íbamos caminando por las orillas del Tíber, refugiándonos en las sombras de los árboles de arriba.

—Un engaño, sí —dijo él—. Un engaño necesario. No podía ya presentarme ante los míos. Fingí que me marchaba en aquella nao, embarqué en Santander y luego desembarqué unas leguas más allá. Tenía que desaparecer. No sabía qué otra cosa podía hacer. Estés donde estés, siempre llega un momento en que todos empiezan a mirarte con extrañeza. Con gran dolor de mi corazón, tuve que separarme de mi familia y de mis seres queridos. ¿No era mejor contarles que era feliz en otro lugar y que llevaba una vida próspera al otro lado del mar que revelarles la verdad, que no era más que un soldado de fortuna...?

No siguió hablando, poseído quizá por la vergüenza de antiguos horrores.

—No te juzgo —dije yo—. Yo también he tenido que mentir y que engañar. No queda otro remedio para los que son como nosotros.

—Y conociste a mi hermana. Fuiste a Nápoles...

—Fui a visitarla y a conocerla. Nos hicimos muy amigas. Más que amigas. Viví con ella hasta su muerte.

—¿Hasta su muerte? —dijo él.

—No lo sabías, claro... Murió en paz, rodeada del amor de los suyos.

—Ya imaginaba que Isabel había muerto —dijo él bajando los ojos con gesto de dolor—. En la última carta que recibí de ella, me contaba que la hija de Inés de Padilla había ido a visitarla a Nápoles con sus hijos, y me hablaba de ti, y de las cosas que le contabas de tu madre, y yo, releyendo muchas veces aquella carta, comencé a pensar que a lo mejor la hija de Inés de Padilla no era realmente su hija, sino la propia Inés... Isabel me contaba que yo había tenido una hija con Inés, que tú eras mi hija... Pero tampoco aquello era posible, porque esa niña, de haber existido, tampoco podría ser tan joven... Entonces me dio por pensar que a ti te sucedía lo mismo que a mí, que habías ido a Nápoles haciéndote pasar por tu propia hija...

—No era esa mi intención cuando fui allí —dije, sintiendo que enrojecía—. La verdad es que yo, tonta de mí, ni siquiera había pensado en ello, pero cuando Isabel me vio aparecer en su puerta y me vio tan joven... De pronto, tuve que inventar... Las palabras salían de mis labios, no sabía lo que decía...

—Sí, sí —dijo él—. Todo eso lo conozco muy bien.

—Pero entonces, ¿por qué no fuiste a Nápoles? ¿Por qué no me buscaste si pensabas que aquella mujer podía ser yo? —le dije.

—No podía presentarme ante mi hermana —dijo él.

—Qué poco conocías a Isabel —le dije sintiendo que se me llenaban los ojos de lágrimas—. Era la mejor de las mujeres, la más sencilla, la más inteligente, la más bondadosa, la más generosa. Luis, ¿sabes que ella descubrió quién era yo en realidad?

—¿Lo descubrió? ¿Qué quieres decir?

—Supo que yo era Inés, no su hija. Se dio cuenta de que yo era esa misma de la que tú tanto le habías hablado. Vivimos muchos años juntas. Éramos como hermanas. Tenía que darse cuenta tarde o temprano.

—Yo no habría sabido cómo presentarme ante ella —dijo él.

—¡Pero había mil maneras! —dije yo de nuevo, en el colmo de la angustia.

—Mil maneras —repitió él—. Sí, mil maneras y mil pensamientos. Siempre, en cada cosa, hay mil posibilidades, y nos perdemos en ellas como en un laberinto. Mil pensamientos, uno que me decía que esa Inés podías ser tú, y otros cien que me decían que eso era imposible, una locura, un desatino.

—Te escribí varias cartas —dije yo—. Te escribí a aquella casa de Sevilla adonde ellos te escribían... Nunca contestaste.

—Ya sabes cómo son las cosas —dijo él—. Ningún acuerdo dura mucho. Lo que para los demás es una vida entera, para nosotros es apenas un verano y un otoño. Aquel arreglo que tenía en Sevilla con aquellos fingidos armadores que se ocupaban, supuestamente, de enviar mis cartas a México, también terminó por deshacerse. Los viejos amigos se van a vivir a otro lugar, o se hacen viejos, o mueren... Hay enemistades, deslealtades, olvido... Los pactos envejecen... Todo se deshace... Todo desaparece... Después de aquella carta que me envió Isabel, ya no recibí más.

Yo le miraba y lo único que deseaba era lanzarme a sus brazos y comerle a besos, pero no era posible. Una gran dama romana y un peregrino besándose a la vista de todos en la orilla del Tíber. No, no era posible.

—Y ahora eres peregrino —le dije.

—Sí, Inés. Voy a Jerusalén.

—Pero ¿por qué te has hecho peregrino?

—¿Y qué otra cosa puedo hacer cuando es cierto que he andado en tratos con el Diablo? —me dijo, consumido por un fuego negro que seguramente le perseguía desde hacía mucho—. Durante siete años estudié las artes mágicas. Cuando terminé aquellos estudios me dije que todos aquellos conocimientos eran peligrosos o inútiles, y me propuse no utilizarlos jamás. Uno de nosotros, un muchacho del grupo de estudiantes, murió de una forma horrible, devorado por unos perros en el campo, y todos entendimos que era el que el Diablo había separado para él, que la deuda estaba pagada y que los demás estábamos dispensados. Después de aquello, solo una vez construí un pentáculo e hice una invocación para algo que yo pensaba inocente. Era solo un experimento, quería saber si aquella magia funcionaba. Y, casualmente, un hombre murió. Sí, es posible que fuera una casualidad y yo, desde luego, no había pedido su muerte, aunque esta me beneficiaba enormemente. Desde entonces cogí miedo a esas artes, y no he vuelto a usarlas. Siempre he creído que esto que me pasa es un castigo por haber abandonado la recta senda.

—¿Y qué me dices de mí, Luis? Yo no bajé a ninguna cueva ni escuché a ninguna cabeza de alambre ni firmé ningún pergamino. ¿Hiciste tú algún trato que me incluyera a mí?

—No, jamás.

—¿No hiciste ningún embrujo, no invocaste al fuego de ningún diablo ni dibujaste una estrella en el suelo para pedir la juventud eterna y pediste la mía también?

—No, Inés, no.

—Júramelo.

—¿Es necesario?

—¿No quieres jurarlo?

—Te lo juro por lo más sagrado. Te lo juro por la salvación de mi alma.

—¿Entonces?

—No lo sé, Inés, no lo entiendo. Por eso voy a Jerusalén, para pedir perdón por mis pecados, y para ver si obtengo la absolución.

—¿Y para lograr eso no basta con confesarse?

—No, no basta con confesarse. Ya me he confesado, pero no he obtenido el perdón.

—¿Por qué sabes que no has sido perdonado?

—Porque no envejezco.

—¿Y tú crees que eso es un castigo?

—Para mí sí lo ha sido —dijo él—. No hay peor castigo que no poder morir.

Al oír esas palabras, sentí un escalofrío de terror.

Me acerqué a unas zarzas que crecían por allí, agarré una rama con fuerza hasta hacerme sangre y le mostré las heridas a Luis.

—Mira —le dije—. Si me hago una herida, sangra, y tarda en curarse lo mismo que a cualquiera. Una cosa es no envejecer y otra no poder morir.

—¿Alguna vez has estado enferma?

—No.

—Yo tampoco —dijo él.

—Pero si saltamos de lo alto de una torre moriremos —dije yo—. Necesitamos respirar, y beber, y comer, como cualquiera. No somos inmortales.

—Tienes razón. También he pensado en tirarme de lo alto de una torre, y no lo he hecho por temor a la ira de Dios, porque no hay perdón para los suicidas.

—¡No! —dije yo—. Eso ni lo sueñes. ¡No puedes dejarme aquí sola!

—Inés, Inés —me dijo mirándome con sus grandes ojos tristes—, ¿de verdad sigues queriéndome?

—Como el primer día.

—Ha pasado tanto tiempo...

Quedamos los dos en silencio. Yo le tomé de la mano, y él la apartó.

—¿Y ahora qué vamos a hacer, Luis? —dije yo.

—No podemos hacer nada —dijo él—. Cada uno ha de seguir su camino.

—No te entiendo. ¿Qué quieres decir?

—Inés, Inés —me dijo bajando los ojos—. Sí me entiendes. No te gusta oírlo, pero sabes que tengo razón.

—¿Por qué no podemos estar juntos, ahora que nos hemos encontrado?

—He hecho votos —dijo él.

—Rómpelos.

—No puedo, Inés. Es mi única oportunidad para no condenarme.

—¿Tienes miedo del infierno?

—¿Tú no?

—Yo no —le dije—. El infierno, para mí, sería perderte ahora que sé que estás vivo. Yo soy libre, Luis, no tengo dueño, y aunque lo tuviera le abandonaría sin dudarlo un segundo. Mis hijos son mayores, nadie depende de mí. Los dos somos libres.

—No, no somos libres —dijo él—. Nadie es libre nunca.

Yo estaba llorando de nuevo.

—¿Vas a abandonarme otra vez? —le dije.

—Inés, nuestro tiempo ha pasado. Yo ya no soy aquel joven arrogante que se atrevía a todo porque no sabía nada. Ya ni siquiera soy el marqués de Colindres. Lo he perdido todo, hasta mi nombre. Solo soy un peregrino de Jerusalén...

—Me haré yo peregrina también. Me pondré el hábito de peregrina y me iré contigo. No me importa ser pobre. Iremos por los caminos y mendigaremos. Ni siquiera yaceremos juntos si tú no quieres. Seremos castos. Seremos puros, igual que dos hermanos. Y cuando lleguemos a Jerusalén, rezaremos ante el Santo Sepulcro y pediremos juntos el perdón.

—Inés, Inés —dijo él riendo—. Siempre la misma muchacha llena de amor y de fantasías.

—Déjame que vaya contigo.

—No es posible, Inés, ¿no te das cuenta de que no es posible? El camino es largo y lleno de peligros, no puede hacerlo una mujer descalza y sin protección alguna. Ni siquiera yo podría defenderte, si llegara el caso. Para llegar a Tierra Santa hay que cruzar todos los territorios del Gran Turco. Y además, estaríamos en peligro de pecar todo el día. ¿Qué broma sería esa, un peregrino que recorre los caminos con una mujer?

Yo no sabía qué decir. Sentía tal desesperación que no me salían las palabras.

—Inés, Inés —me dijo con una voz de infinita tristeza—. Mi querida Inés, nuestro tiempo ha pasado.

—Entonces, ¿no volveremos a vernos? —le dije.

—No lo sé.

—Está bien —le dije—. Vete a Jerusalén, lava tus pecados, esos pecados tan horribles que te imaginas que tienes. Y luego vuelve conmigo.

Por el Tíber pasaba una barcaza alargada de las que usan para transportar madera y otros materiales, y los dos marineros nos miraban con curiosidad. También los que estaban arriba, en el paseo, podían vernos si se inclinaban a mirar. Sentí que estábamos en peligro. Roma estaba llena de espías del cardenal, que le informaban de todo lo que pasaba. Yo nunca había descartado la idea de que probablemente me hacía seguir a todas partes y que conocía todos mis pasos. Nunca me había preocupado por ello, porque nunca había tenido nada que ocultarle.

Luis me dijo que pensaba quedarse en Roma un cierto tiempo, que había pedido audiencia al papa y pensaba esperar a que se la concedieran. Aquello me dio cierta esperanza, porque el plazo podía ser de varios meses. Le pregunté en qué albergue de peregrinos de los muchos que había en Roma se hospedaba y no quería decírmelo, pero al fin se lo arranqué. Pero le veía tan firme en su determinación de peregrinar a Jerusalén y de no violar sus votos que me pregunté si no sería mejor que se marchara de Roma al día siguiente y saliera de mi vida para siempre.

41. Termas Antoninas

Al día siguiente, me vestí con las ropas más discretas que pude encontrar y fui a buscarle al albergue de peregrinos que me había dicho, convencida de que no lograría encontrarle, que estaba en realidad en otro lugar, o bien que había salido ya de Roma para no volver a encontrarse conmigo. Pero le encontré, seguramente porque aquella pureza absoluta que se había impuesto a sí mismo le impedía también mentir.

Me quedé cerca de la puerta esperando a verle entrar o salir, ya que en aquellos albergues no se permite el paso de mujeres. Afortunadamente no tuve que esperar mucho, y enseguida le vi aparecer.

—Luis —le dije, acercándome a él discretamente.

—¡Inés! —me dijo muy sorprendido—. Pero ¿qué haces aquí?

Miraba a todas partes, como temeroso de que le vieran hablando con una mujer. Pero ¿qué miedo podía tener él, que era un desconocido en Roma? Y ¿acaso no podía un peregrino hablar en mitad de la calle con una mujer?

—Luis, tenemos que hablar —le dije, dándole una limosna por si estábamos siendo observados.

—Bueno —dijo él tomando el ducado que le entregaba—. Caminemos.

Echamos a andar en dirección al sur, apartándonos del centro de la ciudad. Yo no sabía de qué hablar, ni cómo abordar lo que de verdad me importaba, y le pregunté si ya había hecho el peregrinaje de las siete iglesias romanas que había instituido San Felipe Neri y que ahora solían hacer los peregrinos. Me contestó que no, aunque pensaba hacerlo. Me pareció que tenía la mente en otra cosa y no precisamente en sus devociones, lo cual consideré una buena señal.

Pasamos al lado de las magníficas ruinas de las Termas Antoninas o de Caracalla. Aquellos vastos y majestuosos edificios hechos pedazos y abandonados en mitad del campo me traían a la memoria nuestras propias vidas, deshechas y desfiguradas por el tiempo. Entramos en las ruinas y comenzamos a recorrer los atrios dilapidados, las salas sin techo, los arcos que no sostenían nada. Allí solo había pájaros salvajes, cuervos, mirlos y vencejos, que volaban de un lugar a otro. Entre las piedras crecían alegres flores silvestres, blancas, amarillas y moradas.

Nos sentamos en una escalinata. De pronto, me sentía sobrecogida por el silencio y el abandono del lugar.

—Cuéntame qué has hecho durante todo este tiempo —le dije.

Él estaba callado, y yo le veía nervioso e inquieto.

—He hecho muchas cosas, Inés. Durante años intenté usar la magia para vivir, pero no funciona.

—¿La magia no funciona?

—No como nosotros suponemos. Es mucho más complicado de lo que parece, ¡y la magia ya es de por sí pura complicación! Funciona algunas veces, en ciertos momentos especiales, pero luego el poder nos abandona durante años, y ya no es solo que no funcionen nuestros embrujos, sino que todo en la vida empieza a irnos mal. Nos ponemos enfermos, tenemos mala suerte, se queman las casas, se hunden los barcos, animales feroces atacan a nuestros parientes... La magia nos exige mucho más de lo que nos da. Esta es una lección que solo se aprende con lágrimas...

—Pero me dijiste que solo una vez habías hecho un pentáculo y que había muerto un hombre y no habías vuelto a intentarlo.

—Es cierto —dijo él—. Pero eso era solo la magia de invocación de demonios. Hay muchas otras cosas que pueden hacerse, como la fabricación de talismanes, o el arte de manejar las voluntades, o el uso de las piedras y los números para la curación, o las artes de la mnemotecnia, o el desarrollo del ojo de la imaginación, que permite recordar vidas pasadas...

—¿Tú crees en eso? —le pregunté—. ¿Crees en las vidas pasadas, igual que Pitágoras? ¿Crees que volvemos a este mundo una y otra vez?

—No es lo que enseña la Santa Madre Iglesia, de modo que ya no lo creo. Cristo nos enseñó que venimos a este mundo solo una vez, que solo una vez nacemos y solo una vez morimos.

Estábamos completamente solos, rodeados del silencio de la naturaleza, punteado por los gritos de los pájaros y el rumor de los insectos. Puse mi mano sobre su mano y, una vez más, él la retiró. Como allí no había nadie que pudiera vernos, me di cuenta de que no lo hacía por temor a las miradas.

—Inés, esto no puede repetirse —me dijo—. No podemos volver a vernos.

—Pero ¿por qué?

—Porque es demasiado peligroso.

—¿Peligroso para quién? ¿Para mi reputación? ¿Por si se entera mi marido?

—Me has dicho que eres viuda.

—Es cierto. Pero vivo con un hombre.

—¿Con un hombre? ¿Qué hombre? ¿Le quieres?

—No, no le quiero. Pero siempre le he sido fiel.

—¿Quién es?

—Es un cardenal.

—¿Un cardenal? ¿Y vives con él en su casa?

—Sí.

—¿Y tus hijos son suyos?

—Las dos pequeñas sí. Se llaman Sofonisba y Nisea.

—¡Así es Roma! —dijo él escandalizado—. ¡Así es Roma!

—¿Me desprecias por eso? ¿Me desprecias por ser la amante de un cardenal?

—No —dijo él.

—Sí, me desprecias —le dije—. He caído en tu estimación. Ya no me quieres. Me quieres, me querías, me quisiste, pero te parece que llevo una vida inmoral, y eso te ayuda a quererme menos y a despreciarme un poco.

—¿Y no es inmoral ser la amante de un prelado de la Iglesia?

—Hace mucho tiempo que yo no me pregunto esas cosas.

—Entonces, ¿vives sin moral?

—Vivo con una moral, pero no esa.

—¿Y cuál es tu moral? —me dijo.

—No hacer daño a nadie —le dije, con las mejillas encendidas y sintiendo que las lágrimas venían a mis ojos—. Ayudar a los que pueda en lo que pueda. Intentar hacer felices a los que me rodean. Intentar socorrer a los necesitados. Practicar la bondad. Cultivar mi espíritu aprendiendo todo lo que pueda, leyendo libros antiguos y modernos y conversando con hombres y mujeres que saben más que yo, a fin de ser una persona recta. Cuidar de mis hijos e intentar enseñarles a ser libres y felices. Intentar ser yo misma libre y feliz.

—Nada de eso parece tener mucho que ver con llevar una vida moral.

Suspiré y cerré los ojos.

—Hablas mucho de la libertad, Inés —me dijo—. Ayer también lo hiciste. Pero ¿es esa tu idea de la libertad, vivir en pecado?

—Sí —le dije desafiándole con la mirada—. No se puede ser libre sin pecar de un modo u otro. Por lo tanto, pecar no importa.

—¡Estás loca! —me dijo—. ¿Es que para ti no existen los pecados?

—Sí, claro que existen. Pero solo son dos: hacer daño a otro intencionadamente, y no atreverse a hacer algo por miedo.

—¿Y los siete pecados capitales?

—Son la naturaleza humana. No son verdaderos pecados.

—¿La soberbia no es un pecado?

—Solo si por soberbia haces daño a otro intencionadamente. Aunque la soberbia suele hacernos daño más bien a nosotros mismos.

—¿Y la lujuria?

Solté una carcajada.

—Una vez me confesé de haber cometido el pecado de lujuria —le dije—, y mi confesor me dijo: «No, hija mía, eso no es lujuria, sino salud, buena salud».

—Tu confesor estaba loco.

—Oh, sí, todos en Italia están locos.

Vi que suspiraba de nuevo y bajaba los ojos al suelo.

Aquella conversación no iba en absoluto como yo había imaginado. Estábamos los dos en un paraje solitario, solo observados por los pájaros. ¿Por qué no me tomaba entre sus brazos? ¿Por qué no me besaba? Me habría entregado a él allí mismo.

—Pero Luis —le dije—, ¿qué han hecho contigo? ¿Cómo cargas una culpa tan inmensa sobre tus hombros? Es como si arrastraras tú solo todas las culpas y pecados y temores de la humanidad entera, hasta los de Lot, y Noé y Caín y nuestros Primeros Padres. ¿No te das cuenta de que no te bastas tú solo para arrastrar una carga tan grande?

—Es mi cruz —me dijo.

De pronto, le vi mirar a un lado y a otro. Se incorporó como movido por un resorte.

—Ven —me dijo extendiendo una mano—. Estamos siendo observados.

Me levanté, asustada yo también, y me puse a mirar a todas partes. Vi una cabeza tocada con un gorro que aparecía por detrás de unas piedras y desaparecía. En otro lugar, me pareció distinguir una sombra que se perdía por una galería. No supe si era un hombre o un animal.

—Vamos —dijo Luis empuñando su báculo, que tenía aspecto de ser muy recio—. Quieren tendernos una emboscada.

Salimos de allí evitando los pasajes oscuros y los rincones, y conseguimos llegar a campo abierto sin que nos molestaran.

—Serían ladrones —dijo Luis.

—O espías del cardenal —dije yo.

—Vamos a volver a las calles —dijo él—. Si quisieran raptarte aquí, yo no podría defenderte.

—También podemos hacer otra cosa —dije yo, señalando hacia el sur—. Vamos hacia allá, cruzamos la Puerta de San Sebastián y seguimos por la vía Apia.

—¿Por la vía Apia?

—Sí.

—¿Para ir adónde?

—No importa adónde. Fuera de Roma, lejos... dos peregrinos que caminan sin rumbo... o con el rumbo que tú quieras... Podemos seguir y seguir hasta Capua y luego hasta Brindisi, y embarcarnos allí...

—¡Embarcarnos! —dijo él riendo—. No tengo ni un cequí... Los peregrinos, amiga mía, van por tierra, sufriendo el polvo de los caminos.

—Pues vayamos por tierra. Uno al lado del otro... O yo tres pasos por detrás de ti, no me importa...

—¿Estarías dispuesta a abandonarlo todo de este modo?

—Sí. ¡Sí! Ahora mismo. Vámonos.

—¿No cogerías nada de tu casa?

—Nada —dije, pensando con dolor en mis manuscritos, en mis proyectos literarios iniciados años atrás en Tordesillas—. ¡Nada! —repetí una vez más.

—«Déjalo todo y sígueme».

—Sí, así te seguiría yo.

—Pero yo no soy el Salvador.

—No —dije yo—, pero sí eres el único que puede salvarme.

—Ay, Inés.

—¡Ay, Luis! ¿Es que ya no me quieres?

—Inés, ya te dije que nuestro tiempo pasó...

Regresamos a Roma caminando en silencio y yo intentando disimular las lágrimas que me caían por las mejillas. En cuanto entramos en las calles me dijo que teníamos que separarnos, me pidió que le orientara para ir hacia la basílica de San Juan de Letrán y le vi perderse entre las gentes. Ni siquiera me tocó.

«¿Es así como se acaba? —me dije—. ¿Es así como se acaba mi vida y la historia de mi amor?

»¿Esto es lo que somos? ¿Seres que vagan en la oscuridad y que pierden su vida sin acabar de conocerse a sí mismos, sin saber lo que son, sin atreverse a amar, sin atreverse a ser?».

42. El Janículo

Esa tarde me fui a ver a Elisabeta Gonzaga, una de las pocas personas de Roma a la que consideraba una amiga de verdad, le dije que necesitaba un lugar discreto en el que poder encontrarme con alguien sin que se enterara el cardenal, y le pregunté que si podía ayudarme. Le confesé que estaba enamorada y se sorprendió mucho al oírme, ya que me tenía por un modelo de fidelidad en aquella Roma donde tan pocos y tan pocas eran fieles.

Yo sabía que ella tenía un amante y que se encontraba con él en una villa que tenía en las afueras de Roma. Me había hablado de él muchas veces y había confiado en mi discreción, y me dije que igualmente podría yo confiar en la suya.

—Al final todas caemos, Inés —me dijo—. Pero ¿es que hay otra cosa más dulce en este mundo que el amor? Mirad, yo os ofrecería mi villa de Roncari, pero allí seríais descubierta enseguida, ya sabéis que el cardenal tiene espías y gente de confianza en todas partes. Pero se me ocurre otra cosa. Tengo en el Trastévere, en el monte Janículo, una casa que podéis usar. Es una casita pequeña con un pequeño huerto de olivos. Nadie se acuerda de ella, y hace años que nadie la habita. Pero os ruego que seáis extremadamente discreta.

Besé a Elisabeta en las manos y en el rostro y ella estaba divertida y desconcertada al verme tan enamorada, ya que nos conocíamos desde hacía años y yo nunca me había comportado de aquella manera.

—Pero ¿quién es? —me preguntaba muerta de curiosidad—. ¿Le conozco yo?

—No, no, nadie le conoce.

—Ay, qué misteriosa sois, Inés. ¿Me lo contaréis algún día?

—Algún día.

—Pero sed muy discreta. Si el cardenal llega a enterarse...

—Ya sé, ya sé.

Visité la casita esa misma tarde. Estaba en lo alto de la colina del Janículo y era casi una villa campestre, muy apartada de todo.

Al día siguiente regresé al albergue de peregrinos, me aposté cerca de la puerta y esperé durante horas, pero Luis no apareció. Pensé que se había marchado de Roma, o que había buscado alojamiento en otro lugar, y me sentía tan triste y desesperada que me daban ganas de ponerme a aullar como una loba herida.

Al día siguiente volví otra vez. Fui muy temprano, casi al alba, y alrededor de una hora más tarde le vi aparecer. Iba solo, muy serio, empuñando su báculo. Cuando me descubrió allí apostada frente a la puerta, se le mudó la cara, yo no sabría decir si de alegría, de miedo, de angustia o de irritación.

—Señora, ¿otra vez aquí?

—Otra vez.

—Pero ¿qué queréis de mí?

—¿Así me habláis? —le dije—. ¿Así me habláis?

—Perdonad.

—He venido solo a pediros una cosa.

—Tú dirás, Inés.

—Quiero que me digas que ya no me quieres. Quiero que me mires a los ojos y me digas que ya no sientes amor por mí, que aquel amor desapareció hace mucho tiempo. Dímelo y me marcharé.

—No te quiero —me dijo, mirándome con ojos duros.

Yo le sostuve la mirada y vi que todo él temblaba.

—No te creo —dije.

—Vete a confesarte —me dijo—. Deja de vivir en pecado. Regresa a España. Entra en un convento.

—¡Entrar a un convento! —dije, sin poder creerme lo que oía—. ¿Para qué? ¿Para purgar mis horribles pecados?

—Para encontrar la paz.

—Júralo —dije yo entonces—. Júrame por la salvación de tu alma que ya no me quieres.

Le vi luchar consigo mismo. Apartó los ojos, como si no pudiera mirarme.

—No, no puedo —dijo él—. No puedo jurar eso.

—¿Por qué no?

—Porque no es verdad.

—Entonces, me quieres.

—No podría no quererte. Inés, Inés, Inés... Eres el vestido de mi alma. Eres el aliento que me da la vida. Eres mis ojos y mi voz, mi corazón y mi sentido. Te quiero desde el primer día, desde la primera mirada. Te quiero como entonces, y así te querré siempre, todos los días de mi vida, y aunque mi existencia se prolongue mil años te seguiré queriendo.

Lejos, en algún sitio, muy por encima de nosotros, un coro de ángeles acompañado de sacabuches, trompetas y chirimías comenzó a cantar un himno de alabanza y de gloria. Se extendía como una gran inundación de luz sobre las cúpulas de las iglesias y sobre las almenas de los castillos y sobre las copas de los pinos de Roma.

—Yo también te quiero como el primer día.

—Sí, así es entre nosotros —dijo él—. Así es. Pero eso no cambia las cosas.

—¿Cómo puedes decir eso?

—No cambia nada.

—Ven —le dije—, vamos a caminar. La gente nos mira. La gente nos está mirando.

Echamos a caminar por las calles en dirección al norte. Yo sentía un gran nudo en el estómago. Me temblaban tanto las piernas que tenía miedo de trastabillar con algo y perder el pie. Luego nos apartamos un poco del tráfico de las calles grandes, y nos dirigimos hacia la colina del Janículo.

—¿Adónde me llevas? —me preguntaba.

¡Y todavía no nos habíamos tocado siquiera! Pero yo tenía miedo de rozar su mano y que él me rechazara otra vez.

—Déjate llevar —le dije.

—¡Te tengo miedo!

—¡Tú!

—Sí, yo.

—Pero ¿miedo a qué?

—Al poder que tienes sobre mí.

—¿Y qué poder tengo yo sobre ti si no quieres ni tocarme y pretendes que me recluya en un convento?

—Inés, Inés.

—Ahora que sé que me quieres, nada me importa —le dije—. Podría caminar desnuda por las calles. Podría lanzarme al fuego y no me tocarían las llamas.

—Sí, te quiero, pero eso no cambia nada.

—Yo creo que lo cambia todo.

—¿Adónde me llevas, Inés? —dijo de nuevo.

—A una casa cercana, donde podremos hablar sin miedo a los espías, ni a los ladrones, ni a los curiosos.

—Me parece bien.

El Janículo se eleva sobre Roma al oeste del Tíber. No es una de las siete colinas originales, pero sí es la más alta de todas. Desde allí se veían, a lo lejos, el castillo de Sant'Angelo y el Panteón, en medio de las cúpulas, las torres de las iglesias y los tejados dorados de la Ciudad Eterna.

Caminando por callejuelas separadas por huertas y jardines llegamos al fin a la casita de Elisabeta Gonzaga. Yo saqué la llave que llevaba en una de las mangas de mi vestido, pero me temblaban tanto las manos que no acertaba a meterla en la cerradura.

—¿Quién vive aquí? —me preguntó él, mirando las tapias de piedra con curiosidad.

—Nadie. Está vacía. Pertenece a una buena amiga.

Entramos, por fin, cruzamos el jardín lleno de olivos y entramos en la casita. Fui abriendo las contraventanas y descorriendo las cortinas, y la salita principal se llenó de sol.

—Y tu amiga, ¿para qué usa esta casita? ¿Para encontrarse con su amante?

Había dos butacas de mimbre, y nos sentamos en ellas.

—No creo que la use mucho —dije—. Tiene una villa fuera de Roma, en Roncari, y es allí donde se encuentra con su amante.

—¡Oh, las mujeres romanas...! —dijo él con gesto de desagrado.

—Elisabeta tiene un amante, sí —dije yo—. Está casada con un hombre treinta años mayor que ella, y se enamoró... ¿Es eso un delito? Dime.

—Para ti no hay delitos.

—Y para ti todo son pecados.

—No quiero pelear contigo, Inés. Tienes razón, ¿quién soy yo para juzgar a nadie?

Cerró los ojos y suspiró, y por un momento pensé que se iba a quedar dormido.

—Estoy tan cansado —dijo—. Ya se me ha olvidado lo que es dormir en paz.

—Descansa —le dije—. En la habitación de al lado hay una cama con las sábanas limpias. Duerme un poco. Yo te prepararé un baño. ¿Hace cuánto que no te das un baño caliente?

Ya estaba dormido.

Yo salí a las calles, compré algo de comida, lo que pude encontrar, pan y unas truchas en escabeche, un poco de queso, unas naranjas y dos frascos de vino y regresé a la casita. Luis seguía dormido, caído en la butaca de mimbre. Le preparé un baño calentando potes de agua en la cocina. Cuando se despertó, el agua ya se había quedado fría. La bañera estaba fuera, bajo un pequeño techado de paja. La vaciamos juntos y luego me ayudó a sacar cubos de agua del pozo y a llevarlos a la cocina. Yo calenté agua de nuevo y volví a llenar la bañera. Entonces él se quitó la ropa con toda naturalidad y se metió en el agua humeante.

—Qué flaco estás —le dije—. Se te notan todas las costillas.

—Sí, estoy flaco, estoy sucio, parezco un salvaje —dijo.

Había una pastilla de jabón, con la que se enjabonó bien. Mientras él se bañaba yo dispuse la comida en una mesita que había. También había dos sillas y algunos platos y cubiertos. Parecían limpios, pero los lavé de todos modos. Le oí salir de la bañera y saqué una sábana para que pudiera secarse. Estaba tan flaco que, envuelto con aquella sábana, me parecía como un Cristo doliente, un eccehomo. Luego vaciamos juntos la bañera en el jardín.

—¿Tienes hambre? —dije.

—No mucha —dijo—. Me he acostumbrado a comer muy poco.

Nos sentamos en la mesa y comimos en silencio, escuchando los cantos de los pájaros del jardín.

Le vi más tranquilo.

Se levantó, y yo me levanté también. Por un momento pensé que iba a decirme que se marchaba, que iba a desaparecer de nuevo. Pero no fue eso lo que sucedió. Se acercó a mí, y con toda naturalidad, y sin hacer el menor esfuerzo, me cogió en brazos y me levantó en volandas. Yo me estreché a él, enroscando los brazos por detrás de su cuello y nuestras bocas se unieron, ávidas.

—¡Qué barbas tienes! —le dije sin dejar de besarle una y otra vez—. ¡Es verdad que pareces un hombre salvaje!

—¿Soy demasiado feo para ti?

—Sí, eres horriblemente feo.

—Tú, en cambio, eres tan bella que me da miedo mirarte. Más bella todavía que entonces. Bella como la noche, bella como la muerte, bella como la vida.

—No querías besarme —le decía yo—, no querías tocarme... Ni mirarme querías... A mí, a tu esposa.

—Inés, Inés, Inés...

—Vamos, Don Cobarde —le dije, musitando en su oído con una voz muy suave—. ¡Toma lo que es tuyo!

Todo aquello duró exactamente dos semanas. Dos semanas de amor. Algunos tienen mucho menos. Creo que muchos matarían por tener dos semanas de amor. Le afeité las largas barbas y le llevé a la casita del Janículo ropa de calle, aunque no quiso ponérsela y cuando estábamos en la casa nos pasábamos casi todo el tiempo desnudos. Nos dábamos un baño caliente, hacíamos el amor, bebíamos, comíamos y volvíamos a hacer el amor y así pasábamos el día, y cuando estábamos cansados, nos contábamos lo que habíamos hecho en todos aquellos años. A veces él sentía celos, y a veces yo sentía celos, y los celos hacían que nos deseáramos más todavía. A veces llorábamos y a veces reíamos a carcajadas y luego regresaban los celos, como cuando yo le conté mis amores con Padilla o él sus amores con una cierta dama francesa de la que hablaba, me parecía, con una especial nostalgia, y sufríamos y luego nos reconciliábamos y entonces nos parecía que nos queríamos todavía más que antes. Creo que jamás había sido tan feliz como lo fui aquellas semanas en el Janículo. Aquellos días conocí la plenitud de la existencia.

Un día, cuando llegué a la casita y llamé a la puerta, de pronto tuve un presentimiento. Era como si una gran sombra oscura hubiera descendido sobre el mundo. La puerta se abrió, pero allí no estaba Luis, sino el cardenal apoyado en su báculo, rodeado de sirvientes que me miraban con cara de pocos amigos.

—¡O sea que era cierto! —me dijo con tono agrio.

—¿Dónde está? —pregunté—. ¿Qué habéis hecho con él?

—O sea que no lo niegas.

—Yo no niego nada.

—Y le pagabais vos, le vestíais vos, le manteníais vos —me dijo lleno de resentimiento. Y me llamó una palabra horrenda.

—Vamos —dijo, haciendo una seña a los sirvientes—. Esto ya se ha terminado.

—¡Luis! —grité—. ¡Luis! ¿Dónde estás? ¿Me oyes? ¡Volveré! ¡Volveré a por ti!

—¡Españoles! —decía el cardenal con desprecio—. Agarrad a esta ramera, no la soltéis, y cuidado con las uñas, que las gatas furiosas arañan.

A la fuerza me sacaron de allí y a la fuerza me llevaron al palacio. El cardenal me encerró en mi habitación y me encontré, una vez más, encarcelada.

43. Encerrada

Pasé varias semanas encerrada en mis habitaciones, llorando y gritando. El cardenal me interrogaba obsesivamente preguntándome quién era aquel hombre, desde cuándo éramos amantes, cómo le había conocido. Yo le decía la verdad, que era un antiguo amor al que hacía muchos años que no veía, un amor de mucho antes de conocerle a él, pero no me creía porque el hombre al que habían encontrado en la casa era demasiado joven como para que mi historia fuera creíble.

—¿Qué le habéis hecho? —le preguntaba yo enloquecida por el dolor—. ¿Le habéis hecho daño?

—Piensas que si estuviera vivo vendría a buscarte, ¿verdad? —me decía él con una maldad que me producía escalofríos.

—¿Le habéis hecho matar? —decía yo—. ¡Monstruo! ¡Os odio! ¡Me dais asco!

—Puede que no esté muerto pero que ya no sea un hombre entero —decía él.

Yo sabía que el cardenal tenía los medios para matar y hacer desaparecer a cualquiera sin dejar huella, más aún a un peregrino desconocido y sin familia, pero no creía que pudiera llegar a ser un asesino. Su insinuación de que había hecho castrar a mi amante me parecía pura maldad suya y deseo de hacerme daño, pero tampoco descartaba que fuera cierto. Nunca le había considerado un hombre violento, pero sabía que era vengativo en grado extremo.

Me torturaba no saber nada de Don Luis. ¿Qué habrían hecho con él? Lo más probable era que le hubieran sorprendido en la casita del Janículo y le hubieran reducido, tras lo cual podrían haberle apaleado, aunque no creo que hubieran llegado a más, ni mucho menos a matarle. Esto es lo que me decía el sentido común, pero aquel no saber me volvía loca. Me imaginaba a mi amor desangrándose en un jardín de olivos o muerto en el fondo del Tíber con una piedra atada al cuello, y sentía como si me apuñalaran en el pecho y en el vientre.

Pero, me decía yo, si Don Luis estaba vivo, si seguía en Roma, ¿cómo no venía a buscarme? ¿Cómo no entraba en el palacio espada en mano y me liberaba de mi cárcel? ¡Ah, pobres sueños fantásticos de enamorada loca! ¿Qué podía un individuo solo contra uno de los hombres más poderosos de Roma? Don Luis no tenía amigos ni dinero ni poseía siquiera una espada, y por mucho que lo hubiera deseado jamás habría podido ni acercarse a la puerta de mi cárcel. A pesar de todo, yo me pasaba el día esperándole y miraba instintivamente las ventanas imaginando que en cualquier momento podría aparecer por una de ellas.

También yo intenté escapar, pero no había manera de hacerlo. Mi puerta estaba cerrada con llave y mis ventanas vigiladas día y noche. Intenté sobornar a los criados. Los que me eran más fieles no podían acercarse a mí, pero no creo que ni siquiera ellos se hubieran atrevido a desobedecer al cardenal, al que todos temían.

Sin embargo, aquellas semanas retenida en mi alcoba no eran más que un prólogo al verdadero encierro que me esperaba.

Un día, al despertarme, vi que no estaba en mi habitación. Salté de la cama, extrañada, preguntándome adónde me habían llevado durante la noche. Había dormido muy profundamente y hasta muy tarde, notaba la cabeza pesada, y supe que me habían dado agua de beleño y opio para dormirme.

Me encontraba en una estancia grande, cómoda, bien amueblada, que no conocía y que sin duda no estaba en el palacio. Tenía dos ventanas grandes y una puerta entreabierta que daban a un patio amplio, rodeado de altas tapias y donde había varias plantas, laureles y rosales, y dos fuentes. Salí allí fuera y comprobé que, en efecto, aquel patio o jardín no tenía salida alguna. Escuché el sonido de una cascada cercana y me llegó, también, el olor de las jaulas de las fieras, y comprendí que me encontraba en el jardín de atrás del palacio.

Volví a entrar. La habitación se comunicaba con otra pequeña estancia oscura en la que solo había una ventana en la pared tapada con dos postigos de madera. Los abrí, y vi que daban a un torno, que giraba sobre su eje, y que no me permitía ver nada de fuera.

A pesar de todo tardé un rato en acabar de comprender, o de aceptar, que me encontraba encerrada en un espacio que carecía de puertas y del que no era posible salir de ningún modo. Obsesionada con la sensación de haber sido tapiada o emparedada en vida, me pasé un buen rato buscando la salida de aquel lugar. La busqué por las paredes, apartando muebles, cuadros y tapices, y llegué a levantar las alfombras suponiendo que podía haber una trampilla en el suelo pero, por supuesto, no encontré nada.

Salí de nuevo al patio. Las tapias eran tan altas que la idea de saltarlas parecía una quimera. Aunque veía el cielo y oía los ruidos del mundo que me rodeaban, que eran los del jardín trasero que tan bien conocía, estaba encerrada.

Grité de desesperación y de horror. Finalmente, mi vieja pesadilla, la de las emparedadas en vida que yo tanto había temido cuando era una niña y estaba destinada al convento, se había hecho realidad.

No podía imaginarme cuánto tiempo planeaba el cardenal tenerme allí encerrada, cuánto duraría su deseo de castigo y de venganza. Comenzaron a pasar los días, y luego las semanas. Mi única compañía era mi propio reflejo, ya que entre los muchos y lujosos muebles que adornaban la estancia había un gran espejo veneciano de los que tanto me gustaban. Yo no sabía si el cardenal lo había hecho poner allí como regalo o como burla siniestra.

Mi único vínculo con el mundo exterior era el torno. Por allí entraban y salían la comida y los restos, la ropa sucia y limpia, los libros y otras cosas que yo pedía, aunque pronto descubrí que debía hacerlo mediante notas escritas, ya que la imposición de un silencio total y absoluto parecía ser otra de las formas de mi castigo. Nunca fueron respondidas mis palabras ni mis gritos ni llegué a oír nunca la voz de nadie. Nunca supe quién había al otro lado del torno, y por mucho que preguntaba e intentaba saber cuál de los criados estaba allí, ya que yo siempre me había llevado bien con todos y los había tratado bien, no me contestaban. Afortunadamente no me negaron los libros ni el material de escritura, ni tampoco mis manuscritos cuando los pedí. Ya he dicho que aquel libro anfisbena que yo llevaba tantos años escribiendo había nacido en una cárcel. Y en una cárcel había de continuarlo.

Intenté huir de allí de todos los modos posibles. Pensé en hacerlo a través del torno, que era la única ventana abierta al exterior. Era una construcción de madera de forma cilíndrica que giraba sobre sí misma y estaba dividida en cuatro casetones mediante gruesos tabiques de roble, de manera que al poner un objeto en uno de los lados se le hacía girar y llegaba al otro sin que fuera posible que pasara ni siquiera un rayo de luz de un lado a otro. Para salir por allí tendría que romper los gruesos tabiques de roble y luego romper también el postigo de madera que lo cerraría por el lado de fuera, y que estaría asegurado con un pestillo, una cerradura o un candado. Imposible.

Intenté escapar trepando por las paredes del patio, pero eran completamente lisas y no tenía manera alguna de trepar por ellas. Fabriqué una larga soga rompiendo sábanas y atándolas una a otra y luego construí una especie de gancho con el pie de una lámpara de bronce que había en el cuarto. Lancé aquel gancho improvisado a lo alto del muro y logré que se quedara allá arriba agarrado, pero por mucho que lo intenté, no lograba subir por aquella soga. Yo jamás había utilizado mi cuerpo para otra cosa que no fuera caminar, danzar, fornicar y parir. Un soldado habría logrado salir de allí fácilmente. Yo lo intenté agarrando la cuerda con las manos y pisando en la pared con los pies, pero apenas era capaz de trepar unos pasos cuando el agotamiento me vencía. Lo intenté abrazándome con las piernas a la soga e intentando trepar por ella, pero tampoco lo conseguía. Como la soga estaba pegada a la pared, me resultaba imposible trepar por ella. Finalmente, el nudo que había en lo alto se desató, el pie de la lámpara desapareció por el otro lado y yo caí al suelo rodando. Luego vi que el extremo de la soga no se había desatado, sino que había sido cortado limpiamente, y así supe que me vigilaban todo el tiempo desde fuera y que aunque tuviera una escalera de mano jamás podría escapar por allí.

No tardé en descubrir que yo estaba siendo vigilada día y noche, y que no había ni uno solo de mis movimientos que no fuera observado. Descubrí que una de las pinturas que adornaban la estancia, un retrato de una dama florentina, tenía algo raro en la mirada, y al acercarme vi que el iris de su ojo izquierdo era en realidad una mirilla con un cristal. Me sentí tan ofendida y envilecida por aquella intromisión en mi intimidad que la tapé. Luego me di cuenta de que aquella mirilla tan fácil de descubrir no era sino un señuelo, y que debía de haber otras invisibles. Intenté encontrarlas y recorrí las paredes con la meticulosidad que da el infinito tedio de la prisión y las horas y los días vacíos, pero no conseguí descubrirlas. A pesar de todo, me sentía y me sabía observada día y noche. Sabía que no había nada que yo pudiera hacer en aquella estancia y en aquel patio que no fuera observado. Incluso cuando defecaba sentía unos ojos invisibles fijos en mí.

Sabía que mi prisión estaba al fondo del jardín, en la parte más honda y apartada, y que por mucho que gritara nadie oiría nunca mis llamadas de auxilio. En aquel jardín no entraba nunca nadie, solo los jardineros y el cardenal. En los tiempos pasados solía llevar allí a sus amigos a contemplar sus fieras salvajes y sus animales mecánicos e incluso había celebrado allí numerosas fiestas, pero la época de las fiestas había quedado atrás. A pesar de todo, a veces gritaba pidiendo auxilio, con la vana esperanza de que alguien, en algún lugar, pudiera oírme.

Gritos, gritos de mujeres encerradas. ¿No está la historia llena de esos gritos? ¿Y cómo es que no los oía nadie? Y los que los oían, ¿por qué no hacían nada?

Cuando me venía el olor de las fieras, que cambiaba de intensidad según la dirección del viento, me sentía yo también como si fuera otro animal más, otra pantera, otra leona, otra serpiente de la colección del cardenal. Me bañaba a diario en las fuentes del jardín, aunque sabía que mi desnudez era pública y que mis invisibles vigilantes me estaban observando. Pero no quería empezar yo a oler como otra fiera más.

44. La pantera

Un día desperté y me encontré desnuda sobre la cama, y al buscar la ropa en los armarios y los arcones descubrí que había desaparecido hasta la última prenda. No había nada que pudiera usar para cubrirme. También las sábanas habían desaparecido, y sobre la cama solo quedaba una gruesa colcha. Era verano y el tiempo era bueno, pero no me agradaba estar desnuda en una estancia donde siempre sentía ojos invisibles fijos en mí.

Me pregunté por dónde habrían entrado los que se habían llevado todas mis ropas y una vez más sospeché de la existencia de alguna puerta secreta, pero por mucho que la busqué, no logré encontrarla. Luego pensé que entraban por la tapia del patio durante la noche, después de asegurarse de que yo estaba profundamente dormida poniéndome drogas en la comida.

El cardenal me mantuvo desnuda una semana, en el curso de la cual las dos fuentes dejaron de manar y no podía lavarme. Al séptimo día me desperté y olí algo extraño. Era como el olor que el aire me traía a veces de las jaulas de las fieras, pero más cercano y más intenso. Primero pensé que era yo misma, que llevaba una semana sin poder asearme. Luego, al mirar a través de la ventana vi que en el patio había una onza, una pantera negra, que caminaba despreocupadamente por entre las flores. La puerta que conectaba la estancia con el patio estaba abierta, y antes de que me diera tiempo a saltar de la cama para cerrarla, vi cómo la onza, que hacía tiempo que debía de haberme olido, entraba en la habitación y se acercaba a mi cama. Me encogí sobre el lecho como pude, intentando cubrirme con la colcha y sabiendo que no serviría de mucho si la pantera me atacaba. El animal se dirigió directamente hacia mí, y de un salto subió a la cama y comenzó a olisquearme. No parecía hambrienta ni agresiva, sino simplemente curiosa, pero cuando sentí el calor de su aliento y el contacto de sus largos bigotes en mi frente y en mi cuello me invadió tal terror que sentí que se me erizaba todo el vello del cuerpo y que me castañeteaban los dientes. Me puse a gemir de terror, y me oriné encima. Aquel nuevo olor pareció también excitar el interés del animal, que intentaba olisquear mi cuerpo y mi regazo, que yo mantenía como podía cubiertos con la colcha. Pensé que había llegado mi última hora y me puse a rezar, aunque las palabras y las oraciones no me venían a los labios. Luego la pantera saltó de la cama y volvió a salir al patio, donde vi que alguien, desde el otro lado de la tapia, le había arrojado unos trozos de carne.

Cuando pude recuperar el dominio de mi cuerpo, aunque todavía temblando incontrolablemente, bajé de la cama y cerré la puerta del patio.

Todo aquel verano lo pasé desnuda y conviviendo con la pantera negra. Nunca me sentí tan cerca de ser yo misma una fiera. Me pregunté si aquella pantera era hembra, si habría tenido muchos cachorros. Las dos estábamos juntas ahora en la misma jaula, las dos desnudas, las dos oliendo a animal. Además, nadie limpiaba los excrementos de la pantera, que iban acumulándose en el patio. No sé cuánto tiempo pasamos así, la pantera en el patio y yo dentro de la habitación.

Un día abrí la puerta porque no soportaba el calor ni la sensación de encierro, y la pantera apenas me prestó atención. Sabía que la alimentaban todos los días, y que un animal no ataca si no está hambriento, pero a pesar de todo sus zarpas y sus colmillos me producían un terror insuperable. Un día, al despertarme descubrí que la puerta de la estancia estaba abierta de par en par y sujeta en esa posición con una cadena. Miré en el patio y vi que la pantera había desaparecido. Y de pronto me volví y la vi allí dentro, en el fondo de la estancia, surgiendo de detrás de un biombo, como si se hubiera escondido allí para esperarme. Me quedé helada por el terror.

A partir de entonces hube de convivir con la pantera sin poder protegerme de ella de ningún modo. Ella entraba y salía de la habitación libremente, y parecía tan aburrida como yo. A veces se pasaba horas tendida a la sombra de una de las tapias, dormitando. Pero los animales no son como los hombres, que reservan el día para la acción y la noche para el sueño. Ella dormía sobre todo durante el día. Por la noche yo veía sus ojos brillantes en medio de la oscuridad como dos luciérnagas.

Y a pesar de todo, yo tenía que dormir. Pensé en encerrarme en uno de los armarios o en un arcón durante la noche para poder dormir sin miedo, pero apenas había espacio allí dentro. Una mañana al despertar olí a la pantera muy cerca, y al darme la vuelta la encontré allí, tumbada a mi lado. A partir de entonces, solía dormir en mi cama. Yo no me atrevía a echarla de allí para no enfurecerla. A veces bostezaba de puro aburrimiento, abría su enorme bocaza y mostraba sus increíbles colmillos y yo, una vez más, me orinaba de miedo.

Cuando llegó el otoño y comenzaron los fríos, la pantera desapareció y me volvieron a entregar mis ropas y la ropa de cama. No puedo decir que a esas alturas me hubiera acostumbrado a convivir con la pantera y viviera ya sin miedo. La verdad es que vivía con un miedo constante, día y noche, pero me había acostumbrado a vivir así.

La sensación de estar sola de nuevo, sin aquella fiera que podía atacarme en cualquier momento, era casi de felicidad y de paz. Las fuentes volvieron a funcionar y pude por fin lavarme, vestirme y sentirme una persona de nuevo.

Como me sabía observada, muchas veces hablaba con el cardenal.

—Habla conmigo, al menos —le decía—. Me tienes aquí encerrada, pero ¿por qué siempre sola? Ven a verme. ¡Háblame!

No sé cómo relatar el resto de los experimentos crueles que aquel demente probó conmigo. Son tan extraños, tan fantásticos, que a veces pienso que nunca tuvieron realmente lugar, y que no fueron sino pesadillas provocadas por el aislamiento y la soledad.

Una tarde, vi cómo tiraban una escala de cuerda desde el otro lado de la tapia y cómo aparecía un hombre en lo alto que descendía por ella ágilmente. En un principio pensé que era Don Luis que venía a rescatarme y casi di un grito de júbilo. Luego vi que se trataba de un criado, un mocetón alto y fuerte al que yo no conocía, que me entregó una nota sin decir ni palabra, por lo que supuse que era mudo.

La nota decía: «Deja que este hombre te goce y lograrás antes tu libertad». Era la letra del cardenal, aunque la noté extrañamente deformada y temblorosa. Era la letra de un viejo. Probablemente, de un viejo enfermo.

El hombre me señaló la cama y comenzó a desvestirse. Sin duda había recibido sus instrucciones. Cuando quedó completamente desnudo, no hizo nada más. Yo pensé que iba a forzarme, pero no fue así. El cardenal no quería ver cómo me forzaban, sino que deseaba ver cómo me entregaba a otro hombre.

Me envió a otros, también agraciados, jóvenes y fuertes, todos ellos mudos. Como no era posible que todos fueran mudos, entendí que les habían prohibido hablar.

No sé cuánto tiempo pasó hasta que volví a oír la voz de un ser humano. Era la del cardenal que me hablaba no sé desde dónde, creo que desde el otro lado de la pared. Yo la sentía surgir de una pintura que representaba las ruinas del foro romano y que estaba colgada al lado de mi lecho.

—¿Cuánto tiempo me vas a tener aquí encerrada? —le pregunté al oír su voz.

—¿Qué te importa a ti el tiempo? —me dijo—. El tiempo nos preocupa a los demás, no a ti.

—Por favor —le dije, le rogué—. Tú eres el padre de mis hijas. Siempre te he sido fiel, siempre, durante todos estos años.

—Eso pensaba yo —me dijo él—. Te escondías bien. Lo hacías bien. Eres muy astuta.

—Tú me dijiste que me amabas. Si me amas, ¿cómo puedes tratarme así?

—Tú has traicionado ese amor. Lo has traicionado todo.

—Pero ¿no me has torturado ya bastante? ¿Estos meses que llevo aquí no han sido suficientes para que pague eso tan horrible que crees que he hecho?

—¿Meses? —me dijo—. ¿Cuánto tiempo crees que llevas ahí dentro?

—No lo sé —dije—. He perdido el sentido del tiempo.

—Llevas tres años —me dijo.

—¿Tres años?

Pensé que mentía, que aquello no era posible.

—Si quieres salir, compláceme —me dijo—. Yo ya no puedo poseerte. Déjame ver cómo te poseen otros.

—¿Eso es lo que deseas? ¿Ver cómo me violan?

—No, deseo que lo hagas por propia voluntad. Quiero verte con otros hombres, eso es todo. Esta es la única forma en la que puedo alcanzar el placer. Soy un hombre viejo, compláceme.

—Francesco, esto es indigno.

—Lo sé, pero esa indignidad es lo único que me queda. Compláceme, Inés, y tu vida será mejor. Te pondré una bañera de latón para que te bañes, tendrás jabones perfumados y sales de baño y agua caliente, y pondré a una doncella para que te sirva y te acompañe.

Era una propuesta tentadora. Yo había intentado mantenerme limpia lavándome con el agua fría de una fuente, pero la posibilidad de disfrutar de una bañera con agua caliente en la que sumergirme y olvidar todas mis penas, y más aún la de tener a otro ser humano a mi lado con quien poder hablar, me hacía temblar de emoción. Pensaba que si seguía mucho tiempo completamente sola y sin hablar con nadie acabaría por perder la razón. Enterarme de que llevaba tres años allí encerrada, y aunque no estaba convencida del todo de que fuera cierto, me asustó mucho.

Unos días más tarde, apareció por la escala del muro un joven alto y rubio de gesto dulce, que traía una rosa en la mano. Hizo lo mismo que los otros, se desnudó ante mí y se quedó inmóvil. Era muy hermoso y muy varonil, con un cuerpo maravillosamente proporcionado y apenas una sombra de vello en su pecho, limpio como el de una estatua romana. Tenía, como digo, los cabellos rubios, unos ojos verdes que posaba en mí con gesto tranquilo y sereno y un sexo grueso y muy bello. No sé dónde lo había encontrado el cardenal, pero parecía el hijo de un príncipe.

Sin decirle ni una palabra, porque sabía que no me respondería, me acerqué a él y me di la vuelta, y él comenzó a besarme en el cuello y en los hombros y luego a desabrocharme el vestido. Luego fuimos a la cama y me entregué a él tal como me había pedido el cardenal.

Al día siguiente, cuando me desperté, encontré en mi habitación una gran bañera de latón y a una muchacha joven que había encendido la estufa y calentaba agua. Me hizo una cortesía y me dijo que se llamaba Paoletta. Al oír su voz gentil de muchacha napolitana, me eché a llorar.

45. Degradación

Una semana más tarde, volvió a aparecer el hermoso muchacho rubio. Hizo lo mismo que la otra vez, se presentó ante mí, hizo una ligera reverencia y comenzó a quitarse la ropa sin decir ni una palabra. Yo le dije que no se desnudara y que se fuera por donde había venido. Me obedeció, pero al día siguiente vi que mi bañera y mi doncella habían desaparecido, así como todas mis ropas, y que habían cortado el agua de las fuentes. No podía resistir así, sin poder lavarme, sin poder vestirme, viviendo como un animal, sin nadie con quien hablar. Pasé un mes en aquellas condiciones, y lo sé porque había comenzado a marcar los días para no perder el sentido del tiempo. Al final me resigné y le grité al cardenal que volviera a enviar al joven, que él ganaba, como siempre.

Volvieron a aparecer la bañera de bronce, el agua de la fuente, mis ropas, mi doncella, y al día siguiente, el joven rubio.

Yo pensaba continuamente en suicidarme y acabar con todo aquello, pero no se me ocurría cómo hacerlo. Pensé en ahorcarme, y me puse de nuevo a hacer tiras de las sábanas para hacer una soga y un lazo con el que colgarme. Lo hacía durante la noche, para que Paoletta no se diera cuenta. Cuando lo tuve todo listo, colgué la soga de una lámpara, puse una silla debajo intentando hacer el menor ruido posible, subí a la silla, me puse la soga en el cuello, apreté el nudo sobre mi garganta y me encomendé al Señor. En ese momento entraron dos criados en la estancia, me sujetaron y cortaron la soga con una espada. Yo grité, les ataqué, intenté golpearles y arañarles, pero nada podía contra su fuerza. Salieron tan sigilosamente como habían entrado, saltando la tapia del patio por una escala de cuerda, que desapareció detrás de ellos. Porque yo estaba siempre vigilada, y no era dueña de ninguno de mis movimientos.

Intenté volver a ahorcarme dos veces más, pero no lo conseguí. En el momento decisivo aparecían criados, como surgidos de la nada, y me lo impedían.

No sabría decir cuánto tiempo estuve recibiendo las visitas del joven silencioso, quizá dos o tres meses. Al cabo de un cierto tiempo dejó de aparecer, y a partir de entonces mi vida fue plácida y apacible.

Paoletta y yo nos llevábamos bien. Le enseñé a leer y a escribir, y luego comencé a enseñarle latín y castellano. Conseguí que me trajeran un laúd y una espineta para hacer música, y le enseñé también lo poco que sabía de aquellos dos instrumentos. Logré también que me trajeran partituras, del mismo modo que seguían trayéndome libros y material para escribir, que nunca me había faltado. Como teníamos tanto tiempo, dediqué largas horas a la tabulatura y al pentagrama, y comencé a adquirir cierta soltura en ambos instrumentos, aunque no tenía maestro y tenía que inventar yo misma la forma de resolver los problemas técnicos con los que me enfrentaba. También estudié inglés y alemán y perfeccioné mi francés, que había estudiado cuando era dama de la reina Juana.

Yo sentía lástima por Paoletta, porque pensaba que estaba condenada por mi culpa. A mi lado se haría vieja y moriría y yo seguiría allí dentro, y seguiría, y seguiría. A su muerte me pondrían otra doncella, y así seguiría y seguiría, viviendo sin remedio.

Como tenía tanto tiempo, me dediqué intensamente a mi libro anfisbena. A lo largo de los años había seguido trabajando en él de forma intermitente, abandonándolo durante períodos de varios meses en ocasiones y regresando siempre a él con una sensación de placer y de aventura. Escribí mucho durante aquellos años, corregí y rehíce lo ya escrito. Comencé a pensar en fundir los dos libros, *Cleóbulo y Lavinia* y la *Crónica de mí misma*, en uno solo que se llamaría *El olivo*. Pero ¿cómo mezclar la vida cotidiana, las impresiones reales tal como las experimentamos, con las creaciones del arte y de la fantasía? Yo no sabía cómo hacerlo. Una vez más, el libro volvió a ser una anfisbena con dos cabezas, o ahora con tres, dos libros a medio escribir y otro que no era más que un sueño entrevisto, *El olivo*, que sería la suma de ambos.

De no haber sido por la escritura, no habría resistido aquellos interminables años de soledad.

Las cimas de desesperación que alcancé en aquella cárcel horrible no he vuelto a experimentarlas jamás, y no se las deseo a nadie. El infierno existe, y está en este mundo. Está dentro de nosotros, y nosotros se lo infligimos a otros. El infierno es una creación del hombre.

46. Salgo de la cárcel

El tiempo solo existe cuando hay cambio. Cuando no hay cambio, el tiempo desaparece. Durante aquellos años, el tiempo desapareció para nosotras.

Un día me desperté, un día más, igual que los otros, y vi que Paoletta había desaparecido. La busqué pero no estaba en ningún sitio, ni en la habitación ni en el patio. Al salir vi que alguien había colocado una escalera de madera en la tapia. No estaba en el lado por donde solían descolgar la escala de cuerda, sino en la pared opuesta.

Me acerqué allí, preguntándome si no sería aquel un nuevo juego cruel, de aquellos con los que me había torturado el cardenal tiempo atrás, pero algo me decía que el cardenal había desaparecido de este mundo. Hacía tiempo que no notaba su presencia observándome día y noche de forma enfermiza.

Me acerqué a la escalera, subí por ella lentamente, y al llegar a lo alto pude ver al fin lo que había al otro lado de la tapia: el jardín del palacio, el estanque de nenúfares, muy abandonado, y la cascada, por la que solo caía un hilo de agua. Del otro lado de la tapia había también otra escalera de mano apoyada en el muro por la que muy fácilmente podría bajar para salir de mi cárcel. La sola idea de hacerlo, de pasar un pie por encima de la tapia y apoyarlo en la escalera de fuera, me llenaba de una sensación de terror inexplicable. De pronto, tuve una sensación parecida al vértigo. Hacía tantos años que mi visión había estado limitada por las paredes de mi habitación y las altas tapias del patio, que ver aquellas amplias extensiones que había más allá de la tapia me producía una extraña mezcla de asco y de miedo. En vez de intentar siquiera salir, volví a descender por la escalera a la que había subido y me metí una vez más en la habitación.

Me senté en mi silla, frente a mi mesa, frente a mi ventana, y poco a poco me fui tranquilizando. Todo estaba allí como siempre, lo único que faltaba era Paoletta. Me acerqué al torno. Estaba cerrado. Grité, llamé. Nadie me contestó.

Así pasó un día. Yo hice las cosas que hacía siempre. Por la noche, no llegó la cena, ni se abrió tampoco el torno para recoger el orinal. Esto era algo que jamás había sucedido.

Me fui a dormir sin cenar. Al despertarme, me asomé al patio y vi que la escalera de mano seguía en el mismo sitio. Llamé a Paoletta, no estaba. Me acerqué al torno, porque estaba hambrienta, pero no giraba. Volví a subir por la escalera de mano. Vi que por el otro lado de la tapia la otra escalera seguía apoyada en el mismo sitio.

«Podría bajar por aquí —pensaba— y estaría libre».

No, aquello no era posible. Si lo intentaba, aparecerían de pronto los criados que estaban ocultos aquí y allá y me devolverían a mi celda.

Bajé de nuevo, entré en la habitación y me metí en la cama. Estaba asustada, y no sabía qué hacer. Llamé a Paoletta a voces, llamé al cardenal. Así pasó otro día. No me trajeron nada de comer en todo el día. Me fui a la cama una vez más con el estómago vacío. A la mañana siguiente, volví a salir al jardín, y vi que la escalera estaba en el mismo sitio. Subí una vez más por ella, y vi que por el otro lado la otra escalera también seguía donde estaba.

«Soy libre —pensé de pronto—. Ahora puedo marcharme». Bajé la escalera temblando de nuevo y una vez más me refugié en la habitación. No sabía qué hacer.

—Soy libre, me han liberado —dije en voz alta—. ¡Puedo marcharme de aquí!

Llevaba ya dos días sin comer, y estaba desfallecida. Por la noche oí ruido en el torno, me acerqué, lo hice girar y vi que me habían dejado un pan, un trozo de queso reseco y una jarra de vino. Lo devoré todo con ansia.

Esa noche me dije que si al día siguiente la escalera seguía en su sitio debía marcharme de allí. Pero no estaba convencida del todo de que aquella posibilidad de huir fuera real. Imaginé que intentaba pasar por encima del muro, y que en ese momento aparecían los criados del cardenal y volvían a meterme en la casa. Sí, esto era lo que sucedería sin duda. Se trataba de otro juego. Me daba miedo salir de mi cárcel, era mucho mejor seguir dentro de ella, donde nada podía pasarme.

Me quedé un día más, pero el torno no se movió en todo el día. Pasé otro día sin comida, y creo que fue el hambre lo que me forzó, finalmente, a tomar la decisión de salir de allí. Al día siguiente, al despertarme, me asomé al patio y comprobé que la escalera seguía en el mismo sitio.

Entonces entré en la habitación de nuevo para preparar mi salida de aquel lugar. No era mucho lo que podía llevarme. Me puse una camisa limpia, un vestido verde con tela de oro de los mejores que tenía y mis zapatos más cómodos. Cogí mi faldriquera y metí en el interior mi libro de Ovidio y mis manuscritos, *El olivo, Cleóbulo y Lavinia* y *Crónica de mí misma*. Eran bastante voluminosos, y apenas quedaba espacio para meter nada más. A pesar de todo, logré introducir también un magnífico rubí en forma de lágrima, varios collares de perlas y el crucifijo enjoyado, calculando que con todo aquello podría reunir dinero suficiente para regresar a España. Tenía también un saquito con varios ducados de oro, que me metí en el escote. No había más. Me puse la faldriquera debajo de las faldas y me dirigí a la escalera. Cuando subía por ella estaba temblando con tanta fuerza que tenía miedo de resbalarme y caer. No sé por qué temblaba. De excitación, supongo, pero también de miedo.

Al llegar a lo alto pasé un pie por el otro lado, lo afiancé en la otra escalera y luego pasé la pierna y comencé a descender. Al llegar al suelo, miré a mi alrededor. Estaba, por fin, fuera de mi encierro. Eché a caminar por el jardín, que estaba muy abandonado. Iba caminando por entre los árboles, evitando los caminos donde pudiera ser vista con más facilidad. A lo lejos, en una pradera, vi un cocodrilo suelto, uno de los ejemplares más enormes. Estaba inmóvil en mitad de la hierba, y me pregunté si no estaría muerto. De pronto vi que comenzaba a moverse pesadamente sobre el césped y tuve miedo de que hubiera otros escondidos entre las plantas. ¿Cómo habían logrado huir de su estanque?

Para salir de aquel jardín era necesario entrar en la casa, ya que ambos jardines, el delantero y el posterior, no estaban comunicados, sino separados por insalvables muros de piedra, como ya he explicado. Me dirigí a la escalinata trasera de la casa y comencé a subir tímidamente. Las puertas estaban abiertas. Recorrí la planta baja hasta llegar a la puerta principal, que también estaba abierta. No vi a nadie en parte alguna. Es como si la casa estuviera desierta, o como si hubieran dejado todas las puertas abiertas para mí, para que pudiera salir por fin de aquel lugar maldito. Fui descendiendo, tramo a tramo, por aquella magnífica escalinata que había sido diseñada por Miguel Ángel, y así me encontré frente a la verja de la entrada, que también estaba abierta. Empujé la puerta metálica lo justo para pasar entre ambas hojas, y sin mirar atrás, eché a caminar por la calle descendente.

La colina del Pincio donde estaba el palacio del cardenal quedaba atrás y de pronto me encontré en medio de una calle de Roma llena de gente. Caminando sin saber adónde iba, me hallé de pronto frente a la inmensa extensión de la Piazza del Popolo. Aquella amplitud me producía una desazón incontrolable. Había transeúntes por todas partes. Venían hacia mí, hablaban, reían. Vi un carro tirado por unas mulas, vi a un aguador que llevaba sus tinajas a lomos de un borrico, vi a unos soldados de la Guardia Suiza, vi a un ratero cortando la bolsa de un incauto, vi a unos niños burlándose de un ciego a la puerta de una iglesia, vi a un músico callejero que tocaba una cornamusa de sonido estridente, vi a unos porteadores que llevaban a una dama vestida de rosa y oro en una litera, vi a un clérigo de la Orden de San Francisco que hacía la señal de la cruz sobre unos mendigos y a dos monjas clarisas que salían de una puerta llevando un canasto en el que me pareció que había un bebé, vi a un arcipreste con un sombrero de ala ancha montado en un asno y de pronto comencé a sentir un terror irracional y desconocido. ¿Quién era toda aquella gente? ¿Qué querían de mí? ¿Qué iban a hacerme? ¿Eran todos criados del cardenal disfrazados? ¿Y cómo podía haber tantos? Si todos sabían quién era yo y lo que estaba haciendo allí, ¿por qué fingían no verme? ¿Por qué me ignoraban? Intenté tranquilizarme, decirme que estaba a salvo, pero el terror que sentía era incontrolable.

De pronto me sentí desfallecer. Se me aflojaron las piernas, se me nubló la vista y caí al suelo. No sé cuánto tiempo pasó entre mi desmayo y el momento en que recobré la conciencia, pero supongo que fueron solo unos minutos, quizá solo un instante. De pronto abrí los ojos y me encontré caída en el suelo cuan larga era.

Algunos transeúntes se habían detenido al verme caer, pero no se atrevían a acercarse, seguramente por miedo a que sufriera yo alguna enfermedad contagiosa. En Roma, como en tantos otros lugares, siempre existía el miedo a la peste. Un par de mujeres se acercaron a mí y me ayudaron a incorporarme. Me sentía muy débil.

—Siéntese, señora —me dijo una de ellas—. Tome, beba un poco de vino.

Me ofreció una bota de cuero que llevaba. Yo di un par de tragos. El vino era recio y joven, y me sentó bien.

Eran mujeres de la vida. Roma estaba llena de ellas, más que ninguna otra ciudad del mundo.

—Qué blanca se ha puesto, señora —me dijo la otra.

Tenían acento castellano y yo las miraba y pensaba que eran de mi tierra.

—¿De dónde sois? —les pregunté en castellano.

—De Málaga, señora —dijo la que me había ofrecido vino—, y esta de Murcia.

—Yo también soy española —les dije.

—Beba un poco más de vino, señora —me dijo la de Málaga—. Ya tiene mejor cara, pobrecilla.

Saqué la bolsa que llevaba en el pecho, en la que llevaba unos cuantos ducados, y se la di entera.

—Tomad, hijas, como agradecimiento —les dije.

—Señora, hay muchos ducados aquí —dijo la murciana abriendo la bolsa—. Y esta bolsa bordada de oro vale más que lo que lleva dentro.

—Las mujeres tenemos que ayudarnos —les dije.

—Como somos de mal vivir, pensarán que la hemos robado y nos azotarán —dijo la malagueña riendo—. Y ya tenemos los cueros bien curtidos.

—Pues qué, ¿os han azotado muchas veces?

—Más de las que quisiéremos —decían ellas.

A pesar de todo se morían de risa.

Hablar con ellas me tranquilizaba, y poco a poco fui recuperándome.

—¿Vosotras conocéis al cardenal? —les pregunté.

—¿A qué cardenal? —me dijo la de Murcia.

—Cardenales, los que tengo yo en el lomo —dijo la malagueña.

—¿Entonces no le conocéis?

—Pobrecica —dijo la de Murcia mirándome con pena—. ¿Qué cardenal, señora?

—El cardenal Bonormini.

—*È pazza* —le dijo a la malagueña, como si pensara que yo no entendía italiano—. *È pazzoletta*.

Les di un ducado a cada una y las vi alejarse y perderse entre la multitud. Les hubiera dado cualquier cosa porque eran las únicas que me habían ayudado, porque eran españolas, porque eran unas desdichadas mujeres sin honor, porque estaban solas en el mundo, porque eran como yo.

47. Una nueva ocupación

Estaba muerta de hambre. No sé cuántos días llevaba sin probar bocado. Entré en una fonda y pedí algo de comer. Me miraron con sospecha a pesar de mis buenas ropas, y me preguntaron si tenía dinero, y cuando les mostré un ducado de oro les brillaron los ojos. Después de comer, pregunté si tenían habitaciones y me dijeron que sí. Subí a verlas y vi que estaban limpias y bien provistas, y alquilé la que más me gustó para una semana. Había un ventanuco. Lo abrí, y vi los tejados de Roma y a lo lejos una torre inmensa que no conocía.

Cuando bajé, pregunté qué torre era aquella.

—La nueva basílica de San Pedro será —me dijeron cuando describí lo que yo había tomado por una torre.

—¿Ya la han terminado?

—No, señora, todavía no —me decían, mirándome con extrañeza.

Lo único que deseaba era volver a mi habitación y quedarme allí dentro sintiéndome a salvo, pero me dije que tenía que acostumbrarme de nuevo al ruido, al bullicio, al contacto con la gente y al aire libre, y me obligué a salir e ir caminando hacia el Vaticano. Crucé el Tíber, rehaciendo aquel mismo recorrido que había hecho una vez muchos años atrás, y cuando llegué hasta las obras de la nueva basílica, me quedé inmóvil de asombro. La torre que había visto desde mi ventana era en realidad el tronco que sostendría una cúpula inmensa, seguramente tan grande como la del Panteón o incluso mayor. ¿Lograrían alguna vez los arquitectos del papa coronar aquella hazaña, hacer que la piedra volara en las alturas como si fuera una pluma? El día que tal cosa sucediera, sería como si por fin los modernos hubieran alcanzado y superado a los antiguos.

Pero yo no estaba en plena posesión de mis facultades. La sensación de estar sola en aquella gran extensión que había frente a San Pedro me produjo de nuevo una sensación de mareo y de vértigo. Pensé que me iba a desmayar otra vez, y extendí los brazos para no hacerme daño si caía al suelo. De pronto, un grupo de jóvenes me rodearon muy alegres. Yo pensaba que me habían visto tambalearme y querían ayudarme. Estaban como bailando. Una muchacha me abrazó y me dio un beso. De pronto, todos se alejaron corriendo. Yo me toqué el pecho. La bolsita con el dinero había desaparecido. Palpé la falda y noté que la faldriquera había desaparecido también, no puedo entender cómo. De pronto la vi en el suelo, con las cintas cortadas. Me abalancé sobre ella pero en el interior solo estaban mis manuscritos y mis *Metamorfosis*. Todas mis joyas habían desaparecido.

Me pasé toda aquella semana vagando por las calles de Roma, sin saber qué hacer. Estaba como ida. Era como si estuviera dormida, viviendo dentro de un sueño. De vez en cuando me venía a la cabeza el pensamiento de que estaba sin blanca y que ya no podría volver a España.

Venció la semana y yo no tenía más dinero para pagar la fonda. Tuve que abandonar mi cuarto, y me eché de nuevo a las calles. No sabía qué hacer ni adónde ir. Cuando llegó la noche me refugié en unos arcos y dormí a trechos, despertándome a cada rato por miedo a las ratas que corrían por allí y a los ladrones y los merodeadores nocturnos. Mi lujoso traje verde atraía las miradas. Cuando se hizo de día, me puse a caminar de nuevo. Tenía tanta hambre que me sentía débil y mareada, y me dije que si no comía algo pronto, me desmayaría de nuevo.

Un hombre se me acercó.

—Hola, hermana —me dijo—. Mucho no tengo, pero mirad esta gargantilla. ¿Os gusta?

—No está mal —dije yo.

—Pues vayamos a donde sea y concluyamos el negocio.

—¿Y qué hago yo con esa gargantilla? Invitadme a comer.

—¿Comer, queréis? ¿Tenéis hambre? Vamos, hermana, que conozco un buen lugar aquí cerca.

Fui con él, entramos en una taberna y el hombre pidió vino y comida para los dos. Parecía un criado de alguna casa noble. No recuerdo su rostro en absoluto, ni tampoco su nombre, si es que me lo dijo.

Después de comer me propuso que le llevara a mi casa, pero yo no tenía casa.

—Pues ¿dónde concluyes tú los negocios, hermana? —me dijo un poco enfadado—. ¿Aquí, de pie, en medio de la vía?

Me llevó a un lupanar que conocía, a unas pocas calles de allí. Entramos. La dueña me miró con malos ojos porque yo no era una de sus pupilas, pero cuando el hombre se acercó a hablar con ella me dedicó una sonrisa y me guiñó un ojo. Supongo que le contó que yo era una señora casada y que, por tanto, no hacía competencia a sus pupilas. Luego me indicó con una seña que le siguiera y subimos a uno de los cuartos de arriba. Yo me quité el vestido y me tumbé en la cama rogando que el colchón no tuviera liendres, ni chinches, ni pulgas. Él se puso encima de mí y la cosa concluyó enseguida. Salimos juntos, pero él, sin siquiera despedirse, se alejó a toda prisa.

Así, con toda facilidad, me convertí en prostituta.

48. El oficio

Durante los días siguientes, me dediqué a recorrer las calles en busca de clientes. No sabía cómo hacerlo, no tenía un lugar donde llevarlos ni donde lavarme, de modo que de nuevo comencé a sentir hambre. Un día, en una plaza, vi a las dos españolas que me habían ayudado. Las llamé y les pregunté dónde trabajaban.

—¿Por qué quiere saberlo vuesa merced? —preguntó la murciana con suspicacia.

—Porque quiero aprender el oficio.

—¿Vuesa merced aprender el oficio, dice? ¿Una señora que va regalando ducados de oro?

—Me han robado todo lo que tenía —dije—. Vamos, murciana, malagueña, ayudadme, que ahora soy igual que vosotras. ¿Cómo os llamáis?

—Yo soy Aldonza —dijo la malagueña—, y esta se llama Lucía.

—Yo soy Inés.

—Venid con nosotras, hermana —dijo entonces Aldonza—. Sois muy bella, señora, tendréis todos los hombres que gustéis. Aquí cerca vive una señora que cuidará de vos como cuida de nosotras.

—Sois muy buenas —les dije.

Sentía tanta gratitud que las hubiera besado a las dos.

La señora de la que me habían hablado era una mujer mayor, muy gruesa, que vestía de negro y a la que todo el mundo llamaba «tía». Antes de recibirme en su casa me hizo desnudar y tomar un baño. Luego me miró y me tocó por todas partes. Para averiguar si estaba sana me miró los dientes y me abrió el pan, digo, eso que en Italia llaman el pan, creo yo que porque gracias a él muchas se ganan el pan. A mí me daba vergüenza ser examinada de aquel modo, pero Lucía y Aldonza, que estaban allí al lado, me miraban y asentían, como animándome a que pasara el mal trago.

La tía me puso en la misma habitación que a ellas dos, una estancia alargada que dividimos en dos mediante sábanas colgadas, porque ellas dormían juntas en una cama grande. Eran dos muchachas muy alegres, siempre estaban contentas y yo me sentía a gusto en su compañía. Me tomaron bajo su tutela y me enseñaron los trucos y los detalles de su oficio: qué calles y qué horas eran mejores, a quién acercarse y a quién evitar, cómo negociar los encuentros, qué hacer y qué no hacer. Les sorprendió sobremanera descubrir que yo sabía tocar varios instrumentos musicales, pero les desconcertó que no cantara.

—Si no cantáis, ¿de qué sirve la música? —me decían.

—Para bailar —decía yo.

Me explicaron también varios trucos y recursos para no quedarme preñada, algunos de los cuales me parecieron tan ingeniosos como locos y absurdos los otros. Me aseguraron, por ejemplo, que sosteniendo en la mano un rábano partido por la mitad durante el acto es imposible quedar embarazada. Otros sistemas eran más prácticos: Lucía era experta en coger el miembro del hombre y metérselo entre los muslos, haciéndole creer que la estaba penetrando. También sabía meterse una piel de tripa dentro del coño de manera que cuando el hombre hacía flux, ella luego la sacaba con cuidado y la simiente del hombre no pasaba adentro. También se ponían de nalgas y se la dejaban meter por allí, o confundían al hombre haciéndole creer que aquel era el puerto natural, y luego decían que «duele la apretura, pero no hay criatura».

Tenía Lucía visos de curandera y de partera, y me explicó cómo hacer curas y medicinas para diferentes dolencias de las mujeres, algunas de ellas, me pareció, completamente inventadas e inútiles, aunque ella me aseguraba que funcionaban siempre o casi siempre. También tenía algo de bruja y sabía hacer muchos hechizos y encantamientos.

Las dos, y la tía también, se pasaban el día alabando mi belleza y diciendo que en mi rostro y en mi cuerpo tenía un tesoro, aunque Aldonza estaba obsesionada con afeitarme las cejas, una de sus especialidades. Las mías son pobladas y oscuras, como morena que soy, y como poblada y oscura soy en otros lugares, pero yo quería dejarlas como estaban, aunque aprendí también yo misma a afeitarlas, porque era aquella también otra fuente fácil de ingresos, y las mujeres romanas querían todas ellas ir depiladas. Aldonza lo hacía con un pegote hecho con trementina, pez griega, calcina virgen y cera y luego afeitando con un pelador, pero había algo en aquella pasta que hinchaba la piel y la ensuciaba, y yo, copiando las artes de una griega muy habilidosa que conocí y se ofreció a enseñarme, aprendí a hacerlo con un cristal muy fino y afilado, tras lo cual aplicaba aceite de pepitas de calabaza y agua de flor de habas a la veneciana.

También se ofreció Aldonza a afeitarme mis otros vellos, aunque esto creo que más por deseo que tenía de verme y de tocarme, porque era de esas mujeres que se mueren por las otras mujeres. Siempre estaba alabando mis ojos, mis labios, y muy especialmente mis dientes, que eran blancos y perfectos, y que las dos admiraban tanto que siempre querían que se los mostrase a todos, y siempre que podía me tocaba las tetas. Me decía que era tan bella que podía aspirar a más, a entrar en una casa rica donde el dueño me contratara para guardarla o para hacerle compañía a su esposa. Pero yo no quería entrar en la casa de nadie, ni tampoco servir. Aunque siempre había sido señora, tenía la sensación de haberme pasado la vida sirviendo y obedeciendo a otros, y aquella libertad que me traía la vida de la calle, aquella facilidad para entrar y salir donde y cuando quisiera sin dar explicaciones a nadie más que a mí misma, me parecía lo más grande del mundo.

A veces pensaba, con una sombra de melancolía, en mis hijos, que eran todos ricos y que, de haber conocido mi situación, muy bien podrían haberme ayudado, pero sabía que no podía presentarme ante ellos y que vieran que yo, su madre, era ahora más joven que ellos. Lo mismo sucedía con todas mis otras amistades romanas.

Roma estaba tan llena de meretrices que a veces me parecía que la mitad de las mujeres lo eran. En la calle que le decían «el Urso» se apiñaban como en colmenas, asomadas a ventanas con celosías. Había muchas españolas entre ellas, sobre todo andaluzas, aunque también aragonesas y portuguesas, tantas que a veces ponían casa juntas, tal como me había sucedido a mí.

Pronto gané suficiente dinero como para buscar una casa propia y un criado. Me llevé conmigo a Lucía y a Aldonza junto con otras dos españolas y dos portuguesas, y pusimos casa cerca del Coliseo. Todas tenían la piel limpia y hermosas cabelleras, lo que pregonaba su buena salud, ya que los que contraen el mal francés se quedan pelados y con señales en la piel, y a veces incluso terminan sin dientes y sin nariz.

49. Testini

Conocí en Campo de' Fiori a un muchacho barbiponiente que me cayó en gracia. Tenía la nariz grande, y cuando le miré el bulto de la braga me pareció que lo que cuentan debía de ser cierto. Ya dicen algunos que los ojos de las mujeres se hicieron de la bragueta del hombre, porque siempre miran allí.

—Eh, muchacho —le dije—. ¿Cómo te llamas?

—Me dicen Testini.

—¿Y por qué te dicen así?

—Creo que nací en el Testaccio, pero a lo mejor me llaman así por mis grandes testes —dijo señalando a aquel lugar que yo admiraba.

—Muy libre hablas para ser lampiño.

—Pruébame, señora, y me hallarás de tu gusto. Son como peras de agua. ¿Sois golosa?

—Yo me muero por la fruta —dije yo.

—Mirad, hay una estufa aquí cerca. ¿Qué decís?

—Vamos, hijo, que quiero que estemos limpios.

Entramos en la estufa, que es como llaman en Roma a los baños de vapor. El estufero nos dijo que estaba vacía, y nos quedamos los dos en cueros, y vi que todo lo que me había dicho el muchacho y yo había imaginado era cierto. Nos regamos los dos bien con agua caliente y luego con agua fresca.

—Había bragas para vos —me dijo Testini al terminar.

Como yo nunca había entrado en uno de aquellos establecimientos no sabía que prestaban bragas para cubrirse durante el baño. Pero él se había regalado mirándome.

—Ponte tú bragas si quieres —le dije.

El estufero me preguntó si quería navaja y le dije que sí y me depilé el vello de las axilas y de las ingles. Testini me devoraba con los ojos. Luego pedí un poco de vino y él chambelas, que son unas rosquillas dulces de anís que yo jamás había probado.

Cuando salimos, le llevé a mi casa y le dije que si me quería servir yo le trataría como a un hijo. Me dijo que él nunca había conocido a su madre, pero que le gustaría mucho conocer la mía, con lo cual quería decir mi coño. Como me había caído en gracia no me importaba que fuera tan descarado, e incluso me complacía.

Le llevé a la cama e hice con él esas cosas que nunca se hacen con un hijo. Lo tenía como la mano de un almirez y bien gordo, y no se le bajaba nunca.

—Despacio, hijo, despacio, que me vas a romper —le decía yo riendo.

—¿No es eso lo que les gusta a las mujeres?

—No, hijo. Ven, que yo te enseñaré a hacer feliz a una mujer.

Y le enseñé.

Resultó ser un servidor óptimo, porque era un muchacho de las calles y conocía a la perfección aquella Roma de la que yo no sabía nada.

—Mirad, señora —me dijo—, ¿habéis pagado ya al capitán de Torre Savella?

—¿Qué es eso que tengo que pagar?

—Un ducado, señora, como tributo. Todas las mujeres de la vida tienen que pagarlo o acaban allí dentro.

La Torre Savella era la cárcel de Roma, y nada más oír mencionarla sentí un escalofrío.

—También las casadas deberían pagar ese tributo —dije yo—. Toda Roma es un burdel.

Testini se convirtió en mi sombra. Siempre estaba a mi lado.

—Mira, Testini, toma un ducado y compra aquellos dos capones para comérnoslos.

—Testini, toma un ducado y compra esos cardos, que se me han antojado, que el cardo es malo para las niñas pero desopila el hígado y engorda la lengua.

—Más gorda no la querría yo —decía él con intención.

—Mira, Testini, toma un ducado y compra esas uvas, que parecen las que tenía la cigüeña en el pico.

—¿Quién te hizo puta? El vino y la fruta —me contestaba él.

Otra le hubiera dado un golpe en la cabeza con el abanico, pero a mí no me importaba que me llamaran puta, porque lo era.

—¿Será cierto lo que dicen, que la mujer golosa es puta? —le decía yo.

—Eso vos sabréis, por lo mucho que os gusta el dulce —decía tocándose la bragueta.

—Cuando lleguemos a casa pienso comerte esa uva que tienes.

—Y yo las vuestras —decía él mirándome las tetas, a las que era tan aficionado como yo al dulce de membrillo.

—Ay, Testini, así le decía el rey Salomón a la Sulamita.

—No sabía yo que el rey Salomón fuera sodomita.

Yo me partía de risa.

No, no me importaba que me llamaran puta porque no me importaba nada. Solo quería reírme, callejear, comprar lo que me apeteciera y dormir hasta bien entrada la mañana. Estar con hombres que no conocía y que no me gustaban era un precio pequeño a cambio de aquella libertad.

—Señora, aquel de allí dice que os dará un ducado si le mostráis el coño.

—¿Solo mostrárselo? Dile que estoy bien sana y que no voy a pegarle nada.

—No, señora, es que es de esos que les gusta mirar.

—Dile que se vaya en hora mala, que yo con los raros que miran por las cerraduras no quiero nada. Dile que le mire el coño a su madre.

—Si le pedís diez ducados os los dará, ¿no veis que tiene sombrero con plumas y cadena de oro?

—No quiero su dinero.

—Sí, señora.

—Mira, Testini, ¿dónde puedo comprar un estilete y un tahalí de cuero?

Me llevó a las calles de los vendedores de cuchillos y de los talabarteros, donde me hice una funda a medida y una vez más volví a tener mi estilete en la pantorrilla.

—Testini, ¿esas mujeres de allá son moriscas?

—Moriscas no, señora, son romanas.

—Pues ¿por qué llevan esas almalafas y esos velos como las moras?

—No son almalafas, son batículos. Todas las mujeres los llevan.

Eran parecidos a los velos que llevan las moras, unos paños listados con muchos pliegues que se recogían en la cintura y caían luego haciendo más pliegues. Lo cierto es que yo no sabía nada de las nuevas modas del vestir. Como ahora disponía de dinero, me compré ropa nueva, un vestido verde, que siempre me ha sentado bien ese color, y también uno rojo borgoña con un escote tan bajo que casi se me salían las tetas. Este último me hizo ganar mucho dinero.

Muchos de mis clientes no me pagaban con monedas, sino en especie: una cadenita, unos zarcillos, un poco de coral, una copa de plata. A muchas de mi oficio les gusta esto más que las monedas, porque no sienten que les pagan, sino que les hacen regalos. Luego yo los llevaba a empeñar a los prestamistas que me señalaba Testini y los convertía en ducados. Nunca discutía mucho el precio, todo me parecía bien. Ganaba suficiente, vivía bien e incluso ahorraba.

Si no hubiera sido por esos dos terrores que aquejan siempre a las mujeres de la vida, ponerse enfermas o quedarse preñadas, podría decir que aquella vida me gustaba. Cuando vuelvo la vista a esos años, me asombro de lo fácilmente que me acostumbré a ese oficio, que tan alejado estaba de todo lo que yo había vivido hasta entonces. Aquel contacto continuo con la gente de la calle, que nada sabían de Ovidio ni de Aristóteles, cuya única ambición parecía ser reírse y hacer bromas y que se sentían ricos si tenían tres ducados, hacía que me sintiera tranquila. Nadie me encontraría jamás en aquellos ambientes en los que solo era Inés, Inés la Española, o a veces la Española a secas, cuando no Bárbara, Susana o Elena, ya que en aquel mundo era posible también cambiarse de nombre y ser una persona distinta cada día.

Pronto cogí una doncella que se llamaba Dorotea, y enseguida Testini y ella se enredaron y ella se quedó preñada. Probamos un montón de remedios para que abortara, pero no hubo manera. Cuando nació su niño, ya éramos cuatro. A pesar de todo, Testini seguía sirviéndonos regularmente a las dos. Con aquella mano de almirez que tenía, que parecía de bronce, podía haber servido con gusto a otras diez.

50. La loba

Había muchos españoles en Roma, entre ellos muchos judíos que habían marchado allí cuando la expulsión, y no sé por qué, siempre se alegraban más de estar con una de su antigua patria que con una italiana. Conocí a un soldado llamado Hinojosa al que le gusté tanto que me envió luego, de uno en uno, a su regimiento entero.

—A ver, que ha salido la comadreja —me dijo la primera vez que estuvimos en la cama.

—¿La comadreja le llamáis al dinguilinguindón?

—Sí, porque siempre va a por el conejo.

Y, en efecto, tenía razón.

Luego comenzaron a llegarme sus compañeros de armas, todos «de parte de Hinojosa», que les había hablado maravillas de mí. He dicho que venían de uno en uno, pero a veces venían también en grupos de dos o tres, o incluso cuatro. Eran todos mozos fuertes y gallardos que, como todos los soldados, andaban siempre muy calientes. Tanto que también me calentaban a mí. A veces estaba con ellos consecutivamente, y otras veces con los tres o los cuatro al mismo tiempo, cosa que a ellos parecía gustarles mucho.

Pasar una tarde con cuatro mocetones llenos de vida no es precisamente aburrido, pero puede resultar cansado, y pronto comencé a compartirlos con Aldonza y con Lucía. Nos habíamos hecho las tres inseparables y las tres nos reíamos mucho juntas.

Creo que en aquellos años llegué a ser la mayor puta de Roma. No sé exactamente qué era lo que me pasaba. Sentía una pasión y un deseo insaciable por los hombres. Cierto es que estaba con muchos que no eran guapos, pero nunca estuve con ninguno que me desagradara y menos aún con ninguno que me pareciera enfermo. Siendo yo lozana y joven los elegía jóvenes y gallardos y, a poder ser, ricos, aunque tampoco estuve nunca con un rico que fuera viejo y feo. Por lo demás, todos me parecían bien, grandes, pequeños o medianos, con piel o sin piel, ya que de todas formas me parecía hermosa la cosa. Era yo como una loba, esa loba romana que representan con muchos pechos. ¡Oh, y qué bellos y floridos estaban los míos, qué lindos mis ojos, qué rojos mis labios! Es cosa sabida que el fornicio es mejor tónico para la piel que los baños de leche de burra que se daba Cleopatra y, con tanto cabalgar, la tenía yo tan limpia y resplandeciente que parecía brillar en la penumbra.

Si al principio me causaba reparos irme con un hombre al que acababa de conocer en la calle, pronto comencé a cogerle el gusto. Con el tiempo elegía más y estaba con menos, me cansaba menos y no ganaba menos, porque eran más ricos, y disfrutaba más y dormía más. Y comía con gusto. Todo me sabía bien. Creo que nunca en mi vida he comido con tanta hambre.

Siempre he dado gran importancia a los olores y siempre he querido estar limpia y oler bien, y deseaba lo mismo de los hombres con quienes estaba. Los lavaba bien antes de hacerlo y me lavaba yo, y a veces cuando me olían en la esquina, digo, entre las piernas, me decían:

—¿Qué habéis puesto acá, hermana, que huele como el paraíso?

—Nada, hermano, es su natural perfume.

Pero no era cierto, y siempre ponía allí una gota de agua de rosas.

Como vivía rodeada de ladrones y de ladronas, comencé también a interesarme por aquel arte. No tenía necesidad de robar, porque ganaba buenos dineros, pero descubrí que encontraba placer en hacerlo. Coger lo de otro, hacerse dueño de algo sin tener que pagarlo, el miedo de ser sorprendido, la sensación de maravilla al salirme con la mía, el calor en el bolsillo del objeto robado me parecían sensaciones incomparables. A veces, en las casas de los hombres que frecuentaba, robaba alguna cosa sin valor solo por el placer de hacerme con algo que no era mío. Recordaba ahora aquel crucifijo labrado de joyas que robé una vez, y pensaba si no habría hecho aquello, al menos en parte, por el gusto que da siempre robar.

Una vez le robé un anillo a un hombre y luego volvió a buscarme desesperado, diciéndome que si yo lo tenía me pagaría tres veces su valor.

—Caballero —le dije—, si yo tuviera el anillo, que no lo tengo, hacer tal cosa sería reconocerme culpable y convertirme en cuero de tambor para que taña el verdugo en mis espaldas.

Pero me dio lástima el hombre, e hice algo extraño. Como me había convidado a comer y sabía que le gustaba el pescado, compré un lucio, le metí el anillo por la boca e hice que se lo llevaran a su casa. Si lo encontró o no, no lo sé.

Un día, cuando andaba por la Piazza Navona, creí ver a mi hija Nisea. Era una gran dama, muy elegante, ya madura, algo corpulenta, ella que siempre había sido pequeñita y fina, e iba con dos doncellas y un criado que le sostenía un parasol. De pronto vi sus ojos fijos en mí, y una expresión de asombro y de horror en su rostro. Yo desaparecí entre los puestos y los toldos de los vendedores tan rápido como pude. Luego me informé sobre ella y me enteré de que se había convertido en una compositora famosa, muy alabada por su arte en el contrapunto, y que sus canzonetas, villanelas y madrigales causaban admiración. También era famosa como cantante, y se decía que tenía una voz tan bella que hacía llorar a los ángeles. Nada me hubiera gustado más que escucharla, pero aquellos salones nobles donde ella desarrollaba su arte y donde se interpretaban sus madrigales me estaban por completo vedados.

Creo que fue la primera vez que sentí, casi físicamente, lo bajo que había caído, y que entendí por qué es así como se llama a descender desde la altura de la vida honrada a la del arroyo. ¿Eso era yo, una mujer caída?

No estaba yo para tristezas ni culpas. ¿Una mujer caída? No, una mujer viva que hace lo que quiere.

Aquel encuentro con mi hija volvió a renovar mi miedo a ser reconocida, con todas las posibles consecuencias de ser detenida, torturada, juzgada, condenada, puesta en la picota, azotada o incluso quemada en la hoguera, y decidí salir de Roma. Tenía un cierto dinero ahorrado, y pensé que era el momento de viajar un poco y conocer el resto de Italia.

Antes de marcharme de la ciudad subí un día al Pincio y me acerqué al Palacio Bonormini, que había sido mi hogar durante años, y luego mi horrenda cárcel durante otros tantos. No me atrevía ni a acercarme a la puerta. Pregunté a los transeúntes quién vivía allí y me dijeron que el cardenal Bonormini.

—No es posible —dije yo—. El cardenal está muerto.

Pero el cardenal del que hablaban no era Francesco, el monstruo, sino mi hijo Ferdinando.

Pobre hijo mío, pensé, ¿qué vida tendrás, habiendo salido de tales padres?

51. Florencia

Había oído hablar tanto de Florencia y de las otras ciudades de la Toscana que ardía en deseos de visitarlas. Además, fuera de Roma sería raro que me encontrara con nadie que pudiera reconocerme.

Llegué a Florencia con Testini, Dorotea y el niño de ambos un día de lluvia muy fuerte, descansé en una posada y al día siguiente me eché a la calle para buscar casa. Tuve suerte y encontré tres habitaciones limpias y cómodas en el Ponte Vecchio, encima de las tiendas de un platero y de un cordelero, que alquilé durante un año por diez ducados, pagaderos cada tres meses. Todo el Ponte Vecchio estaba edificado, y era como una calle con casas a ambos lados. Con los años, le habían ido haciendo añadidos y voladizos a los edificios hasta darle esa forma tan pintoresca que tiene, que lo convierte en un puente único en el mundo. Mi casa era una de aquellas, por lo que yo estaba, literalmente, flotando sobre las aguas y suspendida en medio de los aires. Parecía que al final iba a ser cierto que yo era bruja.

Vivir en un puente me gustaba. Era como vivir en tierra de nadie, entre dos orillas, en tránsito permanente. Durante el día había mucho ruido, ya que el puente estaba lleno de clientes que entraban y salían de los comercios, a lo que había que añadir los gritos de los mercaderes voceando sus mercancías, que ponían en unas mesas o bancos durante el día. Yo, que me había acostumbrado a despertarme tarde, tenía que cerrar las ventanas para no oírlos. Pero el bullicio me gustaba. Después de mi encierro había cogido verdadero aborrecimiento a los patios cerrados, a los huertos secretos, a la soledad y al silencio.

Había un estornino que venía a mi ventana y yo le ponía comida para que la frecuentara. Testini me decía que por qué no compraba unos pajaritos y los tenía en una jaula si tanto me gustaban, y le dije que yo amaba tanto los pájaros como aborrecía las jaulas.

Como mi profesión podía ejercerse en todas partes con la misma facilidad, pronto comencé a ganar dinero en Florencia y a hacerme, como suele decirse, una cierta reputación.

Los hombres de Florencia me parecían, en general, más guapos y elegantes que los romanos. Pero también había aquí luces y sombras. Conocí a un hombre oscuro, delgado, apergaminado, con largos bigotes, llamado Annibale, que se encaprichó de mí.

Me llevó a su casa y me dijo que me quería solo para él, que me mantendría y me pagaría lo suficiente para que no tuviera que estar con otros.

—Pero es que quiero estar con otros —le dije—. Es la única manera de no ser de nadie.

—Pero ¿os gusta pasar de uno a otro como una moneda que todos tocan? —me decía él, enamorado y sufriente.

—No, caballero, no me gusta, pero sí me gusta ser libre.

—Libres llaman a las meretrices, señora.

—Es lo que soy.

—Pero yo os ofrezco que dejéis de serlo. Viviréis aquí, en mi casa, ya veis que es amplia y rica, abandonaréis el lupanar y os trataré como...

La experiencia me había enseñado a sacar el estilete tan pronto como pudiera. Aquel Annibale se quedó pálido cuando vio la rapidez con que me incliné, lo extraje de mi pantorrilla y se lo puse ante los ojos.

—Dejadme ir —le dije—. Ningún hombre será mi dueño jamás.

—Nadie os retiene —me dijo él aterrado—. Nadie quiere encerraros.

—Todos queréis lo mismo. ¡Yo no soy de nadie!

Salí de su casa con el corazón agitado. Estaba toda envuelta en sudor. No sabía lo que me pasaba y de pronto, al llegar a la calle, donde Testini me aguardaba, pensé que iba a desmayarme otra vez. Me apoyé en una pared y me puse a respirar profundamente hasta que, poco a poco, la sensación de pánico fue desapareciendo.

—Señora, ¿qué tenéis? ¿Estáis enferma? —me decía Testini.

—No, Testini, es que querían comprarme.

—Pues ¿no es ese vuestro negocio, señora?

—No, Testini, yo vendo mi cuerpo, no a mí.

Solía trabajar por las tardes o al caer la noche, aunque nunca muy tarde, y reservaba la mañana para bañarme, para descansar, para comer y para escribir *El olivo*, que nunca abandonaba. Podría también haber trabajado por la mañana o por la noche, porque hay putas mañaneras, vespertinas y nocturnas, y a cualquier hora se puede coser y cardar, pero aquel horario era el que más me convenía. Los domingos los reservaba para salir a recrearme por los parques y los campos del otro lado del Arno. Algunas veces iba a misa, aunque no muy a menudo, y cuando lo hacía era sobre todo para escuchar latín, ya que ahora no tenía ocasión de hablar aquella lengua con nadie.

Enseguida Testini se hizo con Florencia y paseaba por sus calles como si siempre hubiera vivido allí. Hizo amigos y, desde luego, amigas, todas enamoradas de su gran nariz, aprendió dónde se hacían las cosas, cómo entrar y salir, dónde comprar y vender, dónde apostar y jugar a los naipes, a quién había que pagar para no tener problemas, quién era carne y quién pescado. Yo le veía tan despierto, tan lleno de recursos, que me daba pena pensar que no era más que el sirviente de una nulidad como yo.

Sí, es cierto que yo me sentía como nada, como una gran nada. Una gran nada con pendientes de oro. Me sentía libre y disfrutaba de mi libertad como nunca, pero también me sentía vacía por dentro. A veces pensaba que disfrutaba de aquella sensación de estar vacía, de no ser más que una cáscara, y que eso era la libertad. Otras, me sentía triste y sucia.

—Cuanto más me la meten, más vacía me siento —le dije un día a Testini, porque me había acostumbrado a hablar como las de mi ramo, lo cual, quién sabe por qué, me agradaba—. Es como si ese hueco que tuviera entre las piernas ocupara toda mi persona.

—Eso es, señora, porque vivís sin amor.

—Amor es lo que vendo y lo que me da de comer.

—Pues el que necesitáis vos es el que no se compra.

—Ay, Testini, cuando te conocí eras un muchacho barbiponiente, ¿cómo te has hecho tú tan sabio?

Llegué a pensar que seguía conmigo porque se había enamorado de mí. De vez en cuando le llamaba y se metía en mi cama y lo pasábamos bien. Ya no tenía yo nada que enseñarle, y a menudo me enseñaba él cosas a mí.

Cuando pensaba en mí misma, no sabía quién era. Comenzaba yo a darme cuenta de que en realidad, y por muy breve que nos parezca, no tenemos una vida sino muchas, y que nacemos y morimos varias veces. Cuando pensaba en la niña que había sido, y en la enamorada, y en la que había visitado la corte de Enrique VIII, y en la que había sido comunera, y en la joven madre, y en la que había conocido a Garcilaso, y en la que había subido al Vesubio para contemplar Nápoles desde lo alto, me decía que la que yo era ahora no podía ser la misma mujer que había vivido todas aquellas cosas, que quedaban ahora tan lejanas, y sentía un terrible dolor en el corazón, como si en algún momento me hubieran entregado un gran tesoro en mi vida y yo lo hubiera dilapidado y hubiera acabado sin nada. Por esa razón intentaba no pensar ni recordar.

Me acostumbré a beber, no por sed ni por acompañar la comida, sino para embriagarme, y todos los días acababa medio ebria y luego dormía un sueño pesado y al día siguiente me dolía la cabeza.

Con lo bien que me iba, podía haber puesto un burdel, haberme retirado de la calle y ser alma de pupilas sin tener que trabajarme las espaldas yo misma, pero no quería los quebraderos de cabeza que trae regir un lupanar ni hacerme notoria en modo alguno para la ley y sus alguaciles. También podía haberme convertido en cortesana: sabía música, tenía conversación, era elegante, conocía a los clásicos y lo sabía todo sobre el arte del amor, pero ya había sido amante de un cardenal, ya había sido cortesana, solo quería ser libre.

A pesar de todo, fui escalando en la escala social y ahora tenía clientes ricos, gracias a los cuales fui amasando una pequeña fortuna.

52. Venus desarmando a Cupido

Testini, como siempre lleno de sorpresas, me dijo un día que se había enterado de que uno de los pintores más célebres de Florencia y protegido del duque Cosimo de Medici, regidor y condotiero de la ciudad, andaba buscando a una modelo para representar a Venus en una pintura que el duque le había encargado. Había que posar desnuda, y por esa razón el pintor, cuyo nombre no supo decirme, buscaba en los lupanares mujeres de la vida a las que no les importara quitarse la ropa. Según me decía, buscaba a una mujer absolutamente perfecta en todos sus detalles, ya que deseaba representar el parangón de la belleza femenina, y las pobres putillas que encontraba no le satisfacían.

—Pues qué, Testini —le decía yo—, ¿es que yo soy perfecta?

—Vos no lo sé —me decía él, porque se había vuelto muy resabiado—, pero vuestro cuerpo lo es, sin duda.

Y bien podía él saberlo, porque lo conocía de cabo a rabo.

Me llevó hasta la puerta del Palazzo Vecchio, donde ya había hecho alguna amistad, y para mi gran sorpresa nos hicieron pasar sin dificultad y pronto me encontré en el estudio del pintor.

Era un hombre de poco más de treinta años, vestido con una gorra de tela y una túnica azul como las que suelen usar los de su gremio. Pero ¿era verdaderamente un hombre? Tenía unos ojos tan dulces y una piel tan lampiña y delicada que al verle pensé que se trataba de una mujer. Me sorprendieron también su cortesía y la dulzura de su voz. Hacía tanto tiempo que yo no estaba en aquellos ambientes y que no trataba con personas refinadas que de pronto me sentí fuera de lugar, vulgar y mal vestida.

Me pidió que me quitara la ropa, para lo cual me ofreció gentilmente la protección de un biombo para desvestirme y una sábana para cubrirme luego y no tener que andar caminando desnuda por la habitación, y luego me indicó cómo debía posar. Tenía en el centro del estudio un pequeño podio escalonado cubierto con unas ricas telas estampadas, y me pidió que me reclinara allí, diciéndome luego cómo debía colocar las piernas y los brazos. Luego dejó caer con gran delicadeza una tela semitransparente para cubrir mi regazo y me entregó un arco, pidiéndome que lo sostuviera por encima de la cabeza.

—Es verdaderamente perfecta —dijo, como hablando para sí—. ¿De dónde sois, señora?

—Soy española.

—No imaginaba yo que Pafos estuviera en España —me dijo con aquella voz suya tan dulce.

Ya que Pafos, en Chipre, es el lugar donde, según cuenta la leyenda, nació Afrodita.

—Sois muy gentil, caballero —le dije—, pero nací muy lejos de la espuma del mar.

—A lo mejor no lo recordáis. Nadie recuerda dónde nació.

Me agradó que le hablara con respeto a una mujerzuela cualquiera que se mostraba desnuda e indefensa ante él y, estúpida de mí, casi sentí que me emocionaba, porque hacía mucho tiempo que nadie me trataba con tanta cortesía.

Se llamaba Alessandro Allori aunque, al parecer, había añadido a su nombre el epíteto de «Bronzino» en honor a su maestro, el gran pintor florentino conocido por ese nombre que, de acuerdo con algunos, era su tío.

A partir de entonces, me convertí en la modelo de su Venus, del mismo modo que Testini acabó siendo el modelo de Cupido.

Existe, por tanto, un retrato mío que todo el mundo puede contemplar, la *Venus desarmando a Cupido* de Alessandro Allori, en el que la diosa aparece reclinada sobre el costado, el rostro vuelto hacia su derecha, los brazos levantados en blanda lucha con su hijo, el Amor, que intenta recuperar el arco y las flechas que la diosa le ha quitado. Sí, esa soy yo, expuesta ante los ojos de los siglos tal y como vine al mundo, ahí estoy yo para la posteridad, apenas oculta mi desnudez por un velo transparente y un rosal convenientemente situado frente al nacimiento de mis muslos, eternamente joven, eternamente bella. El pintor se tomó algunas libertades: recortó mis cejas tan bien como lo hubiera hecho la propia Aldonza, redujo significativamente el tamaño de mis senos y quiero creer que añadió al vientre y a las caderas algo de ese carácter monumental que se buscaba entonces en las figuras. Pero el rostro es sin duda alguna el mío: el ancho puente nasal, los labios llenos y rojos, el filtrum delicado, el «arco de Cupido», las comisuras profundas, los anillos del cuello, la ligera hinchazón del párpado inferior, los ojos oscuros e intensos.

A pesar de todo, no pude evitar hacerle comentarios como una vez le hiciera a Michel Sittow.

—Caballero, mis senos no son tan pequeños —le dije—. ¿Es que no os gustan como son?

—Me gustan más los vuestros —me dijo—, pero hay unos cánones de la belleza, señora.

—Pero yo tengo aréolas alrededor de los pezones. Estos pezones han dado de mamar, no son simples botones. ¿Por qué no los pintáis como son? Y el pubis, ¿por qué esconderlo tras unas rosas?

—Eso no se puede, señora. Sería obsceno.

—Pero las mujeres somos así.

—Yo no estoy pintando a una mujer, señora, sino a una diosa.

Con lo cual me estaba diciendo, poniéndome muy educadamente en mi lugar, que aquel no era un retrato mío, y que yo era solo una modelo.

Alessandro Allori dedicó mucho tiempo a aquella pintura, y las sesiones de posado se extendieron durante meses, en el curso de los cuales se estableció entre nosotros una curiosa relación de amistad. Nada más hubo entre nosotros, porque él no sentía interés por mí como mujer. Ya he explicado que era un hombre tan delicado y femenino que la primera vez que le vi envuelto en su túnica de pintor yo le tomé por una mujer. Nos poníamos a conversar y a él le extrañaba la soltura con que yo hablaba de Miguel Ángel, al que él mismo había conocido en Roma, y de tantos otros artistas, poetas y escritores que yo había tratado tiempo atrás. Creo que pensaba que yo era una gran dama florentina o romana de esas que posan desnudas por el deseo de inmortalizar su belleza, como la legendaria Simonetta Vespucci, o bien una cortesana elegante, quizá la amante de algún noble.

De este modo, insensiblemente, sin planearlo, fui abandonando mi vida licenciosa. Cuando regresaba del estudio del pintor a mis aposentos del Ponte Vecchio no tenía el menor deseo de salir a la calle para ponerme a buscar hombres. Tampoco tenía necesidad, porque ya estaba siendo pagada, y muy generosamente. A los que llamaban a mi puerta no les abría, y me propuse no volver a acostarme con Testini por mucho que me gustase hacerlo. Le dije que debía ocuparse de Dorotea y de su hijo, que fuera un buen hombre, y él me dijo que me amaba a mí y que si me servía era solo para estar conmigo.

¡Pobre Testini, y cómo me emocionaron esas palabras! Hacía tiempo que sabía que estaba enamorado de mí, pero aun así me conmovió su declaración. Un hombre solo está verdaderamente desnudo cuando declara su amor.

Yo tengo un especial cariño al cuadro *Venus desarmando a Cupido* de Alessandro Allori, que es quizá la que más amo de todas las pinturas del mundo no porque sea la mejor, desde luego, ni porque sea ni siquiera notable, sino porque fue la que me salvó de mí misma. De no haber sido por aquellas sesiones en las que yo me transformaba en Venus, de no haber sido por aquel contacto, de nuevo, con el refinamiento y con la belleza, es posible que yo hubiera acabado muy mal, dada la vida que llevaba. Había cogido la costumbre de beber sin moderación, y más tarde o más temprano habría terminado por caer en las garras de aquella horrible enfermedad que llamaban «mal francés» o «mal de Nápoles», que se cebaba en todas las de mi oficio, y hubiera terminado mi extraña vida alcoholizada, enferma de sífilis, calva, sin dientes y con una monstruosa cara sin nariz.

Aquel cuadro me sacó del lugar sucio y oscuro en el que yo me había metido y me subió de nuevo al aire limpio. Más tarde, Alessandro Allori me propuso posar también para uno de sus lienzos más hermosos, *Los pescadores de perlas*, donde yo aparezco en primer plano, también desnuda, recibiendo las perlas que me entregan unos niños.

Hoy en día nadie tiene en gran estima a Alessandro Allori y se afirma que su estilo es artificial y académico. Pero nadie podría dudar de su consagración en cuerpo y alma a la expresión de la belleza. Creo que existe en el mundo un excesivo temor a la belleza, seguramente por culpa de la religión y porque a todos nos han convencido de que no tenemos derecho a ser felices. Pero el mensaje de la belleza es, precisamente, que todos merecemos ser libres y felices. La belleza no es algo ajeno a la desdicha, sino la salvación de todas las desdichas. No es un intento de ignorar la enfermedad de los seres humanos, es su cura. La belleza de una mujer desnuda nos habla de la dignidad del cuerpo humano, y sugiere que la belleza es algo propio y natural, que brota de nuestra forma sin necesidad de adorno o compostura. Si un desnudo es bello, entonces la belleza es lo que empieza, el origen y la razón de todo. Por eso Afrodita, hija de Urano, es anterior a Zeus y al Olimpo. Afrodita es la belleza no porque las mujeres sean bellas, sino porque lo humano es hermoso.

53. Un joven poeta

—Hijo, Testini —le dije—, voy a abandonar esta vida.

—¿Qué? ¿Os habéis vuelto honrada?

—Honrada o cansada, no sé. Me marcho de Florencia.

—¿Adónde?

—No lo sé. A Pisa, o mejor a Lucca. Deseo vivir cerca del mar.

—Yo voy con vos.

—No, Testini. Tú te quedas aquí con Dorotea. Yo dejaré la casa pagada dos años.

—Pero yo no quiero a Dorotea.

—La quisiste suficiente como para hacerle un hijo.

—¿Y por eso he de ser castigado?

—El castigo es nacer —le dije—. Y eso nadie lo pide. Tampoco ella lo pidió.

—¿Ya no sois puta, entonces? ¡Con lo mucho que os gustaba!

—Eso no le gusta a ninguna —le dije yo—, aunque algunas lo finjan.

—¿Y vos fingíais?

—Fingir es el oficio —dije yo.

—¿Y la berenjena tampoco os gusta? —dijo tocándose el bulto de la bragueta—. ¿Cómo la llamáis? ¿Dinguilinguindón?

—Ay, Testini —dije riendo.

—Mirad, que se me sale —dijo desabrochándose.

—¡Guardad eso! —dije fingiendo que me tapaba los ojos.

—Sale sola.

—Ay, hijo, ¿qué le dais de comer, que tan bien se está criando? La veo más grande.

—Porque intenta llegar hasta vos. Mirad, ahora se sale la bellota.

—La última vez será esta —le dije agarrando aquel rodillo de amasar, aquel unicornio, aquel cirio pascual.

—O la penúltima —dijo él muy alegre.

—Ay, Testini —le decía yo cuando le tenía dentro—, ¡cómo voy a echarte de menos!

—Ay, señora —me decía él—, ¿cómo podéis estar tan apretada con lo mucho que holláis? Me matáis de gusto.

Así estuvimos hodiendo o jodiendo, hollando o follando, toda la noche, porque aquel bendito muchacho tenía una energía que no se le acababa nunca. Hicimos todas las cosas que pueden hacer un hombre y una mujer, y de todas las maneras posibles.

—Si os habéis quedado preñada, ¿volveréis a buscarme? —me dijo.

—No, hijo, esto se acabó.

Ya había cantado el gallo varias veces cuando salió de mí por última vez, y yo me juré que no volvería a entrar. Además, estaba toda dolorida.

También yo salí, pero de Florencia con destino a Bolonia. Le había mentido a Testini sobre mis posibles planes de viaje porque quería asegurarme de que no vendría a buscarme.

Era un viaje largo porque había que cruzar las montañas. En un par de días llegamos al Borgo de San Lorenzo, un pueblo encantador situado en el corazón del Mugello, una verde y húmeda región de ríos y de lagos. Pensé que había encontrado un paraíso, hasta que dieron las seis de la tarde y aparecieron densas nubes de mosquitos que se ensañaban en mi piel fina como si fuera miel para ellos. Unos días más tarde estábamos en Bolonia, de nuevo en los Estados Pontificios. Pero mi deseo era conocer la República de Venecia. Pasé unas semanas en Bolonia, y luego fui a Mantua, que había sido la patria de Virgilio, y más tarde a Verona, ya en el territorio de la República. Llegué a Venecia en otoño.

No sabía qué hacer con mi vida. Tenía más de diez mil ducados ahorrados. Si los administraba bien, podría vivir desahogadamente durante una larga temporada. Pero el dinero se acabaría tarde o temprano, y entonces, ¿qué iba a hacer yo? Las mujeres no trabajan ni tienen oficio, y por esa razón no pueden ganar dinero. Ese es su gran problema, y la gran diferencia que existe entre nosotras y los hombres. No puede decirse que yo me enorgulleciera de haber sido prostituta durante tantos años, pero sí me enorgullecía de haber sobrevivido, de haber prosperado, de haber ayudado a los míos, de no haber hecho daño a nadie y de haber logrado salir de esa vida sin ninguna marca en el rostro. Sobre todo me enorgullecía de haber logrado ganar dinero, algo que yo, como mujer, solo podía hacer vendiendo mi cuerpo.

¿Me estoy justificando? Es posible. El día en que las mujeres puedan ganar dinero igual que los hombres, entonces habrá cambiado el mundo.

¿Qué hice en todos esos lugares? Descansar, pasear, escribir, leer. Había tantos libros nuevos que leer, italianos y españoles, que pasaba los días deslumbrada. En Venecia también se publicaban libros en castellano, y a veces encontraba también allí libros españoles publicados en Salamanca, en Alcalá, en Valencia o en Amberes. Estos eran los que más buscaba, porque eran los de mi lengua. Después de tantos años viviendo en Italia, sentía que el castellano se me desdibujaba y que el italiano me venía con más naturalidad a los labios. Incluso había escrito partes de *El olivo* en italiano.

Encontré un libro curioso titulado *La famosa et degna historia degli invitti cavalieri Don Cristaliano di Spagna et Lucescanio suo fratello, fligliuoli del l'Imperatore di Trabisonda*, publicado en Venecia por Michele Tramezzino. Se trataba de la traducción italiana de una novela de caballerías española, pero no tenía nombre de autor. Había leído muchas novelas de caballerías, siempre me habían gustado, y aquel *Don Cristaliano* me sorprendió por la cantidad de personajes femeninos que tenía, y porque en ese libro las mujeres no iban disfrazadas de hombres como solía suceder en las novelas de aventuras de entonces, ni eran todas víctimas desdichadas, sino que, como la dama Minerva, por ejemplo, eran mujeres deseosas de aventuras que recorrían las tierras y los mares a la par que los hombres. Me dije que solo una mujer podía haber escrito aquella novela, y así era, en efecto. En la edición española, que encontraría unos años más tarde, se decía que la autora era «una señora natural de la noble y más leal villa de Valladolid», aunque su nombre real, Beatriz Bernal, solo lo conocí más tarde.

Aquello me hizo replantearme una vez más mi *Cleóbulo y Lavinia*. Lavinia era siempre víctima, Cleóbulo era siempre heroico. Pero ¿acaso no son algunas veces los hombres víctimas y las mujeres se ven forzadas a ser valientes? De pronto imaginé a Lavinia, a mi dulce, sufrida y femenina Lavinia, con los ojos inyectados de furia y una espada ensangrentada en la mano. No, no me gustó aquella visión. Hacer cosas en el mundo igual que los hombres no quiere decir hacer las cosas peores que hacen los peores hombres.

Y hablando de los hombres, ¿los echaba de menos? Sin duda. Pasar de tener mil amantes a no tener ninguno no resultaba fácil. A veces no podía dormir, y echaba de menos, pecadora de mí, la sensación de aventura y de cacería de salir a las calles en busca de un hombre apuesto que quisiera regalarme unas perlas. Algunas noches hubiera matado por tener cerca a mi Testini y haberle llamado a mi cama.

Se declaró una peste en Venecia y salí huyendo de la ciudad antes de que la cerraran y quedara yo allí atrapada. Pensé que ya era hora de regresar a España, y que lo mejor era embarcarme en Nápoles.

Me puse en camino, y me detuve unas semanas en Roma. No sé qué sentía yo al volver a entrar en aquella ciudad, que conocía mejor que ninguna otra del mundo, tanto la Roma de los palacios como la de los burdeles: odio, amor, miedo, fascinación. No sé quién dijo aquello de que «Roma» es «Amor» al revés. Suponía que seguramente a aquellas alturas debía de ser yo abuela, y abrigué el loco plan de intentar ver a mis hijos aunque fuera de lejos o, al menos, de averiguar cómo les iba en la vida.

Así me enteré de que Sofonisba había llegado a ser abadesa de un convento y había muerto en olor de santidad, que Nisea seguía viva y con buena salud y que Ferdinando era uno de los cardenales cuyo nombre sonaba siempre como posible candidato a la silla de San Pedro. Los papas vivían pocos años entonces, seguramente porque no todas sus muertes eran naturales: a Pablo III le habían sucedido Julio III, Marcelo II, Pablo IV, Pío IV y Pío V, que era el papa actual.

Visité las academias literarias de Roma. Ya no conocía a nadie en aquellos círculos, pero tenía tal soltura en las cosas del mundo que entraba donde me proponía y era siempre bien recibida. En una de estas academias conocí a un joven poeta español que estaba al servicio del obispo Acquaviva. Era un joven despierto, rubio, cenceño, que hablaba muy rápido y venía, precisamente, de Madrid, que era donde había conocido al obispo italiano al que ahora servía, aunque no había nacido en Madrid sino en Alcalá de Henares, donde su padre había sido cirujano. Me contó muchas cosas de mi ciudad, que había dejado solo unos meses atrás, y me la pintaba con colores tan vivos que yo sentí de pronto enormes deseos de regresar.

Hablaba de Madrid con tanta nostalgia que le pregunté por qué se había marchado, y me confesó que había tenido un problema con la justicia, que había librado un duelo, había herido a un hombre en un brazo y había tenido que salir huyendo. Volvimos a vernos en los días siguientes. Se había presentado como poeta, pero creo que era muy poco lo que había escrito hasta entonces. Me leyó un soneto en el que hablaba una mujer, una pastora, y que terminaba con estos versos: «Del campo son y han sido mis amores, / rosas son y jazmines mis cadenas, / libre soy, y en libertad me fundo». Yo lo alabé mucho y le dije que como mujer apreciaba que un poeta defendiera el derecho de las mujeres a ser libres.

—Al lado de Garcilaso, lo que hacemos todos los demás no es nada —me dijo él.

Una tarde, visitando las tiendas de libros de Roma, encontramos una edición de las poesías de Garcilaso que acababa de publicarse en Salamanca. Mi amigo se puso muy feliz al ver aquel libro ya que, según me dijo, ya era hora de que se publicaran solas y sin el peso de las de Boscán.

Le vi tan emocionado que compré dos ejemplares, uno para él y otro para mí.

—Yo no soy poeta —me dijo—. No sé nada, no conozco nada de la vida, no he estudiado apenas. He leído poco. No sé latín. Tuve un maestro de gramática, pero apenas pude atender unos pocos cursos en la universidad. Y ahora vedme, huido de la justicia y sirviendo a un obispo.

—Para escribir bien no es necesario saber latín —le dije yo—, sino conocer la vida y el mundo. Vivid, hermano, y si tenéis talento, la pluma se os desbordará de palabras.

—Tenéis razón —me dijo—. Hay que conocer a los hombres y la vida, eso es cierto, y sin eso no puede hacerse nada. Pero no es «la verdad» lo que debe plasmar el poeta. La verdad es el tema de la historia, que debe ceñirse a ella. Pero la poesía, ya sea en verso o en prosa, no puede contar la verdad.

—Vaya —le dije intrigada—. ¿Cómo es eso?

—Porque la verdad nadie sabe lo que es. Por eso todos los que cuentan historias mienten, y no puede ser de otra manera.

—¿Vos creéis? —le dije confundida.

—¿Qué sabéis vos de mí? Sabéis las historias que yo os cuento, y ninguna la contaré exactamente como pasó. ¿Y qué sé yo de vos más que las historias que contáis? ¿Y qué sabéis vos de vos más que las historias que os contáis a vos misma? Estamos hechos de historias, Inés, somos historias vivientes e inventores de historias.

—Me da mucho que pensar lo que decís —dije yo.

—Contadme una historia —me dijo entonces, porque era muy nervioso y no le gustaba perseverar mucho en un mismo tema—. Habladme de cuando estabais en Salamanca.

—¡Hace mucho de eso! Casi lo he olvidado. Pero si queréis, os contaré un caso que le sucedió a una amiga mía cuando yo vivía en Madrid.

Le conté la historia de aquel hombre que me seguía por las calles y me había robado, me había encerrado en una habitación oscura y había abusado de mí, y cómo yo había logrado robar un crucifijo con la idea de tener una prueba de lo que había sucedido. Me escuchó con enorme interés.

—Lamento que eso tuviera que sucederle a vuestra amiga, Inés —dijo, sin duda habiendo entendido con toda claridad que aquella amiga era yo—. Pero decidme, si finalmente ella quedó preñada, ¿por qué no intentó buscar al padre utilizando aquel crucifijo?

—Eso mismo me he preguntado yo muchas veces —dije yo—. Era una joya tan rica que no le hubiera costado encontrarle. No lo sé. A lo mejor tuvo miedo de no ser creída y de ser tomada por una buscona y una ladrona.

—Pero tenía derecho a que el que la deshonró reparara su falta.

—Tenéis razón, pero a lo mejor no quería volver a casarse.

—Pues ¿había estado casada antes? —dijo él.

Yo me mordí los labios.

—Sois muy perspicaz y yo hablo demasiado —le dije—. No se os escapa una, hijo. Sí, había estado casada antes. Era viuda, y no deseaba cadenas, ni siquiera las que se hacen con rosas y jazmines.

Muchos años más tarde, aquella historia que yo le conté se convirtió en una novela llamada *La fuerza de la sangre*. Como suele suceder, él le dio un final distinto, ya que la doncella violada logra encontrar a su raptor y finalmente se enamora de él y los dos jóvenes se casan con el beneplácito de los padres de ambos.

Nunca olvidaré aquellos meses que pasé con él, y muy especialmente aquella tarde en que Miguel de Cervantes y yo empezamos a ser amantes. Corría el año de 1569, y ese día cumplía yo cien años.

54. Regreso de Italia

Me embarqué en Nápoles con las usuales precauciones que los viajeros suelen tomar en estos casos por miedo a los piratas: a nadie le hablé de mí, ni de quién era ni de cómo me llamaba, me vestí con mis ropas más pobres, que parecía una criada, y durante el viaje no hablé con ningún pasajero y menos aún con el capitán, ya que en caso de ser capturados por los berberiscos, sería a él al primero que interrogarían para averiguar si había señores o nobles entre el pasaje por los que pudieran pedir un alto rescate.

Afortunadamente, la travesía transcurrió sin problemas. Avistamos tres galeras en la distancia y hubo un momento de terror, pero eran naves de los estados papales. Tampoco la bandera era a menudo garantía alguna, porque los berberiscos a veces disfrazaban sus naves para que parecieran cristianas.

Desembarqué en Valencia, sintiéndome muy feliz de volver a poner los pies en mi patria, y me puse de inmediato en camino para Madrid.

Entré en mi villa natal por la que todavía se llamaba y seguiría llamándose la Puerta del Sol y pronto me di cuenta de que aquella ya no era la ciudad que yo conocía. Ahora era la capital del reino, y la presencia del rey y de la corte se notaba por todas partes. Las calles de Madrid, siempre bulliciosas, estaban llenas de mercaderes, de clérigos, de extranjeros, de saltimbanquis, de soldados, de pícaros, de truhanes. La ciudad había crecido, se habían levantado nuevos palacios, nuevos monasterios, nuevas iglesias. Bajando por la calle del Arenal vi un gran convento donde yo recordaba que tiempo atrás había un palacio. Pregunté y me dijeron que era el de las Descalzas

Reales, instituido por Doña Juana de Austria, la hermana del rey Felipe II.

Incluso en la recogida y secreta calle del Nuncio, por donde yo solía entrar para ir a mi casa, encontré un palacio nuevo, un edificio de ladrillo con una torre que más tarde me enteré de que pertenecía a Doña Luisa de Herreros, condesa de Palencia.

Bajé unas escaleras y entré por la calle en cuesta donde se encontraba mi casa, mi querido Palacio de las Calas. Una vez más, allí estaba esperándome. Busqué la llave en el lugar donde siempre la escondía, entré en mi casa y comencé a recorrer las habitaciones. Estaba todo cubierto de un espeso manto de polvo y las telarañas eran tan grandes que caían del techo al suelo. Fui abriendo ventanas, dejando que entrara el aire limpio y que se renovara aquel espeso y viciado que había en el interior. Me asomé a mirar el jardín, y era como una selva llena de enredaderas, plantas locas y flores desconocidas.

Fui recorriendo los salones, reconociendo mis viejos muebles, mis tapices, mis alfombras, mis libros, mis viejas ropas pasadas de moda. Estar allí de nuevo me producía una emoción tan intensa que no podía contener las lágrimas. Estaba todo sucio y abandonado, pero aquella era mi casa. Era mía, mi propiedad, mi mundo. Allí dentro yo era libre.

Muy poca cosa traía conmigo. Mi fortuna, bien guardada en refajos y faldriqueras bien ocultas, mi libro de Ovidio y el manuscrito de *El olivo*.

Abrí el baúl mundo y saqué del doble fondo el retrato que me hiciera Melchior Alemán, o Michel Sittow. Limpié como pude uno de los espejos y comparé mi reflejo con el retrato del año 1500. Eran idénticos.

Luego busqué los documentos que me acreditaban como condesa de Tordesillas y dueña de la villa, pero me di cuenta de que ya no servían, y que mi título hacía tiempo que debía de haber sido cancelado al no haber sido reclamado por ningún heredero.

Una vez más, busqué servidores y me dediqué a poner mi casa en marcha. Encontré a una madre y una hija que se llamaban Cecilia y Belisa, naturales de Cifuentes, muy animosas y dispuestas, con las que pasé una semana entera limpiando la casa. Había muchas cosas rotas y estropeadas, ventanas desencajadas, vidrios rotos, tejas perdidas, baldosas sueltas, colchones podridos, cortinas ajadas, alfombras apolilladas, y hubo que comprar alfombras, colchones nuevos y telas para hacer cortinas, y llamar a carpinteros, albañiles, vidrieros, techadores, marmolistas y jardineros, pero finalmente, y después de muchos esfuerzos y trabajos, el Palacio de las Calas volvió a parecer una casa de nuevo. Cuando desapareció la última telaraña y se bruñó la última bandeja de plata y se cerró el último hueco de la escayola y se sustituyó el último vidrio roto y se colgó la última cortina me sentía allí dentro tan cómoda que no tenía ganas de salir de casa.

Fui con Belisa a visitar talleres y sastrerías para renovar mi vestuario, ya que todos mis trajes estaban tan anticuados que mi doncella se quedaba pasmada al verlos.

—Pero señora Inés —me decía—, ¡que esto es del tiempo de mi abuela!

Y es que eso era yo, una abuela de cien años.

La nueva ropa no me gustaba.

Los generosos escotes de antaño se habían ido reduciendo, cerrándose alrededor del cuello hasta alcanzar la garganta, donde se añadía ahora un cuello de lechuguilla o gorguera realizada en tela de lino almidonada y a menudo con encajes muy finos, de modo que el cuello quedaba escondido y la cabeza parecía flotar sola en mitad del aire, como separada del cuerpo. A mí me daba pena no poder exhibir el cuello, las clavículas y el nacimiento del pecho, aunque fuera nublada la vista directa de la piel por una tela semitransparente, como se hacía a veces. Ahora el pecho no solo no se mostraba, sino que se escondía y aplanaba en vestidos rígidos que me parecían poco femeninos y que tenían que producir fuertes dolores a las mujeres que, como yo, no tienen una figura modesta.

Las sayas no iban de la cintura a los pies, sino que eran completas, como los antiguos briales, y tenían mangas muy complicadas e historiadas, a veces redondas, a veces con pespuntes, de las que surgían unas manguillas ceñidas al brazo y complementadas con lechuguilla de encaje también en las muñecas. Las sayas que estaban más de moda eran las que tenían verdugado, una estructura rígida de alambres que iba de la cintura a los pies y daba a la prenda una forma cónica. La parte superior de la saya o el jubón tenía la forma de un triángulo que iba de los hombros, cubiertos por gruesos brahones historiados, como si fuéramos las mujeres verdaderos soldados, hasta el regazo, donde terminaba en un pico invertido sobre el vientre. La forma de los senos quedaba aplanada mediante una tablilla interior o un cartón grueso, de modo que la mujer parecía ahora una figura geométrica compuesta por dos triángulos, un triángulo invertido superior y una forma acampanada inferior, cuyas puntas se encontraban en el centro del cuerpo. Lo único que era visible de la forma real del cuerpo eran los antebrazos y el contorno de la cintura. Todo lo demás quedaba velado. Yo me horrorizaba de sentir mi pecho apretado de aquella forma y me quejaba a los sastres.

—¿Qué es esto, señores? ¿Estáis seguros de que estas ropas son para mujeres y no para muchachos? Mirá que yo no voy a la guerra y no necesito armadura.

—Es la nueva moda, señora —me decían.

—Acabaremos todas como Santa Olalla —contestaba yo—. O como las Amazonas, pero de ambos lados.

—Ay, señora —me decían.

—Mirá que aquello lo puso la naturaleza por buenas razones, y que sin ellos no existiría el género humano ni tendrían alimento los nacidos. ¿Y se merecen que los tratéis tan mal, que los aplastéis como si fueran dos herejes o los escondáis como si fueran cosa vergonzosa?

Notaba yo que aquellas referencias al pecho femenino les incomodaban y que no sabían adónde mirar y que parecían vejados y casi escandalizados y me preguntaba cuándo se habían vuelto los madrileños tan pudibundos y melindrosos.

Esto, de cintura para arriba. De cintura para abajo, el verdugado de la saya hacía que la tela, normalmente brocado grueso, no tuviera vuelo, de manera que las caderas y las piernas desaparecían en aquella campana cónica abstracta y rectilínea. Era un vestido tan rígido que obligaba a la mujer a caminar muy recta y dificultaba cualquier movimiento.

Mis antiguos vestidos venecianos y romanos, de alegres sedas verdes, azules y rosas, con sus flores de lis y sus trenzados de oro, me gustaban mucho más y me parecían mucho más cómodos.

—Todo lo que me enseñáis son vestidos de luto —decía yo—. ¿No tenéis otros colores más alegres?

—Señora —me decían los sastres, perdiendo la paciencia conmigo—, esta es la moda española. La saya entera verdugada, cerrada al cuello con lechuguilla, es el traje nacional español, y está haciendo furor en toda Europa. Este tinte negro se hace con Palo de Campeche traído de las Indias, y es el más caro de todos. Es un color de dignidad y distinción, no todos pueden pagarlo.

Decidí comprarme una saya negra completa de buena calidad por si se me presentaba alguna ocasión en que tuviera que llevarla, pero me hice también otro traje sin verdugado y sin cuello de lechuguilla, de seda carmesí, y una saya y jubón de terciopelo verde oscuro con la gorguera o lechuguilla más ligera y vaporosa que pude encontrar. Compré también una elegante basquiña negra, que se ponía sobre la saya con abundantes pliegues y que hacía un amplio vuelo en la parte inferior, y dos copetes con plumas para colocarlos sobre el pelo, y con esto consideré que había hecho suficientes concesiones a la moda de mi tiempo.

Los zapatos de moda eran los chapines, que tenían una plataforma de corcho tan alta que caminar con ellos era una verdadera tortura. Como yo soy alta de estatura, y los pies suelen estar ocultos a la vista, no los necesitaba.

Cuando pensaba en los tiempos de la reina Isabel y la libertad (relativa, es cierto) que teníamos entonces las mujeres, me parecía que es cierto aquello que decía Jorge Manrique de que «a nuestro parescer, cualquiera tiempo pasado fue mejor».

Por otra parte, aquellas sayas enteras con aquellas mangas enormes abiertas en alas, picos o bolsas me recordaban a los briales del siglo XV con sus mangas extravagantes, grandes y espaciosas como alforjas. Lo nuevo a veces no es otra cosa que lo viejo transformado.

Compré también abundante ropa blanca, camisas, haldas y varias medias de seda muy finas que se sujetaban con ligas a lo alto del mus lo, o bien mediante cordones al jubón. Esta prenda me resultaba nueva y me gustaba mucho.

La ropa de entonces estaba formada por capas y capas y forros y forros, prendas que se ponían encima de otras prendas y estas a su vez encima de otras prendas, y cuando parecía que todo el atuendo ya estaba en su lugar se añadían todavía más prendas encima: sobre la piel una camisa, luego una halda, luego un jubón, luego una saya averdugada, luego una basquiña llena de pliegues, luego un manteo, luego una capa. ¿Para qué tanto? ¿Para combatir el frío? Pero en Madrid desde abril hasta septiembre el tiempo es bueno, y más que bueno, ardiente. ¿Para qué tanta ropa?

No me gustaba la nueva moda española, pero me deslumbraban los nuevos libros. Si en la ropa estaba de moda el negro, las letras en cambio se habían llenado de esos «mil colores» que según Virgilio tiene el arco iris. Había tantos nuevos autores y tantos títulos nuevos que me pasé años, literalmente, dedicada a leer y a pasear, a leer y a escribir, a escribir y a visitar las tiendas de los impresores y de los libreros. Los libros se amontonaban en mi casa, y encargué nuevas estanterías a un ebanista de la calle del Nuncio, y no concebía mayor placer que colocar los tomos que iba comprando en los nuevos estantes, olorosos todavía de trementina y de barniz, ordenándolos por géneros, por autores, por materias.

No me sentía sola ni echaba de menos a los hombres. Aquella locura venérea que me había aquejado durante tantos años desapareció de la misma manera que había aparecido. Los libros llenaban mi vida de tal modo que yo sentía que no necesitaba nada más. Compré también una vihuela y una espineta y comencé a tomar lecciones de música. Algo había aprendido durante mis años con el cardenal, especialmente durante mis años de encierro, pero quería aprender a leer bien la tabulatura y el pentagrama y también deseaba entender el arte del contrapunto, que se me antojaba semejante al del novelista, que ha de conjugar distintas vidas y distintas voces en un todo armónico.

—Señora —me decía Belisa—, se quedará ciega vuesa merced de leer tanto.

—Pues me pondré anteojos —le decía yo de buen humor.

Le enseñé a leer, y luego le entregué *Siervo libre de amor* y tanto le gustó, a pesar de su estilo pesado y anticuado, que me besaba las manos. Le di luego el *Amadís de Gaula* y *Cárcel de amor* y *Las sergas de Esplandián* y *Don Cristaliano de España* y a partir de entonces Belisa se convirtió en lectora, y por la tarde se reunía con su madre y con otras criadas para leerles aquellos libros en voz alta, ya que las otras no sabían leer. Yo oía sus risas y sus exclamaciones algunas veces a través de la ventana y me sentía feliz. Ya que lo más importante que pueden hacer los libros no es enseñarnos a ser mejores, sino ayudarnos a ser felices.

Leí...

Leí el *Lazarillo de Tormes* y *La Diana* de Jorge de Montemayor, que me recordó a mi admirado Sannazaro, aunque transformado aquel mundo lírico en una novela de un nuevo género cuya originalidad me deslumbró.

La literatura estaba llena de nuevos estilos y nuevos géneros. La novela había estallado, y aquellas novelas sentimentales de Diego de San Pedro y los libros de aventuras como el del *Caballero Cifar* o el del *Caballero del Cisne*, o *Don Tristán de Leonís*, o los libros de caballerías que antes tanto me gustaban, me parecían ahora obras toscas y juveniles, poca cosa al lado de obras como la *Vida de Lazarillo de Tormes*, la *Historia del Abencerraje y la hermosa Jarifa* o *La Diana*. Me asombraba la brevedad y la concisión del *Lazarillo*, que a pesar de ser una simple obra de burlas me obsesionaba tanto que llegué a aprendérmelo de memoria.

Leí también a los místicos, a los historiadores, a los autores de fábulas milesias... ¡Había tanto que descubrir! Leí los libros de Fray Antonio de Guevara, que estaban entonces muy de moda, como *Menosprecio de corte y alabanza de aldea* o el *Libro áureo de Marco Aurelio*, que a pesar de estar escritos muy en serio me parecían disparatados y me hacían reír, *El Crotalón*, de un tal Cristóforo Gnophoso, que nadie sabía quién era y donde descubría yo la felicidad de las aventuras de Ariosto, como aquella en la que unos marineros desembarcan en una isla que luego resulta ser una ballena, y otros que solo circulaban en manuscrito entre los cenáculos literarios como *El viaje de Turquía*, también anónimo (como *La Celestina*, como el *Lazarillo*, como *El Cro-*

talón, como *El Abencerraje*, como la *Epístola moral*, ¡todos anónimos!), o los *Coloquios de Palatino y Pinciano* de Arce de Otálora, y los libros de Fray Luis de Granada, que defendía que la santidad está al alcance de todos y que no es necesaria la castidad ni la obediencia para alcanzar el camino de perfección, el *Examen de ingenios para las ciencias*, del médico Huarte de San Juan, y la *Nueva filosofía de la naturaleza del hombre* de Oliva Sabuco de Nantes, y me maravillaba comprobar cómo había crecido y madurado la literatura de mi patria, y cómo todo, la mística, la ciencia, la filosofía natural, la piedad, la poesía, la historia, la novela, el teatro, florecía en una infinitud de obras y nombres nuevos, tantos que no hubiera bastado una vida entera para leerlos a todos.

Llevaba una vida recogida y sencilla, pero había gastado mucho dinero arreglando mi casa y rehaciendo mi vestuario, de modo que una vez más me vi obligada a plantearme el problema de mis fuentes de ingresos. Después de hacer arduos cálculos de fechas, decidí hacerme pasar por mi propia nieta, para lo cual necesitaba una partida de nacimiento en alguna parroquia. Creo que fue aquella la primera vez que me propuse falsificar un documento oficial. Pero ¿cómo hacerlo? Falsificar un documento, una letra, un sello, una firma, no es imposible, pero ¿cómo falsificar el registro de una iglesia, uno de esos libros donde se van escribiendo, día tras día y año tras año, los nombres de los niños nacidos y bautizados? Podía pensar en falsificar un documento, pero no un libro entero.

No hay nada imposible si uno se lo propone de verdad, y junté mi propia partida de bautismo con la de mi hija, que había muerto de garrotillo cuando todavía estaba en la cuna, y falsifiqué otra de una supuesta Inés de Padilla, nieta de la primera e hija de la segunda, que era yo misma, y con estos documentos y argumentando que el registro de bautismo se había perdido en un incendio (para lo cual me hice nacer en una villa cuyos archivos habían realmente desaparecido en un fuego) pedí la restitución de mi título como tercera condesa de Tordesillas, nieta de aquella a la que le había dado el título la reina Juana. La villa de Tordesillas pertenecía ahora al rey Felipe II, y me pasé meses y meses visitando el alcázar de Madrid, que había crecido tanto y había sufrido tantas transformaciones que ya no se parecía en nada a aquel en el cual yo había conocido a la reina Isabel la Católica, y al final logré que se me restituyera el título y también la villa, de modo que una vez más me vi rica. Y me decía que era natural que el dinero viniera a mí con tanta facilidad cuando era lo único fácil que tenía en mi vida, llena de cárceles, esclavitud, raptos, violencia, miedo y soledad.

Soledad, la enfermedad de las mujeres. Soledad, la maldición de los inmortales. Ver cómo mueren todos los que te conocen, ver cómo mueren tus amigos, tus hijos, tus nietos, tus sirvientes, ver cómo el mundo cambia a tu alrededor y cómo solo tú no cambias.

55. La familia Tostoni

La ciudad se transformaba. El rey Felipe II era un enamorado de los jardines, y comenzó a proyectar nuevos parques en Aranjuez, en Valsaín, en El Escorial, en El Pardo, y también quiso poner uno en Madrid, en el desnivel que había más allá del Real Alcázar y donde comenzaba su coto de caza. Ordenó también la construcción de una gran plaza en la confluencia de los caminos de Toledo y de Atocha, en pleno corazón de Madrid. Era la antigua plaza del Arrabal que yo recordaba desde niña, donde se celebraba uno de los principales mercados de la villa. Comenzaron a derribar casas y manzanas enteras y a construir una enorme Plaza Mayor porticada. Aquella obra inmensa no se terminaría hasta el reinado de Felipe III.

Se construyó también un puente de nueve arcos sobre el Manzanares en sustitución del antiguo, el Puente de Segovia, obra de Juan de Herrera, y luego una nueva calle de entrada a Madrid, la calle Nueva o de la Puente, que sería a partir de entonces la principal entrada a la ciudad, sustituyendo a la Puerta de la Vega. Entre muchas obras públicas, el rey mandó cerrar la Puerta de Valnadú y construir una muralla más grande para rodear la creciente ciudad, que seguía extendiéndose extramuros.

Al igual que Roma, Madrid es una ciudad construida sobre colinas. Si el punto más alto estaba entonces en la torre de la iglesia del Salvador, en la calle Mayor, que llamaban «la atalaya de Madrid», la ciudad luego descendía: hacia el este por la cuesta de la Vega y los abruptos barrancos del alcázar, hacia el sur por Lavapiés y Atocha y hacia el oeste por la carretera de Alcalá, que bajaba hasta una vega verde, el Prado, más allá de la cual volvían a elevarse colinas llenas de árboles. Antaño solo la mole blanca y rosa erizada de torres del monasterio de San Jerónimo el Real, construido en tiempo de los Reyes Católicos, se elevaba en ellas. Ahora la vega del Prado se iba llenando de iglesias, de casas, de villas, de huertos.

Había una danza nueva, la zarabanda, y como yo no tenía vida social ni era invitada a ninguna fiesta, busqué un maestro para que me la enseñara. Era una danza lenta y sensual, cuyos movimientos me agradaron al instante. El maestro, Cristóbal Lempico, me alababa mucho a pesar de su aire severo y decía que tenía un talento natural para el baile, aunque mi talento, si lo había, no era otro que el haber estudiado y practicado a menudo las danzas cortesanas cuando vivía en palacio y era dama de la reina, aunque fueran las danzas de otra época, y luego el haber danzado tanto en Italia. Aprendí también a tocar las castañuelas y me compré unas de madera de boj con las que acompañaba mis pasos, y también me enseñó Cristóbal Lempico el déligo y la chacona, que me pareció todavía más sensual que la zarabanda, ya que en ella no solo se movían las caderas, sino que parecían imitarse los besos, los abrazos y todos los éxtasis del amor, y había un momento en que los danzantes tocaban pecho con pecho, y una mujer menos osada o menos templada en las cosas del mundo que yo se hubiera sentido violenta de aprender aquella danza con un hombre sola en su cámara, aunque nunca Cristóbal Lempico me hizo la menor insinuación, y creo yo que era de esos a los que no les gustan las mujeres. Otras danzas como el bullicuzcuz, el guirigay, la capona o el avilipinti las aprendí también, aunque Lempico me dijo que eran más de las plazas y del vulgo que propias de una dama como yo. Lempico las conocía todas, hasta el colorín colorado, el hermano Bartolo, el carcañal y el guineo, que era danza de esclavos africanos. A mí me daba la risa verle tan serio bailar aquellas danzas lascivas y callejeras, que me mostraba para explicarme la decadencia en que había caído nuestra época.

Pero ¿dónde y con quién podía bailar yo? Nadie me conocía en Madrid ni yo conocía a nadie, y esto algunas veces me entristecía pero otras me hacía sentirme libre y a salvo. Me quedaba el recurso de perderme en la multitud y en la alegría anónima de las calles.

Madrid estaba entonces llena de fiestas y diversiones, de bailes, de jácaras, de volatineros, de malabaristas, de maesecorales. Estos últimos, por elegir a unos en la interminable galería de pícaros y truhanes que llenaban entonces las calles, jugaban sobre una tabla con tres cubiletes y unas pelotillas, y lo hacían con tal arte que uno nunca podía saber dónde estaban las pelotillas por mucha atención que pusiera, y así, los transeúntes hacían apuestas y perdían siempre. Los malabaristas ponían atrevidos trapecios en las plazas y volaban literalmente por los aires, realizando unas proezas que me dejaban sin aliento.

Había una familia que solía poner sus trapecios en la plaza de la Cruz Verde, los Tostoni, unos italianos cuyo apellido me traía recuerdos. Todos volaban por los aires, la madre, las hijas y los hijos, menos el padre, que los presentaba y alababa sus proezas. Las hijas eran rubias, la más joven casi una niña. ¿Serían una familia de verdad? Yo les daba maravedíes a puñados y un día les invité a cenar en una fonda cercana por darme el gusto de regalarles y también por hablar un rato en italiano. Me contaron miles de historias que me hacían morir de risa, y yo sentía que era más italiana que española. Lo cierto es que ya no sabía quién era, ni de dónde. Descubrí que, en efecto, eran una familia y que llevaban siendo malabaristas desde hacía varias generaciones.

Como la plaza estaba cerca de mi casa a menudo me acercaba a ver sus vuelos y sus acrobacias. Tenían también un oso al que hacían danzar y al que llamaban Il Capitano, y un mono que respondía al nombre de Dottore. Un día, cuando estaban haciendo una pirámide humana, el hijo mayor, Piero, un mocetón de unos veinte años, se vino abajo y todos sus hermanos le cayeron encima. Creo que resbaló en un trozo de fruta que había en el suelo, el hecho es que perdió el pie y se derrumbó. Cuando todos se levantaron rápidamente, él seguía en el suelo gritando y con una pierna torcida de una forma que daba miedo mirarla. Le llevamos al instante al Hospital de Beatriz Galindo. Tenía las dos piernas rotas por varias partes, y aunque le entablillaron bien y los huesos soldaron al cabo del tiempo, como resultado del accidente le quedó una ligera cojera, y se hizo evidente que su carrera como trapecista había terminado. Aquel fue un golpe muy duro para la familia. Vivían todos amontonados, junto con el oso y el mono, en una buhardilla cerca de la plaza donde actuaban, y como pagaban el alquiler a la semana pronto se quedaron sin dinero y la dueña amenazó con echarlos a la calle. Pero ¿qué podían hacer? Tenían que ocuparse de Piero y además todos sus números le tenían a él como principal protagonista. Yo los veía tan tristes y miserables, y me sentía tan horrorizada cuando iba a visitarles y comprobaba las tristes condiciones en que vivían, todos amontonados en aquella buhardilla maloliente, que les dije que se trasladaran todos a mi casa, donde había espacio suficiente, y que estuvieran allí todo el tiempo que necesitaran hasta preparar nuevos números y reorganizar su espectáculo.

Mis criados no podían creer aquella comitiva con la que me presenté: los padres, Angelo y Vannozza, las tres niñas, Carlota, Girolama e Isabella, los tres muchachos, Piero, Guglielmo y Vespasiano, tirando del carromato en el que llevaban sus trapecios, sus volatines y un baúl con sus ropas, el oso Capitano con su cadena y el mono Dottore saltando de hombro en hombro. Dejamos al Capitano en el jardín, encadenado al tronco de un ciprés por el terror que producía a los criados, aunque la familia nos aseguró que era manso como un perrillo, y acomodamos a la familia en tres habitaciones, una para los padres, una para las niñas y otra para los muchachos.

—Señora —me decía Cecilia—, son unos pordioseros. Os robarán todo y desaparecerán en mitad de la noche.

—No son pordioseros, son trapecistas —decía yo.

Se pusieron a practicar nuevos números en el jardín, y Guglielmo, el hijo que seguía a Piero, pasó a ocupar el puesto de su hermano. No era tan tan vigoroso como él, de modo que había que adaptar las acrobacias e inventar otras. Fuera como fuera, los veía más felices y animados. Estaban cómodos en mi casa, comían bien y podían bañarse a menudo, y esas pequeñas felicidades del cuerpo hacen que se mejore el estado de ánimo, quizá porque, como yo siempre he sospechado, el cuerpo y el alma están tan unidos que son casi una y la misma cosa.

Vannozza, la madre de la familia, que ante las dificultades de los madrileños para pronunciar su nombre se lo cambió a Aldonza, que sonaba vagamente similar (lo cual me trajo, una vez más, recuerdos de Italia), se metió a la cocina al lado de Cecilia y comenzó a hacer comidas italianas que yo le encargaba por nostalgia de mis años en Nápoles y en Roma. Temí que Cecilia viera aquello como una intrusión, pero Vannozza, o Aldonza, era una mujer inteligente y además encantadora, como todos los de la familia, y aunque su presencia en la cocina la cambió por completo supo hacerse útil poniéndose siempre a las órdenes de Cecilia, realizando siempre las tareas más duras y llenando la cocina, en la que también ayudaban sus tres hijas, de risas y de canciones, y Cecilia estaba ahora más descansada y se pasaba, además, el día riendo. Todos querían ayudar, devolver el favor que yo les hacía al haberles acogido en mi casa. De pronto, mi gran casa vacía estaba llena de voces y de bromas. A veces yo echaba de menos la paz y el silencio y no encontraba un momento del día para poder concentrarme de verdad en la lectura y en la escritura, pero tenía también la sensación de que la casa estaba viva.

Se pasaban el día dándome las gracias y besándome las manos, o queriendo besármelas, que yo no les dejaba.

—¡Ay, Pedrito, Vannozza, Carlota! —les decía yo—. Teneros aquí a toda la familia y disfrutar de vuestras voces y de vuestras risas me ha hecho pensar en lo aislada que he vivido yo siempre en este caserón. ¿Para qué quiero yo una casa tan grande si aquí no entra nunca nadie? Pero ¿en qué he estado yo pensando durante todos estos años? ¿Por qué he vivido tan sola y tan apartada de todo?

—Señora, también nos lo preguntamos nosotros —me decía Belisa, que era la que me tenía más confianza—. Lo que vos necesitáis es un buen marido y llenar la casa de niños.

—¡Un marido! —decía yo—. Un marido es un amo, Belisa, y eso lo quiero yo igual que a la plaga. ¡Nada de marido! Lo que yo quiero es deleitarme con el placer de la amistad. Amigos, todos; marido, nada.

Belisa y Piero se enamoraron y estaban todo el día persiguiéndose y besuqueándose, y Cecilia vino a mi habitación llorando y diciendo que aquel zagal italiano iba a desgraciar a su hija, a la que reservaba para casarla con alguien de posibles, algún criado de una casa, dijo, «tan buena como la mía» o incluso alguien con un oficio, como un sastre o un cerero. Yo les veía tan enamorados que hablé con Belisa y le pregunté si querían casarse.

—Ay, sí, señora, estoy loca por mi Pedrito.

—¿Y él?

—Él también por mí, señora. Pero es pobre, no tiene nada, y además ahora es cojo.

—¿Tú crees que le gustaría trabajar aquí en la casa? Necesitamos a un hombre. No es buena una casa solo con mujeres, y dos personas para una casa tan grande es demasiado poco servicio. Podría ocuparse del jardín y del huerto y del mantenimiento de la casa, que aquí cuando no hay una gotera hay una silla rota.

—¿Aquí? ¿Como mozo, aquí en la casa?

—Claro, Belisa. Si queréis casaros, yo os ayudo, y luego vivís los dos aquí, conmigo.

—Pero él no querrá apartarse de su familia, señora.

—Belisa, es ley de vida que los hijos se aparten de los padres.

Así fue como Piero, al que ahora todos llamábamos Pedrito, entró a trabajar para mí. Belisa y él se casaron y yo les regalé una cama, un colchón, sábanas y ropas y los acomodé en una buena habitación, no como esos agujeros oscuros donde suelen vivir los criados. Los Tostoni pronto dejaron la casa y se instalaron en unas habitaciones gracias a un adelanto que yo les hice, que no pensaba cobrarles. Volvieron a la plaza de la Cruz Verde y volvieron a ganar dinero, porque eran buenos trapecistas. Carlota, la hija mayor, se estaba convirtiendo en la estrella del espectáculo. Creo que muchos de los que se acercaban a la plaza a ver a los Tostoni lo hacían sobre todo atraídos por la bella Carlota, por su cabellera de oro y sus piernas perfectas, ya que si bien las piernas de las mujeres están siempre celosamente cubiertas, los trapecistas, por razón de su trabajo, han de mostrarlas, aunque sea enfundadas en mallas.

En cuanto a Dottore, volvía a menudo a mi casa saltando por los tejados, y se colaba en la cocina, cuando podía, para robar una manzana o unas nueces. Tenía un cascabel atado al cuello que delataba su presencia. A veces yo lo oía por la noche, corriendo por encima de las tejas.

56. La Academia de los Soñados

Madrid era un hervidero de escritores nuevos: Lope de Vega, Góngora, Cervantes, Vicente Espinel, los hermanos Argensola, el conde de Villamediana, Mira de Amescua, Juan de la Cueva, Pérez de Montalbán, Quevedo...

Se pusieron de moda las academias literarias a imitación de las que había en Italia. Yo recordaba lo mucho que había disfrutado en la Academia Pontaniana de Nápoles y también en las de Roma, me dije que tenía que romper de algún modo aquel aislamiento en el que vivía y comencé a visitarlas. Cada una tenía un tema y un estilo, pero por lo general lo que hacían los participantes era presentar sus composiciones poéticas, que leían en voz alta, comentaban y discutían.

Nunca me había sentido yo poetisa, pero a pesar de todo hacía mis sonetos, mis zéjeles, mis endechas, mis madrigales, mis romances, mis redondillas, y no eran mal recibidos. La que a veces no era bien recibida era yo, por ser mujer. No entendía yo por qué no podían tratarme como se tratan los hombres entre sí y por qué tenía que ser tan diferente el trato conmigo solo por llevar faldas.

Apenas había mujeres escritoras en aquella época, y de las poquísimas que había, la mayoría eran monjas que escribían en la reclusión de sus conventos.

Fue entonces cuando tuve la idea de crear yo una academia por mi cuenta, que estuviera abierta a hombres y mujeres literatos por igual, y se me ocurrió celebrarla en mi casa.

Había un salón muy adecuado en mi palacio al que nunca había dado uso. En realidad, había vivido recluida en mi enorme palacio como si se tratara de una ermita. De pronto, al ponerme a pensar en la posibilidad de celebrar una academia, me di cuenta de que yo jamás había invitado formalmente a nadie a mi casa y que jamás la había abierto para dar un baile ni celebrar un banquete.

Les comuniqué mis intenciones a mis criados que, como siempre les sucede a los de su oficio, veían cualquier cambio o innovación con desconfianza. Tal como se demostró, sus temores tenían más fundamento de lo que parecía, y creo que aquella idea mía de abrir mi casa fue, en gran medida, la culpable de lo que más tarde me sucedería. Por esa época comenzaría en Francia la costumbre de los salones literarios dirigidos y llevados por mujeres que tanta influencia tendrían en las letras de ese país. Pero España, ay, no era Francia.

Amueblé y acolché la sala lo mejor posible y la aderecé con paños flamencos cuyos boscajes, flores y arboledas parecían las selvas de Arcadia o los pensiles huertos de Babilonia, y puse además en lugar preeminente, como se hacía entonces, un estrado de corcho recubierto de ricas maderas labradas y separado del resto de la estancia con barandillas ornamentales, cuyo interior adorné con alfombras, almohadas de terciopelo verde a las que las borlas y guarniciones de plata hermoseaban sobremanera, un espejo con adornos de perla madre, una arqueta ensayalada, un arquibanco, algunos asientos bajos, mesitas de arrimo cubiertas con paños con fluecos y una bonita jamuga de guadamecí con alamares de oro en la que, como en un trono, me sentaba yo.

Todo esto puede resultar extraño para el gusto moderno, pero en aquella época no había esposa ni señora de su casa que careciera de un estrado adornado de similar manera, y casas había que tenían varios y de diversos usos. La única diferencia con el mío era que normalmente el estrado era el lugar donde la esposa pasaba el tiempo con sus criadas dedicada a sus labores de aguja, mientras que yo lo había construido para presidir desde allí, como una sultana, una academia literaria.

—Ay, señora —me decía Belisa—, ¿se va a casar por fin vuesa merced?

—¿Por qué lo dices, Belisa?

—Señora, por ese estrado tan lindo que ha hecho construir vuesa merced.

—No, no, Belisa, ya te he dicho que no quiero marido, ni dueño, ni señor.

—Ay, señora, pues yo soy feliz con mi Pedrito.

—Vamos a acondicionar el salón grande para recibir en nuestra casa —dije, sintiéndome como el general que organiza sus tropas—. Hay que limpiarlo bien todo, sacudir las alfombras, bruñir los cristales, llenar las lámparas y procurar velas suficientes. ¿Cuántos vendrán? Necesitaremos más sillas y también unas mesitas para poner las vituallas que serviremos. Habrá que encargarlas...

Las academias solían tener un tema que a menudo se reflejaba en los sobrenombres de los participantes. Estaban, en Valencia, la Academia de los Adorantes, dedicada exclusivamente a la poesía amorosa y cuyos miembros debían amar fielmente a una dama, y la de los Nocturnos, que se reunían siempre de noche y cuyos miembros tenían todos sobrenombres de tema nocturno; en Zaragoza, la Pítima de la Ociosidad, cuyo nombre provenía del de un remedio contra la melancolía; y en Madrid, la Academia Selvaje, cuyos miembros debían nombrarse con algún epíteto del amor, y también la Academia de Madrid, donde Lope leyó su «Arte nuevo de hacer comedias en este tiempo»; la Academia Imitatoria; la Academia de los Humildes y la de más larga existencia de todas, la Academia Poética de Madrid. Después de cogitar mucho y de pensar en nombres como «Academia de las Calas», «Academia de los Gatos» o «de los Gatos Murrios», «Academia de los Suspiros», etcétera, acabé por bautizar la mía como Academia de los Soñados.

Escribí una pequeña Constitución de mi Academia que venía a decir que su propósito era la instrucción y el intercambio libre de ideas y pensamientos en todo lo relativo al arte de las musas, y que eran bienvenidos a ella todos los que tuvieran amor a la pluma, fueran hombres o mujeres, españoles o extraños. Otra provisión decía que todos los participantes debían llevar un nombre relativo al sueño. Yo elegí para mí «Insomne», y enseguida hubo «Morfeos», «Beleños», «Siestas», «Pesadillas», etcétera.

Pero ¡había tan pocas mujeres con cuya asistencia pudiera contar! ¡Por no decir ninguna! Oliva Sabuco, la autora de la *Nueva filosofía de la naturaleza del hombre,* una obra tan sabia y que tanta admiración había causado tras su publicación en Madrid, vivía en Albacete, y la gran poetisa Doña Cristobalina Fernández de Alarcón, en Antequera. Yo pensaba en Beatriz Galindo y Luisa de Medrano (que eran más o menos de mi misma generación) y en todas aquellas mujeres cultas, latinas, componedoras de poemas, traductoras de los clásicos, y me preguntaba qué había pasado en el mundo, y cómo era posible que pareciera que las mujeres estaban empezando a despertar en el siglo XV y que ahora, casi en el XVII, parecieran más dormidas que nunca. Ya entrado el nuevo siglo llegarían Feliciana Enríquez de Guzmán, que estudió en Salamanca vestida de hombre y escribió una tragicomedia titulada *Jardines y campos sabeos,* así como Ana Caro de Mallén y la gran novelista María de Zayas. Las dos últimas fueron grandes amigas y vivieron juntas durante una temporada.

Como nunca se había visto en Madrid que una dama recibiera en su casa, y además una dama soltera, mi Academia de los Soñados causó una gran expectación y pronto se hizo famosa. Muchos venían atraídos por la promesa de buen vino y de los pasteles salados y dulces que yo hacía servir en mitad de la reunión, otros por la belleza famosa de la dueña de la casa, muchos por codearse con los nombres ilustres que allí podían conocer y casi todos por el enigma que suponía aquella condesa de Tordesillas, de la que nadie había oído hablar, y que nadie sabía de dónde había salido.

Me preguntaban si era viuda, les decía que no. Me preguntaban si no deseaba casarme, les decía que tenía una renta propia y no necesitaba de ningún marido. Me preguntaban si tenía el corazón de piedra y les decía que a lo mejor. Como no se me conocían amores, porque no los tenía, iba a misa todos los domingos y daba muchas limosnas a los pobres y ayudaba a los desfavorecidos y enfermos y no había nada reprochable en mi conducta, nadie tenía nada que recriminarme, pero a pesar de todo mi forma de vida parecía suscitar la sospecha y la malevolencia.

Lope de Vega, que había llamado a Oliva Sabuco «la Décima Musa», declaró que Inés de Padilla era la undécima por su talento, y que por su belleza merecía ser también la duodécima, quizá por no dejarme en número impar. Venía a menudo a mi casa, y adoptó el nombre de «Apolo» que, a pesar de ser tantas veces identificado con el sol, era entre los griegos el dios del sueño.

Un día, durante la celebración de la Academia de los Soñados, Morfeo me preguntó si era cierto que yo guardaba en mi casa un retrato mío que poseía un milagroso parecido con el original, y me rogó que lo mostrara. Yo negué que existiera tal retrato y le pregunté quién le había contado cosa tan fantástica. Morfeo rio, se disculpó y dijo que no lo había oído solo de una persona, sino de varias y en distintos lugares.

Aquello me preocupó en extremo. Yo tenía mi retrato colgado en mi alcoba, y no era probable que ninguno de mis criados hubiera hablado con mis invitados sobre ese tema, de modo que sospeché que alguno de ellos se había dedicado a curiosear por la casa, había descubierto el retrato y había comenzado a hablar de él. Había sido perseguida, capturada y encerrada tantas veces que en cuanto se despertaba en mí el instinto de la liebre, ese estado de alerta extrema y de miedo continuo, ya no podía controlar mis pensamientos. Imaginé a alguno de mis envidiosos invitados, como lo son todos los de la profesión de las letras, intrigados por aquella misteriosa condesa de Tordesillas tan rica, tan docta, tan bella y de la que nadie sabe nada, decididos a averiguar cuál era su secreto. Me imaginé al intruso o intrusos escapándose, en el calor de una de las reuniones, por los pasillos de la casa, abriendo cofres y armarios, buscando testimonios, indagando posibles secretos, y hallando el retrato colgado en mi cuarto.

Nada más despedir a mis invitados, subí, descolgué el retrato, lo embalé cuidadosamente y lo escondí en uno de los armarios, donde había hecho construir un doble fondo con una puerta secreta tras la que guardaba también documentos legales. Nadie, a excepción del ebanista que lo construyó, conocía la existencia de aquella puerta ni del resorte que la abría.

«¡Quémalo! —decía una voz en mi cabeza—. ¡Échalo a la chimenea!».

Continuaron las reuniones de mi Academia de los Soñados. Lope de Vega comenzó a requerirme de amores y yo, que llevaba tantos años de absoluta castidad, no supe resistirme a su encanto. Era un maestro del arte de la seducción, que consiste en hacer que una mujer se sienta como si fuera una diosa, y embriagarla, a través del oído, con el licor más delicioso que existe, que es la vanidad. Me escribió tres sonetos, muy bellos y elegantes como todos los suyos, y aquello bastó para que me rindiera. Una noche le dije en secreto que volviera después de que se hubieran marchado todos, le hice subir a mi cuarto y me entregué a él.

Me desilusionó un tanto como amante, cosa que me sorprendió siendo como era un gran mujeriego, y me pregunté si no sería yo la que, en el fondo, estaba cansada de los hombres.

Él sabía que no me hacía gozar, o no de la forma que él esperaba, y eso le hacía albergar resentimiento hacia mí. Yo me había entregado a él pero no de esa forma pasiva y moribunda que él debía de buscar en una mujer, sino como una amante activa que habla y que ríe. «Entregarse» es para mí una palabra erótica, que quiere decir lo mismo que abandonarse, abrir las puertas cerradas, liberarse de las cadenas: para él significaba todo lo contrario, algo así como rendirse, someterse al dominio de otro más poderoso.

—Inés —me dijo un día—. ¿Algún día me enseñarás ese famoso retrato que escondes en algún lugar y del que tanto se habla?

Yo pensaba que aquel tema había quedado olvidado, y sentí un latigazo de terror.

—¿Cómo? —le dije aterrada—. ¿Qué retrato?

—Vamos, vamos —me dijo él riendo—. En los mentideros no se habla de otra cosa.

—Es una leyenda que alguien ha inventado —le dije—. No existe tal retrato.

Unos días después de aquella conversación, al entrar en mi habitación noté algo raro. Las mujeres tenemos una especie de sexto sentido que nos informa cuando alguien ha tocado nuestras cosas, aunque sea con un roce de los dedos, aunque sea con un roce de los ojos. No había nada fuera de lugar, pero tuve la sensación de que alguien había andado allí dentro. Abrí el armario. Todo estaba como lo había dejado, pero había algo que no era como debía ser. ¿Qué era? Un jubón de listas verdes y doradas me pareció que no estaba bien doblado. Una basquiña parecía plegada de una forma rara.

Apreté el resorte que abría la puerta secreta y metí la mano buscando a tientas el tafetán que envolvía el retrato. No estaba. Sentí un escalofrío de terror. Aparté toda la ropa, y vi que la puerta había sido forzada y que el doble espacio estaba vacío. Todo lo que había allí dentro, incluidos los documentos legales de mi señorío de Tordesillas, mi título de Salamanca, todo lo relativo a mi matrimonio y al nacimiento de mis hijos, había desaparecido.

Llamé a Belisa y la interrogué casi hasta hacerla llorar. Luego interrogué a Cecilia y a Pedrito. Todos me juraron que no me habían traicionado, que jamás me traicionarían.

Pasaron unos días. Yo sabía que la desaparición del retrato tendría consecuencias, pero no acababa de imaginar cuáles. Un día, ya caída la noche, oí el ruido de un coche tirado por varios caballos en la calle, y luego cómo llamaban con fuerza a mi puerta. Oí voces y luego a Pedro que abría. Unos instantes más tarde entraba Belisa en mi cuarto, donde yo escribía a la luz de dos velas, y vi que estaba más blanca que el papel que tenía yo sobre la mesa.

—Señora —me dijo—. Vienen a por vos.

—¿Vienen? —dije—. ¿Quién viene?

Eran un alguacil, cuatro familiares de la Inquisición con las espadas desnudas, un prelado y un notario, todos vestidos de negro, que me aguardaban en la entrada de la casa. El alguacil, un hombre adusto de grandes bigotes grises, me informó de que había sido denunciada al Santo Oficio y que debía acompañarles al instante sin ofrecer resistencia. No me dejaron coger nada de mi casa, ni un peine siquiera, diciéndome que el Santo Oficio se ocuparía de todo. Mis criados contemplaban la escena en silencio.

El notario que tomaba nota de todo llegó a apuntar este detalle escabroso: que yo tenía dos dedos de la mano derecha manchados de negro. Era tinta, por supuesto, ya que estaba escribiendo en el momento de ser detenida.

57. La Cárcel Secreta

Me metieron en un coche cerrado que esperaba frente a mi casa y me llevaron, en un viaje silencioso que me pareció infinito, hasta el interior de un edificio cuya fachada ni siquiera pude ver, ya que al bajar del coche estábamos en un patio interior. Sabía que me habían traído a una de las Cárceles Secretas de la Inquisición, pero no tenía la menor idea de dónde podía encontrarme. Pensé que a lo mejor estaba muy cerca de mi casa y que aquel largo viaje por las calles y las cuestas de Madrid no había tenido otro propósito que desorientarme.

Entramos en el edificio, donde fuimos recibidos por el alcaide, que a partir de entonces sería el que se encargaría de mí. Después de tomar acta de mi detención y de mi ingreso en la prisión, me hicieron pasar a una cámara donde hube de cambiarme de ropas y dejar las mías por las que ellos me dieron, una especie de saya de tela tosca. Luego el alcaide y dos alguaciles, uno de los cuales sostenía una tea encendida, me condujeron al sótano, donde había un largo pasillo abovedado con puertas a ambos lados. El alcaide abrió una de las puertas y me indicó que entrara. Yo no me movía, no sé por qué. Me volvieron a decir que entrara y yo seguía inmóvil. Uno de los alguaciles me hizo avanzar poniéndome una mano en la espalda. Luego la puerta se cerró detrás de mí.

Una vez más, estaba encerrada.

Aquella celda estaba sumida en la tiniebla más absoluta. Esperé un rato a que mis ojos se acostumbraran a la oscuridad, pero a pesar de que pasaba el tiempo, no lograba ver nada ni distinguir nada. Extendí las manos como hacen los ciegos y me puse a recorrerla para saber exactamente dónde me encontraba y qué había allí dentro. Pronto comprobé que la estancia era bastante espaciosa y que no había allí nadie ni tampoco ningún objeto de ninguna clase, solo el suelo y las paredes de piedra.

Alrededor de una hora más tarde se abrió la puerta y me trajeron un jergón de paja, una manta, un orinal y un jarro de agua que no me atreví a tocar, a pesar de la sed que tenía, porque no podía ver si estaba limpia. Sabía que debía dormir para no perder las fuerzas y estar lúcida al día siguiente. Lo intenté en el suelo desnudo, temiendo que el colchón y la manta estuvieran llenos de chinches, pero también había animalejos en el suelo, ratones y quizá ratas, que me daban un asco infinito, y al final decidí tumbarme en el jergón y cubrirme con la manta por sentirme un poco más protegida, buscando la compañía de las chinches como más deseable que la de los roedores.

Así nos pasamos la vida: eligiendo el menor de dos males.

Pasé días sin cuento en aquella celda sin recibir la visita de nadie y sin que se me diera explicación alguna del porqué de mi detención. Estaba completamente a oscuras, y solo cuando venían a traerme la comida y a llevarse el orinal podía ver vagamente a mis carceleros, apenas sombras sin forma.

Los días iban pasando y luego las semanas, y yo perdí por completo la noción del tiempo. Al hallarme en la oscuridad no sabía cuándo era de día y de noche, de modo que tenía que medir los días por las veces que se abría la puerta de mi celda. Como a veces esto sucedía cuando yo estaba dormida y como no tenía manera de marcar de ningún modo los días, pronto ya no supe si llevaba allí cinco días o diez, una semana o un mes.

Aunque a mí todo aquello me parecía extraordinario y terrorífico, era este el funcionamiento normal y rutinario de la Inquisición. Durante aquellos días, el tribunal nombró una comisión de investigación sobre mi caso, que se dedicó a buscar y a reunir información para instruir la causa. Entraron en mi casa, registraron mis armarios y arcones en busca de signos de herejía de cualquier clase y así fue como encontraron mis libros, entre los cuales no había ninguno que no hubiera sido aprobado por el Santo Oficio, aunque había muchos en italiano y en francés y también algunos en inglés, y también mis escritos, entre los cuales se hallaron numerosos poemas y también las páginas de mi novela anfisbena en sus diferentes etapas, *Cleóbulo y Lavinia* y *Crónica de mí misma*, así como *El olivo*, mi intento más reciente de unirlas.

También interrogaron a mis criados y conocidos en busca de pruebas para fundamentar la acusación que me tenía allí encerrada, y requisaron todos mis bienes de forma cautelar en previsión de todos los gastos que podría generar el proceso.

58. La inutilidad del mal

La Inquisición era en aquellos tiempos una institución formidable con una complejísima estructura burocrática. El Inquisidor General, «la Suprema», era solo la cúspide de una pirámide de funcionarios laicos y religiosos que, por la magnitud de su organización, se dividía en Tribunales de Distrito que se ocupaban de las distintas ciudadès y zonas en que había sido partido el territorio del reino.

En cada Tribunal de Distrito había al menos dos Inquisidores de Distrito, nombrados por el Inquisidor General y a menudo pertenecientes a la nobleza, que eran asistidos por juristas y teólogos. Le seguía en importancia el puesto de Fiscal, que era el encargado de promover la acusación y conducir el proceso. Estaban luego los Calificadores, asesores teológicos cuya misión era examinar las declaraciones o escritos de los reos en busca de posibles huellas de herejía, un puesto muy prestigioso que solía ser ocupado por religiosos de alto rango dentro de sus respectivas órdenes. Los Consultores asistían a los Inquisidores y decidían si el reo debía o no recibir tormento. El Ordinario era un juez eclesiástico que representaba al obispo de la diócesis y que también tenía voto a la hora de pronunciar la sentencia. Las Personas Honestas actuaban como ministros de fe en las declaraciones de los testigos. Los Secretarios del Secreto levantaban acta de todas las cuestiones relativas al proceso, y estaban a cargo de la Cámara del Secreto, donde se guardaba toda la documentación relativa a este. El Abogado del Fisco era el encargado de representar a la Inquisición en todas las causas que tuvieran que ver con su hacienda y de controlar los bienes de los reos antes de que se pronunciara su confiscación definitiva. El Procurador del Fisco estaba encargado de tramitar los pleitos que tenían que ver con la hacienda de la Inquisición. El Alguacil Mayor era el encargado de la detención de los acusados, y tenía a su cargo otros alguaciles. Los Comisarios eran los encargados de recibir las acusaciones, sustanciar las causas, publicar los edictos, verificar las genealogías de los pretendientes a cargos en el Tribunal (para asegurarse de que eran cristianos viejos) y, en general, encargarse de la seguridad de la institución. Directamente bajo su mando estaban los temibles Familiares, que eran normalmente laicos, iban armados y tenían la función de ejercer de policía secreta y de velar por la seguridad en todas las actividades del Santo Oficio. Tenían fama de espías, y se suponía que eran responsables de muchas de las denuncias. El cargo de Familiar de la Inquisición era muy codiciado, y para lograrlo había que pasar por un largo y complicado proceso que también implicaba a otros funcionarios, trámites, presentación de documentación y, como siempre, pago de gastos y tasas diversos, ya que nada se hacía en todo este complicado entramado que no costara dinero y redundara, de un modo u otro, en las siempre hambrientas arcas de la Inquisición. Los Notarios eran los ocupados de registrar todas las acciones legales llevadas a cabo por los Comisarios y los Familiares. Estaban luego el Receptor, que era quien manejaba la hacienda del Santo Oficio; el Contador, que revisaba sus cuentas para asegurarse de que estaba todo correcto y enviaba un informe anual a «la Suprema»; el Secretario de Secuestros, encargado de elaborar una relación detallada de los bienes de los acusados y de levantar actas de embargos («secuestro» se llamaba entonces a la incautación o embargo de los bienes de los acusados); el Juez de Bienes Confiscados, encargado de llevar las causas por apelación que solían hacer los familiares o descendientes de los acusados; los Escribanos del Juez de Bienes, que llevaban la relación de lo actuado en los tribunales; el Alcaide de Cárceles Secretas, que tenía el control de las celdas y los detenidos y se aseguraba de que no hubiera fugas y que los reos permanecieran incomunicados; el Despensero, que recibía del Alguacil, en presencia del Secretario de Secuestros, lo necesario para la manutención del preso, que le sería cobrado de sus bienes embargados; el Médico, encargado de la salud de los presos y de examinar a estos durante las sesiones de tortura para procurar que no se produjeran muertes, amputaciones o lesiones irreversibles; un Barbero o Sangrador, que le asistía, el Verdugo, que se ocupaba de administrar el tormento, y así hasta llegar a los cargos más bajos, el Nuncio, que era el encargado de llevar las notificaciones, y el Portero, que vigilaba la entrada y salida en los locales de la Inquisición. Todos estos puestos estaban bien remunerados y muchos de ellos proporcionaban un gran prestigio social, por lo que obtenerlos no resultaba fácil. Esto generaba toda una serie secundaria de trámites legales, tribunales, comisiones, pruebas, documentos, testigos, evaluaciones, legajos, notarios, escribanos, tasas y sobornos para todos aquellos que aspiraban a un puesto en la institución, así como para los que los repartían.

Y toda esta infinidad de puestos y de cargos, todo este tráfago legal, todos estos procesos y plazos y actas y requisitos, ¿para qué? ¿Para descubrir herejes? ¿Y qué es un hereje? Un musulmán secreto, un judío encubierto, un protestante no declarado, uno que se emborrachó y dijo tonterías, alguien que leyó un libro que estaba en el Índice... ¿Cuántos había de esos, y qué peligro suponían para el Estado? Cuando yo pensaba que en los territorios del Turco los cristianos podían tener sus iglesias y practicar su religión libremente me preguntaba si no serían ellos, famosos por su crueldad e inhumanidad, mucho más suaves y benignos que nosotros.

También se ocupaba la Inquisición de los delitos «nefandos», entre los cuales se incluían el incesto y la sodomía, un pecado que se consideraba entonces el más aborrecible de todos, más aún que el asesinato, así como de la bigamia y de los casos de brujería, aunque estos últimos eran raros y solían presentarse en zonas rurales y apartadas, sobre todo en el norte de la península. Por esa razón, me parecía improbable que hubiera sido yo acusada de brujería. Pero si no era eso, ¿qué podía ser? ¿Qué había hecho, dicho o escrito yo que pudiera fundamentar una acusación de herejía?

59. El interrogatorio

Calculo que estuve poco más de tres meses metida en aquella celda, completamente a oscuras, antes de que comenzaran los interrogatorios y se pusiera en marcha mi proceso. Yo rogaba a mis carceleros, o más bien a aquellas sombras de carceleros, que me trajeran una vela para poder ver algo, aunque fuera unas horas al día, o que me llevaran a otro lugar donde hubiera algo de luz, siquiera una línea o un resquicio, pero ellos ni siquiera me respondían.

¡Tres meses allí metida, sin nada que hacer más que dormir lo que podía, comer pan y sopa procurando no dejar ni una miga para no atraer a los ratones que corrían por aquella oscuridad libremente, orinar y defecar! ¡Ah, qué triunfo de la humanidad, reducir a un ser humano a nada! ¡Qué gran logro de la religión, de la ley, de la moral, destruir a un ser humano, convertirlo en un muñeco de trapo!

A veces pienso que el verdadero propósito de la civilización no es otro que destruir esa luz que arde en el interior de todos los seres humanos. Porque ¿acaso no representaba la Inquisición, esa enorme maquinaria de orden, normas, leyes y organización perfecta, la esencia de la civilización?

Mantenerme en la oscuridad: borrar la luz, la luz de la esperanza, pero también esa que arde en el interior de cada uno de nosotros. Esta luz interior se llama individualidad, o lo que es lo mismo, humanidad.

Siempre se nos dice que sin la civilización seríamos como los salvajes o como las bestias. Pero no todos los animales ni todos los salvajes son crueles. Podríamos ser animales como los caballos, o salvajes como esos que encontraron en algunas islas del Nuevo Mundo, tan dulces que no ofrecían resistencia a sus invasores y morían de pena al ser encerrados.

Algo sucedía en aquella celda oscura. No sé cuánto tiempo llevaba allí dentro metida en la más absoluta negrura cuando noté, de pronto, que la oscuridad había comenzado a llenarse de visiones.

Así fue como la luz que ardía en mi interior venció, finalmente, a la oscuridad.

Los seres humanos no pueden vivir en el vacío. Si hay silencio, lo llenan de voces y de música. Si hay oscuridad, la llenan de luces. Para el alma no existe el vacío, ni la nada, ni la oscuridad, ni el silencio. El alma vive siempre en la plenitud. Si hay cosas, se vuelve a las cosas; si no hay cosas, las busca dentro. Si hay objetos, se pierde en los objetos; si no hay objetos, crea los objetos. Pues el alma ama el mundo y desea el mundo.

Por eso, al cabo de un cierto tiempo, la oscuridad de mi celda comenzó a llenarse de imágenes. Veía yo paisajes y pájaros de maravillosos colores suspendidos en el aire, y podía pasar horas contemplándolos. A veces veía figuras humanas parecidas a ángeles, pero no parecían verme y desde luego no me escuchaban cuando yo les llamaba. A veces veía un río que fluía por un valle y se dirigía al mar, y veía un gran mar iluminado a lo lejos. Intentaba seguir el río, me pasaba horas bajando por él, pero nunca conseguía llegar al mar.

Todo esto duró hasta que los juristas y teólogos armaron mi caso y sustanciaron las pruebas que fundamentaban mi acusación. Un día la puerta de mi celda se abrió y el alcaide me dijo que saliera, que me iban a conducir al tribunal para ser examinada. Cuando subía por las escaleras y llegamos al piso superior, la luz me deslumbró de tal modo que tuve que taparme los ojos con el brazo. El alcaide me puso una tela sobre los ojos dejando que entrara un poco de luz para que mis ojos se fueran acostumbrando a ver de nuevo.

No puedo describir cómo me encontraba yo después de pasarme meses sin poder lavarme ni cambiarme de ropa. Era como un desecho humano, una mujer pútrida y maloliente, y así mismo me sentía yo.

Fui conducida por pasillos y escaleras hasta una sala espaciosa donde hicieron que me sentara en una silla. Un hombre de voz grave y ronca le dijo al alguacil que me quitara el trapo que llevaba sobre los ojos, y vi, todavía guiñando los ojos, que frente a mí había una imponente tribuna de madera en la que estaban sentados dos inquisidores, dos religiosos y un notario.

—Decid vuestro nombre —me dijo uno de los inquisidores.

—Inés de Padilla, tercera condesa de Tordesillas.

—¿Quiénes fueron vuestros padres?

—A mi padre nunca le conocí. Mi madre, como mi abuela, también se llamó Inés de Padilla. Mi abuelo fue Don Enrique Murillo, escribano de la reina Doña Isabel la Católica, cristiano viejo como lo prueba el alto cargo que tenía, y los padres de mi abuela, Esteban de Meneses y María Luján, los dos cristianos viejos y naturales de la villa de Madrid.

—¿No hay judíos ni moriscos en vuestra familia?

—Por lo que yo sé, no, paternidad.

—¿Habéis vivido en países de herejes?

—No, paternidad. Nunca he salido de España.

—¿No habéis estado nunca en ciudades heréticas ni hablado con personas sospechosas de herejía?

—Nunca a sabiendas. Si alguna persona con la que haya hablado alguna vez tenía ideas heréticas o profesaba alguna doctrina no sancionada por la Santa Madre Iglesia, no lo sé.

—Se han hallado libros extranjeros en vuestra casa. Entre ellos, libros ingleses.

—Sí, paternidad.

—¿Confesáis tener libros de herejes?

—Paternidad, los pocos libros ingleses que tengo están todos escritos por católicos, como la *Utopía* de Tomás Moro, que fue decapitado por el rey hereje Enrique VIII por negarse a secundarle.

—¿Habéis sido debidamente instruida en religión?

—Siempre he sido una católica devota y temerosa de Dios.

A continuación los dos religiosos presentes comenzaron a hacerme preguntas para comprobar la firmeza de mi fe y mi conocimiento de la religión cristiana. Me pidieron que recitara el Padre Nuestro, el Ave María, la Salve y las otras oraciones, y me preguntaron los diez mandamientos, las virtudes, los pecados. Yo lo recitaba y explicaba todo en perfecto latín, para maravilla de los que me escuchaban.

—Antes de leeros el Acta de Acusación, os damos la oportunidad de que confeséis libremente. Esto será en beneficio vuestro, ya que una admisión de culpabilidad espontánea será vista con buenos ojos por este Santo Tribunal.

De los dos inquisidores que instruían mi caso, uno tenía un aspecto terrible y el otro parecía más humano, y yo comencé a llamarles para mí «el recio» y «el suave».

Suspiré profundamente, buscando en el fondo de mi pecho las palabras adecuadas para salir de aquel trance.

—No sé de qué he podido ser acusada ante este Santo Tribunal —dije—. Si yo supiera en mi corazón que era culpable de la menor falta contra la Fe de Jesucristo, contra el santo Evangelio o contra las enseñanzas de nuestra Santa Madre Iglesia, la confesaría de inmediato, e incluso me acusaría de ella yo misma.

—¿No queréis confesar, entonces?

—No tengo nada que confesar.

—Señora —dijo uno de los religiosos presentes—, debéis confesar y libremente denunciar a todos aquellos cuyos nombres conocéis y que puedan ser también sospechosos de herejía. De este modo seréis tratada con misericordia. Pero si os negáis a confesar, se os aplicará la ley con el máximo rigor.

—No me niego, padre —dije yo—. Es que no sé, en mi conciencia, que yo sea culpable de nada. Soy pecadora e imperfecta, como mujer que soy, y como todos lo somos ante la suma majestad y perfección de Dios, pero nunca he tenido ni siquiera pensamientos que vayan contra las enseñanzas de la Santa Madre Iglesia.

Siguieron insistiéndome en que debía confesar, y que era mucho mejor que lo hiciera de forma espontánea.

—¿Os negáis a confesar? —me preguntaban una y otra vez.

—No me niego.

—Pero no queréis confesar.

—No puedo confesar si no tengo nada que confesar.

—Os negáis, entonces.

—No me niego.

—Confesad vuestras culpas. Admitid que sois culpable.

—Pero ¿confesar qué? ¿De qué soy culpable? Yo no lo sé. ¿Cómo puedo confesar cuando ni siquiera sé de qué se me acusa?

—Tenéis mucha labia, señora, como todas las mujeres —dijo uno de los teólogos—. Ya veremos si luego cantáis tan bien como habláis ahora.

—Que conste en el acta que la acusada se niega a confesar —dijo el inquisidor recio al notario, que tomaba nota de todo lo que allí sucedía.

—Pero yo no me niego —dije yo, desesperada.

—Es contumaz —le dijo el suave a su compañero, y luego a mí—: No os negáis señora, pero os obstináis en no hacerlo a pesar de las muchas oportunidades que os estamos dando para que liberéis vuestra alma y después de advertiros de los rigores que os aguardan en caso de no colaborar de buena fe con este Santo Tribunal.

—Es como si me decís que me niego a confesar que fui yo la que denunció a Nuestro Señor en el huerto de los Olivos y que fui yo la que le besó en la mejilla y que fui yo la que recibió los treinta dineros. No me niego, es que no puedo hacerlo porque no es verdad.

—Admitid que sois culpable.

—Pero ¿culpable de qué?

—Aquí salen los muchos libros, la labia, el orgullo —dijo uno de los teólogos, hablando con los otros—. Muchas veces lo hemos dicho, que no es bueno que la mujer reciba instrucción. Aquí vemos los resultados.

—La obstinación y el excesivo orgullo no van a ayudaros, señora, sino la humildad y mansedumbre —me dijo el inquisidor suave.

—Confesad que sois culpable —me instó el recio.

—Soy inocente.

—Pero ¿inocente de qué? —preguntó el inquisidor suave, más suave que nunca—. Vos misma habéis dicho que no sabéis de qué estáis acusada.

Yo no sabía cómo responder sin enredarme más en aquella maraña.

—Si sois inocente como decís —insistió el suave—, decidnos de qué sois inocente.

—No sé de qué se me acusa, paternidad.

—Pero sí sabéis que sois inocente.

—Sí, paternidad.

—Pero ¿inocente de qué? —volvió a preguntar el suave.

Yo no sabía qué decir.

—Ya no sabéis qué decir —dijo el recio—. Vuestras mentiras os llevan a este callejón sin salida.

60. La acusación

Me volvieron a llevar a mi celda, y regresé a la oscuridad. Siguieron varias sesiones de interrogatorio como la anterior, que no describiré aquí porque fueron como la primera, iguales las preguntas e iguales las respuestas. Yo preguntaba una y otra vez de qué se me acusaba, sin recibir nunca respuesta. Después de tres sesiones agotadoras y desesperantes en las que me conminaban a que me declarara culpable, hubo por fin algo nuevo. Creo que, por mucho que estuvieran disfrutando de aquel interrogatorio delirante, porque siempre es divertido y estimulante asustar, humillar y amenazar a un ser humano indefenso, especialmente si se trata de una mujer, ellos mismos estaban ya aburridos.

—¿En qué año nacisteis, señora? —me preguntó de pronto el inquisidor suave.

—En 1560.

—Tenéis, pues, cuarenta años. ¡Aparentáis muchos menos!

—Eso me dicen.

—No es posible que tengáis cuarenta años —dijo el recio—. Vuestra labia no va a salvaros cuando los hechos hablan por sí solos. Admitid vuestras culpas, haced una confesión completa y dadnos todos los nombres de vuestros cómplices.

Yo estaba aterrada, porque comenzaba a darme cuenta de que mis temores eran ciertos, y que mi gran secreto había salido a la luz.

A continuación, pidieron al notario que leyera, por fin, mi acusación. En el lenguaje pesado y repetitivo que es propio de la prosa legal de todas las épocas, venía a decir que había sido acusada de brujería, de haber entrado en tratos con el Diablo y de haber hecho un pacto con el Malo para lograr la eterna juventud. Las pruebas eran el retrato que había sido hallado en mis aposentos, celosamente escondido (otra prueba de su carácter incriminador) y ocasión inicial de mi denuncia, así como los escritos que habían sido hallados, de mi puño y letra, en los que confesaba haber nacido en 1469 y contaba los hechos de mi vida en la corte de la reina Doña Isabel y luego durante los reinados de Don Felipe I, Don Carlos I, Don Felipe II y Don Felipe III. Que en el citado retrato se había encontrado, en el reverso, otro retrato donde me había hecho retratar desnuda, sin duda otra muestra de mi pecaminosa entrega a los lascivos deseos de mi señor, Belcebú, y donde aparecía mirando directamente a los ojos, sin mostrar ni sombra del recato y la modestia propios de la mujer cristiana. La evidente antigüedad del retrato, que debía de haber sido pintado al menos cien años atrás, y dado que no cabía duda de que la retratada era yo misma, era prueba de que no había envejecido ni un solo día desde que fuera pintado.

Yo no sé si ellos mismos se creían aquellas acusaciones. Creo que estaban fascinados por lo bizarro del caso, por su carácter novelesco e improbable. El trabajo de inquisidor debe de ser muy aburrido, siempre las mismas preguntas, siempre las mismas respuestas, y mi caso constituía una bienvenida novedad, una nueva aventura legal y teológica. El caso de la bruja de Madrid podría llegar a hacerse famoso y traer la celebridad a mis jueces. Mi belleza, que tantas veces me ha ayudado en la vida, jugaba también en mi contra, no solo porque podía ser considerada prueba de mi pacto con el Diablo, sino porque hacía mi caso todavía más atrayente para todos aquellos varones, célibes o no célibes.

Yo volví a decir una vez más que la del retrato no era yo, sino mi abuela, y que era obra del retratista de la corte de entonces, el llamado Melchior Alemán, de verdadero nombre Michel Sittow, cuando era dama de la reina Isabel la Católica, tal como me había contado mi madre y como a ella le había contado la suya, y que aquellos escritos que habían encontrado entre mis cosas eran unos papelillos en los que distraía yo mis horas de ocio, que eran pura ficción, y que se basaban en la historia de la vida de mi madre y de mi abuela tal y como las había oído contar desde que era una niña.

El interrogatorio siguió durante horas, y yo persistí en declarar mi inocencia. Si hubiera tenido un abogado que me aconsejara, habría sabido que lo que los inquisidores buscaban era una rápida declaración de culpabilidad por algunas penas menores, lo cual les habría permitido emitir una condena leve y, quizá, terminar con el proceso rápidamente, ya que lo que la Inquisición quería, por encima de todo, era hallar culpables confesos. Pero la acusación que se me hacía era tan fenomenal y desmesurada que no había manera de atenuarla, y temía yo que si declaraba que era cierto lo de mi supuesto pacto con el Diablo, podría acabar ardiendo en una estaca en la Plaza Mayor.

En la siguiente sesión apareció un nuevo personaje en el tribunal, el temible fiscal, que era, después de los inquisidores, la autoridad máxima, y que me leyó de forma oficial el Acta de Acusación, donde se recogían pormenorizadamente los cargos y los testimonios de los testigos, sin dar sus nombres ni tampoco el menor indicio de quiénes pudieran ser.

Era el fiscal un hombre muy pálido, de pobladas cejas, tonsurado y con las mejillas bien rasuradas. Hablaba despacio y con propósito, y tenía el hábito de chasquear la lengua. No me gustaba nada de él, ni sus cejas espesas, ni sus mejillas demasiado pálidas, ni su voz, ni su chasqueo, ni sus ojos, ni cómo me miraba.

Pidió, como pena por mi delito, la «relajación», es decir, la pena de muerte, y también la confiscación total de mis bienes. Yo no sabía que el fiscal prácticamente siempre solicitaba las penas máximas. Al oír a aquel hombre serio, oscuro y temible pedir al tribunal que me condenaran a muerte, perdí el sentido y caí al suelo como sin vida.

Me despertaron echándome agua en la cara y una vez repuesta de mi desmayo, me pidieron que contestara todos los puntos de la acusación, y este proceso fue tan largo que duró también varias sesiones. A fin de que pudiera leer la acusación con detalle me proporcionaron una copia para que la leyera en mi celda. Yo pedí, con toda humildad, que me dieran una vela para poder hacerlo. Aquello pareció sorprender al tribunal, ya que debían de ignorar que me hallaba encarcelada en tinieblas, cosa que solo suele hacerse en los casos más graves. Me dieron un cabo de vela, yesca y pedernal, y así pude por primera vez ver la miseria y el horror de la celda en que llevaba meses languideciendo, y también el movimiento de animalejos y los huecos que tenían para entrar y salir libremente de allí. Y yo me preguntaba por qué, pudiendo escapar de aquel lugar de horror, volvían una y otra vez, allí donde no había nada, ni una miga siquiera, y por qué gustaban tanto de la compañía de un cadáver viviente como yo. Será porque a algunos seres les gusta lo oscuro, lo sucio y lo inmundo, como a otros lo luminoso y lo limpio.

La lectura del Acta de Acusación, páginas y páginas de prosa pomposa y vacía, me convenció de que las pruebas que existían contra mí eran tan tenues y difíciles de probar que si yo mantenía mi inocencia no había manera humana ni divina de que pudieran hallarme culpable.

¡«Relajación»! Maravillosa palabra para esconder el horror del cadalso. Y si finalmente me condenaban a muerte, ¿cómo me matarían? Con suerte, ahorcada, decapitada o agarrotada. Con mala suerte, quemada viva. A veces a los condenados, si su culpa no era tan grave, los mataban antes de quemarlos. Yo intentaba hacerme aquella misma reflexión que se había hecho Jean Bodin, el gran perseguidor de las brujas, que se quejaba de que la muerte en la hoguera era demasiado suave, ya que el condenado apenas duraba con vida unos veinte minutos. A veces, para prolongar el sufrimiento, ponían en la pira madera verde, que tarda más en arder.

«Vamos, vamos, Inés —me decía a mí misma—. No puede ser tan horrible. Es como un parto, tú ya sabes lo que es el dolor. Y un parto dura mucho más tiempo, no solo veinte minutos».

En la soledad de mi celda lloraba de terror y no sabía a quién encomendarme. ¿A Dios? ¿A la Virgen María? ¿A Cristo? ¿A los santos? ¿A Santa Inés? Yo siempre he sido cristiana, así me educaron, pero de pronto no sentía el menor alivio al pensar en aquellas presencias abstractas y en el fondo desconocidas.

También comencé a pensar que en realidad yo era culpable y que los cargos que se me imputaban eran ciertos, que yo había nacido en 1469, que no envejecía, que era quizá inmortal. ¡Sí, todo era cierto! Ellos tenían razón, y yo me negaba a confesar la verdad. No eran tan malos como parecían ni yo tan inocente como decía.

Comencé a decirme que a lo mejor yo me merecía estar en aquella cárcel y merecía morir en la hoguera. A lo mejor esos veinte minutos ardiendo lograrían, por fin, lo que los años no habían logrado.

Pensé que era posible que Luis de Flores tuviera razón, que tanto él como yo fuéramos culpables de algo que debíamos expiar. Él había buscado expiar su culpa abandonándolo todo y convirtiéndose en peregrino de Jerusalén; yo había elegido ignorar mi extraña condición y seguir viviendo como si no sucediera nada, pero la culpa, finalmente, había acabado por encontrarme.

No, no me juzgaban por ser mujer, ni por vivir libre, ni por ser hermosa, me juzgaban por ser una criatura anómala y monstruosa, un escándalo viviente.

Aquella noche en mi celda, después de leer atentamente el Acta de Acusación, comenzó mi degradación y mi caída.

61. Un abogado

Una vez más volvieron a llevarme ante el tribunal. Me dijeron que podía nombrar a un abogado defensor de mi elección, y que de no conocer a ninguno, me pondrían uno de oficio. Yo me puse a pensar en mis Soñados y recordé que entre los visitantes de mi casa había varios prelados, dos teólogos y algunos juristas. Yo sabía que el denunciante tenía que ser alguno de los visitantes de mi casa, ya que ningún otro podría haber encontrado y robado el retrato, y por eso no sabía a quién acudir. El padre Solís Buenaventura, autor de graciosos romances moriscos y de redondillas amorosas de no poco ingenio, siempre me había parecido que me miraba con buenos ojos. Le escribí y le pedí que fuera mi defensor en la causa, pero se excusó diciendo que no se lo permitían sus superiores. Recurrí entonces a Don Martín de Lueñes, un jurista reconocido y también asiduo visitante de mi casa, que me dijo que no era experto en derecho canónico ni en procesos inquisitoriales, pero que a pesar de todo, percibiendo mi indefensión y mi angustia, aceptó defenderme. Le enviaron la acusación y dispuso de tiempo para leerla, tras lo cual se reunió conmigo para preparar mi defensa, aunque estas reuniones tenían lugar en presencia de los mismos jueces, de manera que era poco lo que podíamos decirnos sin incriminarme aún más.

—Esta es una acusación muy poco frecuente, Doña Inés —me dijo, manteniéndome siempre el «doña» y aun el «señora condesa» para hacerme valer más ante los jueces—. Normalmente las acusaciones por brujería son entre mujeres ignorantes de los pueblos y aldeas, que no conocen bien la religión de Cristo y mantienen sus erradas creencias paganas. Pero esta acusación que os hacen es tan fantástica que resulta imposible de sustanciar con pruebas ni testimonios, ni en un sentido ni en otro. ¿Tenéis documentos que prueben vuestro nacimiento?

—Yo nací en Argamasilla de Tajo —dije, aludiendo a mi imaginaria vida falsificada—, donde un incendio en la iglesia quemó los libros que registraban los bautizos. Pero tengo las partidas de bautismo de mi madre y de mi abuela, que demuestran que la acusación es falsa.

—¿No tenéis partida de bautismo, ni libro parroquial donde se halle el asiento?

—Os digo que ese libro desapareció en un incendio.

—Pensad en quién puede testificar a vuestro favor —me dijo entonces.

—¿Y cómo se puede demostrar que no soy inmortal? —dije yo—. ¿Quién podría dar testimonio de una cosa tan fantástica? Pero demostrar que mi inmortalidad no es tal resulta, en cambio, bastante fácil. Pedid que me encierren y no me den de comer, y veréis como en unas semanas languidezco y me pongo a las puertas de la muerte, y que soy tan mortal como todos.

—No sería buena idea, señora condesa, que os dejarais morir para probar vuestra inocencia —me dijo Don Martín—. Y vuestra muerte sería, en ese caso, la única prueba fehaciente.

—Mejor morir de hambre que en la hoguera —dije con hastío.

Al instante me di cuenta del grave error que había cometido. Lo vi en la expresión de alarma de los ojos de mi abogado, que me decía «no» con los labios y negaba moviendo imperceptiblemente la barbilla. Miré a los inquisidores y vi que intercambiaban miradas satisfechas: la acusada diría y haría cualquier cosa con tal de evitar la hoguera.

Después de este procedimiento volvieron a leerme el Acta de Acusación, tras lo cual había un período de nueve días para recurrirlo. Mi abogado hizo un escrito negando los cargos y pidiendo el sobreseimiento de mi caso, mi liberación y el levantamiento del Secuestro de Bienes que habían ordenado. Todo esto era lo esperado. Siempre se hacía. Nunca obtenía resultado.

¿Es esto lo que busca la Justicia, uno de los pilares de la civilización, desesperar y hastiar a los pobres seres humanos hasta llevarlos al límite de su resistencia?

Siguió a esto un toma y daca entre el abogado y el fiscal, tras lo cual el tribunal declaró que, dado que yo me negaba a admitir los cargos en mi contra, se procedería a la apertura de la Fase Probatoria, con lo que se iniciaba la Fase Judicial del proceso.

62. El proceso

La Fase Judicial comenzaba con el interrogatorio de testigos, que se hacía en secreto, y con las recusaciones de su testimonio, que hacíamos mi abogado y yo como mejor podíamos, ya que no sabíamos quiénes eran los que testificaban ni qué era exactamente lo que habían declarado.

Yo me pasaba horas intentando imaginar quiénes podrían ser aquellos testigos y qué podrían declarar, aparte del curioso parecido que existía entre mi rostro y un viejo retrato, algo que no pasaba de ser una mera curiosidad. A veces pensaba que los testigos no existían; otras, que, quién sabe cómo, los inquisidores habían encontrado personas que me conocían de muy antiguo y podían testificar que, en efecto, habían visto que con el paso de los años yo no envejecía. Me daba cuenta de que llevaba demasiados años viviendo en Madrid, demasiados para ser incluso la nieta de aquella Inés de Padilla que estudió en Salamanca con Beatriz Galindo. Había sido descuidada y me había confiado en exceso.

¡Dios mío, qué estúpida había sido! De pronto, todo me venía encima. Cecilia era ahora anciana; Belisa y Pedrito tenían tres hijos, el mayor de ellos ya mocito. Los años habían pasado y yo me había aferrado ¿a qué? ¿A mi casa? ¿Era aquel Palacio de las Calas el responsable de todos los males de mi vida? Don Luis de Flores había entendido muy pronto que la única posibilidad para las personas como nosotros es convertirse en peregrino y errar de un lugar a otro sin detenerse nunca.

Continuaron las sesiones y los interrogatorios siempre sobre lo mismo, siempre buscando mi confesión.

—Decid la verdad, por amor de Dios —me decían una y otra vez, usando siempre la misma fórmula.

—Estoy diciendo la verdad.

—Confesad vuestras culpas.

—No tengo nada que confesar.

—Si la acusada persiste en negar los hechos y en no confesar voluntariamente sus faltas —dijo finalmente el inquisidor recio en la última sesión de interrogatorio a que fui sometida—, este tribunal apelará, *ad eruendam veritatem* —es decir, «para averiguar la verdad»—, a la Cuestión de Tormento.

—¿Cómo?

—Os vamos a dar tormento, señora, para obligaros a que confeséis la verdad.

Sentí que se me caía el alma a los pies y que me abandonaba toda la fuerza del cuerpo, unos síntomas que yo ya conocía bien y que precedían al desmayo. Luché con todas mis fuerzas para no perder el sentido.

Pensé que, como en todos los otros pasos del desesperante proceso judicial, dejarían pasar días o semanas hasta pasar a la siguiente fase, pero no fue así.

Me llevaron ese mismo día a la sala de torturas, que estaba en los sótanos de aquel castillo del horror en que nos encontrábamos, y me mostraron todos los aparatos que estaban allí dispuestos, con idea de que al verlos y descubrir lo que me esperaba, se produjera la tan ansiada confesión.

No hay palabras para describir la vileza y el horror que llenaban aquel lugar. Era una sala alargada y con forma de L, de suelo y paredes de piedra, con abundante paja en el suelo, que se iluminaba por medio de unos tragaluces altos que debían de dar a algún patio interior de la Cárcel Secreta de modo que los gritos de los torturados no fueran escuchados desde la calle. Todo esto si es que seguíamos realmente dentro de la villa de Madrid y no en algún lugar remoto y apartado, pero por muchos detalles minúsculos, por sonidos lejanos y por sensaciones indefinibles, yo sabía que estábamos en el corazón de la ciudad, quizá en alguna calle que yo conocía bien y por la que había pasado mil veces sin llegar a preguntarme lo que se escondía detrás de aquella alta pared con pequeñas ventanas o aquella fachada imponente.

No permitieron el paso de mi abogado a la Cámara de Tormento. De hecho, su labor de defensa había terminado y no volvería a verle durante el resto del proceso.

Los que sí se unieron a los que ya estábamos allí dentro fueron un Ordinario, representante del obispo de Madrid; un secretario, encargado de tomar nota de toda la sesión de tormento; el médico, que me examinaría para determinar si estaba en condiciones de sufrir la tortura; un barbero que le asistía, y el verdugo, que fue el último en entrar y que llevaba media cara tapada con una caperuza de cuero con aberturas para los ojos, como suelen hacer los de su profesión, para no ser luego reconocidos. Sus ojos verdes me parecieron los más tristes que había visto nunca en mi vida.

—Mirad, señora —me dijo el inquisidor suave—, fijaos bien. Este es el potro, del que tanto habréis oído hablar, donde seréis atada y encadenada; estas son las garrotas y prensas para daros mancuerda; esta es la mesa donde os tumbarán para daros el tormento de la toca, acá están las jarras de agua dispuestas, y allá al fondo, esa soga gruesa con ese garfio que cuelga del techo es la garrucha, y esas pesas de piedra, las que os pondrán en los pies para aumentar el tormento.

—Por favor, señores —les dije lamentablemente, sin saber ni lo que decía—. Por favor, no me hagáis daño, por favor, por caridad cristiana, por amor de Dios. No me lo hagáis, a mí no, a mí no.

—¿Y a quién sino a vos? —me dijo el inquisidor recio.

—Señora —me dijo el inquisidor suave—, sois joven y sana, pero de aquí podéis salir lisiada de por vida, o mutilada de un brazo o una pierna, o incluso muerta si vuestro cuerpo no resiste el castigo. Y en cualquier caso será culpa vuestra si algo de esto sucede, y no del verdugo ni del Santo Oficio. ¿Por qué no confesar y ahorraros todo este sufrimiento?

—¡Porque no tengo nada que confesar! —dije, perdiendo los nervios por primera vez—. ¡Porque vosotros no buscáis la verdad, sino el dolor y la humillación! ¡Porque yo he sido siempre una buena cristiana y he ayudado siempre a los pobres y a los enfermos y jamás he hecho pacto alguno con el Diablo ni lo haría jamás!

—Aquí sale ya la bruja —dijo el Ordinario, que era un prelado gordo, de esos mansos como un cebón, con gesto dulce y voz de pájaro—. ¡Aquí sale ya la ira, las llamas del fuego que le arde por dentro!

—Muy bien había sabido disimularlo hasta ahora —dijo el inquisidor suave, que de pronto me pareció el más cruel de los dos—. Pero en cuanto ven lo que les van a hacer, sale todo lo que tienen dentro. ¡Esta cámara había de llamarse de la verdad!

—¡Confesad, por el amor de Dios! —dijo el otro inquisidor.

—¿Cuándo pactasteis con el Malo? —me dijo el suave—. ¿Quién os incitó? ¿Cuántas más hay como vos? ¿Qué actos bestiales o nefandos habéis cometido por orden de vuestro señor?

Yo no deseaba otra cosa que confesar y librarme de aquello. A la vista de aquellos hombres horribles que me miraban con falsos gestos de piedad y sonrisas escondidas ante la gran diversión que se aproximaba, al ver los ojos del verdugo fijos en mí a través de las aberturas de su caperuza y al contemplar aquellas horribles máquinas de dolor que me aguardaban, hubiera confesado cualquier cosa. Pero pensaba que si lo hacía sería condenada a la hoguera, y el pensamiento de que podía ser quemada viva me hizo decidir que, por duro que fuera el tormento, debía sufrirlo si quería salir con vida.

Le dijeron al verdugo que intentara no lisiarme ni dejarme mutilada ni que hubiera efusión de sangre dentro de lo posible, otra fórmula legal más, me repitieron que los daños que podrían sufrir serían responsabilidad mía y luego le ordenaron al verdugo que me desnudara completamente. Bien podría haberlo hecho yo, pero todo allí había de hacerse de acuerdo con un procedimiento rígidamente establecido que no distinguía entre hombres y mujeres.

Una vez desnuda, el inquisidor suave ordenó que me tendieran sobre el potro para examinar posibles signos del Diablo en mi cuerpo. Me examinaron cuidadosamente y con toda meticulosidad los pechos. Luego ordenaron al barbero que me afeitara las partes pudendas para examinar mis órganos sexuales, ya que se decía que era allí y en los pechos donde las brujas tenían las marcas secretas que revelaban su servidumbre diabólica. El barbero me hizo separar los muslos y noté el agua mojando mi vello y sus dedos extendiendo el jabón, y la navaja sobre la piel rasurándome cuidadosamente el pubis y los labios de la vulva, y todo esto tuve que sufrirlo inmóvil, expuesta ante la vista de todos aquellos hombres. A continuación los inquisidores examinaron mi vulva con todo detalle, en lo cual emplearon bastante más tiempo del que parecía necesario para comprobar que no había allí marca ni señal alguna.

A continuación, ordenaron al médico que me examinara para ver si estaba preparada para recibir el tormento. El físico me hizo ponerme de pie, me examinó brevemente, me miró el iris, me hizo abrir la boca, me tomó el pulso y declaró que estaba en condiciones. El verdugo me dijo que me tendiera en el potro, pero yo casi no podía moverme porque estaba temblando de pies a cabeza, y tuvo que ayudarme, subiéndome casi en brazos, colocándome allí encima y comenzando a atarme con sogas que iban conectadas a argollas y a prensas giratorias o garrotes en los brazos, en los muslos y pantorrillas y en los dedos gordos de los pies, y luego me pusieron cadenas sobre los hombros, sobre el estómago y sobre el bajo vientre para inmovilizarme completamente. A estas garrotas se añadían luego otras cuerdas que tiraban unas de otras, no sé muy bien cómo, porque yo estaba tan aterrada que a ratos cerraba los ojos porque no quería saber lo que me iban a hacer y también porque, inmovilizada como estaba, no podía levantar la cabeza para ver qué me hacían.

—¡Por amor de Dios, decid la verdad! —me dijo uno de los inquisidores.

—Yo no tengo más verdad que decir que la que ya he dicho muchas veces a vuesas mercedes —dije—: que he sido falsamente acusada de un delito que no he cometido y que repugna tanto al orden natural y a la divina Providencia que no puede sostenerse con prueba alguna.

—Dadle garrote en el muslo izquierdo —dijo el inquisidor.

El verdugo dio una vuelta a la prensa y luego una vuelta más. Yo me puse a respirar con fuerza, intentando no gritar.

—Confesad —me dijo el inquisidor—. Dadnos el nombre de las otras brujas o de aquel que os convenció de entrar en tratos con el Diablo.

Ante mi silencio, el inquisidor dijo:

—Dadle en el brazo izquierdo dos vueltas.

El verdugo hizo lo que le decían y sentí cómo la prensa se cerraba con fuerza sobre el mollete de mi brazo. El dolor era espantoso, pero más espantoso aún era la sensación de total indefensión ante todos aquellos hombres, la certidumbre de que podían hacer lo que quisieran conmigo con total impunidad y sin que mis gritos ni mi dolor pudieran en modo alguno atenuarlo. Aquella sensación de que nadie podía ayudarme y que nadie me ayudaría ponía una horrible negrura en el alma. Y peor todavía que el dolor y la sensación de indefensión era aquella pena que sentía, no sé cómo describirla más que como una especie de pena de sentir que me iban a destrozar el cuerpo, que mis miembros no resistirían aquel tormento, que me quedaría coja o manca de por vida.

—Dadle en el brazo derecho dos vueltas —dijo el inquisidor suave.

Ya no pude resistir más el dolor y comencé a gritar.

—Mucho gritáis y acabamos de comenzar —me dijo el inquisidor más recio—. Os han dado dos vueltas de garrote, ¿qué haréis cuando llevéis cinco y siete vueltas? Dadle en el muslo derecho tres vueltas.

Esto siguió un buen rato, y fueron así apretando todos los tornos y agarrotando mi cuerpo con tanta fuerza que yo lanzaba unos aullidos de dolor como jamás había sabido que mis pulmones fueran capaces de darlos.

—Confesad —me dijo el inquisidor suave.

—Si confieso ¿detendréis el tormento? —dije yo entre gemidos y lamentos, ya que no podía dejar de gritar ni de llorar.

—Confesad y se acabarán vuestras penas.

Pero a pesar de todo resistí sin decir nada.

—Dadle dos vueltas más en la pantorrilla derecha.

Yo sentía que me iban a partir la tibia y el peroné y que me quedaría coja.

—¡Es verdad! —dije entonces, gritando como una loca—. ¡Es todo cierto! ¡Nací en el año 1469 y desde que cumplí treinta años no he envejecido ni un solo día!

—¿Y por qué medios lograsteis tal cosa?

—¡Hice un pacto con el Diablo cuando estaba en Salamanca! ¡Hay allí una ermita que tiene una cueva subterránea y allí estudié las artes oscuras con un grupo de siete brujos durante siete años!

—¡Ya va saliendo la verdad! —dijo el Ordinario, al que yo no era capaz de ver.

—¡Liberadme, por amor de Dios! —dije yo gritando y llorando—. ¡Me vais a dejar lisiada de por vida! ¡Ya he confesado!

—Dadle tres vueltas más al muslo derecho —dijo el inquisidor.

—¡No! —grité—. ¡No, me habéis mentido! ¡Ya he confesado! ¡Soy bruja! Dejad de atormentarme.

Yo notaba que el muslo derecho se me partía, que la soga o la cadena del torno, no sé a ciencia ciencia lo que era, se hundía más y más en mi carne y me rompería los músculos y los ligamentos y llegaría incluso a fracturarme el fémur si seguían haciendo girar el torno.

—¡Habéis mentido! —gritaba yo—. ¡Por amor de Dios! ¡Ya he confesado!

—Soltadle las cuerdas y dadle la toca —dijo el inquisidor suave.

Aunque las garrotas se fueron soltado una por una, haciendo el verdugo girar los tornos que las apretaban, la sensación de dolor seguía prácticamente igual que antes. En algunas partes como en los muslos las sogas se habían clavado tanto en la carne que habían roto la piel y me corría la sangre, ya que creo que me habían dado allí hasta seis o siete vueltas de la garrota.

No era yo capaz de ponerme de pie, de modo que el verdugo tuvo que levantarme en sus brazos y colocarme sobre la mesa donde se aplicaba el tormento de la toca. Yo nunca me había sentido más desdichada y miserable en mi vida y no podía hacer otra cosa que gemir «¡no, no, por Dios, tened piedad de mí, no me hagáis daño, por Dios, tened piedad!», en un balbuceo que creo que ni siquiera oían. Me había hecho mis necesidades encima, me había meado y cagado encima, y los presentes hacían comentarios desdeñosos sobre la cobardía de los acusados, a los que a menudo les sucedían estos percances humillantes, y ordenaron que me echaran un cubo de agua por la mitad del cuerpo para limpiarme un poco. El verdugo me ató a la mesa con argollas en el cuello, las muñecas y los tobillos, y luego me aseguró por el vientre con una cincha metálica para que no pudiera moverme.

—Mantened la boca abierta —me dijo—. Si no lo hacéis tendré que poneros una prensa en los dientes y puede romperos la mandíbula.

El tormento de la toca consiste en poner una tela o toca de lino sobre la cara, metiéndola profundamente por la boca hasta la garganta, y en ir echando agua sobre esta tela para ahogar al desdichado que, firmemente sujeto, no puede moverse ni apartarse.

Tenía el verdugo unas jarras de agua que iba vaciando lentamente sobre la tela que cubría mi nariz y mi boca, y había un momento en que la sensación de ahogo se hacía insoportable y yo intentaba respirar como fuera, y no podía porque tenía las vías respiratorias llenas de agua, y cuando pensaba que iba a morir ahogada, cuando sentía que ya estaba ahogándome y muriendo, el tormento se detenía unos instantes, me sacaban la tela que entraba hasta la garganta y me permitían tomar un poco de aire. Y cada vez, uno de los inquisidores me decía:

—¡Decid la verdad, por amor de Dios!

—¡Ya he confesado que es todo cierto, que me hice bruja en Salamanca, adonde me enviaron mis padres a estudiar!

—Pero ¿quién os ayudó? ¿Quién os llevó a ese grupo de brujos? Decidnos sus nombres.

Todo esto continuó y continuó, jarra tras jarra. Finalmente debió de gastarse toda el agua que tenían allí almacenada, porque el inquisidor ordenó que me soltaran de la mesa y que me examinara el médico. Yo estaba medio ahogada, tosiendo y jadeando como podía para recuperar el aliento y con los pulmones medio llenos de agua. En mis afanes, me puse a vomitar, aunque no sé qué podía vomitar cuando hacía tantas horas que no comía nada.

—Se ensucian por todos los orificios de su cuerpo —oí decir a alguien, quizá al Ordinario—. Así va saliendo el Diablo. Así va saliendo.

Hicieron que el médico me examinara.

—¿Puede resistir más tormento? —le preguntaron.

—Sí puede —dijo el médico—. Es joven y fuerte.

Me miraba con una expresión de conmiseración y de pena que me hacía pensar que me veía en muy mal estado. ¿Por qué decía entonces que podía continuar? ¿Para ayudarme y que aquello terminara en vez de posponerlo a otra sesión de tortura, y a otra y a otra más?

—Decidnos los nombres o proseguirá el tormento —dijo el inquisidor recio.

—Fue hace muchos años y no recuerdo los nombres. El capellán se llamaba Don Ciprián, y él era el que nos acogía en su ermita para enseñarnos las artes oscuras.

—¿Don Ciprián? ¿En Salamanca?

—Sí, pero de esto hace ya tantos años...

—¿Y los otros brujos eran hombres?

—Sí, eran todos hombres.

—¿Y vos erais la única mujer?

—Sí, la única mujer.

—¿Y os entregabais carnalmente a ellos? ¿Fornicabais en aquella cueva?

—¡No, por Dios! —dije yo.

—Dadnos más nombres.

—¿Qué importa ya? Fue hace tantos años que todos estarán muertos.

Los inquisidores se retiraron a conferenciar unos instantes y luego regresaron a donde yo estaba.

—Os vamos a dar garrucha —dijo el recio.

—No, por favor, no, no, no —dije yo echándome a llorar de nuevo—. ¡Por favor, señores, por amor de Dios, tened compasión de mí!

—Es por la salvación de vuestra alma —dijo el Ordinario—. Todo esto lo hacemos porque os tenemos compasión.

—¡Por favor! —lloraba yo, desnuda, cubierta de mi propia orina, mi propia mierda y mi propio vómito, llena de heridas y magulladuras y tan deshecha y dolorida que no podía mantenerme de pie—. ¡Tened compasión!

El verdugo me tomó de la cintura y me llevó hasta la garrucha como si fuera yo un cordero o un ternero indefenso. Arrodillada y caída como estaba en el suelo, porque las piernas no me sostenían, me ató las muñecas por detrás del cuerpo y luego me levantó en el aire y me colgó del gancho de la garrucha. Cuando me soltó, dejándome colgada en el aire, sentí que los brazos se me retorcían hacia arriba hasta el punto de que pensé que se me iban a descoyuntar hacia atrás. Yo gritaba como un animal. Estaba ya tan ronca de gritar que lo que salía de mi garganta era más un rugido o un bramido que un grito. A continuación, el verdugo comenzó a colgarme las pesas de los pies para aumentar todavía más el tormento.

—¡Don Luis de Flores y Sotomayor! —chillé yo—. ¡Él fue el que me convenció! ¡Él fue el primero en entrar en aquel grupo y el que me convenció de que pactara con el Diablo!

—¿Quién es ese Don Luis de Flores?

—¡El marqués de Colindres! —dije yo—. ¡Él fue el que me convenció!

Yo sentía cómo las pesas que pendían de mis pies, seguramente pensadas para atormentar a hombres hechos y derechos y no a mujeres de mi constitución y mi peso, estiraban todo mi cuerpo monstruosamente y cómo la articulación de los hombros y de los codos pronto cedería y se me romperían y se me descoyuntarían los brazos. Fue entonces, según creo, cuando perdí el sentido.

Cuando me desperté estaba de nuevo en mi celda, tendida sobre el jergón de paja y en muy mal estado.

Me dolía todo el cuerpo, especialmente las piernas y los brazos y las articulaciones de los hombros. Sentía que estaba llena de heridas internas y que no podría resistir muchas sesiones como aquella sin quedar lisiada. ¿Tenían ya los inquisidores todo lo que necesitaban? Había confesado, había denunciado públicamente a otros, había dado detalles, nombres, lugares. ¿Sería suficiente o volverían a darme tormento una vez más?

Y todos aquellos hombres, hombres de buena familia, bien educados, doctores de la Iglesia, ¿habían sufrido viendo a una mujer desnuda sometida a aquellas vejaciones o habían gozado? El inquisidor que le iba dando instrucciones al verdugo para que aumentara mi castigo, ¿no querría disfrutar de un poco más de diversión? ¿Cuántas ocasiones tendrían aquellos hombres tristes y oscuros de tener a su disposición a una mujer para hacer con ella lo que quisieran, sin limitación alguna y además protegidos por toda la fuerza de la ley?

Pero mis dolores físicos y el terror que sentía a que volvieran a ponerme en el potro no eran nada comparados con la sensación de culpa que me embargaba.

«Te he traicionado, mi amor —me dije—. ¡Solo por evitar el dolor, he gritado tu nombre a mis verdugos! ¡Yo, que pensaba que habría hecho por ti cualquier cosa y que te habría seguido con gusto hasta el mismo infierno! Ya no te merezco. Ahora merezco todo lo malo que me pase. He renegado de ti. He renegado del amor y de mí misma».

Pero ¿quién era ya aquel Don Luis de Flores de 1485? Aun en el caso de que creyeran mi testimonio, no podrían encontrarle. Si interrogaban a los Colindres les dirían que aquel antepasado suyo llevaba muchos años muerto. En realidad, yo no había denunciado a nadie más que a un fantasma del pasado. Pero la sensación de traición y de pena, el peso en el alma, la humillación de sentir que ahora sabía qué es lo que era yo de verdad, eran como un pozo oscuro en el que caía hundiéndome y hundiéndome sin salvación posible.

Había sido vencida. ¡Y tan fácilmente! Otros son torturados durante meses, durante años, y no ceden. Yo había cedido en una hora.

Me odiaba y me despreciaba a mí misma de tal modo que no deseaba vivir.

«Esto es lo que yo soy en realidad —me decía, consumida por el dolor y por la culpa—. No soy nada. Soy una nada con unos bonitos ojos. Nada, nada, nada en absoluto. El tormento me ha revelado, por fin, la verdad de mí misma. No valgo nada. No merezco nada».

63. Nada

Las declaraciones obtenidas en el tormento habían de ser ratificadas en los dos o tres días siguientes, para asegurarse de que el acusado no había confesado para librarse del dolor. En caso de que negara que lo confesado era cierto, seguirían nuevas sesiones de tortura.

En mi pena y mi vergüenza, yo me decía que cuando me pidieran que firmara mi declaración de culpabilidad siempre podría retractarme. Entonces me volverían a llevar a la Cámara de Tormento, y así una y otra vez. ¿Cuántas sesiones como aquella resistiría? ¿Cuántas, si la primera ya había sido demasiado?

Creía que era mi deber resistir, y me echaba a llorar al pensar que se me descoyuntarían los brazos por los hombros y que no podría resistir el dolor.

Sin embargo, pasaron dos, tres y cuatro días y nadie aparecía trayéndome ninguna declaración para que la firmara. El médico me visitaba una vez al día y me dijo que sanaría y que no me quedaría lisiada.

—Pero yo siento todo el cuerpo roto —le decía yo llorando—. Me han roto las piernas, los brazos y los hombros.

—No, señora —me decía él—. Son solo dolores. Necesitáis reposar, y con el tiempo recuperaréis la fuerza y la salud.

—¿Cómo os llamáis?

—No está permitido que os diga mi nombre.

—Yo me llamo Inés de Padilla.

—Ya sé vuestro nombre —dijo él—.

—En realidad ya no soy Inés de Padilla —le dije—. Ya no soy nada ni nadie. Espero que me condenen y acaben pronto conmigo.

Yo estaba convencida de que ahora que había confesado me condenarían por bruja. Estaba dispuesta a firmar que todo lo que había declarado era cierto para no volver a ser sometida a tortura, y daba mi vida por perdida. Solo esperaba que la pena que me impusieran no fuera arder en la hoguera, sino ser ahorcada o decapitada antes de ser colocada en la pira. En esto ponía yo ahora mis esperanzas. Pero las cosas discurrieron de otro modo.

Los inquisidores, después de consultar con los teólogos adscritos al tribunal, decidieron que mi confesión se debía al tormento y no tenía base alguna.

Para mi gran asombro, fui exonerada por completo. La sentencia exculpatoria me declaraba inocente de los cargos de brujería por la ausencia de pruebas y porque el supuesto pacto con el Diablo suponía unos hechos que iban contra las leyes naturales y divinas instituidas por Dios, ya que el Diablo no tiene poder sobre la vida y la muerte. Se declaraba en la sentencia, como habían declarado ya numerosos teólogos españoles, que los pactos con el Diablo y las posesiones y vuelos y acciones mágicas que decían realizar las hechiceras no eran posibles dentro del orden natural y se debían a una inmoderada actividad imaginativa. Decía también que las brujas eran por lo general mujeres ignorantes a las que la Inquisición debía procurar llevar al sendero de la verdadera religión, pero que no era ese mi caso, siendo yo una persona instruida que conocía la doctrina cristiana a la perfección y era capaz incluso de citar a los padres de la Iglesia y las Sagradas Escrituras en latín, de modo que la acusación de brujería carecía de fundamento.

Se levantó el embargo sobre mis bienes después de descontar todos los gastos derivados del proceso, y se me devolvieron mi manuscrito, mis papeles y documentos y también mi retrato.

Así fue como, cinco meses después de mi detención, regresé una vez más al Palacio de las Calas. Mis criados se asustaron al verme aparecer caminando como una lisiada con la ayuda de un báculo y al ver mi aspecto depauperado y miserable, ya que después de todo ese tiempo comiendo el pan mohoso y la sopa aguada que me daban, me había quedado en los huesos. También yo me asusté al contemplarme en el espejo, ya que nunca me había visto en peor estado.

Poco a poco fui recuperando la salud. Me quedaron dolores en los hombros y en los brazos durante años, pero con el tiempo también terminarían por desaparecer. Lo que no desaparecía ni se atenuaba era esa sensación de indefensión y de miedo y, sobre todo, la certeza de haber encontrado dentro de mí misma un gran abismo, la sensación de haber traicionado lo único hermoso y real de mi vida, de haber sido colgada en la garrucha y haber gritado el nombre de Don Luis para librarme del tormento.

De pronto, comprendía cosas que antes no podía comprender. Comprendía que existiera la Inquisición, comprendía la dureza del proceso, comprendía el tormento. Tenía una función y un efecto: descubrir la verdad. No la verdad desde un punto de vista jurídico, sino la verdad interior de la persona.

Me daba cuenta de que el tormento no quita la dignidad al atormentado, sino que le revela que esa supuesta dignidad que creía poseer no era más que una máscara y una farsa.

El verdadero fin del tormento es también uno de los fines de la civilización, de cualquier civilización: la destrucción del ser humano. El tormento destruye el amor y el respeto que una persona siente por sí misma. Tiene como finalidad demostrarle a una persona, más allá de toda duda, que no es nada.

Dentro de todo, tuve suerte. De haber sido la Inquisición alemana o francesa la que me hubiera juzgado, me habrían condenado a la hoguera sin dudarlo. Me habrían afeitado los cabellos, me habrían envuelto en un sudario lleno de dibujos grotescos, me habrían atado a una estaca o a una litera de madera (y creo que esta última forma es más humana, porque el fuego se apodera de todo el cuerpo al mismo tiempo y la horrible agonía es más breve), me habrían colocado sobre una pira de troncos junto con otras desdichadas como yo y me habrían quemado públicamente en una gran ceremonia presidida por las autoridades locales y eclesiásticas, todos hombres, todos vestidos con sus mejores galas, con medallas de oro y plumas de colores, y orgullosamente colocados en tribunas construidas para la ocasión, con doseles de terciopelo, campanas, trompetas, soldados, edecanes, y también por masas de curiosos de todos los estados, artesanos, militares, burgueses, comerciantes, gentes del pueblo, hombres, mujeres y niños, que habrían acudido de todas partes para ver con sus propios ojos cómo arden las mujeres y oír con sus propios oídos cómo gritan cuando comienzan a arder, un gran espectáculo que no puede disfrutarse todos los días.

64. La Gran Matanza

Entre los siglos XVI y XVII se desató en Europa una fiebre contra la brujería que acabó por convertirse en una matanza de mujeres. Yo lo escribiría con mayúsculas, como las grandes batallas, no «la Caza de Brujas» de la que suele hablarse, ya que esas «brujas» jamás existieron, sino la Gran Matanza de Mujeres, uno de los capítulos más negros y vergonzosos de la historia de Europa. Además de a las supuestas «brujas», se perseguía y castigaba a las curanderas, a las mujeres que sabían de hierbas, a las comadronas...

Es difícil saber cuántas mujeres murieron en total. Jean Bodin, el jurista, «racionalista» e «ilustrado» francés, autor de un libro que se convirtió en el manual de todos los cazadores de brujas, *De la démonomanie des sorciers*, aparecido en 1580, fue el mayor instigador de la matanza, y Alemania (donde había aparecido el *Malleus Maleficarum*, el otro libro que inspiró la persecución y cacería) el país donde más «brujas» murieron asesinadas. ¿Cuántas fueron en total? Al parecer, solo en Alemania murieron veinticinco mil mujeres, a las que hay que sumar diez mil en Polonia, cuatro mil en Francia, otras tantas en Suiza, mil quinientas en Inglaterra...

En España, en cambio, la Inquisición apenas prestó atención a las brujas. El médico Andrés Laguna investigó varios supuestos casos de brujería y declaró que todas aquellas actividades mágicas, vuelos, transformaciones y encuentros con el Diablo, no sucedían más que en los sueños o en la imaginación, muchas veces a causa de la ingestión o la aplicación en la piel de sustancias alucinógenas. De este tipo es la famosa bruja Cañizares que aparece en *El coloquio de los perros* de Cervantes. ¿Quién sino él, gran maestro de la imaginación, podía comprender lo que de verdad es una «bruja»?

La Inquisición española condenó a muerte a cincuenta y nueve mujeres por brujería en toda su historia.

A pesar de todo, es un lugar común suponer que España era un lugar donde la Inquisición mató a muchas brujas, y que en las plazas públicas de Madrid, de Zaragoza o Sevilla se quemaban vivas rutinariamente a centenares o miles de desdichadas mujeres.

Otra creencia extendida es que fue en la «oscura» Edad Media donde se perseguía a las brujas. Es una verdad incómoda recordar que la Gran Matanza tuvo lugar, en realidad, a principios del siglo XVII, en la época de Descartes, de Mersenne, de Galileo. Es decir, en la época en que se ponían las bases del moderno pensamiento «racionalista» e «ilustrado».

Deberíamos también abandonar la idea de que los católicos eran fanáticos e intolerantes mientras que los protestantes eran modernos y liberales, o incluso que Lutero o Calvino defendían la «libertad de conciencia». No es así en absoluto. El protestantismo fue igual de intolerante y de cruel con sus opositores que el catolicismo o quizá más aún, y la liturgia protestante resultaba mucho más impositiva y amenazante en la vida diaria que la católica. Calvino mató a muchas más personas que Torquemada, entre ellos al médico español Miguel Servet, condenado a la hoguera por negar la trinidad. Claro que a Servet no lo mató la Inquisición: no había Inquisición en los países protestantes. La maquinaria de persecución, tortura y muerte no era por eso menos terrible.

65. Perdón

Había regresado a mi casa, pero la persona que había regresado no era la misma que salió de ella.

Abandoné mi vida social. No deseaba ver a nadie y, desde luego, nadie hizo el menor intento de venir a verme a mí. Aunque había sido exonerada por completo y declarada inocente, algo ciertamente poco frecuente en los procesos inquisitoriales, yo había quedado de algún modo marcada, y nadie quería acercárseme. Había caído sobre mí una mancha, una sospecha, que ya nada podría lavar.

Estaba tan asustada que no salía de mi casa. Mis criados me trataban con un exquisito cariño, e intentaban por todos los medios animarme y cuidarme.

—Señora —me decía Belisa—, le conviene salir de casa a vuesa merced, aunque sea para ir a misa.

—No, no —decía yo—, no voy a salir nunca más de esta casa ni voy a dejar que nadie me vea.

—Pero a misa, señora, tiene que ir vuesa merced.

Por miedo, solo por miedo a no ser considerada una buena cristiana, comencé a ir a misa con mis criados. Íbamos el domingo a primera hora, yo siempre cubierta con un velo negro para que nadie pudiera reconocerme.

Un día estaba en mi cuarto intentando leer cuando, al mirar por la ventana, vi que en la calle había un hombre que miraba mi casa. Me aparté para que no me viera, y medio escondida entre las cortinas, le seguí observando. Su aspecto me resultaba familiar, pero no acababa de recordar quién era. No iba bien vestido, ni parecía una persona de calidad.

Volví a verle por la tarde, allí apostado frente a mi casa. Bajé hasta la puerta de la calle y miré por la celosía. Ahora que le tenía más cerca, pude ver quién era: no otro que el barbero de la Inquisición, que había tenido la ocupación de rasurarme durante mi interrogatorio.

Pero ¿qué estaba haciendo allí?

Al día siguiente volví a verle en el mismo sitio. Como la calle no tenía tránsito ni apenas portales, era difícil espiar mi casa sin ser visto. No podía imaginar qué quería aquel hombre ni qué hacía acechando mi puerta. Recordar la forma en que me había enjabonado y rasurado mis partes pudendas a la vista de todos me hacía arder las mejillas de vergüenza y me producía una angustiosa sensación de náuseas.

Al día siguiente era domingo, y salí con mis criados a misa como siempre. Comprobé que el barbero nos seguía a una distancia discreta y entraba también en la iglesia. No era un hombre fuerte ni joven, y mi buen Pedrito podía muy bien haberle puesto en su lugar, pero yo sentía tanto terror y tanta vergüenza que no me atrevía a decirles nada a mis criados.

—Señora —me dijo Pedrito—, hay un hombre que nos sigue.

—No es nada, Pedrito —le dije—. No hagas caso.

Al día siguiente el barbero no apareció, pero sí otro hombre distinto, alto y corpulento, con piernas como torres que revelaban con claridad sus músculos a través de las calzas, hombros anchos y poderosos y un rostro bovino, presidido por una poderosa testuz y con una nariz muy ancha y huesuda que le daba un aire como de toro o de búfalo. De nuevo bajé a la puerta de entrada para mirar por la celosía e intentar averiguar quién era, pero estaba bien segura de que no le había visto en mi vida.

Ya he contado que había decidido encerrarme en mi casa y que sentía terror a salir a la calle. Por eso no puedo comprender por qué hice en aquel momento lo que hice. Descorrí los cerrojos de la puerta y la abrí, encarándome con el desconocido.

—¿Qué queréis? —le dije—. ¿Qué hacéis frente a la puerta de mi casa?

—Señora condesa —me dijo el hombre—. Doña Inés de Padilla...

—Así me llamo —dije—. ¿Qué queréis de mí? ¿Quién os manda?

—Señora, nadie me manda, vengo en mi propio nombre.

—Marchaos en hora mala —le dije—, no os conozco, ni sé quién sois.

—Señora, me gustaría tener una palabra con vuesa merced, solo una palabra.

—Pues decid lo que sea.

—Aquí en la calle no puede ser, señora.

—En mi casa no vais a entrar —le dije—. Seguid vuestro camino, hermano.

—Señora condesa —me dijo acercándose hacia mí con paso titubeante—, mi nombre es Gregorio Nuño..., no tiene vuesa merced nada que temer de mí.

Vi cómo se acercaba a mí paso a paso. Debería haber llamado a mis criados, debería haber cerrado la puerta y corrido los cerrojos, debería haberme metido dentro de casa, pero no lo hice. Dejé que se me acercara, y para mi gran estupor vi que se arrodillaba ante mí en plena calle. Yo miraba a un lado y a otro, pero en ese momento no pasaba nadie.

—¿Qué haces? —le dije—. ¿Por qué te arrodillas?

Estaba tan cerca de mí que me llegaba su aroma, un olor cálido que me recordaba al de las castañas asadas.

—Señora —dijo el hombre—, quiero pedirle perdón a vuesa merced.

—¿Perdón? Pero ¿perdón por qué?

De pronto pensé que aquel hombre era el que me había denunciado a la Inquisición, el culpable de todas mis desgracias, pero ¿cómo podía haberme denunciado alguien a quien no había visto nunca? Además, era evidente, por sus ropas y por su apariencia, que no pertenecía a mi círculo social. Y sin embargo había algo en él que me resultaba familiar. Yo le había visto, o le había oído en algún sitio, pero no sabía dónde ni cuándo. Incluso aquel peculiar olor suyo, que me recordaba al de las castañas asadas, me traía un difuso recuerdo imposible de precisar.

—Quiero pedirle perdón por las cosas que le hice a vuesa merced, señora —dijo el hombre.

—¿Qué cosas? ¿De qué hablas?

—Señora —dijo bajando los ojos—, soy el verdugo.

—¿El verdugo?

—El verdugo del Santo Oficio.

Entonces me di cuenta de dónde había visto yo aquellos ojos, dónde había escuchado aquella voz y dónde había olido aquel olor. Y aunque el hombre que tenía arrodillado ante mí parecía ahora tan manso como un cordero, de pronto sentí tal acceso de terror que me puse a temblar de pies a cabeza.

—Perdóneme vuesa merced —dijo el hombre.

Sentí que me volvía aquella sensación de mareo, aquel calor que me recorría todo el cuerpo, aquella debilidad en las piernas, aquellas luces y resplandores en los ojos. Me tambaleé, y me recosté de lado en la jamba de la puerta, donde me agarré para no caer al suelo. A pesar de todo, conseguí recuperarme y no perder el sentido.

—¿Por qué has venido a mi casa? —le dije—. ¿Pides perdón a todos los que atormentas?

—No, señora.

—Entonces, ¿por qué a mí? ¿Porque soy una mujer?

—Sí, señora. No se debería dar tormento a las mujeres.

—Pero tú lo haces.

—Es mi oficio.

—Es tu oficio —repetí yo, como hipnotizada por sus palabras—. Pero es el oficio que tú has elegido.

—No, señora, yo no lo elegí. Lo heredé de mi padre, y él de su padre, y este del suyo, y todos eran buenos hombres y buenos cristianos, cristianos viejos sin sombra de moros ni de judíos en su sangre. Es un oficio honrado gracias al cual doy de comer a mis hijos.

Le dije que se levantara, que no podía hablar con él si seguía de rodillas frente a mí. Me asustaba, también, que alguien pudiera pasar por la calle y contemplara la extraña escena, llamando, una vez más, la atención sobre mi casa y sobre mi persona, pero él no me obedeció.

—Si es un oficio honrado, ¿por qué me pides perdón?

—Porque no puedo apartar a vuesa merced de mi pensamiento.

—Pero has dado tormento a otras mujeres.

—Sí, señora, a muchas.

—¿A muchas? —dije, horrorizada.

—No tantas como a hombres, pero llevo siendo verdugo desde que cumplí los dieciocho años. Mi padre me enseñó el oficio, y comencé muy pronto.

—¿Y a todas las mujeres que has atormentado les has pedido perdón?

—No, señora.

—¿Cómo es eso?

—Algunas murieron durante el tormento, algunas perdieron la razón, otras fueron condenadas y murieron en la hoguera, o ahorcadas, o agarrotadas, o se perdieron en alguna cárcel. Casi todas son condenadas, señora, la Inquisición raramente encuentra inocentes. Vuestro caso es especial, porque habéis sido totalmente exculpada, lo que quiere decir que el sistema no funciona perfectamente y que, a pesar de su inmensa complejidad y sutileza, es posible que en él existan fallos. Esto me ha llenado de dudas y me ha hecho pararme a considerar que a lo mejor es cierto que hay más inocentes entre los acusados de lo que solemos suponer. Todos en el Santo Oficio estamos convencidos de que cuando alguien resulta acusado es porque es culpable, de modo que el trabajo de todos, inquisidores, teólogos, oidores y todos los demás, hasta llegar a mí, que no soy más que el humilde ejecutor, el último eslabón de la cadena, pero un eslabón necesario de todos modos, el trabajo de todos, digo, no es otro que lograr que el acusado confiese su delito para poder, así, salvar su alma. Pero ¿y si no todos fueran culpables? Esta pregunta no deja de torturarme.

—Pues qué, ¿no creéis que alguien pueda ser inocente?

—No, señora. Incluso vos confesasteis. Todos confiesan. ¡Todos son culpables!

—¡Todos!

—Y sin embargo, fuisteis declarada inocente, luego el sistema no es perfecto.

—¿Y vos pensabais que era perfecto?

—Está instituido por Dios a través de su Iglesia. ¿Cómo podría no ser perfecto?

Yo me sentía mareada, como si el proceso, con toda su horrenda lógica viciada y corrupta, hubiera vuelto a atraparme, como si ya no hubiera forma de librarme de su lazo y su cadena.

—¿Cómo me habéis encontrado? —pregunté yo entonces.

—El barbero, mi amigo, vio un día a vuesa merced caminando por la calle y descubrió dónde vive vuesa merced, y me lo contó.

—Levántate —le dije.

Me obedeció. Era mucho más alto que yo, un hombre fuerte de anchos hombros.

—No te perdono —le dije—. No puedo perdonarte.

—¿Por qué no, señora?

—Porque no soy nada, ¿comprendes? No soy nada ni nadie. Tú me lo has revelado. Gracias a ti lo sé, más allá de toda duda. Estoy vacía por dentro, dentro de mí solo hay aire y vacío. Y alguien que no es nadie y que no es nada, ¿cómo puede perdonar a otro?

—Yo tampoco soy nada —dijo el hombre con dificultad, como si le costara hablar—. Yo también estoy vacío.

—¿Tú? —dije con incredulidad.

—Todos los hombres están vacíos —dijo él.

—Entonces no sufras —le dije—. Si tú no eres nada ni yo soy nada, tú no me has hecho nada y no hay nada que perdonar. Y si de verdad quieres ser perdonado, confiésate.

—¿Confesarme, señora, con el cura de la iglesia? ¿Y qué iba a confesar? A los ojos de Dios y de los hombres, no hay pecado alguno en lo que hago. Soy el ejecutor de la justicia de la Santa Madre Iglesia. Sin mí, la justicia y la ley de Dios solo serían papeles y palabras. Ante Dios, ya estoy absuelto. Dios no ve pecado alguno en lo que hago. Sin el verdugo no habría justicia, como sin el matarife no habría comida. No es Dios quien no me perdona, sino vuesa merced.

Le miré con curiosidad. No hablaba como un bruto ni como un ignorante, a pesar de que, por su oficio, no era probable que supiera leer ni hubiera estudiado nunca ni una letra.

—No sé si queda algo de mí dentro de mí —le dije—. No sé si queda en mí algo de la mujer que fui, pero si queda algo, esa mujer no te perdona.

Vi cómo se alejaba, caminando calle abajo.

Aquel encuentro me dejó tan revuelta que durante el resto del día estuve como enferma. Sentía náuseas que me iban y venían y era incapaz de comer nada. Por la tarde tomé un poco de caldo a instancias de Belisa, que me miraba con preocupación, y lo vomité todo al cabo de un rato. Creo que tenía fiebre.

Al día siguiente, me asomé a la ventana y vi que el verdugo estaba de nuevo frente a mi puerta, al otro lado de la calle. Me pasé todo el día escondida en casa, sin salir. Mis criados me dijeron que había un hombre frente a nuestro portal que llevaba allí horas, sin acercarse, sin llamar a la puerta. Pero ¿qué podíamos hacer? No es un delito estar en la calle frente a una casa. Tampoco hubiera yo llamado a la justicia de ningún modo.

Al tercer día volvió a aparecer frente a mi puerta. Me las arreglé para acercarme a la entrada sin ser vista por mis criados y, una vez más, abrí la puerta y me encaré a él.

Esta vez él ni siquiera se acercó. Se limitaba a mirarme. Yo crucé la calle, que estaba, como casi siempre, completamente desierta.

—Dime, ¿tienes donde llevarme? —le pregunté.

El verdugo pensó durante unos instantes.

—Sí.

—Pues llévame.

El hombre me miraba sin saber cómo responder.

—Echa a caminar —le dije—, que yo te seguiré unos pasos por detrás. Y no te vuelvas a mirarme.

Hizo lo que le decía. Echó a caminar calle abajo y yo detrás de él. Creo que ni siquiera me molesté en cerrar la puerta de mi casa. El hombre caminaba pausadamente, sin la menor prisa, y no me costaba ningún esfuerzo seguirle. Más bien tenía que refrenar mis pasos para mantener la distancia que me separaba de él, que era como de unos diez pasos.

Me gustaba verle caminar. Tenía un andar deliberado y poderoso. Separaba las piernas al andar, como los caballistas, e inclinaba la cabeza un poco hacia la derecha, como hacen los que piensan en el pasado.

Fuimos caminando por unas calles y otras, descendiendo hasta la salida de Madrid. Cruzamos la Puerta de Segovia y fuimos bajando por la cuesta llena de carros y carruajes y viandantes y soldados y luego seguimos hasta el Manzanares, y una vez allí el hombre salió del camino real y echó a caminar en dirección a las orillas del río. Seguía caminando sin volverse, pero ahora que habíamos dejado atrás los ruidos de la ciudad y las voces de los arrieros y de los caminantes, comenzábamos a oír el canto de los pájaros y el sonido de los insectos, y los dos podíamos oír con claridad los pasos del otro sobre la arena. Ni una sola vez se había vuelto a comprobar si le seguía.

No sé cuánto caminamos así, posiblemente media legua, hasta que llegamos a una caseta de madera construida cerca de las riberas de aquel río apenas sin caudal, medio oculta entre las encinas y los aligustres. Era una construcción tosca, quizá un refugio de pastores de los que pasaban por allí conduciendo sus rebaños. No parecía que hubiera sido nunca la vivienda de nadie. Vi cómo el verdugo se acercaba a la puerta y llamaba con los nudillos. Yo me detuve y me quedé a la misma distancia de unos diez pasos que me separaba de él.

—Soy yo —dijo a los de dentro.

Luego se volvió a mirarme.

—¿Quién está ahí dentro? —pregunté, recelosa de una emboscada.

—El barbero.

Abrió la puerta y me invitó a pasar con un gesto.

Cuando entré, vi que en el interior de la caseta había solo una mesa grande con dos bancos alargados y varios taburetes alrededor. El barbero estaba sentado en uno de los bancos, barajando un mazo de naipes. En la mesa había un porrón de cristal medio lleno de vino clarete. El barbero no se sorprendió en exceso al verme aparecer, lo cual se me antojó algo casi próximo a la maravilla, porque era como si me estuviera esperando.

—Señora condesa —dijo, sin sombra de ironía, a modo de saludo.

El verdugo entró también, cerró la puerta y se sentó a la mesa, frente al barbero. Luego cogió el porrón y dio un trago de vino. El barbero bebió también y volvió a ponerlo sobre la mesa, sin ofrecerme.

—Siéntese vuesa merced —me dijo el barbero, señalándome una de las banquetas.

—¿Qué es lo que venís vosotros a hacer aquí? —pregunté, sentándome donde me había indicado.

—Jugar a los naipes.

—Jugad entonces.

En ese momento alguien llamó a la puerta.

—Adelante —dijo el verdugo.

La puerta se abrió, y apareció un tercer hombre que resultó ser el médico del Santo Oficio. Pareció sobresaltarse ligeramente al verme allí sentada, pero una vez más, su sorpresa me pareció mucho menor de lo que sería de esperar.

—Señora condesa —me dijo el médico; y luego, dirigiéndose a los otros—: ¿qué está haciendo esta señora aquí?

—Ella ha querido venir —dijo el verdugo.

Yo me sentía muy a gusto allí sentada, contemplando a aquellos tres hombres. Era como si, por primera vez desde hacía tiempo, todos mis temores y preocupaciones hubieran desaparecido. No deseaba nada más que estar allí sentada escuchándoles y viendo cómo bebían y barajaban las cartas, preparándose para su juego. En su presencia, nada malo podía sucederme. Era como si estar allí sentada contemplándoles fuera el límite de todas las cosas, más allá del cual ya no hay nada, nada bueno, pero tampoco nada malo.

—¿Jugáis por dinero? —les dije.

—Sí, claro —dijo el médico—. Aunque no es mucho lo que apostamos.

—Jugad por mí —dije.

—¿Por vuesa merced?

—El que gane, podrá hacerme suya.

—Está loca —dijo el barbero.

—¿No queréis? —les dije.

—¿Habla en serio vuesa merced?

—Sí.

—¿Por qué, señora? —me dijo el verdugo.

—Los tres me habéis visto como mi madre me trajo al mundo. ¿Qué tengo que perder?

—La honra, señora —dijo el verdugo.

Vi que hablaba en serio, y me maravillé.

—Si no me queréis como premio, jugad como siempre —dije—. Dejadme estar aquí sentada, viendo cómo jugáis.

Comenzaron a jugar, aunque sin hablar apenas, seguramente porque les cohibía mi presencia. Jugaron varias manos, y quedó vencedor el barbero. Yo no había dicho ni una palabra durante el tiempo que duró el juego, y tampoco dije nada ahora. El barbero se levantó y se acercó a mí.

—Vengo a cobrar mi premio —dijo.

—No era ella el premio —dijo el verdugo—. Coged vuestros maravedíes, y quedad en paz.

—Ella misma se ha ofrecido como galardón.

—No sabe lo que dice —dijo el médico.

—Puedes tomarme, si quieres —le dije al barbero, poniéndome de pie.

—Salid —dijo el barbero a los otros.

—No vais a forzar a esta señora —dijo el verdugo—. ¿No veis que no está en sus cabales?

—La he ganado a los naipes.

—Vamos, vamos, señor cirujano —dijo el médico—. Hemos jugado monedas, eso es lo que habéis ganado.

—No estoy loca, hermanos —les dije—, pero si no me queréis, mucho peor para vosotros.

—Yo sí os quiero —dijo el barbero.

—Pues tomadme.

—Yo me marcho —dijo el médico, que parecía muy nervioso e incómodo.

—Nos vamos los tres —dijo el verdugo.

—No, yo me quedo con ella —dijo el barbero.

—Tú vienes también.

El barbero abrió la boca para decir algo, pero finalmente desistió, porque sabía que no podía nada contra la determinación del verdugo. Se guardó el porrón vacío en su bolsa y salió con el médico, sin dedicarme ninguno de ellos ni una mirada ni una palabra. El verdugo no se decidía a seguirles.

—Señora... —me dijo, sin saber cómo continuar.

Yo le tomé la mano derecha y se la besé en los nudillos y luego la giré y se la besé en la palma.

—Oléis bien —le dije.

—Me baño todos los días —dijo, apartando la mano cuando yo la solté.

—¿Venís aquí a diario a jugar a los naipes?

—Sí, al caer la tarde.

—¿Puedo venir yo también y ver cómo jugáis?

—No debe venir aquí vuesa merced. Podría verla alguien.

—No te preocupes tanto por mi honra, Gregorio —le dije—. ¿Es que tu oficio no te ha enseñado todavía que eso no existe?

—Sí, señora —me dijo—. También sé que Dios no existe, pero se trata de mantener las apariencias.

—¡Vaya! —le dije—. ¡De modo que al fin hemos encontrado a un verdadero hereje! ¡Y es el verdugo del Santo Oficio!

—Señora —me dijo bajando la voz—, todo el mundo sabe que Dios no existe. ¿O es que no lo sabéis vos?

Al día siguiente volví a la caseta de las orillas del Manzanares, y les pedí que me dejaran sentarme allí en silencio y ver cómo jugaban a los naipes. Me sentía muy a gusto en aquella caseta, como si fuera aquel el paraíso, el lugar donde no existe el miedo.

De pronto, sentía que había encontrado mi lugar en el mundo, ese que todos nos pasamos toda la vida buscando, el lugar de la paz y la tranquilidad, ese lugar misterioso y lejano al que todos los caminos parecen señalar pero al que nunca se llega. No lo había encontrado en los libros, ni en la escritura, ni en la familia, ni en el amor, ni en los palacios de los príncipes, sino allí, en la pequeña caseta de las orillas del Manzanares, viendo al barbero, al médico y al verdugo jugar a los naipes y beber vino clarete de su porrón.

No sé por qué ellos aceptaban mi presencia, ni tampoco sé si les agradaba o les incomodaba. Pero si no les agradaba, ¿por qué no decirme que me fuera y dejara de bajar hasta allí? Creo que ellos se sentían secretamente honrados de tenerme a su lado aunque yo me mantuviera siempre quieta y callada como una criada. Habría hecho cualquier cosa que ellos me hubieran pedido, por humillante que fuera, pero no me pedían nada. Ni siquiera me hablaban. A veces pensaba que mi presencia allí era una molestia para ellos pero que no se atrevían a echarme por respeto a mi posición. Pero ¿qué respeto podían sentir hacia mí? No, ellos no podían respetar a una mujer que no era nada y que ya les había demostrado que no era nada. A lo mejor lo que sentían era miedo, esa inquietud que nos produce lo desconocido.

A partir de entonces, comencé a ir todas las tardes a la caseta. Casi siempre era la primera en llegar, lo cual me agradaba, porque estar allí dentro sola me producía una gran sensación de paz. Me sentía entonces como la guardiana del lugar, como si fuera yo el alma de la pequeña casita que, hasta mi llegada, no había sido más que cuatro paredes de madera. Había una escoba en un rincón, y yo la usaba para limpiar bien la cabaña: quitaba las telarañas del techo y de las esquinas y barría bien el suelo para que se lo encontraran todo arreglado y bien dispuesto. Me llevé unos trapos de mi casa para limpiar el polvo de los alféizares y el de los pocos muebles que había, la mesa, las banquetas y la alacena vacía, y también una bayeta para limpiar los cristales de las ventanas y que entrara bien la luz. También llevé unas ramitas de romero para que oliera bien, una pequeña figura de barro pintada de colores de la Virgen María y una del Salvador, que coloqué en la alacena, y un espejito de marco de cuerno, que colgué de la pared con una alcayata. Cuando ellos llegaban y lo veían todo limpio no hacían ningún comentario ni me daban las gracias, lo cual me agradaba sobremanera, porque yo solo hacía lo que debía hacerse y no necesitaba que nadie me agradeciera mi trabajo.

El resto del tiempo yo me limitaba a quedarme allí sentada mirándoles jugar, pero un día, cuando ya habían pasado un par de semanas desde mi primera visita, le dije al barbero antes de que comenzaran su partida:

—Señor barbero, ¿tenéis vuestros instrumentos?

—Sí.

—Pues afeitadme, que me ha vuelto a crecer el vello.

—¿Ahora? —preguntó, mirando a los otros como en busca de ayuda.

—Cuando os convenga.

—Señora... —dijo él, sin saber qué hacer.

Yo me había subido las faldas hasta lo alto de los muslos, pero el verdugo se levantó de su silla y me sujetó las manos para detenerme.

—No vuelva a hablar así vuesa merced —me dijo con un tono casi amenazante—. No haga cosas de loca.

—¿Y qué, si las hago? —dije, encarándome con él.

El barbero sacó la bacía de cobre que llevaba en su bolsa, se acercó a mí y apartó al verdugo con un gesto.

—Vaya al río vuesa merced y traiga un poco de agua —me dijo entregándome la bacía.

Hice lo que me ordenaba, sintiéndome muy contenta de que se hubiera dado curso a mi deseo, y cuando regresé con la bacía llena de agua, el barbero tiró la mitad por una de las ventanas y luego se puso a hacer la espuma con un trozo de jabón que traía envuelto en un papel encerado. Luego sacó la navaja, la afiló con una piedra de agua y la pasó varias veces por un asentador de cuero. Los demás le mirábamos hacer, como hipnotizados. Luego me senté en la banqueta, me levanté las faldas y separé las piernas para que me rasurara de nuevo y me dejara monda como una niña.

Los otros contemplaban el proceso sin decir una palabra.

Eso es todo lo que hacíamos en la caseta. Yo la mantenía limpia y bien aireada, e iba llevando cosas para hacerla más acogedora, un día un tapete de fieltro para la mesa, otro día una calabaza para poder coger agua del río y limpiar bien los cristales, otras veces un racimo de uvas o unos altramuces. Cada cierto tiempo, cuando me volvía a crecer el vello, el barbero me rasuraba hasta dejarme limpia como una estatua griega, y luego ellos bebían vino y jugaban a los naipes mientras yo permanecía allí sentada y completamente en silencio, escuchando sus bromas y viéndoles jugar mano tras mano. Poco a poco iban tomando confianza, se acostumbraban a la situación, y hablaban y reían más, contaban historias y hacían bromas, aunque nunca me incluían a mí en ellas. A veces me ofrecían el porrón, pero yo siempre declinaba la oferta con un gesto, porque no quería estar en un plano de igualdad con ellos, sino un par de escalones por debajo, ya que así me sentía mejor, más a gusto y más tranquila. Al final cada uno recogía sus ganancias y todos nos volvíamos por donde habíamos venido, ellos por su lado y yo caminando detrás, a una cierta distancia.

No sé exactamente cuánto duró esto. Un día llegué a la caseta y la hallé vacía. Esperé al barbero, al verdugo y al médico hasta que comenzó a caer la noche, y cuando me convencí de que no iban a aparecer, me volví a mi casa. Regresé al día siguiente y al otro, pero ya no volvieron.

A lo largo de aquel verano yo bajaba algunas veces hasta allí y me sentaba dentro de la caseta en la misma banqueta de siempre, e imaginaba que los tres amigos estaban allí jugando a las cartas, contando historias y pasándose el porrón de vino. No me llevaba conmigo ningún libro, ni tampoco mis instrumentos de escritura. Cuando estaba allí dentro no necesitaba nada. Simplemente estar allí sentada bastaba para que me sintiera tranquila y en paz. Limpiaba bien la casa, ya que al estar en medio de un arenal siempre había polvo en los muebles y hasta arena en el suelo, que no sé cómo conseguía colarse. Barría, limpiaba, bruñía, quitaba las telas de araña, limpiaba los cristales y luego me sentaba en mi banqueta y pasaba allí las horas, muy tranquila y en paz. A veces lloraba, pero no porque sintiera pena ni dolor, y mucho menos porque me diera pena de mí misma. No sé por qué lloraba. Desde luego, no lo hacía porque estuviera triste, ya que me notaba vacía por dentro y no sentía nada en absoluto, ni miedo, ni remordimiento, ni dolor, ni esperanza, ni tampoco tristeza. A veces era un llanto largo y dulce, otras veces gemía y hasta gritaba, cosa que hacía libremente sabiendo que nadie oiría mis gemidos ni mis gritos. Luego dejaba de llorar, suspiraba profundamente y me sentía tranquila, llena de paz.

No perdía la esperanza de que los tres jugadores volvieran a aparecer por allí un día, pero nunca aparecieron. Cuando llegó el otoño y comenzó a hacer frío, abandoné mis visitas a la caseta.

66. Pasa un año

No sé cuánto tiempo estuve en aquel estado de vacío y de indiferencia. Pasó, quizá, un año.

Siempre hay un día en que nos despertamos y notamos que, por grande que sea el dolor que sentimos, ese día nos duele un poco menos. Es el efecto del tiempo, que va curando todas las heridas. También me sucedió así en aquella ocasión. Era un día de primavera, y olía a madreselva en flor.

Bajé a mi huerto para oler aquel perfume nuevo. No me sentía feliz, ni alegre, ni contenta, pero aquel olor parecía traerme el recuerdo de que una vez, mucho tiempo atrás, yo había sido feliz.

Me vino de pronto, con el aroma de la madreselva, un recuerdo de aquella que yo había sido mucho tiempo atrás. Subí a mi cuarto y, por primera vez desde hacía muchos meses, tomé un libro y me puse a leer. Eran las poesías de Garcilaso. Comencé a leer la «Égloga primera», y de pronto sentí que la vida comenzaba, muy lentamente, a regresar a mí.

«Tengo que tomar una decisión», me dije. Pero la decisión ya estaba tomada hacía tiempo, y era la única posible.

No podía seguir viviendo indefinidamente en mi Palacio de las Calas. Tenía que esconderme en algún lugar donde nadie supiera de mí, donde estuviera a salvo de las miradas, donde mi vida fuera anónima y pudiera dedicarme a lo que más me gustaba, leer y escribir, estudiar y aprender. Tomé, pues, la única decisión posible, la única sensata. Entraría en un convento y me haría monja.

Compré un baúl mundo e hice que le pusieran un falso fondo, donde escondí una vez más mi malhadado retrato. Luego lo llené de sábanas y de ropa blanca.

Dejé las cosas bien dispuestas en mi casa para que mis criados pudieran seguir viviendo en ella.

—Belisa —le dije—, voy a hacerme monja de clausura, y no creo que volvamos a vernos nunca más en esta vida.

—Ay, señora —me dijo muy triste—, pero las monjas también salen alguna vez de su convento y tienen visitas.

—Es verdad, pero yo me tomaré la clausura muy en serio. No llores, Belisa. Quiero que cuidéis de esta casa, que procuréis que esté todo bien, que reparéis lo que se rompa. Aquí podéis vivir el resto de vuestra vida natural, y luego vuestros hijos. Yo dejaré una provisión económica para que una familia pueda vivir siempre aquí cuidando la casa.

—Pero señora, ¿no va a volver nunca vuesa merced?

—No, Belisa, no voy a volver nunca. Pero la clausura no quiere decir que no tenga contacto con el mundo. Te escribiré de vez en cuando para ver cómo están las cosas.

—Pero señora, ¿unos criados sin señor? ¿Unos criados viviendo solos?

—Si queréis marcharos y vivir en otro lugar o servir en otra casa, no puedo impedirlo. Pero preferiría que os quedarais. Pasarán los años, Belisa. Cecilia, Dios quiera que sea muy tarde, nos dejará en algún momento, y Pedrito y tú os haréis viejos, y entonces una de tus hijas, quizá Marcela, podrá ocupar tu lugar de ama de llaves, y yo la dotaré para que se case bien. Solo os pido que cuidéis de la casa.

—Pero señora... también vos pasaréis a mejor vida algún día.

—No te preocupes por eso. Yo me ocuparé de tus hijos y de tus nietos. No de todos los que puedan nacer, claro, pero al menos una familia podrá quedarse en esta casa para cuidarla.

Yo veía que Belisa quería preguntarme algo, ardía por preguntármelo, pero no se atrevía.

—Belisa —le dije mirándola a los ojos—, yo creo que tú ya lo sabes.

—¿El qué, señora?

—Belisa, tú eres una mujer lista. Siempre lo has sido, y con los años te has hecho mucho más lista.

Quedó en silencio. ¡Nos conocíamos tan bien, llevábamos tantos años juntas! Cuando la contraté era una jovencita, y ahora era una matrona que tenía edad para ser mi madre.

—Señora, ¿sois vos la del retrato?

—Ay, Belisa, yo no voy a contestarte, porque por esa misma pregunta he sufrido cárcel y tormento y he estado a punto de arder en la hoguera.

Vi que sus ojos se llenaban de lágrimas y deseé abrazarla y decirle que en realidad ella no era mi criada, sino mi amiga, que siempre lo había sido, y que la quería como a una hermana.

—Entonces ¿es cierto?

—No contesto —dije.

—Yo os veo, señora —dijo Belisa—. Os veo, pasan los años...

—Así es, Belisa, por eso me voy a un convento.

—Pero señora, ¿cómo es posible?

—No lo sé, Belisa. He tenido mucho tiempo para preguntármelo, y creo que todo se debe a causas naturales. Es verdad que esto parece un milagro, pero ¿no es también un milagro que de una semilla nazca un árbol y que de otra semilla nazca una persona en el vientre de una mujer? Vivimos en medio de milagros y de maravillas. ¿No es un milagro que de esa semilla puesta en el vientre nazcan un corazón con sus ventrículos y dos manos con sus uñas y dos ojos tan perfectos que pueden distinguir mil colores y un cerebro que guarda la memoria de las cosas? ¿No es un milagro que el niño crezca y se haga un hombre o una mujer perfectos y dotados de todos los órganos y sentidos? Pues este que yo sufro no es más que un milagro más, tan milagroso como esos otros, o tan natural.

—Pero no le sucede a nadie.

—Eso no lo sabemos.

—Señora —me dijo Belisa—, doy todos los días gracias a Dios por estar al servicio de vuesa merced. No hace falta que le diga a vuesa merced que este secreto no se lo revelaré a nadie.

—Gracias, Belisa. Dentro de algún tiempo, puedes contárselo a tu marido.

—Le quiero como a las niñas de mis ojos, pobrecito mío —dijo Belisa ahogando una risa—, ¡pero yo no le cuento todo, señora!

—Y haces bien. No hay que contarlo todo. Pero si dejas pasar unos años, esto se lo puedes contar.

67. Sor Cristina de la Cruz

Elegí un convento de extramuros, el de Santa Inés, de las hermanas carmelitas descalzas. Pedí ser admitida allí como novicia, pagué la dote que me pidieron, que no me resultaba gravosa, y un año más tarde me ordené monja con el nombre de Sor Cristina de la Cruz.

Normalmente el tiempo de noviciado era de dos años, durante el cual las jóvenes eran instruidas en la disciplina de la orden mediante la lectura de las *Constituciones Carmelitas* que había escrito la Madre Teresa, y eran examinadas y probadas para asegurarse de que tenían vocación y que soportarían los rigores y austeridades de la clausura. La Maestra de Novicias se ocupaba de todo esto, y también enseñaba a leer a las que no sabían, que eran la mayoría. Yo la ayudaba en estos menesteres, y pronto se hizo evidente que el magisterio se me daba mejor que a ella, por lo que me dejaron a mí encargada de enseñar a leer a las otras. Yo no era una jovencita, tenía las cosas muy claras y mi decisión de recluirme era firme, por lo que al cabo de un año de noviciado se consideró que estaba lista para tomar el hábito.

Las carmelitas descalzas son una orden de clausura con una regla de gran austeridad, pero en aquellos años los conventos no eran tan cerrados ni la clausura se respetaba con tanta escrupulosidad como algunos creen. Algunas damas principales, como la célebre princesa de Éboli, se hacían monjas y vivían en el convento con sus damas, sus vestidos y sus joyas y recibían visitas y tenían diversiones, música y dulces, razón por la cual la princesa tuvo enfrentamientos con la Madre Teresa, que no quería en sus monasterios a nobles ni a grandes damas que utilizaran el convento como refugio sin renunciar a las comodidades de la vida. Yo nunca pensé en disfrutar de privilegio alguno, y quise ser siempre la más humilde, la más escondida, la más silenciosa de todas mis hermanas.

La regla original, tal como la instituyó el fundador, San Alberto, prescribe una vida eremítica de soledad y oración constantes. De acuerdo con la constitución original, los monjes carmelitas debían pasar el día sin salir de su celda, rezando y meditando en soledad. La reforma de Teresa de Ávila también insistía en la oración mental, en la oración de recogimiento, en el examen de conciencia y en el silencio, cuatro puntos centrales de su enseñanza y de su práctica, pero era mucho más humana y permisiva que la de Alberto, toleraba la conversación relajada y espontánea entre las monjas, y estimulaba el amor y la amistad entre ellas, aunque siempre sin que este amor fuera personal o individual, sin decirse «cariño mío» y «amor mío», sin abrazarse ni besarse ni tocarse la cara ni las manos, como queda bien estipulado en sus escritos.

De acuerdo con las *Constituciones Carmelitas*, que nos leían continuamente, las hermanas de una congregación debían renunciar a todas sus posesiones mundanas y no podían tener en su celda arquillas, ni cajones, ni alacenas ni baldas de ningún tipo, y si mostraban amor por algún objeto, un libro por ejemplo, la priora tenía orden de requisárselo. Todo lo que había en el convento era común.

Yo pedí una dispensa especial para que me permitieran llevarme a mi celda mis libros y mis escritos, así como poder disfrutar de tiempo de estudio una vez cumplidas mis obligaciones religiosas y los trabajos que me fueran encomendados. La madre priora era por entonces Sor María de Jesús, una monja anciana que había conocido personalmente a la Madre Teresa y que a veces nos hablaba de ella, de su gracia al hablar, de su vitalidad, de su magisterio cálido y cercano. Dado que la fundadora de nuestra orden había sido una mujer de letras y de libros, no podía negarme aquello que yo le pedía, aunque me recomendó que me centrara más en las letras divinas que en las humanas. No era raro, por otra parte, que las religiosas escribieran, y muchas veces eran los propios confesores los que animaban a las más letradas a que tomaran la pluma para escribir su autobiografía, que podía servir de ejemplo de devoción para otras monjas.

—Lee y escribe, hija —me dijo la madre priora—, que las letras y el estudio son otra forma de servir a Dios.

El convento de Santa Inés daba pared con pared con un monasterio de frailes de la misma orden. Tenía un claustro con una fuente en el centro, un lugar muy apacible en el que crecían arrayanes y flores y acudían los pájaros, y también un terreno con árboles rodeado de un alto muro de piedra y un pequeño huerto donde intentábamos cultivar lo necesario para vivir. El convento en sí era un edificio bastante grande y espacioso donde estaban los talleres y obradores, las cocinas, el refectorio y las celdas en las que vivíamos. Como éramos pocas, había salas vacías y largos corredores que parecía que servían solo para que pasáramos las horas muertas limpiándolos y manteniéndolos libres de polvo y de telarañas. Había una iglesia adyacente, que formaba parte del monasterio de frailes, que era mucho más grande que nuestro convento. Nosotras no teníamos acceso directo a la iglesia, a la que se entraba por una puerta que estaba siempre cerrada con llave y solo se abría en ciertas ocasiones muy especiales, y oíamos la misa desde el coro, detrás de una reja e invisibles para la congregación.

El monasterio de frailes carmelitas estaba pegado a nuestro claustro. Era un edificio de tres pisos, sin ventanas que dieran a nuestro claustro y al que, como es lógico, tampoco teníamos el menor acceso. Había una puerta en uno de los lados del claustro que comunicaba nuestro convento con el monasterio pero, al igual que la de la iglesia, estaba siempre cerrada con llave. Nuestro convento tenía una puerta de entrada que daba al exterior y que estaba también siempre cerrada, como si sus hojas y batientes fueran de piedra y parte de la fachada, y las visitas que recibíamos del confesor, así como las del Oidor o el obispo, en las raras ocasiones en que venían a vernos, se hacían siempre a través de la puerta que comunicaba con la iglesia. Vivíamos, a todos los efectos, en un pequeño mundo autosuficiente rodeado por altas paredes de piedra.

Cuando yo entré en Santa Inés éramos veintidós monjas, un número bastante elevado, ya que el máximo de las comunidades de carmelitas descalzas es de veinticinco.

Poca diferencia hubo entre el año que pasé como novicia y mi existencia después de tomar el velo, renunciando definitivamente al mundo y convirtiéndome en esposa de Jesucristo.

En contra de lo que había imaginado, la ceremonia en la que me cortaron el cabello me hizo casi llorar de tristeza y de dolor. ¿Por qué me afectaba tanto aquello, si el cabello crece naturalmente una y otra vez? ¿Qué perdía yo al perder mis guedejas oscuras? Y sin embargo, aquella sensación de andar pelona como una penitente o como un muchacho me producía un extraño sentimiento de desvalidez, como si de pronto ya no fuera yo una mujer.

¿Qué hay en el pelo? ¿Qué representa para nosotros y para nosotras? ¿Por qué es tan importante y por qué todas las religiones y todos los moralistas quieren siempre cortarlo?

Me dieron mi hábito y ropa blanca. No había en el convento ni un solo espejo, y yo a veces intentaba mirarme en los charcos del claustro para ver cómo era la monja en que me había convertido, pero me costaba distinguirme con claridad. A lo sumo veía vagamente a una monja con el hábito carmelita, no me veía a mí.

Mi celda era, como todo lo demás, muy espartana, pero yo no sentía que necesitara más. Tenía una cama con un jergón de paja, ya que los colchones estaban prohibidos, una manta de estameña, una mesa y una silla, y gracias a un permiso especial, un mueble con estanterías donde guardaba mis libros. Las alfombras estaban prohibidas, y al rezar nos arrodillábamos directamente sobre el suelo duro y frío. Sobre la mesa, un crucifijo, una palmatoria para la vela, papel, un cuerno de tinta y una pluma de ganso. Un rosario de cuentas de madera. Un cilicio. Un orinal. Una ventanita por donde entraba la luz del día. Una puerta sin cerrojo. Esto era todo lo que tenía.

De todas mis cárceles, de todas mis celdas, esta era la que menos se parecía a una prisión. No sé por qué, aquella simplicidad absoluta en que vivía me complacía.

68. La Regla

La vida en el convento era de una extremada regularidad y placidez. La Madre Teresa había organizado la jornada de las hermanas de manera que no estuvieran nunca desocupadas, en la convicción de que el pecado surge siempre de la ociosidad, pero el ideal eremítico de San Alberto propugnaba, al mismo tiempo, los largos aislamientos y la constante soledad.

Algunas hermanas se hacían pequeñas cabañas en el huerto para vivir allí solas. Yo no necesitaba más aislamiento que el de mi celda.

De acuerdo con las *Constituciones* de nuestra orden, nos pasábamos el día rezando. A las nueve de la noche se decían los maitines y a las once sonaba la campana y nos íbamos a dormir. Dormíamos poco, aunque más que en otras órdenes: apenas seis horas. Demasiado poco para mí, que siempre he necesitado al menos ocho o nueve horas y que, por esa razón, estaba siempre cansada y me quedaba siempre adormilada, cuando no dormida del todo, en las «oraciones de silencio» y en los «exámenes de conciencia» que recomendaba nuestra madre fundadora. Sí, creo que de no haber sido por aquellas benditas siestas que me echaba en los «exámenes de conciencia» y durante la «oración mental», no habría sobrevivido a aquella vida tan áspera.

Nos levantábamos a las cinco en verano y a las seis en invierno. Seguía una hora de oración. Luego se decían las horas, hasta la nona. A las ocho en verano y a las nueve en invierno se decía misa. Un poco antes de comer se tañía para llamar a examen. Después de comer había un poco de tiempo de esparcimiento sin obligaciones, el único momento del día en que podíamos hablar unas con otras. A las dos se decían vísperas, a lo que seguía una hora de lectura en voz alta. A las seis en verano, y en invierno a las cinco, se decían las completas. A las ocho se imponía el silencio. Los laudes, rezados después de los maitines, se reservaban para Pascua y los días de solemnidad.

Toda nuestra jornada estaba organizada de acuerdo con los rezos y los oficios en el huerto, en la cocina y en el telar. La misa era diaria, pero no así la Eucaristía. Los domingos asistíamos a misa y cantábamos a coro, siempre según los modos gregorianos, ya que la Madre Teresa había prohibido el contrapunto. Estos momentos eran para mí de intensa felicidad, como lo eran también las horas que dedicábamos a ensayar aquellos himnos tan dulces. Era considerada una falta mediana llegar tarde al coro o abandonarlo antes de que terminara la misa, y yo me preguntaba qué monja en su sano juicio desearía perderse aquellos momentos tan bellos, que eran para mí los más felices de la semana. Y lo cierto es que no había ninguna de nosotras que no disfrutara cantando. No podía comprender yo por qué había escrito San Agustín aquellas cosas contra la música en el libro que le dedicó, en el que afirmaba que los sonidos acarician al oído e invitan a la sensualidad, y que es mejor el silencio que la música.

Y es que para mí el silencio, el verdadero silencio, no existe. Cuando no hay ningún sonido que podamos escuchar fuera de nosotros, seguimos escuchando el rumor de las voces que hablan en nuestra cabeza. Creer que el silencio es una cuestión de física es una ingenuidad. No hay silencio más bello que el que produce el sonido del viento en las hojas y los lejanos cantos de los pájaros. No hay silencio mejor que el que trae la música.

La vida de la religión es apacible pero también atareada, ya que está diseñada para que la mente no ande vagabunda. Aparte de las muchas horas que dedicábamos a rezar, teníamos también que cultivar el huerto y cuidar el gallinero, realizar las tareas cotidianas, lavar la ropa, coser, limpiar la casa, que como he dicho era muy grande, y también cocinar y hacer el pan. La cocina, Dios me perdone, era uno de los trabajos más livianos, porque las carmelitas descalzas, o al menos las de aquella congregación, comían muy poco. A mí me gustaba trabajar en la cocina, especialmente hacer el pan, preparar la masa, amasarla hundiendo las manos en aquella maravilla suave y esponjosa, encender el horno, meter allí los panes con una pala de madera, sacarlos luego bien horneados y dorados. Hay algo esencial y sagrado en el pan, y no es extraño que en la Misa se consagre como cuerpo de Cristo.

Apenas comíamos carne, pescado algunas veces, casi todos los días lentejas, alubias o garbanzos, y luego patatas, verduras, col, cebollas, requesón y agua del pozo que teníamos, que sabía muy buena, ya que siempre Madrid ha tenido buena agua. Hacíamos muchos dulces, pero no para consumirlos, sino para venderlos, pues la orden debía lograr mantenerse a sí misma. La función principal del gallinero era tener huevos para hacer las yemas que elaborábamos y vendíamos. Por lo demás, una vez al año matábamos unas gallinas para hacerlas en pepitoria, que era la comida más regalada que nos dábamos. Había también un gallo, al que llamábamos Don Felipe, en honor al rey Don Felipe III, y que era el único varón que vivía dentro de aquellos muros.

69. Pobreza

A mí me asombraba la pobreza en que vivían las monjas. Nos alimentábamos de lo que cultivábamos en el huerto y de las limosnas que nos daban. Teníamos unos cuantos benefactores, familias nobles que contribuían a nuestra manutención y por las cuales, en agradecimiento, rezábamos todos los días, igual que rezábamos todos los días por la salud del rey nuestro señor y por las ánimas del purgatorio, pero aquellos donativos tardaban en llegar y solían ser tan escasos que apenas aliviaban nuestra miseria. También había limosnas espontáneas e incluso algún regalo en especie. La hermana tornera era la única que tenía un cierto acceso al mundo exterior y la que se ocupaba de recibir las limosnas que nos traían. Pero no llegaban todos los días, y el huerto tampoco era suficiente para alimentar a veintidós mujeres, especialmente cuando llegaba el invierno y se quedaba muerto y cubierto de escarcha, y muchas veces pasábamos hambre.

Nos dedicábamos también a coser y a hacer ropa que luego vendíamos, pero no se nos permitía discutir el precio y teníamos que aceptar lo que quisieran darnos, y muchas veces el precio de las telas era más que lo que sacábamos por ellas. Hubo un invierno especialmente duro, en que ni siquiera podíamos hacer yemas por falta de azúcar y otros ingredientes.

Durante aquellos años, Madrid sufrió los inviernos más feroces que recuerdo. Todos los años nevaba, pero hubo un año, especialmente, en que las borrascas y las nevadas no dejaban de caer y el frío era tan terrible que resultaba imposible entrar en calor ni de día ni de noche. Varias hermanas enfermaron y una de ellas, Sor Filotea del Espíritu

Santo, murió a causa de una pulmonía. Siempre he aborrecido el frío, y aquellas noches encogida en el jergón y envuelta como podía en mi tosca manta de estameña, temblando y con los pies helados toda la noche, no creo que pueda olvidarlas nunca.

No eran solo el frío y el miedo a las pulmonías, sino también el hambre lo que nos hacía sufrir. Por esa razón, dos hermanas tuvieron la idea de salir del convento a pedir limosna por las calles. La priora no estaba muy convencida, pero después de dudar y negárselo varias veces, acabó por acceder, dado que llevábamos días alimentándonos solo de caldo de berzas y pan, e incluso este lo racionábamos.

Eran Sor Isabel y Sor Francisca, dos monjas jóvenes que debían de llevar ordenadas uno o dos años como mucho. La priora les dijo que no entraran en conversación con nadie, y les ordenó con toda severidad que se limitaran a pedir limosna y que volvieran antes de la caída del sol. Regresaron como volvió el Almirante de las Indias, llenas de maravillas y de dones. Con los pocos maravedíes que les dieron compraron lentejas y cebollas, sal, harina y aceite, y con eso, junto con unas manzanas, un cubo con un poco de requesón y un pan dulce que les dieron como limosna, nos regalamos como si estuviéramos disfrutando de un banquete.

La priora no quiso autorizar a las dos hermanas a que volvieran a salir a mendigar, no solo porque lo prohibía nuestra regla sino por algo que había visto en ellas. Pero el invierno no terminaba, el frío era terrible y daba la impresión de que todos se habían olvidado de nosotras. No llegaban limosnas ni ayudas de nuestros benefactores, y el hambre volvió a instalarse entre nosotras.

La madre priora dio permiso a Sor Isabel y a Sor Francisca para que salieran una vez más a mendigar por las calles, pero antes de hacerlo les entregó una ramita de olivo. Yo comprendí lo que quería decirles con aquel gesto, aunque no sé si ellas lo entendieron.

El hecho es que Sor Isabel y Sor Francisca no regresaron nunca al convento. Hicieron como la paloma del arca de Noé, que la segunda vez volvió con una ramita de olivo en el pico y la tercera vez no volvió.

70. Don Frutos

Nuestro confesor era un párroco de Segovia llamado Don Frutos, un hombre vital y corpulento que siempre nos venía con mensajes y recomendaciones del obispo. Las visitas del obispo o del Ordinario, su representante, que actuaba entonces como Visitador, solían producirse una vez al año, pero creo que nuestro convento estaba, de algún modo, en el punto de mira. A lo mejor por la historia de las hermanas que salieron a mendigar y, más aún, por la historia de las que salieron a mendigar y no volvieron.

Cuando entraba un párroco en el convento siempre tenía que haber una o dos terceras presentes. Durante las confesiones, las dos terceras se alejaban un poco para no escuchar la confesión.

—A ver, Cristina, hija mía, ¿qué es esto de los libros y de los libros? —me decía Don Frutos, que no veía con buenos ojos que yo dedicara tanto tiempo a la lectura y el estudio.

Que las monjas escribieran su vida como ejemplo y edificación era, como he dicho, tolerado o incluso aconsejado, pero siempre se veía con sospecha que una mujer deseara adquirir demasiados conocimientos. Ni siquiera las mentes más claras y avanzadas de la época veían con buenos ojos la educación de la mujer, y el propio Luis Vives en su *Instrucción de la mujer cristiana* afirmaba que las mujeres podían aprender y saber, pero no comunicarlo a los de fuera, llegando, si fuera el caso, a disimular sus conocimientos. Nada parecía entonces menos femenino que una mujer inteligente y sabia.

—Padre, no dejo que mis estudios interfieran con mis obligaciones —le dije a Don Frutos.

—Sí, pero ¿no será ese deseo de estudio en realidad otra pasión mundana? —me decía él—. ¿Para qué tanto libro si tenemos el libro de los libros? ¿Qué más que la Biblia necesita leer un cristiano?

—Es cierto, padre —le decía yo—. Y es precisamente la Biblia el objeto principal de mi estudio. Desearía, en los años que me quedan de vida, lograr comprender las Sagradas Escrituras de la forma más completa y detallada posible, y a ello estoy dedicando todos mis esfuerzos.

—Pero me dicen que en tu celda guardas más de cincuenta volúmenes —me dijo—. ¿Para qué tantos? ¡No he leído yo tantos libros en toda mi vida!

Yo, que tenía casi trescientos libros en mi celda, no dije nada.

—Padre —dije humildemente—, es cierto que tengo muchos libros, pero para entender las Sagradas Escrituras es necesario aprender muchas otras cosas, y cuanto más persigo mi estudio más me doy cuenta de que en esos Libros Sagrados se encuentra, en realidad, la suma de todo el conocimiento humano.

»Porque para entender los libros de los Jueces, por ejemplo, o los libros de leyes como el Deuteronomio, me doy cuenta de que es muy necesario entender de derecho y conocer bien las diferentes clases de leyes, las de los romanos, las de los judíos y las nuestras, así como el derecho canónico. Y para comprender todos los enigmas con números que hay en las Escrituras es necesario entender de álgebra, y también de geometría y aritmética. ¿Y cómo se podría entender el templo de Salomón, el edificio más imponente y magnífico jamás construido, sin tener idea alguna de matemáticas, de música y de arquitectura? Y para comprender el Génesis y tantos otros libros y pasajes es necesario aprender biología y conocer los diversos tipos de plantas y de animales, y la forma en que se reproducen, y también saber sobre las piedras y las rocas. Y cuando se habla del infierno y del tártaro, es necesario comprender cómo funcionan los volcanes y también cómo es la estructura de la tierra, cómo funcionan las cavernas subterráneas que ponen en comunicación los océanos, y cómo es posible que existan mares interiores de fuego. Y cuando leemos la historia de la creación, por ejemplo, y vemos que los animales fueron creados en el jardín que había al este, en Edén, y hoy en día se han extendido a todas las partes de la tierra, eso hace surgir muchas preguntas que tienen que ver con las plantas, con los animales y con las tierras y los climas distintos, ya que las especies vegetales y animales que viven en las regiones frías y heladas del norte, ¿cómo pudieron ser creadas todas en Edén? Todo esto levanta grandes preguntas que no son fáciles de contestar. El zorro blanco, por ejemplo, que vive en paisajes de nieve y que aprovecha el color de su pelaje para pasar desapercibido, ¿cómo pudo ser creado en Edén, en una región donde la nieve no existe?

—Entonces ¿a esos pensamientos os dedicáis? —me decía Don Frutos—. ¿A pensar en zorros de la nieve y en climas y en océanos?

—Todo esto son grandes misterios que deben ser resueltos —seguí diciendo yo—. ¿Cómo puede haber árboles y animales en las islas, por ejemplo? Si los animales fueron todos creados en Edén, ¿cómo llegaron a las islas, en las que encontramos ciervos y cabras, tortugas y lagartos? Las aves pudieron llegar volando, pero ¿cómo llegaron los mamíferos? ¿Y las ranas, y las serpientes, y los topos y ratones, que existen en todas partes y no saben nadar?

—Misterios, hermana, misterios —decía Don Frutos, ya aburrido de esta conversación—. Pero ¿crees tú que esos temas de estudio son adecuados no digo ya para una monja, sino para una mujer?

—Pero padre, si es todo por la Biblia —insistía yo—. Cuando se lee el *Cantar de los Cantares*, por ejemplo, ¿no es necesario para entenderlo conocer la poesía y las leyes que la gobiernan, el metro y el número, así como los distintos tipos de tropos y figuras? ¿Y no es necesario saber historia para comprender los libros de historia? ¿Y no es necesario conocer el cuerpo humano, la composición de los humores, el funcionamiento de los distintos órganos, de la digestión, de la circulación de la sangre, para comprender tantos y tantos pasajes y hasta capítulos y libros enteros? ¿No es necesario entender cómo es el ojo capaz de ver y el oído capaz de oír y cómo es posible que tengamos en nuestra memoria la idea de lo grande y lo pequeño, de lo finito y lo infinito, de lo temporal y lo eterno, para comprender por ejemplo la materia de los ángeles, la eternidad del Cielo o la promesa de la inmortalidad?

»Pues ¿qué diré de la gramática y de la lengua en que fueron compuestos estos textos sagrados, el latín, el griego, el arameo, el copto? ¿No sería necesario aprender estas lenguas para poder entender el recto sentido de lo que dicen tantos y tantos pasajes que entendemos mal porque no traducimos correctamente las palabras que los declaran? Como, por ejemplo, cuando se traduce "Aminadab" por nombre propio, como si fuera una persona, cuando en realidad significa "de mi pueblo príncipe".

»¿Y no habrá que conocer también con detalle la vida y costumbres de los gentiles para comprender aquellos libros y entender tantos y tantos detalles a los que a veces otorgamos un valor sapiencial o doctrinal cuando en realidad no son sino referencias a la vida y costumbres de entonces?

»De este modo veo yo que para entender la infinita majestad de la Biblia es necesario saber historia, derecho, geografía, biología, anatomía, medicina, óptica, agricultura, mecánica celeste, astronomía, retórica, gramática, poesía, música...

—¡Alto ahí, hermana! —me dijo Don Frutos, que tenía ya la cabeza aturullada con mi discurso—. ¡Alto ahí, que se me dispara de entusiasmo, y ya sabemos que entusiasmo es como decir en griego que un dios se os ha metido dentro, y los dioses de los gentiles tan buenos eran como demonios! ¿Música es necesaria también para entender la Biblia? ¿Música, hermana? Pues ¿no dijo San Agustín que la música es en sí misma pecaminosa, un deleite sensual del oído, y que el buen cristiano debería evitarla a toda costa?

—Y sin embargo aquí cantamos todas en el coro todos los días.

—Pero músicas sagradas que llevan el pensamiento a Dios y no a los deleites y sensualidades. Pero ¿qué música veis en la Biblia, hermana Cristina?

—La veo, la veo —dije yo buscando desesperadamente cómo contestar aquella pregunta tan difícil—. ¡Es que la música está por todas partes!

—¿Por todas partes? —se asustó Don Frutos—. ¡Alabado sea Dios!

Yo pensé entonces en un pasaje del libro de Abraham que me venía al pelo para contestar.

—Pues ¿cómo, padre, si no sabemos música, vamos a entender por ejemplo ese pasaje de Abraham, cuando le pide a Dios que perdone a las ciudades de Sodoma y Gomorra si encuentra en ellas a cincuenta hombres, al menos, que sean justos?

—Sí, ¿qué hay de ello? —me dijo Don Frutos.

—Pues Abraham primero dice cincuenta, pero no es capaz de encontrar a cincuenta hombres justos por mucho que los busca. Y entonces le pide al Señor que perdone a las ciudades si es capaz de encontrar a cuarenta y cinco hombres justos...

—Sí, sí —dijo Don Frutos—, y luego treinta, y luego veinte, y luego diez, y ni siquiera diez hombres justos es capaz de encontrar. ¿Qué hay de ello?

—La cosa es... —dije yo—, lo que me extraña, padre, es que Abraham diga precisamente esos números, cincuenta, cuarenta y cinco, treinta, veinte, diez, y se pare en el diez.

—Bueno, porque seguramente en su búsqueda de diez hombres justos no había encontrado ni a uno solo —dijo Don Frutos—, así que, ¿para qué meneallo?

—Es que yo creo que esas proporciones son musicales —le dije—. He estado investigando, y veo que si a cincuenta le asignamos el valor de Do, entonces cuarenta y cinco es sesquinona, que va de Mi a Re; y cuarenta es sesquioctava, que es como de Re a Mi. De este número bajó a treinta, que es sesquitercia, que es la del diatesarón, Fa, la segunda consonancia perfecta; y luego a veinte, que es la proporción sesquiáltera, la del diapente, es decir, Sol, la primera consonancia perfecta; para terminar en el diez, que es la dupla, o sea, el diapasón, Do, la consonancia más perfecta de todas. Y como no hay más proporciones armónicas, no pasó de ahí. De manera que los números que Abraham le pide a Yahvé son las proporciones que nos dan las notas principales de la escala, por números que cuanto más pequeños son más perfectos, como es lógico, porque cincuenta justos no serán tan perfectos como treinta, ni treinta como veinte, ni veinte como diez, ya que incluso entre cincuenta sería posible elegir a diez que fueran los más justos de entre todos, y por esa razón los números más pequeños son las consonancias más perfectas: la de cuarta, que es la segunda consonancia perfecta, la de quinta, que es la primera consonancia perfecta y la de octava, que es la consonancia más perfecta de todas.

—Vaya, vaya —me decía Don Frutos suspirando y ya totalmente agotado por mi verborrea—. Ay, hermana mía en Cristo, cuidado con tanto pensar y elucubrar, que no es bueno y que el mucho estudio reblandece el cerebro. Pero si al obispo le parece bien, ¿qué tengo yo que decir?

Me dio la mano a besar y se marchó, creo yo, un poco aturdido de tantas cosas como le había contado.

71. San Juan

Durante las comidas, que se tomaban siempre en silencio, se ponía a una hermana a leer algún texto en romance (quiero decir en castellano) para edificarnos. A veces se leía la Constitución de nuestra orden o un pasaje de *La leyenda dorada* de Santiago de la Vorágine, o de *Subida al monte Carmelo* del padre Juan de la Cruz, o de la *Vida* de la Madre Teresa. Este último texto circulaba por todos los conventos carmelitas en copias manuscritas. A mí me asombraba enterarme de que ni siquiera aquella mujer santa y venerable había podido librarse de las acechanzas de la Inquisición, y que su *Libro de la vida* había sido prohibido en varias ocasiones. Pero también Juan de la Cruz había sido encarcelado por la Inquisición y había sufrido persecuciones y agravios. Unos pocos de sus poemas circulaban en copias manuscritas, y se decía que eran de una gran belleza. Yo había oído alabar antes a tantos poetas que luego resultaron ser medianos o simplemente correctos, como Francisco de Figueroa, al que llamaban «el Divino», que no tenía puestas las esperanzas muy altas.

Un día, la hermana tornera me dijo:

—Hermana, tengo aquí unos papelillos para vos.

Los miré y ponía: «Canciones del padre Juan de la Cruz». Eran solo tres poemas y no tenían título. Eran canciones, es decir, poemas escritos en estrofas con versos de siete y once sílabas. Dos de ellos utilizaban la estrofa creada por Garcilaso en su «Oda a la flor de Gnido». El otro usaba una estrofa muy similar. Los dejé en mi celda y me fui a rezar durante una hora; luego asistí a las horas, más tarde fui a trabajar al huerto, a continuación, hice examen de conciencia y oración de silencio. Fui después a la cocina y hundí mis dedos en la masa del pan y me puse a amasarlo y luego dejé los bollos en reposo cubiertos con un paño. Un jilguero entró por la ventana y las novicias que nos ayudaban en la cocina, Enriqueta y Juanita, se pusieron a perseguirlo y una de ellas, creo que Juanita, lo cogió y dijo que lo iba a guardar y a cuidar. Yo le dejé que lo tuviera un rato entre las manos, dándole calor, y luego le pedí que se acercara a la ventana y lo soltara.

—Pero ¿por qué, madre? —me dijo la niña—. ¿No puedo tenerlo conmigo?

—No, hija, tienes que soltarlo.

—Pero es una cosa tan linda —me dijo, mostrándome al pajarito con sus bellas plumas coloridas—, ¡y canta tan bien!

—Por eso mismo, hija —le dije—, porque es tan bello y porque canta tan bien, tienes que soltarlo.

—Pero si no voy a hacerle daño.

—Tienes que aprender que en esta casa no puedes tener nada que sea tuyo —le dije.

Me miró con resentimiento, pensando que yo era una monja vieja y cruel, y que lo único que deseaba era mostrar mi autoridad.

—Hija —le dije—, quiero que sientas lo que significa renunciar a todo. Si no puedes hacerlo, entonces no puedes ser monja.

La niña se acercó a la ventana y soltó el pájaro, que se alejó enseguida. Pero vi una lágrima en sus ojos.

—Juana —le dije—, no hay nada malo en desear las cosas del mundo. Si tu alma las desea, si no puedes vivir sin ellas, es en el mundo donde debes estar.

Después de las comidas teníamos un tiempo de asueto y libre conversación que eran los momentos más agradables, porque entonces podíamos hablar como lo que realmente éramos las unas para las otras: amigas, hermanas, la única familia que teníamos.

Cuando regresé a mi celda, me encontré de nuevo con aquellos papelillos que tenían los poemas de Juan de la Cruz y cuya existencia ya había olvidado. Me puse a leerlos a la luz rojiza de la tarde que entraba por la ventana de mi celda y con solo recorrer unas estrofas mi asombro era tan grande que no podía dar crédito a lo que leía.

«No, no, no puede ser —me decía—. Estoy en un estado especial del alma, conmovida por alguna razón y por eso me parecen estas canciones tan bellas. Seguramente si las vuelvo a leer mañana, ya no me lo parecerán tanto».

Había algo que me sorprendía: una especie de simplicidad tan pura y tan cautivadora como yo solo la había encontrado en la lírica popular y en las canciones tradicionales:

> *Buscando mis amores*
> *iré por esos montes y praderas*
> *ni cogeré las flores*
> *ni temeré las fieras...*

«No, no —me decía—, no es tan bello como parece. Suena bonito, pero por pura casualidad. Ha tenido suerte en esos versillos, le han salido bien».

Yo pensaba en las cancioncillas que escribía Lope imitando las populares, que eran tan bellas como sus romances cultos o sus sonetos, pero en San Juan había algo más.

Yo leía y leía, y sentía una emoción que me llenaba de tal modo que no me cabía el corazón dentro del pecho.

«Al lado de Garcilaso todos somos malos poetas», me había dicho Cervantes una vez. Pero aquellas canciones eran todavía mejores que Garcilaso. Eran más bellas que Jorge Manrique, que Lope, que Figueroa, que Góngora, y más bellas que Petrarca y que todos los poetas italianos que yo conocía, y conocía a muchos. El poema que comenzaba «Adónde te escondiste» me pareció una versión a lo divino de la «Égloga primera» de Garcilaso, pero todavía más bella.

El poema estaba lleno de imágenes, de formas, de colores, de animales. Estaba lleno de flores, de pájaros, de aromas, de sabores, de música, de paisajes, de sensaciones. ¡Pájaros! Y yo, que le había prohibido a la niña tener un jilguero, tenía ahora en mi celda todos los animales del mundo, convocados por la voz clara del Esposo:

¡A las aves ligeras
leones, ciervos, gamos saltadores...!

Pero ¿había renunciado verdaderamente Juan de la Cruz, que era tan carmelita descalzo como yo, a los placeres y las bellezas del mundo? Porque en aquellos poemas estaban todos: las flores, los árboles, los prados, los aromas, la música, el vino, la embriaguez, los besos de amor, la pasión que une a los amantes... Y es que aquellos eran poemas de amor, llenos de una sensualidad tan turbadora que me parecía que jamás se había escrito poema alguno que de tal modo celebrara la juventud y la belleza.

Aunque escritos por un hombre, era aquella poesía femenina, ya que la protagonista de los tres poemas era una mujer y estaban escritos en la voz en primera persona de una mujer. Era aquella una mujer valiente, independiente, libre, que salía por la noche de su casa para encontrarse con su amado en el huerto, que se marchaba por los caminos del mundo a buscarle sin temer a los animales salvajes ni a los ejércitos ni a la guerra, que se entregaba a él libremente, que le requería de amores, que gozaba de la «ciencia muy sabrosa» del amor, y era ella, precisamente, la que «le da palabra» de ser su esposa, en vez de ser el hombre el que hace tal promesa, como sucede siempre, porque esta era una poesía de un mundo donde la mujer era tan libre como el hombre o incluso más libre, valiente y poderosa.

Una mujer sola que va en busca de un hombre amado y perdido.

¿No era eso mismo, me dije, lo que debiera haber hecho yo, lanzarme a los caminos del mundo para ir en busca de «mis amores», es decir, de mi Amado? Y el que busca, ¿no encuentra siempre?

Pero yo le había encontrado y le había perdido.

¿Y qué?, me decía agitadamente. La Esposa de aquellas canciones también había perdido a su Esposo y había salido a buscarle sin importarle la opinión de nadie, sin cuidar de los peligros.

Pero ¿dónde?, me decía, ¿dónde podría yo buscar a mi Amado? El Amado de aquellas canciones parecía estar en todas partes: la Esposa preguntaba a las criaturas y ellas le respondían que, en efecto, había pasado por allí. Pero mi Esposo Luis de Flores era solo un hombre, y si yo preguntara a las criaturas, nadie sabría decirme dónde estaba.

«Ah, Ovidio, Horacio, Virgilio, viejos amigos —me dije—, jamás ninguno de vosotros podría haber escrito esto, ni acercarse siquiera a imaginarlo. Vosotros con vuestras metáforas anquilosadas, vuestras constantes referencias mitológicas, vuestro estilo razonador, me parecéis ahora como un honesto caballo de granja comparado con una garza que vuela libre por los aires».

¡Y eran solo unos papelillos, tres poemas, no más! Luego llegaría a conocer unos pocos más, pero muy pocos: «La fuente», «El pastorcico» y otras coplas, glosas y romances, no más de veinte páginas en total.

Sí, me dije, Juan de la Cruz había renunciado a todo y por eso ahora podía tenerlo todo. Había renunciado y se lo habían dado, pero no en el reino de las cosas, sino en el de las causas, es decir, en el reino del alma.

«Si no tienes amor, pon amor y sacarás amor», había escrito él mismo una vez.

72. Maestra de novicias

Algunas veces había envidias y rencillas en el convento, y celos y venganzas, y comentarios y maledicencia, porque éramos humanas, al fin y al cabo, pero estos incidentes que rompían la paz no eran frecuentes. Era en estas situaciones donde más se apreciaba la mano de la madre priora para suavizarlas, cortarlas de raíz cuando era necesario, resolverlas de la forma más amistosa posible o, en su caso, castigar o reprender a las culpables.

No sé cómo sería en otras congregaciones, yo solo puedo dar fe de aquella en la que yo estuve, pero lo cierto es que para mí las otras religiosas del convento de Santa Inés eran como hermanas, y el tiempo que no estábamos en soledad o rezando maitines o vísperas o las horas o lo que fuera, andábamos siempre riendo.

Pasaron los años, Sor María de Jesús nos dejó y otra de las hermanas, la madre Visitación del Santo Sacramento, fue promovida a madre priora. Pasaron los años, y como éramos pocas y muchas las labores y cargos y yo tenía tan buena mano con las jóvenes, fui nombrada Maestra de Novicias, un cargo que me gustaba mucho, y luego fui clavaria, y se me entregó una de las tres llaves (las otras dos las tenían la prelada y otra clavaria antigua) que abrían la sacrosanta «arca de tres llaves» donde se guardaban los documentos del convento y las pocas riquezas, objetos o incluso dineros que pudiéramos tener.

Había otros cargos entre nosotras: la receptora, la sacristana, la hermana tornera, la celadora, la portera mayor, la refitolera, encargada de servir las comidas... En nuestra congregación, la portera mayor y la tornera eran una y la misma, que se ocupaba de atender el torno y de comprar las cosas necesarias cuando teníamos algún dinero, aunque las *Constituciones* estipulaban que no podía regatear y siempre debía aceptar el precio que le pidieran. Nadie tenía permiso para acercarse al torno excepto ella, y estaba castigado ponerse allí a escuchar a los de fuera o intentar hablar con nadie del exterior, aunque fueran parientes o allegados.

Para las faltas graves existía una cárcel, donde se encerraba a las culpables y se las ponía a pan y agua, o en otras ocasiones, si las faltas no eran tan graves, se les daba de comer solo pan y agua sin plato ni mantel, directamente en el suelo. Si la falta era muy grave, existía la pena de azotes, que se administraba desnudando las espaldas de la culpable y castigándola con una penitencia. En todos mis años en el convento aquello lo vi pocas veces.

Las hermanas envejecían y perdían la vista y necesitaban un báculo y enfermaban y luego morían, y a la madre Visitación le sucedió Sor Isabela de la Cruz y yo dejé de ser clavaria pero seguía siendo Maestra de Novicias e intentaba ayudar a aquellas jovencitas, a veces casi unas niñas, que deseaban entrar en la orden o que habían sido enviadas allí por sus padres. Había otros casos, como las viudas que no tenían otro lugar en el mundo, las arrepentidas o las mujeres que habían tenido una vida en el siglo y habían encontrado la vocación de forma tardía. Entre estas últimas me encontraba yo misma, y también a ellas sabía bien cómo hablarles.

73. Milagros y demonios

Nuestra vida estaba llena de milagros y de misterios. Había una de las hermanas, Sor Vidalina del Santísimo Sacramento, que tenía visiones y poseía el don de la profecía. Anunció, por ejemplo, la fecha exacta de la muerte del rey nuestro señor, lo cual bastó para hacerla famosa y para atraer sobre nuestro convento mucha atención indeseada. Era como de treinta años, delgada, muy morena, y estaba siempre sumida en un estado de desapego o de melancolía. Solía predecir muertes, desgracias y enfermedades, pero también recuperaciones milagrosas y noticias de buena fortuna, por lo que eran muchos los que venían al convento para consultarle. Bastaba con que le trajeran un rizo de pelo o una prenda de ropa de la persona enferma para que ella dijera si sanaría o no, si iba a morir, cuándo y cómo moriría, y si iba a sanar, cuándo sanaría.

Sor María de los Ángeles, mi mejor amiga durante esos años, si es que es posible tener verdaderas amigas en la clausura, tenía artes de curandera. Era una mujer muy vital y muy amorosa, que exudaba salud y bienestar por todos los poros de su piel, y era como si su propia presencia restaurara la salud y el buen ánimo de los decaídos y los enfermos. Curaba las pequeñas dolencias como sabañones y dolores de cabeza, y también los dolores y desarreglos de la madre, que es como se llamaba entonces a los problemas menstruales, así como las fiebres, los cólicos y hasta las dolencias graves como las fiebres tercianas, la erisipela, la gota o el tifus. Sus curaciones milagrosas también hicieron famoso nuestro convento, y recibía invitaciones y peticiones de ayuda de muchas casas nobles para que impusiera las manos a los enfermos.

No todos sanaban: algunos mejoraban notablemente al recibir sus curaciones y luego recaían, pero unos cuantos que parecían a las puertas de la muerte y habían sido ya desahuciados por los físicos se recuperaron de forma inexplicable, como el caso de una joven aquejada de viruela, Domitila Ribadeneyra y Montazgo, hija de una familia de ricos comerciantes de Alcalá de Henares, que tras recibir su visita y su imposición de manos se recuperó milagrosamente de su gravísima condición y no solo sanó, sino que quedó con la piel limpia como si la enfermedad nunca la hubiera tocado.

Un día entré en la celda de Sor María para pedirle un poco de yesca para encender mi vela, y me la encontré rezando, con los ojos cerrados y las manos juntas sobre el pecho, flotando en mitad del aire. Me quedé unos instantes contemplándola, sin poder explicarme aquel milagro. Parecía en tal estado de paz y de arrobo que tuve miedo de hacer el menor ruido, y salí de allí cerrando la puerta con mucho cuidado. Nunca le hablé de esto ni lo comenté con nadie, y ni siquiera hoy sé si lo que vi fue realmente lo que vi, porque mi razón me dice que es imposible.

Estos eran grandes milagros, pero nuestra vida cotidiana también estaba llena de milagros más pequeños. La presencia de lo sobrenatural se sentía por todas partes en sombras y signos de todo tipo. Un día Sor Graciana, la refitolera, se acercó al huerto a coger unas zanahorias y al tirar de unas hojas sacó de la tierra un tubérculo oscuro que tenía la forma del cuerpo de un hombre con una cara taimada y barbada y con los atributos varoniles claramente visibles. Tanto miedo le dio que lo arrojó al suelo y se puso a gritar: al acercarse las otras hermanas, una de ellas lo levantó, tomándolo por las hojas, y las que estaban presentes dijeron que la figura había hablado diciendo palabras obscenas contra la Virgen y contra Nuestro Señor. No sé qué hicieron con aquel extraño tubérculo: unas dijeron que lo habían enterrado, otras que lo habían echado al fuego. Fuera como fuera, yo nunca llegué a verlo.

A partir de entonces Sor Graciana comenzó a sufrir las visitas del Diablo. Yo la oí gritar una noche, me desperté sobresaltada y salí al pasillo, donde ya se asomaban otras hermanas. Como todas dormíamos vestidas, de acuerdo con las reglas de nuestra orden, bastaba con saltar del jergón. Fuimos a la celda de Sor Graciana, a la que encontramos llorando muy espantada, diciendo que se le acababa de aparecer el Diablo bajo la forma de un macho cabrío con muchos cuernos y muchos ojos, con una lengua roja y muy larga y todo él envuelto en un hedor horrendo, como de azufre, y que la había atacado mordiéndole los pies. Se los tocaba lloriqueando como si los tuviera llenos de mordeduras, y cuando le apartamos las manos para tranquilizarla vimos, en efecto, marcas como de mordiscos. Yo no entendía qué podía ser aquello. ¿Ratas? ¿Un gato? Pero en nuestras celdas no había animales de ninguna clase.

La obsesión del Demonio se instaló entre nosotras. Una de las hermanas lo vio bajo la forma de un gato negro con los ojos brillantes y rojos. Otra como una nubecilla plateada que se filtraba por debajo de la puerta y luego se levantaba hasta tomar la forma y la figura de un hombre con cuernos, alas y rabo, que se limitaba a mirarla con unos ojos terribles que brillaban en mitad de su rostro de humo.

Una noche yo también le vi. Un ruido me despertó en mitad de la noche. Me incorporé asustada en mi jergón y me quedé escuchando. Oí con toda claridad unos pasos que avanzaban por el corredor, producidos por lo que parecían unos zapatos de tacón. Ninguna de nosotras tenía zapatos de ese tipo, y lo que solíamos calzar en invierno y en verano eran unas sandalias de cuero haciendo con ello honor al nombre de nuestra orden, que se vanagloria de que sus monjas vayan siempre descalzas. Me acerqué a la puerta y pegué el oído a la tabla. Los pasos se fueron acercando a mi puerta hasta detenerse justo al otro lado. Yo estaba temblando de miedo. Me aparté caminando hacia atrás instintivamente hasta que la pared del fondo me detuvo, y me quedé allí esperando y respirando agitadamente. Vi cómo la puerta comenzaba a abrirse y cómo una mano aparecía en el borde empujándola, muy delicada, como de mujer, y con las uñas pintadas de rojo.

Una cara apareció en el hueco y me miró sonriendo. Era una mujer muy bella, tocada con un peinado de rizos rubios, muy alto y adornado con delicadas mariposas de tul, e iba enfundada en un vestido color carmesí lleno de brillos de fantasía. Tenía los labios, las cejas y los párpados pintados de la forma más exquisita, y varios collares de perlas le colgaban sobre el pecho, descubierto hasta el nacimiento de los senos en un amplio escote.

—¿Quién eres? —pregunté.

—¿Dónde es el baile? —me preguntó con una voz encantadora.

—¿Qué baile, señora?

—El baile de sus majestades —contestó—. Ven, mujer, que tú también estás invitada.

—¿Yo? —dije muerta de terror.

—¿No quieres venir? ¡Estáis todas invitadas! Bailaremos toda la noche, habrá vino adobado y las viandas más deliciosas.

—¿Eres Satanás?

—¿Yo, Satanás? —dijo ella riendo.

Hizo una ligera inclinación y desapareció. No oí sus pasos alejándose. Me asomé a la puerta pero ya no estaba por ningún lado.

Yo no podía comprender aquellos misterios. Unos días más tarde, fue una de las hermanas más jóvenes, Sor Teresa del Espíritu Santo, la que comenzó a recibir las visitas del Demonio. Nos lo describió como un hombre velludo con cuernos y con patas de chivo que la atacaba y golpeaba durante toda la noche, sin dejarla descansar. Yo le dije que a lo mejor se trataba de una pesadilla, de un mal sueño, pero ella lo negó enfáticamente.

—No, hermana —me dijo—. ¿Acaso no sabe una si está despierta o dormida? ¿Puede una creer que le ha pasado en la realidad lo que solo ha sucedido en sueños? Esto no era sueño, hermana Cristina. Era bien real.

Y me mostraba los cardenales y moretones que le habían dejado los golpes del Diablo.

Volvió a aparecérsele a la noche siguiente, y a la otra, y a la otra. Como católicas que éramos, la existencia del Diablo era para nosotras algo tan incuestionable como la posibilidad de que se nos apareciera. ¿Acaso no se habían aparecido la Virgen, y los santos, y hasta nuestro Señor Jesucristo, a muchos fieles? Sin embargo, yo no podía creer que aquellas apariciones fueran reales. Había algo en mí que se rebelaba, una voz que me decía «no, no, no, eso no es posible». Descubrí que la mera existencia del Diablo como una entidad dotada de voluntad y propósito se me hacía absurda e increíble. Pero dudar de la existencia real del Diablo era dudar de la existencia real del infierno, lo cual llevaba consigo, lógicamente, dudar de la existencia real del cielo y de la salvación.

Pero entonces, ¿en qué creía yo?

Le pedí a Sor Teresa que me dejara dormir a su lado para presenciar con mis propios ojos la aparición de aquel Demonio que la atacaba por las noches, y ella me miró con ojos desencajados por el terror.

—Pero hermana —me dijo—, ¿es que quieres que te ataque a ti también?

—Pero ¿qué te hace, hermana?

—Me golpea, me arroja al suelo, me empuja contra la pared, luego vuelve a arrojarme al suelo y se tumba sobre mí.

—Quiero verlo con mis propios ojos —le dije.

—¿Por qué?

—Porque el Diablo no existe.

—¡Hermana! —me dijo muy asustada, mirando a un lado y a otro—. ¡No digas eso, Cristina, que pueden oírte! ¡Eso es lo que él quiere, que pienses que no existe!

—Pero ¿por dónde entra el Diablo, Sor Teresa? —le pregunté—. ¿Entra por la puerta? ¿No será que lo ves en sueños?

—¡Ya estamos con los sueños! Entra por la puerta, hermana.

—¿Por la puerta?

A pesar de todo, esa noche me aposté en el pasillo, en la oscuridad, para intentar averiguar qué era lo que sucedía, diciéndome que si era verdad que el Diablo entraba por la puerta de Sor Teresa, entonces yo también lo veía. Me quedé dormida, porque siempre estaba falta de sueño y aprovechaba cualquier momento que tenía a lo largo de la jornada para echar una cabezada. De pronto me desperté, y noté que había alguien que avanzaba por el pasillo, en la oscuridad, tanteando la pared. Estaba tan oscuro que yo no veía más que un bulto o una forma oscura, pero sí oía con claridad sus pasos y su respiración, que era pesada y bestial, como la de un perro grande, y me di cuenta de que eso era lo que me había despertado. Sentí que se me erizaban todos los vellos del cuerpo y comencé a rezar y a invocar a la Virgen para que me protegiera. Me encogí en el rincón donde estaba, rogando por que aquella criatura espantosa no reparara en mi presencia. Vi cómo el bulto oscuro se acercaba a la puerta de la celda de Sor Teresa, la abría muy lentamente y desaparecía en el interior. Corrí a mi celda y me encerré en ella, temblando violentamente.

«¡He visto al Diablo! —me dije aterrada—. ¡Lo he visto con mis propios ojos! ¡Yo, que dudaba de su existencia!».

Al día siguiente, Sor Teresa estaba en un estado lamentable. Lloraba sin parar y nos mostraba las señales de los golpes, cardenales y arañazos que le había producido el Diablo. La priora estaba preocupada.

—Hija —le dijo a la monja—, voy a tener que notificarle todo esto al obispo y pedir que venga un exorcista.

—¡Ay, no, madre, eso no! —dijo ella llorando—. ¡Los exorcistas son para los endiablados!

La priora envió cartas al obispo y al Santo Oficio notificando los casos de posesión diabólica que se estaban manifestando en Santa Inés y los estigmas que sufrían algunas de las hermanas en su piel, en forma de contusiones, moretones y arañazos, como si hubieran sido golpeadas y agredidas por una bestia de gran tamaño.

Yo nunca me he considerado una persona excesivamente valiente, y en las ocasiones en que he tenido que demostrar valor me he encontrado a mí misma gritando y lloriqueando de la forma más lamentable. Mi experiencia con el Santo Oficio me reveló lo que soy en realidad, no me engaño al respecto. Sin embargo, aquella experiencia de esperar al Diablo en la oscuridad en el pasillo me había dejado insatisfecha y ansiosa. ¿Qué había visto en realidad? Nada, o apenas nada. Una sombra. Una respiración. Una puerta que se abría y cerraba.

Deseaba ver al Diablo con mis propios ojos, de modo que unas noches más tarde volví a apostarme en el pasillo, pero esta vez armada con una vela. Esperé como una hora, pellizcándome en el brazo o en las mejillas cuando notaba que me adormecía, y al final oí un ruido al fondo del corredor, como de alguien que subía pesadamente las escaleras, y supe que la bestia se acercaba.

Preparé la yesca y el pedernal, toqué con los dedos la vela en su palmatoria para saber exactamente dónde estaba, y cuando vi que la sombra oscura se acercaba moviéndose lentamente pegada a la pared, golpeé con fuerza el pedernal para encender la yesca. No lo logré a la primera, y vi cómo la forma oscura se detenía, inquieta por los sonidos que yo producía en el otro extremo del corredor. Lo intenté otra vez, prendió la yesca, soplé la llama y encendí el cabo de la vela. Agarrando la palmatoria, la levanté, y a su luz vi, por fin, a la bestia.

Tenía la forma de un hombre muy grande y corpulento, la cabeza cubierta de pelo oscuro y rizado, los ojos brillantes y terribles, los labios rojos contraídos en una expresión de odio y de rabia. Sus brazos eran muy largos, las manos velludas y tocadas con uñas amarillentas como zarpas, la frente coronada por unos espantosos cuernos negros parecidos a los de un toro, pero retorcidos en lo alto como los de una cabra. Sus pies no parecían de persona, sino que estaban acabados en pezuñas. Su respiración era muy pesada, como la de una bestia. Yo sentía el fuego que ardía en su pecho y que afloraba a sus labios entreabiertos. Me llegó con toda claridad el olor asqueroso de azufre que emanaba, tan intenso que casi sentí que me mareaba al olerlo. Yo lo contemplaba inmóvil por el terror y él me contemplaba a mí.

—¡Vade retro, Satanás! —dije, con la voz más firme que pude articular—. ¡Vade retro, en nombre de Dios! —Y luego me puse a rezar sin saber muy bien ni lo que hacía ni lo que decía—: *Ave Maria gratia plena...*

Vi cómo el Diablo se daba la vuelta y se alejaba de allí moviéndose a toda prisa, y oí luego cómo descendía por las escaleras. Al darme la espalda vi la larga cola oscura que arrastraba tras de sí, y pude apreciar también la pronunciada cojera que tenía, lo cual solo venía a confirmar su naturaleza demoníaca, ya que es cosa bien sabida que el Diablo cojea a causa de su caída desde el cielo.

Corrí a la celda de Sor Teresa y abrí la puerta. Encontré a la hermana despierta, sentada en el jergón y con un escapulario entre los dedos, que debía de usar a modo de protección contra el Malo.

—¡Sor Cristina! —me dijo, aterrada al verme aparecer con la vela encendida.

—¡Le he espantado! —le dije—. ¡Le he visto acercarse, y le he espantado!

—Pero ¿cómo? —me dijo ella.

—¡Se ha ido! ¡Se ha ido! —decía yo.

Salimos las dos al pasillo. Estaba vacío. Yo me acerqué al comienzo de la escalera. La luz de la vela iluminaba el primer tramo, y allí no había nadie.

—A lo mejor está abajo, escondido —dijo Sor Teresa.

—Vamos a bajar para verlo —dije.

—¡No, no, que debe de estar ahí esperándonos!

A pesar de todo, yo comencé a descender paso a paso por la escalera. Llegué al descansillo e iluminé el siguiente tramo. Y allá abajo le vi, hundido entre las sombras, esperando, jadeando de rabia contenida, ebrio de mal y de crueldad.

—¡Está aquí! —le dije a Sor Teresa—. ¡Está aquí abajo!

—¿Cómo que está ahí? ¡Sube, loca, sube, que te atrapará!

—¡Vade retro! —grité yo en dirección a la figura que esperaba al pie de la escalera.

Sor Teresa, con más sentido común, se puso a dar voces gritando «¡fuego, fuego!», que es lo que se debe gritar siempre que uno desea que le hagan caso, y las hermanas comenzaron a salir de sus celdas y a acercarse a donde nos encontrábamos.

—¡Está ahí abajo! —gritaba Sor Teresa—. ¡Hermanas, venid, está ahí abajo!

—Pero ¿quién? —decían las monjas—. ¿Quién está ahí abajo?

—¡Belcebú! —chilló Sor Teresa muerta de miedo—. ¡Satanás!

Ahora que éramos más, yo me sentía más envalentonada, y continué descendiendo por la escalera, seguida de las otras monjas. Vi cómo el Diablo desaparecía del lugar donde se había agazapado, como disolviéndose en la oscuridad. Luego le oímos caminando más allá, y también el sonido de una puerta que se abría. Corrimos hacia el fondo del corredor y a través de la puerta abierta le vimos cruzando el claustro, moviéndose a toda prisa a pesar de su cojera.

—¡Es Don Segismundo! —chilló una de las hermanas.

—¿Cómo Don Segismundo? —dije yo, que ahora que veía a mi diablo a la luz del claro de luna ya no me parecía ni tan grande ni tan terrorífico como antes.

—¡Es Don Segismundo! —chilló otra de las hermanas—. ¡Es el párroco!

Aquello sí que era inexplicable. Pero ¿qué estaba haciendo nuestro confesor dentro del convento y en mitad de la noche? Me puse a pensar agitadamente que aquel no era, no podía ser Don Segismundo, y que lo que había sucedido era que el Diablo, en su huida, había tomado su apariencia.

Tampoco entendía yo dónde habían quedado aquellos cuernos negros y horribles que yo había visto sobre su cabeza.

Las cosas se fueron aclarando en los días siguientes, cuando otras hermanas confesaron que también habían recibido las visitas de aquel diablo en mitad de la noche. La priora volvió a escribir al obispo contándole los hechos, y pronto el Santo Oficio detuvo al párroco, que al ser sometido a tormento confesó que había abusado de muchas de las hermanas, a las que confundía con la oscuridad haciéndose pasar por el Demonio o dejándolas que creyeran que lo era.

Todo aquello me dejó maravillada, porque yo no podía borrar de mi imaginación lo que había visto con mis propios ojos: el rostro bestial y solo a medias humano, los cuernos negros, las pezuñas de animal, el largo rabo arrastrándose por el suelo. ¿Podía haber sido todo un efecto del miedo y de las sombras? ¿Podrían ser los cuernos meras sombras y la larga cola el extremo de la sotana? A pesar de todo, no podía quitarme de la cabeza que lo que yo había visto era verdaderamente el Diablo, que se apoderaba del cuerpo de nuestro confesor y que al verse descubierto lo había abandonado dejándolo de nuevo convertido en un hombre. También pensé que a lo mejor aquel desalmado se disfrazaba de diablo poniéndose unos cuernos postizos para intimidar y aterrorizar a sus víctimas y hacer que se sintieran indefensas. Todavía hoy no puedo explicarlo con claridad.

Sor Teresa quedó embarazada y dio a luz a una niña, que fue sacada del convento en secreto y entregada a los padres de la monja, que habían aceptado ocuparse de la recién nacida. Supongo que crecería como huérfana y no llegaría a saber nunca quiénes habían sido sus padres.

Como toda mujer violada, Sor Teresa era ahora mirada con sospecha. ¿No habría ella incitado de algún modo al confesor? Es cosa bien sabida que las mujeres son arteras y astutas. Al recibir sus visitas nocturnas, ¿le había rechazado con firmeza o había aceptado de buen grado sus atenciones? Y aquellos moratones y magulladuras, ¿no se los habría hecho ella misma golpeándose con las paredes? Muchas de las hermanas hablaban mal de ella y decían que tenía un espejito escondido, prueba de vanidad mundana, aunque la priora ordenó que registraran su celda y no encontraron nada más que una pequeña estampa del Salvador, que también le fue requisada.

Sor Teresa pidió a la priora que le permitiera salir a ver a su hija y ella le replicó que las siervas de Jesucristo no tienen hijos y que debía borrar todo aquello de su cabeza como si jamás hubiera sucedido, y confiar en que Dios, en su divina misericordia, llegara a perdonarla algún día.

Era como me había dicho el verdugo una vez: que no hay inocentes en este mundo, que todos y todas somos culpables.

No fue aquel el único incidente de este tipo que se produjo en nuestro convento. Tuvimos otra aparición si no diabólica sí bastante inesperada. En este caso, la involuntaria protagonista fui yo.

Estaba un día trabajando en el huerto cuando vi entre los árboles una figura que me observaba. Era un hombre bastante alto y vestido con ropas elegantes. Tenía unos bigotes finos y bien recortados, con las guías hacia arriba, y parecía una persona de calidad. Yo me quedé mirándole, sin poder comprender qué andaba haciendo dentro del convento. Me hizo señas para que me acercara. Miré a mi alrededor, pero en aquel momento no había nadie en el huerto, y tuve miedo de ser atacada o robada en aquel lugar apartado y solitario. Pensé en gritar y en pedir ayuda, pero no lo hice.

—¿Qué queréis? —le pregunté, acercándome unos pasos para verle mejor.

Iba vestido con ropas de terciopelo marrón y calzas de seda gris, y llevaba un gorro también de terciopelo sobre sus cabellos cobrizos y bien peinados y un cuello simple de lino almidonado en vez del cuello de lechuguilla habitual, y me dije que las gorgueras debían de haber pasado de moda.

—Ven, acércate —me dijo—. Me habían dicho que había en este convento una monja muy bella, pero no podía imaginarme que lo fuera tanto.

—Caballero, ¿qué hacéis aquí? —pregunté—. Está prohibida la entrada a los hombres en estas dependencias.

—No te preocupes por eso, mujer —me dijo con desenvoltura y sin dejar de mirarme y admirarme.

—¿Mujer? —dije yo—. Soy la hermana Cristina de la Cruz, y no soy mujer de nadie más que de Cristo.

—¡Bueno, bueno! —dijo él—. Pero ¿tú sabes quién soy yo?

—No.

—Toma —me dijo entregándome un camafeo de perlas y rubíes—. Esto es un pequeño recuerdo mío.

—Caballero, nosotras no curamos de esas vanidades.

—Tómalo, mujer. No me digas que no te gusta.

—Y aunque me gustara, la priora me lo quitaría al instante.

—No te lo quitará cuando sepa de dónde viene.

—Pues ¿de dónde viene? —le dije mirándole a los ojos, que eran muy grandes y húmedos. Todo su rostro tenía algo de pez, demasiado alargado, demasiado aplanado por los lados. No era atractivo en absoluto, pero parecía irradiar algo indefinible que me intrigaba, algo que le hacía parecer un hombre único por alguna razón, distinto y separado de todos.

—Tú, claro, no me conoces. Esta noche voy a venir a hacerte una visita. Pero coge la joya, mujer.

La cogí, sin saber qué hacer con ella y manteniéndola en el aire como separada de mí.

—Ardo de deseos por ti —me dijo acercándose a mí y acariciándome distraídamente la mejilla.

Yo me aparté escandalizada.

—¡Caballero! —dije—. Voy a gritar para que vengan.

—No, no grites —dijo él con sencillez—. Ahora me marcho, pero esta noche llamaré a tu puerta.

Se fue caminando por entre los árboles y desapareció en uno de los postigos laterales de la iglesia que estaban habitualmente cerrados, y donde me pareció que alguien le esperaba. Yo fui inmediatamente a buscar a la priora y le conté lo que había sucedido. Le entregué también la joya, que ella hizo guardar en el arca de tres llaves junto con los documentos y los pocos dineros que tenía el convento.

—¡Ay, Sor Cristina! —me dijo ella muy preocupada—. ¿Y qué vamos a hacer ahora?

—¿Cómo que qué vamos a hacer?

—No podemos cerrarle la puerta, no podemos dejarle fuera si quiere entrar. No podemos hacer eso.

—¿Por qué no podemos?

—¡Porque es el rey, Sor Cristina!

—¿Cómo, el rey?

—Es el rey de España. Don Felipe IV.

—¡El rey! —dije yo asombrada—. ¿Cómo va a meterse el rey en un convento para solicitar de amores a una monja? Eso no es posible, madre.

—Ay, hija mía —dijo ella—. No olvides que el rey nuestro señor es hombre, al fin y al cabo, y como tal se comporta.

—Pero ¿no le da vergüenza?

—Los hombres tienen poco de eso, y los reyes, menos —me dijo ella.

Acordamos que esa noche esperaría yo al rey en mi celda, pero la madre ordenó colocar allí un catafalco construido con dos mesas sobre las que pusimos unas telas oscuras con festones de plata. Luego colocamos cuatro cirios alrededor en altas palmatorias de bronce y yo me tumbé sobre el catafalco con las manos cruzadas sobre el pecho, con un crucifijo y un rosario entre los dedos, como si estuviese muerta.

No sé cuánto tuve que esperar tumbada de este modo, pero en algún momento de la noche sentí que se abría la puerta de la celda y que alguien entraba. Seguí completamente inmóvil y mantuve los ojos cerrados, tal como me había instruido la priora, y me encomendé a la Virgen para que me protegiera. Noté cómo alguien se acercaba a mí.

Me pregunté qué debía hacer si me tocaba o violentaba de algún modo. ¿Seguir haciéndome la muerta? ¿Defenderme, como haría cualquier mujer en mi situación? Pero el que entró en mi celda ni siquiera llegó a tocarme. Al ver el imponente catafalco, los cuatro cirios encendidos y el cuerpo de la monja tumbada y sosteniendo un crucifijo sobre su pecho como para protegerse del Demonio, desapareció de allí sin decir ni una palabra.

74. Otra forma de orar

Pasaron los años. Como gotas de lluvia pasaban, cada vez más rápido, y se convertían en un río, y corrían, y se perdían. Y con los años se sucedían las madres prioras, los confesores, los obispos, los visitadores, y yo seguía siendo Sor Cristina de la Cruz, anónima y desconocida, feliz en la paz y la monotonía de mi convento. No, no creo que fuera exactamente feliz, ya que la felicidad es una pasión del alma y allí, en el convento, las pasiones se calmaban y se disolvían hasta desaparecer. No sé si era feliz, pero sí que vivía en paz, y aquella paz mantenida durante tanto tiempo, aquella ausencia total de esperanza y de ansiedad, de miedo y de ilusiones sobre el futuro, se parecía muchas veces a la felicidad. A lo mejor lo era.

De vez en cuando me ofrecían que fuera priora, pero yo declinaba. No quería destacarme ni hacerme visible en modo alguno. Lo que sí me gustaba era ser Maestra de Novicias.

En una ocasión el Visitador de entonces, un fraile seco y estreñido de nombre Hermógenes, me reprendió porque me dijo que había llegado a sus oídos que yo intentaba desanimar a las novicias jóvenes de que tomaran el velo. Seguramente se refería a una llamada Marta Somoza, hija de una importante familia castellana, que carecía por completo de vocación y cuyos padres querían meter en el convento por una indiscreción que había cometido.

Yo le contaba cómo sería su vida si entraba en el convento y veía que le daban, literalmente, escalofríos.

—Madre, me da miedo escucharla a usted —me dijo.

Aquella frase se me quedó clavada porque era la primera vez que oía aquel tratamiento.

—¿Usted? ¿Vusted? ¿Qué es eso?

—Usted, madre, como antes se decía «vuesa merced».

—Pero qué es, ¿vuesa merced?

—Será, pero ya nadie dice vuesa merced, dicen usted.

—Bueno, pues sea como sea, hija, ya sabes lo que decía nuestra Madre Teresa, que la vida de «relisión», como decía ella, es un continuo padecimiento.

—¿Un padecimiento, madre? —me decía la niña.

—Sobre todo si tienes deseos y pensamientos mundanos.

—Yo no los tengo —me decía la pobrecita—. Los tuve, madre, pero ya estoy curada de espanto.

—Sal de aquí, mujer, que esto no es para ti —le decía yo—. Has tenido un desliz, aprende, sé más lista la siguiente vez. Convence a tus padres de que te casen.

—Pero ya estoy deshonrada.

—Ta, ta, ta —le dije yo—. Pero ¿quién sabe lo que ha pasado?

—Mi confesor, señora. Y mis padres.

—Y el galancillo que te sedujo también, me imagino —dije yo.

—Sí, madre. Mi confesor.

—¿Cómo tu confesor?

—Que fue mi confesor el que me robó, madre —dijo la niña poniéndose roja.

—¡Alabado sea Dios! —dije yo—. Pero ¿esas cosas pasan en el mundo?

Todas las cosas se pegan, y yo llevaba tantos años siendo monja que ahora hablaba y pensaba como una monja. ¡Como si no supiera yo las cosas que pasan en el mundo, y hasta dentro de los muros de un convento!

—Pero ¿te hizo un niño?

—Ay, no, madre —dijo ella turbándose—. Si yo todavía soy muchacha.

—Ah, o sea que no te gozó.

—Eso no, madre.

—Entonces ¿cuál es el problema? ¿Tú no quieres casarte?

—No, madre, deseo entrar en religión.

—¿De verdad?

—¿Y con quién iba a casarme yo, mancillada como estoy?

—Pero chiquilla, ¡si estás entera! Y aunque no lo estuvieras, hija, eso nunca ha sido el fin del mundo. Pero eres doncella, y además, de esa faltilla tuya nadie se ha enterado. Tu confesor bien lo habrá callado, por lo que le toca. Y tus padres, lo mismo.

—Pero a los ojos de Dios...

—La honra, hija mía, no es cosa de Dios —le dije yo—, sino de los hombres. Ya, ya sé las cosas que se dicen por ahí, pero la honra es en realidad la opinión de los otros y no es otra cosa. Si cometes un pecado y nadie lo sabe, ¿acaso no sigue tu honra intacta? Tu culpa ante Dios es otra cosa: de eso te arrepientes de verdad y te confiesas con la firme voluntad de no volver a pecar.

—¿Sí?

—Cásate y ten hijos —le dije—. Yo no veo que tengas vocación. Ay, mujer, si tú tienes todo lo que desean los hombres, y además tus padres son personas de posibles. Con lo linda que eres y la dote que te darán, te podrás casar bien.

—¿Usted cree, madre?

—Tú estás pensando en bailes y en fiestas, y en bailar la zarabanda y la chacona, ¿a que sí?

—Ay, no, madre, que esas danzas son muy viejas.

—Pues ¿qué se baila ahora?

—El minueto.

—¿El minueto? ¿Me lo enseñas?

—Ay, madre, pero ¿aquí?

—Sí, hija, aquí mismo.

Hacía mucho que no bailaba y hacerlo de pronto una vez más me gustó mucho. Era difícil aprenderlo sin música, pero Marta iba cantando un minueto que se sabía y me iba enseñando los movimientos y los pasos, y terminamos las dos riendo.

—Baila usted muy bien, madre —me dijo.

—Ay, hija, es que he sido cocinero antes que fraile.

Me gustó tanto aquella experiencia de volver a bailar, en verdad, que le pregunté a la madre priora si podríamos dedicar unas horas al día a la danza. Era una petición poco habitual, pero yo tenía motivos para pensar que podía no ser mal recibida.

Nuestra priora de entonces se llamaba Sor Beatriz de la Ascensión y provenía de una acomodada familia de Palencia. A mí me gustaba porque había impuesto la igualdad entre las monjas con independencia de la alcurnia, de modo que aquellas con apellidos nobles tenían las mismas obligaciones que las demás.

—¿A la danza, Sor Cristina? —me dijo, abriendo mucho los ojos.

—Madre, es bueno mover el cuerpo, y aquí, con tanta soledad y tanto recogimiento y tantas penitencias nos quedamos anquilosadas y rígidas.

—Pero las monjas no bailan, madre.

—He leído las *Constituciones Carmelitas* y en ningún lugar se dice que esté prohibido bailar —repuse yo con mucha humildad—. ¿Y acaso no hacemos algunas veces pasos en Navidad o en Semana Santa, e interpretamos a las figuras sagradas y cantamos y actuamos como si estuviéramos en un teatro?

—Es verdad, hija, ¡pero bailar en un convento!

Unos días más tarde me llamó aparte la priora y me dijo:

—Hermana, tenéis razón y las *Constituciones* no prohíben la danza en ningún lugar, pero sí las actividades mundanas.

—Sí, madre.

—Y bailar es una actividad mundana y vana, ¿no creéis?

—No lo sé, madre —dije yo—. Creo yo que bailar es algo que alegra el corazón y que da salud al cuerpo, y que será mundano si se hace con hombres y vistiendo galas y con intención de gustar o de seducir, pero que unas monjas bailen solas en su convento...

—Ay, hermana, qué labia tenéis... ¡Si hubierais nacido hombre, qué gran predicador habríais sido!

De modo que me dio licencia para que dedicáramos una hora a la semana a bailar. Aquella noticia fue recibida con gran asombro por las otras hermanas y no todas quisieron participar.

Necesitábamos música para bailar, pero no había ni un solo instrumento musical en el convento aparte del órgano de la iglesia. Yo me las ingenié para conseguir una espineta y una vihuela, con las que tocaba de memoria las danzas que recordaba. Luego conseguí algunas partituras, y cuando se me gastaba el repertorio, me inventaba nuevas danzas.

La priora me había dicho que probaríamos durante un mes, al cabo del cual las hermanas que bailaban conmigo le pidieron por favor que siguiera dándoles permiso para hacerlo, e incluso para hacerlo todos los días.

Yo les enseñé las danzas que conocía, incluido el minueto que me había enseñado Marta Somoza, que después de dos años de novicia dejó el convento para casarse, y Sor Águeda, que venía de Lérida, nos enseñó una danza en círculo que se bailaba en su tierra, y Sor Clara de los Ángeles, otra de Galicia, y con esto nuestro repertorio se ampliaba y ahora bailábamos una hora todos los días, y todas las monjas de la congregación participaban, y hasta la madre priora bailaba también.

Yo notaba que estábamos todas más contentas. Algunas que se quejaban siempre de dolores y que se habían negado en un principio a bailar por causa de ellos ahora se sentían bien, y yo notaba que mi oración de silencio resultaba más fácil y plena si la hacía después de bailar.

—Hija, Cristina —me dijo un día la madre priora después de una de nuestras sesiones—. ¿No crees que nos estamos apartando del espíritu del Carmelo con tanta danza?

—A mí me parece que bailar es bueno para el cuerpo y para el alma —le dije yo—. He notado que mi oración de silencio es más profunda y más plena si la hago después de bailar.

—Tienes razón, hija —me dijo con un suspiro—. Temía yo que la danza nos trajera ideas vanas y pensamientos mundanos, ¡pero es todo lo contrario!

—Yo siento lo mismo, que el alma se vacía cuando bailo, que ya no pienso en nada y hasta me olvido de mí misma.

—¡Eso es! —me dijo la priora—. ¡Una se olvida de sí misma!

Me cogió de las manos y me dio un beso en la mejilla. Nunca olvidaré a Sor Beatriz de la Ascensión, una de las monjas más bondadosas y más sabias que he conocido.

—¡Ay, cuando se entere el obispo! —me dijo al oído con una risa.

—Ojalá no se enterara.

Pero finalmente se enteró.

El Visitador que nos correspondía, el Ordinario del obispo de la diócesis, el parco y estreñido Don Hermógenes, terminó por enterarse de que en el convento de Santa Inés había música y danza, y si al principio no dio crédito a estas noticias, que pudieron parecerle fantásticas en una comunidad tan pobre y ascética como la nuestra, acabó por descubrir que era cierto.

Nos preguntó directamente, y nosotras de ningún modo queríamos mentir ni esconderle nada. Nos preguntó dónde estaban los instrumentos musicales y se los mostramos. Nos preguntó si era cierto que bailábamos y confesamos que así era, que sentíamos que nos hacía bien.

—¿Que les hace bien, madres? —dijo escandalizado—. Y también vestir de raso y de oro, y tener lecho de plumas os haría bien, sin duda. Pero la vida de religión no es para que nos haga bien, sino para expiar nuestros deseos y culpas.

—Con todo respeto, padre —dije yo—, es que hemos descubierto que bailar nos vacía por dentro casi más que cualquier otra cosa. No nos trae deseos, sino que nos limpia de deseos. No nos trae pensamientos, sino que nos deja como vacías y en silencio, en el estado perfecto para orar.

Me miró con desagrado. Como el Ordinario y el obispo nunca estaban muchos años en su puesto, aquel no me conocía mucho y no sabía quién era yo. Tampoco sabía (nadie lo sabía, en realidad, porque nadie se había parado a pensarlo) cuántos años llevaba yo en aquel convento. Hizo averiguaciones y enseguida descubrió que yo, que ya tenía exenciones especiales para tener libros y escritos en mi celda, unos permisos que me habían sido extendidos por las sucesivas madres prioras, era la que había instigado todo aquello y la que enseñaba a las monjas a bailar y a tocar el teclado y la vihuela.

La reacción no tardó en llegar. Pronto nos visitó el señor obispo en persona, junto con un notario para tomar nota de todo y levantar acta. Decía que se había quedado horrorizado con las noticias que le llegaban de nuestro convento, y que había pensado incluso en disolver la congregación y en enviarnos a cada una a un convento distinto. El edificio en el que estábamos había aumentado mucho de valor desde los tiempos de la fundación, y ahora eran muchos los que proponían que aquellas monjitas se fueran a otro lugar más apartado para dar otros usos a aquellas dependencias. Yo me preguntaba cómo podían dar tanto valor a un convento perdido en mitad del campo.

Afortunadamente no nos expulsaron de allí, aunque sí castigaron a la madre priora, mi amada, bondadosa, humilde y sabia Sor Beatriz de la Ascensión (que no hay sabio que no sea humilde), trasladándola a un convento de la provincia de Ávila, y nos enviaron a otra priora, la madre Francisca de Jesús, una monja huesuda y cadavérica que iba con el nuevo espíritu de los tiempos y que venía con el encargo directo del obispo de meternos a todas en cintura y devolver el convento al espíritu original de San Alberto y de la madre fundadora: pobreza, oración, soledad, silencio.

75. Una nueva priora

Llegó Sor Francisca a Santa Inés una noche de tormenta, en medio de truenos y relámpagos. Muchas de las hermanas tenían tanto miedo a la tormenta que se habían reunido en la capilla para rezar Avemarías y Salves, como si aquellas explosiones que hacían retumbar las paredes fueran advertencias o amenazas del cielo y no simples meteoros. Fue entonces, cuando más arreciaba la tormenta, cuando apareció. No sé por dónde entró, supongo que por la puerta que comunicaba con la iglesia. De pronto, allí estaba, alta, pálida y huesuda, con unos ojos negros y brillantes que parecían atravesar al que miraba. Venía cubierta con una capa brillante de agua de lluvia, que se quitó y le entregó a una de las hermanas como si fuera su criada.

Una por una fuimos acercándonos a besarle la mano, como si fuera una emperatriz. Me bastó mirarla y ver la actitud con que se ponía ante nosotras, no como una hermana más, sino como un ser de otro mundo o de otra raza, que nos miraba desde lo alto como se mira a un niño o a un sirviente, para saber que comenzaba una época difícil y oscura.

Era simpática en el trato, ya que con los años había aprendido a fingir esa alegría y ese aire como de casa que se les presupone a las carmelitas descalzas y que había impreso entre nosotras la madre fundadora, pero era evidente que en ella toda aquella amabilidad era pura apariencia. En realidad tenía un temperamento colérico, cruel y vengativo.

Yo veía los profundos pliegues que recorrían su rostro y me daba cuenta de que eran más debidos a los sufrimientos que a la edad, y el primer sentimiento que tuve hacia ella fue de pena y de compasión. ¿Qué le habría sucedido en la vida para dejar de tal modo marcado su rostro? Era de esas personas que cuando sonríen lo hacen solo con los labios, pero no con los ojos. No había en ella ni un átomo de paz ni de felicidad.

Lo primero que hizo fue examinar nuestras celdas. Junto con las nuevas clavarias que ella misma había nombrado y la nueva despensera, porque se había venido con tres monjas de su congregación que a partir de entonces actuarían algo así como de policías, espías e informadoras para ella, recorrió todas las celdas levantando los jergones y manoseándolos como si pudiera haber en su interior cosas escondidas. Cuando ella y sus lugartenientes entraron en mi celda, apenas hizo comentarios al ver mis estanterías llenas de libros y mi mesa llena de papeles, seguramente porque ya estaba informada sobradamente de mi caso. Se limitó a observarlo todo y ni siquiera me hizo voltear el jergón, como les pedía a las otras, gracias a lo cual había descubierto que Sor Angustias guardaba una vela bajo su jergón, todas sabíamos para qué, y Sor Alberta un camafeo que representaba a un hombre joven, seguramente un antiguo amor (o a lo mejor su padre, como ella decía), y Sor Micaela una carta de adivinación con símbolos y fechas, todo lo cual fue requisado y destruido: la carta, quemada, con amenazas de denunciar a Sor Micaela al Santo Oficio por prácticas supersticiosas y heréticas; el camafeo, reducido a polvo con un mazo de la cocina, y la vela de la vergüenza, quemada hasta consumirse a la vista de todas. También impuso castigos a las tres: dos semanas a pan y agua en la cárcel del convento y luego dos semanas más a pan y agua comiendo en el suelo. En cuanto a Sor Angustias, la humilló públicamente obligándola a que nos pidiera perdón a todas por habernos puesto en peligro a causa de su inmoderada lujuria.

—Confiesa tus pecados, hija —le decía—. ¿Cuántas veces pecabas? ¿Todas las noches?

Le impuso que llevara un cilicio en el muslo día y noche, «para moderar la pasión de la carne». Hizo que se lo pusiera en su presencia, no un cilicio normal, sino uno de castigo, cerrado con un cerrojo, que no se podía quitar.

Un día se me acercó Sor Angustias y me dijo que no podía soportarlo más.

—Resiste, hermana —le dije—. Es un poco de dolor, nada más.

—No es el dolor lo que me inquieta —me dijo—. Es que me obliga a llevarlo tan clavado en la carne que impide la circulación, y siento la pierna entumecida.

Le dije que se levantara el hábito, y cuando vi los horribles hierros clavados en la carne y vi cómo tenía el muslo me quedé horrorizada. De seguir así mucho tiempo, acabaría por declarársele la gangrena y perdería la pierna.

La nueva priora estableció un régimen judicial como nunca se había visto en el convento. Se impuso a sí misma la tarea de registrar y examinar todo el convento como si estuviera buscando algo, quién sabe qué: la despensa, la cocina, el huerto, los talleres fueron todos sometidos al más minucioso escrutinio, se tocó todo, se abrieron todas las alacenas, se contaron los platos y las cucharas, se inventariaron los víveres, las gallinas que teníamos y hasta el número de berzas y de cebollas que crecían en nuestro pobre huerto. Las monjas de su guardia pretoriana, las nuevas clavarias, a las que la priora había entregado también las llaves del arca de las tres llaves, que respondían al nombre de Sor Brígida y Sor Visitación, se encargaban de tomar acta y de registrarlo todo. Ni ellas ni Sor Manuela, la nueva despensera, fueron nunca parte de nuestra congregación. No las sentíamos como hermanas sino como una especie de familiares del Santo Oficio que se hubieran venido a vivir entre nosotras.

Unos días después de toda aquella labor de examen e inventario, y de aquellos castigos iniciales cuyo propósito era hacernos sentir la extensión de su poder y sumirnos en el terror, nos reunió a todas en la capilla para informarnos de las nuevas normas que regirían el convento de allí en adelante.

—Este convento es la vergüenza de nuestra orden, hermanas —nos dijo—, y mucho debéis agradecernos a otras hermanas y a mí misma que hayamos logrado que el señor obispo no lo clausure y os envíe a todas a otras congregaciones. Fiestas, lujuria, los vicios innombrables de las ciudades de la llanura, ¡todo eso se ha terminado, de una vez y para siempre!

Nosotras nos mirábamos unas a otras en silencio, sin saber a qué se refería.

—¡Un convento donde se hace música y se baila, como si fuera esto taberna o corral de comedias! A veces las malas mujeres se hacen monjas para purgar sus faltas, pero aquí ha sucedido lo contrario. Sabemos quién ha sido la culpable —añadió, evitando a propósito mirar en mi dirección, aunque todas sabíamos a quién se refería—. Y la castigaremos a ella y a sus cómplices, como ya hemos castigado a las que hemos hallado en falta. A partir de ahora regirá en este convento la regla de San Alberto y la de la Madre Teresa en su máxima severidad.

Pero no era cierto, porque el espíritu que ella impuso en Santa Inés carecía por completo del amor y la calidez de Santa Teresa. Hasta las horas de libre conversación que había permitido la Santa después de las comidas nos las prohibieron. La alegría que había llenado las actividades del huerto, la rueca, la costura y la cocina desapareció por completo, porque ahora había que hacerlas todas en silencio, cada una de las hermanas sumida en una oración interior constante.

76. Ciudades de la llanura

Siempre habíamos sido pobres y no podíamos serlo más, pero aquella nueva priora parecía que estaba en contra incluso de que comiéramos y de que bebiéramos y nos racionaba hasta el agua del pozo. Algunas hermanas cayeron enfermas por la escasez de la alimentación, ya que nos pasábamos en ocasiones días y días a base de caldo de verduras, y a veces llegaba a decirnos que amábamos en exceso el pan, y que aquel horno donde se cocía le recordaba al infierno donde se asaban los condenados, de modo que solo nos permitía comer pan los sábados y los domingos, como si eso fuera un regalo.

—Austeridad, silencio, despojamiento, ayuno, ayuno, ayuno y oración constante —decía.

Sor Angustias ya no podía casi andar, e iba cojeando a todas partes. A pesar de todo, la priora se negaba a quitarle aquel cilicio que se clavaba en sus carnes. No solo eso, sino que la puso a cortar leña y a hacer los trabajos más duros del huerto, que la pobre mujer apenas podía realizar arrastrando la pierna como iba.

Yo hablé con nuestro confesor y le dije que tenía que ponerse en comunicación con el obispo, que Sor Angustias acabaría por perder la pierna, y que si se le gangrenaba tan arriba sería muy difícil que lograran salvarle la vida. No sé si lo hizo, pero recibimos pronto una visita del Oidor, que parecía muy satisfecho con el nuevo rumbo que había tomado el convento.

—¡Qué bello es el silencio! —dijo—. ¡Ya no hay música ni danzas pecaminosas en Santa Inés! ¡Solo silencio! ¡Modestia, amor de Dios, austeridad y religión!

Sor Angustias no llegó a perder la pierna, afortunadamente, pero quedó inválida. No sé exactamente cómo aquel cilicio clavado en sus carnes tuvo aquel efecto. Se le produjeron unas heridas profundas que luego se convirtieron en unas llagas que no terminaban de curarse nunca y que supuraban sin cesar y le creaban un sufrimiento interminable. Eran como esos estigmas que jamás cicatrizan.

La nueva priora imponía castigos insólitos, extraños y crueles. A Sor Manuela, a la que descubrió varias veces dormida durante el examen de conciencia, la castigó a llevar en todo momento seis pesados ladrillos colgados del cuello con una cuerda. Tampoco las novicias se veían libres de sus penas: a Sor Margarita, que hablaba y reía mucho, le puso una presa en los labios y luego, ante el peligro de que se le gangrenaran por tan severo y continuado castigo, un bocado como el que les ponen a los esclavos, y a Sor Consuelo, que correteaba mucho por el claustro y por el huerto, una cadena en los tobillos con la que tenía que andar dando pasitos cortos, ya que casi no podía separar los pies.

Pero su furia vengativa se desató cuando, durante una de las inspecciones sorpresa que realizaban ahora, hallaron bajo el jergón de Sor Micaela, que ya era sospechosa por habérsele encontrado unos horóscopos, un trozo de papel en el que había escritas unas coplas amorosas. Interrogada Sor Micaela, dijo que las había escrito por puro esparcimiento.

—¿Por esparcimiento? —le dijo la priora, ya que esta especie de juicios a que nos sometía no los hacía discretamente y hablando de una en una con nosotras, como era lo preceptivo, sino a la vista de todas para humillarnos y enfrentarnos a unas con otras—. Escribir coplas es una falta leve, pero estas van dedicadas a una mujer, y celebran la belleza de los labios, y de los ojos, y del cuello, y de otras partes que la modestia me impide revelar, como si fueran escritas por un hombre.

Sor Micaela no sabía qué decir.

—Si las has escrito tú, ¿a quién van dedicadas?

—Señora, a la Virgen María.

—¡No blasfemes! —le dijo la priora—. ¡Mira que estás en pecado mortal! Esas coplas son de amores, no de religión. ¿Es que tienes amores con una de tus hermanas?

—No, reverenda madre —dijo Sor Micaela—. Las escribí por entretenimiento nada más, como a veces los religiosos hacen sonetos de amor y otros temas mundanos solo por ejercitar la pluma.

—¿Y con qué pluma las escribiste, si no tienes ninguna? ¿O le pediste ayuda a otra para que te las escribiera?

En ese momento la joven Sor Asunción tomó la palabra.

—Reverenda madre, yo soy la autora de esas coplas. Yo las escribí y le pedí a Sor Micaela que me las guardara.

—Esto comenzó cuando entraron en este convento la música y las danzas. Luego entraron el libertinaje, la lujuria y el pecado más nefando. ¡Ay, si yo pudiera convertiros a las dos en estatuas de sal! Estas son faltas gravísimas, que de acuerdo con las *Constituciones* de nuestra orden han de ser castigadas con la máxima severidad. Recibiréis cada una dos sesiones de cincuenta azotes en las espaldas desnudas y luego pasaréis un mes en la cárcel a pan y agua y en oscuridad total.

El castigo fue administrado por Sor Brígida, una monja tan grande y talluda que parecía un hombre (y muchas veces pensaba yo que lo era, un hombre disfrazado que se había traído la priora con ella para tenernos bien controladas y sometidas), y arrancó gritos y aullidos de dolor a las dos pobres mujeres, a las que luego solo consintió que las curáramos de sus heridas de la forma más somera. Si la primera tanda de azotes las dejó con las espaldas recorridas de heridas, la segunda les abrió las carnes de tal modo que daba grima mirarlas. Apenas había hilas ni ungüentos en el convento para curar heridas tan severas, y tuvimos que conformarnos con aceite y un emplasto hecho con hojas de laurel, y también aquí impuso la priora su autoridad férrea, porque solo consintió en que se usaran tres hojas para hacer el emplasto, ni una más.

—No hemos venido al convento a librarnos del dolor —decía—, sino a buscar el dolor.

En cuanto a mí, considerada junto con la anterior madre priora la principal culpable de aquella época de relajación y casi libertinaje en que habíamos caído cuando éramos una congregación de monjas alegres y sanas, ¿qué castigo indescriptible me esperaba? Si a dos pobres mujeres enamoradas que probablemente ni se habían atrevido a darse un beso en los labios, por la vergüenza que sentían ellas mismas ante el poder de sus sentimientos, las condenaba a cien azotes, ¿qué pensaba hacer conmigo?

77. Silencio

Lo primero que hizo fue revocarme todos los permisos especiales que tenía. Inútiles fueron mis protestas y mis quejas al Oidor y al obispo, que era quien había nombrado a la nueva priora y que la apoyaba incondicionalmente. Lo segundo, imponerme un voto de silencio permanente, de modo que se me prohibía hablar en cualquier circunstancia, e incluso los rezos debía hacerlos solo moviendo los labios y sin emitir sonido alguno. Se me prohibió también cantar en el coro, suponiendo que si me gustaba tanto la música aquello lo disfrutaría mucho, y el propósito de la nueva madre priora, en consonancia con los deseos expresos o inexpresados del obispo, era causarme a mí y por extensión a todas las hermanas, pero sobre todo a mí, el mayor dolor y sufrimiento posible. Yo protesté diciendo que cantar en el coro era parte de nuestros deberes como carmelitas descalzas, y que nuestras *Constituciones* imponían incluso penas leves a las hermanas que faltaran a esta obligación. Por expresar mi protesta de viva voz y romper mi pena de silencio, me impuso como castigo que se me sirviera la comida en el suelo por espacio de un mes.

La tercera pena que me impuso fue la incautación y destrucción de mis instrumentos musicales, que fueron quemados en el claustro del convento.

¿No habría sido mejor venderlos, para sacar algo de dinero que aliviara nuestra lancinante pobreza? ¿No habría sido mejor regalarlos, o incluso dejarlos en el camino para que los cogiera el primero que pasara? Pero aquellas acciones no tenían otro objeto que la exhibición de poder, la humillación y el castigo.

¿Por qué hay tantas personas en el mundo que solo desean crear miedo y dolor? ¿Qué extraña gratificación obtienen de ello? ¿Qué horrores han hecho con ellos como para que estén tan llenos de odio? ¿Y por qué usan siempre para expresar ese odio a los seres humanos las formas externas de la religión, del orden, de la justicia? ¿Por qué se disfrazan con las ropas externas de la ley y la civilización cuando no son en realidad más que perros salvajes que desean destruir todo lo bello que hay en la vida?

Por eso, entre la justicia y la belleza, yo siempre elegiré la belleza.

Se llevaron todos todos mis libros, mis papeles, mi tinta y mi pluma. Las estanterías que había en mi cuarto fueron sacadas de allí y, en vez de ponerlas en la iglesia o darles otro uso, fueron usadas como leña para el fuego.

Cuando esta leña se gastó, vi un día que la hermana cocinera llevaba tres o cuatro gruesos libros para encender con ellos el fuego de la cocina.

Al ver que se disponía a echar al fuego los poemas de Horacio, la *Poética* de Aristóteles y uno de los libros de la geografía de Estrabón, las palabras se me salieron solas de la boca.

—Pero hermana, ¿no tienes cosa mejor para alimentar el fuego?

—Son órdenes de la madre priora —me dijo con ojos muy asustados.

—¡Pero esto es una locura! Que me quite mis libros si quiere, pero ¿para qué quemarlos?

Fui a hablar con ella, pero no me relevó de mi obligación de silencio absoluto.

—Madre —le dije—, escuchadme, por el amor de Dios.

Ella hizo como que no me oía, abrió un misal y se puso a pasar las páginas.

—Permitidme hablar solo cinco minutos.

Ni siquiera reconoció mi presencia, como si yo no existiera. Dio un suspiro afectado y siguió pasando las páginas de su misal, como si buscara algún pasaje favorito.

Yo entonces busqué un trozo de papel y le puse por escrito que deseaba hablar con ella. Se lo entregué y lo leyó.

—¿Qué os agita, Sor Cristina de la Cruz? —me dijo.

Le puse de nuevo por escrito que entendía que me hubieran prohibido mis libros, pero que le rogaba encarecidamente que no los quemara.

—Es por el bien de vuestra alma —me dijo—. Estabais demasiado apegada a esos libros profanos, que no son, al fin y al cabo, más que objetos de cuero y de papel llenos de polvo.

Le rogué de nuevo que no lo hiciera, le dije que muchos de aquellos libros eran muy antiguos y muy valiosos, y que algunos de ellos eran rarezas ya difíciles de encontrar no solo en España sino en cualquier otra parte.

—Comenzaremos entonces por quemar los más comunes —me dijo—, y seguiremos así hasta quemar los que vos misma me señalaréis como más raros y preciosos.

De pronto tuve un pensamiento horrendo. *Cleóbulo y Lavinia, Crónica de mí misma, El olivo...* todos aquellos manuscritos, ¿también iban a ir al fuego?

Se lo pregunté otra vez por escrito, y me temblaba tanto la mano que casi no podía escribir y me salían las letras deformes.

—También irán al fuego. Esos papelillos vuestros ya hemos empezado a quemarlos, y creo que ya son muy pocos los que quedan.

—¡No! —dije yo—. ¡Era la obra de una vida entera!

—¿La obra de una vida...? —dijo ella, y vi que le temblaba la barbilla y que toda ella estaba también tan revuelta por dentro como yo misma—. ¿La obra? ¡Aquí no hay más obra que la que dicta la regla de la orden! ¡Aquí no hay obra y no hay vida! ¡Aquí no se viene para tener vida, sino para tener muerte todos los días, y para anhelar la muerte tanto como la anhelaba la santa Madre Teresa!

—Os lo suplico, ¡mis papeles no! ¡Por amor de Dios, os lo suplico!

—Obediencia, humildad, pobreza —dijo ella apretando las mandíbulas—. Todo eso lo habíais olvidado, hermana, pero yo os lo voy a enseñar otra vez. Y con nada se enseñan mejor las cosas que con el fuego.

—Sois malvada —le dije entonces—, y sois también estúpida e ignorante, y sois tan malvada porque sois tan estúpida. Sois malvada y no tenéis derecho a ser madre priora porque no hay en vos ni un solo átomo de amor ni de compasión. La madre Angustias ha quedado inválida por vuestra crueldad y las hermanas Asunción y Micaela fueron castigadas como si fueran asesinas cuando no eran culpables de nada. Nos estáis matando de hambre y hay ya varias hermanas enfermas que se pondrían sanas con solo comer como es debido durante una semana.

—¡Enfermas, sí! —bramó ella—. ¡Así os quiero yo, os quiero enfermas, os quiero muertas! ¡Antes muertas que perdidas!

Al oír nuestras voces, unas cuantas de mis hermanas habían entrado en la habitación donde estábamos o se habían asomado a la puerta, y contemplaban la escena mudas de espanto.

—Ahora ya sé quién sois —le dije, arrojando toda prudencia y dejándome llevar por una pasión que llevaba demasiado tiempo reprimiendo—. Ahora os he visto por vez primera. ¡Sois el Diablo!

—¡Hermana! —me dijo la priora tirando al suelo el misal que tenía entre las manos y levantándose de su silla como movida por un resorte.

—Sois Satanás —le dije—, porque solo deseáis hacer daño y porque no tenéis amor, porque solo creéis en el castigo y en el miedo. ¡Sois Satanás!

—¡Brígida! ¡Visitación! —llamó entonces ella—. ¡Aquí!

Entraron entonces las dos clavarias de su guardia personal.

—¡Agarrad a esta loca, agarradla! —dijo la priora fuera de sí—. Llevadla a la cárcel. Si no se calla, le ponéis dos presas en los labios. ¡No quiero oírla! Mañana le desnudaréis las espaldas y le daréis vergajo hasta que yo lo ordene, que será cuando su sangre salpique las paredes. ¡Fuera, fuera, sacadla de aquí!

No ofrecí resistencia. Las hermanas Brígida y Visitación me condujeron a la cárcel del convento y me dejaron allí encerrada.

78. Una cárcel más grande

No sé cuántas horas llevaba allí dentro metida cuando sentí unos golpecitos en la puerta.

—¡Hermana! —dijo una voz.

—¿Quién es? —pregunté acercándome y susurrando también.

—Soy la hermana Micaela. Hemos estado hablando, hermana.

—No habléis de esto entre vosotras —le dije—. No sé qué locura me ha dado. No la enfadéis más. Meteos cada una en vuestra celda y no os hagáis notar de ningún modo ante esos dos familiares de la Inquisición que nos ha puesto aquí disfrazados de monjas.

—Hermana —me dijo Sor Micaela—. Todas queremos ayudaros. Estamos horrorizadas. Esta priora va a matarnos a todas y creemos que quiere hacer escarmiento con vos.

—Sor Micaela, unos azotes no van a matarme.

—Depende de cuántos os den, y que luego deje que os curen o no, que de una herida infectada puede morir un hombre fuerte. Esa mujer os odia tanto que quiere acabar con vos. La habéis humillado ante todas las hermanas y os habéis enfrentado a ella, y su soberbia es tan grande que no puede sufrirlo.

Me eché a temblar, pensando que tenía razón. Recordé las espaldas de las dos desdichadas a las que la priora había hecho azotar y sentí que me abandonaban las fuerzas.

—¿Pues qué vamos a hacer entonces? —dije yo.

—Sor Cristina, esta noche vamos a robar la llave de la cárcel.

—¡No, no hagáis tal cosa, porque os hará azotar a todas entonces!

—No puede azotar a todas. El caso llegará a oídos del obispo.

—Pero ¡si ella es amiga del obispo! ¡Es él quien la alienta y quien la apoya en todo lo que hace!

—Tengo que marcharme —dijo Sor Micaela—. Esta noche abriremos la puerta. Lo demás es cosa vuestra, hermana.

—¡Micaela! —dije—. ¿Sabéis dónde guardan mis papeles?

—Vuestros libros y todo están en la leñera. Los ha puesto allí para irlos quemando. Pero todavía no están quemados, porque quiere que vos veáis cómo arden.

Desapareció tan misteriosamente como había llegado, y yo me puse a esperar.

Sabía que no tenía salvación posible, ya que, aunque alguien lograra robar la llave de la cárcel y abriera la puerta, ¿dónde iba a esconderme yo? ¿Dónde iba a hallar refugio? De pronto tuve una idea brillante: robaría la llave de la iglesia y me escondería allí, en algún confesionario o en alguna capilla. Pero ¿cuánto tiempo podría estar allí escondida? Me encontrarían enseguida. Ni siquiera sabía dónde se guardaba la llave que ponía el convento en comunicación con la iglesia.

Pensé en la despensa, en el aljibe donde guardábamos el agua, incluso en el pozo que había en el centro del claustro. De pronto tuve otra idea brillante: el campanario de la iglesia. ¡Allí sí que no subía nadie nunca! Ni siquiera el fraile que tocaba las campanas se molestaría en subir allí.

Pero aunque consiguiera encontrar la llave de la iglesia y me refugiara allá arriba, ¿cómo iba yo a resistir en un campanario viviendo sin comida y sin agua?

Cuanto más lo pensaba, más loco y absurdo me parecía aquel plan de mis hermanas de «liberarme» de la cárcel en que estaba. Consistía aquella supuesta liberación en sacarme de una cárcel pequeña para soltarme en otra un poco más grande.

Y de pronto, ¡oh, maravilla!, en medio de la oscuridad en que estaba, se abrió una luz en mi entendimiento. ¡Una cárcel más grande! Llevaba media noche pensando en dónde podría esconderme y de pronto me daba cuenta de que me había olvidado de que existía el mundo. Sí, más allá de los gruesos muros de piedra de aquel convento estaba el mundo, lleno de caminos y ciudades. ¡Salir a una cárcel más grande! Sí, y a otra más grande todavía.

¡Se me había olvidado que estaba metida en un edificio amurallado, pero que era posible salir de aquel edificio, cruzar las murallas! No era en la iglesia, ni en la despensa, ni en el campanario donde tenía que esconderme: no tenía que esconderme, lo que tenía que hacer era escapar de aquel lugar.

¡Escapar!

El pensamiento, por alguna razón, me llenó de terror, pero era un terror que yo conocía bien, porque ya lo había experimentado muchos años atrás. Era el terror de la libertad.

Las horas pasaban lentas, desesperantes, y yo pensaba que mis hermanas, que tanto me querían, no habían sido capaces de robar la llave de la cárcel y que pronto llegaría el alba y vendrían mis verdugas a por mí para darme mi castigo. Así dieron las tres en las campanas distantes, y luego las cuatro.

Me había quedado adormilada cuando oí un sonido muy tenue, un pequeño crujido. Al principio pensé que se trataba de un ratón. Esperé, pero no se oía nada más. Me espabilé agitando la cabeza. ¿Lo habría soñado? Me acerqué a la puerta y pegué la oreja a la tabla, pero no se oía nada. Sin embargo, al apoyarme para escuchar noté que cedía un poco. La empujé con cuidado y vi que estaba abierta.

Sin pensármelo ni un segundo salí, volví a cerrarla para que pareciera que estaba con la llave echada y eché a caminar por el pasillo. La última hora que había oído eran las cuatro, de modo que no faltaba mucho para que fuera la hora de despertarse. ¿Cuánto tiempo habría dormido? Tenía la sensación de que habían sido solo unos minutos, pero no podía estar segura. Corrí escaleras arriba. Para mi sorpresa, aquella puerta también estaba abierta. Me dirigí a la cocina, y también encontré la puerta abierta. Todas aquellas puertas se cerraban con llave todas las noches, y era extraordinario que alguien hubiera logrado encontrar las llaves para abrirlas. También la puerta que daba a la leñera estaba abierta. Bajé hasta allí, pero la oscuridad era total, y tuve que volver a subir y buscar a tientas una vela. Encontré solo un cabo casi gastado en una de las palmatorias. En la cocina todavía había algunos rescoldos y con un poco de habilidad y soplando suavemente logré encenderlo. Volví a bajar a la leñera y allí encontré, en efecto, mis pobres libros todos amontonados. Busqué con manos temblorosas hasta encontrar mis *Metamorfosis* y luego mis manuscritos. Allí estaban, descabalados y manchados de carbón. No tenía dónde guardarlos y no había forma de metérmelos bajo el hábito. Subí a la cocina de nuevo en busca de una bolsa o un talego de tela. No había nada por ningún lado, y el tiempo pasaba y pronto sonarían las cinco y todas las monjas despertarían y yo sería descubierta y devuelta a la cárcel. Abriendo una puertecilla me encontré en la parte posterior, colgado de un gancho, el vergajo con el que la priora pensaba medirme las costillas. No sé por qué estaba allí. De pronto recordé que al lado de la puerta de la cocina había un talego donde se guardaban los mendrugos de pan. Lo busqué, lo vacié y metí dentro el libro y los papeles. Luego me puse el talego dentro del hábito y me até el vergajo a la cintura a modo de cinturón, rogando por que el nudo resistiera.

Salí de la cocina y eché a caminar por el convento. Tenía que salir de allí, pero ¿cómo? No podía salir por el torno, evidentemente. Tenía que haber otra puerta en algún lugar, en algún lugar. De pronto me di cuenta de que no tenía la menor idea de cómo se salía del convento. Hacía tantos años que vivía allí encerrada que ni siquiera me acordaba de por dónde había entrado yo misma. Probablemente por la iglesia, que era por donde entraban todos los que nos visitaban. Me dirigí allí, pero me encontré la puerta cerrada, porque aquella era la llave que más celosamente se guardaba y solo la tenía la priora.

Salí al claustro, y lo recorrí como un ratón ciego y loco que no sabe lo que hace. Un millón de veces había pasado yo por aquellos pasajes y pasadizos y sabía que por allí no había salida. Pero aquel edificio tenía que tener una puerta, no era posible construir una casa sin puerta. Pues si tenía puerta, ¿dónde estaba?

Me detuve en una esquina del claustro, protegida por las sombras. El cielo estaba lleno de estrellas y era noche cerrada. Sonó una campana a lo lejos. ¡Las cinco!, me dije con un sobresalto. Sonó otra campanada, y otra, y otra. Eran las cinco de la mañana, y yo estaba perdida.

En realidad, mi plan original, el de esconderme bien en algún lugar, era el más sensato, porque de aquel edificio no se podía salir. Presa de la locura, iba caminando por la galería de arcos que rodeaba el claustro probando las puertas que encontraba. De pronto recordé que una de aquellas puertas de las galerías del claustro daba al monasterio de frailes adyacente. ¿Cómo podía haberlo olvidado? La busqué, y para mi gran maravilla, la encontré abierta. De este modo salí del convento de Santa Inés, por primera vez en no sé cuántos años, y entré en aquel edificio cuya fachada sin ventanas llevaba toda la vida contemplando.

Si aquello era verdaderamente un monasterio de hermanos carmelitas descalzos, no se parecía en nada a nuestro convento.

Pasé varios salones en los que había cuadros en las paredes y alfombras en los suelos, y que, comparados con la austeridad de nuestro convento, me parecieron lujosos como los de un palacio. Llegué a otra puerta, también abierta, y así hasta la puerta de la calle, un gran portón de dos hojas labradas en cuarterones. Miré por el ojo de la cerradura, pero no se veía nada en absoluto. Sí, aquella tenía que ser la puerta de la calle, pero estaba cerrada a cal y canto. Busqué una cancela o alguna puerta lateral más pequeña, pero no hallé ninguna.

Yo sabía que las monjas ya se estaban despertando y preparándose para salir de sus celdas y juntarse a rezar, que era como comenzábamos el día.

Pero aunque había logrado salir del convento de Santa Inés, volvía a estar encerrada. Tal como había pensado en un principio, había salido de una cárcel más pequeña a otra más grande, eso era todo.

Supuse que también los frailes se despertarían a las cinco como nosotras, y que pronto aquello se llenaría de frailes, y quizá de ordenanzas, porteros, celadores o quién sabe qué. Como la puerta de la calle estaba cerrada y yo no encontraba otra, subí al piso superior. Todas las puertas que intentaba abrir estaban también cerradas, pero logré llegar a una sala donde había varias ventanas que parecían dar al exterior. Así era, en efecto, pero todas estaban cubiertas de rejas. También por allí era imposible salir.

Subí un piso más y me puse a recorrerlo. Aquí había varias ventanas sin rejas. Cuando me asomé a mirar por una de ellas, el alba ya clareaba en el cielo e iluminaba, suavemente pero de manera inequívoca, las calles y los tejados de las casas.

Yo no podía creerme lo que estaba viendo. Yo sabía que el convento de Santa Inés estaba extramuros, fuera de la ciudad, en medio de vegas, huertos, campos y arboledas. ¿De dónde habían salido aquellas calles, aquellas casas, aquellas paredes de piedra y de ladrillo? Frente a mí había una torre cuadrada cubierta por un puntiagudo tejado de pizarra coronado por un pararrayos.

De pronto comprendí lo que había sucedido. Durante todos aquellos años, la ciudad había seguido creciendo y extendiéndose, y ahora el convento ya no estaba extramuros, sino dentro de la ciudad. La ciudad lo había ido rodeando pacientemente, ladrillo por ladrillo y adoquín por adoquín, muro por muro y tejado por tejado y lo que antes era una isla en medio del campo era ahora una isla en mitad de Madrid. Pero ¿cómo podía Madrid haber crecido tanto en unos pocos años?

No sabía qué hacer. Estaba en un tercer piso, y si me tiraba desde aquella altura me mataría. Por la calle bajaba un hombre corpulento vestido con unas ropas extrañas y con la cabeza cubierta de una poblada melena gris que le caía por los hombros. Pensé que sería extranjero, seguramente, o que tendría algún cargo u oficio para mí desconocido. Comprendo que lo que hice no fue precisamente un acto de amor cristiano, pero me dije que mejor caer sobre un cuerpo que sobre la dura piedra, y sin pensarlo más, me subí al alféizar recogiéndome como podía los faldones de mi hábito, inspiré profundamente, me encomendé a la Virgen, y me dejé caer al vacío.

LIBRO SEGUNDO

79. Cien años

Dios mío, ¡qué batacazo me metí! Caí sobre el pobre hombre, me di un golpe tremendo y rodé por el suelo sintiendo cómo mis huesos chocaban con los adoquines. Me quedé inmóvil, pensando que estaba muerta. Abrí los ojos.

—¡Hermana! ¡Hermana! —oí que me decían.

Muerta no estaba, puesto que veía unos zapatos y unas calzas a mi lado, pero seguramente me había partido el espinazo, los brazos y las piernas y no podía moverme. Intenté incorporarme y vi que, en contra de lo que había supuesto, podía hacerlo. Me senté sobre el pavimento.

—Hermana, ¿qué le ha pasado?

—¿Y vuesa merced está bien? —le dije al hombre que me atendía tan solícito.

Llevaba una larga peluca rizada, que se le debía de haber caído al recibir el golpe, y que ahora se colocaba rápidamente sobre la cabeza.

—¡Ay, hermana, que me habla como en una comedia de Moreto! —dijo el hombre mirándome con ojos despavoridos—. ¿Se ha dado en la cabeza? Me ha caído usted encima, menudo golpe me ha dado. ¡Casi me rompe el espinazo!

«¡"Usted"! —me dije—. Eso es lo que hay que decir ahora». Claro que yo, como era monja, y por tanto hermana o madre, podía tratar a mis semejantes de «hermano» o de «hijo».

—Discúlpame, hijo —le dije levantándome—. ¿Te he hecho mucho daño?

—Pero ¿de dónde ha caído, hermana? —dijo el hombre mirando la fachada del edificio—. ¿Del tercer piso?

—Sí, hijo —le dije—. Las del segundo tenían todas rejas.

—Pero ¿cómo se ha caído de tan alto, hermana? —dijo, ofreciéndome la mano para ayudarme a incorporarme.

—No me he caído —dije levantándome y comprobando, para mi gran sorpresa, que podía hacerlo sin excesiva dificultad—. ¡Me he tirado!

—¡Se ha tirado! ¡Pero bueno! ¿De modo que ha escapado del convento?

—Eso es.

—Pero madre, ¡podía haberse matado!

—Ya lo sé, hijo. ¡Calcula las ganas que tendría de salir de ahí!

—¿Y ahora adónde va a ir, hermana?

—Ay, hijo, qué sé yo. ¿Esto es Madrid?

—Pues claro que es Madrid. ¿Dónde creía que estaba?

—¿Hacia dónde está la Puerta del Sol?

—Hacia allá —dijo señalando la calle que descendía—. Tiene que cruzar el Prado.

—¿El Prado de San Jerónimo?

—Pero madre, ¿cuánto tiempo lleva metida en ese convento?

—Ay, hijo, no sé —dije toda confusa—. ¿En qué año estamos?

—En 1717.

¡Mil setecientos diecisiete! Estábamos ya bien metidos en el siglo XVIII, lo cual quería decir que yo llevaba más de cien años dentro de aquel convento. Si el golpe que me había dado al caer había sido de campeonato, aquel no lo fue menos.

De pronto me toqué el vientre alarmada y comprobé que el talego con mis papeles seguía allí, y que el vergajo seguía bien atado alrededor de mi cintura.

—Pero ¿dónde va a ir usted, madre, si no tiene a nadie? —me dijo el hombre—. Permita que le dé unos reales, porque no tendrá dinero.

—No, hijo, ni un maravedí.

—¡Ay, ni un maravedí, dice! Aquí tengo una bolsa con cien reales —dijo metiéndose la mano en la casaca y sacando una bolsita de tela verde—. Tómelos usted.

—¿Cien? Pero eso es mucho —dije, sin saber a ciencia cierta cuánto valían entonces los reales ni si cien eran muchos o pocos.

Pero yo ya había visto en sus ojos ese brillo, el brillo de admiración de los hombres que tan bien conocía.

—Hermano —le dije—, los acepto porque estoy sola y no tengo nada, pero quiero devolvéroslos... quiero devolvérselos —dije, luchando con los nuevos pronombres—. ¿Dónde vive usted?

—En la calle de Fuencarral, número 17. Mi nombre es Miguel de Solís. No hace falta que me devuelva nada, pero estaré encantado de recibir su visita.

—Miguel de Solís, calle de Fuencarral 17. Yo soy Sor Cristina de la Cruz... ¡o lo era! —dije.

Nos despedimos allí y yo eché a caminar en la dirección que me había indicado. Comenzaba a amanecer y las calles se llenaban de transeúntes. En el Prado de San Jerónimo habían plantado grandes alamedas. Vi busconas entre los troncos de los árboles, muy pintadas y muy descaradas, levantándose las faldas y enseñando las piernas a los transeúntes, las últimas de la noche seguramente, y me asombró que se ofrecieran y exhibieran de manera tan atrevida.

Enseguida llegué a la parte de Madrid que conocía. En cuanto pude, me metí en un zaguán, me desaté el vergajo que llevaba atado a la cintura y saqué el libro y los papeles que llevaba dentro del hábito. El vergajo lo dejé allí tirado.

—¡Ahí te quedas, maldito! —le dije a aquel instrumento odioso cuando volvía a salir a la calle—. ¡Ya no probarás mis espaldas!

Se hacía de día, y las calles se llenaban de gente, de coches y de literas.

Me asombraba aquella sensación de libertad y de espacio después de pasarme tantos años metida en un convento en el que solo podía caminar en círculos por un claustro y por un huerto. Aquella maravillosa sensación de caminar... ¡Caminar, avanzar por el mundo, hundirse entre la multitud, perderse entre los gritos, las voces, los olores! Me llegaba el hedor a odres de vino de las tabernas y de las ollas donde se freían torreznos, me rodeaban las voces de los aguadores, el cornetín de un coche, los gritos de los aprendices que entraban en los talleres.

¡Cuánta actividad, cuánta gente y cuánta alegría! Sentía que me había olvidado de que hubiera tanta gente en el mundo y tantas ocupaciones tan variadas y diversas.

Recordé la reacción que había tenido en Roma, al ser liberada de mi prisión y verme de pronto en medio de una plaza populosa. Sin embargo, aunque me sentía aturdida ante tanta gente, no notaba síntomas de pánico ni tampoco de mareo.

—¡Ánimo, Sor Cristina! —me decía a mí misma—. Has vuelto al mundo. ¡Esto es el mundo!

Enseguida llegué a mi callecita inclinada y me encontré, una vez más, ante el Palacio de las Calas.

El edificio tenía muy buen aspecto y se notaba que no estaba deshabitado. Me dije que después de tanto tiempo sin dueño habría salido a pública subasta y que ahora sería propiedad de otra persona. A pesar de todo, porque no tenía otro lugar adonde ir, busqué la llave en el escondite donde siempre la dejaba. Seguía allí. La probé y, para mi sorpresa, pude abrir la puerta principal sin dificultad.

Entré en la casa y me puse a recorrerla. Estaba todo limpio y bien ordenado. Subí al piso de arriba y comprobé que allí estaban todas mis cosas, mis muebles, mis alfombras, mis tapices. Fui a mi cuarto y me encontré con mi cama, mi armario, mi espejo, mi baúl... Aquello sí que era extraño. ¿Por qué los nuevos dueños no habían cambiado nada en absoluto, y eso en más de cien años?

—¿Quién va? —dijo una voz a mis espaldas.

Era una muchacha que traía una vela encendida. Como ya era de día, la sopló.

—¿Cómo te llamas? —le dije.

—Dorisa.

—No te asustes, Dorisa —le dije con mi sonrisa más amable—. Dime, ¿quién es el dueño de esta casa?

—Madre, la señora condesa de Tordesillas.

—¡Ah! —dije sorprendida—. ¿Vive ella aquí ahora?

—No, madre, pero es la dueña.

—¿Y quién vive aquí?

—Mi esposo y yo.

—Llámale.

Pero no hizo falta, porque un hombre había aparecido detrás de ella. Se llamaba Moneo, y era bajo y corpulento. Yo les miré y sentí que me gustaban los dos. Había algo en el rostro de Dorisa que me resultaba familiar.

—Pero madre —dijo Moneo—, ¿cómo ha entrado usted aquí?

—Ay, hijo —le dije—. Es que tengo la llave.

Se la mostré. Aquello les dejó bastante perplejos.

—¿Y dónde vive esa condesa de Tordesillas? —les pregunté.

—Nosotros nunca la hemos visto —dijo Dorisa—. Mi madre me dijo que a ella le había contado su madre, y a ella la suya, que la señora condesa vendría un día, y que entonces la serviríamos como la hemos estado sirviendo en su ausencia todos estos años. Es una cosa tan fantástica, madre, que no se la hemos contado nunca a nadie.

—Vaya —dije yo, comenzando a comprender—. ¡Pues sí que tenemos aquí un buen misterio!

—Mi madre me dijo que cuando viniera la señora condesa la reconoceríamos por un retrato que hay escondido en su cuarto, que ella sabrá dónde está, y que veríamos que es idéntica a la dama del retrato.

—Entiendo —dije.

Entonces me dirigí al baúl mundo, lo abrí y comencé a sacar las sábanas que había allí dobladas cuidadosamente, abrí el falso fondo y saqué el bulto empaquetado de tafetán.

—Aquí está el retrato —dije.

Fui desatando los lazos, lo desenvolví y lo dejé sobre la mesa, apoyado en un atril. A continuación me solté el velo que llevaba y me quité la toca.

—Tenéis que imaginarme con una larga melena que ahora no tengo —les dije.

Los dos me miraban con ojos de terror y comparaban mi rostro con el del retrato.

—¿Es usted, hermana, la señora condesa?

—Lo soy —dije.

Dorisa se me acercó, se arrodilló ante mí y me besó la mano, y Moneo también se acercó a besármela.

—Habéis cuidado la casa muy bien —les dije—. Os estoy agradecida.

Cuando salieron me tumbé en mi cama sin siquiera quitarme el hábito. Las sensaciones de suavidad, de comodidad y de dulzura eran tan extraordinarias que yo sentía como si me hundiera en un mar de felicidad. Me quedé dormida al instante.

80. Una monja en Madrid

Tenía curiosidad por conocer aquel nuevo Madrid. Como toda la ropa que tenía era de más de cien años atrás, decidí seguir vistiendo el hábito hasta tener la ocasión de renovar mi vestuario.

Me pregunté si no andarían buscándome, pero huir de un convento no era ningún delito. Dentro del convento, la madre priora y el Visitador eran tan poderosos como Dios mismo, pero aquí, en el mundo, no eran nada y no podían nada.

Salí a la calle. Fui caminando hasta la Puerta del Sol, que seguía conservando el nombre aunque la puerta en sí hacía mucho tiempo que había desaparecido. Fui bajando por la Carrera de San Jerónimo y por todas partes encontraba edificios nuevos. Pero lo que más me sorprendía era la ropa. Ya no se vestía de negro, o al menos no era ese el color preponderante, y las mujeres llevaban vestidos muy bonitos, adornados con encajes y bordados y con generosos escotes. Todos los tejidos me parecían mucho más refinados que antes, los colores más dulces y esfumados, los bordados y encajes de una finura extraordinaria. También la ropa de los hombres me sorprendía, ya que tenían unos colores y unas delicadezas que los hacía parecer, a mi vista, un poco afeminados. Me maravillaba que todos fueran con aquellas pelucas blancas. ¡Aquello era una cosa de locos! ¿Es que ya nadie mostraba su verdadero pelo?

Todo lo que veía era para mí objeto de maravilla. Los coches eran más ligeros que antes, y parecían balancearse como barcas. Las tiendas y talleres tenían ventanas de cristal de sorprendente transparencia, a través de las cuales se exhibían toda clase de objetos de exquisita artesanía: relojes, abanicos, lámparas, objetos de decoración de bronce y de cristal, de marfil y de laca, muchos de los cuales parecían traídos de Oriente, como así era, en efecto. En una tienda vi, colocadas en estantes de cristal, unas figuritas blancas de infinita finura y gracia que representaban pastores, músicos, damas, animales, soldados, pintadas de colores tan bellos como los de las flores, junto con platos y vajillas del mismo material, que me hicieron entrar para preguntar qué era aquello, ya que era la primera vez en mi vida que veía porcelana de Meissen.

Todo saltaba y se balanceaba en aquel siglo nuevo, todo era ligero, delicado, juguetón. Había un aliento de gran felicidad en el aire. Todo era más fino, más perfecto, más transparente en aquel nuevo siglo. Me pregunté si lo serían también los hombres.

Fui bajando por la Carrera de San Jerónimo hasta la Torrecilla de la Música. Al otro lado del Prado, en el lugar donde antes se elevaba solitaria la iglesia de los Jerónimos, había ahora un inmenso palacio de paredes rosadas, tejados de pizarra y torres cuadradas.

—Chiquillo, ¿qué es ese palacio? —le pregunté a un niño que llevaba una bandeja con unas obleas muy finas y doradas.

—¿Qué palacio? —me dijo extrañado.

—Ese, hijo, tan grande, ¿es que no lo ves?

—Pues donde vive el rey.

—¡Donde vive el rey! Pero ¿qué rey es ese?

—Pues Don Felipe V.

Cuando regresé a casa interrogué a mis criados sobre aquel nuevo Madrid que ni conocía ni entendía.

—¿Por qué está todo el mundo tan contento? —les pregunté—. ¿Por qué hay tanta alegría en el aire?

—Ay, madre, no sé —contestó Dorisa, mirando a su esposo como en busca de ayuda—. Será porque se ha terminado la guerra.

Fue así como me enteré de que tras la muerte de Carlos II, el país se había enzarzado en una larga guerra que había terminado unos pocos años atrás.

—Pero ¿contra quién?

—Contra Aragón, madre —me dijo Moneo.

—¿Contra Aragón? Pero ¿por qué?

—Porque los aragoneses querían que el rey fuera un Austria, mientras que los castellanos apoyaban al heredero de Don Carlos II, Don Felipe V.

—Entonces ¿Felipe V no es un Austria?

—No, madre. Es francés. Nació en Francia, por eso los aragoneses no le querían.

—¿Y por qué le quieren los castellanos?

—Porque es el heredero. Es el sobrino del rey, que murió sin hijos.

—¿Y el otro?

—El otro es el sobrino de la esposa del rey. Un Austria, sí, pero muy lejano, y con menos derecho de descendencia.

—¿Y qué pasa con el reino de Aragón?

—Ya no hay reino de Aragón —dijo Dorisa.

Todo aquello, quién sabe por qué, me entristeció. Me daba cuenta de que era yo una mujer muy mayor, y como a todos los viejos, me daba pena que las cosas cambiaran, aunque las cosas siempre cambian y no puede ser de otra manera. Yo había nacido en un país que eran dos y que convivían juntos uno al lado del otro. Al final, habían acabado enzarzados en una guerra terrible y sangrienta que había durado doce años.

Era el fin de una época. Poco a poco me fui enterando de los efectos de aquella guerra terrible que había enfrentado a los que, desde hacía siglos, compartían un mismo país y, en gran medida, una misma lengua. España había perdido sus territorios en Italia y en el norte de Europa. Los ingleses se habían apoderado de Gibraltar y de Menorca. El rey vencedor había humillado a los aragoneses y abolido todos sus derechos y prebendas que, la verdad sea dicha, eran muchos. A partir de entonces ya no había Castilla y Aragón, Nápoles ni Flandes, sino un único país peninsular, España, al que iban unidos los territorios de América como una especie de inmenso sueño. ¡América! Todavía se hablaba del «Nuevo Mundo» y de «las Indias», pero aquel nombre nuevo, que celebraba el de un marino italiano de importancia bastante secundaria en la historia del continente, se iba imponiendo. Debiera haberse llamado Colombia, o Columbia, en honor a su descubridor, o Isabelia, en honor a la reina que hizo aquel descubrimiento posible y al país en el que recayó tal responsabilidad histórica, pero es cosa bien sabida que España tiene un verdadero talento para esconder sus logros y para negarse a sí misma. Es un talento negativo e inútil, es cierto, pero un talento de todos modos. La historia de España es la historia de la vergüenza que los españoles sienten de sí mismos.

De modo que España era ahora un país más pequeño, un país único y unificado en un territorio común y claramente delimitado por la geografía. ¿Sería esto bueno o malo? En realidad, hacía tiempo que era un país único, ya que Carlos II y Felipe IV y los otros reyes después de Carlos V habían sido todos reyes de Castilla y Aragón: dos reinos con el mismo rey, aunque divididos por impuestos y aranceles. ¿Sería mejor ahora? Moneo y Dorisa me contaron que los austracistas habían entrado en Madrid y habían proclamado allí a su rey, aunque luego habían tenido que retirarse, y que finalmente, las tropas reales habían entrado en Barcelona y habían vencido a los que apoyaban a los Austrias. Una guerra europea que había terminado por convertirse en una guerra civil. Pero ¿qué es la historia de España más que una sucesión de guerras civiles?

81. Por fin vuelo por los aires

Quise investigar aquella extraña situación jurídica en la que vivía. Visité al notario que se ocupaba de pagar a mis criados y me enteré así de que el título de condesa de Tordesillas acababa de ser finalmente revocado, y que aquel pago que se había hecho aquel año sería el último.

Lo cierto es que la condesa de Tordesillas, o sus sucesivos descendientes, llevaban cien años sin cobrar los impuestos de la villa, cuyos burgueses solo tenían que pagar el pequeño estipendio que correspondía a la provisión dejada para la familia que se ocupaba de la casa. Entonces comprendí el milagro: nadie había querido tocar aquel acuerdo, ni tampoco denunciar que aquella supuesta condesa de Tordesillas no existía, por la simple razón de que no les exigía ningún pago.

Aquello había sido finalmente descubierto. Pensé en intentar recuperar el título una vez más, pero la sola idea de ponerme a inventarme más y más abuelas y abuelos y de falsificar más y más documentos me producía vértigo. Me sentía incapaz de hacerlo.

De modo que una vez más yo era pobre, y tenía que buscarme una forma de ganarme la vida.

Pregunté a mis criados si seguía existiendo la Inquisición y me dijeron que sí. Les pregunté si seguían quemando herejes en la hoguera y me dijeron, muy espantados, que eso eran cosas del tiempo de sus bisabuelas.

—¿Y brujas? —pregunté—. ¿Persiguen a las brujas?

—No, madre —me dijo Dorisa riendo—. ¡Pero si no hay brujas! Eso son fantasías y mentiras.

Fue entonces cuando me sentí verdaderamente a salvo.

«Las cosas no siempre cambian para mal —me dije—. ¡Vamos, Sor Cristina, tienes que acostumbrarte a este mundo nuevo!».

Sí, y lo primero que tenía que hacer era olvidarme de Sor Cristina de la Cruz, borrarla como si nunca hubiera existido, volver a ser yo misma, Inés de Padilla, condesa de... Condesa de nada.

Tenía que comprarme ropa nueva si quería salir a la calle y no ser mirada como una estantigua del pasado, pero la ropa es muy cara y yo era pobre. Toda la que había en mis armarios era de tiempos de Felipe II o más antigua.

—Ay, señora —me decía Dorisa cuando veía aquellos vestidos con cuello de lechuguilla colgados en mis armarios—. ¡Qué ropas se ponían nuestras abuelas!

—Sí, era horroroso —dije yo.

Elegí un vestido color granate mucho más antiguo todavía, que me traía recuerdos de épocas lejanas y felices.

Pero era inútil. Con aquel vestido parecía yo una dama florentina del siglo XVI, y todos me miraban. Fui caminando por las calles, crucé las alamedas del Prado y terminé en el Palacio del Buen Retiro.

Vi una pequeña multitud que se acercaba a una puerta. Pregunté qué era aquello y me dijeron que el Coliseo del Buen Retiro, el teatro de palacio, donde esa noche iban a representar *Hipómenes y Atalanta*, una zarzuela de Cañizares con música del maestro Antonio de Literes. Yo, pobre de mí, no sabía ni quién era Cañizares ni qué era una zarzuela. Era tan ignorante de todo que daba lástima.

¡Hacía tanto que no iba al teatro! Me moría de ganas de entrar, pero no sabía si aquello estaba abierto a todos ni tenía dinero para pagar la entrada. De pronto, un hombre de grandes bigotes se me acercó y me habló con fuerza.

—No es por aquí, mujer, no es por aquí. Entra por aquella puerta.

—¿Cómo?

—Esta es la entrada del público. ¡Pero corre, mujer, que vamos a empezar!

Decidí dejarme llevar por los acontecimientos y me dirigí a la puerta que me había señalado. Entré sin que nadie me pusiera ningún reparo, y me encontré con una escalera llena de hombres y mujeres disfrazados y luego con un largo pasillo con camerinos a ambos lados donde los actores y las actrices se preparaban para salir a escena.

—Pero ¿estás sin maquillar? —me dijo una mujer que tenía una gran peluca blanca sobre la cabeza y el rostro pintado con esos colores y sombras tan exagerados que usan las actrices—. Pasa, mujer, y píntate. Y ponte una de esas pelucas, la que te esté mejor.

Entré donde me dijo y vi un camerino lleno de bujías y de espejos. En mi vida había visto tantos. Había allí otras actrices maquillándose. Elegí una de las pelucas que me habían señalado y me la puse sobre mis ralos cabellos. Dije que yo no tenía maquillaje y una muchacha muy escotada y también con una peluca blanca me dijo que podía usar el suyo.

—Eres nueva, ¿no? —me dijo—. ¿Eres la nueva Venus?

—¿Cómo Venus? —pregunté confusa.

—Sí, mujer, la sustituta de la Gallarda.

—Pero yo no puedo sustituir a nadie. ¡Si no sé la obra!

—Pero si es muy fácil —me dijo.

—No sé qué tengo que decir, ni cuándo entrar ni qué hacer.

—¿La Gallarda te manda y no te dice nada? ¡Ay, qué mujer esta!

—No puedo salir a escena.

—Pero si es muy fácil, mujer. Solo sales una vez, al principio, y eres la diosa Venus. Apareces de lo alto del cielo, te bajan y entonces tienes que decir tu texto, lo dices y ya está.

—Pero ¿qué texto?

—Son dos quintillas —me dijo, entregándome un papel donde estaban escritas—. Apréndetelas.

—¿Y nada más?

—Cuando las dices, aparece Cupido y te lleva volando hasta el sol, y ahí terminas.

—¿Y no tengo que cantar?

—No, mujer, Venus es personaje hablado.

Me llevaron a la parte trasera del escenario, que estaba ocupado por las tramoyas y decorados más grandes y espectaculares que yo había visto nunca, y me indicaron que subiera por unas escaleras de madera que había por detrás de las tramoyas. Subí el equivalente a varios pisos, no sé cuántos, hasta llegar a una altura inverosímil, y una vez allí me mostraron un columpio muy adornado con flores de tela de todos los colores para que me sentara.

—¿Aquí? —dije horrorizada—. ¡Pero me voy a matar!

—No tengas miedo —me dijeron—. La Gallarda lo hace todas las noches.

Me mostraron la firmeza de las dos poleas que hacían descender el columpio y el grosor de las cuerdas y yo, finalmente, me senté en el asiento, que era una simple tabla forrada de tela de seda, y me agarré con fuerza a las maromas llenas de flores. Comenzaron a bajarme lentamente, y pronto entré en la luz del escenario y comencé a ver al público, los que estaban sentados en los bancos y los de los palcos y las cazuelas, e incluso tuve un vislumbre de los reyes vestidos de plata y de azul en su palco real. Todo estaba lleno de luces, de estallidos, de música de pífanos, trompetas y sacabuches y violines y flautas y violones y contrabajos, y yo me veía descender entre ángeles, entre nubes de humo de colores, entre fuegos artificiales. Pero ¿qué era aquello? ¿Qué clase de teatro era aquel? Yo me sentía como dentro de un sueño que estuviera dentro de un sueño. Mi aparición fue recibida con una ovación y con aplausos, y así fui descendiendo hasta que el columpio se detuvo, dejándome suspendida en mitad del aire. Cesó la música de pronto. Inspiré profundamente preguntándome si me iba a salir la voz, y dije las dos quintillas. Nada más terminar, vi que se me acercaba una nube movida por dos tramoyistas desde abajo, en lo alto de la cual había un muchacho disfrazado de Cupido subido en un escalón. Tenía dos alas de algodón en la espalda que aleteaban lentamente gracias a un mecanismo, las cejas pintadas con carbón y los labios y las mejillas rojas, y de pronto pensé que era el propio Testini el que venía volando en el taller de Alessandro Allori. La nube se colocó frente a mí, y Cupido me cogió del brazo indicándome que subiera con él, de modo que pasé al escalón donde él estaba y entonces la nube, que estaba atada también con dos gruesas maromas a lo alto, se separó de la tramoya que la había llevado hasta allí y comenzamos a volar por los aires, Venus y Cupido flotando en una nube rosa y dorada salpicada de estrellas de plata en dirección al sol, que era una esfera de espejo rodeada de una serpentina de fuegos artificiales. Las centellas de los fuegos nos caían por encima y yo temí que me quemaran el pelo o el vestido o que prendieran fuego a todo el teatro, pero no sucedió nada de eso y las centellas caían por todas partes, por encima de nosotros, sin hacernos el menor daño. Pasamos por detrás del sol y salimos fuera de escena, donde dos técnicos subidos en lo alto de la tramoya nos recibieron y nos ayudaron a bajarnos de allí. Yo estaba temblando de pies a cabeza y casi no podía mantenerme en pie de nerviosa que me sentía.

Todo el mundo me felicitaba por lo bien que lo había hecho. Yo no tenía conciencia de haber hecho nada en especial, pero entonces de mis labios salió una pregunta que a mí misma me sorprendió:

—¿Se me oía bien?

Volví a preguntarlo cuando estaba abajo y me encontré con el empresario, que resultó ser el hombre de largos bigotes con el que me había encontrado fuera del teatro.

—¡Te han oído todos! —me dijo muy satisfecho—. ¡Hasta en el último banco! ¡Y no dices mal el verso! ¡Mejor que la Gallarda!

82. La casa de la calle Fuencarral

Pasaron unos años. Un día, vaciando los cajones de un armario, me encontré con una bolsita de tela vacía. En un principio no sabía de dónde había salido, hasta que recordé que era la que me había dado Don Miguel de Solís después de que cayera sobre sus recias espaldas en mi huida del convento de Santa Inés. Me sentí avergonzada por haberme olvidado de él. Como a pesar del tiempo transcurrido recordaba perfectamente sus señas, una tarde me puse mis mejores galas y me presenté en su casa.

El número 7 de la calle Fuencarral era un edificio de cuatro pisos con grandes ventanales. Cuando se abrió la puerta dije que deseaba ver a Don Miguel de Solís y me hicieron pasar a una sala muy agradable cuyas paredes estaban llenas de libros. Todo allí hablaba de opulencia y de buen gusto, y me dije que Don Miguel debía de ser un hombre rico. Encima de la chimenea, en vez del típico retrato familiar que era de esperar en un salón como aquel, había un paisaje. Representaba con todo detalle una población de la costa frente a la cual había una isla. Me acerqué a mirar el título y me sorprendió leer que se trataba, nada más y nada menos, que de la villa de Colindres. ¡Hablando de casualidades!

Volvió a aparecer el mismo criado que me había hecho pasar y me pidió que le siguiera. Subimos por unas magníficas escaleras de madera labrada hasta la primera planta, donde me condujo a una sala amplia y de techos muy altos, iluminada por varias ventanas tamizadas con visillos. Había allí una señora anciana de pelo blanco sentada en un sillón, que tenía una labor de punto entre las manos. Iba vestida con un vestido azul ultramar muy lujoso adornado con bordes de encaje y estaba, literalmente, cargada de joyas: anillos con piedras preciosas en los dedos sarmentosos, un broche de granates y de oro prendido al pecho, pendientes de rubíes que colgaban como cerezas, una gargantilla de la misma piedra sobre el cuello del vestido, que le llegaba hasta la barbilla, varios collares de perlas sobre el pecho y un curioso adorno de aljófares sobre sus cabellos blancos y muy bien peinados que dejaba un ópalo en mitad de su frente, como si fuera una zíngara de las que leen el porvenir. Tenía un rostro amable e inteligente surcado de profundas arrugas, y me sorprendió observar que sus ojos eran de distinto color, uno verde azulado y el otro color miel.

Luego supe que todas aquellas joyas que llevaba no se debían a su vanidad, sino a los consejos de un médico de aquellos de entonces, que creía en las propiedades curativas de las piedras. Incluso personas tan sensatas y avanzadas como los Solís eran víctimas de estas ideas estrambóticas.

—Perdone que no me levante, pero estoy impedida —me dijo mirándome con curiosidad—. ¿Quería usted ver a mi hijo?

—A Don Miguel de Solís, en efecto —repuse yo.

—Yo soy Doña María del Carmen, y ¿su nombre es...?

—Inés de Padilla.

—Pero siéntese usted, por favor. Aquí, en esta butaca cerca de mí. Y dígame, ¿de qué conoce usted a mi hijo?

Me senté donde me indicaba. No sabía cómo contestar a su pregunta.

—Señora, es una larga historia. Su hijo de usted tuvo la gentileza de ayudarme en un momento difícil para mí, prestándome unos reales que ahora he venido a devolverle.

—¿De modo que el objeto de su visita es devolverle un dinero que él le prestó?

—Así es, señora.

—¡Ay, este hijo mío! —dijo la señora.

—Si su hijo no está, puedo volver en otro momento. O, simplemente, dejarle a usted el dinero que venía a traerle.

—No, no, Doña Inés. Siéntese, por favor, que no tardará en llegar. Y estoy seguro de que le gustará verla. ¡Hija, es usted una belleza!

—Me halaga usted, señora. Su hijo de usted solo me ha visto una vez, y no creo que haya reparado mucho en mí.

Me ofreció una taza de chocolate, que yo acepté, y después de hacer sonar una campanilla para pedir la bebida, me preguntó muy amablemente si estaba casada y le dije que era viuda, una respuesta que tenía la ventaja de ser verdad y también de situarme en un cierto plano de respetabilidad.

—Mi hijo, señora —me dijo—, también es viudo. Se lo digo porque, si le conoce tan poco como usted dice, es posible que no lo sepa. Se casó muy joven, y su esposa murió enseguida, sin tiempo a darle un heredero. Desde entonces, no ha manifestado el menor interés por las mujeres y se ha consagrado a sus negocios. Si le hago tantas preguntas y parezco tan inquisitiva es porque usted es la primera mujer que entra en esta casa desde hace muchos, muchos años.

—Como ya le he dicho, apenas conozco a Don Miguel.

En ese momento se abrió la puerta del salón, y apareció Don Miguel de Solís. Se acercó a su madre y la besó en la mejilla. Era un hombre muy alto y fornido. Vestía con discreta elegancia y tenía un rostro agradable pero triste. Así era como yo lo recordaba, pero no sabía si fiarme de una impresión tan pasajera.

—Madre, perdona, no sabía que tuvieras visita —dijo al verme.

—No soy yo el que tiene visita, hijo, sino tú.

—¿Yo? —dijo, con un aire de sorpresa que me resultó de lo más cómico.

Me miraba sin entender, y también sin reconocerme. Yo extendí la mano y él se acercó y la besó.

—¿Viene usted a verme a mí? —preguntó sorprendido.

—Pero hijo, ¿conoces a esta señora o no? —le dijo su madre riendo.

—Y usted es... —dijo él, sin poder apartar los ojos de los míos.

—Inés de Padilla —dije.

—¿Y viene a verme a mí? —repitió, como un bobo.

—Sí, en efecto —dije sacando la bolsita que él mismo me había dado, con los reales que me había entregado—. Vengo a devolveros esto, Don Miguel, y a agradeceros una vez más vuestra gentileza.

—¿Cómo? —dijo él.

No se decidía a coger la bolsa.

—Tomadla, es vuestra —le dije.

Sin darme cuenta, había regresado al vos. ¡Ah, yo era una anciana de más de doscientos años, y me costaba cambiar de hábitos!

—Me parece que no se acuerda usted de mí —le dije.

—La verdad, no, señora —me dijo sin dejar de mirarme con unos ojos que casi revelaban espanto—. No he tenido el placer de verla antes en mi vida.

—Sí, nos conocimos —dije yo—, pero mi aspecto era muy diferente entonces.

—¿Nos conocimos? ¿Dónde? ¿Cuándo?

—Yo caí encima de las espaldas de usted —dije—. ¡No sabe cuánto lo lamento! Pero veo que no ha sufrido usted daño por aquel golpe tremendo que le di.

—¿Usted es aquella...?

—Sí, yo soy aquella monja que saltó por una ventana del convento de Santa Inés, aquel día en que mi buena fortuna hizo que justo pasara usted por debajo.

—¡La hermana Cristina de la Cruz!

—Ese era el nombre que tenía cuando estaba en religión.

—¿De modo que usted, señora, es aquella monja? Sí, claro que lo es. Esos ojos suyos son difíciles de olvidar —añadió, sin asomo de galantería, simplemente diciendo lo que pensaba—. Ahora ya la reconozco perfectamente. ¡Estaba usted tan distinta entonces!

—Bueno —dijo Doña María del Carmen con un retintín de ironía—, ¡pues parece que ya está todo aclarado! ¿De modo, hija, que era usted monja?

—Sí, señora. Casi toda mi vida.

—¿Monja del convento de Santa Inés?

—Sí, carmelita descalza.

—¿Y se escapó usted de allí saltando por una ventana?

—Sí, señora. Una ventana del tercer piso.

—¡Alabado sea Dios! —dijo la señora llevándose las manos a las mejillas—. Entonces, vamos a ver —dijo, tomándose algo de tiempo para pensar—, ¿seguramente tomó usted los hábitos cuando se quedó viuda?

—Un poco después de enviudar, sí.

—¿Su esposo no le dejó nada en herencia?

—No, señora.

—Pero si era usted monja —me dijo entonces la señora—, podría entrar en otro convento, o incluso en otra orden.

—Ya no deseo ser monja, Doña María del Carmen —dije—. Deseo volver a ser quien era, Inés de Padilla.

—Pero perdóneme usted que le pregunte, hija, y que sea tan indiscreta, ¿cómo va a vivir usted si su marido no le dejó nada en herencia?

—No, no me dejó gran cosa, el pobre —dije yo, pensando en Don Enrique Murillo, el ratón—. Tampoco tengo rentas de las que vivir, pero poseo al menos una casa, un palacio, en el que todavía resido.

—¿Qué palacio es ese?

—El Palacio de las Calas.

—Nunca he oído hablar de él. ¿Y tú, Miguel?

—No, madre.

—Y he logrado encontrar una ocupación que, gracias a Dios, me permite ganar dinero y ser independiente. Soy...

Los dos, madre e hijo, me miraban sorprendidos, sin poder imaginar qué iba a decir yo a continuación. ¿Qué ocupación podía tener una mujer que le permitiera hacer esas dos cosas, ganar dinero y ser independiente? ¿Qué ocupación decente?

—Yo... Soy actriz.

—¿Actriz? —dijo Don Miguel casi sobresaltado—. ¿Actriz?

—¿Era usted monja de clausura y ahora es actriz? —dijo su madre, no menos sorprendida.

—Sí, señora. En el Buen Retiro. Estoy en la compañía de Barbastro, donde interpretamos zarzuelas y comedias de magia del señor Cañizares.

—¡Actriz! —volvió a decir Don Miguel, con un aire de pesadumbre que me resultó de lo más cómico.

Aquella noticia había caído como una bomba en el salón de los Solís.

83. El contrato

En efecto, desde aquella primera actuación por sorpresa en *Hipómenes y Atalanta* en la que yo había interpretado a Venus, me había convertido en actriz.

Todo había sucedido gracias a aquel traje tan anticuado que llevaba, que parecía, en efecto, más un figurín de teatro que un traje de calle, de modo que nada más verme en la entrada del Real Coliseo, Barbastro me había tomado por la sustituta de la Gallarda, a la que debían de estar esperando y que probablemente nunca se presentó.

Ignacio Barbastro, el empresario («autor», le llamaban entonces), estaba loco conmigo y no paraba de preguntarme dónde había actuado antes. Me probó como cantante y me dijo que tenía una voz bonita pero sin educar y me puso un profesor de canto italiano, un tal Daniele Forchini, muy afeminado y malvado que, no sé por qué, sentía un gran aborrecimiento por mí (seguramente por ser mujer), pero que a pesar de todo resultó ser un profesor excelente.

Quiso también Barbastro, que era un pillastre, que «firmara el contrato» para trabajar en su compañía. Cuando se lo conté a mis compañeras, se morían de risa.

—Sí, hija, todas hemos tenido que firmar el contrato. ¡Hasta la Lejárraga lo tuvo que firmar!

—Bueno —dije yo—, ¿qué tiene de malo? Pues se firma, y en paz.

No entendía si se reían tanto porque algunas habían tenido que firmar sin saber escribir.

Cuando fui a su despacho para cumplir el trámite, me lo encontré en camisa y, por lo que se veía, bastante contento de verme, y enseguida comprendí que aquel era uno de esos contratos que no se firman con una pluma.

Me ofreció un vaso de vino.

—Señor Barbastro —le dije muy tranquila—, entiendo que este mismo contrato lo han firmado todas las otras actrices de la compañía.

—Así es, y sin contrato no hay trabajo.

—Muy bien —dije—. Pues adiós.

—Pero hija, ¿qué te pasa? —me dijo sorprendido—. No me dirás que eres virgen.

—Vamos a ver, Barbastro —le dije, tomando el vaso de vino que me ofrecía y dando un sorbo—. Mire, el contrato que me propone es como este vino. Es malo, y podría ser mucho mejor.

—¿Cómo que mejor?

—¿Qué quiere, probarme como se cata un melón? ¿No quiere mejor disfrutar del melón?

—Con catarte me basta —me dijo.

—Pero a mí no —le dije—. Usted es un hombre atractivo, Barbastro. Vamos a irnos conociendo, vamos a ver si nos gustamos de verdad, y entonces, si algo llegara a pasar, no sería esta cosa humillante y zafia que usted me propone. A mí me gusta el Tokay, no este vino peleón.

—¡Niña, tú te das muchos humos!

—Los que puedo darme —le dije, jugándomelo todo a una carta—. Pero ¿usted me ha visto bien, Barbastro? ¿Cree que una mujer como yo se va a entregar como una ramerilla de la calle? A mí hay que ganarme.

—Pero ¿quién te crees que eres?

—¿No entré yo en este teatro como la diosa Venus? —le dije—. Pues esa misma soy, Barbastro, la diosa Venus. No me trate como a una mujerzuela.

Y me fui, dejándole con la cosa levantada y con la boca abierta.

Supuse que me despediría de inmediato, pero no fue así. Todo lo contrario, pareció mirarme a partir de entonces con bastante más respeto que al resto de las mujeres de su compañía. Yo jamás había pensado en hacerme amante suya, pero con aquellas vagas esperanzas que le había dado calculaba que podría resistir un largo asedio. Y si el asedio resultaba intolerable, con marcharme se arreglaba.

Yo disfrutaba mucho saliendo a escena. Es como si aquella fuera mi vocación desconocida, algo que jamás había pensado antes hacer y que ahora me venía con total naturalidad, como si actuar y cantar fueran mis verdaderos talentos. A veces, cuando hacíamos obras barrocas, mis compañeros decían mal el texto, o acentuaban mal las palabras antiguas, y yo tenía que morderme los labios para no corregirles.

84. Bárbaros

Unos días más tarde, Dorisa me trajo un sobrecito en una bandeja.

—Señora —me dijo—, un caballero ha venido mientras no estaba usted y ha dejado su tarjeta.

Abrí el sobre. Dentro había una tarjeta con estas palabras:

Para Doña Inés de Padilla

Estimada señora:

¡Cuánto me ha costado encontrar su Palacio de las Calas! Me alegro de que exista realmente y que, al igual que usted, no sea solo un sueño. A mi señora madre y a mí nos encantaría que nos visitara alguna otra vez. Cualquier día, entre las cinco y las siete de la tarde. Queda de usted su más seguro servidor,

MIGUEL DE SOLÍS

Volví a la calle Fuencarral unos días más tarde a las cinco y media de la tarde, y me condujeron directamente a la sala, donde la señora de la casa estaba sentada en el mismo sillón, esta vez con un traje verde oscuro veteado de negro. Me recibió con mucho cariño.

—Siéntese, Inés, hija —me dijo—. No le importa que la llame Inés, ¿verdad?

—Claro que no, señora.

—Miguel estará al llegar. Los negocios siempre le tienen muy ocupado. Tenemos un problema con una propiedad que poseemos en el norte de España. Mi hijo quiere poner allí una fábrica y se encuentra con toda clase de resistencia por parte de las autoridades locales y de las gentes de la villa. Hija mía, en este país nuestro nadie quiere que cambie nada. Pues ¿cómo no vamos a ser los más bárbaros de Europa si todo el mundo se resiste a las nuevas ideas?

Yo, que nada sabía de las nuevas ideas y que había pasado más de cien años apartada del mundo, no sabía qué decir. También me sorprendía aquella idea de que en España fuéramos «los más bárbaros de Europa». ¿De dónde venía aquello?

—Y esa propiedad de la que hablaba está en...

—En Colindres, en la costa cántabra.

—¡Por eso tienen ese paisaje de Colindres abajo, en la biblioteca! —dije yo, atando cabos.

—Hija, qué observadora eres. ¿Conoces la costa cántabra?

—Conozco Laredo y Santoña —dije—. Nunca he estado en Colindres.

—Es un lugar maravilloso. Desgraciadamente, yo ya no puedo viajar.

—A quien sí conocí tiempo atrás fue al marqués de Colindres —dije yo, de forma un poco temeraria.

—Al viejo marqués, sería —dijo ella frunciendo el ceño—. Son una familia venida a menos y completamente arruinada. Una pena. ¿A Don Santiago de Flores, sería?

—Sí, creo que sí —dije.

—Pues ahora su palacio y la isla son nuestros —me dijo, para mi gran asombro—. Y también medio pueblo, y los campos, que arrendamos a los colonos locales. Mi hijo se ha obsesionado con mejorar sus condiciones de vida, ¡muchos de ellos viven como los animales, no se lo puede usted imaginar...!

El palacio, la isla... Yo no podía creer lo que escuchaba.

—Entonces, ¿la familia de los Colindres ya no vive allí?

—Alguno queda, algún clérigo, según creo, pero la familia se ha ido deshaciendo a lo largo de muchas generaciones. Un Colindres se marchó a América y no se volvió a saber de él. Otro se dedicó al juego y se arruinó, luego rehízo su fortuna y volvió a arruinarse. Otro se hizo mago...

—¡Mago!

—Sí, hija, este es un país de magos y de magia. Aquí, como no hay cosas reales, la gente se aferra a cualquier cosa, a unas cartas, a un almanaque, a un pronóstico... Parece que en el palacio tenían una biblioteca de libros de magia como no hay otra en España.

—¡Qué interesante! —dije yo.

—¿Cree usted? —dijo la señora—. Ay, Inés, hija, la magia nunca le ha hecho bien a nadie.

—¿Y qué es la vida sin magia? —dije yo.

—La vida sin magia es la vida de verdad —me dijo Doña María del Carmen—. La vida sin magia es la vida de las ciencias, gracias a las cuales podemos salir de las tinieblas de la ignorancia y dejar de creer en los fantasmas y las supersticiones que tienen al país sumido en el atraso.

—Tiene usted mucha razón —le dije.

Me sentía sorprendida por la forma en que hablaba Doña María del Carmen de nuestro país, pero yo no sabía cómo replicarle ni tampoco si tenía razón o no. Llevaba demasiado tiempo apartada del mundo y de pronto me sentía ignorante y carente de opiniones.

Para mí, educada en la filosofía del renacimiento, la magia era exactamente lo mismo que lo que la señora llamaba «ciencia», pero comprendía que las cosas habían cambiado mucho desde mi juventud.

Un rato más tarde llegó Don Miguel, que se mostró muy contento de encontrarme allí.

—Doña Inés —dijo—, ¡cuánto me costó encontrar ese palacio suyo! Esa casa que tiene es una maravilla. ¿Pertenece a su familia?

—Sí, lleva en la familia mucho tiempo —dije—. Desde tiempos de los Reyes Católicos, según creo.

En un rincón del salón había un clave. Pregunté si alguien lo tocaba y me dijeron que hacía muchos años que nadie lo abría, pero que lo mantenían afinado a pesar de todo.

—Inés, hija, toque algo —dijo la señora—. ¡Hace tanto que no se oye música en esta casa!

—Con sumo gusto, señora —dije.

Toqué una gavota de Alessandro Scarlatti y luego me puse a cantar acompañándome a mí misma. Canté un villancico de Antonio de Literes, «El pan de los cielos», y a continuación «Ay, que me abraso de amor en la llama», de Sebastián Durón.

Cuando terminé, vi a Don Miguel mirándome con una expresión en el rostro mezcla de asombro y fascinación. Noté también que Doña María del Carmen observaba a su hijo con una sonrisa.

—Canta usted como un ángel —dijo Don Miguel—. ¿No te parece, madre?

—¡Como un ángel! —dijo ella.

Me pidieron que cantara algo más, y me decidí por «Ay de aquel que desprecia el poder del amor y la belleza», de la zarzuela *Azis y Galatea*, también del maestro Literes.

—Gracias, Doña Inés —me dijo Don Miguel al final, acercándose a mí y besándome la mano—. Gracias por recordarnos los peligros de despreciar el amor y la belleza.

Cuando caminaba de vuelta a mi casa, me sentía invadida por todo tipo de pensamientos y sensaciones encontrados. «¿Qué estás haciendo, Inés, al acercarte a esa familia? —me decía—. ¿Buscas un marido, una buena posición social?». Mi vida de actriz me gustaba, y no deseaba abandonarla, y sabía que nunca podría enamorarme de verdad de Don Miguel de Solís, un hombre por el que sentía simpatía y respeto pero que no me inspiraba sentimientos románticos. Entonces, ¿qué buscaba yo en ellos? Pero era como si un destino misterioso, una de esas fuerzas mágicas que tanto despreciaba la señora de la casa, me hubiera llevado hasta ellos, que eran ahora nada menos que los propietarios del castillo y de la isla de Colindres. ¡Hablando de casualidades! ¿Cómo era posible que, de todas las personas del mundo, hubiera ido a caer sobre las espaldas del actual dueño del palacio, la isla y la biblioteca donde había nacido y crecido Don Luis de Flores?

85. Matteo Brasanelli

El teatro, la zarzuela y la ópera florecían en España. No era solo que el rey fuera un enamorado de la música y de las representaciones teatrales, sino que el propio concepto de monarquía iba entonces unido al de fiesta y celebración. La propia corte era un gran escenario. Seguramente nunca hubo un siglo más teatral que el XVIII. No había celebración religiosa que no fuera acompañada de música ni acontecimiento público ni cortesano que no se viera reflejado en loas, bailes, entremeses, mojigangas, comedias, autos sacramentales, dramas barrocos, zarzuelas y óperas, la mayoría de ellos de compositores españoles como Sebastián Durón, Antonio de Literes o José de Nebra. El género que estaba de moda era el teatro mágico, una continuación del teatro barroco, y también los autos sacramentales. Todo lo que tuviera música, luces, tramoyas, gentes volando por los aires, apariciones y desapariciones, explosiones y fuegos artificiales, hacía furor entonces.

Lo que me sorprendía era la pobreza de las letras españolas. Quise conocer a los nuevos poetas, a los nuevos novelistas, a los nuevos dramaturgos, y cuando me di cuenta de que no había poetas de valor ni novelistas de clase alguna y que un ingenio de segunda o tercera fila como Cañizares parecía ser la figura más destacada de su tiempo, se me cayó el alma a los pies. Pero ¿qué había pasado en España?

Pronto conocí todos los teatros de Madrid y pisé todos los escenarios: el de la Cruz, el de los Caños del Peral, la Corrala del Príncipe... La Iglesia veía con malos ojos aquellas diversiones y había logrado prohibir las representaciones teatrales en ciertas zonas de España como, por ejemplo, Sevilla y otras zonas de Andalucía, pero Madrid era un paraíso para los cómicos y para los músicos.

Comencé a ganar una cierta fama en los escenarios madrileños. Decidí, una vez más, medir mi pluma con los ingenios de mi tiempo y escribí una comedia, *La dama que vivió doscientos años*, que le di a leer a Barbastro. Parece que le gustó, porque me ofreció cien reales por ella para montarla con su compañía, aunque cambiando el nombre del autor.

—¡Cien reales! —dije yo escandalizada—. Eso es menos de lo que gana un apuntador, Barbastro. ¿Es que te crees que soy nueva en esto?

—¡Ya está la señora con sus humos!

—¿Y qué es eso de cambiar el nombre del autor?

—Qué, ¿quieres que presentemos una obra firmada por una mujer? ¡Seríamos el hazmerreír! ¡No venderíamos ni una sola entrada! Vamos a inventar un buen nombre tú y yo... Vamos a ver... Serafín... Serafín...

—¡Nada de Serafín, Barbastro! ¡Y nada de cien reales! No hay trato, y no hay comedia.

Visité a otros empresarios. A todos les parecía raro que una mujer escribiera para la escena. Algunos se reían de mí en mi cara y ni siquiera se molestaban en hojear el manuscrito, otros lo leían y me hacían ofertas tan ridículas como la de Barbastro.

Escribí dos comedias más, en verso y siguiendo la moda de las comedias de magia que tanto gustaban entonces, pero nadie se las tomó en serio por la sencilla razón de que la autora era una mujer.

Barbastro, por su parte, no había abandonado el asedio y seguía molestándome y persiguiéndome por los pasillos, manoseándome cuando podía, o intentándolo, y tratando por todos los medios de que me metiera en su cama. Yo le mantenía bien a raya.

Llegó a Madrid el célebre Matteo Brasanelli, un castrato que llevaba años recorriendo las cortes de toda Europa y creándose una fama solo comparable a la que unos años más tarde llegaría a alcanzar Farinelli. Actuó en el Real Coliseo del Buen Retiro, y tuvo tal éxito que se quedó una temporada entera. El rey estaba tan enamorado de su voz que le propuso que se quedara en Madrid como músico de la corte, le ofreció un título nobiliario, un cargo de ministro en su gobierno y toda un ala de su inmenso Palacio del Buen Retiro para que viviera allí como un príncipe.

En Madrid no se hablaba de otra cosa más que de aquel Brasanelli que tenía fascinado al monarca y al que se veía pasar por el Prado en un coche color azul. Al parecer vestía siempre de ese color como deferencia al monarca, dado que el azul es el color de la monarquía francesa.

El rey le nombró Ministro de Canales ya que Brasanelli no solo era un gran cantante, compositor y poeta, sino que poseía además conocimientos de ingeniería y un gran interés por las obras públicas. Oí contar que era además aficionado a los relojes, a los autómatas y a los mecanismos en general. El personaje me intrigaba.

—Maravilloso cantante, pésimo actor —dijo la Lejárraga, que fue la primera que le escuchó cantar—. Niña —me dijo—, vete a verle cuando puedas, porque te vas a volver loca. ¡Y no es un hombre nada feo!

—No sé si será feo, pero ¿hombre? —dije yo.

—No sé —dijo la Lejárraga—, lo que está claro es que mujer no es.

—Ni hombre ni mujer —dijo Rozábal, el apuntador—. Ni carne ni pescado.

—A lo mejor es las dos cosas —dije yo.

Fui a verle una tarde cuando cantaba *Parténope*, y me quedé fascinada no solo con su voz sino también con su formidable presencia escénica a pesar de sus pocas dotes como actor. Su voz era indescriptible, y tenía una potencia y una claridad arrolladoras. No era el primer castrato que yo oía, porque en aquella época eran muchos los que llegaban de Italia, pero el timbre y el color de la voz de Brasanelli no se parecía a nada que yo hubiera escuchado nunca. Era un verdadero soprano, y su voz carecía de la frialdad extraña y como de otro mundo, ni de hombre ni de mujer, que escuchamos tantas veces en las de los castrati. Parecía casi una voz de mujer, en nada recordaba a las de los contratenores que cantan en falsete, y poseía una enorme dulzura.

Escuchándole se me saltaban las lágrimas y comprendía que el rey le hubiera ofrecido casi medio reino para lograr que se quedara en Madrid.

Cuando terminó la función pasé detrás de la escena para conocerle. Allí estaba, rodeado de admiradores de ambos sexos, muy alto, con el rostro completamente blanco y los labios completamente rojos. Me impresionó que fuera tan alto, ya que yo siempre había pensado que los castrati debían parecerse más a las mujeres y ser de baja estatura y entrados en carnes. No era así, al menos en el caso de Brasanelli. Era un hombre de casi dos metros de altura, de piernas muy largas y delgadas y con una caja torácica amplia y fuerte. Era muy desgarbado, como lo son a veces las personas muy altas y como suelen serlo, al parecer, los castrati.

Me acerqué a él y le dije en italiano lo mucho que me había gustado su actuación. Le llamó la atención mi acento napolitano y le expliqué que había vivido en Nápoles muchos años y que allí era donde había aprendido su lengua. Brasanelli era del barrio de Posilipo, un napolitano de pies a cabeza, y de pronto me encontré hablando con él como si fuéramos viejos amigos.

No sabría decir si era guapo. Tenía el rostro amplio y huesudo, el tabique nasal bastante ancho y la frente grande, pero sus ojos eran inmensos y oscuros, y yo me quedaba hipnotizada mirándolos. Su piel era pálida y suave como la de una mujer y era completamente lampiño. Su voz no era tan femenina como uno hubiera imaginado al oírle cantar. Parecía la de un muchacho muy joven o, mejor dicho, la de una muchacha.

—El jueves doy una pequeña recepción en mis aposentos de palacio —me dijo—. Me gustaría que pudiera usted venir, Inés.

Le dije que llegaría muy tarde, porque tenía una actuación. Le sorprendió enterarse de que yo también era cantante y actriz, y se interesó por mi carrera.

—Inés, venga cuando quiera —me dijo—. Yo me acuesto muy tarde y apenas duermo. Algunas noches solo dos o tres horas. Tengo un ruiseñor mecánico y a veces me paso la noche mirando la luna por la ventana y haciéndole cantar. ¿Qué le parece?

—Todo en usted es belleza y poesía —dije, inclinándome.

—Por eso deseo que venga, porque me gusta rodearme de poesía y de belleza.

Salí de allí con una sensación extraña en el estómago. ¿Estaba el gran Brasanelli haciéndome la corte?

86. El ruiseñor

El jueves fui al Palacio del Buen Retiro, entré por la puerta que me habían señalado y fui conducida por un edecán hasta los aposentos de Brasanelli. Ocupaban un ala entera del palacio, no muy lejos de los de la familia real.

La fiesta estaba ya en las últimas, pero la sala seguía brillantemente iluminada mediante docenas o quizá cientos de velas en las palmatorias de las mesas, en las arañas del techo y en los candelabros de las paredes. Una orquestina tocaba en un estrado y algunos invitados bailaban un minueto. Otros estaban sentados en sillas, sofás y sillones charlando, bromeando, seduciendo o dejándose seducir. Había también varias mesas de juego, un tenis de mesa y un corzo que se paseaba libremente por entre los invitados, que le daban golosinas de comer. Vi a Brasanelli rodeado de un grupo de damas, alto como una torre, vestido con una casaca azul celeste, tocado con una peluca empolvada y tan maquillado como si fuera a entrar a escena, y pensé que en él la vida y el teatro habían terminado por convertirse en dos caras de la misma moneda. El teatro era su vida y su vida había terminado por convertirse en teatro. Pero entonces, ¿por qué era tan mal actor? Ahora, viéndole en el salón de su casa rodeado de sus invitados, me pareció un actor infinitamente más sabio y sutil que aquel que fingía tan torpemente en escena. Quizá lo que sucedía era que él había dedicado toda su vida a crear aquel personaje que interpretaba ahora, Matteo Brasanelli, y que el artificio no le permitía crear un segundo artificio. Cuando me vio, me saludó con enorme amabilidad, me tomó de la mano y comenzó a llevarme por el gran salón presentándome a todo el mundo o, si los interesados estaban besándose, abrazándose o dormidos, explicándome, con un humor aderezado de unos pocos granos de maldad, quiénes eran. Como hablábamos en italiano, suponía que no nos entenderían.

—Inés, ¡qué afortunado me siento de que haya venido! —me dijo.

—Soy yo la afortunada por este raro privilegio, señor —le dije.

—Inés, ¿puedo pedirle un favor? Cuando todos se marchen, si es que se marchan alguna vez, ¿podría usted quedarse?

—¿Quedarme, señor?

—¿Tiene usted que volver a su casa? ¿Alguien la espera? ¡Por favor, no piense en nada indecoroso! ¡Siempre me pasa igual, soy tan torpe como un niño, discúlpeme!

Ver a aquel hombre tan alto y tan poderoso disculparse tanto y hacerlo además con aquella voz tan dulce me producía todo tipo de sensaciones delicadas y maravillosas. Entendía que aquella criatura tan extraña fascinara a las mujeres, porque yo misma me sentía fascinada y atraída por él, pero era una atracción que tenía algo de incomprensible, ya que no era en absoluto la que sentimos ante un varón atractivo y seductor. ¿O sí lo era, en cierto modo? Yo no le encontraba atractivo como hombre, pero al mismo tiempo no deseaba otra cosa más que estar junto a él y escuchar su voz, y me hubiera gustado tomarle la mano y reclinarme sobre su pecho como el que se apoya en un muro cálido una tarde de viento frío. ¿Qué era lo que tanto atraía de Brasanelli, aquella sencillez que desarmaba o el extremo refinamiento de una personalidad hecha de máscaras y disfraces? ¿Me gustaba porque no fingía o por lo bien que fingía?

—Nadie me espera —le dije riendo—. Es usted como un niño, es verdad, porque es encantador y porque no podría ofenderme aunque lo deseara.

—¡Ah, no se deje engañar! —me dijo con una suave sonrisa que insinuaba un rictus de dolor—. No todo es tan dulce y tan suave como parece. Cuando me traicionan o me hacen daño me convierto en una criatura muy, muy mala, Inés. Tan mala que a mí mismo me da miedo.

—Pero yo no le traicionaré nunca y tampoco le haré sufrir, y por eso nunca veré ese lado tan malo de usted.

—¡Qué buena es usted! —me dijo—. Entonces, ¿se quedará?

—Con mucho gusto.

Los invitados tardaban en marcharse y algunos de ellos se habían quedado dormidos. Dos mujeres, que habían estado besándose debajo de una de las mesas, se habían quedado dormidas también, una en brazos de la otra. Brasanelli me las mostró, levantando el mantel con la punta de su bastón y guiñándome un ojo.

—Cuando todos los deseos se realizan, llega el fin del mundo —me dijo.

—¿No piensa usted que los deseos han de realizarse?

—Sí, Inés, pero no todos. Hemos de dejar uno, al menos, que sea irrealizable, irrealizado, imposible.

Abandonamos el salón y me llevó a su dormitorio, que estaba al final de un largo corredor. Era casi tan grande como el salón. Su lecho, cubierto con una colcha y un baldaquino plateados, estaba en el centro de una enorme estancia ricamente decorada con tapices, cuadros, espejos, alfombras, aunque todo de colores suaves que iban del azul celeste al gris perla y del verdemar al nácar. Una sucesión de ventanas francesas con los visillos y las cortinas descorridos se abrían a una terraza que daba a los árboles del parque del Buen Retiro. La luz de la luna entraba por las ventanas francesas haciendo toda iluminación innecesaria, pero Brasanelli encendió dos candelabros y empuñando uno de ellos me fue mostrando las maravillas que guardaba en su cámara.

Tenía bastantes libros, dos clavecines, un clavicordio, un pequeño órgano, y abundantes partituras de música abiertas en los instrumentos, colocadas en atriles o caídas por el suelo. Poseía una colección de figuritas de porcelana de Meissen, otra de instrumentos musicales exóticos, una de camafeos realizados con materiales raros como el coral, el pelo humano y todo tipo de piedras semipreciosas, otra de pájaros disecados, que tenía en dos armarios con paredes de cristal y que me dieron bastante miedo, y también una caja de madera alargada, cubierta de cristal, en la que había un esqueleto humano completo. Al verlo sentí un escalofrío.

—No se asuste, Inés —me dijo—. Son solo unos huesos que no pueden hacer daño a nadie.

—¿A quién pertenecen?

—A un barbero de Nápoles —dijo, y vi que su gesto se endurecía—. Le compré sus huesos a su familia cuando murió. No es una cosa muy cristiana, pero por dinero la gente hace cualquier cosa. Se ve que no le apreciaban mucho.

—Pero ¿por qué? —pregunté yo extrañada.

—Él fue el que lo hizo —explicó él con su voz de muchacha.

—¿El que hizo qué?

Brasanelli hizo con dos dedos el gesto de cortar con una tijera.

—¡Dios mío! —dije.

—No es una venganza —me dijo—. Por favor, no crea que es una venganza. Yo puedo ser muy vengativo, es cierto, pero esto es otra cosa.

—Pues ¿qué es entonces, Matteo? —le dije.

—Me habla usted como una amiga —dijo él cerrando los ojos—. Me habla usted como habla una persona a otra.

—Apenas le conozco —dije—. Pero siento una gran simpatía por usted.

—Lo sé —dijo él, todavía con los ojos cerrados—. Yo también, Inés. Pero no estoy acostumbrado.

—¿No?

—Yo no tengo amigos. Todo lo que me rodea son máscaras.

—Abra los ojos, Matteo.

—No, espere —dijo él—. Déjeme así unos instantes, oyendo su voz, sintiendo su presencia, oliendo su perfume, escuchando su respiración.

Luego abrió los ojos, me apretó la mano, que todo el rato había tenido entre sus dedos, tiró suavemente de mí para apartarme de la contemplación del funesto cofre de los huesos, y comenzó a mostrarme su colección de autómatas.

Tenía una damisela que bailaba la gavota; un pato que caminaba y hacía cuac cuac; un malabarista que daba vueltas en un trapecio; un santo que cuando uno se arrodillaba ante él imponía las manos o daba un suave capón sobre la cabeza de acuerdo con un patrón imposible de adivinar; un ciervo y una cierva que caminaban uno detrás de otro por la habitación; una madre que acostaba a su niño, lo arropaba y luego mecía su cuna; una dama con un ojo brillante y un parche sobre el otro que bailaba una danza española haciendo sonar las castañuelas, y la joya de su colección, un ruiseñor que volaba libremente, se posaba aquí y allá y «cantaba» tres canciones mediante un delicado sistema de carillones internos.

—¿No teme que un día salga por la ventana y se pierda? —le pregunté.

—¿Por qué iba a querer alejarse de mí? —me dijo.

Supuse que los vuelos del ruiseñor, por libres que parecieran, estaban en realidad perfectamente medidos, y que Brasanelli ya conocía sus posibles trayectorias.

—Intuyo algo en usted —me dijo—. Usted tiene un secreto.

—Sí —dije.

—Vamos a la cama —dijo—. Estoy muy cansado.

—Sí, yo también.

Me condujo a su lecho y cada uno por su lado nos quitamos la ropa hasta quedarnos en ropa interior. Luego nos metimos bajo las mantas.

—¿Le parezco horrible? —me preguntó Brasanelli sin mirarme.

—¡Claro que no! —dije—. ¿Por qué me pregunta eso?

—Usted es tan bella que me da miedo mirarla —dijo.

—Matteo —dije—. ¿Me está seduciendo?

Pero ya estaba dormido. Yo me hundí en la blandura de aquel lecho inmenso y perfumado, cerré los ojos y unos minutos más tarde me había dormido también. Cuando estaba ya entre sueños, oí al ruiseñor mecánico cantar por última vez.

87. Una amistad, un amor

Desde aquella noche fuimos inseparables. No sé qué fue lo que él vio en mí (ni yo en él), pero de pronto surgió entre ambos una confianza y una complicidad parecidas a las que suelen tener los que se conocen desde niños. Era como si estuviéramos destinados a comprendernos y a querernos desde nuestro nacimiento y solo por algún extraño accidente del azar hubiéramos tardado tantos años en encontrarnos.

No sé si a mí me sucedía lo mismo o fui arrastrada, en un principio, por la simpatía enorme que pareció mostrarme de manera espontánea desde la primera vez que hablamos. A mí me parecía un ser extraño y me intimidaba un poco: era muy alto, muy elegante, muy raro en cualquier sentido de la palabra y yo intuía en él un temperamento tan tierno como inestable, tan dulce unos momentos como cruel al sentirse herido. ¿Es posible que en un principio yo me sintiera atraída por su enorme fama y él por mi belleza?

Brasanelli se dejaba ver conmigo en todas partes, lo cual sirvió, por cierto, para impulsar mi carrera como actriz. A su lado me sentía una cantante mediocre y nunca quería cantar en su presencia, pero él me dio unos cuantos buenos consejos para mejorar mi técnica. Su comprensión del canto ignoraba casi por completo el significado de las palabras o incluso su pronunciación correcta, ya que lo único que le preocupaba era crear un bello sonido. No sentía el menor interés por la «realidad».

Su amistad me ganó no pocas envidias y algunos odios muy enconados, pero también me abrió muchas puertas. Fui presentada a la reina Isabel de Farnesio, que era también italiana. Era una gran señora.

No era hermosa, porque tenía la cara picada de viruelas y era algo corpulenta, pero era una mujer llena de energía y vitalidad. En España todos sabían que ella era el verdadero monarca, la que dirigía el país y la que tomaba todas las decisiones junto con el valido o ministro plenipotenciario de turno. El rey, aquejado desde joven de una enfermedad del alma, sufría episodios de melancolía cada vez más intensos durante los cuales se encerraba en sus habitaciones y no quería ver a nadie.

La reina se extrañó de que hablara yo tan bien italiano y me preguntó dónde y cuándo lo había aprendido. Yo me había vuelto una experta en rehacer el relato de mi vida y le conté una preciosa historia sobre Nápoles, Roma y Florencia. Ella era duquesa de Parma, una ciudad del norte de Italia, de modo que con ella utilicé la lengua toscana más pura que conocía, aunque la reina se moría de risa al escuchar las expresiones antiguas que yo usaba.

—¡Hija mía! —me dijo—, ¡dice usted cosas que yo le oía a mi abuela! Pero ¿quién le ha enseñado italiano?

Le dije que había leído mucho a los autores antiguos, pero aquella explicación no bastaba, porque leyendo a Castiglione, a Ariosto o a Sannazaro nunca podría haber aprendido la lengua coloquial.

Más tarde Brasanelli me contó que yo le había encantado a la reina, y que estaba pensando darme un título y nombrarme dama suya. Creo que cambió de idea cuando se enteró de que yo era actriz. Ella estaba enamorada del teatro y de la música y de las artes en general, pero de ahí a meter a una cómica en su casa había un mundo.

88. Un galápago

Me acostumbré a entrar y salir del Palacio Real y a caminar por sus salas y pasillos como si estuviera en mi casa, y un día que estaba esperando a Brasanelli, retenido en el otro extremo del palacio por una presentación a unos embajadores de Suecia y de los Países Bajos, según creo, tuve un extraño encuentro.

Iba caminando por la gran galería que iba desde el dormitorio de Brasanelli hasta el salón cuando vi una figura que se agazapaba tras las cortinas de una de las puertas que se abrían a los lados. Me detuve. Luego la vi aparecer de nuevo, caminando a cuatro patas como si fuera un animal. Era un hombre desnudo, muy sucio y muy despeinado, que me miraba con ojos desencajados. Yo me quedé inmóvil, sin saber qué hacer.

—¡Caballero! —dije.

—¿Quién eres? —me dijo con voz gangosa.

Se acercó hacia mí caminando siempre sobre las manos y las rodillas, y yo retrocedí varios pasos, atemorizada. Pensé en gritar para pedir ayuda.

Me llegó una vaharada de su olor corporal, y pensé que debía de llevar semanas sin bañarse. No podía entender cómo tenían a un hombre así en el palacio y cómo no se ocupaban de él.

—¿Y tú quién eres? —le dije yo.

—Soy un galápago —me dijo—. ¿Es que no ves mi concha? No soy más que un pobre galápago, uno de los animalitos de la reina.

A mí me daba pena ver a aquel pobre diablo desnudo y mostrando sus vergüenzas sin el menor pudor. Deseé tener una tela, una bata, un velo, para poder echárselo por encima.

De pronto aparecieron dos lacayos por el otro extremo del pasillo. El desdichado corrió a esconderse de nuevo tras los cortinajes. Yo le veía asomar la cabeza, los ojos desencajados, un hilo de baba cayendo de sus labios.

—¡Señora! —me dijeron—. ¿Le ha visto usted?

—¿A quién? —pregunté yo.

—A su majestad.

—¿A la reina?

—No, señora, a su majestad el rey.

—Por aquí no viene nunca —les dije yo—. Aquí solo está ese pobre loco que se cree un galápago.

Cuando le vieron, se acercaron a él y le cogieron cada uno de un brazo, obligándole a ponerse de pie.

—Vamos —le decían—, vamos, majestad.

—¡Soltadme! —gritaba él debatiéndose—. ¿Es que no veis que soy un galápago? ¡No puedo andar sobre dos pies!

—Pero ¿quién es este desdichado? —pregunté yo, admirada de lo que veía y oía.

—Señora, es su majestad Felipe V —me dijo uno de los lacayos, luchando denodadamente por mantenerle de pie.

—¡Es el rey, señora! —me dijo el otro mirándome con ojos despavoridos.

Se lo llevaron como pudieron, mientras el pobre hombre gritaba que no era el rey, sino un galápago, y que le tenían que dejar caminar a cuatro patas como hacían los de su condición.

Yo me tuve que sentar en una silla un rato para recuperarme de aquello. ¿De modo que ese era el rey de España?

Volví a ver al rey en otras ocasiones, en celebraciones de la corte y en recepciones palaciegas a las que Brasanelli estaba siempre invitado y a las que yo asistía con él porque me había convertido en su amiga predilecta y su acompañante perpetua. En estas ocasiones, cuando no sufría uno de sus ataques, Felipe V se comportaba como un verdadero monarca y era tan refinado cortesano y buen conversador como el que más.

Pero era su esposa, Isabel de Farnesio, el centro radiante de la corte y la que presidía verdaderamente las celebraciones, los banquetes, los actos oficiales, los bailes y las reuniones familiares.

¡Qué historia la nuestra, llena de reyes locos y de reinas poderosas, muchas veces en la sombra!

En cuanto a Brasanelli, ahora vivíamos casi juntos y yo pasaba muchas noches con él. A veces dormíamos simplemente uno al lado del otro, a veces nos poníamos a hablar hasta el alba, a veces nos abrazábamos y besábamos y otras veces él me desnudaba completamente y me admiraba a la luz de las velas y luego me besaba en todas las partes que dan placer a una mujer.

—Dime cómo puedo darte placer a ti —le decía yo.

—Ya me das placer.

—No, no, no es suficiente.

—El placer no se puede medir.

—Pero seguramente habrá algo más que yo pueda hacer.

Con el tiempo haríamos cosas, más cosas, muchas cosas, pero él tardó mucho en abrirse a mí y en confiar en mí. Durante el día parecía todopoderoso y cuando cantaba parecía un dios, pero durante la noche se convertía en un ser tan tímido y vulnerable como una mariposa, a la que podemos matar solo con tocarla con los dedos.

89. Una mariposa

Nunca le había visto desnudo, y por eso me sorprendió enterarme de que tenía varias amantes, a las que veía cuando no dormía conmigo. Pero ¿qué hacía con ellas? ¿Lo mismo que conmigo? ¿Y serían tales amantes «ellas» o «ellos»? A pesar de su delicadeza y su voz de muchacha joven no tenía una actitud afeminada y no creo que le gustaran los hombres, pero es posible que a pesar de lo mucho que le gustaban las mujeres, le gustaran también los hombres. Al fin y al cabo, ¿qué es un «hombre» o una «mujer»? Nuestro cuerpo puede ser de hombre o de mujer, pero ¿cuál es el género de nuestra alma? Hay algo intrínsecamente femenino en el alma.

Nunca se desnudaba completamente ante mí ni yo se lo pedía, en parte porque deseaba respetar su pudor y en parte porque me daba miedo que pudiera sentir asco por una persona que tanto me agradaba. Un día, sin embargo, le vi desnudo por el concurso de dos espejos situados en ángulo. Él estaba vistiéndose detrás de un biombo y no se dio cuenta de que uno de los muchos espejos que había en su dormitorio me permitía verle con toda claridad. Luego, conociéndole más, pensé que debía de haberlo hecho a propósito.

Tenía un cuerpo lampiño, una piel blanca y suave como la de una mujer, pero en lo demás era el suyo un cuerpo masculino razonablemente proporcionado, aunque es posible que sus huesos fueran demasiado grandes. Contemplé sus nalgas y también, cuando se volvió de lado, el vello púbico, y vi que tenía allí algo colgado, algo como un pececito dorado o como el pétalo de una flor. Yo no entendía qué era aquello hasta que de pronto me di cuenta de que se trataba, simplemente, de un pene. Aparté la vista y me fui a otro lugar de la habitación todavía con los ojos y la boca muy abiertos. ¡Un pene! Pero ¿él tenía pene? ¿No era eunuco? Yo nunca me había parado a pensar mucho en aquel asunto de la castración y no había reflexionado que, aunque sus testículos le hubieran sido amputados, su pene todavía podía seguir en su lugar. Pero sin duda sería el pene de un niño. ¿O no?

Esa noche le pregunté por qué no quería desnudarse cuando estaba conmigo.

Me miró con ojos de miedo y quizá de sospecha.

—¿Tienes curiosidad? —me preguntó.

—No, cariño —le dije—. No es curiosidad morbosa. No es nada de eso. Pero debemos ser los dos iguales. A mí no me avergüenza estar desnuda ante ti, pero a ti sí te avergüenza.

—No quiero incomodarte —me dijo.

—Yo tampoco quiero incomodarte —le dije besando la palma de su mano y luego las yemas de sus dedos—. Pero deseo que te abras a mí, que sepas que puedes hacerlo.

—Me da miedo —dijo él—. Te quiero tanto que si yo te diera asco, no podría vivir.

Yo le comprendía, le comprendía muy bien, pero ¿cómo podíamos ser amantes y pasar noche tras noche juntos y yo abrirme para él igual que una flor mientras él seguía cerrado como un enigma?

Un día me contó la historia de su vida. Me habló de su infancia, me contó que provenía de una familia muy pobre y que desde niño había amado el canto y la música, que siempre, desde que tenía memoria, había cantado. Había comenzado a cantar en la iglesia y pronto el cura, al oírle, le había propuesto para que entrara en el coro de la catedral. Los padres, viendo la posibilidad de ganar dinero con aquel talento de su hijo, dieron su permiso, y el joven Matteo comenzó a cantar como soprano en el coro catedralicio y a recibir lecciones de música. Se las daban gratuitamente en la iglesia, ya que sus padres no tenían dinero para pagarlas. El niño mostraba un talento innato para el solfeo, la armonía, el clave y el violín, aunque en lo que más destacaba era en su gracia para el canto, en la belleza, extensión y claridad de su emisión. El joven Matteo podía ser músico, clavecinista, violinista, compositor, maestro de capilla, organista... su porvenir profesional estaba de un modo u otro asegurado, pero ¿también como cantante? Eran muchos los niños cantores que al llegar el cambio de voz perdían la belleza original y se convertían en tenores o barítonos mediocres. Pero había una manera de preservar aquella maravillosa voz de soprano para que no cambiara nunca.

Así fue como les propusieron a sus padres hacerle la pequeña «operación» gracias a la cual aquel don del cielo, aquel talento que Dios le había dado al niño, se preservaría para siempre. El director del coro, un eclesiástico, les contó a sus padres que el talento del niño era algo fuera de lo ordinario, y que con una voz tan limpia y tan bella, si la seguía educando y ejercitando de la forma adecuada, si tenía disciplina y aprendía a comportarse en sociedad, podría hacerse famoso y también muy rico. No un simple músico de los miles que había en Italia, sino una celebridad que sería recibida en las cortes y a la que todos saludarían y adorarían. Según me contó, aquella decisión no fue fácil para sus padres. Pero ¿qué podían hacer? Dos hermanas suyas habían muerto de tuberculosis ese mismo año y tres hermanitos habían muerto en años anteriores, uno de difteria y otros dos de una enfermedad desconocida que no debía de ser otra que malnutrición, pobreza, falta de higiene y aguas estancadas. Finalmente, los padres dieron su permiso, y un día llevaron al joven Matteo a la casa del barbero diciéndole que le iba a cortar el pelo y así, con engaños y dándole varios vasos de aguardiente que al niño le quemaba en la garganta y no quería beber y que tampoco lograron dormirle, sucedió todo. Aquellas operaciones estaban prohibidas y se realizaban al margen de la ley, y se presentaban siempre como problemas médicos o como «accidentes». Todo el mundo sabía que aquellos «accidentes» sufridos por todos aquellos niños de voces maravillosas que llenaban los coros de Italia y que alimentaban los teatros de ópera de Europa no eran tales, sino mutilaciones deliberadas, infligidas en secreto y en condiciones a menudo tan precarias que muchos niños morían a consecuencia de las heridas.

—Desgraciadamente yo no morí —me dijo cuando me lo contaba.

Tenía los ojos llenos de lágrimas. Luego vi cómo se contraían sus labios y cómo las lágrimas comenzaban a caer por sus mejillas.

—Pero tú debías de ser muy pequeño —le dije.

—No tan pequeño. Yo tenía nueve años cuando pasó aquello. Lo recuerdo todo perfectamente. He revivido aquella tarde tantas veces, Inés. Lo que yo era cuando me llevaron mis padres a la casa de aquel barbero y lo que era cuando salí. Pienso en esa tarde muchas veces, no puedo evitarlo. Pienso en un detalle de lo que pasó y eso me lleva a revivir todo ese día hora por hora y minuto por minuto otra vez.

—Dios mío —dije abrazándole.

—Mis propios padres me llevaron allí, Inés. Mi madre me llevó allí.

Yo le estrechaba entre mis brazos.

—Ella creía que era lo mejor para ti —le dije—. Pensaba que eso era mejor que ver morir a otro hijo.

—Mi propia madre me llevó allí, y me agarró de las manos mientras lo hacían. Mi propia madre, Inés. Y mi padre también. Y los curas... esos curas...

—Aquello pasó hace mucho tiempo —le decía yo, intentando consolarle como podía.

—Allí perdí yo mi fe en mi madre, en la religión, en Dios —me dijo—. Todos esos miles de niños que cantan en los coros de las iglesias, mutilados para que no entren allí las mujeres... ¡y cantan a Dios, con sus pobres voces!

—Pero tienes una buena vida, Matteo. Aquello pasó hace mucho tiempo. Todo el mundo te adora. Vives como un rey y al lado del rey.

— ¿Y eso qué importa? —dijo—. Lo único que importa es el amor.

—Pero ya tienes amor —le dije—. Tienes mi amor.

—Ay, Inés, si eso fuera cierto.

—Es cierto.

—No, tú no me amas como una mujer ama a un hombre. Porque no soy un hombre. No soy ni un hombre ni una mujer. No soy nada, Inés.

¡«No soy nada»! ¡Cómo sonaban esas palabras en mi corazón! ¡Qué terribles recuerdos me traían!

Yo le estrechaba entre mis brazos intentando llenarle de amor, intentando ser para él ahora una madre. Y solo sentía amor, amor, amor. Pero no solo amor por él, sino amor por todos los niños maltratados y heridos y amor por todas las niñas maltratadas y heridas y amor por todos los que habían sido niños y niñas alguna vez y habían sido maltratados y heridos y habían sido vendidos y comprados y habían sido traicionados por aquellos que más les querían, por aquellos que hubieran debido protegerles y amarles, y también sentía amor en aquellos momentos, abrazando a mi amigo, a mi amor, a mi hijo, Matteo Brasanelli, también sentía amor por los que vendían y compraban a los niños y a las niñas y los maltrataban y los herían y por todos los que traicionaban y mentían, porque el amor que sentía en aquellos momentos eran tan grande que los incluía a ellos también, a todos los demonios que habitan el mundo, sí, en aquel momento sentía amor también por los bárbaros y no solo por sus víctimas y comprendí de verdad lo que era el amor, sí, yo comprendí lo que era el amor con Matteo Brasanelli más que con ningún otro hombre o mujer de este mundo, comprendí que el amor es la realidad, lo único cierto que hay en el mundo, y comprendí que también los torturadores, los crueles, los inhumanos, los demonios eran víctimas, y que sentir amor por ellos no quería decir que los disculpara y ni siquiera que les perdonara, sino que me daba cuenta de que también ellos sufrían y que los verdugos del infierno estaban en el infierno y eran nativos del infierno, mientras que sus víctimas solo pasaban por allí un rato y luego se iban, si podían, a otros lugares mejores, es decir, que los únicos que de verdad están en el infierno son los demonios, y que la triste realidad de este mundo es que todos los que hacen daño a otros creen estar devolviendo el daño que les hicieron a ellos, de modo que la única forma de acabar con el sufrimiento y el dolor del mundo es renunciar a la venganza y devolver el bien por el mal. Por eso la justicia, que es necesaria en el mundo de los hombres, no puede nunca relacionarse con lo divino y por eso es absurdo imaginar un Dios justo que sea al mismo tiempo puro amor, porque el amor todo lo acepta, todo lo comprende, nada se guarda, y no está en el mismo plano que el odio, el dolor o la traición, sino por encima, ya que es el sol del mundo, la única luz que tenemos y toda la luz que tenemos.

Pero ¿estaba yo enamorada de él? Yo le adoraba, sentía veneración por él, pero no creo que estuviera enamorada de él, o al menos no le quería de la misma manera que había querido a otros hombres. No, no era la pasión lo que me unía a él. Es verdad que casi vivíamos juntos y que teníamos relaciones íntimas, es verdad que me sentía feliz a su lado y que disfrutaba de su compañía como del regalo más delicioso, pero yo le sentía más como un amigo que como un amante. Era uno de los mejores amigos que he tenido, aunque fuera un amigo con el que compartía también los placeres de la cama, y nuestras conversaciones solían ocupar noches enteras, y a veces eran profundas y filosóficas, y a veces versaban sobre literatura o sobre música, y a veces eran conversaciones íntimas de esas en las que se cuentan secretos y se hacen confesiones y otras veces consistían en puros cotilleos y maldades que nos hacían a los dos llorar de risa. Pero ¿era aquello estar enamorada? Sí, debíamos de estar enamorados, seguramente lo estábamos, seguramente él estaba enamorado de mí como un hombre lo está de una mujer, y yo lo estaba de él como una mujer lo está de... Pero si él no era exactamente un hombre, entonces yo tampoco era exactamente una mujer... Digamos, simplemente, que yo era yo y que él era él, y que yo estaba enamorada de él como Inés estaba enamorada de Matteo Brasanelli. ¿No son acaso los amores sentimientos únicos y libres que van de un individuo a otro? ¿Es que han de pertenecer los amores a ciertas categorías abstractas como «hombre» o «mujer»? ¿Y qué es lo que define a un hombre? ¿Sus gónadas? ¿Soy una mujer porque tengo matriz? Y si me extraen la matriz, ¿dejo de ser una mujer? ¿No es ser una mujer o un hombre una cosa más espiritual que una mera distinción anatómica? La verdad es que no tengo respuesta para todas esas preguntas.

Entonces, como solía suceder en mi vida, pasó algo inesperado que dio la vuelta a todo. Matteo sufrió un ataque de apendicitis. Las operaciones eran muy peligrosas entonces. El rey puso a su disposición a sus propios médicos, que le operaron y le extirparon el apéndice. La operación parecía haber sido un éxito, pero enseguida aparecieron síntomas de infección. La higiene era muy pobre en aquellos días, y los postoperatorios más peligrosos que las intervenciones en sí. Se le declaró una septicemia y murió a los pocos días.

Los funerales de Matteo Brasanelli se celebraron en el Real Alcázar. En Madrid se declaró una semana de luto oficial.

90. Prometida

Miguel de Solís me había pedido varias veces que fuera su esposa, y yo siempre le había dado largas.

—Inés —me decía—. ¿Cuándo te vas a decidir de una vez? ¿Cuándo me vas a decir que sí?

—Pero Miguel, yo no soy un buen partido.

—¿Ah, no?

—Soy actriz, y ya sabes la mala fama que tenemos las de mi oficio. Y he vivido durante años con un hombre.

—No tiene nada de malo ser actriz —me replicó—. ¿Acaso las actrices no se casan?

—Sí, ¡con otros actores!

Yo estaba convencida de que ningún hombre respetable querría casarse con una actriz que se había hecho famosa en Madrid por ser la amante de Brasanelli, pero los Solís eran verdaderamente excepcionales en su generosidad y en su liberalidad. Como ellos pensaban, como tantos otros, que Brasanelli era eunuco, consideraban que la especie de que yo había sido su «amante» era pura maledicencia.

—Miguel —le dije un día que estábamos paseando por el Prado—. Te voy a decir que sí.

—¿De verdad? ¿Te casarás conmigo?

—Sí, amigo mío. Pero antes de que tú me aceptes a mí, me gustaría decirte una cosa. Yo siento por ti un enorme respeto y también un enorme cariño, Miguel, pero no amor. Creo que puedo ser feliz contigo y que puedo hacerte feliz, pero no creo que pueda volver a enamorarme nunca de ningún hombre, y tampoco me enamoraré de ti. Te seré siempre fiel y seré para ti una esposa entregada y, si Dios quiere, una buena madre de tus hijos. Habrá cariño, habrá respeto, habrá fidelidad, pero no habrá amor. Si puedes aceptarme así...

Vi que sufría, y pensé en lo poco que me habría costado mentirle, o mentirle un poco, o simplemente no decirle la verdad con tanta crudeza.

—Eso es suficiente —me dijo—. Es mucho más de lo que tienen la mayoría de los matrimonios.

—¿Tú crees? —le dije.

—Ay, Inés —me dijo besándome las manos—. ¡Me haces muy feliz! Ay, chiquilla, pero ¿a qué le llamas tú amor, a qué le llamas estar enamorada? Yo no necesito esos amores de las novelas.

—Pero tú me quieres así, Miguel. Estás loco por mí. Lo sé. Lo veo. Y me duele en el alma no poder corresponderte.

—Con el tiempo tú también me querrás así.

—Es posible —le dije—. A lo mejor tienes razón.

Miguel quería poner en Colindres una fábrica de manufactura de telas, una industria naciente en nuestro país y que había sido impulsada, como tantas otras reformas necesarias en España, por el rey Felipe V, pero se encontraba con todo tipo de obstáculos e impedimentos, casi todos basados en la noción de que en Colindres nunca había habido una industria de ese tipo. Miguel intentaba convencer a las autoridades locales de que la fábrica daría trabajo a muchos hombres y mujeres y serviría para mejorar las condiciones de vida de los habitantes, pero todas aquellas razones caían en saco roto.

El miedo a lo nuevo, la resistencia a cambiar eran entonces en España algo tan arraigado que desafiaban al razonamiento y a la evidencia. Todo lo que no fuera repetir lo de siempre se consideraba malo y peligroso.

Este es un país campesino, y los campesinos son, ante todo, desconfiados. «Es mejor lo malo conocido que lo bueno por conocer» podría ser el lema de nuestro país, y también el epítome de su tragedia y la razón de su perenne, sempiterno fracaso.

Cualquier innovación, fuera del tipo que fuera, se encontraba con la oposición más cerril. Los agricultores seguían usando la laya medieval y rechazaban la «máquina inglesa», los arados modernos tirados por dos caballos o dos bueyes. Del mismo modo rechazaban los telares modernos argumentando que eran más lentos y daban menos seda que los tradicionales, a pesar de que los hechos demostraban lo contrario. Una práctica tan sencilla como la de enterrar las semillas en vez de sembrar a voleo como se hacía en la Edad Media parecía imposible de instaurar. «Así lo hacía mi padre» era la frase que se repetía una y otra vez.

Los hechos y la evidencia no importaban a nadie. La gente vivía perdida en creencias absurdas, hundidos en la miseria, el tedio, la suciedad y el atraso. Los agricultores se negaban a regar las tierras diciendo que el agua endurecía los suelos. Estaban dispuestos a creerse cualquier cosa: por ejemplo, que al sembrar trigo se podía obtener centeno o que del cielo podía llover sangre. Veían milagros y maldiciones por doquier. Cuando Miguel me contaba todas estas cosas, yo me sentía escandalizada. No podía comprender por qué el país había quedado hundido en aquel estado de letargo y de ignorancia. ¿Qué había pasado?

Me contaba que los campesinos vivían en unas condiciones espantosas, próximas a las de los animales. Cuando regresaba de visitar a sus colonos, siempre parecía desanimado. Me decía que vivían en chozas horribles, medio en ruinas, que se cubrían con unos sayales ásperos que no les protegían del frío, que se alimentaban con unas migas de sebo y, los días de mayor holganza, con un tarazón de chivo escaldado en agua, y que estaban, a pesar de su pobreza, obligados a pagar infinitos impuestos y cargas al Estado, a los nobles, a los propietarios, a la Iglesia, de modo que su condición inspiraba lástima.

—A mí me da vergüenza de que mis colonos vivan así —me decía—. Pero no te creas que es fácil ayudarles. Todas las innovaciones que les propongo para que su trabajo sea más fácil las rechazan porque las consideran cosas extranjeras. Les llevo nuevos abonos que servirían para hacer más fértil el terreno, y no quieren usarlos. Como al final caen todos ellos en las manos de los usureros, les he propuesto crear un montepío, pero no quieren.

—No sé lo que es un montepío —le decía yo.

—Es una asociación de las personas de un oficio para poder ayudar a las viudas, a los enfermos, a los ancianos, en caso de necesidad. Sería la única medida posible para paliar la avaricia feroz de los usureros. Pero es inútil. Es como si a uno que se está ahogando le echaras un leño y lo rechazara diciendo que no le gusta esa madera.

—Pero ¿cómo hemos llegado a esto? —le preguntaba yo—. ¿A qué se debe esta decadencia?

—Se debe a que en España nadie hace nada —me decía él, desalentado—, nadie se atreve a hacer nada, nadie inventa nada, nadie produce nada, y el que quiere hacer, inventar o producir solo se encuentra con obstáculos y dificultades. Esa es la gran pasión española: poner dificultades. ¡Ese es el verdadero genio español! A eso se dedican la Iglesia, la ley, la corte, el gobierno, los municipios, las academias, la universidad, la hacienda, la administración, la industria, la jurisprudencia: a poner obstáculos, a impedir que nadie haga nada, a hacer que todo resulte difícil, a desmenuzar cada acción posible en infinitos pasos que aburren y terminan por desanimar al que tiene que acometerlos, a anteponer a cada cosa una obligación anterior y a esta otra anterior, a buscar con todos los recursos de la imaginación, de la inteligencia y del ingenio maneras para que cualquier cosa que desee hacer cualquier persona no pueda hacerse, o no pueda hacerse ahora, o no pueda hacerse de ese modo. El resultado es un país atrasado, pobre, aburrido, triste y feo.

—Pero Miguel —le decía yo—. Tú no amas a tu país.

—Estás muy equivocada, Inés. Es el amor a mi país lo que me hace hablar así. Yo amo a mi país y por eso deseo que sea todo lo que podría llegar a ser si se sacudiera la pereza y el miedo a lo nuevo.

91. Colindres

Nos casamos en Madrid en una ceremonia pequeña y partimos enseguida hacia el norte. Como la madre de mi esposo venía con nosotros, organizamos etapas breves con frecuentes descansos, por lo que el viaje se hizo más largo de lo habitual. Nada más cruzar la Cordillera Cantábrica sentí que entraba en un país lleno de maravillas. Las praderas verdes con manadas de vacas pastando, los ordenados huertos que llenaban los valles, las laderas cubiertas de árboles, las cascadas que caían por doquier, los ríos con sus molinos de agua, las cumbres de las montañas perdiéndose en las nubes, todo me maravillaba. Frente a la pobreza lancinante de Castilla, aquellos parajes del norte parecían un paraíso. En nuestro camino hacia el palacio cruzamos la villa de Colindres, y me di cuenta de que era mucho más grande de lo que yo había imaginado, una verdadera ciudad de provincias dormida en su sueño de caballeros, burgueses y capellanes, con su castillo, su colegiata, su paseo marítimo y su puerto, que era, al parecer, uno de los principales de la costa cántabra.

El palacio estaba fuera de la ciudad, hacia el oeste, en el centro de un enorme parque de árboles centenarios. Una larga avenida rectilínea flanqueada de robles de troncos tan gruesos que debían de llevar allí creciendo desde tiempos del Rey Planeta conducía desde la verja de entrada hasta el edificio. Yo lo miraba todo con curiosidad.

—¿Qué te parece, Inés? ¿Te gusta? —me dijo mi esposo.

—¿Todo esto es nuestro? —pregunté.

—Mío y tuyo, y luego será de nuestros hijos.

A través de los troncos de los árboles del paseo de entrada se veían praderas donde pastaban rebaños de ovejas, un lago azul rodeado de cañaverales y la aguja de una iglesia que asomaba por encima de los álamos. Era la capilla de la familia, separada del edificio principal, ahora sin uso.

El paseo de robles desembocaba en una amplia glorieta de arena con una fuente en el centro. Me impresionó lo grande que era el palacio. Estaba construido en una piedra dorada oscurecida por el tiempo y la humedad. Su estilo austero y majestuoso y su fachada principal de estilo plateresco (al parecer, había sido completamente reformado a finales del siglo XVI) me trajeron recuerdos de mi juventud. ¡Oh, y qué escalofrío sentí al descubrir allí, sobre la puerta de entrada, el escudo de la antigua casa solariega con los dos cisnes de cuellos entrelazados!

Cuando bajamos del coche, todo el servicio estaba frente a la puerta de entrada, preparados para recibirnos. Mi marido me presentó al mayordomo, un hombre muy alto que me dio un poco de miedo por su aire serio y hierático, llamado Otilio, y al ama de llaves, Doña Leonor, una mujer de aspecto severo que me hizo preguntarme por qué mi marido había decidido contratar a sirvientes tan antipáticos y por qué no había tenido yo nada que decir en el asunto. Seguían luego una infinidad de sirvientes: los ayudas de cámara, el sumiller, los lacayos, los camareros, la cocinera, sus ayudantes, los mozos de cuadra, los jardineros, hasta llegar a Avelina, mi doncella, una muchachita muy joven de grandes ojos de corzo asustado.

La casa me gustó desde el primer día. A otra persona podría haberle parecido anticuada. No a mí, desde luego. Era muy amplia y muy cómoda, y mi marido se había gastado una verdadera fortuna en amueblarla y decorarla con el mismo buen gusto que yo había admirado en su casa de Madrid. Había conservado parte del mobiliario antiguo y la magnífica colección de tapices, había reformado todo aquello que había quedado anticuado o resultaba incómodo para el gusto moderno y había dejado intacta, me explicó con mucho misterio, la gran biblioteca, que era el mayor orgullo del palacio de los Colindres. Yo quería conocerlo todo, recorrerlo todo, pero quise dejar la biblioteca para el final.

Mi marido estaba tan orgulloso de la nueva casa que había preparado para mí, que le complací recorriéndola con él, los dos respetuosamente seguidos unos pasos por detrás por Otilio y Doña Leonor, y maravillándome cumplidamente, tal como se esperaba que hiciera, de lo amplias y luminosas que eran las habitaciones y de las muchas bellezas que guardaban. No quiero decir con esto que fingiera unos sentimientos que no tenía. Todo me parecía hermoso como un sueño. Había un gran salón de banquetes adornado con cuadros y espejos, y un salón de baile iluminado con arañas y con un estrado para la orquesta, y luego otros salones, conocidos por su color preponderante: el rojo, el azul, el rosa... Elegimos el rojo como comedor familiar y el azul, que tenía ventanas francesas que daban al parque y que disponía de un arpa y un clave, para pasar la tarde. Me agradó que mi marido no hubiera querido poner allí uno de esos típicos estrados que, con sus sillones, sus cojines y alfombras, marcan algo así como el territorio de la esposa en su papel de reina de la casa, una costumbre a la que yo misma había sucumbido tiempo atrás y que todavía seguía existiendo en España. También la alcoba de Doña María del Carmen había sido instalada en la planta baja para que no tuviera que subir escaleras.

Al fondo de un pasillo llegamos a unas puertas muy aparatosas, decoradas con marcos de oro molido y adornada cada hoja con cuarterones labrados, en el centro de los cuales aparecía tallado el escudo de los Colindres.

—¿Y aquí qué hay? —pregunté extrañada, ya que eran aquellas las puertas más historiadas de la casa, y competían en altura con las del salón de banquetes e incluso con las mismas puertas de entrada.

—Esta es la famosa biblioteca —me dijo Miguel con un brillo de misterio en los ojos.

—¡Dios mío! ¡Parece la entrada del infierno!

—Yo hubiera dicho del paraíso —dijo él.

—A veces los dos se parecen.

—Vamos a verla —dijo, poniendo la mano en el picaporte.

—No, espera —dije yo—. Ya habrá tiempo para ver la biblioteca.

El escudo de los dos cisnes aparecía por aquí y por allá en distintas partes de la casa, tallado en un zócalo de lo alto de una pared, en un fresco de un techo sostenido por dos ángeles, en la orla de un viejo retrato, en la filacteria de un paisaje naval. Había uno, el más visible, en la cristalera de colores del primer rellano de la escalinata principal.

—¡Este escudo está por todas partes! —dije yo cuando subíamos.

—Es el de la antigua familia. ¿Te molesta?

—No me molesta —dije—. Pero me hace sentir que esta casa no es nuestra.

—¿Cómo que no es nuestra? —dijo él riendo—. Es nuestra, junto con todo el parque, los acantilados, la isla, los campos y los huertos, dos pedanías con sus tierras y colonos, tres molinos y media villa.

—Pero el escudo no es nuestro.

—¿Quieres que lo quitemos? —dijo él—. Sería una pena. Otra cosa que podemos hacer es reclamarlo para nuestra familia.

—Oh, no, no —dije yo—. Si quieres tener un escudo, que sea otro.

—Nunca me han importado los escudos ni los títulos —dijo él—. Por eso mismo me da igual el de los dueños anteriores. Es parte de la historia del lugar y de la casa. Pero es solo eso, Inés: historia.

Cuando terminamos de hacer el *grand tour*, me retiré a mi habitación, que era muy amplia y estaba al lado de la de mi marido, para descansar un rato. Avelina ya estaba allí, abriendo y ordenando las ropas de mis arcones, y yo veía cómo se le iban los ojos al ver mis vestidos, mis sombreros, mis joyas. Le pregunté de dónde era y me dijo que de Cangas de Onís, en Asturias.

—Entonces, ¿hablas bable? —le pregunté con curiosidad.

—Sí, señora, pero Doña Leonor díxome que na casa tengo que falar siempre castellanu.

—Bueno, Avelina, obedece a Doña Leonor, pero cuando estemos las dos solas, ¿te molestaría hablarme a mí en bable?

—No, señora.

—Y ahora, elige un vestido que te guste, el que quieras.

La vi dudar entre uno y otro. Al final eligió uno de mis favoritos.

—Esti vistíu azul marín ye bien guapu —dijo.

—¿Guapo? —dije yo—. ¿Le decís «guapo» a los vestidos, como si tuvieran cara? Bueno, Avelina, pues es tuyo. Te lo regalo.

—¡Non, señora! ¿Pa mí? ¡Nun pue ser!

—Sí, hija, sí. Si yo tengo muchos.

—¡Ay, señora! —decía con las mejillas rojas. Parecía tan emocionada que me pregunté si no me habría excedido.

Cuando salió de la habitación con el vestido, lo llevaba sobre los brazos como si fuera algo sagrado.

Tomamos un almuerzo en el salón rojo, así llamado por el rico panelado de madera de cerezo de las paredes. Miguel salió para Colindres para arreglar unos asuntos que tenía allí y yo me dediqué a organizar los otros baúles que traíamos, a señalar a los mozos dónde debían llevar cada uno y a vigilar que las cosas frágiles fueran descargadas y conducidas con cuidado, y en estos menesteres se me fue casi todo el día. No pude encontrar un momento para examinar la biblioteca hasta que comenzó a caer la tarde.

Las sombras comenzaban a apoderarse de la casa, y aunque todavía había luz solar, cogí una lámpara por si acaso la biblioteca estaba a oscuras y había que descorrer cortinas o abrir postigos.

Probé el picaporte suponiendo que aquellas puertas impresionantes y palaciegas estarían cerradas con llave. No era así, y se abrieron con toda facilidad.

Al otro lado, el pasillo continuaba, aunque ambas paredes estaban llenas de libros. Como no había ventanas, estaba bastante oscuro, y me alegré de haber traído una luz. Cerré la puerta tras de mí y fui avanzando, iluminada por la llama de la lámpara y mirando los títulos de los lomos a un lado y a otro. Al fondo del pasillo me encontré con la viva imagen de Don Luis de Flores, marqués de Colindres, vestido con un traje blanco y plateado del siglo XVI. ¡Qué susto me di, Dios mío! Ahogué un grito y estuve a punto de dejar caer la lámpara que llevaba. Era él, era él sin duda, y estaba exactamente igual a como yo le recordaba, un hombre como de veinticinco años, vestido a la moda de 1500, con una pelliza de marta cibelina alrededor del cuello y la mano derecha reposando sobre la cazoleta de su espada. Era un magnífico retrato al óleo de tamaño natural. Me acerqué a leer el título, donde se leía: «Don Luis de Flores y Sotomayor, anno 1497». No estaba firmado.

«¡Aquí estás! —me dije interiormente—. ¡Fielmente esperándome desde hace más de doscientos años! ¡Y aquí estoy yo también!».

En un primer momento pensé que este largo pasillo lleno de libros a ambos lados y presidido al fondo por el retrato era el total de la biblioteca. Me sentí un poco desilusionada. Pero a la derecha del retrato se abría otro pasillo que iba en paralelo al anterior, también lleno de libros. Y al fondo, salía otro pasillo hacia la izquierda en ángulo recto. Y al fondo de este, otro pasillo a la izquierda paralelo al anterior. Estos pasillos estaban muy oscuros, ya que aquí no llegaba la luz de la puerta de entrada, y a medida que avanzaba por ellos me sentía embargada por un temor inexplicable, como si me estuviera adentrando en un laberinto de libros sin fondo.

Al final de este pasillo había una puerta a la derecha que daba a una sala en cuyo centro había una mesa circular. Las paredes también estaban llenas de libros. En la pared del fondo había una puerta en forma de arco por la que entraba la luz del día, y que daba paso, como vi enseguida, a la sala principal de la biblioteca.

Era una estancia de techos muy altos, iluminada mediante una gran ventana redonda situada en el centro de la pared sur. Había allí una gran chimenea de piedra con dos leones tallados y un reloj sobre la repisa; una mesa de lectura con varias sillas; espesas alfombras antiguas cubriendo el suelo y varias butacas tapizadas de terciopelo color burdeos, con reposapiés frente a ellas del mismo tono. En un rincón, una armadura del siglo XVI. En una mesita octogonal, un decantador de vino vacío. En una panoplia, un cuerno de narval, de esos que en el pasado se creía que eran de unicornio. Todo estaba muy limpio, sin una mota de polvo ni una telaraña.

Los libros subían por las cuatro paredes hasta alturas inverosímiles, y había varias escaleras apoyadas en raíles de bronce para poder acceder a las baldas más altas. La gran ventana redonda de la pared sur, por la que ahora entraba la desfallecida luz del atardecer, se abría en medio de las estanterías.

Voy a dibujar aquí un pequeño mapa para que se entienda un poco mejor cómo era esta biblioteca-laberinto.

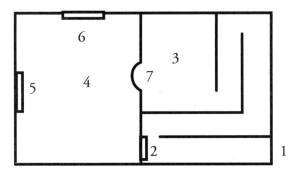

1. Puerta de entrada. 2. Retrato de Don Luis de Flores. 3. Sala intermedia. 4. Sala principal. 5. Chimenea. 6. Ventana redonda. 7. Puerta con forma de arco.

Dejé la lámpara sobre la mesa, me acerqué a las hileras de libros más próximos y comencé a leer los títulos de los lomos. Eran volúmenes de historia, de leyes, de plantas, de navegación, de numismática, de mineralogía. No encontré ni uno solo de magia, lo cual no me extrañó, porque ya suponía que aquellos volúmenes dudosos o incluso peligrosos no serían los más fácilmente accesibles. Fuera como fuera, disponía de mucho tiempo para conocer bien aquella biblioteca y también todos sus secretos.

Había algo que me inquietaba en aquellas estancias. ¿Sería por aquella extraña forma de laberinto que tenía? ¿Sería por la impresión que me había producido encontrarme en el pasillo de entrada el retrato de Don Luis de Flores?

¿Me sentiría cómoda allí alguna vez? Creo que jamás había visto tantos libros juntos, y pensé que debía de ser aquella una de las colecciones bibliográficas más grandes de España, comparable o quizá superior a la biblioteca del Real Alcázar de Madrid, pero a pesar de todo no me veía a mí misma leyendo ni trabajando allí. No sabía qué era lo que me inquietaba o me desagradaba de aquel lugar. No era nada físico. No había humedad, ni olía a moho. Estaba todo limpio y cuando hubiera un buen fuego encendido en la chimenea, sería el lugar ideal para pasar incontables tardes de lectura, pero yo me sentía encerrada allí dentro.

¿De quién había sido la idea de convertir la biblioteca en un laberinto del que era tan difícil salir? En caso de un incendio, ¿no sería aquella una trampa mortal?

Salí de la sala para regresar a mis quehaceres, y cuando estaba recorriendo los enredados pasillos que conducían a la salida, iluminándome de nuevo con la luz que había traído, oí con toda claridad un ruido a mis espaldas. Me quedé inmóvil. Había sonado como si un libro se hubiera caído desde una cierta altura, causando un estrépito al estrellarse contra el suelo.

Me di la vuelta, temblando de miedo, y sentí cómo se me erizaba el vello de los brazos y del cuello. Aquello, simplemente, no era posible. Regresé lentamente sobre mis pasos y me asomé con cautela a la sala intermedia.

—¿Hay alguien aquí? —pregunté.

Luego crucé esta sala, en la que no se veía nada fuera de lugar, y me asomé a la puerta de arco para observar la sala principal.

—¿Hay alguien ahí? —dije una vez más.

En el suelo, cerca de la chimenea, había un libro caído. Me acerqué para cogerlo del suelo, y vi que se trataba de un ejemplar de las *Metamorfosis* de Ovidio.

—¿Hay alguien aquí? —repetí, girándome y mirando a todas partes, sin poder comprender cómo en una habitación vacía podía caerse un libro de una estantería.

Luego dejé el libro sobre la mesa de lectura y salí de allí lo más rápidamente que pude.

92. Leonís

Había oído hablar tanto de los acantilados de Colindres, de sus playas salvajes y, sobre todo, de la isla que había frente a la costa que había imaginado que el palacio estaría al lado del mar, y que la isla sería visible desde las ventanas. Me llevé una desilusión al comprobar que no era así.

Cuando manifesté mi intención de ir a la costa para ver aquella isla de la que tanto había oído hablar, Doña Leonor intentó disuadirme diciéndome que no debía acercarme a los acantilados, que eran altos y peligrosos, y que el viento soplaba allí con mucha fuerza. Me dijo que la costa estaba más lejos del palacio de lo que yo pensaba, a cosa de dos leguas, que los caminos que conducían allí estaban abandonados y descuidados, llenos de zarzas y con los puentes rotos, y que tampoco se podía ir allí a caballo, ya que las caballerías se asustaban en los acantilados y había peligro de despeñarse.

Le consulté a Otilio y me confirmó todo lo que Doña Leonor me había dicho, agregando, si acaso, un par de detalles más para disuadirme. Yo notaba que querían asustarme y que exageraban los peligros de acercarse a la costa, y me pregunté cuál sería la razón.

Decidí hacerles caso a medias e ir a pie, temiendo que mi caballo se asustara ante la vista de los acantilados o al oír el rugido del mar y me lanzara al abismo, lo cual no habría resultado muy agradable. Salí muy temprano sin decirle a nadie adónde iba para que no intentaran detenerme.

La costa no debía de estar a más de media legua de la casa, aunque el camino hasta allí era malo y se veía interrumpido a cada paso por rocas, zonas encharcadas y masas de zarzales en los que yo me detenía para coger moras, que estaban maduras y deliciosas.

Fue una de estas veces, rodeando unas altísimas zarzamoras y sujetando el borde de mi vestido para que no se enganchara en las espinas, cuando de pronto un golpe de viento y un fresco olor a mar me golpearon en la cara y me encontré, casi sin darme cuenta, en lo alto de los acantilados. La pronunciada cuesta ascendente que me había llevado hasta allí, así como la altura de los zarzales, me había ocultado la visión del mar, que aparecía de pronto ante mi vista ilimitado e ilimitadamente azul.

—¡Dios mío! —grité en voz alta.

El viento soplaba con tanta fuerza que tuve que sujetarme el sombrero con la mano para que no me lo arrancara de la cabeza.

Me encontraba en lo alto de un espectacular abismo. Asomándome con cuidado, vi que las paredes de roca caían a pico sobre una magnífica playa de arena dorada con forma de media luna. De las arenas iban surgiendo largas crestas de roca paralelas e inclinadas que iban luego avanzando en dirección al mar y entre las cuales, al bajar la marea, habían quedado extensas piscinas alargadas. Vi que estas crestas de roca, que se extendían entre las dunas de arena y las aguas, tenían el efecto de proteger la playa del oleaje. Me fascinaba aquel mar salvaje y bravío del norte, tan distinto del plácido mar de Nápoles y del luminoso Mediterráneo que yo tan bien conocía. Mar adentro, más allá de las vetas paralelas de roca y sin duda respondiendo a la misma formación geológica, se elevaban tres grandes rocas, una de ellas en forma de arco, contra las cuales rompían ferozmente las olas. Luego supe que las llamaban Las Tres Damas, seguramente en referencia a alguna leyenda local.

Hacia la derecha, la playa desaparecía enseguida y los acantilados continuaban. Más allá, a unas dos leguas, invisible desde el lugar donde yo me encontraba, estaba la villa de Colindres.

Hacia la izquierda, el acantilado iba descendiendo de forma gradual hasta alcanzar el nivel de la playa. Había allí un istmo de arena, también recorrido por el lado de sotavento por profundas vetas paralelas de roca, que comunicaba la tierra firme con una isla cubierta de árboles, muy picuda, como una montaña que surgiera de las olas. El mar asediaba este largo istmo de arena por ambos lados, con lentos abanicos de espuma por el lado de arena y cabrillas que saltaban por el lado de roca, pero era lo suficientemente amplio como para pasar a la isla. Supuse que cuando subiera la marea quedaría cubierto y que aquello que ahora era una península se convertiría en una verdadera isla.

Fui descendiendo por el camino que corría por el borde del acantilado, agarrando con una mano los pliegues de la falda y con la otra sosteniéndome el sombrero de amplias alas que llevaba, y maldiciendo aquellas ropas femeninas que tan poco adecuadas resultaban para enfrentarse con los elementos. Cuando llegué al nivel de la playa, pude contemplar por fin la isla frente a mí. Parecía la giba de una enorme ballena varada y cubierta de árboles.

Había por allí una cabaña de una familia de pescadores, en cuya puerta se hallaban dos mujeres ancianas cosiendo redes. Me acerqué a ellas y les pregunté qué isla era aquella.

—Es la isla de Leonís, señora —me dijo la más vieja, que tenía los ojos cubiertos de cataratas.

¡La isla de Leonís! De modo que ahora las gentes del lugar la conocían con el nombre que yo le pusiera tanto tiempo atrás.

—Es la señora de la casa grande —le dijo la otra, con un gesto de miedo en los ojos.

—¡La señora marquesa! —susurró la vieja.

—No, no, buena mujer, ya no hay marqueses en la casa de los Colindres —dije yo—. Y decidme, ¿se puede ir a pie hasta la isla?

—Se puede, pero la marea está subiendo y dentro de poco volverá a ser una isla —dijo la mujer más joven—. No vaya allí, señora.

—Volveré cuando esté baja la marea —dije.

—No vaya allí, vuesa merced, por el amor de Dios —dijo entonces la mujer que tenía los ojos cubiertos de cataratas—. Es peligroso.

—Pero ¿peligroso por qué?

Ninguna de las dos me contestó.

Volví al día siguiente unas dos horas antes, saliendo de mi casa casi de noche, y me encontré la isla separada de la tierra por un brazo de mar. Supe entonces que las dos mujeres me habían mentido, y que el día anterior la marea no estaba subiendo como ellas decían, sino bajando, y me pregunté por qué razón sería que todos en el país querían engañarme y asustarme para que no me acercara a la isla.

Pasaron varios días hasta que pude encontrar la ocasión de regresar. Aunque sabía que los ciclos de las mareas van cambiando de día en día, intenté llegar allí a la misma hora que el primer día, y me encontré el istmo seco y el paso libre. No quise ni acercarme a la cabaña de pescadores. Cuando las dos mujeres me vieron caminar en dirección a la isla, se asomaron y comenzaron a hacerme señas con los brazos, seguramente para advertirme que no siguiera avanzando. Si gritaban o decían algo no lo sé, porque el viento y los chillidos de las gaviotas borraban o desfiguraban sus voces. No les hice el menor caso, me adentré en el istmo viendo cómo las olas del mar rompían suavemente a ambos lados, y enseguida llegué a la isla.

La zona que daba hacia la costa era más llana. Se veían por allí restos de huertos, manzanares abandonados y llenos de plantas parásitas y también antiguos cultivos de tabaco. Toda aquella zona era muy fértil y también muy cálida y agradable, protegida como estaba de los vientos del mar por el cuerpo de la isla. Luego el terreno comenzaba a elevarse y a llenarse de árboles muy altos y frondosos. A pesar de todo, encontré un camino que iba subiendo por entre los troncos de los álamos, los robles, los abetos y los cedros y decidí seguirlo. Enseguida se bifurcó, un camino que iba hacia un edificio medio en ruinas, de paredes que habían sido rosadas y que parecía haber sido destruido por un incendio, y otro que seguía subiendo. Tomé el que subía.

Dios mío, qué lugar tan maravilloso era aquel. La naturaleza era de una exuberancia prodigiosa. Los nervudos troncos de los olmos ascendían abrazados de enredaderas. De las altas ramas de los cedros colgaban lianas hasta el suelo.

El camino seguía ascendiendo hasta asomarse al lado norte de la isla, que era una pared de rocas que caía a pico sobre el mar, en una serie de paisajes espectaculares de quebradas de piedra que se hundían entre las olas y que me dejaban sin aliento. Los cedros y cipreses crecían por allí retorcidos y violentamente desfigurados por el viento constante. Siguiendo este camino que corría por el borde del abismo, llegué hasta un punto en que el camino se bifurcaba otra vez. Una senda nacía allí, que iba descendiendo por los acantilados. Me asomé un poco, vi cómo iba bajando por la pared de roca, y me pregunté quién podría haber tallado aquel camino y quién lo habría usado en el pasado.

Seguí avanzando por el camino principal, que un poco más allá se apartaba del precipicio y se hundía de nuevo entre la floresta para alcanzar enseguida la parte más elevada de la isla, donde había agradables praderas y también una pequeña ermita de piedra. Unas rocas blancas surgían de entre las zarzas y me pareció que brotaba de ellas un sonido cóncavo, como de oleaje o de campanas. Me acerqué a curiosear y vi que la tierra se abría en grietas profundas a través de las cuales llegaba el rumor de las olas, el silbido del viento y el olor a salitre, y supuse que allí abajo había alguna profunda cueva que tenía comunicación con el mar. Me dije que tenía que caminar con buen cuidado para no caerme por una de aquellas grietas y matarme.

Subí hasta la ermita que señalaba el punto más alto de la isla. Era una construcción de piedra muy sencilla. Cuando entré, me pareció que estaba habitada, porque había una jarra con agua y unas mantas dobladas sobre un banco. No se veía a nadie por allí, y la fui rodeando para intentar contemplar los acantilados del norte de la isla. Fue entonces cuando vi a un hombre que estaba como medio escondido entre los helechos. Comprendí que se estaba escondiendo de mí.

—Buenos días —le dije con toda naturalidad.

—Aquí no se puede estar —me dijo él con malos modos.

Iba vestido de monje, y tenía una larga barba.

—¿Cómo que no? —le dije—. ¿Y tú qué haces aquí?

—¿Yo? —dijo él, confuso—. Vigilar, señora.

Miraba a todas partes, como intentando descubrir dónde estaban mis criados o acompañantes. No podía explicarse qué hacía allí una mujer sola, y vestida además con ropas tan lujosas.

—¿Vigilar? ¿Y qué es lo que vigilas, si aquí no hay nada?

—Vigilo el mar, señora.

—Vigilas el mar.

—Para ver si hay ballenas.

—¿Las ves desde aquí?

—Sí, señora. Se ven desde muy lejos.

—¿Y cómo avisas a los balleneros?

—Con una bandera.

Me señaló hacia la costa y comprobé que desde allí arriba se veía, en la distancia, el extremo del malecón del puerto de Colindres. No era imposible que lo que decía el hombre fuera cierto.

—Soy la dueña de estas tierras y también de esta isla —le dije—. ¿Quién te paga?

—¿A mí? —dijo confuso—. A mí no me paga nadie.

—Pero si estás en mis tierras, entonces trabajas para mi marido, y tendrá que ser mi marido el que te pague. ¿Sabe mi marido que estás aquí arriba?

El hombre parecía no saber qué decir.

—¿Es usted la nueva marquesa? —preguntó por fin.

—No —dije yo—. Soy Doña Inés de Padilla, y mi esposo se llama Don Miguel de Solís. Dime, ¿tú vives aquí?

—Sí, señora.

—Pero ¿cómo puedes vivir aquí tú solo? ¿Qué haces todo el día? ¿Qué comes? ¿Te traen de comer?

—No, señora —dijo él.

—¿Cómo te llamas?

—Agustín, para servirle.

—¿Por qué vas vestido de monje cuando no lo eres?

De pronto sentí que estaba haciendo demasiadas preguntas, y que el hombre se sentía cada vez más incómodo, y de pronto tuve miedo. Vi que miraba hacia su derecha, y siguiendo la dirección de su mirada vi que en un banco de piedra construido en la pared de la ermita había una hoz y un hacha.

¿Estaría de verdad pensando en atacarme?

—Esos huecos que hay entre las rocas —dije, para relajar la tensión que se había creado entre ambos—. Esos que hay ahí, más abajo... se oye el mar por ellos.

—Sí, señora. Son las cárcavas.

—¿Las cárcavas?

—Sí.

—¿Hay debajo un pozo que comunica con el mar?

El hombre titubeó antes de contestar.

—Sí. Pero no es un pozo.

—¿Qué es?

—Una cueva. No debe acercarse a las cárcavas, señora. Los helechos y las zarzas las cubren, y uno no las ve, y se cae por ellas. Muchos han muerto así. Hay una caída de mucha altura.

Me despedí de él y me volví por donde había venido, aparentando seguridad pero muerta de miedo. Nada le habría resultado más fácil a aquel hombre que acabar conmigo de un hachazo y dejar caer mi cuerpo por una de aquellas cárcavas, donde probablemente nadie lo encontraría jamás. Pero ¿qué motivo podía tener para desear matarme? No me lo imaginaba, pero cuando yo le estaba interrogando había visto en sus ojos un brillo de desesperación y de terror.

93. Doña Pepita

Enseguida comencé a recibir invitaciones de las casas importantes, porque todos deseaban conocer a la nueva dueña del palacio, que en aquella pequeña ciudad de provincia era tanto como conocer a los príncipes del lugar. Había en Colindres varios hidalgos venidos a menos, Don Olmo y Don Francisco de Borja; dos médicos, Don Agapito y Don Froilán; un farmacéutico, el licenciado Bezerra; un historiador local, el marqués de Santa Olalla; el comandante del puerto, Don Melquíades Solórzano; un capitán de fragata retirado, Don Amaro Rubén Roldán y Piélago; el alcalde, Don Francisco Montesclaros, al que todos llamaban Don Paco, y el deán de la ciudad, el padre Villalta.

Colindres no era cabeza de diócesis y no tenía obispo, pero la colegiata de San Andrés, una magnífica iglesia del siglo XII de la que los colindreses estaban justamente orgullosos, era ciertamente monumental y merecería haber sido catedral. El padre Villalta, deán de la colegiata y presidente del cabildo, era una de las máximas autoridades de la ciudad. Mi marido me dijo que era un hombre muy culto, algo seco en el trato, pero que no le parecía en absoluto opuesto a las ideas del progreso de las ciencias que eran para él tan importantes. Había también en Colindres un seminario adscrito a la colegiata, dos hospitales, varios conventos, una ermita en lo alto de una colina, la de Santa Brígida, una iglesia de los marineros, la de San Elmo, un teatro, un casino, del que Miguel enseguida se hizo socio, y varios espacios para el esparcimiento público tales como plazas, paseos, alamedas, prados, una plaza mayor porticada y, desde luego, el magnífico paseo marítimo. No estaba nada mal, en conjunto.

Las altas damas de Colindres vivían todas bajo la férula de Doña Pepita Mújica, la Alcaldesa, a la que así llamaban no solo porque fuera la mujer del alcalde, sino porque era la verdadera regidora de la villa. La casa de Doña Pepita, a la que era muy asiduo el padre Elzaurdi, chantre de la colegiata, era algo así como el corazón de la vida social de Colindres.

Las señoras de Colindres eran muy pías y temerosas de Dios. Si yo había esperado poder disfrutar de veladas artísticas, de música, de poesía, un poco de clave, un poco de arpa, o haber participado en ellas con mi voz, con mis dedos o con mi pluma, no podía haber estado más equivocada. Las damas se reunían para rezar, para tomar jícaras de chocolate bien espeso y atracarse de dulces, para hablar de santos excelsos y de pecadores nefandos que les hacían santiguarse muchas veces y para organizar alguna obra de caridad o hablar de la próxima romería. No parecía haber otra cosa en la vida que les interesara lo más mínimo.

Ninguna de estas señoras caminaba por la calle como no fuera para ir a misa. Parecían pensar que las aceras estaban hechas para las modistas, las criadas y las mujeres de mala vida, y que una señora respetable no debía poner jamás un pie en ellas. Como yo deseaba conocer la villa, sus iglesias, sus plazas y sus paseos, insistía en caminar a pie y en meterme por todos los rincones, para gran espanto de Avelina, que me decía que aquello allí no se hacía.

Una tarde pasamos por delante de un establecimiento que parecía muy animado y del que salían voces, risas y música muy alegres.

—¿Qué es este sitio? —le pregunté a mi doncella—. ¿Qué hay aquí?

—Ye la mistelería de Doña Jacoba —me dijo.

—¿Tú has venido aquí alguna vez?

—Sí, señora, vengo toles tardes. Equí ye onde vienen toles muyeres de la villa pa prestase.

—¿Para divertirse? Pues ¿no me habías dicho que aquí nadie salía a la calle y nadie paseaba ni iba a ningún sitio?

—Eso ye pa los señores principales. Nos sí que salimos, y cuando tenemos ocasión venimos a la mistelería. Ye tan famosa que dalgunes vienen de llueñe —añadió con el orgullo que el lugareño siente siempre por lo suyo.

—Pero ¿qué hacéis aquí?

—Pos falar, señora, xugar a les cartes, cuntar cuentos y rinos, cantar un pocu si hai una guitarra, y tamién, ente partida y partida, tomanos unos vasinos de mistela.

No conocía yo aquella bebida y quise entrar para probarla. Avelina se sentía violenta y me dijo que allí no entraban las señoras, solo las mujeres de los marinos y de los artesanos, y que además habría allí mucho ruido y desorden, porque todas se llevaban a sus criaturas. Y así era. Se trataba de un local amplio, muy alegre, lleno de mesas y de bancos de madera abarrotados de mujeres de toda edad y condición, muchas de ellas con sus hijos, algunas dando de mamar a sus recién nacidos. Doña Jacoba se asombró de ver entrar en su local a una dama tan elegante, pero me recibió como si fuera una vieja amiga, con esa mezcla de cortesía e insolencia de los que suelen servir al público, y me ofreció el mejor asiento de la casa, una antigua barrica de vino que había sido cortada y adaptada con almohadones de estopa para convertirla en una cómoda butaca. Hacía Doña Jacoba dos variedades de mistela, las dos añadiendo aguardiente al mosto de uva para detener la fermentación, una con granos de café y otra con rodajas secas de naranja, con lo que obtenía dos variedades igualmente deliciosas, aunque después de probar ambas acabé decidiendo que era la mistela con sabor a naranja la que más me gustaba. Me tomé dos vasos y comencé a sentirme algo achispada.

Avelina estaba toda corrida y no sabía dónde meterse. En ese momento entró un buhonero en el local y todas las mujeres se abalanzaron sobre él para ver las cosas que vendía, espejitos, cintas, botones, peines y peinetas, pañuelos, toquillas y escofietas. Todas estaban tan alegres, tan felices de estar allí juntas, que sentí envidia.

—Ay, qué bueno está esto —le dije a Avelina, que apenas había tocado su vaso, como si le diera vergüenza beber delante de mí—. Y qué suerte tenéis de poder salir de casa y reuniros todas. Los salones de Colindres no son tan divertidos.

Todo aquello llegó a oídos de Doña Pepita, que se presentó en el palacio de los Solís junto con su hija Micaela y el confesor de ambas, el padre Elzaurdi, al que yo ya conocía como poseedor de una hermosa voz de barítono y estupendo degustador de pasteles y rosolíes. Sorprendida por la visita, les hice pasar al salón azul y les presenté a mi suegra. Doña Pepita alabó mucho la fineza de los muebles y de las telas, pero se extrañó de que no hubiera yo puesto un estrado como tenían todas las señoras de Colindres. Creo que le pareció una excentricidad propia de ricos, que no se decidían a tener lo que gente con menos posibles podía procurarse.

—Eso, para las reinas —dije yo.

—Ay, hija, Inés, ¿y no es usted la reina de su casa?

—Claro que lo es —dijo mi suegra mirándome con afecto—. Y una reina muy querida.

—¡Como debe ser! —clamó el padre Elzaurdi, que miraba a todas partes buscando dónde estarían las bandejas de dulces.

—Queridísima Inés —me dijo Doña Pepita cuando nos sentamos por fin—, ¡qué cosas cuentan en esta ciudad y cómo circulan por aquí las malas lenguas! Vengo a advertirle de las cosas que se dicen de usted. Cuando lo he oído, no lo he creído. He dicho ¡no puede ser!

—Vaya por Dios —dije yo—. Pues ¿qué dicen?

—Ay, hija, es que no puedo ni decirlo del empacho que me da. Hija, Micaela, dame un poco de aire con el abanico.

—¡Es usted demasiado sentida! —dijo el padre Elzaurdi con su hermosa voz de barítono.

—Vienen y me cuentan que anda usted, que anda usted... —dijo Doña Pepita, mientras su dócil hija la abanicaba desmayadamente para proporcionarles un poco más de aire a sus cansados pulmones—. Que anda usted frecuentando la compañía de artesanos y labriegos y que fraterniza con los criados y entra a establecimientos públicos que no corresponden a su posición social.

—Ah, ¿o sea que todo esto es por haber entrado en la mistelería de Doña Jacoba? —dije yo.

—¡Hija, lo dice usted como si fuera cierto!

—Es que es cierto, Doña Pepita.

—¡Alabado sea Dios! —murmuró el chantre.

—¡Hija, es usted joven y encantadora, pero un error como ese puede costarle muy caro en Colindres! —dijo Doña Pepita—. Dígaselo usted, padre Elzaurdi.

—Debe usted disculparnos —dijo el cura—. Aquí no somos más que unos pobres provincianos. Es lógico que, viniendo su merced de la corte...

—Nunca ha sido mi intención ofender a nadie —dije yo.

—Pero hay más —dijo Doña Pepita—. Hay más... ¡y esto es grave!

—Vaya —dije yo, sintiéndome como un soldado atado a un poste frente a un pelotón de ejecución—. A ver, vengan los cargos...

—¡Ay, mujer, cómo es usted! ¡Ni que fuéramos nosotros el tribunal de la Inquisición! ¡Si solo hemos venido a hablarle por el muchísimo cariño que le tenemos a usted!

—Bueno, Doña Pepita, pues ¿qué más dicen esas malas lenguas?

—¡Ave María purísima! —dijo Doña Pepita santiguándose—. Micaela, deja de abanicarme, hija, que me vas a enfriar la garganta con tanto aire. Pues mire, Doña Inés, dicen que usted ha dicho —prosiguió de nuevo Doña Pepita, otra vez intentando no perder la compostura ante la enormidad de los hechos que se veía obligada a referir—. Que usted ha dicho, o dicen que ha dicho... ay, no puedo, no puedo, ¡no estoy yo ya para estas cosas, esta maldad de la gente! Micaela, díselo tú.

—Que en la mistelería de Doña Jacoba se sentía más a gusto que en nuestra casa. Que allí se pasaba mejor y había más alegría.

—¡Jamás he dicho yo eso! —dije, sintiendo que se me encendía el rostro—. Doña Pepita, si eso es lo que le han contado, le han mentido... y lo han hecho con el único propósito de enemistarme con usted.

—¡Imagínese usted! —prorrumpió entonces Doña Pepita—. ¡Más alegría en un sotanucho, o al menos eso me han contado, porque yo jamás he puesto el pie en ese lugar, un sotanucho lleno de mujeres de artesanos medio ebrias y con los rorros llorando y tomando teta a la vista de todos!

—¡Qué escándalo! —murmuró Micaela débilmente.

Me informó a continuación Doña Pepita de otras cosas malas que se decían de mí, entre las cuales había algunas tan imaginarias como absurdas: por ejemplo, que no había salido al balcón con una vela encendida al paso del viático, como había de hacerse.

—Pero Doña Pepita, si yo vivo en medio de los árboles. ¿Qué viático ha podido pasar por aquí?

—Tiene usted mucha razón, Doña Inés —me dijo.

Hice que sirvieran chocolate acompañado de roscas de anís y biz-cochos, y al padre Elzaurdi se le iluminaron los ojos.

—Las gentes murmuran —se atrevió a decir cuando iba ya por la segunda taza, y eso que en la casa hacían el chocolate bien espeso—. Dicen, señora, que no va usted tanto a misa como debiera.

—¡Algunas dicen que es luterana! —apuntó Micaela con voz tem-blorosa por el horror.

—¡Por Dios bendito, luterana! —dijo Doña María del Carmen—. ¿Y cómo podía haberse casado entonces con Don Miguel?

—Es que la gente es mala, mala —dijo Doña Pepita—. Y es lo que yo les digo: «Si no se confiesa Doña Inés, será que no tiene nada que con-fesar... ¡Será que tiene la conciencia muy limpia!».

Más tarde le conté esta escena a mi marido y se puso de muy mal humor, diciendo que había una conspiración en la ciudad contra él y que nadie quería escuchar sus propuestas ni sus ideas nuevas, y que el rechazo hacia él se había ahora dirigido hacia mí utilizando para ello cualquier excusa, cualquier acción o palabra mía exagerada o desvir-tuada para hacerme aparecer arrogante y antipática.

—Tienes que hacerte con Doña Pepita —me dijo—. Ella es la que manda en esta ciudad. Y tenemos que dejarnos ver más en la colegiata, invitar al señor deán, al arcipreste, al chantre... Es que a mí me aburren los curas a morir —me confesó—. No puedo soportar esas conversa-ciones sobre necedades, milagros y mojigaterías. Soy católico porque así me educaron mis padres, pero con cumplir con los sacramentos me basta. Y me parece que tú, en eso, eres como yo.

94. El barco de las ánimas

Intenté aceptar todas las normas sociales de Colindres. Incluso empecé a vestir como las señoras de allí, con ropas oscuras y llevando un espeso velo negro cuando iba a la iglesia que no había usado ni en el siglo XV. Fui a misa más a menudo y tomé al padre Elzaurdi como confesor. No sabía, la verdad, de qué confesarme, ya que llevaba una vida absolutamente modélica en todo y ni malos pensamientos tenía, de modo que a veces me inventaba pequeñas riñas con mi marido y pequeños pecados de envidia o de soberbia con tal de dar algo de carne a mis confesiones. Por pequeñas que a mí me parecieran mis faltas inventadas, el padre Elzaurdi se escandalizaba y me advertía que lo peor que podía haber en una mujer, dejando aparte la lujuria, que ni siquiera nombraba, era el orgullo, y que debía abajarme y aprender a ser dócil y dulce, modesta y recatada, a hablar poco y a bajar los ojos cuando estaba en presencia de mi marido.

Este padre Elzaurdi me parecía a mí un pillastre. Se tomaba tan en serio su trabajo en la colegiata que le dedicaba todos los días, religiosamente (nunca mejor dicho), nada menos que quince minutos de su precioso tiempo. Mi marido me dijo que había oído decir que tenía fama de clérigo «montés», una expresión que en ese momento no alcancé a entender. Manifestaba, por lo demás, un olímpico desprecio hacia los pobres a los que hubiera debido ayudar de acuerdo con la vocación de su apostolado. Por el contrario, los esquilmaba todo lo que podía, sin que las enfermedades, el granizo, los accidentes o los miles de azares a que está sometida la existencia de los humildes hicieran la menor mella en su ánimo. Pero lo que más me escandalizó fue enterarme de que, a pesar de su primer apellido vascongado, era pariente de los Colindres, quizá el último descendiente de la que había sido una poderosa familia. Su nombre completo era Ignacio Elzaurdi y Flores.

Su padre se había casado con la hermana del último marqués de Colindres, que había muerto sin hijos vivos. Me pregunté por qué no había heredado el título siendo sobrino del último marqués. Yo tenía entendido que el título no lo ostentaba nadie y había supuesto que el linaje se había interrumpido, pero no quise indagar más.

Con el paso del tiempo Doña Pepita se aplacó un tanto y con ella las otras damas de Colindres, cuyas casas me resigné a frecuentar.

Me aburría a muerte, porque aquellas señoras, cuando no estaban rezando, solo sabían hablar de ropa, de amistades comunes y de lo mal que estaba el servicio.

—Estas mujeres son estúpidas —le decía yo a mi marido—. Solo saben hablar de telas, de criados y de conocidos, para criticarlos. No tienen nada en la cabeza.

—Pues si nada ha entrado, ¿qué va a haber allí dentro? —me decía él.

Hice una amiga, Sofía de Bolangero, la esposa del notario de Colindres, que era gran lectora y tocaba muy bien el clave y el arpa. Era una mujer joven, de unos veinticinco años, rubia, bella, muy sencilla y muy dulce. No tenía hijos, porque había dado a luz tres veces y las tres se le habían muerto los niños a las pocas semanas de nacer. Esto la atormentaba y la hundía en la melancolía, porque estaba convencida de que su organismo no tenía la fuerza suficiente como para darle hijos sanos a su marido.

—Inés, ¿qué dicen por ahí? —me dijo un día—. Cuentan que caminas sola por los acantilados. En medio de la lluvia, en medio de la tormenta, ¡como una loca!

—Mujer, ¡no en medio de la tormenta! Pero ¿es que no se puede tampoco caminar por los acantilados? ¿También ofende eso a Doña Pepita y al deán de la colegiata? Bueno, no pasa nada, ¡me confesaré y haré la penitencia que me pongan, aunque sea arrastrar dos ruedas de molino hasta la ermita de Santa Brígida!

—¡Ay, Inés, cómo eres! —me decía mi amiga riendo—. ¿Entonces es cierto?

—Pues claro que es cierto que camino por los acantilados y que camino por la playa y que me meto en las rocas y cojo pulpos y estrellas de mar y también conchas marinas de todas clases. ¿Por qué no va a ser cierto?

—Pero mujer, tú sola en medio de esas playas. ¡Pueden robarte o hacerte daño!

—Pero si allí no hay nadie, Sofía.

—Hay piratas —me dijo ella—. Hay contrabandistas, hay bandidos... Hay balleneros que cuando no tienen ballenas que cazar se dedican al contrabando de ron, de armas, de café... Esta costa es muy peligrosa. ¡Ten cuidado, Inés!

Aquellas palabras encendieron mi imaginación. A veces iba a pasear con Avelina por los acantilados, y me hacía gracia el terror que sentía la muchacha de acercarse a la costa, ella que llevaba toda la vida viviendo al lado del mar. Siempre me decía que era peligroso que dos mujeres solas anduvieran por allí.

—Pero si aquí no hay nadie, Avelina —le decía yo.

Luego pensaba en el ermitaño de la isla, en su hoz y en su hacha, y sentía un escalofrío de terror.

Una tarde, cuando caminábamos por los acantilados frente a la isla, vimos a lo lejos un bergantín que avanzaba a través de las olas con todas las velas desplegadas. Aquello parecía algo temerario, porque soplaba un viento bastante fuerte, y no era como para navegar a todo trapo. Me pareció que estaba pintado de rojo, un tono intenso y oscuro como el de la laca. Las velas, al recibir la luz del sol poniente, se ponían de un color anaranjado, como si estuvieran en llamas.

—Dios mío —dije—. ¡Parece que está ardiendo!

—Vámonos, señora —me dijo Avelina.

—¿Qué barco es ese? ¿Lo conoces?

—Tol mundu equí lu conoce, señora. Ye un barcu d'ánimes del purgatoriu, que solo sale a salear al cayer el sol.

—¡De ánimas del purgatorio! —dije yo—. Pues a mí me parece gobernado por marinos bien vivos.

Parecía un navío de guerra, porque se veían hileras de portas de cañones en los costados. No tenía bandera, pero sí un gallardete rojo y negro que no supe identificar. Se iba acercando hacia la costa, y yo no podía dejar de contemplarlo. Se comenzaban a distinguir más detalles, como un mascarón de proa en forma de unicornio, y vi a varios marinos en la cubierta.

—¡Está fuera de control! —dije yo de pronto—. ¡Va directo hacia la isla! ¡Va a naufragar!

Los del barco comenzaron a arriar velas, y vimos a varios marineros trepando por las jarcias. Luego el bergantín se metió por detrás de la isla y desapareció de nuestra vista.

En los días siguientes, el bergantín rojo con todas las velas encendidas por el sol del atardecer aparecía en mis sueños y también en los ensueños que tenía cuando estaba despierta. Lo veía saltar sobre las olas, avanzando, avanzando, no sabía en dirección a qué.

95. Un fantasma

¡Ánimas del purgatorio! Todos en aquellas tierras parecían muy crédulos de las historias de fantasmas y de aparecidos. Era aquella una tierra de leyendas y de magia. Pensé que era debido al clima, y que la lluvia continua, la oscuridad, la niebla, los espesos y misteriosos bosques ponían al alma en un estado melancólico que la hacía proclive a creer en milagros e imposibles. Era como si allí, en aquellas tierras húmedas y oscuras, el mundo de los muertos estuviera más cerca del de los vivos que en las regiones más meridionales.

Enseguida me enteré de que el propio palacio de los Colindres tenía un fantasma. De acuerdo con la leyenda local, se trataba del fantasma del viejo marqués de Colindres. Le pregunté a Doña Leonor por aquello, y la vi muy seria y compungida.

—Señora, digo yo que algo debe de haber cuando tantos dicen haberlo oído y hasta visto.

—Pero ¿qué han visto? ¿Qué han oído?

—Señora, cosas que cambian de sitio sin que nadie entienda cómo —me dijo ella—. Libros que se caen de las estanterías. Gemidos que se oyen en medio de la noche.

—¿Todas esas cosas pasan en esta casa? —pregunté yo, intrigada.

—Sí, señora, y más.

Recordé entonces aquel libro que se había caído en la biblioteca de forma inexplicable el mismo día de mi llegada y de pronto ya no me sentí tan segura ni tan tranquila.

—Pero ¿quién o quiénes son esos fantasmas? —pregunté.

—Se dice que es el fantasma de un viejo marqués de Colindres, que hizo un pacto con el Diablo mucho tiempo atrás. Luego se embarcó para América, y el barco se hundió en el fondo del océano sin lograr llegar a su destino. Por culpa de aquel pacto que hizo, no se le permite el descanso eterno y ha de vagar errante. Por eso su fantasma volvió aquí, a la casa donde nació, y aquí sigue viviendo.

—¿Aquí? Pero ¿dónde está ese supuesto fantasma?

—Señora —dijo Doña Leonor—, mejor no ahondar en estas cosas. Usted es joven y además no es de esta tierra. No deje que esas historias le entristezcan el ánimo.

—Pero esta es mi casa —dije yo—. Quiero saber lo que pasa en ella. Es en la biblioteca, ¿verdad?

—Sí, señora.

—Y el fantasma es el del mismo marqués de Colindres del cuadro que está allí colgado, ¿verdad?

—Sí, señora. Eso es lo que dicen. Yo nunca lo he visto.

—¿Y conoce a alguien que lo haya visto?

—Mi madre, señora, le vio una vez —dijo Doña Leonor—. Cuando era una niña.

—¿Servía en esta casa?

—Sí, señora, era ayudante de la cocina y luego fue cocinera.

—¡Dios mío! Y su madre de usted, ¿vive todavía?

—No, señora, murió hace muchos años.

Le conté todo esto a mi esposo, que me escuchó con mucha atención y luego me preguntó si yo daba alguna credibilidad a aquellas historias. Le dije que yo no creía en aparecidos ni en fantasmas, desde luego, y no seguimos ahondando en el tema.

Mi marido, que daba una gran importancia a la instrucción y a la lectura, había encargado unos cuantos libros nuevos, entre ellos uno de Feijoo, un monje benedictino cuyas ideas avanzadas estaban creando sensación en España, y otros de René Descartes, de Malebranche y de Gregorio Mayans y Siscar. Los dos los leíamos y los comentábamos y a los dos nos sorprendían los conocimientos y las opiniones del otro, a mí la mente clara y lúcida de mi esposo y a él el extenso conocimiento que yo tenía de las letras clásicas y de la historia de nuestro país.

El padre Feijoo acababa de publicar el primer tomo de su *Teatro crítico universal* y se había convertido en uno de los ídolos de mi marido. Miguel estaba convencido de que el nuevo siglo traería un cambio radical en la historia del mundo.

El libro de Feijoo contenía un discurso titulado «Defensa de las mujeres», que me pareció asombroso. Era un texto muy largo, y yo iba leyéndolo y comentándolo con mi marido, a quien le sorprendía la pasión que yo sentía por el tema.

—Esto está muy bien, Miguel —le decía yo—. Mira lo que dice aquí el padre Feijoo, hablando de la prudencia y de la sabiduría de tantas mujeres que han estado en posición de gobierno: «Por lo menos el descubrimiento del Nuevo Mundo, que fue el suceso más glorioso de España en muchos siglos, es cierto que no se hubiera conseguido si la magnanimidad de Isabela no hubiese vencido los temores y perezas de Fernando».

—¡Cuánto idealizas tú a Isabel la Católica! —dijo mi esposo.

—Porque fue una mujer admirable —dije yo—. Con sus sombras y sus malas decisiones, que yo conozco mejor que nadie.

—Siempre hablas de ella como si la hubieras conocido en persona.

Yo me mordía los labios.

—Dice cosas muy buenas —dije yo, volviendo a la «Defensa de las mujeres»—. Habla de la igualdad de los sexos, de las virtudes comparadas de hombres y mujeres, de cómo unos y otros destacan en unas cosas y cómo las virtudes de los dos son igualmente necesarias. Dice cosas muy bonitas, habla de la «prudencia» de los hombres y de la «sencillez» de las mujeres... No me importa si es cierto o no que las mujeres sean más sencillas que los hombres, lo que me gusta es el respeto, la ecuanimidad con que habla de nosotras. Dice que otra cosa que aportan las mujeres es la vergüenza, que actúa como una valla entre la virtud y el vicio. Porque la vergüenza puede ser fruto de la ignorancia y la superstición, como esas mujeres que se dejan morir antes que ir al médico, por miedo de quitarse la ropa. Pero bien entendida, como virtud moral, la vergüenza es amor y respeto a sí mismo.

—Cómo me gusta escucharte —me dijo mi esposo—. Tienes mucha razón, Inés, y creo que una de las cosas buenas que tienen las mujeres es que hacen que los hombres sientan vergüenza por sus vicios. Eso es porque muchas veces son moralmente más fuertes que nosotros.

—Así eras tú cuando yo te conocí, ¡un hombre lleno de vicios!

—¡Cómo te ríes de mí! —se quejó mi esposo.

—Deberíamos conocer al padre Feijoo, ¿no te parece? Es catedrático en Oviedo, no está nada lejos. Si te parece bien, voy a escribirle felicitándole por esta defensa de las mujeres que ha escrito.

—¿Cómo no va a parecerme bien? —me dijo él—. Escríbele, Inés, que le encantará. No existe escritor sin vanidad, por muy eclesiástico que sea.

Solíamos dormir juntos en mi cama, y mi habitación se convirtió, de hecho, en la de ambos, porque disfrutábamos de estar uno en brazos del otro y acabábamos el día siempre perdidos en largas conversaciones entre las sábanas. Mi esposo me amaba con pasión. Yo, que jamás le hubiera considerado un seductor, me daba cuenta de que poco a poco me iba haciendo caer en las redes de su amor, y que lo lograba sin hacer, aparentemente, nada especial. Cada día me sentía más sorprendida por la amplitud y la generosidad de su espíritu, más atraída por él, más cómoda y feliz en su compañía. Primero fue mi intelecto el que sentí más próximo al suyo, luego lo fue mi cuerpo. Ser su esposa me hacía feliz y me llenaba de orgullo y, en contra de lo que había creído antes de casarme, me descubría deseando que llegara la hora de acostarnos, por lo dulce que se me hacía estar cada noche entre sus brazos. Cuando dos mentes son amigas, cuando dos cuerpos se desean, ¿cómo no va a seguir el alma? Comencé a pensar que a lo mejor era cierto que con el tiempo llegaría a enamorarme de él.

96. El misterio de Leonís

No sé por qué, la isla de Leonís me obsesionaba. Una noche regresábamos de una fiesta en Colindres en el coche por la carretera que va por la costa, y vimos en lo alto de la masa oscura de la isla un punto de luz.

—Mira, Miguel, ¿tú has visto eso? —le dije.

—Sí, sí —dijo él de mal humor.

—Pero ¿lo has visto? ¿Quién puede estar ahí arriba? ¿Qué estarán haciendo?

—Nada bueno —rezongó él.

—Pero háblame, Miguel, no me trates como a una mujer a la que no se le pueden contar las cosas.

—No sé —dijo él—. Uno oye cosas y no sabe si creérselas. Dicen que a veces, en noches de tormenta, los piratas, o los bandoleros, no sé cómo llamarles, ponen luces en lo alto de las peñas para confundir a los barcos que se dirigen al puerto, les hacen perder el rumbo y encallan en las rocas. Luego bajan y lo roban todo. Y si alguien se les opone, lo pasan a cuchillo.

—¡Dios mío!

—Pero hoy es una noche clara y la mar está tranquila —añadió él—. No puede ser nada de eso.

—¿Tú sabes si vive alguien en la isla?

—No, que yo sepa.

Mi marido estaba de mal humor porque tenía que viajar a Madrid al día siguiente para realizar ciertas gestiones y tendríamos que pasar varias semanas separados.

Partió a la mañana siguiente al alba. Yo me hubiera ido con él de mil amores, pero no queríamos dejar sin compañía a Doña María del Carmen. Cuando me encontré sola en aquel gran palacio, me sentí de pronto muy vacía. A aquellas alturas, la casa funcionaba por sí misma, y aparte de darle a Benedictina, la cocinera, los menús de la semana, poca cosa había que hacer. Me puse a investigar la biblioteca y no paraba de asombrarme de los tesoros que guardaba. Los libros de magia no estaban escondidos, ni mucho menos. Llenaban anaquel tras anaquel del salón principal de la biblioteca, a la derecha de la chimenea. Eran todos muy viejos, algunos escritos en idiomas y alfabetos que yo no había visto nunca y que me parecían inventados. Es posible que algunos lo fueran.

Descubrí que mi dormitorio estaba justamente encima de la sala principal de la biblioteca. Quizá por simple aprensión y por el hecho de tener que dormir sola y de saber que mi esposo no estaba en casa, algunas noches me parecía oír ruidos allá abajo como silbidos, gemidos, chasquidos y puertas que se abrían y cerraban. Me decía que debía de ser solo mi imaginación, que jugaba con los ruidos de aquella casa que era todavía nueva para mí.

Una noche, sin embargo, creí oír con toda claridad un ruido justo debajo de mi cuarto. Me incorporé en la cama, sobresaltada. El ruido volvió a repetirse. Salté de la cama, me puse una bata sobre la camisa de dormir, encendí una vela y bajé por la escalera trasera, que terminaba casi frente a las puertas de la biblioteca. Empujé la puerta y fui recorriendo los pasillos uno por uno, intentando sobreponerme al miedo irracional que sentía al adentrarme en aquel dédalo oscuro. Cuando llegué por fin a la sala principal, vi que había un libro abierto sobre la mesa de lectura y una vela apagada al lado. Toqué el cabo de la vela y noté que estaba caliente. Me volví, asustada, intentando iluminar todos los rincones con la luz temblorosa de mi vela, pero allí no había nadie. Y sin embargo, allí estaban el libro y la vela. Miré el título, y vi que se trataba, una vez más, de las *Metamorfosis* de Ovidio. El libro estaba abierto por la leyenda de Cigno, el hombre que fue convertido en cisne por los dioses.

¿Cómo era esto posible? Pensé que a lo mejor uno de los criados se metía por la noche a la biblioteca para leer. ¿Tendríamos entre el servicio a algún secreto aficionado a la lectura? ¿El propio Otilio, quizá?

Pero ¿precisamente aquel libro, y abierto precisamente por aquella página? La vela estaba caliente, por lo que solo debía llevar unos instantes apagada. Pero entonces, ¿dónde estaba aquel misterioso lector? En aquella sala no había lugar para ocultarse. ¿Me habría oído bajar y había desaparecido de allí rápidamente antes de que yo apareciera?

Todo aquello resultaba difícil de explicar.

Al día siguiente le pregunté a Otilio si él entraba a veces a la biblioteca a leer.

—¿A leer, señora? —me dijo—. No, señora. A la biblioteca se entra para limpiar nada más.

—No me parecería mal que usted hiciera uso de los libros si así lo desea y me pide permiso —le dije—. Los libros son de todo el mundo y han de estar a disposición de todos.

—Es usted el colmo de la generosidad, Doña Inés —me dijo.

—¿No sabe usted de nadie que entre por la noche a la biblioteca? —pregunté—. Solo quiero que, sea quien sea, no lo haga a escondidas.

—¿Por la noche? —se espantó él.

Como abría mucho los ojos me di cuenta al instante de lo que estaba pensando.

—Señora, nadie se atrevería a entrar de noche en la biblioteca —dijo él.

—No creerá usted en fantasmas, Otilio.

—Yo... yo no sé, señora.

Siguieron varios días de lluvia intensa, que hacían poco deseable salir de casa.

Intenté volver a ponerme a escribir, pero mi mente andaba perdida en las mil sensaciones nuevas que experimentaba cada día, y me costaba concentrarme. No había dejado de pensar en aquel camino que subía por el interior de la isla, y en aquella bifurcación que descendía por la pared de roca del lado norte. Cuatro o cinco días después de la partida de mi esposo la lluvia cedió, volvió a salir el sol y decidí regresar a Leonís para explorar aquel camino y ver adónde conducía. Pasé un buen rato pensando qué ropa podía ponerme que fuera más adecuada para caminar por entre las rocas y ofrecer menos resistencia al viento, pero la única posibilidad que se me ocurría era usar ropa de hombre. Lo habría hecho de tenerla a mano, e incluso llegué a probarme unos pantalones de mi marido, pero me estaban muy grandes. Tampoco los zapatos que yo tenía eran adecuados para caminar por las peñas, pero no disponía de otros.

Hacía un día magnífico, claro, sin nubes y sin apenas viento. Cuando llegué a la costa, vi que la marea estaba en el punto más bajo, lo cual me daba unas cuantas horas de margen para no quedarme atrapada en la isla. Me acerqué a la cabaña de pescadores para hablar con las dos mujeres que vivían allí, pero vi que estaba cerrada y que todas las redes que había antes extendidas habían desaparecido. Sin pararme mucho a pensar qué habría sido de ellas, bajé a la playa, atravesé el istmo de arena y me interné en la isla. Siempre que atravesaba el istmo, y aunque no hubiera nunca nadie a la vista, tenía la desagradable sensación de estar siendo observada.

Fui subiendo por el camino, entre el delicado rumor de los pájaros que llenaban el bosque, hasta llegar al lugar donde la senda corría por el borde de los acantilados de la costa norte. Enseguida llegué a la bifurcación, y tomé la senda que iba descendiendo por los acantilados.

El camino no era malo, aunque apenas tenía medio metro de anchura y carecía, como es de suponer, de barandilla o agarre alguno. Como el día no era muy ventoso no sentía peligro al ir descendiendo por allí, pero a medida que me acercaba al mar el viento iba aumentando de intensidad y, como se me metía por debajo de las faldas y las enaguas y las hinchaba, yo sentía como si fuera a arrancarme de la ladera y a lanzarme a las alturas volando igual que un vilano. Había cogido un sombrero que se ataba con una cinta por debajo de la barbilla, de modo que ahora tenía las dos manos libres, pero ni aun así conseguía domeñar el vuelo de mis faldas.

En algunos tramos del camino había escalones tallados que hacían el descenso más difícil, ya que eran muy estrechos y tenían mucha inclinación. Otras zonas estaban encharcadas, húmedas y resbaladizas. Cuando podía, me agarraba a las matas que crecían en las grietas de las rocas para sentirme más segura. Y así, poco a poco, fui descendiendo por el acantilado, maravillada por la vista salvaje que se ofrecía a mis ojos. El mar estaba de un azul espléndido aquel día, pero cuando miraba las olas que rompían justo debajo de mí, las veía negras y amenazantes. Las rocas se quebraban en columnas y contrafuertes que se adentraban en el mar creando formas fantásticas.

Todo el lado norte de la isla era, al parecer, un gran farallón de roca. El camino descendía y descendía y yo no veía que tuviera final, y hubo un momento en que me dije que era imposible que aquello condujera a ninguna parte y que lo mejor que podía hacer era regresar por donde había venido y dejar de arriesgar mi vida por nada. Entonces, en ese preciso momento, vi la cueva. Tuve que seguir descendiendo unas veinte o treinta varas más para poder ver con claridad que, en efecto, se trataba de la inmensa boca de una cueva abierta al mar. Era tan grande, Dios mío, como la fachada de una catedral. Así comprendí la razón de que existieran aquellas cárcavas de las que me había advertido el ermitaño de lo alto, y me di cuenta de que la isla de Leonís estaba, en gran parte, hueca por dentro. Seguí descendiendo, intentando pegarme lo más posible a la pared de piedra y agarrándome cuando podía a los matorrales, y poco a poco la inmensa boca de la cueva se iba revelando a mis ojos, y también lo que había en el interior.

Vi primero una aguja que asomaba, casi horizontal, con unos aparejos atados. Al principio no podía comprender qué podía ser aquello. Enseguida me di cuenta de que se trataba del bauprés de una nave. Seguí descendiendo y enseguida pude ver el barco, que era sin duda alguna el bergantín que había visto unos días atrás cuando caminaba con Avelina por los acantilados. Vi el mascarón de proa con forma de unicornio, vi el nombre Silver Shark y los costados pintados de rojo oscuro y las hileras de las portas de los cañones, y vi también las laceraciones del casco, las marcas dejadas por disparos de mosquete y andanadas de artillería, las rémoras de la parte inferior, testimonio de largas travesías y de poca ocasión de carenar para limpiarlas.

La boca de la cueva tenía la anchura y la altura suficientes como para permitir cómodamente el paso del barco, pero el espacio interior debía de ser todavía más amplio, tanto como para que los navegantes pudieran hacer girar el navío y orientarlo de nuevo con la proa hacia la salida. Pero ¿para qué lo habían escondido allí? Me dije que esta pregunta tenía pocas respuestas posibles, quizá solo una.

Me aposté en un reborde de roca desde el cual podía observar sin ser vista. En la cubierta del barco parecía haber una gran actividad. Mediante una grúa en la que conté al menos cinco poleas, los marineros iban bajando bultos, cajas de madera y barriles, hasta una falúa situada al costado de babor. Trabajaban a toda velocidad bajo la supervisión y los gritos de un contramaestre al que todos parecían tener miedo, ya que sus menores gestos eran obedecidos de inmediato. Me dieron lástima aquellos pobres diablos descalzos que se esforzaban por levantar aquellas cajas que, de caerse, podían aplastarlos, y por hacer rodar aquellos barriles de apariencia pesadísima intentando que no se desviaran del curso que pretendían darles, e irlos metiendo uno por uno en la red de la grúa, que luego, operada tan solo por dos hombres que hacían girar un torno horizontal, elevaba las enormes cargas en el aire con sorprendente facilidad y las hacía descender por el costado del barco hasta que los de la embarcación de más abajo las iban recibiendo y colocando una tras otra en la frágil falúa, con buen cuidado de no desequilibrarla. Cuando la falúa estuvo cargada, los hombres se pusieron a los remos y la alejaron de allí en dirección al fondo de la cueva. Otra falúa que debía de acabar de descargar se acercó enseguida para situarse en el mismo punto que la anterior.

En ese momento, apareció en la cubierta un hombre vestido con una casaca de color plata y unos calzones negros, un tricornio en la cabeza y un sable al cinto, acompañado por un eclesiástico que, si la vista no me engañaba, no era otro que el padre Elzaurdi. El hombre de la casaca caminaba con gran elegancia y compostura. Había algo en su apariencia, un aire de nobleza y de dominio, que me resultaba imponente, pero enseguida observé que tenía una pata de palo y que llevaba un parche en el ojo izquierdo. Nada más verle aparecer, el contramaestre se cuadró ante él y comenzó, seguramente, a informarle de los detalles de la operación. El caballero del tricornio, sin duda el capitán del navío, no parecía sentir excesivo interés por el trabajo de sus hombres, en cuya habilidad y experiencia debía de tener sobradas razones para confiar, ni tampoco por la magia, para mí asombrosa, de las poleas de la grúa, que permitían al ingenio levantar aquellos bultos en el aire como si fueran balas de paja, y se fue caminando con el cura

hacia la proa del barco. Ambos departieron allí un rato. El padre Elzaurdi tenía unos pliegos de papel, que ambos consultaron. Luego el
cura se despidió, echó a caminar hacia la popa y desapareció de mi
vista. El hombre de la casaca plateada se recostó sobre la borda y se
quedó inmóvil, como perdido en sus pensamientos. Parecía hundido
en una melancolía y un cansancio infinitos.

«¿En qué estarás pensando, capitán? —me dije, contemplándole desde mi escondite—. ¿De qué lejanos mares vienes y a qué lejanos puertos
vas? ¿Qué eres, un pirata, un corsario, un contrabandista, un fugitivo
de la justicia? ¿De quién huyes? ¿A quién echas de menos en tu vida
errante? Noble, noble, ¡oh, tú debes de tener muy poco de noble y menos
aún de admirable! No tienes ley, ni puerto, y probablemente no tienes
otra casa que tu barco ni otra esposa que la mar. ¿Por qué, entonces,
siento al verte tanta envidia? ¿Por qué me gustaría ser como tú?».

97. Arrowhead

Aunque yo no sabía a ciencia cierta cuándo iba a regresar Miguel, habían pasado ya tres semanas, y sabía que no podía demorarse mucho más. Una noche de luna llena en que me sentía yo especialmente intranquila, estaba metida en la cama intentando dormir cuando me pareció, una vez más, oír con toda claridad un ruido en la estancia de debajo. De nuevo salté de la cama, me puse una bata y unas zapatillas para no pasar frío, encendí una vela y bajé. Me había propuesto sorprender en aquella ocasión al lector nocturno, de modo que fui extremadamente silenciosa. Abrí las puertas de la biblioteca con gran sigilo y nada más entrar apagué la vela y fui avanzando en la oscuridad por el laberinto de pasillos, tanteando las paredes que ya conocía bien.

Cuando llegué a la sala intermedia vi que el arco del fondo que daba acceso a la sala central estaba vagamente iluminado. Llegué hasta allí y me asomé intentando no hacer el menor ruido. Había un hombre sentado de espaldas a mí en la mesa de lectura. Estaba consultando un volumen a la luz de una vela. Iba vestido con una casaca color de plata a la que la llama de la vela arrancaba irisaciones azules, y era evidente que no se trataba de ninguno de mis criados. A su izquierda, sobre la mesa, había un tricornio.

No sé si hice algún ruido o si fue mi mera presencia a su espalda lo que le alertó. Me ha sucedido muchas veces sentir la presencia de alguien por el mero hecho de notar unos ojos fijos en mí. De pronto interrumpió su lectura y se volvió a mirar en mi dirección. Luego se puso de pie, apartando la silla. Era muy alto, y vi que tenía un parche en el ojo izquierdo y una pata de palo. Pensé en huir de allí y en ponerme a dar voces para llamar a los criados, pero no lo hice. Al contrario: salí de detrás de la puerta y me mostré claramente ante él.

Permanecimos así unos segundos, él mirando a la mujer que acababa de aparecer en el umbral y yo mirándole a él. No podía creer lo que me decían mis ojos.

Pero yo ya lo sabía. Lo sabía desde que le había visto en la distancia en el puente de su barco. Lo sabía y no lo sabía.

La verdad es que yo le había visto o había creído verle en docenas de ocasiones durante todos aquellos años. Un hombre que se asoma a una ventana; un caballero que sube por la calle; un vendedor de paños en un bazar; un aguador que lleva unas tinajas en una mula; un soldado con su alabarda al hombro; un mendigo, un franciscano, un volatinero... Cualquiera podía ser él, haciendo cualquier oficio, con cualquier apariencia. Había creído verle tantas veces, había deseado verle tantas veces, que no podía creer que aquel hombre que estaba frente a mí fuera realmente él.

El capitán pirata avanzó unos pasos hacia mí.

—Inés —dijo él—. Entonces, ¿es cierto que eres tú?

—¡Luis! —exclamé.

No pude decir ni hacer nada más. Me invadió una debilidad extrema y sentí un extraño vacío en la boca del estómago, como si me hubiera resbalado desde una altura y me hundiera en un pozo. Perdí la conciencia y caí al suelo como muerta.

Cuando me desperté, me sentía muy mareada. Estaba tumbada en un lecho, pero enseguida me di cuenta de que no era mi cama. Era mucho más pequeño, y estaba dentro de una habitación toda panelada de madera que me resultaba completamente desconocida. Seguía vestida con mi bata y mi camisón de dormir. No sabía si me habían dado algo para hacerme dormir, pero la sensación de mareo que tenía era tan intensa que me daba la impresión de que el suelo y las paredes se movían. Bajé de la cama, me puse de pie agarrándome a la mesilla, que estaba unida a la pared, y luego crucé la habitación tambaleándome. Me acerqué a la puerta para comprobar si estaba encerrada. No lo estaba. La puerta se abrió sin dificultad. Salí, y me encontré con un tramo de escaleras que subían. En lo alto había una puerta: la abrí y lo comprendí todo. Me encontraba en un barco, en mitad del mar.

El viento soplaba con fuerza, las velas estaban desplegadas, y el barco navegaba a todo trapo. Vi a varios marineros que me miraron con espanto y llamaron advirtiendo de mi presencia. Enseguida apareció el capitán, caminando ágilmente a pesar de su pata de palo.

—¡Inés! —me dijo acercándose a mí y tomándome de las manos—. ¡Tenemos que buscarte algo de ropa!

—¿Eres tú de verdad? —le dije.

—Sí, claro que soy yo. ¿Es que no me reconoces?

—Estás muy cambiado —le dije.

Estaba muy moreno, con la piel atezada por el viento y el sol.

—Ha pasado mucho tiempo —dijo él—. Ven, vamos a mi camarote y hablaremos.

—Pero ¿dónde estamos? ¿Adónde me llevas? —dije mirando a mi alrededor, y viendo que no había más que agua por todas partes.

Me solté de sus manos y corrí hasta la borda. No se veía la tierra.

—Vamos a las Azores —me dijo—. ¡Y luego, al fin del mundo!

—¿A las Azores? ¡Pero Luis! ¿Estás loco?

—¡Luis! —dijo él—. Hace mucho que ya no uso ese nombre. Ha quedado en el pasado, junto con tantas otras cosas. Ahora me llamo Conrad Arrowhead. Capitán Arrowhead.

—¡Me has robado! —dije—. ¡Devuélveme a tierra ahora mismo!

—Eso no es posible —me dijo—. Acabamos de llevar a tierra un gran cargamento y tenemos que regresar a cargar de nuevo.

—Pero ¿qué es esto? ¿Qué eres, Luis, en qué te has convertido? ¿Eres un corsario?

—¡Un corsario! —dijo él con una voz terrible—. No, Inés, no soy un pirata, si te refieres a eso. No me dedico al pillaje ni al robo. Lo único que hago es trasladar mercancías de un puerto a otro intentando no ser detectado. Un oficio como otro cualquiera. Unos se afanan por cobrar impuestos del trabajo y del sudor de otros, y otros se esfuerzan por no pagarlos. Eso es todo.

—Entonces ¿eres un contrabandista?

—Sí, así nos llaman. ¿Es que te parece mal?

—Estás fuera de la ley. Eres un fugitivo.

Él me miró con una dureza que yo no le había visto nunca.

—Sí, no cabe duda de que estoy fuera de la ley —dijo al fin—. Dime, ¿en todos estos años, no te has visto obligada a hacer cosas que están fuera de las leyes de los hombres? ¿Acaso podemos tú y yo vivir de acuerdo con las normas que marcan y sujetan a las personas honorables? ¿Podemos tú y yo ser honrados? Seguro que lo has intentado una y otra vez y has fracasado. Seguro que has hecho cosas de las que no te enorgulleces.

Yo no sabía qué contestar.

—Ven, Inés —me dijo entonces—. Vamos adentro, tienes que tomar un vaso de cordial y cambiarte esas ropas de cama que llevas. Estás tiritando.

—Pero ¿adónde me llevas? —pregunté—. ¿Adónde va este barco?

—Te llevo conmigo, amor mío —me dijo—. Había perdido toda esperanza de volver a encontrarte pero ya ves, este maldito mundo da tantas vueltas que algunas veces hasta nos concede nuestros más delirantes deseos.

—¡Yo no puedo ir contigo! —chillé desesperada.

—¿Por qué no?

—Porque estoy casada. Porque me espera mi marido en mi casa.

—¡Casada! —dijo él, como si la palabra le produjera un gran desprecio—. Sí, casada con un necio al que no amas. ¡Casada! ¿Le has contado de verdad quién eres y de dónde vienes? ¿Qué sabe él de ti?

Yo no sabía qué decir. Le acompañé al interior de la nave y volvimos a entrar a su camarote. Descorrió las espesas cortinas de las ventanas y la luz del sol entró iluminando alegremente la estancia. Era una sala cómoda y amplia, con varias lámparas colgadas de cadenas de bronce y una gran mesa llena de instrumentos de navegación y de planos extendidos. Sobre una percha había una gran cacatúa de plumas blancas que yo antes no había visto, y que graznó al vernos entrar. Las paredes estaban llenas de libros.

—¡Libros, libros! —dije yo—. ¡Siempre libros, tú y yo!

Me sirvió un vaso de cordial y me lo tomé a lentos sorbos, sintiendo que me hacía bien. En ese momento, la puerta se abrió y entró una mujer como de unos treinta años, muy bella, muy morena, vestida con un traje rojo oscuro.

—¡Alicia! —dijo Luis con toda naturalidad—. Te presento a Inés de Padilla. Mira, Inés, esta es la señora Alice Trelawney, de Bournemouth.

—Señora Trelawney —dije, inclinando la cabeza.

—¿Inés de Padilla? —dijo ella mirándome de arriba abajo y hablando con un fuerte acento inglés—. ¿De dónde sale esta Inés de Padilla? ¡Y cómo va vestida, la pobrecilla! ¿La has raptado sacándola de la cama?

—Alicia, sé buena y busca algo de ropa para esta señora —dijo Luis—. Creo que sois más o menos de la misma talla.

—Pero ¿quién es? —dijo la otra, muy furiosa—. ¿Y dónde va a dormir?

—Alicia, Alicia, seamos todos buenos amigos —dijo Luis—. Ven, querida, toma tú también una copa de cordial y hablemos los tres como personas sensatas.

—Señora —le dije a la inglesa—, no tengo la menor intención de «dormir» en ningún sitio. Yo solo deseo que me lleven de vuelta a la costa para poder regresar a mi casa.

—¿De vuelta a la costa? —dijo ella—. Sí, volveremos, pero no antes de seis meses. ¡O un año! Aquí el tiempo tiene una medida diferente.

—¿Cómo? —dije yo, volviéndome a Luis—. ¿Es eso cierto, Luis?

—¿Luis? —dijo la señora Trelawney—. ¿Por qué te llama Luis esta mujer? ¿Es que no sabe quién es el Tiburón de Plata? —añadió, mirándome con una mezcla de ferocidad, de amor y de desprecio que me daba miedo.

—¡Ah, mujeres, mujeres, mujeres! —dijo él perdiendo la paciencia—. Yo, que no tenía ninguna y ahora tengo dos. ¡Me dan ganas de tiraros a las dos por la borda!

—Tírala a ella y acabemos —dijo la inglesa.

—Déjame volver —dije una vez más—. Te lo ruego. Da la vuelta y déjame en la costa.

Le vi suspirar profundamente y apretar la mandíbula.

—Yo tengo un marido —dije—. Tú tienes a la señora Trelawney. Los dos tenemos nuestra vida, Luis, o Conrad, o como quieras ahora llamarte.

—Sí, él tiene a la señora Trelawney —dijo la inglesa, mirándole con un desprecio que no sabía si iba dirigido a él o a sí misma—, la tiene como su paño de lágrimas y como su criada, como su perra blanca que le lame las heridas y como el pájaro de colores que uno exhibe. A veces la adora y la ensalza, a veces la trata como a una criada, y a cada momento, ella tiene que saber siempre cuál es su lugar. Pero también tiene a otras, pequeña. No somos otra cosa que *spoils. Spoils...*

—*Spoils...* Botín —dije yo—. ¿Es eso lo que somos, Luis?

—¡Ya basta! —dijo él, dando un rugido que me sobresaltó y estampando la mano sobre la mesa—. Alice, trae algo de ropa para esta señora. ¡No me hagas perder la paciencia!

Vi cómo la inglesa se dirigía a un cofre que estaba al lado de la cama, lo abría y empezaba a buscar entre las prendas que había allí guardadas mientras lanzaba maldiciones por lo bajo.

—Inés —me dijo él—. ¿De verdad no quieres venir conmigo?

—¿Ir contigo junto con esa pobre mujer desdichada y para que me trates como la tratas a ella?

—Ella no es nada —me dijo en voz baja, intentando que la otra no le oyera—. Es la esposa de un juez que se encaprichó de mí y con la que tuve una aventura. No significa nada para mí. Sí, he tenido muchas aventuras durante estos años. ¿Acaso tú no las has tenido?

—Te la has llevado contigo. Convive contigo. Es tu mujer.

—No, Inés, solo es una amante. Yo solo tengo a una mujer, y eres tú.

—¡Estás loco! —dije—. ¡Estás loco! Pero ¿qué te ha pasado? ¿Cómo perdiste la pierna? ¿Y el ojo?

—Ya habrá tiempo para eso —dijo él—. La pierna y el ojo los perdí en las guerras de este mundo. Me metí en las peores batallas, y siempre en primera línea. Pero ¿qué puedo hacer yo si los cañones y los arcabuces y las lanzas y las cimitarras parecen siempre evitarme, o al menos —añadió en tono de sorna, señalando su pierna— evitar mis centros vitales? He sido un héroe y un traidor tantas veces que ya ni siquiera me acuerdo. Pero sigo vivo, Inés. Y dime, ¿a qué puede dedicarse uno como yo? Créeme, ser contrabandista no es, ni con mucho, lo peor que he hecho en esta vida.

Alice volvió con dos vestidos, uno negro como de palo de Campeche y otro verde y negro.

—Son los mejores que tengo —dijo—. Pero no me importa perder uno de ellos. Conrad me comprará otros. ¿Verdad que sí, amor mío?

—Voy a salir para que te cambies —dijo Luis levantándose—. Por favor, intentad no arrancaros los ojos mientras os dejo solas.

98. Mar y tierra

No sé qué amenazas o qué promesas le hizo Luis a la señora Trelawney, pero ahora ella dormía en otro camarote y apenas se cruzaba conmigo. Yo sentía lástima por aquella mujer que vivía encerrada en un barco y no era nada más que la amante de un capitán fuera de la ley. Tampoco parecía que se llevaran bien ni que fueran felices juntos. Y sin embargo se aferraban el uno al otro, seguramente porque de alguna manera dolorosa y retorcida, pero real de todos modos, ella le amaba y él la necesitaba. O bien los dos se amaban, cada uno a su modo, y los dos se necesitaban tanto como se aborrecían.

Luis quería que yo compartiera con él su lecho, pero yo me negaba. Le decía que aquella era la cama de su amante, y que yo no quería ni tocar aquellas sábanas, que él había cambiado por otras limpias pero en las que también habría dormido con ella. El solo pensamiento de tumbarme allí donde ellos habían yacido me hacía sentir sucia. Había otra cama en su camarote, en una hornacina que se abría en la pared. La hizo acomodar para que yo durmiera en ella.

Y sin embargo, desdichada de mí, me daba cuenta de que seguía amándole. Le amaba con pasión, con locura. Todo mi cuerpo, toda mi alma, todo mi espíritu eran suyos, y él lo sabía. No tenía que hacer nada para que le quisiera, no necesitaba decir nada para convencerme. Le amaba y le deseaba con tanta fuerza que a veces, durante aquellas noches, soñaba que saltaba de mi cama, desnuda como estaba, y me metía en la suya. Me despertaba en medio de la noche y me daba cuenta de que él, unos pasos más allá, también estaba despierto. Despierto y respirando y pensando en mí, como yo estaba pensando en él. El aire de aquel camarote parecía lleno de un perfume especiado y extraño que me traía recuerdos, que despertaba en mí sensaciones olvidadas. Pero a pesar de todo, me resistía.

—Le prometí a mi esposo serle fiel —le dije una de aquellas noches terribles que pasé con él en el barco, cuando estábamos los dos solos en el camarote, hablando a la luz de una vela—. Pienso cumplir esa promesa.

—Pero ¿le quieres?

—Sí.

—No me mientas, Inés. Tú y yo somos iguales, no podemos amar a nadie. Solo yo a ti y tú a mí.

—¡Maldito seas! —dije.

—Maldito soy —dijo él, riendo—. Malditos somos los dos. Pero eso ya lo sabíamos.

—¿Y qué fue de aquel peregrino de Jerusalén que no quería ni tocarme, lleno de temores, de culpas y de miedos?

—¡Ah, aquel peregrino! —dijo él—. Sí, en aquella época yo todavía creía en muchas cosas, todavía creía que era posible el perdón.

—Me hablabas de moral, me acusabas de no llevar una vida moral...

—¡Qué estúpido! —dijo él—. ¡Qué Babieca! Pero por fortuna no pude resistirme a ti. ¿Por qué te resistes a mí tú ahora? ¿De dónde sacas esa fuerza de voluntad? Yo no la tengo. Yo no la tuve...

—¿Llegaste a Jerusalén?

—Oh, sí —dijo él—. Crucé Grecia, me adentré en el Turco, llegué a los Santos Lugares. Luego viajé hacia el oriente... Hace mucho ya de eso... Uno se cansa de todo, de ser bueno tanto como de ser malo... Pero antes de eso te busqué, Inés, te busqué en Roma por todas partes.

—El cardenal me encerró —le dije—. Me metió en una celda, como si fuera una fiera.

—No tenía dinero, no conocía a nadie en Roma... Intenté sobornar a los criados, entrar en el palacio... Pero no estabas en ninguna parte. Habías desaparecido de la faz de la tierra...

—Pero él ¿qué te hizo? —pregunté.

—¿A mí? —se sorprendió.

—Sí, cuando nos sorprendieron en la casita aquella del Janículo.

—Nada. Sus criados me vapulearon un poco.

—¿Un poco?

—Me dieron una buena paliza. Me dejaron casi muerto. Tardé un mes en curarme. Nada grave.

—Me dijo que te había hecho... Me dijo que ya no eras un hombre.

—¿Que ya no era un hombre?

—Me dijo que sus criados te habían castrado.

—¡El Diablo me proteja! —dijo él, con esa reacción física de repulsa que sienten siempre los hombres cuando se habla de la emasculación—. No, no Inés, nada de eso. Si te lo dijo fue solo para hacerte daño.

—Entonces, ¿sigues...?

—¿Sigo siendo un hombre? —dijo él—. ¿Sigo estando entero? Sí, Inés, sigo estando entero. Con una pierna menos, pero entero.

Yo veía con desesperación cómo pasaban los días y cómo nos alejábamos más y más de las costas de España. El Silver Shark navegaba lejos de la costa, sin duda para no ser avistado, pero yo sabía que en la derrota de las Azores teníamos que recorrer todo el norte de la península, y que Asturias y luego las tierras gallegas estaban allí mismo, al otro lado del horizonte.

Un día avistamos ballenas. Eran inmensas ballenas azules, y había tantas que parecían llenar todo el mar. Luis me señaló sus colas horizontales, que las hacían diferentes de los peces, que tienen siempre la cola vertical, y me habló de los hábitos de aquellos animales inmensos, tan peligrosos de cazar y tan apreciados sobre todo por su grasa.

—¿Tú has cazado ballenas?

—Sí. Pero es un trabajo agotador y muy peligroso.

—¿Peligroso por qué?

—Porque a veces las ballenas atacan al barco que las persigue, y son tan grandes que pueden destrozar el casco.

—¿De veras?

—Hay ballenas asesinas, ballenas que odian, ballenas que recuerdan.

—No es posible que recuerden —dije yo, maravillada—. Son animales.

—Como nosotros —dijo él.

A mí la sensación del viaje, de la distancia, de la aventura, la posibilidad de conocer otros climas y otros países, comenzaba a fascinarme, pero luchaba con todas mis fuerzas contra esa fascinación.

La señora Trelawney no se acercaba a nosotros. Yo la veía a veces en la cubierta, siempre sola. Me daba pena y hubiera querido acercarme a hablar con ella y conocer la historia de su vida, pero seguramente Luis le había prohibido que se dirigiera a mí.

—Luis, devuélveme a mi marido —le decía yo continuamente—. Si de verdad me quieres, te lo ruego, te lo pido de rodillas, llévame de vuelta.

—Pero ¿por qué? Es un necio. Un tonto con mucho dinero que no sabe nada de ti ni te entiende ni te entenderá jamás.

—No es ningún tonto, y me entiende mucho mejor de lo que tú supones.

—Pero no le quieres.

—Sí le quiero. No le quiero como te quise a ti, es cierto, pero le quiero. Le quiero, le admiro, le respeto.

—Entiendo. Y a mí no me admiras y no me respetas. Soy cojo y tuerto, un delincuente. No tengo donde caerme muerto. No tengo nombre ni patria.

—A mí me da igual que seas pobre —le dije—. ¿Es que no sabes que a mí no me importa el dinero?

—El dinero le importa a todo el mundo —repuso él—. Mira, Inés, lo que te ofrezco no es una vida entera en la mar. Tengo una casa en el sur de Inglaterra, en Arundel, una abadía rodeada de cedros y de rosas. Cuando acabe con estos viajes, dentro de unos pocos años, seré rico y me retiraré allí como respetable y honrado propietario. ¿No te gustaría vivir allí conmigo los años que nos queden de vida?

—No puedo, no puedo... —dije yo, sintiendo que mis fuerzas desfallecían.

—Piénsalo, Inés. Solo uno o dos años más, y podremos retirarnos con una buena renta y vivir cómodamente. En Inglaterra es mucho más fácil que en España. Ya lo tengo todo planeado. Solo me faltas tú.

—No puedo, Luis, no es posible.

—Pero Inés, ¿no te das cuenta de que es lo único sensato, lo único posible? Tú y yo no podemos tener vidas normales. No podemos casarnos, tener hijos, tener nietos... Pasado un cierto tiempo tenemos que huir y escondernos, ¡escondernos de nuestros propios hijos! Ver cómo nuestros hijos envejecen y mueren.

Yo recordaba a mis hijos, y cómo había tenido que apartarme de ellos, y no podía dejar de llorar.

A pesar de todo me vio tan determinada a no seguirle, tan fiel a mi marido, que cuando llevábamos tres o cuatro días de viaje tomó la decisión de girar y regresar a España. Los vientos nos fueron favorables, y dos días más tarde avistamos las costas cántabras, aunque tuvimos que esperar un día más a que la mar estuviera calmada para poder volver a entrar en la cueva de Leonís.

Durante esos pocos días, en los que apenas vimos a la señora Trelawney, nos fuimos contando nuestra vida, o al menos fragmentos de nuestra vida. Una vida normal ya es demasiado larga como para poder contarla en unas cuantas veladas. Qué decir, entonces, de nuestras vidas interminables.

El capitán Conrad Arrowhead tenía varios refugios, uno cerca de Weymouth, en el sur de Inglaterra, otro en las Azores y otro en la isla de Margarita, frente a las costas de Venezuela. Según me contó, este último era un verdadero paraíso, y muchas veces había pensado en retirarse allí para siempre. Había abandonado la idea solo porque quedarse al otro lado del océano significaba abandonar toda posibilidad de volver a encontrarse conmigo.

—Vamos, Luis —le dije—. No me digas que todo lo que has hecho en estos años lo hacías pensando en mí. Que me tenías en tus pensamientos todo el tiempo...

—No me importa si no me crees —dijo él—. A estas alturas, ya me da igual lo que piense cualquiera. No, no te diré que pensaba en ti todo el tiempo. Es posible que no piense en ti a todas horas. Pero hay una cosa cierta: no creo que haya pasado ni un solo día de mi vida sin que tu recuerdo haya vuelto, de alguna manera, a mi memoria.

—¿Es verdad eso?

—Sí, es verdad.

—Te creo —le dije—. Te creo porque a mí me pasa lo mismo.

Le vi dirigiendo a sus hombres durante la difícil y arriesgada maniobra de la entrada en la cueva de la isla de Leonís y me maravillaron su calma, su autoridad y el conocimiento que tenía del mar y de la navegación.

El interior de la cueva era, como yo había supuesto, tan grande como la nave de una catedral. Nada más entrar, bajaron dos botes al agua y a fuerza de remos hicieron girar el Silver Shark para prepararlo para la partida. Me despedí de la señora Trelawney, a la que suponía muy feliz de verme partir pero a la que veía, en realidad, muy triste. La posibilidad de tener a otra mujer en el barco, alguien con quien hablar de otra cosa que no fueran rumbos o cabotaje, no debía de parecerle, bien pensado, algo tan horrible. Veía que en ella luchaban los celos que sentía de mí con la dureza de aquel mundo de hombres en el que vivía, la necesidad de odiarme con la de tener una amiga.

—Adiós, señora Trelawney —le dije—. Ha sido usted muy gentil dejándome su ropa. Me gustaría poder devolverle el favor alguna vez.

Me daba pena aquella mujer que había abandonado una vida cómoda y segura en Inglaterra por los peligros y las incomodidades del mar, y me dije que debía de querer mucho a Luis de Flores.

—Usted le quiere, ¿verdad? —le pregunté.

—Sí, señora de Padilla. Por él lo he dejado todo. He abandonado mi patria y a mi familia por seguirle. Pero él solo quiere a una. Solo a una. Y jamás podrá querer a otra.

—¿Y quién es? —pregunté temblando.

—Nunca me ha dicho su nombre —me dijo—. Nunca habla de ella, pero sé que piensa en ella continuamente. Solo una vez, enseñándome un escudo con dos cisnes, me dijo que ella era el otro cisne. Dígame, señora, ¿es usted ese otro cisne?

Me miraba con unos ojos tan tristes que no vi motivo para mentirle.

—Creo que sí —le dije.

—Entonces, ¿por qué le abandona usted? ¿Por qué no se queda con él?

—No lo sé —dije—. No lo sé.

Llegó el momento de desembarcar. Habían puesto una pasarela en la borda que bajaba hasta una pequeña playa de piedras. Había hilos de luz que descendían de lo alto y ponían manchas de sol en las paredes de la cueva, en la playa de piedras y también en el agua verde y transparente.

—Mira —le dije a Luis cuando descendíamos por la pasarela, señalándole los hilos de luz que entraban por las cárcavas de lo alto—. Así es nuestra vida. Un hilo de luz en medio de sombras inmensas. En esa poca luz que desciende, unas pocas partículas flotan y se mueven. Y todo lo demás es oscuridad.

Él no hizo ningún comentario. Me guio hasta el fondo de la cueva y vi que allí había varias mulas y un hombre que las atendía. Me sorprendió reconocer al ermitaño con el que me había encontrado en lo alto de la isla un tiempo atrás. Me lanzó eso que en las novelas suele llamarse una «mirada de soslayo», aunque no creo que me reconociera.

—No tenemos sillas de montar a mujeriegas —me dijo Luis.

—No importa.

Una vez estuvieron puestas las sillas en las mulas, montamos y nos pusimos en marcha. El falso eremita encendió una tea para iluminar nuestros pasos y echó a caminar por delante de nosotros. Vi entonces que al fondo de la cueva se abría la boca de un túnel excavado en la tierra. Vi también varios carromatos que estaban allí alineados y que los contrabandistas debían de usar para trasladar sus mercancías.

—Ahora ya conoces todos mis secretos —me dijo Luis cuando nos adentrábamos por el túnel.

Se hundía profundamente en la tierra en una pronunciada pendiente, ya que tenía que pasar por debajo del brazo de mar que separaba la isla de tierra firme, y luego avanzaba más o menos en línea recta durante un recorrido que se me hizo interminable, aunque no debía de ser de más de media legua. Ninguno de los dos dijo ni una palabra durante el viaje. El túnel se abría un par de veces en bifurcaciones, lo cual sugería la existencia de una verdadera red de caminos subterráneos que debían de llevar siendo usados por los contrabandistas desde tiempos inmemoriales. En un determinado momento, cuando yo ya había perdido toda noción del tiempo y de la distancia, llegamos a una especie de sala circular con paredes de ladrillo. No era el final del túnel, y vi que de aquella sala partían otros caminos. Luis desmontó y luego me ayudó a mí a desmontar. Me asombraba lo hábil que era para moverse a pesar de su pata de palo.

Entramos por una hendidura abierta en la roca y fuimos subiendo por una escalera de piedra muy vieja y resbaladiza. No teníamos iluminación ninguna, y Luis me dijo que me agarrara al faldón de su casaca. Enseguida llegamos a un cuartito pequeño que estaba completamente seco y que parecía la habitación de una casa. Había allí un poco de luz, no sé de dónde provenía. Vi que había una escalera de mano de escalones planos pegada a la pared, y que Luis subía por ella. Corrió un tabique en lo alto, lo cual permitió la entrada de un poco más de luz. En el ventanuco que se abría, me sorprendió descubrir lo que me pareció una hilera de libros. Luis miró por allí durante un rato.

—No hay nadie —dijo, comenzando a descender cuidadosamente—. Ahora podemos salir.

Apretó un resorte de la pared y luego, empujando, abrió una puerta que cedió con un crujido prolongado. Pasamos por ella y me encontré en la sala central de la biblioteca del palacio. La puerta por la que acabábamos de salir estaba cortada directamente en las baldas llenas de libros, al lado de la chimenea.

Era media mañana. Cualquier criado podía entrar a limpiar en la biblioteca y descubrirnos.

—Ya estás en tu casa —me dijo—. Cuéntale a tu marido la verdad: que su magnífica propiedad es en realidad un nido de contrabandistas. Revela el secreto de la isla. Eres libre de hacerlo. No me importa. De hecho, es lo que debes hacer si quieres explicar de algún modo tu desaparición.

—No diré nada —dije—. No temas, no contaré tus secretos.

—Tu marido debe de estar buscándote por todas partes. Habrá organizado partidas de búsqueda... ¿Qué vas a contarle? ¿Cómo vas a explicar tu larga ausencia?

—No te preocupes tú por eso.

—Sí, los años nos enseñan a mentir —dijo él con un suspiro—. Nos hacen muy hábiles con los disfraces, las medias verdades y las medias mentiras.

—Entonces, ¿tú sabías que yo vivía aquí? —dije yo.

Había tantas cosas que se iban reuniendo en mi cabeza, tantos cabos sueltos que se unían y anudaban. Él me miró y, creo que por primera vez en todos aquellos días, una sonrisa, o la sombra de una sonrisa, pareció llenar su rostro.

—No estaba seguro. Lo supuse en el momento en que oí el nombre de la esposa de Don Miguel de Solís, el nuevo propietario del Palacio de Colindres. Inés de Padilla, me decía, ¡pero Inés de Padilla hay muchas, o puede haber muchas! ¡No tiene por qué ser la misma! No lo supe de verdad hasta que te tuve frente a mis ojos.

—Pero tú ¿para qué vienes a esta casa? ¿Por qué entras en la biblioteca en medio de la noche?

—Es mi casa —dijo él con sencillez, mirando a su alrededor—. Yo nací aquí. Paso a menudo por aquí debajo con mis hombres para descargar las mercancías, y algunas veces me aparto de ellos, subo y paso aquí un rato. Pero estas últimas veces entraba con la esperanza de verte y saber si eras realmente tú.

—¿Por eso dejabas las *Metamorfosis* abiertas por la leyenda de Cigno? ¿Qué era eso, un mensaje secreto?

—Algo así —dijo él encogiéndose de hombros.

—Entiendo.

—Y tú —me dijo—, ¿qué pensaste al ver el libro? ¿Pensaste que podía ser yo?

—Quería creerlo. Quería y no quería. Me parecía absurdo, imposible. Me decía que era una casualidad. Que debíamos de tener algún criado deseoso de instrucción que venía por las noches a leer a escondidas...

Había llegado el momento de despedirse, pero no me decidía a hacerlo. Tampoco él parecía querer separarse de mí.

—Espero que seas feliz con él —me dijo, de pronto poseído por una emoción que había logrado, hasta ese momento, mantener a raya—. Inés, mi amor, mi amor inmortal.

—No digas eso.

—Es la verdad, Inés.

—No, no es la verdad.

—Tú sabes que sí. Tú sientes lo mismo.

—Sí —dije yo a mi pesar—. Sí, siento lo mismo.

—Sientes lo mismo que yo.

—Sí, sí.

—¿Entonces?

—No quiero traicionarle.

—Ven conmigo. Ahora mismo, sin dudarlo más. Ven conmigo, sé mía para siempre.

—No puedo abandonarle.

—No le quieres.

—He dado mi palabra.

—Ven conmigo, Inés, esta puede ser la última oportunidad que tengamos.

—He dado mi palabra.

—¿Es que no quieres ser feliz?

—Yo ya no puedo ser feliz —dije—. Ya no soy digna de ti. Te he traicionado. He gritado tu nombre a los verdugos. Te he acusado.

—¿Me has acusado? ¿De qué podías acusarme?

—De ser un mago. De hacer pactos con el Diablo. Fue hace mucho tiempo.

—No me importa. Eso no tiene importancia, Inés.

—A mí sí me importa. Déjame que rehaga mi vida. Déjame que haga, al menos, una cosa bien.

—Ven conmigo. No me importa lo que hayas hecho, yo habré hecho cosas mucho peores. Nada de eso importa ahora mismo, solo importamos tú y yo.

—No —dije cerrando los ojos para no verle.

—Mira, Inés —dijo él, y me di cuenta de que le temblaba la voz—, tiempo es todo lo que tenemos tú y yo. Ya sabes dónde encontrarme. Cuando todo esto se termine, que se terminará, cuando vuelvas a ser libre, ven a Arundel a buscarme.

Cuando volví a abrir los ojos, ya no estaba.

99. Una muerte

Lloré durante días y semanas y meses. Algunos días de lluvia, en esas tardes infinitas que parece que no van a terminar nunca, me maldecía a mí misma por no haberme ido con él a navegar por el mundo. Soñaba con las Azores, con Venezuela, con la isla Margarita, con los climas y los puertos lejanos, con el olor de los mercados de especias, que nunca había olido, y los colores de las flores del trópico, que nunca había visto. Me veía a mí misma entre los cocoteros, con la piel tostada por el sol. Nos veía a ambos sentados en el jardín de nuestra abadía de Arundel, yo escribiendo, él cuidando sus rosas... Era como si aquella vida posible fuera ya real en algún sitio, en alguna dimensión desconocida del tiempo.

Pasaron los años. Dios mío, ¡cuántas veces he escrito ya esa misma frase! Los pequeños placeres del hogar sustituyeron a las grandes aventuras. Miguel y yo establecimos tradiciones y creamos costumbres y encontrábamos placer en mantenerlas.

Tuvimos hijos, crecieron, se hicieron hombres y mujeres. Murió Doña María del Carmen, y la enterramos en el cementerio de Colindres, que era ahora nuestro. Luego murió mi marido, a la temprana edad de sesenta y cinco años, cuando estaba todavía lleno de vida y de proyectos. No cabe duda de que habíamos sido felices, y su muerte me dejó completamente desolada.

Mi familia me llenaba de orgullo. Mi casa, mis hijos, mi marido, mi hogar, en definitiva, habían sido mi mundo. En mi larga vida, era aquella la primera vez que yo había tenido un verdadero hogar.

Sebastián, nuestro hijo mayor, se ocupaba ya de los negocios de la familia. Se parecía mucho a mi marido, había heredado su carácter, su energía y muchos de sus talentos. España estaba cambiando, y todas aquellas ideas que Miguel tenía, aquellos cambios que él soñaba para el país, comenzaban ahora a manifestarse y a aflorar por todas partes. Las ideas de la Ilustración llegaban a España. Sebastián viajaba mucho a Madrid, a París, a Londres, y en uno de sus viajes conoció a una joven madrileña, Ana Isabel Láinez, con la que se prometió y luego se casó. Era encantadora, inteligente y buena persona, y nos hicimos muy amigas.

Margarita, mi hija mayor, se casó con un militar de origen francés que era muy guapo, muy religioso y muy recto, cosas que ella, por alguna razón, estimaba mucho. Era muy coqueta y muy bella, y había muchos jóvenes en Colindres locamente enamorados de ella. Cástor y Sonia, los dos gemelos, pronto encontraron también buenos partidos, o se los encontré yo, ya no me acuerdo. Cuando nació el primer hijo de Margarita y Adolfo Longjumeau yo me convertí en abuela. Y supe, una vez más, que tenía que desaparecer, lo cual quería decir separarme de mi hogar y de mis hijos para siempre.

Me juré no volver jamás a ser madre para no tener que volver a pasar otra vez por aquel dolor. Mi desesperación era tan grande que pensé en reunirles a los cuatro (aunque ya no éramos cuatro, ciertamente, sino muchos más) y contarles mi gran secreto. No me atreví a hacerlo.

Mi eterna juventud hacía tiempo que causaba verdadero asombro entre propios y extraños. Yo intentaba disimular mi edad como podía. Comencé a maquillarme no para estar más bella, sino para parecer más vieja, añadiendo ojeras, arrugas, manchas en la piel. Me ponía guantes para ocultar la limpieza perfecta de mis manos. Vestía como una anciana, con un bonete y con escofietas hasta la barbilla para que no se viera la limpieza de mi piel. Escondía mi juventud como otras esconden su edad. Llevaba siempre un velo oscuro cubriéndome el rostro. Incluso comencé a caminar con un bastón y a inclinarme un poco, como encorvada por el peso de los años. Pero no podía mantener aquella farsa eternamente. Tenía que marcharme.

Tuve que elegir, una vez más, la forma más adecuada de hacer mutis. No podía desvanecerme en el aire sin más. Tenía que escenificar una muerte que no dejara la menor duda y que cerrara las cosas de forma definitiva.

Y así es como murió Doña Inés de Padilla, viuda de Don Miguel de Solís. A pesar de su avanzada edad, Doña Inés tenía la costumbre, desde su juventud, de pasear por lo alto de los acantilados de Colindres. Llevaba haciéndolo toda la vida y conocía bien la zona. Sin embargo un día, paseando sola, debió de perder el pie y se despeñó. Su cuerpo apareció unas semanas más tarde, todo comido por los peces y en muy mal estado. No cabía duda de que era ella, porque vestía sus ropas y sus joyas, que todos sus criados y allegados reconocieron. Fue enterrada en el cementerio que había sido de los marqueses de Colindres y ahora pertenecía a la familia Solís. Se celebraron numerosas misas por el descanso de su alma porque había llegado a ser una persona muy querida en la villa.

No me preguntéis quién era aquella mujer desdichada a la que puse mis ropas y mis joyas. Era un cadáver sin nombre, comprado en un hospital de beneficencia. Muchas veces me he preguntado quién es la mujer que yace en mi tumba.

Lo preparé todo bien, a conciencia. Tuve todo el tiempo del mundo, e hice lo necesario para seguir siendo razonablemente rica después de muerta y no tener que preocuparme ya nunca por los problemas económicos.

Pero ¿dónde estaba yo mientras mis hijos y mis criados, como suele decirse, devolvían mi cuerpo a la tierra? En aquellos mismos instantes, mientras mis hijos lloraban y los incensarios humeaban y el párroco hacía la señal de la cruz sobre mi féretro, y este descendía trabajosamente a la tumba, yo estaba muy lejos de allí, dentro de un barco rumbo a Inglaterra.

Separarme de mis hijos me causaba un gran dolor, pero me decía que al menos ahora era libre para irme a vivir con el hombre que amaba. La posibilidad de encontrarme con Luis y vivir a su lado sin necesidad de mentir ni de esconderme, o teniendo, al menos, un cómplice en las mentiras y estratagemas que tuviéramos que urdir para seguir arrostrando nuestra extraña maldición, me parecía algo así como alcanzar, por fin, un puerto seguro después de una larga travesía llena de desdichas. ¿No es eso lo que sucede en las novelas griegas? ¿No era eso lo que les sucedía a mis queridos Cleóbulo y Lavinia, los amantes místicos, que después de mil esclavitudes y naufragios lograban, al fin, encontrarse y vivir juntos y felices para siempre?

100. Arundel

Desembarqué en Bournemouth y me dirigí en varias etapas hasta la villa de Arundel, donde me puse a buscar al caballero Conrad Arrowhead, antiguo capitán de navío. Nadie había oído hablar de él. Arundel, uno de los pueblos más bellos del sur de Inglaterra, no es muy grande, y la provisión de villas, castillos, mansiones, rectorías, abadías, casas solariegas y granjas contenidos en su demarcación, necesariamente limitada, de modo que al cabo de un tiempo de preguntar por aquí y por allá y de recorrer las calles y los caminos y más tarde los registros de la propiedad, el catastro y los archivos municipales y religiosos, terminé por convencerme de que el capitán Arrowhead nunca había llegado a vivir en Arundel ni a comprar ninguna propiedad en la villa ni en los alrededores, y que no existía en toda la región ni la menor huella de su paso. Tiempo era todo lo que tenía, y lo usé sin prisa, sin límites. Creo que llegué a convertirme en una figura pintoresca, la mujer española que busca a un misterioso capitán de navío del que nadie ha oído hablar. Una mujer enamorada y loca que busca a un hombre que no existe, o quizá a un hombre que murió, años atrás, en un mar lejano.

Recordé que Luis me había dicho que tenía un refugio en Weymouth, una población costera situada a unas cien millas de Arundel. Me fui para allá y comencé de nuevo mi búsqueda, pero tampoco en Weymouth conseguí encontrar la menor huella de su paso.

¡Tantas cosas podían haber sucedido en todo aquel tiempo! El Silver Shark podría haber naufragado. Luis de Flores podía haber muerto, o bien haber quedado atrapado en una isla desierta. Podía haber sido detenido y encerrado en una celda por sus actividades de contrabando. Podrían incluso haberle fusilado.

Yo sentía, o creía sentir, que él seguía vivo. La idea de que hubiera muerto me parecía absurda, inconcebible. No, no, no podía ser, él estaba vivo en algún lugar del mundo, y por esa razón todavía había esperanza. Si estaba en una cárcel, terminaría por ser liberado. Si estaba en una isla desierta, terminarían por encontrarle.

Pero ¿qué podía hacer yo? ¿Regresar a Madrid a esperarle, por si un día aparecía en la puerta de mi casa? Estaba harta de buscarle por los caminos y de preguntar por él como una loca. Tenía que recuperar el control de mi vida.

Me daba cuenta de que a pesar de mis muchos años apenas conocía el mundo. Decidí dedicarme a viajar.

Me fui a Londres, encontré una casa muy cómoda en el barrio de Saint James y decidí quedarme allí una temporada. Aquel era un nuevo mundo para mí. ¿Cómo imaginar, por ejemplo, que en Madrid hubiera una tienda de globos terráqueos o una de telescopios? No es que las mujeres lo tuvieran allí mucho más fácil que en España, desde luego. Por mucho que lo intenté, no logré ser admitida en las sesiones de la Royal Society.

Luego conocí París, Bruselas, Ámsterdam, La Haya, Berlín, Viena, Praga, Königsberg, Riga y San Petersburgo. Tuve algún amante, aventuras ocasionales que me sirvieron de agradable distracción sin dejar huella en mi espíritu. En San Petersburgo tuve un pequeño asunto con un hombre de belleza fascinante y que, *on close examination*, resultó ser una mujer, la princesa Natalya Dagmar Romanovich. Yo nunca había sido amante de una mujer, y la experiencia me gustó tanto como para soñar una vida a su lado. Pero su marido nos descubrió y, después de una escena terrible en la que estuvo a punto de pasarnos por el sable a las dos, Natasha desapareció de mi vida. De vuelta en París, viví allí otra larga temporada empapándome de las nuevas ideas, durante la cual conocí a D'Alembert y a Diderot. He de confesar que sucumbí a los encantos y a la labia de este último que, aunque amante apasionado y refinado, no consiguió apagar del todo el recuerdo de mi adorada princesa.

Adquirí un dominio perfecto de la lengua francesa (que conocía bien desde el siglo XVI pero que nunca había tenido ocasión de practicar), un dominio más que aceptable del inglés y suficiente alemán y ruso como para conversar de cosas cotidianas. Cuando volví a Madrid traía conmigo un baúl tan lleno de libros que hacían falta cuatro mozos fornidos para levantarlo, pero seguía tan sola como siempre.

101. Un nuevo principio

Una noche, ya de nuevo en mi Palacio de las Calas, ordené una cena espléndida y una caja de botellas de Champaña, el nuevo vino espumoso que hacía furor en Europa. Me había traído conmigo a una cocinera francesa verdaderamente excelsa llamada Gilberte Dutilleux, que me hizo un pato a la naranja, una sopa de tortuga, un aspic de lucio, unas crestas de oca en mantequilla, una ensalada de berros, una tarta de naranja, una pularda rellena y muchas otras delicadezas, tantas que apenas pude probar un bocado de cada una de ellas, e incluso así quedé completamente llena. Me bebí además casi dos botellas de vino de Champaña. Creo que mis criados estaban estupefactos. No podían comprender por qué me había esmerado tanto por organizar aquella cena solo para una persona. Lo cierto es que tenía mucho que celebrar: aquella noche cumplía yo trescientos años.

Me fui a la cama completamente borracha y con el estómago un tanto revuelto, ya que no tenía costumbre de comer ni de beber tanto. Me pasé la noche dando vueltas en la cama, en un lamentable y angustioso estado de duermevela. Entraba y salía de los sueños. A veces me parecía estar despierta cuando estaba en realidad soñando, y viceversa. Aparecieron en mi cuarto varias figuras mitológicas o alegóricas: la Fama, el Honor, la Castidad, el Destino... ¡Qué tedioso era aquello! La Fama era una mujer rubia vestida con una túnica dorada que empuñaba una larga trompeta de bronce. La Castidad, una joven vestida con una túnica muy corta que dejaba sus piernas desnudas, iba acompañada de dos perras plateadas y empuñaba un arco y unas flechas. Apareció también Niké, la Victoria, una mujercita muy animosa con dos alas a la espalda. Todas hacían discursos y me aturdían con sus palabras.

Cuando me desperté a la mañana siguiente, el sol entraba a raudales por las ventanas. Suspiré profundamente, sabiendo que me esperaba un día espantoso, y que nada podría librarme del malestar de la resaca. Y sin embargo, para mi gran sorpresa, me encontraba perfectamente. Nada de boca pastosa, ni de dolor de cabeza, ni de estómago revuelto. Todo lo contrario, me sentía llena de optimismo y de ganas de salir a la calle.

¡Qué curioso resultaba todo aquello! Parecía como si el hecho de haber cumplido trescientos años hubiera tenido el efecto de dispersar toda mi melancolía.

Me levanté de la cama e hice sonar la campanilla. Cuando apareció Silvana, la doncella, le dije que no la quería a ella sino a Romea, mi ayuda de cámara. Cuando el avispado mozo asomó la cabeza, le dije que me afeitara, y me senté en la silla, frente al espejo, mientras contemplaba con agrado cómo él preparaba todos los instrumentos: bacía, jabón, paño limpio, navaja.

—Hoy me pondré la casaca azul claro, Romea —le informé con una voz tonante que a mí mismo me sorprendió—. Tengo que ir a palacio.

El muchacho comenzó a embadurnarme la cara con la brocha llena de jabón, y luego a afeitarme con gran habilidad. Ya me había afeitado la mitad de la cara cuando me di cuenta, de pronto, de lo extraña que era aquella situación.

—Romea, muchacho —le dije—. ¿Qué diablos está pasando aquí?

—¿A qué se refiere, excelencia?

Se había quedado inmóvil con la navaja levantada en el aire, y le hice señas de que terminara de afeitarme. Luego le dije que saliera, que yo mismo me vestiría. Creo que aquello le pareció un poco extraño, pero me obedeció sin rechistar. Yo me miraba en el espejo, contemplando el perfecto rasurado de mis mejillas y mi barbilla y pasándome la mano sobre la piel para notar su frescura. Era, en verdad, un afeitado perfecto.

Luego, presa de una necesidad imperiosa, entré en el retrete, y fue así, al verme a mí mismo sosteniendo aquello entre los dedos, como acabé de descubrir lo que había sucedido.

—¡Dios mío! —me dije, sosteniendo mi propio pene en mi mano derecha—. ¡Pero si soy un hombre!

Tenía el recuerdo claro y distinto de haber sido una mujer hasta hacía muy poco, de hecho hasta el día anterior, y si me esforzaba por recordar, me daba cuenta de que esa misma noche me había metido en la cama siendo todavía una mujer.

Volví a hacer sonar la campanilla y Romea entró de nuevo.

—Ahora ya puedes vestirme.

—Sí, Don Inés —me dijo.

—Esa Silvana que tenemos en casa es una verdadera belleza —dije, recordando a la muchacha que había aparecido un rato antes—. Lleva un tiempo a mi servicio, pero nunca me había dado cuenta de que fuera tan linda ni de que tuviera unas formas tan apetitosas.

—Sí, excelencia.

—Te gusta, ¿verdad, pillastre?

—No puedo decir que me disguste, excelencia.

—No sientes arcadas cuando la ves, ¿no es así? —dije soltando una risa.

—No, señor, ni lo más mínimo. A veces, excelencia, siento que me gustaría morderla como si fuera una apretada ciruelita llena de jugo.

—Morderla, ¿eh?

—Es una manera de hablar, excelencia.

—A ver —dije—. Mi peluca. ¿La has empolvado bien?

— Sí, excelencia.

—Bien. Mi cajita de rapé. ¿Dónde está mi cajita de rapé?

—Tome, excelencia —dijo el servicial Romea, entregándomela—. Está llena.

—Bien hecho, muchacho, bien hecho —dije, abriendo la preciosa tabaquera, poniéndome un poco de rapé en el hueco de la mano izquierda, entre el pulgar y el índice, y aspirándolo enérgicamente—. ¡No hay tratamiento mejor para la migraña!

—Lamento que sufra de esa enojosa molestia, excelencia.

—Solo estaba señalando una de las muchas propiedades terapéuticas del rapé, muchacho. Las migrañas no son lo mío.

—Me alegro, excelencia.

Miré a mi alrededor y fruncí el ceño.

—Vamos a tener que hacer unos cuantos cambios en esta casa —dije, como hablando para mí mismo—. He estado demasiado melancólico en estos últimos tiempos. Es necesario cambiar todas estas fruslerías y estos encajes. Todos los cambios son buenos, Romea, no lo olvides.

—No lo olvidaré a partir de ahora, excelencia.

—Sería extraño que pudieras hacerlo de otro modo, ¿no te parece? —le dije.

—¿Se refiere, excelencia, a la posibilidad de recordarlo *antes de ahora*?

—Exactamente.

—Eso iría contra las leyes de la física.

—En efecto, Romea, no podemos recordar lo que todavía no ha sucedido.

—Es cierto, excelencia, y me parece una tremenda desventaja para nosotros.

—¿Cómo es eso, muchacho?

—Porque si pudiéramos recordar lo que todavía no ha sucedido podríamos evitar muchos errores de juicio y dejar de tomar, asimismo, muchas decisiones erróneas.

—Eso está muy bien visto, muchacho. ¿Cuánto te pago?

—No me paga, excelencia.

—¿Sabes leer y escribir?

—Sí.

—Bien. ¿Qué te parecería dejar de ser mi ayuda de cámara y convertirte en mi secretario?

—Me parece, excelencia, que si yo hubiera podido recordar esta mañana temprano que usted me iba a hacer ahora esta pregunta, podría haber ya pensado mi respuesta, lo cual serviría para ahorrarnos a ambos un tiempo precioso.

—Eso es verdad. ¿Necesitas mucho tiempo para pensártelo?

—La verdad es que no, excelencia. Acepto.

—Bien —dije.

Y ya no dije más, porque tenía que salir.

102. En palacio

Aquello de ser hombre me tenía un poco desconcertado. Había sucedido tan de repente que me temía que pudiera yo cometer toda clase de errores, aunque lo cierto es que cuando intentaba recordar cómo era ser una mujer, me resultaba difícil. Cuando era una mujer, ser una mujer era para mí lo más natural. Ahora que era hombre, me sucedía lo mismo. Si me esforzaba en pensarlo, me daba cuenta de que ahora no tenía pechos y que tenía en cambio atributos varoniles. Pero cuando una es mujer o uno es hombre no está pensando todo el rato en esas cosas.

Decidí ir caminando al palacio. Me dije que podía resultar extraño que un personaje de mi calidad apareciera caminando a pie como si fuera un fámulo o un paje, pero sentía un gran deseo de recorrer las calles en mi nueva apariencia e identidad. El Palacio Real no estaba lejos de mi casa, de modo que fui caminando sin prisa. Fue entonces, durante aquel paseo, cuando comencé a notar verdaderamente lo que significaba ser un hombre.

Lo primero que advertí fue que nadie me miraba, con lo cual quiero decir que ningún hombre, joven o viejo, pobre o rico, reparaba en mí. Nadie me decía nada. Nadie me lanzaba miradas indecorosas. Nadie intentaba seguirme. Nadie me hacía proposiciones indecentes por el hecho de ir caminando solo. Algunas señoras me miraban discretamente al pasar, dado que era yo un hombre joven, apuesto, saludable y bien vestido, pero nada más. Me sentía a salvo. Me sentía libre.

Entré en una botillería y pedí un vaso de vino. A nadie le extrañó mi presencia. Me sirvieron el vino, me lo bebí sin que nadie viera en ello nada fuera de lugar ni digno de admiración, lo pagué y seguí mi camino. Entré en un café, me acerqué a la mesa de billar, observé a los que jugaban y luego jugué yo también un par de partidas con razonable habilidad. En otras mesas jugaban a los naipes o hablaban de política. Yo me senté en una mesa, contemplando todas aquellas escenas con deleite, y a nadie le extrañó ver a un caballero sentado allí solo. ¡Dios mío, qué cómodo, qué fácil era todo! Sentía que el mundo era mío. Había por allí un periódico, lo cogí y me puse a leer un ensayo sobre la educación de las mujeres. ¡Aquello otra vez!, me dije con un poco de hastío. El tema era importante, pero sinceramente, ¡no daba para tanto! Había otro que me atrajo más sobre el cultivo de la patata, que se estaba por entonces intentando introducir en España. La enumeración de las virtudes que ofrecía este prodigioso tubérculo me puso completamente en suspenso, tanto como me indignó la noticia de que los campesinos españoles se negaban a cultivarlo, ¿por qué?, simplemente porque era algo nuevo que no habían cultivado antes. ¡Qué desastre de país! ¡Qué inmovilismo! ¡Qué resistencia a los cambios! Me trajeron el café, me lo bebí a lentos sorbos, disfrutándolo. Luego pasó un limpiabotas y le hice una seña. El hombre se acomodó frente a mí, sacó sus bártulos y, como es natural, puso toda su atención en pulir y abrillantar mis zapatos. Me sorprendía y agradaba que no pareciera sentir el menor interés por mis pantorrillas. Le lancé una moneda y salí de nuevo a las calles.

Todas aquellas sensaciones nuevas me tenían como intoxicado. Sentía que podía entrar en cualquier sitio, hacer cualquier cosa, hablar con cualquiera. Podía entrar en un teatro, en una casa de empeños, en unos baños, ¡hasta en un burdel! y a nadie le habría importado lo más mínimo.

«¡Esto de ser un hombre es una maravilla!», me dije alborozado.

Cuando miraba a las mujeres con las que me cruzaba, me sorprendía lo hermosas que eran. No es que antes no me hubiera fijado en las mujeres (¡ah, mi adorada Natasha!). Uno siempre es sensible a la belleza, al peinado, a la forma de vestir, a las manos, pero aquello que veía y que sentía ahora era totalmente diferente. Aquellos ojos, aquellas pestañas rizadas, aquellas boquitas rosas y carnales, la visión fugitiva de la punta de la lengua entre los labios, ¡Dios mío!, todo aquello me enloquecía. Por no hablar de la figura de las damas, de su talle, de su pecho, ¡aquel invento diabólico del corsé de ballenas! Tenía la sensación de que era la primera vez que veía mujeres en mi vida.

«¡Dios mío! —me dije asombrado, a la vez feliz e inquieto, con los nervios a flor de piel—, ¿de modo que esto son realmente las mujeres? ¿De modo que así es como los hombres ven a los miembros del otro sexo?». De pronto las mujeres me parecían no solo infinitamente atrayentes, sino también misteriosas e incomprensibles. Cada una de aquellas con las que me cruzaba me producía una curiosidad infinita. Hubiera deseado conocer su nombre, escuchar su voz, olerla, tocar sus cabellos. Me intrigaba pensar cómo serían sin ropa, cómo serían los senos de esta o los de aquella. Los de esta redondos como manzanitas, los de aquella opimos como pequeños melones. Me asombraba que fueran tan hermosas. Pasaban por mi lado, y se alejaban y se perdían para siempre, y otras nuevas aparecían, mujeres que jamás serían mías, cuyas vidas y cuerpos eran completamente inaccesibles para mí, hermosas como flores, protegidas y fortificadas como castillos. Una muchacha con la que me crucé me miró a los ojos y apartó enseguida la mirada, ruborizándose. Era pelirroja, bellísima, y ahora que tenía las mejillas rojas me parecía más bella todavía. Vi cómo bajaba los ojos y los posaba, como sin querer, en mis pantalones, y me sentí enternecido. ¡Qué mujer tan encantadora! Sin pensarlo dos veces, me quité el sombrero y me dirigí a ella.

—Señorita... —dije, dedicándole mi mejor sonrisa.

Iba con una señora mayor a la que yo, en mi aturdimiento, ni siquiera había visto.

—¡Caballero! —me dijo la dueña con tono desabrido—. ¿Qué formas son estas? ¡Habrase visto la desvergüenza!

Se alejaron de allí caminando rápidamente y yo me sentí tan corrido y violento que no sabía dónde meterme. Sin darme cuenta, había roto una pared de cristal, invisible pero existente. Y es que todas aquellas criaturas maravillosas, las mujeres, estaban en realidad separadas de mí y tan lejos de mi alcance como si yo estuviera caminando por las calles de Madrid y ellas por las de Madrás o Pekín.

Pero ¿de dónde provenía aquella tristeza que sentía, aquella ansiedad? Me sentía como un animal excitado, como un perro caliente y amoroso. Es como si deseara hacer mías a todas las mujeres del mundo. Aquella muchachita pelirroja, ¡yo la quería! ¡La quería para mí! Pensar que acababa de desaparecer de mi vida para siempre, que ya jamás volvería a verla, me producía una horrible sensación de tristeza. Pero ¿a quién se le podía ocurrir una cosa así? ¡Si era la primera vez que la veía en mi vida! ¿Estaría perdiendo la cabeza? La dulce muchacha de mejillas rojas había puesto involuntariamente los ojos en mi entrepierna, seguramente porque... sí, Dios mío. No estaba yo nada acostumbrado a aquellos fenómenos fisiológicos. ¡Qué vergüenza! Todo aquello se había puesto duro, muy duro. Era una sensación de lo más desagradable. ¿Qué podría hacer yo para que bajara?

Llegué enseguida al Palacio Real, al que todavía llamaban el Palacio Nuevo. Estaba situado exactamente en el mismo lugar donde había estado el Real Alcázar en el que, casi tres siglos atrás, la joven Inés de Padilla había sido recibida, una maravillosa mañana de la que todavía tengo el recuerdo, por la reina Isabel la Católica. Aquel Real Alcázar de antaño había sufrido numerosas modificaciones y ampliaciones hasta que había acabado consumido por un incendio.

El Palacio Nuevo era un edificio formidable, blanco como un pastel de nata y todo erizado de estatuas. Era uno de los palacios reales más grandes de Europa, y estaba situado en el escenario más espectacular de Madrid, en lo alto de un abismo ahora ocupado por jardines y vergeles.

Me condujeron enseguida en presencia del rey, su majestad Carlos III. Era un hombre feo, con una nariz demasiado grande, tez rojiza y ojos saltones, pero también un rey magnífico, de los mejores que ha tenido España.

—Hombre, Padilla —me dijo con confianza nada más verme—. ¡Ya pensaba que te habías olvidado de nuestra cita!

—Os pido mil disculpas, majestad. He tenido un imprevisto... una situación de emergencia.

—Vaya, hombre. ¿Alguna cosa grave?

—No, no, majestad. Ya está todo resuelto.

—¿Seguro?

—Sí, sí, majestad.

Yo me sentía avergonzado porque conocía bien la importancia que daba el rey a la puntualidad y al mantenimiento estricto de las rutinas. Le gustaba despachar personalmente con sus ministros y consejeros y atender innumerables obligaciones, de modo que no tenía un minuto que perder y se atenía a un horario perfectamente organizado. El rey estaba interesado en las reformas sociales y en mejorar la vida de sus súbditos, no en las fiestas ni en los fuegos artificiales.

Por estas razones, la corte española tenía fama de ser la más aburrida de Europa. Es una y otra vez lo mismo: nada español puede ser bueno. Si un español se divierte, es un derrochador y un vago; si trabaja, carece de imaginación. Si es elegante, es vanidoso; si es austero, es reaccionario. Si ríe, es idiota y ridículo; si es serio, orgulloso y soberbio.

En el salón donde nos encontrábamos había una mesa alargada llena de pliegos y planos ciudadanos. Nos dirigimos allí los dos y el rey comenzó a desplegarlos y a observarlos.

—Padilla, todo esto me parece muy bien. Este plan suyo de alcantarillado y de saneamiento público es una verdadera maravilla —me dijo—. Todos los que le han visto, empezando por Sabatini, han dado su visto bueno.

El rey era leísta, claro está, como lo éramos todos desde que yo tengo recuerdo.

—Me siento muy honrado, majestad.

—Es un plan muy ambicioso, Padilla. ¿Podremos con tanto? Las obras del Salón del Prado ya están en marcha. Tenemos que comenzar por abajo, construir la casa desde los cimientos. Y luego los bulevares para el tráfico, las glorietas, los jardines, los conjuntos escultóricos, las fuentes, los palacios dedicados a las diferentes ciencias... ¡Va a ser una de las grandes avenidas de Europa!

Yo me sentía tan emocionado que casi me venían lágrimas a los ojos. Sentí que estábamos haciendo historia.

103. La Real Academia

Mi plan de alcantarillado y saneamiento de Madrid me traía loco. Yo no vivía para otra cosa. Era ciertamente un plan ambicioso y pronto comenzó a encontrarse con la oposición de unos y de otros. Ya existían alcantarillas que recorrían el subsuelo de la ciudad y también un primitivo sistema de saneamiento de aguas fecales, pero ambos resultaban claramente insuficientes. Mi proyecto pretendía ampliar esta red original para que recorriera la totalidad de la villa e incluía además la instalación de depósitos de agua y cañerías que la llevaran a todas las casas.

Las críticas llegaron pronto. Los vecinos protestaban diciendo que si se construían tantos túneles bajo tierra los inmuebles se vendrían abajo. Aparecieron coplas populares que satirizaban a Don Inés de Padilla, Secretario de Materiales de Desecho o, según otras versiones más groseras, Secretario de Defecación. Afortunadamente, el rey me apoyaba. Quería transformar Madrid en una ciudad amplia, limpia y moderna, y convertir España en una nación europea como las demás.

Su gran proyecto del Salón del Prado, que consistía en convertir el Paseo del Prado, antes una sucesión de grandes alamedas para el esparcimiento, en una gran avenida ciudadana con jardines y fuentes, esculturas e instituciones culturales y científicas, llegó a hacerse realidad. Se pusieron las fuentes de Neptuno, de Apolo y de Cibeles, la primera y la última en el centro de amplias glorietas, y se construyeron el Real Observatorio Astronómico en lo alto de lo que pasó a llamarse la Colina de las Ciencias, el Real Jardín Botánico, que ocupaba incontables fanegas de tierra entre el Prado y los Jardines del Buen Retiro, y a continuación el Real Gabinete de Historia Natural, un magnífico palacio situado al pie de la iglesia de los Jerónimos que más tarde albergaría la colección de pintura real y se convertiría en el Museo del Prado. Pensar que mi ingenio y mis esfuerzos contribuyeron, aunque de forma minúscula, a esa gran transformación de Madrid, me llenaba de orgullo, y todavía me llena.

Pero mi vida no era todo hacer proyectos de saneamiento público. ¡Nada de eso! Me pasaba el día entrando y saliendo, hablando con unos y otros, haciendo amistades, visitando salones, tertulias y teatros, aburriéndome soberanamente y resistiendo como un héroe el tedio y el desinterés que me provocaba, en el fondo, toda aquella vida social. Y si tanto me aburría, ¿para qué dedicarme a ella? Por miedo a la soledad, por un deseo de avanzar en la vida, por la necesidad de tener amistades y relaciones en los círculos del poder.

A pesar de que despreciaba la figura del petimetre, afeminado, superficial, vano y ridículo, confieso que sucumbí a no pocas modas «afrancesadas» de mi tiempo. Compré un coche y dos caballos, contraté a un cochero e hice construir en mi casa una entrada de carruajes y un establo para los animales. Nunca había parecido el Palacio de las Calas tan palaciego, y nunca había tenido yo tanto servicio.

Elegía a mis sirvientes por su apariencia física, los buscaba altos y fornidos y los trataba con muy malos modos, como para hacerles sentir quién era el amo. Despedí a mi cochero por ser demasiado precavido y me hice con uno que conducía como un loco con peligro de atropellar a los transeúntes. Aquella sensación de velocidad me exaltaba; los gritos de las gentes a las que avasallaba me hacían morir de risa. Me daba cuenta de que todas estas excentricidades eran más propias de un petimetre que de un caballero ilustrado como yo, pero no podía evitarlo. Tenía, a decir verdad, muchas cosas de petimetre: el uso del rapé, que me provocaba a veces un delicioso picorcillo en la nariz que conducía al estornudo, delicadamente oculto con un pañuelito bordado que llevaba siempre en la manga; un gusto inmoderado por las ropas llenas de encajes, dentro de la moda un tanto afeminada de la época; la costumbre de dejar rígido y estirado el meñique al levantar una taza, y otros detalles tan ridículos como indignos de mi estatura como Consejero de Saneamientos Públicos de su majestad.

Me aficioné a asistir a los cafés, que ahora se llamaban «cafés de conversación», y que eran centros de tertulia y de discusión política y artística, y me hice miembro de todas las Reales Sociedades, Reales Academias y Reales Gabinetes de que fui capaz. Ser aceptado en aquellas instituciones venerables no siempre resultaba fácil. Fui admitido en la Real Academia de la Historia, donde conocí, entre muchos otros personajes ilustres, a Gaspar Melchor de Jovellanos, del que llegué a hacerme muy amigo, y ahora era yo académico y estaba que no cabía en mis zapatos, pero lo que me hubiera gustado de verdad es entrar en la Real Academia Española. ¿Qué menos?

No sé por qué, de pronto aquello se convirtió para mí en una manía, en una obsesión, y cuando pasaba por el número 26 de la calle de Velarde, que era donde tenía su sede la Real Academia por aquel entonces, se me llevaban los demonios. Pero ¿qué méritos tenía yo para solicitar ser admitido en tan imponente institución? ¿Qué méritos, aparte de mi amor a la literatura? Es cierto que llevaba toda la vida escribiendo, pero no había publicado ni una línea. Era, a todos los efectos, ágrafo. Inédito. Desconocido. Un perfecto don nadie.

Pensé en publicar algo, lo que fuera. Aquella condición mía de inédito me resultaba intolerable. Tenía que ser édito cuanto antes. Pero ¿qué tenía yo que pudiera entregar a la imprenta? Las dos versiones antiguas de mi novela, *Cleóbulo y Lavinia o el Incesto de los Amantes Místicos* (ya que tal era su título completo) y la *Crónica de mí misma*, estaban escritas con un estilo arcaizante y eran, cada una a su manera, obras problemáticas. La primera, porque era una novela griega o bizantina, un género que no se practicaba desde principios del siglo XVII, y la segunda porque era un libro que no pertenecía a ningún género y parecía naturalmente confinado, al igual que las cartas personales, a la esfera privada. ¿A quién podrían importarle los pensamientos y las pequeñas observaciones sobre la vida cotidiana de una mujer del siglo XVI?

Pensé incluso en publicar las comedias de magia que había escrito durante mi etapa de actor, ¡perdón!, de actriz en Madrid, pero me parecieron todavía más anticuadas y en todo apartadas del gusto neoclásico y el ideal de sencillez y naturalidad que imperaba entonces. En cuanto a *El olivo...* Tenía al menos tres versiones de aquel extraño libro, pero ninguna terminada.

De modo que tomé la pluma de nuevo, y escribí otras obras, que, para mi supremo deleite, vieron la luz enseguida. Recuerdo la sensación de maravilla que me causó visitar el taller del impresor y tener entre mis manos, por primera vez, un libro con mi nombre en la portada. ¡Aquello era increíble! Lo tocaba, lo sopesaba, lo olía, abría las páginas sin cortar, descubría una errata, se me llevaban los demonios. ¡Qué gloria! ¡Qué delicia! ¡Ya creía oler el laurel de la corona que me ponían en las sienes! Los de la imprenta, acostumbrados al orgullo de los padres primerizos, se lanzaban miradas irónicas y ahogaban risitas. A mí no me importaba: por fin era yo un autor publicado. El título de aquella primera obra mía era: *Memoria de pasajes y túneles subterráneos de la Real Villa y Corte de Madrid.* Se la regalaba a todo el mundo, y todo el mundo me felicitaba calurosamente. Luego me enteré de que se hacían bromas a mi costa. No me importó: la envidia es malvada. No tardaron en seguir otras: una *Memoria para la ampliación de la red de saneamiento de la Villa de Madrid* y una *Historia razonada del Salón del Prado antiguamente llamado Prado de los Jerónimos y Prado de los Recoletos, desde el siglo XVI hasta el presente.* Este último librito fue el que me valió mi acceso a la Real Academia de la Historia.

Pero la literatura, la literatura, las Bellas Letras... Lo intenté, lo intenté de veras. Intenté el drama, la tragedia, la tragicomedia, la comedia de costumbres... ¡No había manera! Me resultaba imposible. Todo aquello de las reglas clásicas y del «buen gusto» me impacientaba profundamente. En cuanto a la novela, también me impacientaba, pero por otra razón. El mundo, me decía yo entonces, no estaba para novelas. La novela es un género que tiende a la fantasía y a lo sentimental, y vivíamos, al fin y al cabo, en el Siglo de las Luces. Utilidad Pública eran entonces palabras sagradas, y también lo eran para mí. ¿Y qué utilidad pública podía tener la historia de dos amantes desgraciados o la vida de una persona completamente inventada y que jamás existió? Lo que hacía falta era instrucción, instrucción, instrucción. Era la época de las ciencias, no de la fantasía.

Lo intenté con la poesía y, siguiendo el espíritu de los tiempos, acabé enredado en una «Oda a la alcantarilla» que exaltaba las virtudes del saneamiento público, con el propósito didáctico de hacer comprender a las gentes la importancia de la higiene. Después de escribir cuarenta o cincuenta estrofas, decidí abandonar el proyecto.

Comencé a frecuentar la Biblioteca del Palacio Nuevo. Allí conocí a una joven singular, Doña María Isidra de Guzmán. Era hija de dos grandes de España: el marqués de Montealegre, que lo era cuatro veces (grande de España, quiero decir), y la duquesa de Nájera. Tenía solo diecisiete años, pero ya era famosa por su erudición y sabiduría.

Los dos nos reíamos al contarnos las luchas que teníamos con los bibliotecarios, que intentaban por todos los medios no trabajar, que llegaban tarde todos los días, que se pasaban el día dormidos y que, como tantos otros en el país, «observaban los lunes». Es decir, que no iban a trabajar ese día odioso.

Poco después me enteré, para mi enorme estupor, de que aquella jovencita acababa de ser nombrada académica de la lengua. ¡Académica de la lengua, nada menos! ¡Admitida de un plumazo en aquella institución en la que yo había puesto todas mis ilusiones y cuyas puertas se me cerraban en las narices una y otra vez! Debo confesar que al oír aquello me ofusqué y me enrabieté un poco.

—¡Académica de la Lengua! —se me oyó decir en el Café de las Dos Flautas—. ¡Una mujer! Pero ¡adónde vamos a llegar!

A pesar de todo fui a escucharla pronunciar su discurso al edificio de la institución. Allí estaba, rodeada de sabios y de doctores, con su rostro huesudo y sus ojos saltones, irremediablemente fea a pesar de su juventud. Pero ¿quién era el que disfrutaba, dentro de mí, de que fuera fea, el hombre que yo era o la mujer que había sido? Iba muy elegante, con un traje color azul ceniza oscuro, y leyó muy bien su discurso, en el que afirmaba que si bien era cierto que las letras españolas habían pasado por fases de decadencia y oscuridad, la culpa de esto era «no la barbarie, no la incuria culpable, no la falta de ingenio ni de habilidad de los españoles», sino el hecho de que España había estado ocupada, durante largo tiempo, en importantes hazañas militares. Luego exaltaba la importancia de instituciones como la Real Academia y del Diccionario publicado por esta.

—¡Qué magnífico discurso! —decían todos, al concluir—. ¡Hay que conservarlo en los anales de la institución!

—¡Pero si no ha dicho nada! —me quejaba yo—. Es fácil, siendo una mujer: cualquier cosa que diga parecerá ya mucho. Si ese mismo discurso lo hubiera hecho un hombre, todos lo criticarían por retórico y vacío.

Como Doña María Isidra no había hecho nunca estudios formales, el propio Carlos III quiso honrarla con el título de Doctora por la Universidad de Alcalá de Henares. Hay que tener en cuenta que el marqués de Montealegre, cuatro veces grande de España, pertenecía, como yo mismo, al entorno más cercano del monarca.

Yo me moría de envidia, y me presenté en Alcalá, como tantos otros, para participar en las celebraciones del solemne suceso. Fueron varios días de fiestas, luces, música, banquetes y repiques de campanas. Doña María Isidra dio una lección magistral en la iglesia de la universidad sobre un tema que ahora no recuerdo, tras la cual le entregaron el bonete con borla de Doctora en una bandeja de plata y fue nombrada, sin la menor dilación, Catedrática Honoraria de Filosofía Moderna y Consiliaria Perpetua de la Universidad de Alcalá.,

Lo cierto es que aquella envidia que yo sentía no tenía razón de ser. Después de haber pronunciado aquel discurso tan alabado y de ser nombrada Doctora en Alcalá, Doña María Isidra de Guzmán no volvió a poner los pies jamás en la Real Academia.

104. Marianela

Yo frecuentaba los teatros, y pronto me enamorisqué de una actriz joven, bellísima, llamada Marianela Montsalvatge, nacida en Gerona. Me sorprendió lo fácil que me resultó seducirla. Parecía que estaba esperando a que yo le dijera: «Oye tú, ven». Era tan dulce, tan tierna, que estuve pensando seriamente en enamorarme de ella. Quizá me enamoré, no lo sé. La deseaba con un fuego y un ardor como jamás había sentido, pero cuando ella me otorgó sus favores me sentí ligeramente desilusionado. ¿Tanta belleza, tanta delicadeza en aquel undoso cuerpo de marfil y de rosa, para que todo se agotara en una especie de liberación de energía, como unos fuegos artificiales? Cuando recordaba el placer que había sentido siendo mujer, me sentía confuso. ¿Por qué estaban tan obsesionados los hombres con el acto carnal, cuando obtenían de él tan poco? ¿Por qué eran las mujeres tan reacias a entregarse, cuando tanto disfrutaban en la cama? Me dije que a lo mejor los hombres lo desean tanto porque les satisface, en el fondo, tan poco, y las mujeres desean posponerlo tanto porque eso es lo que hacemos, a veces, con lo que es demasiado bueno.

Hay que tener en cuenta que era yo un amante inexperto. Mariana, mi Marianita, mi Marianela, lo era también. Comencé a hacerle las cosas que recordaba que me gustaba que me hicieran a mí cuando era mujer, y notaba que se volvía loca. Se le ponían los ojos en blanco, se le salía la lengua de la boca, gemía como un animalito en la agonía. Así descubrí que el verdadero placer de los hombres consiste no tanto en gozar ellos como en hacer gozar a la mujer con quien están. ¡Extraño, verdaderamente! Lo que más me gustaba no era mi propia descarga de fuegos artificiales, sino aquella sensación de dominio sobre mi amante, tener el poder de transformarla en un montón de nervios estremecidos. Cuando la oía gemir y decir mi nombre como si yo fuera su rey y señor, sentía que no podía haber cosa mejor en el mundo. ¿De modo que en esto consistía el placer de los hombres? Luego, cuando todo terminaba, ella se sentía feliz y yo me sentía culpable. Pero ¿culpable de qué? Ella se abrazaba a mí, toda húmeda de sudor y ardiendo como si tuviera fiebre, y yo solo deseaba que me dejara en paz, salir de la cama, encender un cigarro o aspirar un poco de rapé.

Una noche le pedí, por mor de experimentar, que me besara a mí como yo la besaba y acariciaba a ella. Creo que le extrañó que un hombre deseara ser besado en el cuello, en el pecho, en las ingles, que yo deseara sentir su lengua y su boca en todas partes. Mi maravillosa Marianela comenzó a cogerle afición a aquello, creo que porque también ella comenzaba a sentir el mismo orgullo, o una variante femenina de ese mismo orgullo que sentía yo. La animé a que explorara mi cuerpo como yo había explorado el suyo, y lo que al principio le daba vergüenza o incluso le parecía indecoroso o contrario a las enseñanzas de la Santa Madre Iglesia, poco a poco fue encontrándolo algo tan natural como delicioso y encantador. Entonces hice un segundo descubrimiento: que el placer que siente un hombre es, en realidad, idéntico al que siente una mujer, con tal de que este hombre esté dispuesto a abandonarse a las sensaciones y a las caricias como lo está una mujer. Cuando me convertí en un amante experto, ya no podía encontrar grandes diferencias entre el placer que había sentido cuando era mujer y el que sentía ahora que era hombre. Aunque, puestos a elegir, yo diría que jamás había gozado como cuando era mujer.

Mariana era una actriz maravillosa. Había comenzado trabajando en la compañía de la gran María Ladvenant cuando apenas era una niña. Había hecho papeles serios, pero la tragedia no era lo suyo. Cuando comenzó a interpretar papeles cómicos en los sainetes de Don Ramón de la Cruz, encontró verdaderamente su tono y su estilo. Era deliciosa en escena, pícara, encantadora. Cuando yo la veía en *El Prado de día*, o en *Las tertulias de Madrid*, o en *Donde las dan las toman*, me moría de risa, lloraba de felicidad, quería contarle a todo el mundo que aquel prodigio del salero y de la gracia madrileñas era mía, mía, toda mía.

A veces me hacía una seña desde el escenario, y yo me sentía el rey del mundo. A veces les hacía señas a otros, quizá por disimular, o de puro simpática que era. La verdad es que se estaba haciendo muy popular, y que tenía admiradores por todas partes. Intenté que la ciudad le pagara una litera para llevarla al teatro y que todo el mundo pudiera admirarla a su paso por las calles, y como no lo logré (¡si se la habían costeado a María Ladvenant, no entendía por qué no a mi Marianela!), la pagué yo mismo. Dios mío, qué placer me causaba ir a su lado y ver cómo la gente la reconocía por la calle y le gritaba «¡guapa!». Los actores, y sobre todo las actrices, eran entonces universalmente adorados en España.

Pronto descubrí que me era infiel. Un día, al visitarla en su camerino, vi que ponía ojos de susto al verme y que escondía rápidamente una pulserita de granates. Le monté una tremenda escena de celos. Le pregunté de dónde había salido la pulsera, me dijo que la había comprado ella, le pregunté el nombre de la tienda, no supo responderme, la acusé de infiel, de coqueta, de descocada, de mala mujer, la hice llorar, lo negó todo, sentí deseos de golpearla, quizá incluso la empujé un poco o la agarré del pelo hasta hacerla llorar, no me acuerdo. Al final me confesó que se la había regalado un torero, el Maderuelo, que la pretendía, pero que ella me era fiel a mí y solo a mí.

La hice seguir por mi buen Romea, y enseguida me enteré de la verdad: que era amante de Maderuelo desde hacía meses, quizá desde antes de conocerla yo.

—¡Malditas mujeres, inconstantes, infieles, vanas, caprichosas! —decía yo, sintiendo un odio insensato contra todo el género femenino—. ¡Yo, que había puesto toda mi ilusión en esta pelandusca, para acabar siendo un pobre cornudo! ¡Yo, que la había tomado por una dulce palomita inexperta, para descubrir que no era más que una ramera!

Cornudo no lo era, técnicamente, porque no estábamos casados, pero me sentía tan humillado que me pasaba el día lleno de pensamientos fúnebres y sanguinarios. La insultaba en mi imaginación con las peores palabras que se le pueden llamar a una mujer.

Por supuesto, jamás pensé en hacerle el menor daño. Yo no era un hombre violento. Era, además, un ilustrado, un adepto de la razón y de las luces. Aquella cosa tremenda de la venganza y del honor eran cosas bárbaras propias del siglo XVII que no tenían lugar en la sociedad moderna.

La traición de Marianela me afectó de tal modo que me convertí en un misógino declarado. Me gustaba cantar aquel pasaje de *El Prado de noche* de Don Ramón de la Cruz, que decía:

La mujer, sin ir al aula,
la mujer, sin ir al aula,
aprende más que nosotros,
porque todas, todas, todas, ¡ay!
estudian con el demonio.

Intenté poner mis sentimientos en un sainete titulado *La escuela del desengaño*, en el que Ruy, caballero petimetre, canta lo siguiente:

Mi vida, señores,
se va al garete,
y es por una cómica
de sainete.

Se estrenó con no poco éxito, aunque no quise firmarlo y apareció anónimo.

Yo nunca había sentido interés por la tauromaquia, pero el hecho de tener un rival torero me hizo visitar la nueva plaza de toros de la Puerta de Alcalá. Estaba al otro lado de la puerta, frente a los Jardines del Buen Retiro.

Me fui allí una tarde que toreaba Maderuelo. También toreaba esa tarde la famosa Pajuelera, una maestra en la suerte de varas. Era una mujercita pequeña y briosa, muy ágil, con todo el cabello recogido en una coletilla. Me maravillaron su valor, su destreza ecuestre y su habilidad con la pica. «Esta sí que es una maestra en lo suyo, y no la María Isidra esa», me decía a mí mismo con resentimiento.

Pero lo que yo deseaba, con curiosidad morbosa, era ver torear a Maderuelo. Me impresionó su valor cuando le vi frente al enorme toro practicando el nuevo estilo de toreo a pie. No era raro que la fiesta se hubiera convertido en una pasión de las masas y de las élites: ver a aquel hombre solo delante de la bestia, negra como la noche y armada en su frente con aquellos pitones, producía verdaderos escalofríos. Cuando comenzó la suerte, yo temía todo el rato que Maderuelo sufriera una cogida, pero pronto descubrí que al mismo tiempo lo estaba deseando. Tenía un vago recuerdo de haber visto una vez a un hombre ensartado por el cuerno de un toro y lanzado por los aires. ¿Dónde, cuándo había sido aquello?

La verdad es que Maderuelo era un valiente. Yo imaginaba que tenía un descuido y que sufría una cogida, que el asta afiladísima y temible se le hundía en la ingle destrozándole el vientre y que moría desangrado. Veía a Marianela llorando y gritando a su lado mientras él yacía en un charco de sangre. Me horroricé tanto de aquellos pensamientos que decidí no volver jamás a los toros.

—Excelencia —me decía mi fiel secretario Romea—, no puede usted seguir así, Don Inés. ¡Se está usted quedando en los huesos! La señora Dutilleux se tira de los pelos, porque no toca usted los platos que le prepara.

—Ay, Romea, ¿qué puedo hacer si a pesar de todo no puedo dejar de pensar en esa hetaira, en ese áspid traicionero?

—Hay muchos peces en el mar, excelencia.

—Ya lo sé, pero ¡yo solo quiero a una sardina!

—Si me disculpa el atrevimiento, excelencia, me atrevería a decirle que su excelencia tiene una misión demasiado importante como para que se vea entorpecida por las travesuras de una sola sardina.

—¿A ti te gustan los toros, Romea? —le pregunté, deseoso de cambiar de tema.

—No, excelencia, me parecen un espectáculo zafio y bárbaro. Algo similar al circo romano, solo que aquí no vamos a ver la sangre de otros hombres, sino la de unos inocentes animales.

—Sí, tienes razón. Pero ¿por qué le gustan tanto a la gente?

—Excelencia, porque la gente quiere venganza. Y como no pueden vengarse de veras, se vengan en el toro.

—Pero ¿venganza de qué, Romea?

—De todo, excelencia. De las innumerables humillaciones de la existencia. De las traiciones y de las miserias, de lo imposible y de lo fallido, de lo inútil que es todo lo que uno intenta conseguir en esta vida.

—Vaya, Romea, me estás asustando. ¿Y en otros países no sienten lo mismo?

—No lo sé, excelencia, nunca he salido de España —me dijo—. También creo yo que a la gente le gustan tanto los toros porque están aburridos. ¿No son, acaso, una diversión pública?

—Evidentemente.

—Pues esa obsesión por divertirse se debe a lo aburrida que es la vida —continuó el sorprendente Romea—. Este es un país muy aburrido, excelencia.

—¿Aburrido, España? ¿Aburrido, Madrid? ¿Cómo se te ocurre? —le dije—. Ya Castiglione, en el siglo XVI, identificaba al español con las bromas y el buen humor.

—También nos identifican con la mortal seriedad, el pundonor y el color negro.

—Tienes razón, hijo. Pero ¿por qué es aburrido España?

—Es aburrido porque aquí todo va siempre mal, porque nadie consigue nada, porque todo fracasa. Es aburrido porque no hay nada que hacer. La gente le da tanta importancia a la diversión porque divertirse es lo único que puede hacerse. Y divertirse no es tan divertido.

—¿Qué es lo divertido, entonces?

—Pues hacer cosas, excelencia. Hacer cosas de verdad. Construir cosas, crear cosas, llevarlas a cabo, organizar, dirimir, inventar, lograr. Aquí nadie logra nada. El fracaso trae rabia y frustración. La frustración genera violencia y deseo de venganza. La venganza es difícil y puede traer problemas. Mejor vengarse en un animal. El animal es temible: que lo haga otro. Con mirar, basta.

Todo aquello me daba mucho que pensar.

Un día me fui a la tertulia de la condesa-duquesa de Benavente y me llevé conmigo al fiel Romea con idea de que escuchara las conversaciones sobre arte, literatura y política que tenían lugar en aquella casa. La condesa-duquesa de Benavente y duquesa de Osuna tenía una quinta maravillosa fuera de Madrid, en la Alameda de los Osuna, llamada El Capricho, que estaba rodeada de los jardines más bellos que uno pueda imaginarse. En su casa reunía a los talentos más destacados de su época. Allí asistían Don Ramón de la Cruz, Moratín, Iriarte y también el marqués de Bondad Real, que era su «cortejo», como se decía entonces. El joven Francisco de Goya también andaba por allí. Le presenté como Romea, mi secretario, y estuvo muy calladito y muy formal, oyendo lo que decían unos y otros. Le sorprendió que aquellos ingenios tan preclaros hablaran de arte, de pintura, de poesía e incluso de reformas sociales, pero que fueran también entusiastas de los toros.

—Excelencia —me dijo cuando regresamos a casa—, si las clases altas del país tienen los mismos gustos que el vulgo y el populacho, ¿qué esperanza tenemos de que algo cambie?

—No exageres, Romea. Has conocido esta tarde a algunos de los hombres más notables que ha dado España.

—Sí, pero siguen defendiendo esa fiesta bárbara.

—Tienes razón, pero con los toros no hay quien pueda. ¿Sabías que a Isabel la Católica le horrorizaban, y que intentó varias veces prohibirlos?

—No lo sabía, excelencia. Uno se asombra todos los días de la cantidad de cosas que ignora.

—Solo los necios se creen que saben cosas, Romea. El hombre sabio siempre se asombra de su ignorancia.

—¿Y cómo pudo esa señora echar a los moros de España y conquistar un Nuevo Mundo y expulsar a los judíos y crear el Santo Oficio y la Santa Hermandad y limpiar de bandidos los caminos y juntar la corona de Castilla con la de Aragón y unir su familia con la de algunas de las monarquías más grandes de Europa, y no pudo acabar con los toros?

—Es algo que da que pensar, ¿verdad? —dije yo.

—Pero su majestad Carlos III los ha prohibido también.

—Sí, pero se siguen celebrando de todos modos. Jovellanos y el conde de Aranda lo han intentado por todos los medios, pero no hay manera.

—Es la fiesta nacional —dijo Romea afectando inocencia, pero mirándome de reojo para ver cuál era mi reacción.

—¿A ti te gustan los toros?

—No, excelencia.

—¿Y eres español?

—Digo yo que lo seré, habiendo nacido en el Abapiés.

—Pues entonces tenemos un problema: o bien los que no gustan de los toros no son españoles, o bien los toros son una fiesta, pero no la fiesta nacional.

—Así visto, excelencia, se trata de un sencillo problema lógico.

—No me digas, Romea, que eres aficionado a la lógica.

—Solo cuando me sirve para salirme con la mía —me contestó mi siempre sorprendente secretario—. Y casi siempre me sirve. No sería lógico de otra manera. Por ejemplo, el silogismo que su excelencia acaba de plantear, ¿acaso no puede demostrar cosas contrarias?

—De modo que la lógica, según tú, ¿se puede torcer al gusto de cada uno?

—Evidentemente. Con argumentos de la más estupenda lógica se puede demostrar prácticamente cualquier cosa.

—Entonces, Romea, ¿para qué sirve la lógica, según tú?

—Sirve para tener siempre razón.

—De modo que puesta en manos de ignorantes o de desaprensivos, podría ser usada para justificar las acciones más viles.

—Podría ser usada y lo es, excelencia, continuamente y en todas partes.

—Tú piensas de la lógica, en fin, lo mismo que mi amigo Jovellanos —le dije, admirado de que mi secretario hubiera llegado a las mismas conclusiones que aquel a quien yo consideraba la auténtica voz de la sensatez y de la razón—. Que es algo, en definitiva, que no tiene verdadera aplicación en la vida real.

—Bueno, excelencia, yo creo que sí la tiene, pero no para arreglar las cosas, sino para enredarlas.

—De modo que eres un empirista, Romea —le dije admirado—. Dime, ¿conoces tú las ideas de John Locke?

—No, excelencia.

—Pues te voy a dar a leer un libro en el que vas a descubrir un espíritu muy afín al tuyo.

—Le doy las gracias, excelencia. Pero volviendo a aquello de lo que hablábamos el otro día...

—¿De qué hablábamos, Romea?

—De pesca, excelencia.

—¿De pesca?

—Sí, excelencia, de la sardina...

—¡Ay, la sardina!

—Busque usted una lubina, excelencia, y ni se acordará de la sardina.

105. Una lubina

Me busqué una lubina, como me recomendó mi sagaz y siempre oportuno Romea. Se llamaba Isabel de la Cruz y Basquiñana y era hija de un Capitán de Artillería de Segovia que había sido nombrado Teniente de la Guardia de Corps en Madrid. Me parecía una muchacha encantadora, delicada, femenina y modesta, muy linda, un poquito sosa, es decir, lo que todo hombre busca en una esposa y futura madre de sus hijos.

Es cierto que este no era el espíritu de los tiempos, y que lo que la sociedad exigía ahora de la mujer no era que fuera recatada y beata como en los siglos pasados, sino todo lo contrario: que mirara directamente a los ojos con «despejo», como se decía entonces, que tuviera gracia y viveza, que supiera vestir con elegancia y que bailara bien.

Yo me preciaba de ser un hombre de mi tiempo y tenía en mi casa no pocos libros prohibidos por la Inquisición, como el *Emilio* de Rousseau, que de haber sido descubiertos podrían haberme traído serios problemas. Pero cuando pensaba en mi futura esposa, me decía que todas aquellas virtudes castellanas tradicionales que ahora eran consideradas ridículas no podían ser tan malas. ¿Sería porque era hombre? ¿Sería porque había nacido en 1469? El pudor, que no mucho tiempo atrás había sido considerado la joya más preciada de una mujer, ahora no era «de buen tono». ¡Que no era de buen tono! Pues ¿qué querían esos insensatos? ¿Que sus esposas fueran impúdicas?

Desde luego, Isabel no era ni recatada ni beata. Era una muchacha a la moda, pero yo creía presentir en ella un fondo de seriedad, un carácter conforme y hogareño, que me parecían virtudes ideales en una futura esposa.

Me miraba, además, con una admiración que me agradaba sobremanera. Sí, ella sería mi esposa, pero también mi discípula. ¡Tenía tantas cosas que enseñarle!

—¡Ay, Inés! —me decía, mirándome maravillada—. Pero ¡cuantísimas cosas sabe usted! ¡Y cuantísimas cosas voy a aprender yo a su lado! ¡Hábleme otra vez de Filomena, y de cómo aquella muchacha se convirtió en pájaro!

Yo le hablaba de los griegos y de los romanos, de historia, de bellas letras, pero también de física, del misterio de los vasos comunicantes, de la Ley de Gravitación universal, de Newton y su manzana, de Locke y su *tabula rasa*. ¡Ah, qué mujer tan ideal había encontrado! ¡Cómo bebía mis palabras! A menudo se quedaba tan arrobada durante aquellas conversaciones nuestras que cerraba los ojos de puro deleite y para escucharme mejor, como hacemos para sentir más profundamente la música.

Una tarde le estaba hablando de Copérnico y de cómo sus teorías deberían sustituir de una buena vez a las de Ptolomeo, que eran, para gran vergüenza nuestra, las que seguían enseñándose en España. Cuando le informé de que la Tierra no estaba inmóvil en el centro del cosmos, sino que se movía y giraba alrededor del Sol, vi que cerraba los ojos, como si aquellas palabras mías la transportaran y le emocionaran lo indecible. ¡Pobrecilla!, me dije yo, ¡y pensar que esto es una novedad para ella! Entonces vi que el abanico de nácar que sostenía se le deslizaba de entre los dedos y se caía al suelo y que ella no se movía ni se dignaba a recogerlo. Así descubrí que mi futura esposa había aprendido a quedarse dormida sentada mientras me escuchaba.

—¡Isabelita! —le dije.

—Ay, ¿qué pasa? —dijo despertando sobresaltada.

Dos hermanas suyas y una señora de compañía que iba con ellas siempre, que nos acompañaban en el salón, dormían también plácidamente.

¿Qué podía hacer yo con aquellas mujeres ignorantes, horras del menor interés por las artes y las ciencias? Solo una cosa: sacar mi cajita de rapé, ponerme un pellizco en el hueco de la mano izquierda, aspirar enérgicamente y esperar unos segundos a que llegara la delicia del estornudo. Procuré que sonara como un escopetazo, para despertarlas con un buen sobresalto.

Pedí a sus padres la mano de Isabelita, que me concedieron de mil amores. No estaban nada mal económicamente y pudieron ofrecer una dote más que generosa. No es que yo la necesitara, desde luego, pero siempre viene bien una ayuda.

Nos casamos en la iglesia de los Jerónimos por todo lo alto y nos instalamos como marido y mujer en mi Palacio de las Calas.

—¡Ay, Inés, pimpollo mío! —me decía mi mujer—. ¡Cómo tienes este caserón de viejo y de roñoso! ¡Tú, que eres todo espíritu elevado, no te das cuenta de que vives en una cueva!

—¿En una cueva? —decía yo, asombrado.

—Hay que renovar todo esto, *caro mio* —me decía ella, que había aprendido mil artes y zalamerías—. Tienes esto lleno de muebles viejos y agusanados. Pero ¿tú no te pasas el día en el Palacio Nuevo? ¿No eres amigo del rey? ¿No te reciben en todas partes? ¿No vas al Capricho, a la Alameda de los Osuna?

—Pero Isabelita, es que El Capricho...

—Pues así quiero yo tener nuestra casa. Este es mi Capricho.

Yo estaba asombrado con Isabel. ¡Qué maravilla de mujer! ¡Qué claridad de ideas! ¡Qué suerte había tenido de encontrarla! Y yo, que la había considerado una simple lubina, sosa y blanquita, cuando era en realidad... ¡qué sé yo, una ostra con una perla dentro!

Aquel entusiasmo no me duró mucho tiempo.

Mi mujer condenó a muerte casi todos los muebles de la casa. A mí me daban ganas de llorar cuando veía cómo su dedo índice enviaba al exilio o a la hoguera, sin la menor piedad, arcas y arquetas, sillas y bargueños, mesas y mesitas, altares y armarios, tapices y alfombras, y hasta el estrado que hiciera construir años atrás para presidir mi Academia de los Soñados, y que pensaba que ella haría suyo. ¡Nada de eso! Lo hizo desarmar entero, calificando de apolillados tapices dignos de una reina y de enfermas de carcoma tallas y esculturas dignas de un altar mayor. Los prenderos se lo llevaban todo. Carros y carretas salían de mi casa. Lo que nadie quería se hacía leña para el fuego.

Mi mujer no tenía piedad. Me resultaba imposible hacerle comprender la diferencia entre algo viejo e inservible y algo que, por la misma razón de su antigüedad, era único y valioso. Tenía tanta prisa de deshacerse de todo que aceptaba los precios ridículos que le ofrecían los prenderos sin molestarse en regatear. Apenas pude salvar los mejores tapices, las mejores tallas de madera, unos pocos cuadros. Solo los libros pude conservar en su totalidad, ya que me puse frente a ellos como una leona protegiendo a sus cachorros.

—¡Eso no, Isabel! ¡Los libros, ni tocarlos!

—¡Pero si son viejos, tonto! ¿Es que no quieres tirarlos y comprarte otros nuevos?

—¡Ni hablar! —le dije, y no saqué la espada porque no solía llevar espada, que si no, la habría sacado—. ¡Por encima de mi cadáver! ¡Mi biblioteca es sagrada!

—Ay, Inés, qué tonto te pones.

A pesar de todo creo que le impresionó la pasión con que defendía mis libros, porque cedió, aunque la vi apretar aquella mandíbula tan bonita y delicada que tenía, como si no pudiera soportar que yo me hubiera salido con la mía una vez cuando ella se salía con la suya siempre.

Hubo que reamueblar toda la casa. En aquello nos gastamos una verdadera fortuna. Isabel quería que aquel llamado palacio lo fuera de verdad. Hizo pintar nuevos frisos, enrasar los techos, dorar hasta los corredores más excusados, rehacer la vajilla a la moda y llenar todas las habitaciones, pasillos y corredores de aparadores sobre los que hizo colocar infinidad de jarrones y figuras traídas de la China de las que hacían entonces furor en Madrid. Hizo empapelar las paredes con indianas y telas de seda. Encargó nuevos trajes para los criados, les puso uniformes de gala a los de escalera arriba y libreas con galones de oro y de plata a unos gañanes que, como decía el periodista Nipho en el *Diario Noticioso Universal*, mejor hubieran estado cultivando el campo. Compró una litera muy elegante con paneles pintados y cortinas de terciopelo azul e insistió en que necesitaba, además, un coche abierto para poder pasear por el Prado mostrándose a la vista de todos. Encargó también guarniciones de flecos cargadas de seda y plata con hebillajes bañados en oro para los caballos y las mulas.

Yo estaba asustado con tanto gasto, pero cuando vi lo linda que iba en su faetón nuevo, y cuánto disfrutaba Isabelita de aquellos paseos que se daba por el Prado, lo di todo por bien empleado. No es que yo tuviera el mal gusto de ir con ella en el coche, pero una tarde, andando yo por el Prado, la vi pasar por la avenida. Se juntaban allí algunas tardes hasta cuatrocientos coches, que iban avanzando en fila uno tras otro, mirando a los que venían en sentido contrario y saludando a los conocidos cuando se cruzaban. De pronto vi que uno de los faetones era el de mi esposa, y me quedé maravillado de la imagen que componía.

—¿Quién es esa petimetra? —oí decir a unos majos que andaban por allí holgazaneando y haciendo posturas como es su costumbre—. Desvergonzada como todas, pero tiene un palmito.

—Si yo fuera su dueño, no la dejaría ir por ahí sola —le dijo su compañero, hablando con el aire chulesco que tenían siempre estas gentes.

Yo me sentía vagamente ofendido, pero también lleno de orgullo.

Mi mujer necesitaba, además, una inmensa cantidad de ropa. Batas, como se llamaba entonces a los vestidos franceses, tenía docenas de todos los colores y estampados, pero nunca eran suficientes. La verdad es que aquellas que más tarde se llamarían «batas Watteau», a Isabel, con su palmito, como decían los majos, le sentaban muy bien. Tenían como una capeta en la espalda dispuesta en pliegues de caja que caían sueltos desde el hombro hasta el suelo con una ligera cola. Por delante estaban abiertas, luciendo un *stomacher* o petillo decorativo de forma triangular que empujaba el pecho hacia arriba de la forma más insinuante y una enagua bajo la cual había una especie de tontillo o miriñaque que llamaban alforjas y que daban volumen y dignidad al vestido. Las mangas estaban cortadas por el codo con festones decorativos o grandes lazos de seda, a las que se añadían falsas mangas con volantes llamadas *engageantes*. Se completaba el atuendo con escofietas, collares, pañuelos, alfileres, broches, un sombrero y plumas de fantasía. Cuando veía a mi mujer en su coche abierto enfundada en una de sus lujosas batas francesas, una vaporosa escofieta en la garganta, los senos apretados en el escote sugiriendo una opulencia que era

pura promesa, el ala del sombrero poniendo una suave sombra verde
sobre su rostro perfectamente pintado y empolvado, el brillo nacarado
de los labios, un lunar pintado a un lado de la boca, el destello de un
diamante, el brillo melancólico de las perlas, un pañuelito de muselina
sostenido apenas por las yemas de sus deditos blancos, en la otra mano
el abanico de la seducción y de los secretos abierto como el ala de una
mariposa, sentía deseos de hacerla volver a casa para tenerla toda la
tarde solo para mí y me sentía, al mismo tiempo, avergonzado de experimentar aquellos sentimientos tan bajos y vulgares y de estar tan
enamorado de mi mujer.

No solo andaba Isabel comprándose batas continuamente. Su necesidad de abanicos y de zapatos era todavía mayor.

—Pero hija, ¿otros zapatos? —le decía yo—. ¡Si debes de tener ya
cincuenta pares!

—¡Lo dices como si cincuenta fueran muchos! —se quejaba ella,
y luego me decía—: ¡No me seas antiguo, Inés! ¿Voy a tener que aver-
gonzarme de tener un marido incivil y miserable?

—¡Hija, es que nos arruinas! ¿Y ese abanico? ¿Es nuevo?

—¿Qué quiere vm., que lleve el mismo todos los días para que se
rían de vm. por llevar a su mujer como una mendiga? ¡Por Dios, Inés,
que me saca vm. de quicio!

—¿Cuánto ha costado?

—¡Sesenta doblones! Pero ¿qué es eso para vm., miserable? Si su
merced no tenía hacienda para mantener a una mujer como yo, ¿por
qué no se casó con una moza de cántaro?

Añádanse a todo esto los *déshabillés*, las medias, los guantes, las
cofias, las escofietas, las cintas, las flores, las marruecas, los pañuelos,
los velos, los perfumes, las pomadas, los afeites y mil zarandajas más.
Y por si fuera poco, el teatro, la ópera, los bailes de máscaras, los toros,
los conciertos de Cuaresma, los volatines, las sombras, los nacimientos
de Purchinela, los bailes a escote, las meriendas... El coche de Isabel
nos costaba quinientos ducados al mes; su peluquero, doscientos.

No era yo, desde luego, el único marido afligido por gastos tan
desmesurados. El tema salía a relucir a menudo en los cafés y salones a
los que yo asistía. A veces era visto como algo bueno, porque suponía

un estímulo para la economía de la nación, fomentaba el empleo y contribuía al mantenimiento de fabricantes y comerciantes. No podía olvidarse, por otra parte, que el lujo era también interés por lo extranjero y por lo nuevo, y por tanto un signo de progreso. Sin embargo, nada es bueno en exceso.

En la Sociedad Económica Matritense de Amigos del País, a la que yo pertenecía, se había creado una sección separada dedicada a las mujeres llamada Junta de Damas de Honor y Mérito, una de cuyas socias era, por cierto, María Isidra de Guzmán, y a la cual pertenecía también la condesa-duquesa de Benavente. En dicha Junta de Damas, uno de aquellos días, Josefa de Amar y Borbón leyó un discurso sobre el tema de los excesivos gastos en que incurrían las españolas que me interesó sobremanera por lo mucho que me tocaba.

Hablaba Doña Josefa de lo insoportables que resultaban tales gastos para los maridos incapaces de hacerles frente, y cómo por culpa de aquellos excesos la institución del matrimonio se resentía, ya que había muchos que no se decidían a casarse para no ver toda su hacienda dilapidada. Su propuesta era tan sencilla como radical. Se trataba de crear un «uniforme nacional» para que lo vistieran todas las mujeres.

—Pero Doña Josefa —le decía yo—, ¿un uniforme nacional? ¿Todas las mujeres vestidas igual? ¿De verdad cree usted que una norma así podría imponerse en alguna época en ningún país?

—Pues debería poderse —me dijo ella—. Y algún día se podrá y se hará, Don Inés.

—A lo mejor, pero será ese un día muy triste —dije yo.

—¿La igualdad le parece a su merced muy triste?

—La verdad es que sí, Doña Josefa. No solo esa igualdad de la que usted habla me parece triste, sino sobre todo que se haya de conseguir obligando a las gentes a hacer lo que no quieren.

—Pues si no obligamos a las gentes a que actúen como se debe, ¿cómo vamos a lograr reformar la sociedad?

Era una buena pregunta, aunque la única respuesta que a mí se me ocurría era: «No lo sé, Doña Josefa, pero así no, ¡así no!».

106. Un cortejo

Como hacían tantas señoras de Madrid, mi mujer organizó una tertulia en nuestra casa a la que comenzaron a asistir una larga colección de tertuliantes y petimetras «a la moda». Había entre ellos un marqués, una viuda arruinada con dos hijas muy lindas, un médico, un estudiante de teología y, desde luego, como no podía ser menos, un abate italiano.

Pero ¿de qué hablaban en aquella tertulia? De poca cosa, la verdad. Era todo cotilleo, hablar de moda y de ropas, de los noventa vestidos que había dejado María Ladvenant a su muerte y de los mil setecientos abanicos que había dejado la reina Isabel de Farnesio a la suya, de lo que se comía y se decía en otras tertulias, de conocidos comunes y, para terminar, de lo mal que estaba el servicio. Hablar, lo que se dice hablar, allí no se hablaba de nada. Las madres llevaban a sus hijas para encontrar posibles partidos. Los hombres iban a lo mismo.

Había muchas bromas y chanzas. Luego, canciones, una «peti serenata» de Longhi, el abate italiano, y también baile, claro está, minuetos y contradanzas, porque Isabel quería que su tertulia fuera también sarao. A mí siempre me había encantado bailar, y no podía entender por qué ahora sentía tanta reticencia a hacerlo. Cuando comenzaba a sonar aquel estruendo de violines y oboes, yo solía desaparecer discretamente y refugiarme en mi estudio, donde intentaba trabajar en mi nueva obra: *Memoria sobre el ordenamiento de las diversiones públicas y los espacios de esparcimiento de la Villa de Madrid*. Como era imposible concentrarse con tanto ruido, volvía a salir.

Luego mi mujer hacía servir algo de comer, unas pasas, un poco de jamón, unos torreznos, unas lonchas de lomo fritas, unas azofaifas, una botellita de vino de la Mancha, unas roscas, una jícara de chocolate, un café.

—Don Inés —me decía Don Pepito si me veía por allí—, ¡un poco de polvo de La Habana!

—De mil amores, Don Pepito —le decía yo, entregándole mi cajita de rapé.

Seguían los naipes, en los que siempre Don Dimas se enfadaba porque le habían dado malas cartas en la malilla o el mediator. Un día hasta derribó por el suelo la mesa de juego, y amenazó con sacar la espada.

Para que las cosas no llegaran a mayores, Isabel contaba siempre con los purchinelas de Don Cristóbal.

—¡Unas purchinelas, Don Cristóbal! —decía mi esposa.

El mencionado sacaba sus títeres, el perro, el hombre, el demonio, la madama, y comenzaba su representación.

—¡Pero hable usted en purchinela, metiendo bulla! —le decía mi mujer.

—*Compañero* —decía Don Cristóbal con un tono de voz agudísimo y aflautado—, *¿que de veras hay allá fuera muchachas bonitas, bonitas? ¡Mucho!*

Todas las damas asistentes, especialmente las jóvenes, se morían de risa.

A mí aquellas tertulias me sacaban de quicio.

—Pero Isabel —le decía yo más tarde—, ¿no te das cuenta de por qué viene a nuestra casa toda esa gente? Don Dimas pretende que yo le encuentre un puesto. Don Luis, que se lo encuentre a su sobrino, que es un zote que no valdría ni para ordenanza. Longhi se presenta aquí porque está sin blanca. El marquesito ese de Micomicona porque se le van los ojos cuando te mira. Otros, para llenar la panza y evitarse la cena. Doña Marciala, para casar a su sobrina Celia. Doña Fina, para cazar a Don Pancracio que, aunque entrado en años, le parece un buen partido para su hija Elenita.

—Te advierto que el marqués de Micó es un hombre casado, Inés —me decía ella—. Y no te rías así de su nombre, que no es *comme il faut*.

—Y si está casado, ¿por qué viene a esta casa a cortejar a la mujer de otro?

—Ay, Inés, no me seas calderoniano. ¿Qué vas a hacer, desafiarle a duelo?

—Tiene cara de batracio. No sé qué ves en él.

—¡Pensaba que tú, que eres hombre instruido, disfrutarías de nuestra tertulia! —me decía ella, compungida.

¡Dios mío, con qué cabecita hueca me había casado!

Y sin embargo, mi lubina no carecía de la capacidad de sorprenderme. Una mañana vi al marquesito de Micó, o de Micomicona como yo le llamaba, aparecer en mi casa a las nueve de la mañana con un gran ramo de flores y desaparecer, con toda familiaridad, en el cuarto de mi esposa. Aquello me dejó pasmado. Llamé a Romea y le pregunté por el asunto, para asegurarme de que mis ojos no me habían engañado. Mi fiel secretario me explicó que el marqués venía todos los días a la misma hora a despertar a mi esposa y a ayudarla a vestirse.

—¿Para ayudarla a vestirse?

—Y para llevarle el chocolate, excelencia.

—Pero ¿no tiene para eso a sus doncellas? —pregunté yo.

—El señor marqués se pasa el día en el palacio, excelencia —me dijo Romea muy circunspecto—. Es ya como uno más de la casa.

—¿Como uno más de la casa?

—Es una manera de hablar, excelencia.

—Ah, sí, ¿eh? ¿Y le trae flores a mi mujer?

—Sí, excelencia, todos los días.

—Vaya, vaya, vaya —dije yo.

No sabía qué resultaría más ridículo, si mostrarme celoso y, como había dicho Isabel, «calderoniano», o permitir sin rechistar que un extraño entrara todos los días en mi casa para «vestir» a mi esposa. ¿Qué diantres significaba eso?

Poco a poco, preguntando a Silvana y a Marcela, las doncellas de Isabel, me fui enterando de todo.

Al parecer, el marqués de Micomicona aparecía puntualmente a las nueve de la mañana, cuando Isabelita todavía dormía. Se dirigía a la cocina, cogía la bandejita con la jícara de chocolate del desayuno y subía a la habitación de Isabel, descorría las cortinas para que entrara el sol y la despertaba dulcemente. Luego le servía el chocolate en la cama mientras ella le pedía coquetamente un alfiler para prenderlo en el camisón y cerrárselo sobre la garganta. Había alfileres por todas partes, y mi mujer podría haber encontrado uno ella misma con solo cogerlo de la mesilla, pero el marqués fingía que no los veía y pasaba un largo rato buscándolo. Ay, ¡qué divertido era aquello, y qué bien se lo pasaban los dos! Silvana y Marcelita me contaban que les costaba no soltar la carcajada.

—¿Y luego? —preguntaba yo.

—Luego el señor marqués ayuda a la señora a levantarse y ella...

—¿Ella?

—Doña Isabel se apoya en una silla y el señor marqués se coloca detrás de la señora, le pone el corsé y se lo ata, tirando bien de las cintas para que quede bien apretado.

—¿Él le ata el corsé? —pregunté yo, intentando no mostrarme alterado.

—Sí, señor.

—¿Y luego?

—Luego, viene la *toilette* de la señora —decía Silvana.

—Y el marqués sale para dejaros a vosotras ayudar a la señora.

—No, señor —me decían ellas—. No sale.

—Ah, ¿se queda allí?

—Somos nosotras las que salimos —me decían ellas.

Ahora ya no me cabía duda de que el marqués de Micomicona era el cortejo de mi esposa. Era aquella una costumbre muy extendida entre las señoras elegantes de Madrid, aunque yo, la verdad, nunca imaginé que mi propia esposa tuviera un cortejo o un *chichisbeo*, como se había dicho unos años atrás, al estilo de la condesa-duquesa de Benavente, que iba a todas partes acompañada por su cortejo, el marqués de Bondad-Real.

Yo nunca me he considerado un hombre celoso, pero todo aquello me tenía bastante inquieto y agitado. Por eso, y aunque me mate de vergüenza confesarlo, me dediqué a espiar a mi esposa para ver qué era lo que sucedía en su alcoba por las mañanas. Había un pequeño *boudoir* entre mi dormitorio y el de ella que Isabel usaba a veces para recibir y en el que yo nunca entraba. La puerta que daba a mi dormitorio estaba, de hecho, cerrada siempre con llave y había incluso un pequeño mueble apoyado contra ella del otro lado, pero una mañana la abrí con cuidado empujando el mueble, me deslicé al *boudoir* y desde allí, a través de la puerta entreabierta que daba al dormitorio de Isabel, pude ver toda la escena. Había una cortina que cubría la puerta, de modo que yo estaba bastante bien oculto aunque, desde luego, si a mi mujer le diera por entrar en el *boudoir* me descubriría. Yo había intentado inventar una buena excusa para explicar mi presencia allí, pero no había logrado encontrar ninguna. Por si acaso, llevaba un libro en la mano para decir que había entrado allí a buscarlo. Una excusa absurda, es verdad.

Fui testigo de todo. Asomado a la puerta, escondido detrás de la cortina, vi cómo el marqués entraba en la alcoba a oscuras con las flores, las colocaba en un jarrón reemplazando las del día anterior y cómo luego desaparecía para regresar al cabo de un rato con la jícara de chocolate y los bizcochos. Luego descorrió las cortinas una por una, despertó a Isabel hablándole dulcemente para no sacarla abruptamente del sueño y le sirvió el desayuno en la cama.

—¿Claveles, Micó? —le decía ella mirando las nuevas flores, que eran preciosas, rojas como la sangre—. ¿Es que no había catleyas? ¿O es que son demasiado caras para usted?

—No había catleyas, Isabel —le decía él muy compungido—. No es por el gasto, ya lo sabe usted.

Luego la ayudó a salir de la cama y a ponerse el corsé, tal como me habían descrito sus doncellas, que estaban allí al lado de brazos cruzados. Mi esposa les dijo que no las necesitaba y que podían marcharse, y les dijo también que se llevaran los claveles, que eran flores tristes y no le gustaban.

—Mañana le prometo catleyas, por mi vida —le dijo el marquesito cuando se quedaron solos.

Comenzó la *toilette* de Isabel. El marquesito se puso a su lado y le iba pasando los maquillajes, colores, pomadas y afeites que ella necesitaba y ella iba pintándose y acicalándose, pidiéndole consejo a cada paso.

—Micó —le decía ella—, ¿cómo me ve las cejas?

—Hay que darle un repasito a la derecha. No, quiero decir la otra, que en el espejo la ve usted al revés.

—Deme el colorete. Ese rojo tan vivo.

—Pero póngase muy poquito, Isabel. Así, apenas un toque con la yema del meñique, y ahora lo difumina para que se mezcle con el rosa.

—¿Así es como se hace ahora? —preguntó ella interesada.

—Sí, Isabel, el colorete fuerte no es nada *comme il faut*.

Todo esto duró un largo rato, hasta que el rostro de mi esposa estuvo perfectamente maquillado a gusto de ambos.

Llamaron a la puerta y apareció Ronzal, el peluquero de mi esposa, que se pasó también un largo rato trabajando en sus rizos y tirabuzones, siempre con el marquesito al lado opinando y aconsejando. Finalmente, cuando el peluquero se marchó, se pusieron a elegir la ropa que se pondría Isabel ese día.

—¿Me ha traído ese abanico del que me habló? —le dijo Isabel cuando ya habían elegido una preciosa bata color azul celeste estampada de gardenias.

—Ala de pavo real —dijo él sacándoselo de la manga, donde lo llevaba oculto hasta entonces.

—Ay, Micó —dijo ella dando una palmada de gozo—. ¡Es divino!

—Es lo último llegado de París —dijo él—. ¡Está hecho con plumas!

Luego eligieron juntos el collar, que él le puso abrochándoselo por detrás mientras ella se levantaba sus abundantes rizos, y eligieron además, con muchas dudas y muchas consideraciones, los pendientes adecuados, los guantes perfectos y un par de lazos para prenderlos en el vestido. Finalmente, Micó eligió para ella un sombrero y le ayudó a prendérselo con alfileres.

Una vez vestida y arreglada, Micó tomó a Isabel de la mano ceremoniosamente, la llevó hasta la puerta y salieron juntos. Yo respiré aliviado. ¿Eso era todo? ¿Ni un besito? ¿Ni un requiebro? ¿Ni una caricia?

Salí a través de mi cuarto y cuando llegué al vestíbulo vi que Isabel se estaba metiendo en la litera, que tenía siempre dentro de casa para no pisar siquiera la calle y ensuciarse los zapatos o la cola del vestido. Y allá que se fueron los dos para la iglesia, ella en la litera llevada por dos lacayos fornidos y él caminando a su lado como un perrillo faldero. Romea me había contado que cuando se acercaban a la iglesia el marqués de Micomicona se echaba una carrerita para llegar antes y recibir a su dama con agua bendita.

Después de ser testigo de aquella escena tan sorprendente como poco alarmante, regresé a mi cuarto, cerré la puerta y luego volví por el otro lado y coloqué el mueblecito que había allí apoyado para que mi mujer no supiera que había sido abierta.

¿Poco alarmante? Aquella costumbre del cortejo se consideraba de buen tono, el colmo del chic, y estaba tan extendida que, aunque muchos moralistas la criticaban, ni siquiera la Iglesia se oponía a ella.

El marqués de Micomicona me parecía una mezcla incomprensible de criado, doncella, consejero, caballero andante y enamorado. A pesar de ser él mismo un hombre casado, su adoración y servicio hacia mi esposa eran absolutos. Poco a poco me fui enterando de que Isabel se comportaba con él como si fuera la reina de Saba y él un esclavo nubio. Le había prohibido que hablara con otras damas, y si quería ir de visita a otra casa tenía que pedirle permiso. Con él iba a pasear. Con él iba al teatro. Con él iba a los toros. Con él iba a las tertulias a las que asistía. Con él jugaba a las cartas. Con él salía de noche al Prado.

—Bueno, Isabel —le dije un día a mi esposa—, al menos ahora tengo alguien con quien compartir tanto gasto. Ya he visto las cosas que te regala el marquesito de Micomicona.

—Ay, Inés, no seas malo —me dijo mi esposa—. El pobre Micó solo vive para mí. ¡Se pasa el día corriendo de acá para allá, pobrecito!

—Pero ¿por qué? —preguntaba yo—. ¿Es tu amante?

—¡Mi amante! —se escandalizaba ella—. Pero ¡qué cosas dices, Inés! ¡Yo soy una cristiana decente y voy a misa todos los días! ¿Es que estás loco?

La verdad es que no me imaginaba que mi lubina pudiera serme infiel. No era una mujer sensual, y tampoco tenía imaginación, aunque el tercer elemento necesario para el adulterio, el aburrimiento, suplía a los otros dos con creces.

Sí, era evidente que mi mujer se aburría, ya que no tenía nada que hacer en todo el día. Era cierto además que yo, que tenía miles de ocupaciones, nunca estaba con ella.

Lo cierto es que las mujeres siempre se habían aburrido, aunque me daba la impresión de que solo ahora, a fines del siglo XVIII, habían comenzado a ser conscientes de lo tediosa que era su vida.

El señor de Montbreton, un viajero francés de visita en España, me había comentado muchas veces en el Café de las Dos Flautas lo mucho que le asombraba el trato que recibían las mujeres en España.

—Las tratan aquí a las señoras como si fueran diosas, ¿ah?, o reinás. El hombre se arrodilla ante una señora y le besa la manó, y no se levanta hasta que ella no se lo ruega encarecidamenté, ¿ah? ¡Y eso del cortejo! —él decía «el cortegó»—. ¡Maravillosa costumbre, ah!

—¿No hay en Francia cortejo?

—No como acá, ¿ah? Allá tenemós el *chevalier servant*. No es la misma cosa, ¿ah? Acá es verdadera devoción. Tienen a la mujer en un pedestal, acá. Dicen que la costumbre viene de la Franciá, pero esto no es verdad, Don Inés.

Yo recordaba con toda claridad a aquellos braceros de tiempos de Felipe II cuya ocupación era dar el brazo a las damas, de ahí su nombre, para acompañarlas siempre que tenían que salir, y pensaba que, por extraño que pudiera parecer, aquella costumbre del cortejo bien podía tener un origen español.

Tuvimos hijos, una niña, Susana Isabel, y luego un niño, Isidoro, y luego dos niños más y otra niña, que no sobrevivieron. Yo, que había pasado por aquello antes, me daba cuenta de que el dolor que sentía como padre al perder a los niños no era menor que el que había sentido siendo madre. La sensación de desolación cada vez que perdíamos a un niño era tan absoluta que la única forma de sobreponerse a ella era ocupar el tiempo en mil cosas. Yo desaparecía de casa, me pasaba el día fuera, y dejaba a mi esposa todavía más sola.

Fue por entonces cuando ella tomó un amante. Cuando me enteré, y de estas cosas uno siempre acaba por enterarse si es que lo desea, me sentí dolido, pero no se lo reproché. A la sensualidad, la imaginación y el aburrimiento de su vida se había unido ahora un cuarto elemento, la sensación de vacío y sinsentido.

—Romea —le dije un día—, ¿tú sabes algo de lunares?

—¿De lunares, excelencia? Que no hay belleza sin ellos.

—Quiero decir, de los que se pintan las señoras en el rostro.

—Son un lenguaje, excelencia. Cada lugar del rostro dice una cosa.

—Y un lunar en la sien izquierda ¿qué significa?

—Si no me equivoco, excelencia, que la dama en cuestión está cansada de su cortejo y busca otro.

En efecto, el marquesito de Micomicona desapareció de nuestra casa para ser sustituido por un militar, Eugenio de Montebravo, de formidables bigotes y gran apostura castrense. Claro que este no se comportaba como un perrito faldero y no aparecía por mi casa. Fue eso lo que me hizo sospechar que este caso era más serio que el de Micomicona. Solo le vi una vez en el teatro, de lejos, sentado en un palco con mi esposa. Me pregunté qué podía ver ella en él, grande, fornido y arrogante, con algo de gitano, y cómo podía mi esposa haberse sentido atraída alguna vez hacia mí si era aquella, en realidad, la clase de hombres que le gustaban.

Un día le pedí permiso a Isabel para entrar en su cama. Hacía tiempo que no dormíamos juntos ni teníamos tampoco relaciones, seguramente porque ninguno de los dos quería tener más hijos para sufrir luego el horror de perderlos.

—¿Quién es? —le pregunté cuando estábamos los dos con las cabezas en la misma almohada.

—¿Quién es quién? —dijo ella.

—Isabelita —le dije—, creo que no he sido un buen marido para ti.

—¡Qué tonto eres! —me dijo ella—. Yo siempre he estado orgullosa de mi marido.

—Pero no te he hecho feliz.

—Pero Inés, ¿cómo vas a hacerme feliz si tú no lo eres? —me dijo ella.

—¿Yo no soy feliz?

—Pues no.

—Yo no sabía que no fuera feliz —dije, verdaderamente sorprendido.

—Ay, los hombres, los hombres —me dijo ella—. Vivís siempre tan ocupados que conseguís no sentir, o ignorar lo que sentís. Las mujeres, en cambio, que no tenemos ocupaciones, nos pasamos el día sintiendo.

—Espero que él te haga feliz, al menos —le dije.

—Pero ¿de qué me hablas, Inés? He despedido a Micó de cortejo, supongo que ya lo sabes.

—Pero tienes a otro.

—Pero ¿de qué me hablas, Inés? ¿Te crees que te pongo los cuernos? ¡Yo no soy así!

—Ten cuidado —le dije—. Y sobre todo, no te enamores.

Aquellas palabras que había usado Isabel me habían impresionado y también me habían dolido. «Poner los cuernos» era algo demasiado brutal, demasiado gráfico. Era algo distinto que aquello tan novelesco de «tener una aventura». Era más que engañar: era engañar con desprecio.

Un día la vi toda turbada, tocándose los lóbulos de las orejas, al darse cuenta de que había regresado a casa sin los pendientes con los que había salido. Eran estos pequeños detalles los que me iban certificando que mi mujer tenía verdaderamente una aventura. ¡Adulterio! La palabra se me hacía demasiado grande para mi Isabelita. De pronto, al pensar que era adúltera la veía de otra manera. Ya no era tan joven, pero a mí me parecía todavía más hermosa que cuando nos casamos. ¡Adulterio! A lo mejor me parecía más hermosa porque ahora era de otro.

«Los hombres —reflexioné— solo aprecian y codician lo que no poseen».

A veces la imaginaba con el otro, ella como una pequeña lubina y él como un calamar gigante que la envolvía en sus tentáculos. Me sentía envilecido al recrearme en estos pensamientos, pero no podía evitarlo, y extraía de ellos una excitación que era, quizá, la más grande que me había proporcionado nunca mi esposa. Todo aquello me hizo pensar que era más que probable que aquellas relaciones con el marqués de Micomicona que había mantenido ella tiempo atrás no hubieran sido tan platónicas como yo imaginaba.

Otras veces pensaba que me gustaba suponer que mi esposa era más atrevida e interesante de lo que verdaderamente era, o que yo pretendía, al creerla adúltera, justificar mis propias infidelidades que, la verdad sea dicha, tampoco habían sido tantas.

107. Carlos IV

Murió Carlos III y fue coronado su hijo, Carlos IV, cuyo carácter era completamente distinto al de su padre. Era el nuevo rey un hombre gordo, plácido y, a decir verdad, bastante bobo. Le casaron con su prima, María Luisa de Parma, una mujer notablemente inmoral y promiscua que logró hacerse impopular incluso en un país como el nuestro, acostumbrado a adorar a reyes nefandos, y que antes de morir le revelaría a su confesor que ninguno de los catorce hijos que había tenido eran de su marido. Lo cual, habida cuenta de que los monarcas eran primos, fue una suerte para la corona española.

El favorito de la reina era Manuel de Godoy, un militar arribista y corrupto del que también se murmuraba que era su amante. Por influencia de la reina, Carlos IV ascendió a Godoy, que era un mero guardia de corps, a la posición de «ministro universal» y dirigente del país, le hizo Caballero de la Orden de Santiago, le nombró Príncipe de la Paz y le regaló el Palacio Grimaldi, frente al Palacio Real, además de otro palacio en Aranjuez. Causaba indignación general entre las gentes que el amante de la reina hubiera sido encumbrado a la cima del poder con la aquiescencia del rey. A pesar de su inmenso poder, Godoy fue siempre un personaje aborrecido por la opinión pública.

María Luisa de Parma fue también una reina universalmente odiada. Generalmente las mujeres que destacan en los círculos reservados a los hombres son acusadas o de ser prostitutas o de estar locas, o de ambas cosas. En el caso de la reina María Luisa, y dejando aparte los juicios morales, que no son lo mío, parece que su desmesura sexual no es ninguna leyenda. Tuvo incontables amantes ya desde que era princesa de

Asturias, y siempre con la connivencia de su esposo. Uno de sus amores conocidos fue el criollo Manuel Mallo, que también era guardia de corps como lo había sido Godoy y con el que la reina, de acuerdo con sus propias palabras, se acostaba todos los días. Las crónicas palaciegas afirmaban que en el cuarto de la reina se oían gritos mezclados con golpes y bofetadas cuando estaban juntos. ¿Éxtasis a través del dolor? Aquellos eran los años en que el marqués de Sade, preso en la Bastilla, estaba escribiendo sus excéntricas novelas.

Mi esposa murió de un cáncer de matriz que le había sido diagnosticado unos meses antes. ¡Qué vida tan breve y tan triste fue la suya! Es verdad que mi lubina intentó disfrutar de su paso por este mundo todo lo que pudo, pero no creo que fuera nunca en toda su vida, ni siquiera durante una tarde, completamente feliz. ¡Qué vida tan vacía, tan inútil! A lo mejor fui yo el culpable, por casarme con ella sin estar verdaderamente enamorado. Pero ¿no es así como se arreglan la mayoría de los matrimonios? ¿No tuvo ella acaso la oportunidad de buscar el amor en otro lugar? Sé que nunca le hice daño y que nunca le puse el menor impedimento para que viviera como deseara. Sé, también, que si ella sintió alguna vez amor por mí, este desapareció muy pronto, y que es posible que se casara conmigo simplemente para poder disfrutar de la libertad que poseen en nuestra sociedad las mujeres casadas.

Cuando quedé viudo, decidí imitar al rey Carlos III en su moderación y templanza y permanecer alejado para siempre del amor y de las faldas. ¿Cómo podía yo imaginar lo que el Destino me tenía preparado? ¿Cómo podía yo imaginar que pronto iba a conocer el amor con una violencia y una desmesura como hacía siglos que no lo había sentido?

Mis hijos estaban los dos casados y yo decidí consagrarme a mi trabajo en el Ministerio y también en la Sociedad Económica Matritense de Amigos del País, donde dirigía el Gabinete de Máquinas y otros departamentos y estudios que no hace al caso mencionar aquí. En mi tiempo libre, que no era mucho, intentaba escribir, aunque la inspiración poética me eludía, y para ocupar las horas de ocio, me propuse crear un sistema de taquigrafía en español (otra de las áreas de estudio de la Sociedad Económica Matritense) siguiendo el modelo inglés de Shelton y el francés de Cossard. Pronto desarrollé un sistema de garabatos que me permitía anotar con toda facilidad lo que escuchaba, por rápido que hablara mi interlocutor.

Pero el alma humana no se contenta solo con hacer cosas útiles y sensatas, ni tampoco con «ocupar» el tiempo igual que se ocupa una salita llenándola de muebles. El alma necesita aventura y emociones. Hasta la vida más cuerda requiere de un cierto grado de locura.

Quizá por esa razón comencé a imitar una de las costumbres que yo más deploraba entre las gentes de mi posición: aquella de vestirse, o más bien disfrazarse, de majos y de manolos, y salir a mezclarse con el vulgo en sus diversiones populares. Todo esto sucedía en el verano de 1789, más o menos en los mismos momentos en que las multitudes de los *sans-culottes* tomaban la Bastilla de París. Recuerdo que aquel mes de julio fue especialmente ardiente. ¡Ah, el calor africano de esas noches de julio en Madrid! Cualquier vesania, cualquier disparate es posible esas noches...

108. Una maja

Una noche me puse una redecilla en el pelo, una chaqueta corta y una camisa blanca, me embocé bien con una capa oscura, me calé un chambergo de ala ancha hasta las cejas y así, bien disfrazado de majo, salí de mi casa sintiéndome todo un conspirador.

Horno son en el verano
las viviendas de Madrid,
el que quiera buscar aire
tiene al Prado que venir...

Y yo, obediente como siempre a los versos de Don Ramón, me subí a mi berlina y, como todas las noches, le dije al cochero:

—¡Martos, al Prado! ¡Y ligerito!

¡El Prado de noche! ¿Qué no podía encontrarse allí? Me bajé del coche cerca de la fuente de Cibeles, como solía hacer, y me fui caminando en dirección al Botánico, perdiéndome por entre las alamedas. Caminaba al azar, entrando y saliendo de las zonas iluminadas y de las amplias zonas de sombra solo iluminadas por la luna, disfrutando de los tipos populares que me encontraba a mi paso y escuchando sus conversaciones, tan distintas de las que oía en los salones.

—¡Avellanas verdes! —pregonaba una avellanera.

—¡Agua fresquita de Recoletos! —pregonaba un aguador de cántaro.

Pasaron unos músicos ciegos tocando y ofreciendo sus tonadillas a los transeúntes. Dos mozuelas que pedían limosna se pusieron a bailar al son de su música. Me llegué hasta el arca de agua. Había allí varias señoras sentadas, cubiertas con mantilla y basquiña, acompañando a varias pollitas, sus hijas, al oteo de posibles partidos.

—Oyes, ¿si habrá venido esta noche el de los caramelos? —le dijo una mendiga a otra.

Había muchos en Madrid. A veces, verdaderos ejércitos de mendigos.

—¡A este pobre vergonzante! —plañía un pobre vergonzante—. ¡A este pobre vergonzante con una mujer impedida y once niños enfermos!

—¡A este pobre! —clamaba otro pobre, no menos vergonzante—. ¡A este pobre que vino a Madrid a un pleito y no tiene qué comer!

—¡Avellanas verdes! —cantó la avellanera.

—¿A cómo son? —dijo la madre de las niñas.

—A peseta.

—¡Qué caras! A real y medio nos las dieron ayer.

Petimetres con sus ropas ridículas, todos muy chic, muy *comme il faut* y haciendo molinetes con el bastón. Faroleros atendiendo el aceite de las farolas. Mujeres vestidas de hombres, a las que llaman «sietemesinos». Majos tendiendo sus capas sobre la hierba para sentarse, bien vigilantes y celosos de sus majas.

Un «aficionado a la juventud» de edad más que senescente se acercó a una muchacha a la que había echado el ojo. Me extrañó que anduviera sola siendo joven y soltera. Parecía una palomita, y él un enorme cuervo.

—¡Qué deliciosa criatura! —dijo el aficionado—. ¡Niña, niña, ven acá!

—¿Es a mí? —dijo ella, toda inocente.

—A ti es. ¿Sabes, niña, que eres celestial? ¡Pero dame un beso!

—¡Uy, un beso! Ja, ja, ja.

—Pero muchacha, ¡a mi edad! —dijo el aficionado a la juventud, intentando atrapar a la mocita.

—Pues eso, que me puede usted manchar con su baba —repuso ella, escurriéndose.

A mí me maravillaba aquella gracia en el hablar, y echaba de menos no tener pluma y papel para poder apuntarlo todo con mis garabatos.

Además de los vendedores ambulantes había también puestos y aguaduchos donde vendían dulces, freían pasteles y servían bebidas.

Allí iban los petimetres, los pollos, los horteras, los soldados, los oficiales, a buscar novia, y las mamás y las tías a buscar buenos partidos para sus hijas y sobrinas. En una de las glorietas del paseo vi a varias señoras con sus hijas que se habían sentado en las sillas de alquiler. Los abanicos resonaban por doquier abriéndose y cerrándose.

—Señoras, son dos reales —atacó el cobrador de las sillas, surgiendo de la oscuridad de pronto.

—¿Qué dice usted?

—Vengo a cobrarles las sillas.

—Pase usted luego, que no tengo suelto.

—Estas esperan a algún primo que se lo pague. ¡Vaya unas cursis, y además, tronás! —dijo el cobrador cuando pasó a mi lado.

—¡Qué gentuza más descarada, nada más se sienta una ya aparece el cobrador! —se quejaban las petimetras.

—Madre, a ver si encuentro un hombre para casarme, que es lo que más deseo —decía una de las niñas, que tenía aspecto de estar mortalmente aburrida.

—¡Hija, a ver si aprendes a respetar las connivencias sociales!

—Son «conveniencias», madre.

Se les acercaron dos militares, uno de ellos un poco patizambo.

—Les presento a mi amigo, el subteniente.

El subteniente: Niña, es usted celestial. Tiene usted dos Remington en los ojos que matan con mirar.

La niña morena (por lo bajo): No me pellizque usted así, que me va a salir un cardenal.

No sé muy bien decir por qué, pero todo aquello me agradaba sobremanera. Allí, en el Prado, la vida parecía sencilla, una especie de juego alegre y despreocupado que en realidad lo incluía todo, la juventud y la vejez, el matrimonio y los hijos, las apariencias y los placeres, la riqueza y la pobreza, el amor y la muerte.

A lo mejor es esto lo más profundo que puede decirse de la vida: que es un sainete, un embeleso, una comedia. Eso es la vida de verdad, no las vastas construcciones de la filosofía.

Caminando al azar por las arboledas, llegué hasta un grupo de majos y de majas que habían organizado un sarao con guitarras y bandurrias a la luz de la luna. Apenas llegaba allí la luz de las farolas, y habían encendido unos farolillos para iluminarse mientras bailaban el fandango. Aunque sus ropas no eran de colores tan vivos como los que aparecen en esos maravillosos cartones de Goya donde todo es oro, carmesí y turquesa, era una escena llena de vida y alegría.

A mí aquella música popular nunca me había gustado especialmente, pero de pronto no sé qué pasó, se apartó como un velo de mi alma algo que me había hecho siempre escucharla con desprecio o con distancia, y empecé a escucharla de verdad. Aquel ritmo pesado, balanceante, imponente, del fandango, me pareció de pronto mucho más misterioso que el de los minuetos y alemandas cortesanos. Había un no sé qué subyugante en aquel ritmo que yo siempre había considerado un tanto vulgar y que ahora me traía algo así como el embrujo de lo que es más grande que nosotros mismos, que existe desde antes de nacer nosotros y que seguirá existiendo cuando muramos. No entendía yo por qué, pero de pronto me sentía extrañamente conmovido.

Saltó a bailar una nueva pareja y todos les jalearon, como si llevaran un tiempo esperándolos. Ella no era muy alta, y tenía una poblada cabellera negra muy ondulada y rizada, que le caía por los hombros y le llegaba hasta la cintura. Era inconcebiblemente bella, con un rostro ovalado, nariz fina, barbilla atrevida, piel olivácea, boquita pequeña, ojos oscuros y rasgados, y no sé qué había en su forma de bailar que yo no podía dejar de mirarla.

Llevaba unas castañuelas que hacía sonar con gran habilidad. Su movimiento de brazos, tan característico de la danza española, era arrebatador: los ponía sobre la cabeza, como sosteniendo una corona; los hacía girar en el aire al dar la vuelta de pecho inclinando el cuerpo a un lado de la forma más seductora; se llevaba uno a la espalda al dar las piruetas. Cuando giraba, el vuelo de la falda se levantaba mostrando sus pequeños pies, sus tobillos y sus pantorrillas. Todo en ella me parecía precioso, desde la punta de sus zapatos hasta el último cabello de su inmensa melena negra, desde el embrujo de sus brazos serpentinos hasta el giro seductor de su cintura. Pero ¿quién sería aquella mujer?

Cuando terminó el fandango, ella soltó una carcajada y se colgó del brazo de su compañero, diciéndole algo al oído que le hizo sonreír. Luego se soltó y se volvió a mirarme.

—¿No baila usted? —me dijo, viendo que yo la miraba con tanta intensidad.

—Después de usted, ya no debería bailar nadie —le dije.

—María Pilar —le dijo el majo con el que iba—, ¿conoces a este pollo?

—No, Alfonsito, pero me gustaría conocerle —dijo ella poniendo los brazos en jarras e inclinando la cabeza a un lado como para mirarme mejor.

¡Dios mío, qué hermosa era! Yo me sentía como encendido por dentro. ¿Amor? ¿Era aquello amor? No sé lo que era, pero era más grande que el amor. Era amor, pero era también locura, deseo. Era amor, era muerte. La miraba y sentía que no me importaba nada, ni morir, ni vivir. ¿Es esto posible? ¿Es posible enamorarse de una mujer nada más verla y sin saber siquiera su nombre? ¡Sí, es posible! ¡Solo el que lo ha vivido lo sabe!

Además, yo sí sabía su nombre: María Pilar, que, por corriente que fuera, me parecía de pronto el más hermoso del mundo.

—¿Y viene usted aquí todas las noches? —le dije, por decir algo.

—Cuando me deja mi marido —me respondió ella, con coquetería.

—¿No está aquí su marido de usted?

—Como no sea uno de esos embozados que esperan en la oscuridad para asaltar a los incautos...

—Si yo fuera él, no la dejaría ni a sol ni a sombra.

Ella soltó una carcajada y se apartó de mí, y yo me maldije por haber dicho una cosa tan necia.

El pensamiento de que ella se alejara, que desapareciera de pronto de mi vida para siempre, se me hacía intolerable.

Me acerqué a ella de nuevo.

—Hombre, usted otra vez —me dijo ella, no sé si coqueta o despectiva.

—¿Cuál es su gracia? —le pregunté.

—¿Mi gracia? La que usted ve.

—Quiero decir que cuál es su nombre.

—María del Pilar.

—Yo me llamo Nicasio Padilla —dije, queriendo, no sé muy bien por qué, esconder mi nombre, que de cualquier modo no sería conocido de aquellas gentes sencillas.

—Con ese nombre que le han puesto, nadie le hará ni caso —dijo uno de los majos, que acababa de sacar una bota de vino.

—Calla, Ponce, no seas burlón —dijo ella—. No le escuche, Nicasio. Son puros celos que le dan de todo el que me mira o me habla.

—Señora, tiene usted unos ojos que me traspasan. Yo tengo que volver a verla alguna vez.

—Pero si ya me está viendo, Nicasio.

—¿Dónde vive usted?

—En el Prado.

—¿Y de día?

Ella se echó a reír. El llamado Ponce le pasó la bota, ella dio un trago largo sin que le cayera ni una gota sobre la barbilla o el vestido, y luego me la pasó.

—Tome, Nicasio, que el vino ahoga las penas.

—Esta que me ha puesto usted en el pecho no se ahogará con todo el vino del mundo.

En ese momento, una niña negra que estaba con el grupo se acercó a ella corriendo y se agarró de sus faldas.

—¿Qué tienes, bonita? —le dijo ella inclinándose, y cogiéndola en brazos.

La niña se abrazaba a ella y hundía el rostro en su pecho.

—¡Se ha asustado porque Marcial le estaba haciendo el coco! —dijo una de las majas, escondiendo la risa detrás de su abanico.

—No te asustes —le decía María Pilar acariciándole el cabello a la niña—. Son malos. No les hagas caso.

—¿Y esta niña tan guapa? —dije yo.

—Es mi ahijada —dijo ella—. Pero ¡qué curioso es usted! ¡Todo lo quiere saber!

Yo no sabía qué hacer ni qué decir. Jamás me había encontrado en una situación como aquella. Aquel mundo desgarrado y algo canalla me resultaba por completo desconocido. Ya que, ¿de qué me servían a mí todos mis latines, mis lecturas, mis viajes, mis méritos, estar en el gobierno de su majestad y cobrar doscientos mil reales al año, frente al imperio de aquellos ojos negros, de aquella gracia y desenvoltura madrileñas?

¡Y estaba casada! Pero eso no era el fin del mundo. Al fin y al cabo estaba allí sola, bailando con otros hombres. Pensé, esperanzado, que a lo mejor su marido era un viejo que ni siquiera salía de casa. Pero ¿cómo iba a estar casada aquella preciosidad con un viejo? Entre las gentes de mi clase, las aventuras e infidelidades eran tan corrientes que muchos, como Cabarrús, habían comenzado a sugerir que sería buena idea implantar el divorcio, pero yo sabía que entre las clases populares las cosas no eran igual, y que los majos carecían de esa sofisticación y relajación de costumbres que atribuían a la influencia extranjera y se sentían orgullosos de defender los valores de antaño, las leyes del honor y de los celos.

—Y usted, ¿dónde vive? —me dijo ella, toda coqueta.

—Por las Vistas de San Francisco —le dije, porque no quería decirle que vivía en un palacio.

En ese momento se acercó a ella un joven con hábito de estudiante de Cánones y Teología y comenzó a requebrarla y decirle que tenía ojos de gacela. Ella se moría de risa.

—¡Qué cosas se le ocurren a usted! —decía ella—. Pero ¿ha visto usted alguna gacela en su vida? ¿Pues no son como cabritas?

A mí se me llevaban los demonios de que aquel resabiado intentara impresionarla soltándole cursiladas, y recordando un poema del conde de Noroña, recité, cambiando el nombre común por el propio:

Su cuello, ornado en torno de collares
al de hermosa gacela se parece
cuando ufana pompea por el Prado...

—Pero bueno, ¿es que les parezco yo tal adefesio como para compararme con animalitos? —dijo ella.

—Señora, ¿se le ofrece algo para beber? —dijo el estudiante.

—¡Ya tardaba usted en decirlo! —dijo ella—. ¡Con la sed que tengo! Vaya usted al aguaducho y tráigame un rosolí y unas naranjas. Y unos roscones de Zaragoza también se me han antojado. ¿Me hará usted el favor?

Yo veía al estudiante abrir los ojos despavorido. ¡Pues sí que le iba a salir cara la broma!

—Ah, y a ver si puede usted traer también unas rosquillas de limón y un poco de barquillo con merengue. Y por allí abajo, ya que va usted, he visto antes a una que vendía pasteles. Tráigame también de esos, pero que estén calentitos.

—¿Pues cómo tiene usted ese tallito de palmera comiendo tanto? —le dijo el estudiante con resentimiento.

Se marchó de allí, y ella se moría de risa.

—Ese no vuelve, María del Pilar —dijo Ponce.

—¡Pobre! —dijo ella.

—¡Como las ratas!

—¿Y usted? —dijo ella volviéndose a mí.

—Yo soy suyo, señora, para servirla.

—Ay, Nicasio, Nicasio —me dijo ella negando con la cabeza—. ¿Es que no ve que yo soy como la luna?

—¿Y eso por qué?

—Porque solo salgo de noche y luego desaparezco.

—La luna del Abapiés —dijo Ponce, que parecía ser algo así como su acompañante.

¿Sería también su amante? Pero no podía ser. Había algo allí que no encajaba.

—¿En el Abapiés vive usted?

—Allí nací —dijo ella.

Al poco se marchó de allí con los otros manolos y con su ahijada, dejándome temblando de frío en medio de la ardiente noche de julio.

109. Cienfuegos

Volví a la noche siguiente para buscarla, decidido a no despegarme de su lado, a hacerme amigo suyo, a ofrecerle regalos, joyas, un abanico de nácar, a seguirla ocultamente para averiguar dónde vivía y quién era su marido, a intentar enamorarla o seducirla a cualquier precio y aunque me costara la mitad de mi fortuna o mi fortuna entera. La busqué por todas partes, pero no la encontré por ningún lado. Era, en efecto, como la luna, que sale por la noche, ilumina el mundo con su rostro de plata y luego se desvanece dejando todo el cielo negro.

Cuando oía guitarras en las alamedas del Prado, cuando sentía el ritmo de un bolero o de un fandango, cuando veía un farolillo o un candil en las sombras, pensaba que podía ser ella. Me acercaba allí temblando de ilusión y de terror, de amor y de deseo, para encontrarme, una vez tras otra, burlado como un toro en la lidia.

La busqué, la busqué, la busqué noche tras noche, pero no había caso. María Pilar, la manola de Lavapiés que me había robado el alma, no volvió a aparecer por el Prado.

No sé por qué, no podía dejar de pensar en ella. Sus ojos oscuros y vivaces me obsesionaban, los veía todo el rato en todas partes. Su voz, su risa, su gracia bailando el fandango, su inmensa cabellera negra, su cintura, sus pies ligeros... Intentaba racionalizar aquella obsesión diciéndome que no era posible enamorarse de una mujer simplemente viéndola bailar y cambiando con ella unas frases. Que era mi soledad, el vacío de mi vida, lo que me hacía aferrarme a aquel sentimiento efímero como a un clavo ardiendo.

Si algún efecto inmediato tuvo en mí aquella singular aventura nocturna, fue el de hacerme escribir de nuevo. Y además, en un género en el que nunca me había considerado yo descollante: la poesía. Comencé a escribir un poema titulado «A una desconocida que vio una vez en el Prado» en endecasílabos blancos que revelaban la influencia de un gran poeta amigo mío, Nicasio Álvarez de Cienfuegos, con el que últimamente me veía a menudo en la tertulia de la casa de Manuel José de Quintana. Quizá por esa razón el nombre de Nicasio había sido el primero que me había venido a la cabeza cuando quise inventarme uno para mí mismo.

Había entonces dos grupos literarios importantes en Madrid, uno reunido en torno a Leandro Fernández de Moratín, de vocación clásica y que coqueteaba políticamente con Godoy, y otro que se reunía en el domicilio de Quintana y al que asistían Cienfuegos, Campmany, Juan Nicasio Gallego, Arriaza y José María Blanco (que luego se exiliaría a Inglaterra, se convertiría al protestantismo y se añadiría el apellido White), que eran todos conocidos por su oposición a Godoy y a su gobierno y por su talante profundamente liberal, aunque aquella era una palabra que todavía no se usaba por entonces.

El mundo estaba cambiando. Primero había sido la Revolución Americana, en la que también había participado España poniéndose del lado de los insurrectos contra Inglaterra. Luego, la Revolución Francesa. Luego la Declaración de los Derechos del Hombre, aquel ideal de Hermandad Universal que tanto nos exaltaba por entonces y que veíamos como la bandera que anunciaba un mundo nuevo.

Pero la nueva época que se aproximaba parecía tan llena de maravillas como de espantos. Y no me refiero, desde luego, a lo que sucedía en España, donde la gran ilusión creada por el reinado de Carlos III se había hundido en la degradación y el desastre general del reinado de su hijo, sino a los sucesos que estaban teniendo lugar en Europa.

Maravillas y espantos, sí. La Revolución había traído los Derechos del Hombre, pero también la guillotina y el Terror. Pronto nos traería también a un tirano peor que cualquiera que hubiera existido antes.

Yo veía el lado más luminoso y optimista del nuevo siglo que se acercaba encarnado en los poemas de Cienfuegos, y el más terrible y oscuro en las nuevas pinturas de Goya, muy especialmente en la serie de grabados que él llamaba *Caprichos*.

Una noche, en la tertulia de la casa de Quintana, Cienfuegos nos leyó el poema «Mi paseo matinal de primavera».

—Nicasio —le dije yo cuando salíamos—, usted está llamado a ser el gran renovador de nuestra poesía.

—Inés, es que usted me lee con cariño de amigo.

—Puede ser, Nicasio, pero es que la poesía no puede ser esa cosa pequeñita y decorativa en que se había convertido. La poesía ha de servir para transformar el mundo. Y ha de hablar con esa voz que yo encuentro en sus poemas, que parece salir directamente del pecho y que es el lenguaje de las emociones.

—¡Pero si mi poesía no gusta a nadie, amigo Inés! ¡Moratín no deja de decir y de escribir sobre mí cosas horribles!

—Porque no entiende los atrevimientos que usted se toma con el lenguaje. Él es un clasicista que solo entiende de reglas aristotélicas. Y además, es políticamente tibio, quiere agradar a Godoy y le molesta el carácter revolucionario de la poesía de usted.

—Inés —me dijo Cienfuegos entonces, porque era un hombre modesto y no disfrutaba hablando de sí mismo—, leí con mucho gusto el poema que me hizo usted llegar, y me gustaría tener su permiso para dárselo a leer a Doña María Lorenza de los Ríos, la marquesa de Fuerte-Híjar. ¿Conoce usted a esta señora?

—Sí, claro. La conozco bien a través de la Junta de Damas de Honor y Mérito, que ella preside.

—Pero ¿ha estado usted en su casa? ¿Conoce usted las veladas poéticas y las representaciones teatrales que organiza ella allí?

—No he tenido el honor.

—Ay, Inés, es que no le relacionan a usted con el ejercicio de las bellas letras. Pero eso va a cambiar, se lo digo yo. El que ha escrito «A una desconocida que vio en el Prado» es un verdadero poeta. Hay líneas de su poema que me resuenan en la memoria una y otra vez, como una de esas músicas que una vez escuchadas no pueden olvidarse.

—Qué orgulloso me hace sentirme, amigo mío —le dije emocionado.

—¿Es real el caso que usted cuenta?

—¡Y tan real! ¡Yo mismo soy el protagonista!

—Entonces, ¿existe realmente esa mujer hechicera?

—Claro que existe. Tanto que no puedo dejar de pensar en ella, Nicasio. ¡Y eso que es una mujer a la que solo vi una noche y durante unas horas!

—¡Qué caso tan interesante! —me dijo él—. Cómo sería ella de hermosa, para impresionarle a usted tanto. Y qué sensibilidad para la belleza femenina ha de tener usted. ¿No ha vuelto a verla?

—No. ¡Si no sé nada de ella!

—Pues búsquela.

—No he hecho otra cosa. Pero ¿cómo voy a encontrarla, si lo único que sé es que se llama María Pilar, como la mitad de las mujeres de Madrid, que viste de maja, que baila el fandango como nadie y que es del barrio del Abapiés?

Gracias a Cienfuegos, que había sido quien me había abierto las puertas de la casa de Quintana, entré en la casa de la marquesa de Fuerte-Híjar y comencé a participar también en su tertulia. Fue allí, en aquellas veladas literarias y teatrales, donde comencé a regresar a mi verdadero ser, que había dejado olvidado durante tanto tiempo. En el palacio de la marquesa de Fuerte-Híjar se hablaba de poesía, de teatro, de música y también de las nuevas ideas democráticas e igualitarias. La marquesa organizaba representaciones en un pequeño teatro privado o «teatro de casa», como a ella le gustaba llamarlo, en el que a veces actuaba ella misma, como la noche que se representó allí la tragedia *Zorayda* de Cienfuegos. Entre los participantes de la tertulia estaban el gran actor Isidoro Máiquez, un jovencito llamado Antonio Alcalá Galiano, que llegaría a tener un curioso papel en mi vida, y el tenor Manuel García, creador, junto con su hijo, de la moderna escuela vocal que transformaría para siempre el *bel canto*. Manuel García llegaría a ser el tenor favorito de Rossini y fue el padre de dos sopranos celebérrimas: María Malibrán y Pauline Viardot. Era, como suelen serlo los cantantes de ópera, un hombre inmensamente carismático. Cuando él estaba, se convertía en el centro de la reunión. No es porque hiciera ni dijera nada especial: nada más entrar en la sala, todas las miradas iban hacia él, como si irradiara un magnetismo parecido al de la piedra imán.

—¡Qué personalidad tan arrasadora tiene Don Manuel García! —decía Cienfuegos—. Nosotros intentamos hacer obras de arte, pero el cantante es él mismo la obra de arte.

Había algo que me sorprendía en mi amigo Cienfuegos, y era la importancia que daba a la amistad. Aquel «país de amor» con el que él había soñado en «Mi paseo matinal de primavera» no era un embeleco poético, sino un verdadero ideal personal. Era Cienfuegos de esas personas que brillan y resplandecen cuando están en compañía de las personas que aman. Era todo corazón, todo simpatía, y también, como los hechos desgraciadamente no tardarían en probar, una persona dotada de un enorme valor e integridad. A su lado me daba cuenta de que a pesar de mi intensa vida social, yo nunca había tenido verdaderos amigos. Me sorprendía y maravillaba también que Cienfuegos no solo tuviera amigos, sino también amigas, ya que no otra era la relación que le unía con la marquesa de Fuerte-Híjar. Un hombre, amigo de una mujer. Una mujer, amiga de un hombre. Aquello sí que era nuevo para mí.

Lo que no llegó a ser nunca Cienfuegos, ¡ay!, fue ese renovador de la poesía española que yo había imaginado.

A través de él conocí a Francisco de Goya, que era entonces el pintor de la corte y también el retratista de moda. La verdad es que yo había conocido a Goya unos años antes, en la Alameda de los Osuna, donde la condesa-duquesa de Benavente le había encargado unas pinturas para su quinta de El Capricho, cuando Goya era un pintor más joven que estaba buscando el apoyo de los poderosos. No creo que llegáramos a intercambiar entonces más de dos palabras, y cuando nos presentaron de nuevo, me di cuenta de que no se acordaba de mí.

Con la llegada de Godoy al poder y a causa de las sospechas que habían recaído sobre los ilustrados a consecuencia de la Revolución Francesa, Goya se había visto obligado a alejarse de la corte durante unos años y se había refugiado en Valencia. Ahora estaba de vuelta en Madrid, y su fama no paraba de crecer.

Goya estaba por entonces retratando a toda la sociedad de nuestro tiempo, desde los reyes hasta los toreros, desde los ministros hasta los actores, desde los poetas a los rufianes, desde los petimetres a las niñas bonitas. Cienfuegos y yo íbamos a veces a verle a su estudio, situado en la calle del Barquillo.

Goya tenía una personalidad inmensa, exuberante, pero él y yo, por alguna razón, no acabábamos de congeniar. A pesar de lo bien que se llevaba con Cienfuegos, a mí no me resultaba una persona fácil de tratar. Le admiraba inmensamente, pero no sabía cómo hablarle. Tengo que admitir que hasta me daba un poco de miedo.

—Es que usted, Goya —le decía yo—, no es solo un pintor, es también un poeta, un novelista, un historiador, un pensador social, un filósofo...

—¿Cómo? —me decía él poniendo la mano en la oreja.

Se irritaba conmigo porque mi voz era demasiado atiplada y no tenía yo vozarrón suficiente para hacerme oír, aunque creo que por aquel entonces (y he de confesar que a menudo me resulta muy difícil imponer una escrupulosa cronología a mis recuerdos) todavía no había sufrido aquella terrible dolencia que le iba a dejar sordo. Creo que jamás llegó a oír ni una sola cosa de las que yo le decía. Aunque, en honor a la verdad, pienso que las habría oído si hubiera sentido, al menos, un poco de interés.

En el *Diario de Madrid*, un periódico que yo leía asiduamente en el café, aparecieron anunciados los *Caprichos* de Goya. Se vendían en una perfumería y licorería situada en el número 1 de la calle del Desengaño, en el mismo inmueble donde vivía el pintor. Allá que me fui, y adquirí la serie completa de ochenta estampas por trescientos veinte reales de vellón. Fui afortunado, porque el pintor retiró las estampas de la venta poco después, quizá por miedo a la Inquisición.

De los *Caprichos* me impresionaba especialmente ese que se titula *El sueño de la razón produce monstruos*.

110. La duquesa

Gracias a Cienfuegos se me abrieron también las puertas de la casa de los duques de Alba. La duquesa de Alba y la condesa-duquesa de Benavente y de Osuna eran por entonces las mujeres más influyentes de Madrid, las supremas árbitras de la elegancia, las creadoras de las modas y las tendencias, la de Alba en su vertiente castiza, la de Benavente en la afrancesada. Las dos eclipsaban fácilmente a la reina María Luisa, que por su posición regia debiera haber sido el modelo a imitar.

Los duques de Alba tenían entonces varias residencias en Madrid, entre ellas el Palacio de la Zarzuela y también el de Buenavista, un magnífico palacio rodeado de jardines, situado en una escénica colina frente a la glorieta de Cibeles.

Allá que fuimos juntos Cienfuegos y yo una noche en que Doña María Teresa, la XIII duquesa de Alba, recibía a amigos del mundo de las artes y de las letras. Yo, que entraba a diario en el Palacio Real y me encontraba allí como Pedro por su casa, que había frecuentado infinidad de cortes y de salones de reyes y reinas, de emperadores y de emperatrices, de cardenales y de papas, me sentía curiosamente intimidado cuando cruzábamos las puertas de la verja de la calle Alcalá, subíamos por el parque ascendente y luego íbamos recorriendo las inmensas salas y galerías del palacio. La colección de pintura de los duques de Alba era impresionante. Allí estaban la *Venus del espejo* de Velázquez, la *Madona de Alba* de Rafael, *La educación de Cupido* de Correggio...

Llegamos por fin al salón donde recibía Doña María Teresa, la duquesa de Alba. No éramos los primeros en llegar. Goya ya estaba allí, un poco apartado del resto de los contertulios, mirando al suelo con gesto ceñudo. Fue entonces cuando me di cuenta de que en realidad el estudio de Goya, al que se entraba por la calle del Barquillo, y que yo había visitado en varias ocasiones con mi amigo Cienfuegos, estaba de hecho dentro del conjunto de edificaciones del Palacio de Buenavista, y que Goya prácticamente vivía en la casa de los duques.

Y allí estaba la duquesa, embutida en un vestido de estilo francés de talle alto ejecutado en vaporosa gasa blanca tachonada de estrellas casi invisibles y orlado de oro en el borde, con un ancho fajín rojo sangre que realzaba su esbelta cintura y su pecho y varios lazos grandes del mismo color en el canesú y en el pelo. Llevaba también un doble collar de coral, pendientes de oro y un brazalete del mismo material en la muñeca izquierda. Me sorprendió el volumen de los rizos de su enorme cabellera negra, que le caía por los hombros y la espalda.

—Ven —me dijo Cienfuegos—, te voy a presentar a Doña María Teresa.

Cuando nos presentó, yo no podía dejar de mirarla, maravillado.

—¡Pero si es usted, Nicasio! —me dijo ella familiarmente.

—Ah, pero ¿se acuerda usted?

—¿Cómo no había de acordarme? —dijo ella.

—Pero usted... pero la luna... —decía yo, como un bobo.

Me había dicho que se llamaba María Pilar, que era del Abapiés y que vivía en el Prado, y no me había mentido. Porque aquella maja que conocí en el Prado bailando el fandango y a la que había tomado por una manola proveniente de algún barrio popular no era otra que María del Pilar Teresa Cayetana de Silva Álvarez de Toledo, XIII duquesa de Alba, y vivía por aquel entonces con su esposo en el Palacio de Buenavista, situado en el Prado de Recoletos. Sí, todo era cierto, hasta aquello de que ella era del Abapiés, porque era en ese barrio, en el viejo caserón de los Alba de la calle de Juanelo, donde había nacido.

Yo sentí que me mareaba al verla, y debí de ponerme tan pálido que ella se alarmó.

—¿Qué tiene, Don Inés? —me preguntó—. ¿Se siente mal?

—No, no —dije yo sintiendo que me flaqueaban las piernas.

—Pero siéntese usted —me dijo ella.

—Es de verla a usted, María Teresa —dijo uno de los asistentes—. Deslumbra usted a los meros mortales.

¡Cuánta razón tenía!

111. Piedrahíta

Desde que entré en la casa de la duquesa hice todo lo posible por ser admitido en su círculo. No me costó mucho porque yo sabía ser encantador y convertirme, si la necesidad lo requería, en el mejor conversador del mundo, y también porque ella era amiga de muchos buenos amigos míos que, a no dudar, le hablaron bien de mí y la predispusieron favorablemente hacia mi persona. Si la casa de Quintana era uno de los focos de oposición a Godoy, también la duquesa organizaba en la suya reuniones de opositores al todopoderoso favorito de la reina. Aquella oposición a María Luisa de Parma y al Príncipe de la Paz acabaría, según algunas leyendas, por costarle la vida.

Pero ¿qué iba a hacer yo con aquel amor tan absurdo y sin sentido? Aquella mujer me enloquecía, pero jamás podría ser mía. Me volvía loco de tal manera que a veces me iba a la calle del Barquillo y me paseaba por los aledaños del palacio solo para sentirme cerca de ella.

Me daba cuenta de que por ella habría hecho cualquier cosa, por humillante o degradante que fuese. Era aquel un lado del amor que yo nunca había conocido. ¡Dios mío, aquello era vergonzoso, ridículo! ¡Enamorado! Pero ¿cómo podía ser aquello amor de verdad? ¿Era esto, entonces, lo que los hombres llaman amor? No, aquello era más bien una forma de locura, una obsesión. Era algo vergonzoso que me hacía perder la dignidad y el respeto por mí mismo. ¿Era esto el amor? Además, ¿qué podía yo amar de ella si la amaba desde el momento en que posé mis ojos en ella, si la amaba cuando no sabía ni quién era?

Durante los meses de la canícula, los duques de Alba se retiraban a su palacio de Piedrahíta, situado en la falda norte de la sierra de Gredos, adonde invitaban a destacados personajes de las letras y las artes para que les acompañaran en los meses estivales. También yo fui invitado.

El Palacio de Alba se elevaba en una eminencia que dominaba la villa. Era un moderno y elegante edificio de tres pisos en forma de U, con un patio de armas en la parte delantera y un jardín versallesco en la parte posterior en el que había un puente elíptico, llamado de las Azucenas, un Paseo de Chopos, un gran estanque y numerosas fuentes. Los duques también disponían de un coto de caza.

Allí, en Piedrahíta, durante el verano se hacía música y teatro, se toreaba y se bailaba, se hacían fiestas de disfraces y meriendas en las praderas de la sierra. Para mí aquello era la felicidad, porque podía ver a la duquesa a diario y hablar con ella a menudo, pero también un infierno porque me daba cuenta de que yo no era nada para ella y que nunca lo sería, solo un amigo más, un personaje más de su corte o de su séquito, que incluía a toreros, frailes y bufones.

Todos en la villa la querían, y se contaban sobre ella todo tipo de historias. La querían tanto como aborrecían a su abuelo, el «duque viejo», que era el que había construido el palacio, y que tenía un carácter intratable y despótico. María Teresa era de otra pasta. Las gentes iban a pedirle que les ayudara a comprar una vaca y ella les regalaba una recua entera, para desesperación de su administrador. Todos en el pueblo tenían alguna historia sobre la duquesa.

Entre los muchos que visitaban el palacio de los duques había un tal fray Basilio por el que la duquesa parecía sentir un gran afecto, y que se pasaba el día pegado a sus faldas. Era un fraile viejo, cojo, tartamudo, mal criado y tan ignorante que no había podido hacer carrera alguna y le habían enviado de procurador al convento de monjas del pueblo. La duquesa le había regalado una mula muy mansa para que la acompañara en los paseos que hacíamos por los parajes del Alto Tormes y del Valle del Corneja.

Muchos decían que aquel fray Basilio era para ella como una especie de bufón de palacio, pero en realidad ella le trataba con mucho cariño. En una ocasión, el frailuco encontró a una ternera caída en un lodazal y, cojo y todo, se bajó de su mula y se metió en el barro para salvarla. Cuando la vaca le vio con su ternera en brazos, acometió contra él, en medio de las risas y las burlas de los criados. Hasta el propio duque se reía al ver al pobre clérigo embarrado y corneado. Cuando la duquesa, que se había alejado por el camino y había regresado al trote, vio aquella escena, se puso a gritarles a todos que le ayudaran y bajó ella misma de su caballo y abrazó a fray Basilio y le colmó de besos diciéndole:

—¡Yo ya sabía que era usted como yo! ¡No haga caso a las risas de esos desalmados!

Esto sucedió cuando la duquesa era jovencita, y me lo contó José de Somoza, el escritor de Piedrahíta. Pero el carácter de la duquesa no había cambiado.

112. María Teresa

Se ha escrito mucho sobre María Teresa de Silva sin conocerla realmente. Era una mujer admirable, y no lo digo porque yo estuviera en esos años enamorado de ella con una pasión que no me dejaba vivir.

Lo cierto es que la duquesa de Alba no había recibido educación alguna de sus padres, ni tampoco atención ni cariño. Había sido abandonada a los criados cuando era niña y de ellos había aprendido su forma de hablar, de comportarse y de divertirse. Si prefería el fandango al minueto no era por ese «majismo» impostado de tantos aristócratas de entonces, sino porque había aprendido a bailar el fandango en las cocinas de su casa y en las calles de Lavapiés y del Rastro mucho antes que el minueto. Esto no le impedía, por cierto, rodearse de personas inteligentes y sabias y disfrutar de su conversación y de su compañía.

Era muy alegre y bromista y le gustaban como a nadie las chanzas, pero nunca la vi ser cruel. Podía ser superficial y caprichosa, pero tenía un corazón inmenso y siempre era tierna con los criados y con los niños. Nunca fue madre, sin duda porque no podía tener hijos, y creo que esto la torturaba secretamente. Quizá por esa razón había decidido adoptar a la niña María de la Luz y convertirla en su heredera.

María de la Luz era, desde luego, la niña negra con la que yo la había visto aquella noche fatídica en el Prado. Era hija de esclavos, y se la habían «regalado» a la duquesa cuando era muy pequeñita. Aunque ya no quedaban esclavos en la península, la Compañía Gaditana de Negros se dedicaba al lucrativo negocio de capturar a seres humanos en África y llevarlos a Cuba, y seguramente de una de estas expediciones había llegado la niña a Madrid.

¿Qué sería de aquella misteriosa María de la Luz, que a la muerte de la duquesa se convirtió en una mujer riquísima? ¿Y qué iba a hacer una joven negra como ella en Madrid, por mucho dinero que tuviera?

Algunos suponen que su verdadero origen no era África, tal como había afirmado Quintana en un poema (y Quintana conocía bien tanto a la niña como a su madre adoptiva), sino la isla de Cuba, y que es allí donde marchó tras la muerte de la duquesa. No lo creo muy probable, porque ella de Cuba no podía tener ningún recuerdo y sí muchas razones para no desear volver.

Yo la vi muchas veces en el Palacio de Buenavista, corriendo por los pasillos con otro niño, creo que el hijo del mayordomo de los duques, y haciéndole bromas a una dueña vieja que había en el palacio de la que todos se reían y a la que la propia María Teresa le hacía bromas por su temor a los aparecidos y a los fantasmas. Aquellas escenas me recordaban a los palacios, a las dueñas y a las burlas y temores de cientos de años atrás. Hay algo implícitamente arcaico en la aristocracia.

Un día, en el estudio de Goya, coincidimos Cienfuegos y yo con la duquesa de Alba. El pintor y ella estaban hablando de la posibilidad de hacerle un nuevo retrato.

—Pero si ya me ha hecho no uno, ¡sino dos! —dijo ella.

—Pero no estoy contento. No está usted en ellos.

—¿Cómo que no?

Yo pensaba lo mismo. Ninguno de esos dos cuadros, magníficos por otra parte, lograban captar la gracia, la vitalidad, la belleza de la duquesa. En uno estaba con un vestido francés como el que llevaba el día que me la presentaron, en otro con uno de estilo español.

—No es usted, María Teresa —decía Goya—. Yo quiero pintarla a usted, a usted. Sin disfraces, sin teatro.

—¡Pues hijo, como no me pinte desnuda! —dijo ella.

—¡Eso es! —dijo Goya—. Así quiero pintarla.

Ella se reía.

—¡Eso es mucho desear! —dijo Cienfuegos.

—¿Qué se cree, que no me atrevo? —le retó ella.

—¿Usted posaría en cueros? —le dijo Cienfuegos.

—¡No sería la primera vez! —dijo ella lanzando una mirada a Goya, que permanecía callado, y cuyo saliente labio inferior ponía siempre en su rostro una expresión de testarudez o mal humor aunque no fuera así como se sentía realmente.

—¿Cómo? —se asombró Cienfuegos—. Pero María Teresa, ¿de qué habla usted?

—Estamos escandalizando a Padilla —dijo ella.

Yo me había puesto todo rojo.

—No, no —decía yo torpemente.

—Cuando estábamos en Sanlúcar me hacía quitarme la ropa todo el rato —siguió contando ella con toda naturalidad—. Me tomó varios esbozos, dormida, vistiéndome, poniéndome las medias... ¡Y hasta en cueros, sí! ¡Qué tirano de hombre! Uno me hizo muy bonito, como si fuera yo la Venus del Espejo.

Yo no sabía qué cara poner. Pero todo aquello, ¿sería cierto? Cuando tuve la ocasión de ver aquellos dibujos hechos por Goya durante su estancia en Sanlúcar, vi que lo que ella había contado, como al desgaire, era verdad. En uno de los dibujos estaba la duquesa con la niña María de la Luz en las rodillas. En este y en otros, el título decía explícitamente que era ella. No así en las escenas más íntimas, como en la *Joven levantándose la media* o en la *Joven desnuda*, o en la *Joven lavándose en la fuente*, o en la *Mujer desnuda con un espejo*, que parece, en efecto, una versión de la *Venus* de Velázquez, o en ese, tan desvergonzado, titulado *Mujer joven levantándose las faldas*. Pero ¿era ella o no era ella? A mí este último me ponía enfermo. Me la imaginaba frente a Goya, levantándose las faldas y mostrándole su culo perfecto mientras él tomaba apuntes con un carboncillo.

—Doña María Teresa no deja de asombrarme —le dije a Cienfuegos cuando salíamos del taller de Goya y echábamos a caminar en dirección a la calle de Alcalá—. Tras el fallecimiento de su esposo, se va a Sanlúcar con Goya y se pasan allí meses juntos los dos... ¿Es que no le importa lo que piense la gente?

—Inés, me sorprende usted —me dijo Cienfuegos mirándome con una sonrisa—. No pensaba que diera usted tanta importancia al qué dirán...

—¡Y no se la doy! —protesté yo—. Pero es que me asombra tanta libertad... Con el duque de cuerpo presente, como quien dice, y ella...

Pero ¿era yo de verdad el que decía estas cosas? ¡De pronto hablaba como un beato lleno de temores y prejuicios...!

—Pero si ella jamás le ha querido —dijo Cienfuegos—. Ni él a ella tampoco. Al duque, Dios le tenga en su gloria, solo le interesaba el infante, la Casita del Príncipe de El Escorial y la música de Haydn. Le casaron con ella cuando era una niña, simplemente porque él es un Álvarez de Toledo y el abuelo de María Teresa estaba obsesionado con que esos apellidos regresaran a la familia.

—¿Y usted cree que Goya y ella...?

—Hombre, Inés —dijo él—, no cabe duda de que entre el pintor y la modelo hay algo. No le estoy revelando nada, ¡si ella misma lo ha admitido hace un rato!

—¿Usted cree?

—Cuando entre un hombre y una mujer existe esa intimidad y esa confianza como la que se nota entre ellos, ya sabe usted qué es lo que ha pasado...

—Pero ¿con Goya? Hay mucha diferencia de edad.

—Es verdad.

—Usted la conoce bien —dije yo, reconcomido por los celos—. ¿Ha tenido ella muchos amores?

—¡Muchos amores! —dijo él, pensativo—. Yo diría, Inés, que solo ha tenido uno, Juan Pignatelli, que es y ha sido siempre un frívolo y un *salonnière* completamente indigno de ella... La verdad es que María Teresa toda su vida ha estado enamorada de él, y eso a pesar de que son hermanastros.

—¡Hermanastros!

—Sí, pero sin consanguinidad. La madre de María Teresa, la duquesa de Huéscar, era una de esas mujeres que no soportan que sus hijas sean más jóvenes y más bellas que ellas mismas, y que se pasan la vida compitiendo con sus hijas. Hay mujeres así, que no se resignan a ser madres, que ven en sus hijas casaderas verdaderas rivales. La madre de María Teresa se casó en segundas nupcias con el padre de Pignatelli, e hizo coincidir su boda con la de su hija. Madre e hija se casaron exactamente el mismo día, ¿se da cuenta, Inés? Una madre cultísima e ilustrada que no da a su hija la menor educación, que la deja con los criados para poder atender a sus fiestas y tertulias y Reales Academias y que ni siquiera puede tolerar que el día de la boda de su hija sea enteramente suyo. Juan Pignatelli y la duquesa se conocen, por eso, desde jóvenes, y seguramente siempre se han sentido atraídos el uno por el otro. Podrían muy bien haber acabado juntos, pero a la duquesa le salió una competidora de mucha altura.

—La reina —dije yo, que había oído aquellas historias, como todo el mundo.

—En efecto. No siendo precisamente una belleza, como todos sabemos, Doña María Luisa es, sin embargo, la reina de España. Decidió apoderarse de Pignatelli, y él sucumbió graciosamente.

—¿Cómo se puede preferir la reina a la duquesa?

—Por ambición, desde luego. La reina y María Teresa lucharon denodadamente por Pignatelli, se lo robaron la una a la otra, y él las gozó a ambas, sí, no ponga usted esa cara, hombre, y finalmente él se quedó con la reina. Una baza para la reina, otra partida ganada en la guerra que tiene contra la duquesa. Pero la duquesa nunca ha dejado de pensar en él y de soñar con él a lo largo de los años.

—¿Cómo sabe usted tantas cosas de la duquesa? —le pregunté, muerto de envidia.

—No sé por qué, Inés, soy de esas personas en las que los demás confían —me dijo Cienfuegos—. María Teresa me ha contado muchas, muchas cosas de su vida. Además, ella sabe que sus secretos están a salvo conmigo. Si le cuento lo de Pignatelli es porque es del dominio público. No me diga que no conocía usted esas historias.

—Sí, como todo el mundo —dije yo—. Lo que yo no conocía es la intensidad de los sentimientos de la duquesa hacia ese petimetre indigno. ¿Y por qué será, Nicasio, que las mujeres se sienten a veces atraídas por hombres que están tan por debajo de ellas?

—Yo mismo me lo he preguntado muchas veces —dijo él, riendo—. Debe de ser, sin duda, porque no hay otros mejores, y han de conformarse.

113. Pintar a la duquesa

Llevaba yo un tiempo pensando en encargarle a Goya que me pintara un retrato. Goya era el pintor de moda y estaba retratando a toda la sociedad de nuestro tiempo. ¿Por qué no también a Don Inés de Padilla?

Hablé con él, le hice el encargo y él me dio algunas largas diciéndome que tenía mucho trabajo, pero finalmente accedió. El precio no era excesivo, y variaba según aparecieran en el retrato ambas manos, una mano o ninguna, ya que las manos eran, al parecer, lo que peor se le daba. Quedamos en que aparecería una de mis manos, y que la otra quedaría oculta por el escorzo. De este modo comencé a posar para Goya, y en unas pocas semanas mi retrato estuvo realizado.

Yo, la verdad sea dicha, tenía un poco de miedo, porque sabía que Goya podía ser inmisericorde con las personas que no le eran simpáticas. Elegí para posar una ropa discretamente elegante: una levita color azul oscuro, un chaleco plateado y una corbata blanca anudada al cuello. Barajamos la posibilidad de incluir en el retrato algún elemento simbólico, y finalmente acordamos que en mi mano visible yo sostendría un librito, precisamente mi *Historia razonada del Salón del Prado*, algo que agradó al pintor, porque le ayudaría a resolver el problema de la colocación de la mano. El resultado final resultó espléndido y me demostró que mis temores eran infundados.

Terminaron las sesiones de posado y solo quedaba ya el fondo oscuro, que Goya realizaría sin necesidad de que yo estuviera presente.

Una mañana me fui a su taller con intención de pagarle el monto que quedaba del encargo y averiguar si el cuadro estaba completamente terminado. Le encontré enfurruñado y de mal humor, aunque es posible que fuera yo, precisamente, quien le sacara de quicio, ya he contado que no me tenía mucha simpatía. Llevaba puesto un paletó lleno de manchas de pintura y me di cuenta de que le había sorprendido trabajando en algún lienzo.

—Goya, me marcho si no es un buen momento.

—Su retrato está terminado —me dijo—. Se lo haré enviar a su casa.

—¿Quién es, Paco? —oí decir una voz en el otro cuarto.

Para mi gran sorpresa, él la oyó perfectamente a pesar de su sordera y a pesar de que, fuera quien fuera, no se hallaba allí delante para que pudiera leerle los labios.

—Es el señor Padilla —dijo mirando hacia atrás.

—¿Don Inés de Padilla?

—Sí.

—¡Dile que pase! —dijo la voz.

—¿Que pase? —dijo él frunciendo el ceño.

—Sí, hijo, que pase.

Sin invitarme todavía a pasar, Goya se asomó a la otra estancia e intercambió un par de frases con la persona que estaba allí. Oí una risa de mujer.

Finalmente, Goya me indicó que pasara con un gesto hosco. Cuando entré por fin al estudio vi que, en mitad de la estancia, que era amplia y bien iluminada, había una *chaise longue* de terciopelo verde aguamarina sobre la cual habían sido colocados varios cojines muy amplios y mullidos ornados con delicados encajes, encima de los cuales se recostaba una mujer completamente desnuda, ligeramente apoyada sobre la cadera izquierda. Sus piernas unidas, con las rodillas un poco flexionadas, le daban un aspecto de sirena. Tenía las manos cruzadas por detrás de la cabeza, mostrando su espléndido cuerpo sin el menor pudor.

—Tápate —le dijo el pintor.

—Vamos, ¿ahora que hemos conseguido por fin que esté en la postura que querías?

—Tápate —volvió a decir él.

—No tengo nada que ocultar —dijo ella mirándome con aquellos ojos negros y rasgados que yo veía a todas horas, en mi vigilia y en mis sueños, en mis fantasías y en mis pesadillas. Estaba muy delicadamente maquillada, sin colorete, solo con un poco de rosa en los labios y de negro en las pestañas. Su piel olivácea y finísima revelaba aquí y allá sombras de venas verdes y azules. Su negra y exuberante cabellera le caía en rizos por los hombros, sobre la frente y las mejillas, como un laberinto extenuante, como decenas de lazos dispuestos para atrapar voluntades. Como sucede con las mujeres muy morenas, tenía las cejas espesas y pobladas. Una hilera muy fina de vello oscuro ascendía desde su pubis hacia el ombligo.

—¿Está usted posando para... para Goya...? —acerté a decir.

Sentía como si me faltara el aliento. No quería mirarla, pero ¿qué otra cosa podía hacer? Aquella hilera de vello que brotaba de su ensortijada mata púbica y subía por el centro de su vientre mórbidamente pálido, cada vez más fina y tenue hasta desvanecerse casi en la proximidad del ombligo, era como algo sagrado que debiera estar prohibido a los ojos de los hombres.

—Ay, Padilla, hijo, no quería escandalizarle a usted —dijo ella descruzando los brazos, tirando de una de las sábanas que tenía por debajo y cubriéndose el cuerpo hasta el pecho, aunque sin molestarse en cubrirse los muslos ni los hombros—. Es que este tirano lleva una hora y media colocándome.

—¡Si no me escandalizo...! —dije torpemente.

No, aquello no era escándalo. Era otra cosa. Era un deslumbramiento, una revelación. La visión de una divinidad. Era maravilla y horror. Era paraíso y tortura.

—Siéntese —me dijo Goya entonces—. Se ha puesto usted muy pálido, diablo de hombre.

—Sí, sí —dije—. Me voy a sentar un momento.

Goya me acercó un taburete con el pie y yo me dejé caer sobre él.

—¿Qué es, Inés, hijo, qué tiene? —me dijo la duquesa.

Yo me incliné hacia adelante, apoyé los codos en las rodillas, la frente sobre los puños. Una emoción profunda me venía de lo más hondo del pecho, pugnaba por salir. Me di cuenta de que me iba a poner a llorar, pero ¿qué podía hacer? No podía evitarlo. No podía dominarme de ningún modo.

La duquesa se envolvió en la sábana tirando de ella sobre sus hombros, saltó de la *chaise longue*, se puso unas chinelas en los pies, se acercó a mí y se arrodilló en el suelo a mi lado.

—Pero ¿qué le ocurre, criatura? —me dijo—. ¿Qué tiene usted?

—No es nada, no es nada. Discúlpenme, por favor.

—Goya, tráele a Don Inés un vaso de vino.

Siempre le llamaba Goya cuando estaban en público. Él salió para buscar el frasco y los vasos, dejándonos solos un momento.

—Pero está usted llorando —me dijo ella apenas en un susurro, aunque no era posible que Goya la oyera.

Me rozaba las mejillas con las yemas de los dedos.

—Sí, sí...

—Pero ¿por qué llora, hombre?

—No lo sé —le dije—. Porque es usted muy bella.

—¿Y eso es para llorar?

—Porque la amo a usted —le dije.

—¿Cómo?

—Que la amo, María Teresa, la amo sin remedio.

—Pues sí que tenemos aquí un problema.

Goya se acercó a nosotros trayendo tres vasos de vino, dos en una mano.

—¿Qué pasa ahora? —dijo con tono desabrido.

—Ay, Goya, no seas bárbaro. Inés, beba un poco de vino, verá como le hace bien.

Estaba tan cerca de mí que yo veía sus senos desnudos a través de la sábana entreabierta y aspiraba con toda claridad el aroma de su cuerpo y el perfume intoxicante de su pelo. Aquel fue uno de los momentos sublimes de mi existencia. Dios mío, ¿oler a una mujer? ¿Sentir muy cerca su calor, su aliento, el latir de su sangre, el palpitar de su corazón? ¿Eso era todo?

Cuando salí a la calle estaba como mareado. No sabía dónde meterme ni adónde ir. El vaso de vino que me había dado Goya me había sentado bien. Entré en una botillería y pedí otro vaso, y luego otro más. Cuando llegué a mi casa seguí bebiendo hasta quedar completamente embriagado. Creo que esta fue la primera y la última vez en mi vida que me emborraché a propósito. Bebí tanto que todo me daba vueltas, y me sentía tan mareado que tuve que tumbarme. Aquello no hizo más que empeorar mi situación, y enseguida noté que me estaba poniendo enfermo y tuve que saltar del sofá donde estaba y buscar una jofaina donde vomité caudalosamente. Después de aquello, me quedé dormido y no me desperté hasta la mañana siguiente.

114. Pudor

Cuando abrí los ojos, vi que el día estaba bien avanzado. Me había dormido vestido y en una mala postura que me había provocado un desagradable dolor de cuello. Me incorporé y suspiré profundamente. No sabía qué hacer con mi vida.

«De modo que esto es lo que son las mujeres para los hombres —me dije—. Yo, que pensaba que lo sabía todo, que he visto en mi vida tantos hombres y tantas mujeres desnudos, tenía que ver a esta mujer desnuda para entender, para entender...».

Me quité la casaca, el chaleco y los pantalones e hice sonar la campanilla. Cuando apareció Remedios, la doncella, le dije que me preparara un baño. Si le sorprendió mi petición no lo sé, porque se limitó a hacer una reverencia y a salir del cuarto. Luego dos criados trajeron la bañera y un rato después fueron trayendo los cubos de agua caliente y llenando la bañera en la que previamente habían echado sales de baño.

Yo les miraba hacer sin decidirme a hacer nada, a medio vestir y a medio desnudar.

«De modo que es esto —me decía—, esto es el amor, esto es el deseo, esta es la muerte, esta es la carne, este es el pecado, el delirio, la bendición, el paraíso, el infierno, la maravilla y la tortura de los hombres. ¡De modo que era esto! Y eso ¿cómo lo podría imaginar ninguna mujer? Una mujer podría saberlo, o incluso entenderlo intelectualmente, pero de ningún modo comprenderlo. Ninguna mujer podrá comprender jamás el sufrimiento que provoca en los hombres su belleza. El sufrimiento, la angustia, la sensación de soledad. Porque es su cuerpo lo que los hombres adoran. Y el que dice su cuerpo dice sus ojos, su sonrisa, su olor, sus movimientos, su aire, sus gestos, y también un sistema de encantos, de señales, de formas. Lo que fascina a los hombres —me decía yo en el colmo de la admiración— es *el cuerpo* de las mujeres, de todas las mujeres, de cualquier mujer.

»Pero ¿cómo puede la belleza o un cierto sistema de proporciones que casi podríamos reducir a líneas geométricas que conducen indefectiblemente, mediante ángulos y líneas curvas que se entrecruzan imaginariamente, hasta un centro irresistible, emocionarles hasta tal punto? ¡Si no hay nada más natural que el cuerpo! Todas las mujeres tienen uno, y sin embargo, para ellos ver el de la mujer que anhelan es un milagro más grande que el que sería ver un ángel, o un dragón, o el nacimiento de una estrella».

¡Un milagro! El cuerpo de ella era un milagro. ¿Por qué? ¿Porque yo la amaba? ¿Porque era un cuerpo hermoso? Pero no, no podía ser solo una cuestión de amor, ni mucho menos aún de proporciones o de formas. No, ni tampoco de mero deseo físico. ¿Y qué decir de aquella hilera de vello muy tenue, casi imperceptible, que ascendía por el centro de su vientre en dirección a su ombligo..., ese detalle estremecedor, puramente físico...?

«Es porque... porque...».

Yo intentaba comprenderlo sin lograrlo. Cuando el baño estuvo listo, me desnudé completamente y me sumergí en el agua ardiente.

«Es porque... porque... Es porque es la intimidad de la mujer lo que desean los hombres —me dije, con los ojos cerrados. Y cuando cerraba los ojos no podía ver otra cosa que a ella tendida voluptuosamente sobre los cojines de aquella *chaise longue*, con los brazos cruzados por detrás de la nuca y sus ojos sonrientes fijos en mí—. Sí, los hombres desean ver a la mujer desnuda no por lujuria, es decir, no solo por lujuria, sino porque desean verla en su intimidad, entregada a ellos, vencida. A lo mejor es eso, precisamente, lo que significa la lujuria. La mujer guarda algo, un secreto, un poder, que ellos no saben cuál es, ni qué color tiene, ni qué sabor ni qué propiedades tiene, pero que les enloquece. Ese secreto se llama pudor, y es el límite que la mujer pone, la muralla que rodea el castillo. El pudor es un espacio, es el refugio donde la mujer vive, su casita interior. Allí sueña y fabrica fantasías, allí ama y odia. No, el pudor no es aquello de lo que hablan los moralistas. No es una renuncia ni tampoco es una virtud moral: es una cualidad, una riqueza, algo tan consustancial a lo femenino como la capacidad de compasión o el instinto maternal, como el carácter implacable y el deseo de perfección.

»El pudor no es temeroso, no surge del párroco ni del misal. Es algo mucho más antiguo y terrible. No se corresponde con el lado civilizado o social de la mujer, sino con su lado salvaje. Los moralistas se equivocan al identificar el pudor con las normas de la sociedad. La diosa del pudor no es Hera, diosa del matrimonio, sino Artemisa, que vaga salvaje por los bosques. Salvaje como los perros que la acompañan siempre, como las flechas inmisericordes de su aljaba, como el vello que trepa por la piel fina y pálida del vientre. Identificada con la castidad y con la luna, Artemisa vive en los bosques y se dedica a la caza. Se aparta de la sociedad, se recluye en lo más oscuro del bosque. Vive por la noche, como la luna. Un día un cazador, Acteón, la sorprende cuando ella está en un estanque bañándose, rodeada de sus ninfas. Es todo lo que desea un hombre: ver desnuda a la diosa, o lo cual es lo mismo, acceder a su intimidad, romper la muralla infranqueable de su pudor. Iracunda al darse cuenta de que un mortal la ha visto desnuda, Artemisa le lanza agua al rostro y le convierte en un ciervo. Entonces, los propios perros de Acteón se lanzan sobre él y lo devoran. En el relato que hace Ovidio en las *Metamorfosis*, Diana (Artemisa) le dice a Acteón: "Vete ahora a contar que me has visto sin ropa, tienes mi permiso", porque sabe que eso es lo que desean los hombres, vanagloriarse, hablar de aquello que es íntimo y prohibido, hacer público lo que debería ser privado, violentar el pudor. Transformado en ciervo, Acteón ya no puede hablar, solo gemir.

»El pudor de las mujeres está relacionado con su deseo y su sueño de ser perfectas. Si Afrodita es la belleza de la mujer, Artemisa es algo mucho más profundo: es su deseo de perfección, que para la mujer ha de encontrarse en su mitad salvaje. A los hombres les da miedo este afán de perfección. Ellos no lo tienen. ¿Por qué? Por muchas razones, pero sobre todo porque saben que son imperfectos, muy imperfectos, incluso terriblemente imperfectos. Acaban convertidos en ciervos, acaban devorados por sus propios perros. Las mujeres quieren ser perfectas porque no sienten el deseo de la misma forma que los hombres. Su ideal es controlar sus deseos, mientras que el ideal de los hombres es hacer realidad sus deseos. ¿Para qué controlar algo que está ya, desde que tiene uno uso de razón, férreamente controlado, aunque sea desde fuera? Esta es la lucha del amor: de un lado, proteger la esfera de la intimidad; del contrario, entrar en la intimidad de otro. Los hombres desean ver a las mujeres desnudas porque desean dominarlas. Ellos no desean tanto ver a una mujer sin ropas como a una mujer sin defensas. No desean ver más o menos piel: lo que a ellos les subyuga es el espectáculo del pudor. Vencer ese pudor. Burlarlo. No tanto ver a la mujer desnuda como desnudarla. Por eso para una mujer, exhibirse desnuda no puede ser realmente un acto de poder: es siempre una rendición, una entrega, aunque la mujer sepa lo hermosa que es y se ría del hombre que tiembla al mirarla y se arrodilla ante ella como ante algo divino».

Ahora comprendía yo a todos mis amantes. Los comprendía mejor que nunca y veía, también, mejor que nunca sus miserias y sus abismos. Comprendía el amor del cardenal Bonormini y la frustración de Lope, comprendía la lujuria de Testini y la adoración verdadera y quizá sublime que había sentido por mí; comprendía a Padilla trepando por una ventana de un castillo y a Luis de Flores cruzando la noche llena de terrores y asesinos de Salamanca para saltar las tapias de mi jardín. Comprendía lo que ellos habían buscado en mí, lo que ellos habían encontrado en mí, lo que yo les había dado y lo que a veces había sido incapaz de darles, y me daba cuenta de que el placer que yo había recibido de ellos en forma de sensaciones y de sentimientos era en todo comparable al placer que ellos habían recibido de mí al permitirles yo adentrarse en la esfera encantada de mi belleza y de mi pudor, de esa delicadeza que tanto embruja a los hombres y que les hace sentir la más intensa ternura y de esa transformación de la carne en sueño que es para ellos la sexualidad, y que todo eso, todas esas cosas disjuntas, eran el amor.

Estiré el brazo e hice sonar la campanilla. Remedios entró en la habitación y yo le señalé un lienzo que esperaba doblado varias veces sobre un taburete. Ella lo abrió con un ¡flap! de ropa limpia que me agradó, lo extendió abriendo los brazos y se acercó a mí. El agua seguía agradablemente cálida, pero tenía yo muchas cosas que hacer esa mañana. Me incorporé, salí de la bañera sacando primero un pie y luego el otro y dejé que Remedios me envolviera en el lienzo.

—¿Qué vestido va a ponerse hoy, señora? —me dijo mientras me frotaba los brazos y la espalda, y me ponía luego una toalla alrededor del pelo empapado.

—El azul oscuro, con la basquiña negra —dije yo.

La moda se había simplificado mucho y ahora gustaba la moda española. La verdad es que resultaba más cómoda que todos aquellos tontillos, alforjas y verdugados.

—Sí, Doña Inés —me dijo Remedios.

De este modo volví a ser mujer.

115. Tiresias

La llegada de un nuevo siglo, que excitaba la imaginación de todos, a mí solo me producía una sensación de tedio.

Jovellanos fue nombrado Ministro de Gracia y Justicia. En los nueve meses que estuvo en el cargo intentó reformar la justicia y limitar el poder de la Inquisición, pero finalmente fue cesado, tras lo cual decidió trasladarse a Gijón, su patria chica. A fines de 1800 el odioso Godoy regresó al poder y lo primero que hizo fue ordenar su detención y encarcelamiento. Mi buen amigo fue enviado al castillo del Bellver, en Mallorca, donde pasaría encerrado siete largos años sufriendo el destino que suele aguardar siempre en España a los mejores: el desprecio y la cárcel.

La Ilustración española era por doquier perseguida y castigada. Aquello por lo que tanto habíamos luchado parecía desvanecerse como un castillo de arena bajo la lluvia. A raíz de los acontecimientos sucedidos en Francia, todos los sospechosos de simpatizar con las ideas nuevas habían caído en desgracia.

La duquesa de Alba murió de pronto una ardiente noche de verano en circunstancias misteriosas. Una noche de verano la conocí, una noche de verano me abandonó. Según algunos, fue envenenada por la reina. No habría sido esta la primera vez que María Luisa de Parma recurría a este método para deshacerse de sus enemigos. El propio rey parecía sospechar algo extraño, porque encargó una investigación sobre las causas de la muerte de la duquesa, aunque se la encargó al propio Godoy, amigo de la reina y notorio enemigo de la fallecida. Ya he explicado que la duquesa había convertido el Palacio de Buenavista en uno de los foros de oposición al valido.

Cuando me enteré de la muerte de María Teresa, me pasé el día llorando. Aunque había vuelto a ser mujer, mis sentimientos hacia ella no habían variado. Seguía sintiéndome atraída por ella y echando de menos su compañía, y cuando recordaba aquella sensación de tenerla muy cerca y de sentir el calor de su cuerpo y el olor de su piel, me invadía una tristeza tan aguda como si me clavaran un puñal.

Ahora que era mujer de nuevo, mi vida poco a poco regresaba a la normalidad. Despedí a casi todos mis criados y me deshice del coche y de los caballos, quedándome solo con el faetón y una mula. Pero ¿aquello era porque era mujer o simplemente porque era Inés de Padilla?

No sé qué es más importante en nuestro comportamiento, si el sexo al que pertenecemos, ese inmenso rebaño, o el individuo que somos. Yo creo que se trata más bien de lo segundo.

¡Y qué placer era volver a ser mujer de nuevo! Ahora yo sabía, como Tiresias, lo que significa ser hombre y ser mujer, y me daba cuenta de que cada cosa tenía, por decirlo así, sus ventajas y sus inconvenientes. Los hombres tenían mucha más libertad y capacidad de acción que las mujeres, tenían una vida infinitamente más variada e interesante y no tenían que sufrir cada mes los dolores, en mi caso terribles, de la regla (ah, me había olvidado de aquello, y la primera vez que me bajó desde hacía tanto tiempo, me envió directamente a la cama, donde pasé tres días llorando y gimiendo), pero a mí, a pesar de todo, me gustaba más ser mujer. Aquel mundo de competitividad constante de los hombres, aquella obsesión con el poder y con la fama y con ir siempre por delante me resultaban de lo más molestas. También me cansaba la sensualidad masculina, su carácter obsesivo, aquel deseo insaciable e indiscriminado que se despertaba ante la vista de cualquier mujer, fuera quien fuera, la dependencia un poco vergonzosa de aquellos órganos que se rebelaban contra uno a cada paso. Carecer de ellos me producía, de pronto, una sensación de paz y de estar completa; de ser yo misma, sin intrusos. Tener un pene es algo muy agradable, lo digo para aquellas de mis lectoras que nunca hayan tenido uno, pero también muy molesto. Es verdad que es una fuente de placer, pero también lo es de inquietud constante. Es como uno de esos amigos que siempre quieren convencernos para que salgamos a beber y a visitar casas de lenocinio.

Sí, precisamente ese amigo nuestro que tan bien nos conoce y que siempre logra convencernos. El pene es, además, la medida de la masculinidad, y todos los hombres han de vivir la humillación de ver cómo su amigo les abandona y entra en el letargo mientras ellos siguen llenos de deseos juveniles. Afortunadamente yo nunca llegué a experimentar esa decepcionante etapa.

Me gustaba tener pecho de nuevo, y me gustaba también la sensación de no tener nada entre las piernas, es decir, de tener aquello tan cómodo y agradable que tenía ahora. Me gustaba volver a notar los detalles de las cosas, volver a disfrutar de los colores y de los perfumes. Sentía que vivía en un mundo más grande, quizá no tan profundo como el de los hombres, pero sí mucho más amplio. Todas estas sensaciones son difíciles de transmitir. Es como si cuando era hombre hubiera sido más consciente de las distancias, de la longitud de las calles, por así decir, y ahora que volvía a ser mujer mi atención se abriera a mi alrededor notando todas las cosas que me rodeaban en una glorieta o en una habitación. Entendía la fascinación de Isabel por los botones, por los bordados, por la seda, por el brocado. Cuando pensaba en ella sentía una extraña tristeza. ¡Ah, Isabel, me decía yo, si nos hubiéramos conocido en otras circunstancias quizá hubiéramos podido incluso ser buenas amigas!

Yo seguía yendo a mis reuniones de la Junta de Damas de Honor y Mérito de la Sociedad Económica Matritense y seguía también asistiendo a la tertulia de la marquesa de Fuerte-Híjar. Mi vida, la verdad, no había cambiado tanto. Estaba alejada del gobierno, pero lo mismo les sucedía a casi todos mis amigos ilustrados. Al menos, a mí nadie quería desterrarme ni meterme en una celda como habían hecho con Jovellanos.

Mis hijos no dejaban de decirme que me fuera a vivir con alguno de ellos, que no era bueno que una mujer de mi edad viviera sola. Yo me teñía el pelo de gris y me maquillaba para parecer mayor.

Ahora que era viuda de nuevo, me dije que tenía que tomar dos decisiones radicales en mi vida.

La primera: no volver a casarme jamás.

La segunda: no volver jamás a tener hijos.

En cierto modo era aquello condenarme a la soledad. Pero después de tres siglos me parecía a mí que ya debería haber aprendido la lección. Por si acaso alguna vez se me olvidaba, añadí:

La tercera: aceptar la soledad.

Me preguntaba cómo iba yo a evitar quedarme embarazada. No creía que pudiera yo resistir una vida de celibato. La experiencia me había enseñado que podía vivir célibe durante muchos años, pero que cuando el amor aparecía en mi vida, yo me lanzaba a sus brazos como una mariposa a la llama.

Amantes, sí. Maridos, no.

Yo soñaba con una píldora mágica que uno pudiera tomarse para evitar tener hijos. Si tal píldora existiera, me decía yo, las mujeres podrían decidir cuándo quedarse embarazadas y cuándo no, cuántos hijos tener y cuándo ya no tener más. ¡Eso sí que cambiaría el mundo!

Pero seguramente tal píldora jamás sería inventada. Y si alguien lograra inventarla, sería ferozmente perseguido por la Iglesia, la Inquisición lo encarcelaría y su fórmula sería destruida. Sin embargo, habría muchas mujeres que verían a este hipotético inventor de la píldora de la infertilidad como un verdadero héroe.

116. Lágrimas

No sé qué me daba a mí con aquel nuevo siglo XIX, pero me pasaba el día llorando. Lloraba y lloraba y no sabía por qué lloraba, pero a pesar de todo seguía llorando. He contado que lloré cuando me enteré de la muerte de María Teresa de Silva, a la que yo tanto había admirado y querido, pero lo cierto es que me pasaba el día llorando por cualquier cosa.

Había un jilguero que solía venir a mi ventana por las tardes. Yo le ponía alpiste en el alféizar y esperaba su llegada. Una tarde no llegó, y yo sentí tanta tristeza que me puse a llorar. Y lloré y lloré y como no podía parar de llorar, Leonor, mi nueva doncella, se echó a llorar también.

—Pero Leonor —le dije entre las lágrimas—, ¿por qué lloras, chiquilla?

—No lo sé, señora —me dijo—. ¿Y por qué llora usted?

—Yo tampoco lo sé, Leonor, ¡no lo sé!

—¡Pues sí que estamos hechas dos tontas! —dijo ella.

Y lo dijo tan bien que las dos nos echamos a reír. Pero aunque reíamos, seguíamos llorando.

Recuerdo que el otoño de 1802 fue muy lluvioso. Se congregaban nubes grises sobre los tejados de Madrid, descargaban con furia de truenos y relámpagos y las calles se llenaban de canales y riachuelos de agua. Pero no era el cielo el que lloraba, ¡era yo! Todos aquellos aguaceros estaban formados por mis lágrimas.

Una mañana apareció el sol entre las nubes después de muchos días de lluvia, y yo salí de casa y me fui al Buen Retiro para pasear. ¡Oh, qué bellos estaban los álamos, todos amarillos! Yo podría escribir un libro solo sobre los colores de los árboles de Madrid en otoño. Las calles y las aceras se llenan de hojas amarillas y parecen caminos de oro. El cielo es entonces color turquesa. El turquesa y el oro son los colores del otoño en Madrid.

Me fui adentrando en el parque, todo empapado y brillante bajo los dulces rayos del sol de noviembre. Llegué al Estanque Grande, que es lo más parecido que tenemos en Madrid a un mar. Llevaba allí desde el siglo XVII, y había sido usado como coto de pesca, como reserva para regar los jardines y huertos y también como lago de recreo por el que navegar con barquitas de remo y pequeños veleros. Me acerqué a la barandilla y me puse a contemplar las embarcaciones que cruzaban en aquellos momentos las aguas, barquitas de remo y de vela. Había una bastante grande, con las velas rosadas, que se inclinaba ligeramente, impulsada por la brisa, como si todos los que iban en ella se dirigieran rumbo a algún país desconocido situado más allá del horizonte, y me causó tanta tristeza verla que una vez más me puse a llorar.

Me senté en el banco de piedra que recorre el borde del estanque y saqué el pañuelo para secarme los ojos, pero por mucho que intentaba tranquilizarme y respirar profundamente para recuperar el aliento y dejar de llorar, no lo lograba.

«¡Dios mío! —me dije—. ¡Vaya espectáculo que debo de estar dando!».

Me volví a mirar el estanque para que los transeúntes no repararan en mis lágrimas, y vi algo así como un ángel que descendía de los cielos. Como me cegaba el sol, que estaba en mitad del cielo, en un principio solo lo percibí como una silueta y como unas alas blancas que se cernían sobre mí.

Cuando se posó en el agua, vi que se trataba de un cisne. Unos instantes más tarde, otro cisne descendió también volando y se posó en el agua a su lado. Los vi a los dos navegando con majestuosa calma, uno al lado del otro, en dirección a la sombra verde de los grandes sauces llorones que crecen en la orilla norte.

¡Oh, yo ya sabía lo que significaba aquello!

Pero ¿cómo, de qué manera iba a suceder? Me puse de pie y miré a mi alrededor. ¿Estaría él por allí? En uno de los botes que pasaban cerca de la orilla, vi a un niño muy sonriente que me saludaba agitando la mano. Yo le saludé también. Luego me fui paseando por la amplia avenida de arena color limón que hay por el lado oeste del Estanque Grande, mirando aquí y allá, esperando que él apareciera de pronto. Pero no apareció.

Cuando regresé a mi casa, Leonor me dijo que mientras estaba fuera habían traído una carta para mí. Se trataba de un sobre grande con mi nombre escrito en grandes letras floridas. El remitente me resultaba desconocido. Me dirigí al salón, busqué un abrecartas y lo abrí. En el interior encontré una carta y otro sobre lacrado.

Leí primero la carta. Decía así:

Señora Doña Inés de Padilla:

Espero que al recibo de la presente se encuentre usted bien de salud. Revisando los papeles dejados por mi señor padre, Don Anselmo Fernández Hervás, Administrador de Fincas y Procurador General, R. I. P., hemos encontrado esta carta dirigida a usted. Ignoramos por qué mi señor padre la dejó sin enviar, pero dado que el destino natural de una carta es que llegue a su destinatario, la ponemos en el correo hoy mismo. Queda de usted affmo.,

CARLOS FERNÁNDEZ ARRÍAS
Procurador general
Calle de los Embajadores, n.º 14
Madrid

Cogí a continuación el sobre lacrado que acompañaba a esta misiva. Leí allí una vez más mi nombre y mi dirección, aunque escritos con una letra distinta. El remitente era Luis de Flores y Sotomayor, plazuela de la Cebada, número 6, piso tercero, Madrid. Entonces ¿él estaba viviendo en Madrid, y a solo cinco minutos de mi casa?

Abrí el sobre con el abrecartas y encontré en el interior una hoja fina doblada dos veces. Me senté en una silla para leerla, temiendo que no me sostuvieran las piernas. Esto es lo que decía:

Doña Inés de Padilla

Palacio de las Calas

Calle de...

Madrid

16 de marzo de 1760

Querida Inés:

Las cosas no fueron como yo esperaba. La ambición, querida Inés, destruye a los hombres. No contento con mis rutas conocidas, emprendí nuevas empresas, rodeé el Cabo de Hornos y me adentré en el Pacífico. Mi tripulación se amotinó contra mí y fui abandonado en una isla desierta. No es este el momento de relatar todo lo que sucedió allí ni cómo logré regresar a la sociedad de los hombres. Todo lo que poseía en el mundo era el Tiburón de Plata o estaba guardado en las bodegas del Tiburón de Plata. A mi regreso a Europa era pobre de nuevo, más pobre que nunca. Te escribí a Colindres y me devolvieron la carta con una nota donde alguien, supongo que tu hijo mayor, me decía que habías muerto. Me contaba, incluso, ciertos detalles de tu fallecimiento. Yo sabía que no era cierto, o quería convencerme de que no era cierto. Imaginé lo sucedido: que habías fingido tu propia muerte y que te habías venido a Inglaterra a buscarme. Esto es lo que yo deseaba pensar, claro está, pero ni siquiera de esto estaba seguro. Lo imaginé como mera hipótesis, como la mejor hipótesis de todas las posibles. Habías ido a Arundel para buscarme, habías empleado cierto tiempo en hacerlo y no habías logrado encontrar, mi pobre Inés, ni rastro de mí. Te imaginaba buscándome por todas partes, visitando registros y preguntando aquí y allá por aquel capitán Conrad Arrowhead del que nadie había oído hablar ya que, después de mi naufragio y mis años abandonado en aquella isla sin nombre (sí, fueron años, largos y horribles años), perdí mi abadía de Arundel y toda aquella vida que yo había imaginado. ¿Dónde podías estar, entonces? Sin duda, en Madrid. De modo que viajé a Madrid para encontrarme contigo, para entregarme a ti. Tú sabes que tú y yo siempre estaremos juntos, pase lo que pase, porque nos unen dos cosas que nada ni nadie puede cambiar. Una es nuestro común destino. La otra, la más importante, nuestro amor. Me dije que no podía presentarme ante ti como un mendigo. Me daba vergüenza mi aspecto y mi pobreza lancinante, pero no podía esperar a volver a recuperar mi fortuna, en lo cual habría tardado varios años. Necesitaba reunirme contigo cuanto antes, y viajé hasta Madrid como pude. A veces en carros de heno. A veces a pie. No es fácil cuando uno solo tiene una pierna y cuando uno solo tiene una casaca y cuando uno no lleva ni un real en el bolsillo. En esta situación, hasta una muleta puede resultar un botín aceptable para los salteadores de caminos. Hacía pronósticos, leía la buenaventura, ponía mis conocimientos de magia al servicio de la supervivencia. A veces me iba bien, a veces el párroco local me amenazaba con excomulgarme. En un par de pueblos me mantearon. Les divertía mantear a un hombre con una pierna de palo. Nada de esto es importante. Cuando llegué por fin a Madrid y logré encontrar aquel Palacio de las Calas del que tanto me habías hablado en tus cartas, no cabía en mí de felicidad. ¡Por fin, después de tantos años, iba a volver a verte! Me recibieron tus sirvientes, que me dijeron que en efecto aquella casa pertenecía a Doña Inés de Padilla. Pero no sabían dónde estabas. No sabían ni siquiera si estabas viva o muerta. Esto me sorprendió, porque me imaginaba que todos tus criados te creerían muerta, tal como me había contado tu hijo. Me di cuenta de que habías logrado separar tu vida de Colindres de la de Madrid. Todo es posible con la debida práctica, y yo mismo me he convertido en un experto en el asunto de la suplantación de identidades y en el de la desaparición y la aparición en otro lugar. Pensé que si aquella era tu casa, tarde o temprano volverías a ella, y que Madrid era un lugar tan bueno como cualquier otro para que una persona como yo, carente de oficio, de nombre y de fortuna, se asentara, e incluso mejor que muchos. Me instalé, pues, en Madrid, decidido a permanecer aquí el tiempo necesario. Conseguí unas habitaciones en la plazuela de la Cebada, no muy lejos de tu casa. Me convertí, una vez más, en un mago. Durante una temporada me disfracé de abate y fui un abate francés. Un disfraz es tan importante como un título de Salamanca, porque tiene el mismo poder de convicción. Me dediqué a las curaciones espirituales, y comencé a tener un cierto éxito. Logré entrar en los salones de la nobleza, donde mis curaciones magnéticas y con pases mágicos hacían furor, y creo sinceramente que logré aliviar a muchas personas, sobre todo mujeres, que confiaban en los poderes de los rayos magnéticos que yo invocaba y que, quizá por esa misma confianza, se libraban de sus dolores y de sus males. Yo iba todas las semanas al Palacio de las Calas para ver si habías regresado, pero tus sirvientes me decían una y otra vez que seguías de viaje. Les preguntaba si no conocían tu paradero, si no recibían alguna vez noticias tuyas. Me enteré del nombre de tu administrador. Fui a verle y me dijo que tu última dirección conocida era en Riga. ¡Tan lejos! Sospeché que aquello no era más que una superchería, y que no querías que nadie supiera dónde estabas realmente. Volví a interrogarle unos meses más tarde y me dijo que ahora habías pasado a San Petersburgo, y me di cuenta de que nunca podría averiguar nada de aquel hombre tan eficaz en su trabajo como crédulo. Habían pasado cuatro años. Decidí permanecer un año más en Madrid para esperar a que aparecieras. Pero no has aparecido. Cinco años llevo viviendo en la villa y corte, una ciudad ciertamente magnífica pero cuyo clima no soporto: demasiado seco en invierno, demasiado ardiente en verano. Siento verdadera nostalgia del frío y de la lluvia, y sobre todo del mar, frente al cual he vivido casi toda mi vida. Como no creo que tenga sentido seguir aquí en Madrid esperándote indefinidamente, como es más que posible que no vuelvas nunca, he decidido regresar a Inglaterra.

En estos cinco años he pensado muchas veces que a lo mejor es cierto que has muerto. Los dos sabemos que no somos inmortales. A lo mejor es cierto, como me contó tu hijo, que te caíste por unos acantilados y que encontraron tu cuerpo unos días después, arrastrado por el mar. En ese caso estoy completamente solo en el mundo, y estas palabras mías son como los gritos de las gaviotas, que suenan en el viento para nadie, y que nadie entiende.

Pero tengo la esperanza de que estés viva, y de que alguna vez regreses a Madrid y puedas leer esta carta. Se la dejo a tu administrador, con instrucciones de que te la entregue en cuanto regreses. Creo que es un hombre serio en el que se puede confiar. Por lo que he podido comprobar, lleva tus asuntos maravillosamente en tu ausencia.

Como te he dicho, mi plan de vivir en el sur de Inglaterra no llegó a hacerse realidad. Pienso instalarme en Bristol. Hay en esa ciudad una taberna y hospedería llamada The Arrowhead, en All Saints Lane. No te costará mucho encontrarla. A través de sus dueños, podrás siempre ponerte en contacto conmigo.

Inés, eres mi amor y mi esperanza. Eres la única luz que conozco en medio de la infinita noche del mundo. Si todavía me quieres, búscame, o escríbeme, e iré yo a buscarte.

Tuyo siempre,

LUIS DE FLORES

Cuando terminé de leer esta carta, volví de nuevo al principio para comprobar la fecha. ¡Más de cuarenta años habían pasado desde que Luis la escribiera! ¿Cómo era posible que no me la hubieran entregado durante todo ese tiempo? No hará falta decir que la leí llorando y que después de leerla y de volverla a leer dos veces más tenía que apartarla de mí para que mis lágrimas no cayeran sobre ella. Aunque las lágrimas no emborronan la tinta antigua.

Sin perder un instante, me dirigí a la calle de los Embajadores número 14 y pedí hablar con Don Carlos Fernández Arrías. Me recibió enseguida. Era un hombre muy afable, como de unos sesenta años, tan velludo que hasta los nudillos los tenía cubiertos de pelo. Llevaba unos impertinentes sobre la nariz.

—¿A qué debo el honor? —me preguntó muy ceremonioso, indicándome una silla para que me sentara.

Yo le enseñé el sobre que acababa de recibir y le expliqué el contenido de la carta que había en su interior.

—Comprendo, comprendo —me dijo, suspirando profundamente y poniendo una expresión tan compungida que casi daba lástima verle—. La verdad es que encontrar esa carta ha supuesto una gran sorpresa para todos nosotros. No estaba entre los papeles de mi padre, sino en una carpeta que a su muerte se guardó con otros objetos personales y que llevaban durmiendo en un arcón todos estos años. Nuestra casa va a trasladarse a otro local un poco más grande de la calle de los Aguadores, y por esa razón se han abierto esas cajas que llevaban quién sabe cuánto olvidadas en un rincón. Y allí ha aparecido. ¿Era algo de usted la señora Doña Inés de Padilla?

—Era mi abuela —dije yo—. Murió hace años.

—¡Vaya! Créame usted que lo lamento —dijo él—. De modo que la carta, finalmente, no ha logrado llegar a su destinatario...

—No lo entiendo —dije—. El caballero que la escribió le encomendó a su padre de usted que se la enviara a mi abuela cuando ella regresara a Madrid, pero no llegó a entregársela nunca. ¿Sería posible que se olvidara?

—No, no, Doña Inés, eso no puedo concebirlo.

De pronto tuve una idea.

—¿Cuándo murió su padre, Don Carlos?

—El 16 de marzo de 1760.

—¿Y no le importaría a usted decirme cómo murió?

—Fue un caso muy desgraciado, señora. Fue arrollado por un coche. Se desbocaron los caballos. Murió instantáneamente.

—Entiendo —dije con un suspiro—. Creo que ya voy comprendiendo lo sucedido, Don Carlos. Esa fecha que usted ha mencionado es exactamente la misma en que se firmó la carta.

—¡Diantres! —dijo Don Carlos admirado.

—Su padre murió el mismo día en que la carta le fue entregada.

Pero resolver el misterio no ayudaba a resolver la situación.

117. El viejo señor Merchant

Decidí ir a Inglaterra inmediatamente para reunirme con Luis en Bristol. Era un mal momento para viajar a Inglaterra. Toda Francia estaba revuelta. Sería necesario viajar hasta Santander e ir por mar. Le propuse a Leonor que se viniera conmigo, pero le daba miedo hacer un viaje tan largo, y me pidió permiso para no acompañarme. Luego me confesó que la verdad era que se había apalabrado para casarse con un cochero de una casa noble.

Me sentí un poco despechada por el abandono de mi doncella. Mi propio egoísmo me sorprendía, porque había contado con ella no solo para que me ayudara en las pequeñas cosas cotidianas que yo muy bien podía hacer sola, sino también para tener compañía y conversación.

Viajé una vez más hasta Santander y me embarqué para Inglaterra. Desembarqué en Portsmouth y continué el camino por tierra hasta Bristol. Una vez allí, no me costó encontrar All Saints Lane, una callecita del centro de la ciudad, y la taberna y hospedería The Arrowhead.

¡Oh, Dios mío, cómo me latía el corazón cuando vi el cartel del establecimiento y su nombre en letras doradas! Entré, me dirigí a la barra, pregunté por el capitán Conrad Arrowhead y nadie me supo dar noticia de él. Hablé con el dueño, un hombre como de cuarenta años llamado Merchant, que me dijo, después de pensar un rato, que el capitán Arrowhead había sido un amigo de su padre, que también había sido marino, pero que hacía muchos años que no sabía nada de él, y que lo más probable era que hubiera muerto. Cuando le pregunté si su padre seguía con vida, negó con la cabeza tristemente.

—Mi padre, señora, está vivo, pero hace muchos años que no es el que era. Ha perdido la memoria y ni siquiera reconoce a sus propios hijos.

—¿Cree usted, señor Merchant, que podría hablar con él, a pesar de todo? No será mucho tiempo, y solo me gustaría hacerle un par de preguntas.

—Si usted lo desea —me dijo—. Mi padre es un hombre muy pacífico y bondadoso y, la verdad sea dicha, no recibe muchas visitas. Le gustará verla a usted, aunque no creo que pueda serle de mucha ayuda con nada.

Pidió a una de las camareras, Constance, que me llevara a la parte de atrás de la hospedería. Había allí un pequeño jardín y un huerto, y en el huerto una pequeña casita coronada por una chimenea de la que salía humo. Allí dentro era donde vivía el señor Merchant padre, en un par de habitaciones muy bien acondicionadas. Le encontré sentado en un cómodo sillón con una manta sobre las rodillas, un gato dormido sobre la manta, una de sus manos acariciando el lomo del gato y la otra sosteniendo un periódico que aparentaba leer con interés a pesar de que lo tenía boca abajo.

—¡Señor Merchant! —dijo la joven Constance alzando mucho la voz.

Vi que el anciano cogía una trompetilla de cobre que tenía en la mesita de al lado y se la ponía en el oído.

—¡Tiene usted una visita, señor Merchant!

Me recibió muy cálidamente, seguramente porque no sabía si yo era una perfecta desconocida o una de aquellas personas que decían ser sus hijos y nietos y a las que él no reconocía. Me ofreció asiento y le pidió a Constance que nos sirviera una copita de jerez, cosa que ella hizo no sin lanzarme una mirada de inteligencia. Cuando probé el vino vi que se trataba en realidad de té frío. Al parecer, el anciano no solo había perdido la memoria, sino también el sentido del gusto.

Le pregunté por el capitán Conrad Arrowhead y me confesó que el nombre le resultaba familiar.

—Mi memoria, ¡ay!, ya no es lo que era, señora Padilla —él pronunciaba «Padía»—. Conocí a un capitán Arrowhead cuando era joven, sí. Éramos amigos. Éramos más que amigos, ¿comprende usted?, porque él me salvó la vida. Cuando un hombre arriesga su vida por la de otro, entonces el vínculo que se establece entre ambos es más fuerte que el que existe entre dos hermanos de sangre. ¿O quizá fui yo quien le salvó la vida a él? La verdad, ahora mismo, no lo recuerdo...

—A lo mejor —ofrecí yo— se salvaron la vida mutuamente.

—¿Cómo? —dijo él inclinándose hacia mí con su trompetilla—. ¿Cómo dice? ¿Mutuamente? ¡Vaya, eso está muy bien traído! ¡Muy bien traído, sí señor, y es muy probable que sucediera así!

Me pareció que el anciano señor Merchant se expresaba muy bien y que, si bien su memoria tenía lagunas, no estaba perdida del todo.

—Se creen que me engañan —me dijo entonces con un susurro—, pero yo sé perfectamente que esto no es jerez de verdad.

—Solo quieren cuidar de su salud, señor Merchant —dije yo.

—No les conozco —me dijo entonces—. No sé quiénes son.

De pronto parecía confuso. Quedó en silencio unos instantes, y yo me di cuenta de que aquel fugaz momento de recuerdo y de lucidez que había parecido experimentar al comenzar a hablar conmigo se había desvanecido por completo.

—Son sus hijos y sus nietos, señor Merchant —le dije—. Es usted muy afortunado de vivir rodeado de personas que le quieren.

—Ellos dicen que son mi familia.

—Y lo son, señor Merchant, lo son.

—Es extraño... —dijo él mirándome con ojos de miedo—. ¿Sabe usted que no recuerdo nada?

—Pero hace un momento ha recordado algo sobre el capitán Arrowhead.

—¿Quién? —preguntó dirigiendo hacia mí su trompetilla.

—El capitán Conrad Arrowhead —repetí, pronunciando con claridad.

—Las Molucas —dijo él entonces.

—¿Las Molucas? ¿Estuvo con él en Las Molucas?

—No lo sé...

—¿Fue allí donde él le salvó la vida?

—Sí, sí —dijo el señor Merchant—. Me salvó la vida. ¿O quizá se la salvé yo a él? Había un rey, ¿sabe usted? Lo que entre ellos llaman un rey. No era un rey de verdad. Se comían los unos a los otros. Dios mío...

—Y el capitán Arrowhead estaba allí con usted.

—Sí —dijo el hombre—. ¿Quién ha dicho? No lo recuerdo... Sí, había alguien, sin duda había alguien... Es esta maldita memoria mía, que me juega malas pasadas...

Me daba cuenta de que no iba a lograr extraer más información de aquel buen anciano y tampoco quería molestarle más, de modo que me despedí y regresé a la taberna. Hablé con su hijo y le confesé que su padre había creído recordar por un instante al capitán Arrowhead pero que luego el recuerdo parecía haberse desvanecido.

—A veces es así —me dijo—. De pronto nos reconoce, o reconoce a alguno de los nuestros, a mí o a mi hermana. Otras veces cree que mi hermana es mi madre.

—Entonces, ¿no se le ocurre quién podría conocer o darme razón del capitán Arrowhead?

—No, señora, lo siento mucho.

A pesar de todo me alojé en la posada, que resultó limpia, cómoda y acogedora, y pasé allí varias semanas intentando hacer averiguaciones. Todas se quedaron en nada. Yo me pasaba el día llorando. A aquellas alturas ya me había acostumbrado a que esa era mi nueva condición, la de una lacrimosa que no sabe hacer otra cosa que verter lágrimas por todo y por todos, y todo el rato sin saber muy bien por qué. Pero ¿tan triste estaba yo? Sí, estaba triste, pero a veces también me sentía alegre y de todos modos no podía dejar de llorar. A veces reía de felicidad al ver unas rosas recién brotadas en el jardín de una abadía, o un cisne solitario navegando por el río Avon, o una flor de escarcha en el cristal de la ventana, y mi alegría se transformaba también en llanto. La verdad es que lloraba tanto de tristeza como de alegría. Y era un llanto muy bueno, muy sano, que me dejaba muy tranquila y feliz.

Luis de Flores había desaparecido una vez más de mi vida. Yo me aferraba a los tres principios que debían regir mis pasos:

No volver a casarme.

No volver a tener hijos.

Aceptar la soledad.

Las tres normas que me había impuesto a mí misma eran negativas. Necesitaba otras tres que fueran afirmativas. Fueron las siguientes:

Cuarta decisión: Terminar *El olivo*.

Quinta decisión: Leer, leer, leer.

Sexta decisión: Vivir a través del arte.

Decidí pasar una temporada en la capital de Inglaterra antes de regresar a España. Londres siempre me había gustado mucho, y pensé en establecerme allí durante una temporada. Encontré unas habitaciones en el barrio de Saint James, entre Piccadilly Street y el parque, una localización ideal, y contraté a una doncella llamada Iris, una pelirroja irlandesa muy bella y compuesta que me recordaba, por su porte majestuoso, a un retrato de Holbein. Tenía una hija de tres años, según me contó, de un novio marino que había tenido, con el que se había prometido en secreto y que luego había muerto en el mar. Yo acogí a la niña con gran alegría, porque siempre me ha gustado la compañía de los pequeños. Era muy viva y muy simpática, y se llamaba Marwen, un nombre irlandés que me maravillaba.

—Marwen parece una niña hada —le decía yo.

—¡Ay, milady, no diga eso! —decía ella, porque para los irlandeses las hadas son seres terribles y les producen mucho miedo.

—Y tú, Iris, pareces una reina —le decía yo.

—Ay, milady, ¡si los irlandeses tuviéramos reina!

—Tenéis al rey Jorge III.

—Es verdad, milady, Dios le tenga en su gloria.

Con todo, yo sabía que había algo que faltaba. Seis no era un buen número, aunque, por el momento, no se me ocurría qué otra decisión podía tomar para que fueran siete.

118. La séptima decisión

Pensé que era el momento de regresar a España y le propuse a Iris que se viniera conmigo. La joven no tenía familia en Inglaterra ni tampoco en su nativa Irlanda y nos llevábamos bien. Yo sentía que quería tanto a la niña Marwen como si fuera mi propia hija. Fue gracias a ellas dos, precisamente, como encontré la séptima decisión que debía tomar en mi vida. Yo me daba cuenta de que Iris era una muchacha inteligente y despierta y le enseñé a leer y a escribir y a hacer cuentas, y ella lo aprendió todo con rapidez y eficacia y pronto se convirtió en una lectora asidua. No solo le interesaban las novelas, sino también la poesía y la filosofía, y a menudo me hacía preguntas que me hacían pensar y que nos conducían a conversaciones interminables, en el curso de las cuales ya no éramos una señora y su criada, ni tampoco una maestra y su discípula, sino más bien algo así como dos amigas que disfrutan de la mutua compañía y que aprenden la una de la otra.

—Milady —me dijo Iris una tarde, cuando estábamos paseando por el parque de Saint James—. Yo le estoy muy agradecida, pero ¿por qué emplea tanto tiempo en instruirme a mí, que soy hija de unos granjeros? ¿A mí, que no soy nadie?

—Iris —le dije—. Ya te dije cuando te conocí que me recordabas a los retratos que pintó Hans Holbein en la corte inglesa. ¿Qué diferencia hay entre tú, la hija de unos pobres granjeros irlandeses, y una princesa?

—La sangre real, señora.

—No, Iris. La sangre es igual para todos, y siempre es roja. La diferencia es la educación.

—¿Usted cree, milady?

—Me doy cuenta de que llevo toda mi vida haciendo esto mismo, y que no solo me gusta hacerlo, sino que me parece muy necesario.

—¿El qué, milady?

—Instruir a las mujeres. Darles educación, de manera que no sean unas ignorantes y tengan una vida más llena e interesante y puedan hacer las mismas cosas que hacen los hombres. Las mujeres viven condenadas a un aburrimiento atroz, y son como personas de segunda clase, situadas siempre a la sombra de los hombres, y esa situación no puede defenderse solo porque las mujeres sean madres y tengan que cuidar de sus hijos.

—¿Y cómo podría cambiar eso, milady?

Yo suspiré. Recordé el principio de todo. De pronto me vino a la cabeza aquel cuerno de unicornio que vi el primer día que entré en la Universidad de Salamanca. Durante siglos yo había aceptado pasivamente la idea de que aquello era realmente un cuerno de unicornio. Yo y todos. Hasta el rey Felipe II tenía uno de aquellos cuernos de unicornio en su colección privada. Pero en realidad aquello no era un cuerno de unicornio, sino un cuerno de narval. No podía ser un cuerno de unicornio porque los unicornios no existen. ¿Y no era la situación de las mujeres algo parecido, algo que todos aceptamos como si fuera cierto cuando no es más que una idea que ha quedado establecida por el hábito?

—Imagina, Iris, que existiera una universidad para mujeres —dije, de pronto, poseída por una nueva idea—. Pero no una universidad donde también se admitiera a mujeres, del mismo modo que alguna vez se admite a un africano o a un mahometano en las aulas. Imagina una universidad dirigida tan solo a las mujeres, con clases y teatros y talleres llenos de mujeres estudiantes. Imagina a mujeres jugando al tenis y al polo y mujeres llenando pizarras con fórmulas matemáticas y mujeres diseccionando cadáveres y mujeres haciendo experimentos en laboratorios de química y mujeres haciendo planos de edificios e inspeccionando las obras de un puente o de una iglesia. Imagina a mujeres siendo jueces y presidiendo un tribunal de ley, y mujeres dedicadas al comercio, imagina un gobierno compuesto por mujeres, una fábrica dirigida por una mujer, una orquesta donde los músicos fueran mujeres y estuviera dirigida por una mujer...

—¡Eso sí que sería para verse! —rio Iris—. ¡Es como un sueño!

Sí, era un sueño. Pero todas las cosas comienzan en un sueño.

Supongo que en aquella idea de crear una universidad de mujeres influían también mis muchos años ejerciendo diferentes funciones en el gobierno de Carlos III. La defensa de los derechos de las mujeres siempre había sido uno de los caballos de batalla de la Ilustración, como ahora lo era de la nueva mentalidad romántica. Ya que el romanticismo nunca fue, como algunos afirman, una reacción contra la Ilustración, sino su continuación en casi todos los aspectos que tuvieran que ver con la libertad, la educación y la igualdad de derechos. Si acaso el romanticismo fue, en realidad, mucho más avanzado que la Ilustración, que tenía una visión roma y literal de la existencia, como si todo en la vida humana fuera cuestión de aplicar la máquina adecuada y como si todos los problemas sociales y personales pudieran resolverse mediante leyes y prohibiciones. Porque el romanticismo quería comprender al ser humano en su totalidad y porque fue durante el romanticismo cuando por primera vez se comprendió que el ser humano no es un ente abstracto, sino un ser que vive dentro de la historia.

119. Mayo de 1808

Regresamos a España junto con los ejércitos napoleónicos, que llenaban los caminos y se iban adentrando en la península ibérica con el beneplácito del rey de España y de sus ministros. Al parecer, España había acordado con Napoleón una invasión conjunta de Portugal, tradicional aliado de los ingleses, y habían incluso dibujado sobre el mapa qué parte correspondería a España y cuál a Francia. Los ejércitos franceses iban llegando a las ciudades españolas y se quedaban allí, ante la gran perplejidad de la población, que no podía comprender qué estaban haciendo aquellas tropas extranjeras en sus ciudades, pueblos y carreteras, y que en vez de continuar su camino hacia Portugal se iban instalando en palacios y casonas los oficiales y en espacios públicos las tropas. Cuando Iris y yo llegamos a Madrid a mediados de marzo, noté un ambiente de lo más extraño en las calles. Ambiente de revuelta, de revolución, de sedición y de violencia.

Me fui a ver a mi amigo Cienfuegos. Le encontré en cama, muy demacrado, enfermo en el cuerpo, y en el alma mortalmente preocupado por lo que estaba sucediendo.

—¡Ay, Inés! —me dijo—. Pero ¿dónde estaba usted? ¡La hemos echado tanto de menos! ¡Y con todas las cosas que están pasando! Sabrá usted lo del rey de Portugal...

—Algo he oído. Se ha embarcado para Brasil.

—Sí. Entró en Lisboa un general de Napoleón, le dijo «largo de aquí» y el buen monarca cogió a toda su familia, se metió en un barco y, tal como le habían dicho, se largó de allí. Hay muchos locos aquí que creen que Carlos IV debería hacer lo mismo con su familia, marcharse a las Indias y dejarle el trono a su hijo Fernando.

—Pero ¿qué está pasando, Nicasio? —le dije—. En mi camino hacia Madrid he visto los caminos llenos de tropas francesas, con caballería, con infantería, con cañones... Pamplona estaba llena de franceses...

—¡Y Barcelona! —me dijo él—. ¡Y Figueras! ¡Y San Sebastián! Se están metiendo en todas partes. ¿Sabe usted, Inés, que Napoleón tiene ya en España más de cien mil hombres? Muchos más, ciertamente, de los que se había acordado en el Tratado de Fontainebleau. Napoleón ha nombrado general en jefe a Murat, que en estos momentos se dirige hacia Madrid al frente de otro ejército.

—Y Godoy, ¿qué hace? ¿Qué piensa de todo esto?

—Ni el Diablo lo sabe —dijo Cienfuegos—. Unos creen que está de acuerdo con Napoleón, otros creen que Napoleón nos la está jugando. Y mientras, los reyes en Aranjuez...

¡Pobre amigo mío! La tuberculosis se cebaba en él. Me contó con melancolía, triste consuelo para el que siente los estragos de una enfermedad mortal, que acababan de nombrarle Caballero Pensionista de la Real Orden de Carlos III. Para confirmar su nombramiento necesitaba un certificado de limpieza de sangre y varios informes favorables que sin duda obtendría, ya que el marqués de Fuerte-Híjar, que era Fiscal de la Orden, era gran amigo suyo.

Cuando salí de casa de Cienfuegos iba por las calles escuchando las conversaciones de las gentes. Oía por todas partes el nombre de Godoy, Príncipe de la Paz o Generalísimo, los títulos que tenía y que le daban, y también las palabras Aranjuez, Andalucía, Fernando, Fernando, Fernando.

—Si Godoy manda a los reyes a Andalucía, eso el pueblo de Madrid no va a sufrirlo —oí decir a un zapatero remendón.

—Pero ¿para qué iba a mandarlos a Andalucía?

—¡Para embarcarlos en Sevilla rumbo a las Indias!

Al día siguiente vi que ponían en las paredes una proclama del rey Carlos IV en la que el monarca afirmaba que aquello de su viaje a Andalucía para pasar a las Indias era todo una invención de la malicia, y que no había nada que temer de los franceses, que eran nuestros amigos y aliados.

Los que sabían leer lo leían en voz alta a los que no sabían. Se oían gritos contra Godoy, universalmente odiado, se oían bromas y risas acerca de la proclama.

—¡Eso no hay quien se lo crea!

—¡Pues si lo dice el mismo rey!

—¡Si hace falta, saldremos nosotros a la calle a defenderle!

—Dicen que esta tarde salían para Andalucía.

—¡Que abdique de una vez y ocupe el trono el príncipe de Asturias! ¡Viva Fernando!

Se siguió hablando de la proclama del rey durante los días siguientes. Unos decían que era falsa y que los reyes estaban ya de camino para Andalucía. A mí me asombraba y me asustaba el clima que notaba por las calles, en los aguaduchos, en los talleres, en los mercados, en las botillerías, en los cafés. Entré en una taberna de la calle del Humilladero de la que había oído decir que era un centro de revolucionarios y me puse a escuchar las conversaciones. Era difícil, porque todos hablaban a un tiempo. Había allí numerosos tipos populares, algunos de aspecto bastante granujiento, otros con ciertos aires, como un poeta calagurritano que unos años antes había capitaneado, al parecer, a la turba de los silbantes de *El sí de las niñas*.

—¡Entonces lo hicimos a silbidos, pero ahora igual podemos hacerlo a pedradas! —se animaba, encendido por el vino de la Mancha, un contertulio que al parecer también había participado en la heroica gesta de intentar sabotear la más brillante pieza que había dado nuestro teatro en ciento cincuenta años.

—¡Carlitos se larga con la familia y nos deja aquí solos, mientras Godoy y Napoleón se reparten España! —bufaba otro, con un trapo atado a la cabeza como si fuera un bandolero andaluz.

—¡Carlitos que se vaya donde le tercie, pero que le deje el trono a su hijo! —se afanaba la tabernera.

—¿Y tú crees que Fernando va a ser mejor que su padre? ¡Si es un bobo tan grande como él!

A este casi se lo comen, tal era el fervor popular a favor del príncipe de Asturias.

¡El Kyrie eleison cantando
viva el príncipe Fernando!

Esta era la canción que se oía por todas partes.

Desde los majos que se dedicaban a vender hierro viejo en el Rastro, cortar carne en las plazuelas, degollar reses en el matadero, lavar tripas en el portillo de Gilimón, vender aguardiente en *Las Américas*, machacar cacao en Santa Cruz, freír buñuelos en la esquina del hospital de la V.O.T. o incluso vivir holgadamente a expensas de alguna mondonguera, castañera o Venus surgida de las espumas del Manzanares, hasta los artesanos tales como carpinteros, plateros o maestros de obra prima o incluso los que ya tenían un pie puesto en la clase media, el clamor contra Godoy y contra los franceses era universal.

Fue por entonces cuando estalló el llamado motín de Aranjuez, un levantamiento popular contra Godoy que tuvo como resultado la renuncia del valido, y el fin de su carrera política, y también la forzada abdicación de Carlos IV a favor de su hijo Fernando. Pero Carlos IV quería recuperar la corona, y le pidió ayuda a Napoleón para lograrlo. Al ver una monarquía tan débil y un país tan dividido, Napoleón debió de pensar que invadir España era cosa fácil.

Recuerdo perfectamente la entrada de las tropas francesas en Madrid, menos de una semana después del motín de Aranjuez. Nadie que no estuviera allí esos días podrá olvidar los acontecimientos que tuvieron lugar en Madrid durante aquellos meses. Las tropas francesas entraron en la capital el 27 de marzo y desfilaron por las calles ante el estupor de la multitud, que gritaba y les insultaba, aunque también es cierto que muchas mujeres les gritaban requiebros a los soldados por lo apuestos y elegantes que les parecían.

Era fascinante ver a los africanos que traían con ellos, los mamelucos, a los que el glorioso pueblo español llamaba «zamacucos», y a los dragones, con sus negras armaduras que brillaban como espejos, bautizados «tragones» por el oído inexperto. Murat, el general que los comandaba, estaba casado nada menos que con la hermana de Napoleón. En Francia es, hasta hoy en día, considerado un héroe. También leemos en los libros de historia que era un ferviente defensor de los ideales de la Ilustración. Nadie puede sentir más admiración que yo por la Ilustración: los hechos de mi vida bastarán para probarlo. Pero los que tienen una fe ciega en la Ilustración y la convierten en una especie de bien absoluto y panacea universal están tan ciegos como ese personaje de Goya que se duerme apoyado en una mesa.

También la Ilustración se puede convertir en una religión, en una maldición o, digámoslo más modestamente, en una excusa. Murat se comportaría en Madrid como un carnicero sin ley y sin entrañas. ¿Dónde estaban entonces sus supuestos ideales ilustrados? Claro que al lado de sus triunfos en Marengo, en Jena, en Austerlitz, ¿qué importan al mundo las vidas de unos pocos madrileños? De no ser por los dos formidables cuadros que pintó Goya para reflejar lo sucedido el 2 de mayo y luego la noche del 2 al 3, nadie se acordaría hoy en día de esos hechos vergonzosos.

Sí, yo estuve allí y puedo decir, como en el grabado de Goya, «yo lo vi». Recordar lo sucedido me hace daño, y tampoco mi testimonio añadirá mucho a lo que otros han escrito sobre ese día en que el pueblo español escribió, según Gertrudis Gómez de Avellaneda, «la página más pura de su historia». Lo que sucedió el 2 de mayo fue uno de los pocos ejemplos de eso que suele describirse como una «revuelta popular». Al ver cómo el infante Francisco de Paula, que era el último miembro de la familia real que quedaba en España, salía del Palacio Real para ser llevado a Francia, la multitud interpretó que se lo llevaban contra su voluntad. La revuelta contra las tropas francesas se desató allí mismo y luego se extendió por todas las calles de la ciudad.

Se luchaba por las calles y por las plazas, se luchaba con palos y con cuchillos, se luchaba desde los balcones y las ventanas, tirando macetas y aceite hirviendo y todo lo que hubiera a mano. El general Murat mandó llamar a las tropas que estaban acampadas fuera de Madrid para que arremetieran contra la multitud. Si la consigna del ejército español fue mantenerse neutrales y no salir de los cuarteles, no todos obedecieron esa medida. Los capitanes Daoíz y Velarde, del Parque de Artillería de Monteleón, situado en el corazón del barrio de Maravillas, se sumaron a la revuelta popular. Los dos murieron ese día, junto con dos mujeres que la historia ha recordado: Clara del Rey, que estaba en el cuartel junto con su marido y sus hijos animando a los soldados, a la que alcanzó un trozo de metralla francesa, y Manuela Malasaña, que vivía en la calle de San Andrés, a unos pasos del cuartel.

No está claro cómo murió esta última. Era una muchacha joven, bordadora de oficio y, según cuenta la leyenda, famosa en el barrio por su simpatía. Fue detenida por unos soldados franceses, que intentaron abusar de ella cuando la registraban. Ella se defendió usando unas tijeras que llevaba, o quizá es que le encontraron las tijeras durante el registro. La mataron a tiros allí mismo, siguiendo la consigna de Murat de que todos aquellos que portaran «armas» fueran fusilados en el acto. Solo tenía diecisiete años.

¡Pobre Manuela Malasaña! Las mujeres españolas hemos podido hacer muy pocas cosas a lo largo de la historia, y en muchas ocasiones lo único que nos han permitido hacer con cierto honor y trascendencia ha sido morir.

Después de la insurrección popular del 2 de mayo, que Murat reprimió con toda dureza, los franceses se dedicaron esa misma noche a fusilar a grupos de prisioneros indiscriminadamente, sin juicio ni proceso alguno, a fin de crear terror entre la población e impedir que la revuelta siguiera adelante. Los llevaban a los descampados que había en la Moncloa, los ponían en grupos y les disparaban. Aquel día murieron 409 madrileños.

Al día siguiente me trajeron la *Gaceta de Madrid*, cuyo director era mi buen amigo Cienfuegos, y vi que habían publicado la noticia de que Fernando VII había sido proclamado en León. El texto decía: «El pueblo desea con ardor que llegue la ocasión de sellar con su sangre el juramento que une irrevocablemente a este antiguo y fidelísimo reino con el Monarca más idolatrado que ha tenido España». Sin duda Cienfuegos había dado la orden de que se publicara esa noticia el día anterior, mientras el pueblo de Madrid luchaba a brazo partido contra los mamelucos y los dragones franceses. No había otro modo de ver aquella publicación más que como un acto de abierta rebeldía contra Murat y las fuerzas de ocupación. Despreciando el peligro que todavía existía en las calles, me vestí y me fui a casa de Cienfuegos, que vivía entonces en la calle de Carretas número 12, cerca de la Puerta del Sol.

Le encontré mucho peor de su enfermedad, postrado en el lecho. Diego Clemencín, uno de los redactores del periódico, estaba allí con él.

—Nicasio —le dije—, qué cosa tan valiente y tan temeraria han hecho ustedes. ¿No tiene miedo de las consecuencias?

—¿Y qué otra cosa podía hacer mientras oía los gritos, los disparos y los cañones? —me dijo él.

En ese momento llamaron a la puerta con esa fuerza e insolencia que nunca auguran nada bueno. Eran unos dragones franceses que venían de parte del general Murat, diciendo que el gran duque de Berg exigía la presencia de Cienfuegos en su despacho.

—El señor Cienfuegos está muy enfermo, como ustedes pueden ver —dijo Clemencín—. Iré yo con ustedes para hablar con el general Murat.

Marchó con ellos y nosotros quedamos muertos de preocupación, ya que no sabíamos en qué iba a parar todo aquello. Diego Clemencín regresó al cabo de menos de una hora con el rostro descompuesto.

—Nicasio —dijo—, he hablado con Murat y está furioso a causa de la noticia aparecida en la *Gaceta de Madrid*. Dice que es un ataque directo a la presencia francesa, legal y legítima, en Madrid.

—¡Legal y legítima! —dijo Cienfuegos, que solo podía hablar entre jadeos.

—Yo le he explicado que todo lo que se publicaba en la *Gaceta* contaba con la aprobación de la Secretaría de Estado —dijo Clemencín, que parecía tan asustado que apenas le salía la voz—. Pero no hay caso. Me dice que tenemos que publicar inmediatamente una rectificación.

—¡Eso nunca! —dijo Nicasio.

—Dice también —añadió Clemencín, más pálido que un pliego de papel— que si en una hora no aparece la orden de la Secretaría de Estado que ha permitido publicar la noticia, me hará fusilar.

—¿A usted?

—Sí, a mí.

—¡Maldito! —dijo Cienfuegos.

Apenas podía respirar, y resollaba y tosía de forma tan lamentable que daba lástima verle.

—Ayúdeme usted a incorporarme —le dijo a Clemencín—, usted ya ha hecho demasiado y más de lo que le correspondía. El único responsable soy yo. Me voy a hablar con Murat.

—Pero Nicasio, no está usted bien.

—Ayúdeme a levantarme —le dijo.

—Pero no puede usted ir solo.

—Usted no va a volver al despacho de ese animal —dijo Cienfuegos—. Sí, iré solo.

—Tengo mi coche en la puerta, Nicasio —dije yo—. Permítame que le lleve y le acompañe.

—No puedo pedirle tanto, Inés.

—No harán daño a una mujer —dije yo—. Además, no tienen nada contra mí.

Nos fuimos juntos hasta el Palacio Grimaldi, la antigua residencia de Godoy, que estaba apenas a diez minutos de allí, aunque tardamos algo más a causa de los controles que había por las calles, y juntos entramos en el que ahora era despacho de Murat. ¡Ah, qué gloria debía de sentir el mariscal de Francia al ocupar las dependencias de Godoy, él que estaba convencido de que acabaría siendo coronado rey de España! Se encontraba detrás de una gran mesa de patas doradas llena de papeles, la mesa de Godoy, empuñando una larguísima pluma roja y firmando documentos, y tenía el aspecto de no haber dormido en toda la noche. No era, desde luego, ese ser magnífico y de belleza sobrenatural que aparece en los retratos, pero es cierto que era un hombre alto y apuesto, con una melena negra y rizada y espesas patillas. Tenía un aspecto arrogante y una mirada fría y altiva que me desagradaron profundamente. A pesar del estado lamentable en que se encontraba Cienfuegos, que se agarraba a mi brazo para no desplomarse, no se dignó a ofrecerle una silla.

—Ha preguntado usted quién había dado autorización para publicar la noticia de la proclamación de su majestad Fernando VII —dijo Cienfuegos, sin esperar siquiera a que el otro hablara—. He sido yo.

—Tiene que publicar una rectificación inmediatamente —dijo Murat, que parecía muy alterado—. ¡Esto es un acto de insurrección!

—No puedo hacer lo que usted me pide —le dijo Cienfuegos.

—Quiero que expresen su adhesión a la presencia francesa en Madrid —dijo Murat—. Si no lo hace, será fusilado mañana.

—No pienso hacerlo —dijo Cienfuegos, al que yo notaba que temblaba todo entero, no sé si de indignación o de fiebre, o de ambas cosas—. Me niego a hacerlo.

—Mañana a las diez. Si la noticia no aparece, le haré a usted responsable y le pondré frente al pelotón de ejecución.

—Sí, usted puede hacer eso —dijo Cienfuegos—. Pero no puede obligarme a actuar contra mi conciencia.

—¿Quiere morir por unas palabras?

—¿Por qué otra razón mueren los escritores, señor?

—¡Soy gobernador general de Madrid! —gritó Murat—. ¡Hábleme con más respeto!

—Cada uno es lo que es —dijo Cienfuegos.

Yo me sentía tan aterrada que estaba toda temblando también.

Cuando salimos de allí, yo sentía que casi no me sostenían las piernas. Regresamos a casa de Cienfuegos. Durante el viaje en coche desde el Palacio Grimaldi ninguno de los dos dijo ni una palabra. Cuando llegamos a casa de Cienfuegos, Clemencín seguía allí esperándonos. Entre los dos ayudamos a Cienfuegos a desvestirse y a meterse de nuevo en la cama.

—Nicasio, tiene que publicar esa rectificación que le piden —dije yo cogiéndole de la mano. La tenía húmeda y ardiendo de fiebre.

—Eso no pienso hacerlo —dijo él.

El bueno de Clemencín nos miraba a uno y a otro sin saber qué decir.

—Voy a escribir una carta ahora mismo a la Secretaría de Estado pidiendo mi dimisión como director de la *Gaceta de Madrid* —dijo Cienfuegos—. Yo no puedo, en conciencia, publicar lo que me piden.

Le trajeron pluma, papel, tinta y una tabla para apoyarse. Escribió la carta, dirigida al Secretario de Estado, y nos la entregó a Clemencín y a mí para que la leyéramos. Decía así:

Excmo. Sr.:

No pudiendo continuar sirviendo mi plaza de Oficial de la Secretaría de Estado sin perjuicio y menoscabo de mi honor y buena opinión, me veo en la precisión de hacer dimisión de ella, sin que de ningún modo me sea posible seguir en ella aunque hubiera de costarme el sacrificio de mi vida. Espero que V. E. lo haga presente a la Junta de Gobierno para que resuelva lo conveniente y autorice a quien guste para la revisión de la *Gaceta*. Dios guarde a V. E. muchos años.

Clemencín y yo intentamos convencerle de que no enviara la carta, pero no hubo manera. Afortunadamente, sus compañeros de la Secretaría de Estado, al recibir la carta decidieron presentar también su dimisión en pleno. Murat, que no quería enfrentarse con la nueva Junta Suprema de Gobierno, tuvo que levantar la pena de muerte que pesaba sobre Cienfuegos. De este modo mi amigo se libró de morir fusilado y de convertirse en otra más de las víctimas del 2 de mayo.

No viviría mucho más. Tras la coronación de José Bonaparte se negó a firmar el documento de adhesión al nuevo monarca que se exigía de todos los cabezas de familia, y fue desterrado a Francia, a la localidad de Orthez, donde murió a los pocos días de su llegada. Fue enterrado en el cementerio local, donde yace en una tumba sin nombre.

En cuanto a Diego Clemencín, se convertiría en un gran erudito y viviría para escribir esos célebres *Comentarios al Quijote* que siguen siendo, hoy en día, una de las piedras angulares de la crítica cervantina.

120. Filomena

Después de la sangrienta Guerra de Independencia contra los franceses, Fernando VII el Deseado regresó al trono. Lo primero que hizo aquel refinado estadista fue derogar la Constitución de 1812, reinstaurar la Inquisición y volver al absolutismo. Era la forma que tenía el buen monarca de recompensar la fidelidad y el sacrificio de un pueblo que se había dejado, literalmente, matar por su augusta persona, y que había puesto en él todas sus esperanzas.

Una tarde, cuando caminaba por la Carrera de San Jerónimo, donde había una librería que me gustaba y donde acababa de adquirir *Las noches* de Young y la novela *Arturo y Arabela*, que hacía entonces furor en Madrid, vi a unos hombres que salían de La Fontana de Oro hablando muy agitadamente.

—¡Riego se ha levantado en Cabezas de San Juan! ¡Ha puesto su regimiento asturiano al servicio de la revolución! —decían eufóricos—. ¡Viva la Constitución!

—¡Esto se acaba! —chillaba otro, que parecía un poco bebido.

—Pero ¿qué es lo que se acaba? —pregunté.

—¡El gobierno absolutista!

Yo habría deseado entrar en La Fontana de Oro para enterarme de todo con detalle, pero no hubieran dejado pasar a una mujer, especialmente a una mujer sola. Fuera como fuera, las noticias desbordaban las puertas del café y corrían por las aceras como el proverbial reguero de pólvora.

—Iba a embarcarse a las colonias de ultramar para sofocar la rebelión —decía un barbero asomado a la puerta de su negocio—, pero en vez de subirse a los barcos, Riego se ha levantado contra el Borbón absolutista.

—¡Calleja, pon las barbas a remojar! —le decía un transeúnte.

—*Ciudadano* Calleja, si no te importa —decía él muy ufano—. ¡Es Fernando el que tiene que poner las barbas a remojar! ¡Viva la Pepa!

—¿Entonces nadie va a ir allá a someter a los rebeldes? —se ilusionaba un irlandés que regentaba una tienda de paños, quizá pensando en las penas de su propio pueblo.

Unos caballeros surgían con gesto culpable de un cierto portal maloliente donde entraban a desaguar, pésima costumbre inútilmente perseguida por los bandos de la policía. Miraban a un lado y a otro, se preguntaban si las risas iban por ellos y seguían su camino.

Una señora elegante salía con un paquete de una tienda de manjares aristocráticos famosa por sus pasteles de perdiz y de liebre.

—¡Jesús! —decía, espantada por las noticias—. ¡Pero esas gentes qué querrán! ¡Tenemos rey, patria y Dios y no están contentos!

Más allá, cerca de la Puerta del Sol, había una quincallería donde se vendían rosarios, juguetes y peines. El dueño, un gallego rechoncho y siempre jovial, parecía un poco serio al oír las noticias.

—Se ha levantado el riego en Asturias por culpa de la Constitución —informaba uno de sus horteras, que regresaba de hacer un recado.

—Ay, Cosmillo, a ti sí que había que regarte —le decía un compañero más espabilado.

Más allá estaba el local de un memorialista, un hombrecillo de largas patillas y chaqueta algo raída, cuyo trabajo consistía en copiar documentos y redactar solicitudes.

—Aquí no puede uno fiarse de nadie —decía en su puerta, negando con la cabeza.

Qué quería decir con eso, jamás lo sabremos.

Vendía boletos para la rifa de un cerdo, que mantenía en un rincón de su local.

—Señora, ¿no quiere participar en la rifa de un cerdo?

—¿Y qué hago yo con un cerdo? —le dije yo.

Corría el año de 1820 y llevábamos ya seis años de absolutismo. La revolución iniciada en el sur de España no tardó en llegar a Madrid. El

7 de marzo, dos meses después de la sublevación de Riego, una gran multitud se reunió frente al Palacio Real. Yo estaba allí también, desde luego. La invasión francesa, los hechos de mayo de 1808, la arrogancia de Murat, el heroísmo de mi amigo Cienfuegos, la horrible y cruenta guerra que siguió, todo aquello había dejado una profunda huella en mí. Nunca había sido yo muy política, pero ahora sentía como mías la causa de la libertad, la defensa de la Constitución, la lucha contra el absolutismo. Era el espíritu del nuevo siglo.

La multitud no dejaba de crecer, y yo veía que aumentaba también el número de los soldados que guardaban el palacio. Se oían por doquier gritos de «¡viva la Constitución!», «¡viva la Pepa!», «¡abajo el absolutismo!», y yo me temía que en algún momento la tensión iba a estallar y entonces solo Dios sabía lo que podría suceder. ¿Ordenaría el rey al ejército que cargara contra el pueblo de Madrid? Yo me decía que una cosa es luchar por las ideas y otra dejarse matar, y que a la menor señal de peligro saldría de allá disparada.

Más tarde se sabría que la intención del rey había sido ordenar que dispersaran a la multitud por la fuerza, y que el general Ballesteros le había advertido de que no podía responder de la reacción de la tropa si ordenaba a los soldados cargar contra el pueblo. Finalmente, el rey se vio obligado a firmar la Constitución. Sucedió unos pocos días después.

Parecía que la situación se había normalizado por fin. Por primera vez en su historia, España iba a estar regida por un rey constitucional. Se respiraba por todas partes un aire de gran optimismo.

Con el nuevo gobierno liberal, florecieron la política, las tertulias, los cafés y también las sociedades secretas y los clubes políticos. A mí me hubiera gustado asistir a las reuniones de La Fontana de Oro para escuchar las intervenciones de Alcalá Galiano, a quien yo había conocido como jovencito imberbe en los salones de la marquesa de Fuerte-Híjar. Pero en La Fontana de Oro, ¡ay!, no se admitían mujeres.

Cuando pasaba por la Carrera de San Jerónimo para comprar un libro o un pastel de liebre, miraba con añoranza la puerta del célebre café, otra más que se mantenía cerrada a las de mi sexo.

Después de la férrea censura y las restricciones impuestas a la prensa por el gobierno absolutista, el Madrid liberal se llenó de periódicos.

Algunos no pasaban del primer número, como *El Duende de los Cafés* o *El Sol*, o del segundo, como *La Fantasma de Madrid*, y muchos de ellos estaban escritos por un solo redactor, como *El Cincinato*, escrito por Don Pedro Pascasio Fernández Sardinó, por citar uno de muchos. Los más importantes fueron *El Zurriago*, de tendencia jacobina muy extrema y violenta, *El Espectador*, la *Gaceta de Madrid*, el *Nuevo Diario de Madrid* y *El Censor*, que tenía fama de ser el mejor escrito.

Comencé a escribir yo también para la prensa con el seudónimo de Filomena. Publiqué primero varios artículos literarios, una semblanza de Cienfuegos y de sus últimos días y otra de aquello que Meléndez Valdés llamaba «el mal universal», y que más tarde sería llamado «el mal del país» o *spleen*, ese estado de melancolía del alma que parecía habernos invadido a todos y que a mí, desde el comienzo del nuevo siglo, me hacía llorar sin parar y sin motivo. Defendí que el romanticismo ya estaba entre nosotros por las *Noches lúgubres* de Cadalso, por la melancolía de la *Memoria del castillo de Bellver* de Jovellanos, por el «mal universal» de Meléndez y las poesías de Cienfuegos, pero aquellos pensamientos no interesaban realmente a nadie. ¿Dónde podía publicarlos? *El Censor*, que era el periódico más literario, seguía defendiendo la poética neoclásica. Hablé con Lista, uno de los principales colaboradores, que se asombró de que Filomena fuera una mujer.

—Pero ¿es usted, señora, la verdadera autora de estos artículos? —me dijo.

—¿Por qué le asombra tanto?

—Ahora entiendo mejor esa defensa que hace usted del llamado «romanticismo», una estética de la vaguedad, la imprecisión y el sentimiento a flor de piel que resulta, bien mirado, muy femenina, pero que nada tiene que ver con nuestro carácter.

—¿Y cuál es «nuestro carácter», Don Alberto? —le dije yo—. ¿Acaso los españoles no soñamos? ¿Acaso por la noche no sale la luna sobre nuestros tejados?

Desanimada por la falta de interés sobre mis ideas literarias, creé un periódico yo misma, *Filomena, Semanario Artístico y Literario*, del que saqué diez números. Lo escribía yo íntegramente y lo imprimía en la casa de la viuda de Aznar.

Poco a poco mis artículos se fueron haciendo más políticos y combativos y comenzaron a aparecer en periódicos como *El Correo de Madrid*, la *Gaceta de Madrid*, *El Imparcial* y *El Enemigo de la Esclavitud*. Escribí para *El Correo* un artículo afirmando que las mujeres eran las grandes olvidadas de la Constitución de Cádiz e hice una breve historia de las mujeres en España, y de cómo en el siglo XV tenían, al menos, los mismos (pocos) derechos y el mismo acceso a la educación que en el siglo XIX, sin que su situación hubiera cambiado apenas en todo ese tiempo, ideas que provocaron la indignación de muchos sectores sociales y que fueron consideradas de un radicalismo extremo. Para *El Enemigo de la Esclavitud* escribí un artículo observando que la Constitución de 1812 ignoraba por completo a las mujeres y aceptaba como cosa inevitable y sabida la esclavitud, y que había una relación entre ambos hechos, ya que las mujeres éramos, como los esclavos, seres humanos despojados de derechos, unas ideas que fueron consideradas heréticas, anticristianas e incluso incitadoras a la insurrección social y que provocaron una serie de cartas anónimas con amenazas de muerte dirigidas al director del periódico, Don Anastasio Uriarte. El pobre hombre, aterrado, decidió clausurar la publicación y exiliarse voluntariamente a la localidad oscense de Jaca, de donde era originario. No creo que volviera a decir ni escribir ni publicar una palabra contra la esclavitud en toda su vida.

Pronto se supo que Filomena era, como el seudónimo sugería, una mujer, y que su nombre verdadero era Inés de Padilla.

Aquel período de libertad y de democracia no duró mucho tiempo.

Fernando VII pidió ayuda a la Santa Alianza para restituir el absolutismo en España y Francia envió un gran ejército, los Cien Mil Hijos de San Luis, que entraron en Madrid y restituyeron al rey como monarca absoluto. ¡Qué gran ironía del destino! Después de la terrible Guerra de la Independencia contra los franceses que le había puesto en el trono, era ahora el propio rey el que invitaba al ejército francés a invadir su patria.

Se cumple así otra de las leyes de la Historia de España: que los que más defienden las esencias patrias son en realidad los que más odian a sus compatriotas y los que siempre están dispuestos a vender el país.

Cuando las fuerzas de la Santa Alianza llegaron a Madrid, supe que existía orden de detenerme bajo la acusación de conspirar contra la real persona de su majestad Fernando VII, dudar de la fe cristiana y de su moral sacrosanta, y promulgar ideas revolucionarias, ateas y (sin que en esto se viera contradicción alguna) protestantes, y no me acusaron de pertenecer a la masonería o a alguna sociedad secreta similar de las muchas que abundaban entonces en la capital porque estas no admitían mujeres. De modo que tuve que salir de Madrid a toda prisa. Algunos se iban a Francia, otros a Inglaterra. Yo decidí marchar a Inglaterra.

Mi querida Iris nos había dejado unos años atrás, víctima de unas fiebres que acabaron con su vida en cuestión de semanas, y tras su fallecimiento yo había decidido adoptar legalmente a Marwen, a la que quería como a una hija. La muchacha hablaba inglés perfectamente, ya que Iris siempre había hablado con ella en su lengua materna, pero ella era, a todos los efectos, una mujer española, ya que era en España donde había crecido. Como su nombre resultaba raro en España, se hacía llamar María o María Elena, pero en casa siempre la llamábamos Marwen. Era pelirroja, como su madre, y había heredado su porte y su belleza. Acababa de cumplir dieciocho años.

Yo me había preocupado de darle una buena educación y había procurado que aprendiera, además de música y danza, como todas las señoritas de su tiempo, francés y latín, letras y ciencias. La había animado siempre a que escribiera y a que llevara un diario y veía que tenía además una gran facilidad para el dibujo y la acuarela. Nos llevábamos muy bien, aunque a veces discutíamos por nimiedades, como es normal entre una madre y una hija. Yo la llamaba por su nombre y ella a mí por el mío, y nunca quise que me llamara de otra forma porque no pretendía sustituir a su madre verdadera, que había sido para mí una amiga de corazón. Cuando le dije que nos íbamos a marchar a Inglaterra como tantos otros españoles, creo que se sintió ilusionada con la idea de regresar a la patria, o a la casi patria, de sus padres. Pero también la vi preocupada. Son las sensaciones contradictorias que muchas veces nos produce regresar a nuestro origen.

Previendo posibles asaltos a mi casa vacía o incautaciones por parte de algún ejército invasor, cogí mis posesiones más valiosas, mis dos retratos, mis *Metamorfosis* y mis manuscritos, los sellé bien contra la humedad, los metí en un pequeño cofre y di instrucciones para que lo enterraran en un rincón del jardín. Luego metí todo el dinero que pude y todas mis joyas en una arqueta, la puse dentro de un baúl pequeño lleno de ropa y salí de Madrid con Marwen y con Juanelo, mi lacayo y cochero. La idea era que Juanelo nos acompañara hasta Santander y que regresara a Madrid al subir nosotras al barco.

Las cosas, como tantas veces sucede, no salieron muy bien. Cuando cruzábamos la sierra de Guadarrama, a no muchas leguas de Madrid, unos bandoleros asaltaron el coche en el que íbamos y se lo llevaron todo. Nos quitaron algo más que dinero. Atacaron a Marwen y la violaron allí mismo, entre unos pinos, y como Juanelo intentó defenderla, le apalearon de tal modo que lo dejaron por muerto. Viajaba con nosotros un matrimonio de Barcelona con dos hijas, una como de doce años y otra de quince, de las que también abusaron. El padre se abalanzó sobre los malandrines para intentar defenderlas y recibió un arcabuzazo en el pecho que le dejó muerto al borde del camino. Los bandoleros no desdeñaron sus ropas, y dejaron el cuerpo del pobre hombre en paños menores. Un cura que nos acompañaba salió corriendo como alma que lleva el diablo y ya no volvimos a verle. A la otra señora y a mí, que gritábamos como posesas y les decíamos a los bandoleros las cosas más horribles que se nos ocurrían, no se atrevieron a tocarnos, aunque nos robaron también la ropa y nos dejaron en camisa. Hubimos de continuar a medio vestir, con las niñas llorando y Juanelo tan malherido que tuvimos que dejarle en Somosierra, el primer pueblo que encontramos, para que se recuperara de sus heridas. Al enterarse de que habíamos sido asaltados y que veníamos huyendo de Madrid, las mujeres del pueblo se apiadaron de nosotros y nos dieron ropa e incluso algo de dinero para que pudiéramos continuar el viaje.

Nos separamos de nuestras infortunadas compañeras catalanas, la señora viuda y las hijas huérfanas, que se dirigían a su patria, y continuamos hacia Santander, donde esperábamos embarcarnos para Inglaterra.

La pobre Marwen no dejaba de llorar.

Yo la miraba y no sabía cómo de rota estaba por dentro. A veces eso que se rompe dentro de nosotros ya no se puede reparar. Otras veces la herida sana y deja solo una cicatriz, que se une a las muchas que nos va dejando la vida.

—Cariño —le decía yo abrazándola como tantas veces había abrazado a mis hijas cuando lloraban por alguna cosa—, ven, llora todo lo que quieras, apóyate en mí. Yo te sostengo.

—Echo de menos a mi madre —decía ella entre lágrimas.

—Ahora yo soy tu madre, cariño —le decía yo—. Vamos, mi niña. Estás viva. Tu vida no se ha acabado.

—Sí, Inés, mi vida se ha acabado —decía ella—. Ya no podré casarme. Ahora ya nadie me querrá.

—Vamos, vamos, esas bestias que te atacaron no tienen tanto poder —le decía yo.

Ay, ¿qué otra cosa podría decirle? La verdad es que las bestias que la habían atacado sí tenían poder, el poder de destruir, de humillar, de anular. Ese poder existe, y se utiliza a menudo. Yo le decía que aquellos que la habían violado solo habían mancillado su cuerpo, no su alma, que seguía tan limpia como el día en que nació, pero yo misma sabía que no era cierto, y que no es posible separar el alma del cuerpo, ni la inocencia de la culpa. La culpa mancha igual que el barro. El mal contagia al inocente. Le decía que ella no era culpable de lo que le había sucedido ni en modo alguno responsable, pero sabía también que no es así como funciona el alma, y que muchas veces la víctima se siente más culpable que el propio verdugo. Sí, yo conocía muy bien aquello por lo que estaba pasando Marwen, la sensación de suciedad, la vergüenza, la sensación de haber perdido algo esencial que era nuestro y cuya existencia antes apenas percibíamos y que es la luz interior de nuestra dignidad humana, de nuestro amor y respeto por nosotras mismas. Esa sensación de vacío, de vergüenza y de culpa solo el que la ha experimentado puede comprenderla.

—Y ahora que he quedado deshonrada, ¿qué va a ser de mí? —me decía la pobre Marwen.

—No digas esas cosas, Marwen —le decía yo—. Has tenido un revés. La vida es así. Cariño, no es el fin del mundo, te lo aseguro. Hay que llorar, secarse las lágrimas, apretar los dientes y seguir adelante.

—Pero ya nada podrá ser igual.

—Tú eres tú, Marwen, eso siempre será igual. Recuérdalo y aférrate a eso. Tú sabes quién eres. Eso nadie puede robártelo.

—Yo ya no soy nada —decía la muchacha—. Me han quitado...

—No te han quitado nada —le dije yo—. ¡No, no, eso no quiero ni oírlo! ¡No te han quitado nada en absoluto!

—Ay, Inés, no se enfade usted conmigo. Y por favor, no me eche de su lado. No quiero vivir en la calle...

—Pero chiquilla, ¿cómo voy a echarte, si tú eres mi hija y como a una hija te quiero? ¿Estás loca?

—¿Tendré que ser una de esas mujeres, Inés? —me decía ella—. ¿Una de esas que se ofrecen a los hombres en las tabernas? ¡No, cualquier cosa mejor que eso! ¡Hasta meterme en un convento y hacerme monja!

—¡Ay, Marwen! —le decía yo, aguantando la risa que me venía al escucharla, abrazándola y cubriéndola de besos—. ¡Qué cosas dices, mujer! Tú serás lo que tú quieras.

—Pero ¿qué dice usted, si no tenemos ni un real? Estamos en la miseria, y hasta la ropa que llevamos es prestada. No tenemos dinero para pagar la posada y menos aún para el pasaje. ¿Qué vamos a hacer?

—Bueno, bueno —le decía yo—. Eso es otra cosa. Ya nos las arreglaremos.

La verdad es que estábamos en una situación bastante desesperada. Era cierto que no teníamos dinero para pagar nuestro viaje a Inglaterra, y tampoco conocía yo a nadie en Santander que pudiera ayudarnos. Llegué a pensar en regresar a Madrid, pero sabía que no podía hacer tal cosa sin arriesgarme a acabar encarcelada o encerrada e incomunicada en un convento. A las mujeres no solían fusilarlas, pero la idea de volver a estar entre rejas se me hacía insoportable.

Las últimas monedas que teníamos se nos fueron en pagar una fonda en Santander.

Nos fuimos al puerto y buscamos un barco que partiera para Inglaterra, con idea de ofrecer nuestros servicios como cocineras o lavanderas a bordo y pagar así nuestro pasaje. Encontramos uno que iba directamente a Portsmouth y pedimos hablar con el capitán. Era un caballero muy fino llamado Reginald Wollcroft, que al enterarse de lo que nos había sucedido y saber que estábamos huyendo de Fernando VII, se ofreció a llevarnos de forma gratuita.

—Hace bien en ir a Inglaterra, señora —me dijo—. Los españoles son allí bien recibidos. ¡Mejor que en Francia!

—Ojalá tenga usted razón —le dije—. Es usted todo un caballero, y nunca olvidaré esta merced que me hace.

Cuando llegamos a Portsmouth me entregó cinco libras para que pudiéramos llegar a Londres y ponernos en contacto con la colonia española. Le pedí encarecidamente que me diera sus señas para poder devolverle el dinero en cuanto pudiera, pero se negó con suma gentileza.

121. Somers Town

Cuando llegamos a Londres nos dirigimos inmediatamente al barrio de Somers Town, situado entre Bloomsbury y Camden, que era donde vivían la mayoría de los refugiados españoles, y pronto entramos en contacto con un grupo de compatriotas nuestros, a los que encontré charlando en una esquina de la New Street donde crecía un árbol al que, no sé por qué, habían bautizado como «árbol de Guernica». Supongo que habría vascongados entre ellos. Enseguida me dirigieron a la casa de Argüelles, que era uno de los centros de la colonia española. Allí me encontré con Antonio Alcalá Galiano, al que tanto había deseado escuchar en sus intervenciones de La Fontana de Oro.

—Pero ¿usted? —me dijo, mirándome con estupefacción—. ¿No nos habíamos visto antes? ¿En la casa de la marquesa de Fuerte-Híjar, quizá?

¿Cuánto tiempo había pasado desde aquello? ¿Quince años? Desde luego, no el suficiente para que yo fuera mi propia hija.

—Una gran señora —dije yo, en referencia a María Lorenza de los Ríos—. Dios la tenga en su seno.

—Pero ¡si está usted igual que entonces! —me decía, mirándome con ojos tan admirativos que llegaban a ser libidinosos.

Le impresionó enterarse de que yo era la famosa Filomena que escribía aquellos artículos incendiarios en los periódicos de Madrid ya que, según me dijo, había supuesto que sería yo mucho mayor. Pero ¿era yo mayor o no lo era? Se repetía la misma historia de siempre. El ritornelo de mi vida.

En efecto, tal y como me había dicho el capitán Wollcroft, los españoles éramos bien recibidos en Londres, y no solo por las personas de tendencias liberales, sino también por los conservadores. No hacía mucho que los dos países habíamos combatido hombro con hombro contra Napoleón.

Como muchos de los refugiados estaban en condiciones de miseria similares a la nuestra, el gobierno inglés había decidido otorgarnos ayudas y había pedido a los propios españoles que formaran una comisión para distribuir el dinero de forma equitativa. Alcalá Galiano era uno de los miembros de esta comisión. Era un hombre excepcionalmente feo, tanto que incluso consideré la posibilidad de sentirme atraída por él, porque amarle sería algo así como un desafío. Pero bebía demasiado, y eso me asqueaba.

Habían organizado a los exiliados en cinco categorías, a cada una de las cuales le correspondía una cierta cantidad mensual. A mí me pusieron en la categoría tercera, la de los escritores, con un estipendio de tres libras y media mensuales, lo cual equivalía a poco más de 322 reales. Por Marwen me entregaban, en calidad de familiar dependiente de mí, dos libras y media más.

Cogí unas habitaciones en una casita modesta del barrio de Somers Town. A los españoles nos sorprendía que las casas tuvieran allí un pequeño jardín frente a la fachada, y que las calles fueran una sucesión de jardines. En general, a mis compatriotas les extrañaba el amor que tenían los ingleses a los árboles y a los pájaros.

La colonia española era curiosa y variopinta. Había, como siempre en España, dos grupos bien diferenciados: los aristócratas, que se reunían en la casa del general Torrijos, y los más populares, cuyo líder era Espoz y Mina, que vivía en el campo, fuera de Londres. Muchos de los de este grupo habían pertenecido a la Sociedad de los Caballeros Comuneros, una de las muchas sociedades secretas del Madrid de la época, que se reunían en La Fontana de Oro y a cuyas reuniones yo tanto había deseado asistir. También Alcalá Galiano, el orador más famoso de La Fontana de Oro, había sido Caballero Comunero. A mí me hacían gracia aquellos comuneros de café.

Los que no se decantaban por ninguno de estos grupos se solían reunir por las noches en casa de Argüelles. Era una vivienda muy agradable de dos plantas. Cuando llegaban los contertulios, Argüelles bajaba del piso de arriba una jaula con un ruiseñor al que, no sé cómo, había adiestrado para que cantara y nos diera un poco de música. Por allí solían dejarse caer Alcalá Galiano, gran amigo suyo, un cura de apellido Riego, que era hermano del famoso general que acababa de ser ahorcado en la plaza de la Cebada de Madrid, un general mayor y otros cuyo nombre no recuerdo. El tema obsesivo de conversación era España, España, España, y sobre todo la política española, el futuro de España, la Constitución, el fin del absolutismo, la revolución. Recuerdo mucho las largas noches de aquel primer invierno en Inglaterra, y las conversaciones interminables, y el sueño, y la mezcla de fascinación, de tedio y de tristeza, y la vuelta a casa por aquellas calles vacías y heladas.

El grupo incluía personas de todas clases, políticos, diplomáticos, escritores, esposas e hijos, y también un torero analfabeto llamado Muselina, andaluz, muy simpático, que era amigo íntimo de Manuel García, el famoso tenor español al que yo había conocido también años atrás en casa de la marquesa de Fuerte-Híjar y que ahora vivía en Londres, donde era un cantante y empresario famoso. Había un zapatero al que llamaban Patillas, que era tan hábil en su oficio que llegó a tener un cierto éxito en Londres, y que a su regreso a Madrid, años más tarde, terminó pobre de solemnidad y murió en la indigencia, y toda una serie de tipos curiosos como, por ejemplo, un anciano llamado Romero Alpuente, que también era Comunero y que había acuñado la frase, ciertamente inolvidable, «la guerra civil es un don del cielo», o un ex diputado a Cortes llamado Ángel Desprat que estaba en Londres, según Alcalá Galiano, de forma voluntaria, ya que, al carecer de dotes oratorias, apenas había participado en los debates parlamentarios.

¡Qué personaje era este Ángel Desprat! Le dio por estudiar todo tipo de saberes y se pasaba el día leyendo y tomando notas, pero todos estos conocimientos los disimulaba y adoptaba siempre la actitud del que no sabe nada. Gustaba de andar siempre haciendo preguntas a todo el mundo, para mostrar al cabo de un rato que sabía él mucho más sobre el tema que aquel al que preguntaba. Se radicalizó tanto en sus ideas que comenzó a acercarse al socialismo y a buscar la compañía de los que simpatizaran con esta tendencia, por entonces no muy extendida en Inglaterra, de modo que se pasaba el día relacionándose con personas de las clases populares. Se avergonzaba de tal modo de los privilegios que había tenido hasta entonces en su vida, que decidió simplificar al máximo sus costumbres y vivir con lo mínimo. Comía pan y queso, que llevaba en la faltriquera, y bebía agua de las muchas bombas que había por las calles de Londres, en las que también comenzó a lavarse. Renunció a los muebles y las comodidades y como tenía muchos libros dormía encima de un lecho hecho con libros. Durante bastante tiempo mantuvo dos casas situadas en puntos alejados de la ciudad porque estaban en lugares que le convenían para sus muchos estudios, y las tenía ambas vacías. Su hermana comenzó a mandarle dinero desde España para que viviera con más comodidad en Inglaterra, pero él no quería en modo alguno aceptarlo alegando que ella había sufrido mucho por su causa. ¡Qué personaje! Estaba obsesionado con vivir exclusivamente de su trabajo, pero lo tasaba en muy poco, y si se empeñaban en pagarle más de lo que había pedido, no lo aceptaba. Vestía unas ropas muy extrañas que se cortaba y se cosía él mismo, y caminaba a diario larguísimas distancias empeñándose en alimentarse solo del pan y queso que llevaba siempre consigo. Era, en resumen, un perfecto ejemplo de ascetismo revolucionario, un verdadero mártir de sus ideas, aunque con todas aquellas mortificaciones no hacía bien a nadie ni ayudaba a ninguna causa y solo lograba destrozar su salud y desesperar a su familia. ¡Ay, revolución, cuántos mártires se han inmolado ante ti sin que su sacrificio sirviera a nadie para nada!

Por aquellos días conocí también a Ángel de Saavedra, futuro duque de Rivas, que había sido condenado a muerte y a la confiscación de sus bienes en España por su participación en el golpe de Estado de Riego y tenía, por tanto, al contrario que Ángel Desprat, muy buenas razones para haber salido huyendo. Era gran amigo de Alcalá Galiano, que le escribiría más tarde un prólogo para su obra *El moro expósito* que siempre ha sido considerado el manifiesto del romanticismo español. No le traté mucho, porque pronto se trasladó a la isla de Malta.

La verdad es que no todos se sentían a gusto en Inglaterra. En los años siguientes, parte de la colonia española se trasladó a la isla de Jersey, frente a las costas de Normandía, en la que se hablaba francés a pesar de que pertenecía a la corona británica. Supongo que esa era la razón principal, porque el clima era tan lluvioso, o más, que en Inglaterra.

122. Exiliada

Yo, que tantas cosas había sido, nunca había sido una exiliada. La experiencia no me gustó lo más mínimo. Fueron aquellos años como un gran paréntesis en mi vida, no especialmente desagradables pero grises, tediosos. La comunidad española me aburría, porque no hablaban más que de España y de política y porque poco a poco se iban creando en ella facciones que se enemistaban entre sí. Además, yo era pobre, y no hay cosa más aburrida en el mundo que no tener dinero. Con las ayudas del gobierno inglés tenía lo justo para vivir, pero no podía ni comprarme un libro ni mucho menos viajar. Algunas veces, caminando con Marwen, llegaba a mi amado barrio de Saint James, a la populosa calle Piccadilly y a la maravillosa librería Hatchards, pero ni siquiera me atrevía a entrar en ella. Eso es lo malo de la pobreza: nunca lo es solo del bolsillo, sino que pronto empieza a serlo del alma y del ánimo.

Yo pensaba en aquellas siete decisiones vitales de unos años atrás y me daba cuenta de que solo las personas que tienen dinero pueden realmente tomar decisiones. Los pobres han de hacer una cosa muy distinta: adaptarse a las circunstancias. Estaba tan cansada de ser pobre y de comer patatas que empecé a pensar, incluso, en casarme con algún londinense con dinero. Lo cual, por supuesto, habría supuesto romper la primera de mis decisiones, que era no volver a casarme nunca.

Pronto descubrimos que Marwen estaba embarazada. La muchacha se pasaba el día llorando y diciendo que aquel niño sería su ruina y que no quería tenerlo. Yo tenía miedo de que hiciera algo que pudiera poner en peligro su vida, y le decía que tener hijos era lo más natural del mundo, y que aquello nunca había sido el fin de la vida de nadie.

—Tu hijo será tuyo, solo tuyo, y lo querrás más que a nada en el mundo —le decía yo—. No te preocupes, lo criaremos entre las dos.

—No, Inés, ¿cómo voy a quererle, si me recordará todos los días mi vergüenza?

—Le querrás porque es tu hijo y ha nacido de tu vientre.

—¡Pero si ahora mismo ya siento que no le quiero, que querría que desapareciera y no naciera nunca!

—Marwen, ¿sabes cuántos niños hay en el mundo que no tienen padre? Tú misma no llegaste a conocer al tuyo, que murió antes de que nacieras.

—Pero esto es distinto. Mi madre se había prometido para casarse.

—Sí, cariño, claro que es distinto. Tú naciste del amor. Pero ¿sabes cuántos niños nacen del mismo modo que nacerá el tuyo? El niño es un inocente que no tiene la culpa de nada.

Yo misma había pasado por aquello, también había sido violada y había tenido un niño y lo había querido igual que a los que habían sido fruto del amor, y luego aquel niño había crecido y había llegado a ser nada menos que cardenal en Roma y a vivir en un palacio. Yo hubiera deseado poder contarle todo esto a Marwen, pero no sabía cómo hacerlo. Además, ¿de qué le sirve a nadie la experiencia de otro?

Yo pensaba que sus sentimientos cambiarían cuando naciera el niño y lo tuviera entre sus brazos, pero no fue así. Le tenía tal aversión al bebé que no quería mirarle, ni tocarle, ni darle de mamar. Yo estaba muy preocupada, porque no veía cómo iba a sobrevivir el niño si su propia madre no le alimentaba. Un día, al regresar a casa, dos después del parto, vi que el niño no estaba en casa.

—Marwen, ¿dónde está el niño? —le pregunté.

La muchacha estaba como sumida en el mutismo, y no me contestaba.

—¿Qué has hecho con el niño? —le grité—. ¿Dónde lo has llevado?

Pensé que lo había tirado a un pozo o que lo había ahogado en el río, y sentí tal oleada de terror que la agarré por los hombros y me puse a sacudirla y a gritarle que me contestara.

Me confesó al fin que lo había metido en un cestillo que teníamos para la ropa y que había echado a caminar sin rumbo por las calles hasta llegar a una iglesia solitaria y que, después de asegurarse de que no había nadie por los alrededores, lo había dejado allí abandonado en la puerta de la iglesia.

Le dije que teníamos que ir inmediatamente a buscarlo. Tuve que obligarla a salir de casa casi a golpes, tirando de ella y amenazándola con denunciarla a la policía.

Tardamos horas en encontrar el lugar, porque Londres es muy grande y ella había ido caminando al azar, sin saber muy bien adónde iba. Caminamos y caminamos y no conseguíamos encontrar la iglesia. Paramos en dos iglesias en nuestro loco deambular por las calles, pero ella no estaba segura de si era alguna de ellas. Como los dos edificios y el lugar donde se encontraban no se parecían en nada, yo comencé a sospechar que, o bien era cierto que no recordaba en absoluto dónde había dejado al niño, o bien que no quería llevarme allí.

Cuando finalmente encontramos la iglesia, el canasto, como era de esperar, había desaparecido. Entramos en la iglesia y le preguntamos al pastor si sabía algo del asunto. Era un hombre joven, muy remilgado, que llevaba anteojos metálicos y que tenía las uñas más delicadas y mejor cuidadas que había visto yo en hombre alguno.

—¡Una canastilla con un niño recién nacido dentro! —dijo él—. ¿Y qué tienen ustedes que ver con eso?

—Esta joven es la madre del niño —dije yo—. Ha sido un acceso de locura, del que ahora se arrepiente.

—No me arrepiento —dijo Marwen con los ojos bajos—. No le quiero. No es mi hijo.

—¿Pueden ustedes darme alguna señal del niño o de la canasta donde estaba? —preguntó el pastor.

Parecía un hombre muy serio, muy formal a pesar de su juventud, pero a mí, por alguna razón, me agradaba y se me hacía simpático.

—Era una canasta de mimbre vulgar y corriente —dijo Marwen—. El niño estaba envuelto en una tela azul acolchada, y tenía un gorrito con unas cerezas bordadas.

—¡Alabado sea Dios! —dijo el pastor—. En efecto, hemos encontrado al niño. La señora Leicester, mi señora madre, lo tiene en estos momentos en nuestras habitaciones. Nos preguntábamos qué íbamos a hacer con él. El pobrecito no deja de llorar de hambre.

La vivienda del vicario estaba allí mismo, en la parte trasera de la iglesia. Era muy agradable y se abría a un pequeño jardín donde crecían abundantes rosales. La señora Leicester parecía bastante amable, pero al enterarse de quiénes éramos y qué era lo que nos llevaba por allí, no se mostró excesivamente amistosa.

—Niña —le dijo a Marwen señalándole una silla con gesto imperioso—, esta criatura necesita el pecho de su madre.

Luego le indicó a su hijo con otro gesto que saliera de la habitación, cosa que él hizo con suma dignidad. Marwen se sentó donde le decían, cogió al niño y se abrió la ropa para darle el pecho. El niño se afanaba en mamar y tanta hambre tenía que estuvo un largo rato hasta dejar ambos pechos vacíos. Luego se quedó dormido.

Marwen me miraba con tal expresión de tristeza que se me rompía el corazón al verla. Yo rogaba por que aquella experiencia de dar de mamar al niño por primera vez le hubiera hecho sentir algo por la pobre criatura y hubiera cambiado, siquiera un poco, sus sentimientos hacia el niño.

—Bien, muchacha —le dijo la señora Leicester—. ¿Qué vas a hacer con tu hijo? ¿Es que quieres darlo en adopción?

—Sí, señora —dijo ella débilmente.

—¿Qué pensabas, que si lo dejabas en la puerta de la iglesia una familia rica y acomodada lo iba a acoger en su casa y lo convertiría en su heredero universal? —le dijo con dureza.

—No lo sé, señora —decía Marwen.

—Acabará en el hospicio —dijo la madre del pastor—, donde crecerá entre otros niños abandonados como él, y vivirá mal alimentado y pasando frío, sufriendo golpes y humillaciones, todos los días de su vida. Le alimentarán de gachas y de pan rancio y le enseñarán a mentir y a ser taimado, y aprenderá a ser tan duro de corazón como aquellos que le cuidan. A golpes le enseñarán un oficio y cuando cumpla diez años lo pondrán a trabajar con algún patrón infame que le golpeará todos los días y le dará de comer lo mismo que a su perro... o bien acabará en la calle, en alguna banda de niños mendigos, donde, si tiene suerte, le enseñarán a robar. ¿Es esa la vida que quieres para tu hijo?

Marwen se había quedado muy callada y no decía nada. El niño dormía plácidamente en sus brazos, y ella no lo devolvía a la canasta, lo cual me pareció una buena señal.

Cuando regresamos a casa parecía más tranquila. Las dos estábamos exhaustas, después de pasarnos casi el día entero caminando. Cenamos algo, y luego el niño se despertó y se puso a llorar y Marwen le dio de mamar de nuevo.

Yo la miraba con su hijo en el pecho y me maravillaba lo hermosa que era aquella escena. Recordé mi segundo propósito, no volver a tener hijos nunca, y sentí una punzada de dolor en las entrañas.

Marwen se volvió a mirarme. Sus ojos eran totalmente inexpresivos. Luego se volvió a mirar al niño, que mamaba afanosamente.

—Gracias —dijo entonces, con voz muy débil.

Yo me acerqué a ella y le di un beso en la frente.

—Madre Inés —me dijo con un suspiro.

Nunca me había llamado así. Yo aparté el rostro para que no viera las lágrimas que me corrían por las mejillas.

—Marwen, tienes que cuidar a tu hijo —le dije—. Eres todo lo que tiene en el mundo. Piensa en cómo tu madre te quiso y te cuidó.

—Pero es que yo no le quiero —dijo ella mirando al niño—. No le quiero.

Pero yo me daba cuenta de que algo había cambiado en ella, y que ahora miraba a su hijo de otra forma. Con sorpresa, con admiración, con orgullo... con amor.

Unos días más tarde fuimos a visitar al pastor y a su madre para agradecerles la amabilidad con que nos habían tratado. Yo había visto a la señora Leicester tan preocupada por el porvenir del niño que quería que supiera que finalmente Marwen cuidaría de su hijo y que entre las dos nos ocuparíamos de que creciera y se criara lo mejor posible.

El pastor, cuyo nombre era Jeremiah, y su madre nos recibieron amablemente y nos invitaron a tomar una taza de té, una bebida que en Inglaterra gustaba mucho y que los españoles no entendían ni apreciaban. Creo que los dos sentían curiosidad por conocer nuestra historia y se sentían intrigados por el hecho de que Marwen hablara inglés como una nativa y tuviera aspecto de ser británica y yo, su madre, fuera española. Me pareció que la señora Leicester, aun teniendo en cuenta la forma casi militar en que había organizado la situación la vez anterior, era una buena mujer. Se alegró mucho de que Marwen ya no deseara abandonar al niño y también de verle sano y tranquilo y más gordito que unos días atrás.

—Se estarán preguntando ustedes cómo es que yo, que soy española, tengo una hija irlandesa —les dije.

—Señora —me dijo la señora Leicester—, debe usted perdonarnos, pero mi hijo y yo hemos hablado bastante de ustedes dos en estos días, y sentimos verdadera curiosidad por conocer su caso, si es que usted tiene a bien contárnoslo.

—Nada me complacería más —dije yo—. Pero a lo mejor eres tú, hija mía, la que quiere contarlo —añadí, dirigiéndome a Marwen.

—No, madre —dijo ella enrojeciendo—. No sabría cómo hacerlo.

Les conté entonces cómo había conocido a Iris, la verdadera madre de Marwen, en un anterior viaje a Inglaterra y cuando su hijita tenía solo tres años, cómo Iris había entrado a servirme y nos habíamos ido a Madrid a vivir, cómo habíamos llegado allí prácticamente al mismo tiempo que los ejércitos de Napoleón y todo lo que había sucedido después, el 2 de mayo, la vida de las tres en mi casa, la triste muerte de Iris, mi decisión de adoptar a Marwen. Les hablé del regreso del absolutismo a España y de cómo muchos de nosotros habíamos tenido que huir del país por miedo a perder nuestra vida o nuestra libertad, una causa que siempre encontraba simpatía entre los ingleses. Les conté también que aunque Iris había sido formalmente mi doncella, siempre había sido para mí como una amiga, y que me había ocupado de que Marwen tuviera una educación exquisita y muy por encima de lo que era entonces habitual en una mujer de cualquier clase y de cualquier nación. La alabé tanto, en fin, que Marwen no sabía dónde mirar. Yo me daba cuenta de que el pastor la devoraba con los ojos, y me parecía que a ella tampoco le disgustaba el joven.

Cuando regresábamos a casa, Marwen me dijo:

—Madre, ¿por qué me ha alabado usted tanto ante ese párroco, como si quisiera que se interesara por mí?

—No lo sé, hija —le dije riendo—. ¡Malos hábitos que tiene una!

—¡Pero si es cura!

—No, hija, no es cura. Es pastor.

—¿Y qué diferencia hay?

—Que los pastores se casan. Ya hemos hablado de la diferencia entre la Iglesia católica y la protestante.

—Es verdad, pero nunca me había parado a pensarlo.

Un año más tarde, Jeremiah Leicester y Marwen se casaron, y mi hija adoptiva se convirtió en la señora Leicester y se fue a vivir a la vicaría, donde pronto volvió a quedarse embarazada. Yo la veía feliz. Se había integrado en la vida de la comunidad y andaba siempre ocupada ayudando a su marido a escribir sermones, a buscarle las citas bíblicas e incluso a proponerle ella citas, imágenes y párrafos enteros. Se convirtió al anglicanismo, cosa que no le causó grandes problemas, ya que, aunque su madre había sido católica y yo lo era también, nunca la religión había sido muy importante en nuestras vidas y, al fin y al cabo, Dios es uno y el mismo para todos.

Yo solía ir los domingos a la iglesia para asistir al servicio. Era ella la que tocaba el órgano y la que dirigía el canto de los himnos. No me interesaba en exceso lo que allí se decía, pero me gustaba ver a Marwen tan feliz. Había florecido y se había transformado en toda una mujer de su casa. Tenía tres hijos y estaba embarazada de nuevo. Yo pensaba en aquellas píldoras en las que había soñado una vez, tiempo atrás, gracias a las cuales las mujeres podrían regular sus embarazos. ¿Acaso tres hijos sanos no son ya suficientes?

En cuanto a mí, había comenzado a dar clases de español, de francés, de latín y de literatura española en las casas de la aristocracia, y de este modo mi situación económica mejoró ligeramente y pude comprarme ropa y zapatos nuevos, que ya me iban haciendo buena falta, y también ahorrar un poco.

Ahora que Marwen se había casado, me sentía sola. La vida del exilio me parecía como estar en un limbo entre dos mundos. El exiliado ya no está en su país pero todavía no está del todo en el país que le ha acogido. El exiliado vive escindido por dentro, entre la nostalgia del país que ha tenido que abandonar y la necesidad vital de adaptarse al nuevo país en el que vive. Pero teme que si se adapta demasiado ya no podrá volver, y todos nosotros esperábamos volver algún día.

Me sentía sola y deseaba enamorarme. Ya ni me acordaba de cuándo había sido la última vez que había estado con un hombre.

Solo tuve un amante durante esos años, un joven inglés muy apuesto, muy sensible, muy inteligente, que sentía como suya la causa española. Se llamaba Alfred Tennyson y estaba estudiando en Cambridge, donde había formado una sociedad secreta llamada los Apóstoles de Cambridge. Solía frecuentar la casa de Torrijos, y allí fue donde le conocí. Iba a todas partes con un amigo suyo, Arthur Hallan, y yo les veía tan inseparables y le veía a él mirar a su amigo con tal pasión y admiración, que pensaba que eran invertidos. Pero una noche, saliendo de casa de Torrijos, se ofreció a acompañarme para que no fuera caminando sola por las calles, y terminamos en mi casa, los dos metidos en la cama.

Me gustó mucho su amor tímido e inexperto, lleno de pasión y de maravilla. Yo creo que era la primera vez que estaba con una mujer. No, no lo creo, lo sé. Luego hablamos hasta el amanecer, y él me llenaba de preguntas acerca de mi pasado y mi vida en Madrid. Le conté muchas cosas, y también le hablé de aquella idea mía de crear una universidad de mujeres, que le pareció una idea no solo sensata sino, según me dijo, «inevitable».

—Todo el mundo se ríe cuando hablo de ello —dije yo—. Eres el primero que se lo toma en serio.

—Es que es algo muy serio —me dijo—. Los que se ríen no comprenden que el mundo está cambiando.

Tenía esa seriedad mortal de los jóvenes, y me pregunté si no sería aquella mía una idea tan loca que solo podía interesar y convencer a las personas como él, sin experiencia de la vida.

Muchos años después, el tema de una universidad para mujeres sería la base de una de sus grandes obras maestras, el poema narrativo *La princesa*.

Volvimos a vernos varias veces. Me gustaba su compañía y disfrutaba con él, pero me resultaba demasiado joven, demasiado tierno.

—Me he alistado en las milicias de Torrijos —me dijo una de aquellas noches, los dos abrazados bajo las sábanas de mi cama, contemplando la luna a través de la ventana.

—¿Cómo? —le dije—. ¿Vas a ir a que te maten en España?

—Aquí en Inglaterra los Apóstoles de Cambridge no hacemos otra cosa que hablar —dijo él, con aquel fuego de los jóvenes que yo conocía tan bien—. Esta no es la época de hablar, sino de hacer.

—No te vayas a España —le dije—. El levantamiento que quiere organizar Torrijos no tendrá éxito. Solo vas a lograr que te maten antes de empezar a vivir.

A pesar de todo los dos amigos, Arthur Hallan y él, se marcharon a España. Fueron por tierra, y para suerte de los dos, no llegaron a pasar de los Pirineos. En cuanto a Torrijos, ya sabemos lo que sucedió: desembarcó en la playa de Málaga y allí mismo fue capturado por las tropas realistas y ejecutado junto a todos los suyos.

123. María Felicia

Pensé en ponerme a actuar y a cantar de nuevo. El teatro estaba fuera de cuestión, ya que aunque mi inglés no era malo, no podía pensar en subir a las tablas para ser Lady Macbeth o Desdémona en Londres. En mi época de actriz en Madrid había cantado zarzuelas españolas y óperas italianas, y las óperas de Rossini estaban ahora muy de moda en Londres. Hablé con Manuel García y le pedí que me oyera cantar. Lo hizo, pero con reticencias y sin mostrar mucho entusiasmo, y yo notaba que no sentía excesivos deseos de ayudarme. No acababa de entender por qué. Me dijo que le gustaba mi voz y que intentaría buscarme un papel en el Theatre Royal, pero pasaba el tiempo y no recibía noticias suyas. Poco después comprendí lo que sucedía. Estaban poniendo *El barbero de Sevilla* en el Theatre Royal y la gran Giuditta Pasta, que cantaba Rosina, se puso enferma. Manuel García propuso entonces a su hija, María Felicia, que tenía solo diecisiete años, para sustituirla.

Yo fui al teatro para verla cantar, convencida de que una muchacha tan joven y sin experiencia de salir a escena no sería capaz de sacar adelante un personaje tan difícil y en un teatro tan exigente como la ópera de Covent Garden. Me equivoqué. María Felicia García era una cantante maravillosa, y tuvo un éxito rotundo. Fui a verla a los camerinos en el intermedio y me quedé deslumbrada al contemplarla de cerca, porque era una mujer de una belleza extraordinaria. Tenía una larguísima cabellera oscura, ojos grandes y melancólicos, un rostro alargado y perfecto, un cuello largo y pálido. Era la gracia personificada. Parecía que había nacido para llevar perlas y para ir envuelta en gasas y muselinas. Como era muy morena, tenía también un cierto aire de gitana que le brillaba en los ojos cuando reía. Parecía envuelta en un aura, en un embrujo, que yo no me podía explicar.

Su padre había sido, según se decía, su único maestro. Y había sido, además, un maestro tiránico: le había enseñado canto a fuerza de golpes, gritos y lágrimas. Yo no podía entender cómo se podía golpear o gritar a una criatura tan mágica como María Felicia.

Poco después, la familia García se trasladó a Nueva York, donde el gran cantante español, que también era empresario, compositor y maestro de canto, organizó las primeras representaciones de ópera del continente americano. Eran una familia de cantantes: su esposa y sus cuatro hijos lo fueron, y su hijo, también conocido como Manuel García, llegaría a convertirse en uno de los grandes maestros del moderno arte del canto. Su hija menor fue Paulina Viardot, una *mezzo* legendaria que tendría una larguísima historia de amor con el novelista ruso Turguéniev. En cuanto a María Felicia, unos años más tarde se casaría con un banquero francés llamado Eugène Malibran y adoptaría el nombre artístico de María Malibrán que la haría mundialmente famosa.

Coincidí con ella unas cuantas veces en aquellos años londinenses, antes de su partida a Nueva York, y cuando la veía, sentía... La verdad, no sé lo que sentía. Me quedaba suspensa mirándola. Era como un ciervo, como un pájaro maravilloso. El aire se remansaba y se iluminaba al acercarse a ella. La veía y recordaba a Natasha Dagmar, mi princesa rusa, y recordaba también la pasión que había sentido por María Teresa de Silva, la duquesa de Alba, aunque aquello había sido distinto, ya que, según creía recordar, yo era realmente un hombre cuando me enamoré de la duquesa. No, desde luego, aquello que yo sentía hacia la joven María García no podía ser amor. ¿Quién ha oído de una mujer que se enamore de otra mujer? No entendía lo que me pasaba, ni por qué soñaba con ella todas las noches, ni por qué me gustaba escribir su nombre en un pliego de papel y rodearlo luego de rúbricas como flores o alas de ángeles.

124. El romanticismo

No pudimos regresar a España hasta la muerte de Fernando VII, en 1833, después de diez largos años de exilio.

Uno siempre vuelve del exilio avergonzado. Aunque vuelva rico, aunque regrese como uno de esos «indianos» que han hecho su fortuna en las Américas, la vergüenza le persigue y le perseguirá siempre. No es una vergüenza moral, sino la que surge de estar en un lugar que a uno no le corresponde. No la vergüenza del remordimiento, sino la vergüenza del ridículo. Y desde luego, nosotros, los exiliados románticos, no volvíamos a España como indianos ricos, sino todo lo contrario: pobres como las ratas. Especialmente yo, que no tenía marido, había perdido toda mi fortuna y carecía de medios de vida.

Hay algo humillante en tener que escapar del propio país, aunque exista la dignidad moral de estar sufriendo una persecución política, aunque uno se diga a sí mismo que ha tenido que marchar de su patria por sus ideas. Muchas veces no es el culpable el que siente la culpa, sino el castigado. Esta parece ser, de acuerdo con mi experiencia del mundo, la función principal de la justicia: convencer al inocente, a través del miedo, el control y el horror de unas normas que cambian sin cesar y son imposibles de cumplir, de que es culpable.

Me encontré mi casa destrozada. Los ladrones y saqueadores habían roto la puerta del jardín, habían entrado en la casa y se habían llevado casi todo lo que había allí dentro, desde las lámparas a las alfombras, desde los espejos a las vajillas, y desde luego todos los muebles. Estaba mi casa tan vacía como la del escudero del *Lazarillo* y no había en ella ni una triste silla donde sentarse. Afortunadamente, no habían tocado ni uno solo de los libros, a pesar de que poseía yo muchos incunables muy valiosos.

«Inés —me dije a mí misma—, y ahora ¿cómo vas a vivir?».

Sí, ¿qué podía hacer una mujer, en 1833, para poder ganar dinero honradamente? Los trabajos accesibles para una mujer eran todos o indignos o humildes, y desde luego yo no quería ser ni criada, ni lavandera, ni modista, ni menos aún mujer de la vida. Careciendo de fortuna personal y de herencia, lo único que podía hacer era, o bien casarme, o bien entrar en un convento. Esto último estaba fuera de cuestión, desde luego, y en cuanto a lo primero... ¿No había tomado yo la decisión irrevocable de no volver a casarme nunca y de vivir libre y sin dueño? La única posibilidad que me quedaba era regresar a las tablas. En Londres no lo había logrado, pero Madrid era mi ciudad, y aquí no tenía el problema del idioma.

Fue precisamente en aquellos años cuando estalló el teatro romántico en España. En apenas dos años se estrenaron el *Macías* de Larra, *El trovador*, de Antonio García Gutiérrez y *Don Álvaro o la fuerza del sino* del duque de Rivas, a las que siguieron una asombrosa cantidad de obras en el nuevo estilo.

Mi regreso a las tablas está íntimamente unido a *El trovador* de García Gutiérrez. Yo estuve allí la noche del estreno. Fue una ocasión memorable, un éxito tal que el público no dejaba de aplaudir y vitorear, hasta que el autor no tuvo más remedio que salir a escena para saludar. Era la primera vez que sucedía tal cosa en el teatro español.

El trovador me impresionó tanto que al salir del teatro no podía dejar de llorar. Sentía que en aquella obra se hablaba de mi propia vida.

Sucedió al llegar la Jornada Tercera, cuando Leonora, que acaba de hacer sus votos para hacerse monja, le confiesa a Dios que incluso en el momento en que con sus labios renunciaba a la vida del mundo, en su corazón no veía otra cosa que la imagen del hombre al que amaba. La escena tenía lugar en el jardín del convento.

Perdona, Dios de bondad,
perdona, sé que te ofendo:
vibra tu rayo tremendo
y confunde mi impiedad.

Mas no puedo, en mi inquietud
arrancar del corazón
esta violenta pasión
que es mayor que mi virtud.
Tiempos en que Amor solía
colmar piadoso mi afán,
¿qué os hicisteis? ¿Dónde están
vuestra gloria y mi alegría,
de amor el suspiro tierno
y aquel placer sin igual,
tan breve para mi mal,
aunque en mi memoria eterno?
Ya pasó. Mi juventud
los tiranos marchitaron
y a mi vida prepararon,
junto al ara, el ataúd.
¡Ilusiones engañosas,
livianas como el placer,
no aumentéis mi padecer,
sois, por mi mal, tan hermosas...!

¡Y de pronto comprendí! ¡Lo comprendí todo! De pronto, las palabras de Leonora gritándole a Dios que no podía olvidar a su amor, a su amor humano, me transmitieron toda la verdad de su sentido, y las sentí como mías.

Cuando salí del teatro, la luna resplandecía sobre los tejados de Madrid. La noche tenía un millar de ojos, todos brillantes de lágrimas.

¿Eran aquello estrellas, o eran lágrimas?

Iba caminando por las calles e iba llorando, llorando como una tonta. Subía caminando por la calle de la Montera y no podía dejar de repetir una y otra vez a plena voz:

¡¡Tiempos en que Amor solía
colmar piadoso mi afán,
¿qué os hicisteis? ¿Dónde están

vuestra gloria y mi alegría,
de amor el suspiro tierno
y aquel placer sin igual,
tan breve para mi mal,
aunque en mi memoria eterno?!!

Los transeúntes me miraban como si estuviera loca, pero yo no podía dejar de repetir esos versos, y de repetirlos una y otra vez, casi gritándolos.

Sí, ¿dónde estaba mi vida? Todos aquellos años interminables, todos aquellos siglos muertos, ¿dónde estaban? ¿Qué me habían dejado los días y los siglos más que soledad?

¿Y mi amor, mi amor humano? ¿Cuántos días, de aquella inmensidad de días que los Hados me habían concedido, había podido pasarlos con él, con mi verdadero y único amor? Unos meses en Salamanca, cuando era apenas una niña. Unas semanas en Roma, en aquella casita del monte Janículo... *Y aquel placer sin igual, / tan breve para mi mal / aunque en mi memoria eterno...* Unos días en Colindres y en el mar, en el Silver Shark, durante los cuales ni siquiera nos habíamos dado un beso... Y el resto del tiempo, cartas, plazos, búsquedas, pistas falsas. Cinco años estuvo Luis en Madrid esperándome mientras yo, necia de mí, viajaba por toda Europa. Casualidades inverosímiles, prisiones, palacios, peregrinajes, barcos piratas, cuevas y tormentas... ¿Qué era aquello, un drama romántico? ¡No, era mi propia vida!

¿Dónde estás? Le preguntaba yo a las estrellas. ¿Dónde están mi gloria y mi alegría? ¿Por qué he sufrido tanto? ¿Por qué he perdido tanto tiempo inútil? ¿Por qué cuando te encontré, amor de mi vida, no me fui contigo?

¡Porque habías jurado ser fiel a tu marido! dijo una voz dentro de mí.

¡Había jurado, sí! Pues debería haber roto el juramento, debería haberme enfrentado al propio Dios del cielo.

No, yo no era como Leonora, ni mi pasión era digna de la suya. Leonora era más valiente que yo que, con la excusa de no hacer daño a mi marido, había destruido en mí toda posibilidad de felicidad. Esto es lo que había comprendido en los versos de García Gutiérrez: que mi pasión debería haber sido mayor que mi virtud, y que no lo había sido.

—¡Juro, sí, juro —dije entonces con los ojos llenos de lágrimas—, juro por todo lo que hay de sagrado, que si alguna vez vuelvo a encontrarte, no me separaré de ti jamás!

Yo asistía a las representaciones de estos dramas románticos e intentaba imaginarme a mí misma diciendo aquellos versos apasionados y vibrantes. ¿Imposible? No, desde luego que no era imposible. Muchas de aquellas obras se desarrollaban en el siglo XVII, en épocas que yo había vivido y en muchas de ellas aparecían personajes históricos a los que yo había conocido, como por ejemplo en *La viuda de Padilla*, de Martínez de la Rosa, aunque la verdadera María Pacheco jamás habría dicho las cosas que le hacía decir Martínez de la Rosa en su obra.

De pronto, Padilla y los comuneros se habían puesto de moda de nuevo. En realidad, desde los años de la Orden de los Comuneros de La Fontana de Oro, aquellos comuneros de café que tanta gracia me hacían, siempre lo habían estado. Quintana había escrito una «Oda a Padilla» que se había hecho famosa, y por esos días publicó también Patricio de la Escosura su bello poema narrativo «El bulto vestido de negro capuz», que trata de una mujer que va siguiendo a un comunero al que van a ajusticiar en Villalar. Cuando lo leí me venían los recuerdos de aquel día horrible. Y lloré porque yo no había podido, como la mujer que se esconde bajo el bulto de negro capuz, despedirme de mi amor con un beso antes de que fuera ajusticiado.

La verdad es que todas aquellas obras que surgían por todas partes me parecían maravillosas. Yo me daba cuenta de que no eran gran literatura, que estaban llenas de ripios ingenuos, de casualidades inverosímiles, de personajes estereotipados, de equívocos, de exageraciones, de absurdos psicológicos, como el increíble final de *Los amantes de Teruel* de Hartzenbusch, por ejemplo, en el que los dos enamorados caen los dos muertos, literalmente, de amor.

Pero a pesar de todo me gustaban porque rebosaban de un espíritu vibrante y revolucionario y porque, por absurdas que pudieran resultar a veces sus peripecias, estaban llenas de la convicción de que la literatura podía cambiar la sociedad y transformar el mundo en un lugar mejor. El tema principal de la mayoría de aquellas obras era el Tiempo, y la forma en que una vida entera puede cambiar en un instante. ¿Qué era aquello, el azar o el destino? Lo que el duque de Rivas llamaba «destino» a mí me parecía en realidad el azar más cruel. Si yo no hubiera entrado aquel día en el Panteón de Roma... Si yo no hubiera saltado desde aquella ventana del convento en aquel preciso instante... Si aquel administrador mío no hubiera sufrido un accidente precisamente aquel día... Un azar cruel que alejaba a los amantes en el momento en que parecía que iban a unirse para siempre, o que los reunía de la forma más inesperada... Los biempensantes acusaban a los románticos de inmoralidad, de atentar contra la religión y las buenas costumbres. A mí me parecía que lo único que hacían era reproducir la vida tal como es: delirante, loca y llena de desatinos.

Ese era, precisamente, el ideal romántico: hacer una literatura que fuera verdad, heraldo de una sociedad nueva que fuera también verdadera y no tuviera otras reglas que la verdad misma ni otro maestro que la naturaleza.

125. Juanito de Loeches

No me costó mucho regresar al teatro.

Hablé con el duque de Rivas, al que yo había conocido en Londres años atrás, pedí que me hicieran una prueba, seduje, fui encantadora, fui graciosa, fui deslumbrante, usé toda mi experiencia y todos mis recursos y pronto me volví a encontrar en un camerino maquillándome y repitiendo trabalenguas para calentar la voz.

—Mi mano lima la almena del muro de Alhama la mora. No me mires, memo, no me mires más. Ámame menos y mímame más. No me mires, memo, no me mires más. Ámame menos y mímame más...

No me apetecía seguir siendo Inés de Padilla. Aquel nombre me sonaba antiguo, quién sabe por qué. Me puse de nombre artístico Leonís.

—¡Leonís, a escena!

—¡Leonís, cinco minutos!

—Leonís, ¡qué bella está usted esta noche!

—Leonís, ¿me dejas un alfiler?

—Leonís, le han dejado un ramo en el camerino.

—¿Otra vez doce rosas blancas?

—¡Otra vez!

—Pero ¿eso no significa pureza?

—Sí, y también reverencia y humildad.

—Pues ¿quién será el que las manda, un niño?

No era un niño, sino Don Juan de Loeches, un hombre muy elegante de unos treinta años. Cuando se presentó por fin, después de infinitos ramos de flores blancas, me sentí decepcionada. No sé qué

me esperaba yo. Era alto, huesudo, con una perilla negra muy bien recortada, con entradas prematuras en el pelo y unas lentes sobre la nariz para corregir su estrabismo.

—Vengo a verla todas las noches, Doña Leonís —me dijo.

—Ay, hijo, no me ponga el doña —le dije yo—. Con Leonís basta
y sobra.

—Es usted todavía más bella vista de cerca —me dijo.

Me informé y me enteré de que Don Juan de Loeches era el hijo de
un banquero y heredero de una gran fortuna, pero que tenía fama de invertido.

Pues si era invertido, ¿por qué me pretendía?

Tenía un criado guapísimo, muy alto y fornido, que se llamaba
Santiago y al que él llamaba Santiaguito. Al lado de su Santiaguito se
comportaba como una mocita enamorada. Le trataba como si fuera un
gatito, limpiándole los labios con una servilleta bordada cuando tomaba helado o merengue.

—Ay, Santiaguito, ¡qué descuidado eres, Jesús! —le decía.

Salíamos de vez en cuando. Me invitaba al teatro, a la ópera, a tomar un helado al lado del Estanque Grande del Buen Retiro, porque
era muy goloso y siempre quería invitarme a dulces. Un día, de impro-
viso, me pidió en matrimonio. Yo no me lo podía creer.

—¡Pero Juan! —le dije—. ¿Y qué clase de matrimonio sería ese?

—¿Cómo?

—Pues que sería tan blanco y tan casto como todos esos miles de
rosas blancas que me mandaba usted al camerino...

—¿A qué se refiere usted? —me dijo.

—Me refiero a que yo a usted no le gusto ni un poquito siquiera.

—Leonís, ¡si yo la adoro!

—Usted a quien adora es a Santiaguito —le dije—. Vamos, vamos,
no se amohíne tanto. Pues ¿no somos amigos? ¿No podemos hablar en
confianza?

—No sé qué insinúa usted —dijo él muy digno—, ni qué le han
contado por ahí...

—Nada que no haya visto yo con mis propios ojos —le dije.

—Vaya por Dios. ¿Y qué ha creído usted ver, exactamente?

—Pero Juan, si yo no le juzgo a usted y siento por usted un gran cariño...

—¡No sabe usted lo que dice! —se enfadó él.

—Juan, usted quiere casarse conmigo para salvar las apariencias.

—Le ofrezco a usted una vida de lujo y de capricho.

—Pero en camitas separadas... Cada uno de nosotros libre de hacer su vida. Yo con mis amigos, usted con su Santiaguito...

—Chsss, calle usted —me decía muy nervioso mirando a todas partes—, ¡que puede oírla alguien!

¡Pobre Juanito de Loeches! ¡Pobres homosexuales del siglo XIX, del siglo XVIII, de todos los siglos! Siempre escondidos, siempre avergonzados, siempre aterrados.

—A usted le divierte reírse de mí —me decía, desesperado—. No me toma usted en serio. ¡Me ofende usted mortalmente!

—Pero Juan, ¿de verdad quiere usted casarse conmigo?

—Pues si no quisiera, ¿para qué iba a pedírselo?

—Pero ¿me quiere usted?

—Ya le he dicho que la adoro. Usted se confunde, Leonís... Yo soy muy hombre ¡y muy celoso, además! Eso de camitas separadas, nada. Y eso de cada uno libre de hacer su vida, mucho menos.

—Ah, ¿no?

—Dentro de un orden, Leonís, dentro de un orden. Usted tendría que dejar las tablas, claro está, no estaría bien visto que... Quiero decir que al ser usted mi esposa adquiriría usted una posición... Y luego además vendrían los niños, el hogar... Libre, libre, no, eso no. Libertad dentro de un orden... No pretendo yo tenerla encerrada como en un serrallo.

—¿Y Santiaguito?

—Se pone usted pesada con Santiaguito —me dijo con una rosa encendida en cada mejilla—. Mañana mismo le despido.

Y le despidió.

Yo comencé a pensármelo. Juanito de Loeches me parecía un infeliz, un hombre inofensivo, pero le tenía simpatía. Casarme con él resolvería todos mis problemas económicos y me convertiría en una mujer rica, gracias a lo cual, con el tiempo, podría realizar quizá mi sueño de crear una universidad para mujeres.

La verdad es que la existencia de las mujeres en aquel nuevo siglo no era tan libre ni despreocupada como en el anterior. Las mujeres ya no eran simplemente mujeres: eran ángeles, eran diosas, eran espíritus celestes... Nos veían entonces los caballeros como seres tan delicados y puros que cualquier cosa cotidiana era indigna de nosotras. Nos trataban como rosas de cera que hay que conservar dentro de una vitrina. Ya no éramos personas de carne y hueso, sino seres ideales.

Quizá porque estaba cansada de ser pobre y de comer mal y de coserme y recoserme las mismas prendas una y otra vez decidí, después de darle muchas vueltas, aceptar la propuesta de Juan. Nos casamos por todo lo alto y luego nos fuimos de viaje de novios a París. Yo no me esperaba mucho de aquel viaje, quiero decir de sus aspectos más románticos (o más carnales, según se mire), pero Juanito estaba obsesionado con engendrar un heredero. Yo veía que se esforzaba y que se tomaba muy en serio aquello de ser marido. Como no hablaba buen francés y cuando lo chapurreaba aquellos gabachos no le entendían, o hacían como que no le entendían, era yo la que hablaba siempre en todos los lugares donde íbamos, lo cual le avergonzaba un tanto, porque consideraba que le correspondía a él, como hombre que era, lidiar con los recepcionistas de los hoteles, los porteros de los museos o los maîtres de los restaurantes.

—¡Hija, se te da todo bien! —me decía admirado, pero también con una sombra de resentimiento—. ¡Lo tuyo es una cosa atroz!

Aquella palabrita dichosa, el tan traído «atroz» que se había puesto tan de moda, me sorprendió al escucharla en sus labios, porque hasta ese momento yo solo la había oído en boca de mujeres.

A nuestro regreso a Madrid nos instalamos en el palacete que los Loeches tenían en la calle de San Bernardo y comenzamos una de esas vidas burguesas llenas de obligaciones molestas y pequeños placeres insignificantes. De pronto mi vida se llenó de marquesas, condesas y señoras de esto y lo otro, todas obsesionadas con los trapos, todas arruinadas. Era aquel un «gran mundo» muy decaído y tristón si lo comparamos con las casas de Alba, de Osuna o de Fuerte-Híjar que yo había frecuentado tiempo atrás.

—Juanito, la de Belchite ha venido a llorarme otra vez —le decía yo a mi marido—. Parece ser que Torquemada la está presionando, y que si no le paga el jueves que viene, tendrá problemas...

—¿Y qué quieres que haga yo? —me decía él.

—Pues que la ayudes, pobrecilla.

—¿Que la ayude? ¿Qué quieres, que le regale los duros que tanto cuesta ganar?

—Pero Juanito, si es marquesa y grande de España, y tiene tratamiento de «excelencia»... será una cosa pasajera, te los devolverá enseguida...

—¡Ay, Inés! —me decía—. ¡Con lo inteligente que eres para algunas cosas y lo simple y bobita que eres para otras! La marquesa de Belchite no tiene ni un real.

—¿Cómo que no? —dije yo sorprendida—. Pero si no para de comprarse ropa. De cada cosa que traen de París ella pide que le aparten una: vestidos, basquiñas, sobrepellices, sombreros, guantes, zapatos... Y luego... que esos usureros como Torquemada son unos sinvergüenzas, y se dedican a exprimir a la gente...

—Si no tiene dinero no debería comprar tanto —dijo él levantando un dedo admonitorio—. Conozco yo a muchos como esa marquesa tuya de Belchite. Se alimentan de tortilla de patatas, malcomen todo el año y viven a oscuras, iluminados con cuatro velas, con tal de poder aparentar.

—¿Tú conoces a ese Torquemada, el usurero?

—Medio Madrid le conoce —dijo mi esposo—. Es tenaz, Inesita, tenaz y terco como un mulo. Cuando se agarra de algo, no ceja. Si le ha dado de plazo hasta el jueves, ya puede espabilarse, porque se arriesga a dormir esa misma noche en la cárcel.

—¿Cómo? Pero ¿pueden hacer eso? ¿Encerrar a una pobre mujer por deber unos reales de nada...?

—¿Cuánto debe?

—Cinco mil —dije yo.

Juanito soltó un silbido y no hizo ningún comentario.

Unas semanas más tarde otra de mis nuevas amigas, la señora de Higinio Portales, que se daba unos aires de gran duquesa, me intentó también dar un sablazo.

—Inés, queridísima —me dijo—. Necesito que me haga usted un favorcillo de nada, una minucia, pero que para mí es de la máxima importancia. Le quedaría a usted eternamente agradecida...

—¿De qué se trata, Elenita? —le dije. Me costaba llamarla por su nombre de pila, porque al referirse a ella todo el mundo decía «la de Portales», ya que su marido trabajaba en una oficina de palacio, razón por la cual la familia estaba allí instalada.

Cuando yo iba a verla a palacio me sorprendía la cantidad de gente que vivía allí dentro además de la familia real y sus sirvientes directos. Era aquello como un enorme hotel lleno de familias, de bandadas de niños que jugaban con espadas de madera, de mujeres cocinando en los cuartos, de feriantes haciendo música y criadas tendiendo ropa. Vivían allí maravillosamente sin tener que pagar alquiler.

—Tengo una deuda, Inés, que he de saldar en dos días.

—¿Torquemada?

—¿Cómo lo sabía usted? —me dijo muy nerviosa, y con un gesto de preocupación que me asustó.

—No lo sabía, Elenita, lo he supuesto...

—Inés, estoy desesperada —me dijo—. Mi marido no sabe nada, y no puede saberlo porque no sé qué me haría...

—Pero Elenita, yo no tengo dinero. ¿Cuánto debe usted?

—Tres mil reales...

—Pero mujer, eso no es el fin del mundo... ¿Por qué no habla usted con su marido...?

—No, no, eso está fuera de cuestión —me dijo ella—. ¡Le digo a usted que me mata a palos...!

—Pero ¿cómo ha llegado usted...?

—Ay, Inés, ¿y usted me lo pregunta? Mire cómo va usted vestida, que es la admiración y la envidia de todas nosotras... Porque su palmito y su belleza no lo podremos tener todas, pero los trapos... Y vienen vestidos nuevos, y pañuelos, y telas, y basquiñas, y zapatitos, y de todo, Inés, todas las semanas, y una simplemente no puede resistirse... Y pomadas, y maquillajes, y perfumes... Lo traen de París y cada semana es una cosa distinta y todo queda de maravilla...

—Y su marido de usted, ¿no se extraña de verla a usted con tantas ropas nuevas todo el tiempo?

—Portales es un bendito —me dijo mi amiga—. Ese no se entera de nada. Está siempre a lo suyo... Le digo que me hacen un precio especial, que es prestado y que luego voy a devolverlo, ¡qué sé yo! ¡Y pensar que si yo quiero estar presentable e ir a la moda es sobre todo por él, para no ser un desdoro a su lado!

Cuando yo le contaba estas cosas a mi marido él negaba con la cabeza.

—Eso es España, Inés —me decía—. Aquí nadie tiene dinero. Todas esas marquesas y señoras y condesas que llenan los salones están todas arruinadas.

—Pero eso no puede ser, Juanito —le decía yo, pensando que esa opinión suya se debía a que él no tenía título y sentía envidia de aquellas gentes del «buen mundo»—. ¡Si son el primer estado! ¡Son la clase alta del país, los dirigentes, los dueños de todo...!

—¡Primer estado! —dijo él, riéndose tanto que casi se le caen los anteojos—. Ay, Inés, Inesita, tu confianza en la humanidad y en las convenciones me resulta casi conmovedora. ¡Ay, pichoncito mío, aquí en este pensil en el que vives desconoces las realidades de la existencia! En este país no hay ricos, ni primer estado, ni aristocracia, ni nada... Hay aristocracia de nombre, es verdad, todo un tropel de gentes cargadas de títulos que van por ahí dando su tarjeta y poniendo la mano para que se la besen y exigiendo que les traten de «excelencia», pero dinero, lo que se dice dinero... ¡Aquí nadie tiene dinero!

—Cuando dices «aquí» quieres decir ¿aquí en la corte..., en Madrid...?

—En España, mujer. Todos esos ricachos que van por ahí en sus coches y todas esas damas que se exhiben en los palcos de los teatros están todos en la ruina y comen sopas de ajo y matan de hambre a sus hijos con tal de poder aparentar que tienen millones... Este es un país de apariencias, Inés. Son todo trampantojos, como los que pintan en las iglesias, que parece que la cúpula está rota y se ven los cielos a través... Todo trampantojos, todo ilusiones... Este es un país de campesinos y de pillos.

Enseguida comprendí lo absurdo que resultaba pedirle yo a mi marido dinero para ayudar a unas mujeres que tenían su propio marido, y me daba cuenta de que Juanito ni en sueños me daría ni un real para socorrer a unas manirrotas a las que despreciaba.

Las dos consiguieron salir del aprieto. ¿Cómo? La de Belchite vendiendo muebles y cuadros que llevaban en su familia no sé cuántas generaciones, entre ellos un retrato de Zurbarán que era una maravilla. La de Portales... No lo sé con exactitud, pero ¿qué puede hacer una mujer para conseguir dinero en este mundo nuestro si no tiene bienes y no tiene tampoco a quién pedírselos? Era joven y guapa y tenía ese gesto de desvalimiento e indefensión que tanto gusta a los hombres. Supongo que no tuvo más remedio que descender unos pasos en esa escalera imaginaria que comienza en el empíreo y termina en el arroyo y en la cual la sociedad y la opinión nos colocan a todas las mujeres, a unas más arriba y a otras más abajo.

A mí jamás me habló de esto, claro está, por muy amigas que fuéramos. Una cosa es la confianza y otra cosa es la vergüenza. No sé lo que tuvo que hacer, ni cómo halló la manera, aunque sentía verdadera curiosidad y me hubiera gustado saberlo. El Madrid isabelino era notoriamente corrupto, pero también muy pudibundo, muchísimo más que el de la época de Carlos IV. Mi amiga debió de buscar un protector que la ayudara económicamente con sus cuitas, o quizá más de uno... Se hablaba de una casa situada en la calle de los Lanceros regida por una señora asturiana que había sido esposa de un brigadier y que ahora se dedicaba a socorrer a damas en apuros, especialmente señoras casadas con problemas económicos similares a los de mis dos amigas. La llamaban la Casa de las Cinco Chimeneas y se decía que entre su clientela se encontraba lo mejorcito de Madrid. Una vez, hablando con mi amiga Elenita, salió a colación el nombre de esa calle, y yo le pregunté si sabía por dónde caía.

—¿Yo? ¿Y por qué he de saberlo yo?

—Qué sé yo, mujer —le dije.

—Pero ¿qué busca usted en esa calle?

—Me han hablado de una mercería que hay allí, que la mercera sabe hacer costuras invisibles en cualquier tela que son una cosa atroz.

Sí, ahora yo también usaba la dichosa palabrita. Todo era entonces «atroz», las cosas buenas, las cosas malas, todo atroz.

—¡Qué interesante! —me dijo Elenita, pero la vi sofocadísima.

Aquel siglo XIX estaba teniendo extraños efectos en mí. Nunca me había sentido yo tan confinada en mi papel de mujer, de esposa, de madre... ¿Dónde había quedado aquella Filomena que escribía en los periódicos y recibía amenazas de muerte y de excomunión?

¿Sería cierto que la sociedad y el mundo habían acabado por domarme?

Las ideas políticas de mi marido me intrigaban. No era monárquico, pero tampoco republicano; no era moderado, pero tampoco radical. Yo le suponía ideas y tendencias liberales, porque hablaba pestes de Isabel II. Aunque había hecho colocar en el salón de nuestra casa una imagen de la Virgen de los Dolores con un reclinatorio delante, yo creo que en honor a su madre, que había sido muy devota de aquella virgen y de aquella imagen, no era nada religioso y tampoco nada beato, y yo sospechaba incluso que pudiera ser masón. Solía reunirse todos los jueves con un grupo de amigos de los que nada me contaba, y cuando las reuniones eran en nuestra casa, lo cual sucedía a menudo, yo ya sabía que la puerta de su despacho quedaba cerrada para mí a cal y canto.

A veces me acercaba hasta aquella puerta y he de confesar que pegaba la oreja para intentar escuchar lo que se hablaba al otro lado. Me llegaban voces, y a veces risas, como si estuvieran contando chanzas o bromas, pero me costaba distinguir lo que decían. Era una puerta muy bonita aquella de su despacho: por alguna razón estaba forrada de terciopelo azul oscuro remachado con clavos dorados, y a mí, cuando la rozaba con los dedos, me parecía estar tocando la puerta del mundo de los hombres y que al otro lado se guardaban misterios que a nosotras nos estaban vedados. Luego reflexioné que mi marido la había hecho forrar y afelpar de aquel modo para que no fuera posible oír nada a través de ella.

Una vez, harta de no saber lo que sucedía al otro lado de aquella puerta, inventé una excusa, llamé y abrí. Me encontré a todo aquel círculo de caballeros primero muy sorprendidos por la interrupción, y luego muy educados y corteses. Se levantaban, me besaban la mano.

—Inesita —me dijo Juanito muy alarmado—, ¿qué pasa, qué tienes?

—No pasa nada —dijo yo—. Venía nada más a ver si necesitan ustedes algo, si les trata bien mi marido y si les hace los honores como nos gusta hacerlos en esta casa.

—Su marido de usted es un modelo de anfitrión —me dijo Perla Brabante, un hombre muy extraño que tenía voz de mujer.

Era el único que no se había levantado.

—Señora, nos honra usted con su presencia —me dijo Don Calixto, un caballero de edad provecta y largos bigotes grises que tenía aspecto de Don Juan apolillado—. Era usted, precisamente, la gloria de esta casa que nos estaba ocultando su esposo...

Pero a pesar de las galanterías, era evidente que yo no pintaba nada allí.

—Inés, mujer —me dijo mi esposo más tarde—, ¡me pones en evidencia!

—Pero ¿por qué?

—Porque yo soy el hombre de esta casa y no lo parece. Aquí se abren las puertas como se quiere y se entra y se sale cuando a uno le da la gana. ¿Y qué es eso de meterse en mi despacho cuando estoy reunido? ¿Qué querías, exhibirte delante de todos esos caballeros? ¿Oír requiebros y galanterías?

—Pero Juanito, ¿qué dices? ¿Tú crees que yo necesito eso?

—A todas las mujeres os gusta que os digan que sois bonitas. ¡Que no vuelva a repetirse! En mi casa se hace lo que yo digo. Búscate cosas que hacer, mujer, y no te salgas del tiesto.

—¿Que no me salga del tiesto?

—Inés, cada uno tiene su lugar en el mundo. Yo tengo el mío y tú tienes el tuyo.

—Pero tú eres mi marido —le dije—, y tienes una vida secreta de la que yo no sé nada. ¿Quiénes son esos amigos tuyos? ¿Son banqueros como tú? ¿Son industriales? ¿Son masones?

—¡Pero qué dices, mujer! —dijo él—. ¡De vida secreta nada! Aquí no hay ningún secreto, aquí lo que hay es que yo soy un hombre y que las cosas de los hombres a ti no te interesan ni tienes nada que hacer en ellas. ¿Entendido?

—¿Y ese Perla Brabante que parece una mujer disfrazada? ¿Es eso lo que sois todos en ese grupo? ¿Por eso no admitís a las mujeres? ¿O es que sois un grupo de libertinos y os dedicáis a hablar de vuestras amigas y queridas y de las pelanduscas que frecuentáis? ¿Es eso lo que hacéis cuando estáis reunidos? ¿Son esas las «cosas de hombres» a las que te refieres?

—¡Hasta aquí hemos llegado! —dijo Juanito.

Y me soltó un bofetón.

Fue solo uno, pero tan fuerte que me dejó paralizada y muda. Juanito salió de la habitación y yo me fui a la mía. Fui caminando, yo creo, sin respirar, y solo cuando me encontré sola y me dejé caer desmadejadamente en una silla frente a mi tocador, suspiré y me di cuenta de que llevaba un rato como privada. Me miré en el espejo y vi la marca roja de una mano en mi mejilla izquierda.

No podía creer lo que había sucedido. Juanito Loeches, mi marido, me acababa de dar un bofetón. La mejilla me ardía de tal modo que me brotaron unas lágrimas en los ojos.

Al día siguiente, recibí una inundación de rosas blancas, con lo cual mi marido supongo que quería pedirme perdón.

Pero cuando uno cruza un umbral, es muy difícil volver atrás.

Juanito había contratado a un secretario que se llamaba Rodrigo. Me recordaba a aquel Santiaguito de años atrás porque era también un mocetón muy alto y muy guapo. Tenía unos cabellos rubios y rizados que le caían hasta los hombros y cara de pillastre.

Mi marido le llamaba «Rodri» y se hacía acompañar por él a todas partes. Un día iba yo con una lámpara por la casa a oscuras, y les vi a través de la puerta entreabierta del despacho de Juanito, mi marido arrodillado frente a él atándole los cordones de una bota. Era aquella una escena tan insólita, tan incomprensible, que me quedé como fascinada mirándola. Vi cómo mi marido luego le ataba los cordones de la otra bota y aprovechaba para colocarle bien los faldones de los pantalones. De pronto se volvió y me vio allí, inmóvil en el pasillo.

Se levantó de un salto, como movido por un resorte y se dirigió a la puerta. Yo pensaba que iba a cerrarla, pero no fue así. Salió y se me enfrentó.

—¿Qué haces espiando detrás de las puertas?

—Juanito, perdona —le dije—. Es que no me imaginaba que...

—¿Qué haces espiando detrás de las puertas? —repitió él.

—Perdona, hijo, ¡si estaba abierta...!

—¿Y qué has visto, o qué crees que has visto?

—Pues, la verdad...

—¿La verdad, qué?

Yo no sabía qué decirle porque me sentía avergonzada y no podía entender por qué razón un hombre tenía que arrodillarse frente a un inferior para atarle los cordones de los zapatos como si fuera su criado o su ayuda de cámara.

—¿La verdad, qué? —insistió él.

—Nada, hijo, nada.

—Pues, toma, para que sea algo —dijo él.

Y me dio otro bofetón.

Me lo dio con la mano izquierda, a lo mejor para pillarme desprevenida, y sentí el dolor del anillo en el pómulo.

No sé cuántos bofetones recibí durante aquellos años. A veces me daba un bofetón, a veces me cruzaba la cara. Sucedían estas cosas cuando yo «me salía del tiesto», lo cual no pasaba a menudo porque había empezado a cogerle un poco de miedo a mi marido. ¡Yo, que en un principio le había tomado por un afeminado suave como una rosa de té, y ahora resultaba que era un bárbaro! Claro está que por muy afeminado que fuera por dentro, y por rara que fuera su relación con aquel secretario suyo que parecía un Adonis, seguía teniendo fuerza de hombre, y los bofetones que me daba eran como descargas de artillería. Si lo que pretendía con ellos era ponerme en mi sitio, lo conseguía plenamente, porque me dejaban paralizada y sin respiración.

¿Cómo me sentía yo después? Profundamente humillada, disminuida, rebajada. No sé por qué no reaccionaba, por qué no le gritaba que dejara de pegarme, o por qué no le pegaba yo.

Se lo conté a mi amiga Elenita, la de Portales, en una de las visitas que solía hacerle al Palacio Real, donde seguía viviendo. Había tenido dos niños que, según se murmuraba por ahí, eran de Portales porque allí era donde habían sido engendrados. La gente es muy mala, y es difícil resistirse a un juego de palabras tan fácil.

—Hija, Inés, eso es que te quiere —me dijo ella.

—¡Pero Elenita, es que no te imaginas la fuerza que tiene! Me deja como viendo chiribitas.

—Pero mujer, ¿qué te hace?

—Me da un bofetón, o dos. Zas, zas, y yo me quedo así como paralizada.

—Mujer, ¡pareciera que te pega y que te da palizas! Lo que pasa es que es hombre... Es hombre... ¡Ay, si mi Portales me diera a mí una tarasca como esas alguna vez!

—¿Te gustaría?

—No, pero eso querría decir que le importo, y que otras cosillas querría hacerme también. Porque cuando te suelta una de esas... ¿no se te pone luego todo cariñoso?

—Sí, al día siguiente es todo mieles.

—¿Lo ves, mujer?

Leí por aquellos días un poema de Carolina Coronado dedicado a los hombres que pegan a sus mujeres, y me di cuenta al leerlo de que no era yo la única mujer a la que le sucedían estas cosas.

Bullen, de humanas formas revestidos,
torpes vivientes entre humanos seres,
que ceban el placer de sus sentidos
en el llanto infeliz de las mujeres.

¿Sería esto cierto también de mi marido? ¿Sería él un «torpe viviente», un bárbaro? ¿Sería cierto, además, que encontraba placer en pegarme y en oírme llorar? A mí me parecía que no, y fue así como me di cuenta de que en realidad jamás había visto a mi marido feliz con nada.

El poema de Carolina me conmovió porque me hizo pensar en aquellas pobres mujeres que vivían una existencia continua de terror y de violencia. Yo me decía que mi vida no era así ni muchísimo menos y que un bofetón de vez en cuando tampoco era el fin del mundo. Había comenzado a pensar, por otra parte, que era posible que mi marido tuviera algo de razón al enfadarse conmigo, que yo tenía la lengua muy larga, que estaba demasiado acostumbrada, por la extraña vida que había llevado, a hacer todo el día mi santa voluntad, y que a lo mejor aquellas bofetadas que me caían de vez en cuando me las tenía más que merecidas.

Tuvimos un hijo. Carlos Alejandro Loeches y Padilla. Luego tuvimos una niña, María de las Nieves, y otra niña más, Consuelo. Juanito estaba obsesionado con tener herederos y deseaba tener muchos hijos. Esa era la única razón, creo yo, de que me buscara por las noches. No dedicaba a nuestra vida matrimonial ni un segundo más de lo necesario de acuerdo con las leyes de la biología.

Consuelito tuvo dificultades al nacer y hubo que hacerme una cesárea. Perdí mucha sangre y, según me dijeron, estuve a punto de morir. Nació pequeñita y débil y yo estaba convencida de que no sobreviviría, de modo que empleé todas mis fuerzas y todo mi cariño en ella, decidida a mantenerla con vida como fuera. No sé cómo lo hice, pero lo logré, y la niña sobrevivió a los primeros meses, que es cuando mueren la mayoría de los bebés, y luego aprendió a gatear y aprendió a hablar, y era la alegría de la casa, y seguía creciendo y haciéndose una niña cada vez más sana y fuerte.

A pesar de aquella decisión que había tomado tiempo atrás de no volver a ser madre, me encontraba una vez más cargada de críos. Pero ¿qué otra cosa podía hacer si era una mujer casada, si hacía vida con mi marido, si era fértil? Además, los niños me producían una enorme sensación de felicidad. Mi decisión de no volver a ser madre no era porque no me gustaran los niños sino todo lo contrario, porque sabía cuánto los querría y lo doloroso que sería tener que abandonarles en algún momento y renunciar a ellos para siempre.

126. Carolina Coronado

A pesar de todo, logré encontrar tiempo para volver a tomar la pluma y escribí un libro de poemas titulado *Cantos de una peregrina de Jerusalén* que fue publicado y obtuvo bastante éxito. El poema principal trataba de una mujer que para seguir al hombre que ama, un peregrino que quiere visitar el Santo Sepulcro en Jerusalén, se pone también el hábito de peregrino y se hace pasar por un hombre. Era un poema narrativo largo, al estilo del de Patricio de la Escosura.

Escribí luego una novela titulada *Doña Juana de Castilla* que era una defensa de aquella reina desdichada a la que todos llamaban «la loca», pero no conseguía encontrar quién me la publicara. Entonces Gertrudis Gómez de Avellaneda publicó *Sab* y al año siguiente *Dos mujeres*, con lo cual pareció derribar de un plumazo (nunca mejor dicho) aquel prejuicio que existía entonces de que las mujeres solo valían para la poesía lírica, eso en caso de valer para algo, y que debían dejar la novela y el pensamiento a los hombres. Esas dos novelas de Tula, que era como afectuosamente la llamábamos todos, trataban además temas conflictivos: *Sab* era una denuncia del vergonzoso negocio de la esclavitud, que estaba en esa época en auge, y *Dos mujeres* una defensa del divorcio como mejor solución para una unión no deseada. Con aquellas obras, Tula se situó en la vanguardia del pensamiento y de la literatura contemporáneas, y también en la de la causa de las mujeres.

Transformé *Doña Juana de Castilla* en una obra de teatro, pero también me encontré con tiranteces y rechazos.

—Doña Inés, usted ya crea belleza en la vida —me decían—, no necesita crearla escribiendo.

—Se ponen ustedes en ridículo cuando intentan emular en todo a los hombres —me decían otros—. Cada uno en este mundo ha de saber cuál es su lugar.

Una vez más intenté entrar en la vida literaria madrileña. Lo intenté en la tertulia de El Parnasillo, donde se reunían los escritores y artistas más destacados del momento. La dirigía José de Espronceda, a quien yo había conocido brevemente en casa de Torrijos, en Londres, durante mi exilio. Se celebraba en el Café del Príncipe, situado en el sótano del edificio contiguo al Corral del Príncipe, y era un local tan sucio, oscuro y cochambroso que daba pena verlo, aunque parecía que era ese mismo ambiente de decadencia lo que atraía a todos aquellos románticos. Que eran, por otra parte, una gente muy sana, ya que allí solo se bebía agua de cebada, ponche o zarzaparrilla. Nada de alcoholes, ni láudano, ni menos aún aquel opio que tan de moda estaba en Londres.

Por allí aparecía siempre Larra, que era una de las voces cantantes, y también Mesonero Romanos, Patricio de la Escosura, García Gutiérrez, Hartzenbusch, Gil y Carrasco, Donoso Cortés, Bravo Murillo, los Madrazo, Esquivel, Villaamil, y toda una turba de jóvenes poetas. También era asiduo Juan Grimaldi, el empresario teatral, ya que asistían a la tertulia también abundantes actores jóvenes, entre ellos muchos de mis antiguos compañeros de escena. Lo único que faltaba en aquella turbamulta de artistas de todos los géneros y edades era algún representante del sexo opuesto.

Yo lo intenté, pero se me dijo con toda claridad que las damas no tenían nada que hacer allí.

Uno de los pintores que asistían al Parnasillo, Esquivel, representó a toda la generación romántica en un cuadro justamente famoso titulado *Los poetas contemporáneos*. Aparecen allí todos, todos ellos, desde Martínez de la Rosa y el duque de Rivas hasta Zorrilla. Pero no aparece ni una sola mujer. Viendo ese célebre cuadro de Esquivel uno podría creer que no había en aquellos momentos en Madrid ni una sola escritora, cuando lo cierto es que las había a decenas.

Donde sí eran bienvenidas las mujeres era en los «Liceos» que estaban apareciendo por entonces en todas las ciudades españolas grandes y pequeñas, como el Liceo Artístico y Literario de Madrid, creado por José Fernández de la Vega en un edificio muy elegante y maravillosamente amueblado y decorado. Al lado del mugriento Parnasillo, aquel era un verdadero templo del arte y del saber. Creo recordar que había que pagar cien reales para ser miembro y luego una mensualidad de veinte reales. Había allí conciertos, exposiciones, recitales...

Una tarde se celebró allí una velada poética en honor de Carolina Coronado, algunos de cuyos poemas yo conocía por haberlos leído en las revistas femeninas que había entonces.

Carolina tenía graves problemas de salud. Sufría de una dolencia nerviosa que le hacía quedarse completamente paralizada. En una ocasión la habían dado por muerta, la habían amortajado y estaban velando el cadáver metido en el féretro, ya listos para cerrarlo y enterrarla, cuando despertó de pronto para espanto de todos los presentes. Era la temible catalepsia, que provocaba enterramientos de personas vivas, y que había movido incluso a la creación de féretros con sistemas de alarma por si el supuesto muerto recobraba la conciencia una vez enterrado. Recientemente había sufrido Carolina uno de aquellos episodios, y los médicos le habían recomendado que se trasladara a Madrid, una prescripción de lo más pintoresca si tenemos en cuenta que lo que los facultativos suelen recomendar es el aire del campo o del mar y no el de una ciudad llena de ajetreo, de ruido y de malos olores.

Cuando la conocí en aquella velada del Liceo dedicada a ella, me sorprendió su aire saludable de animosa mujercita extremeña y sus mejillas llenas, yo que había esperado encontrar a una especie de espectro demacrado. Leía muy bien sus poemas, con pasión y con dominio, y se notaba que sabía lo que hacía. Hartzenbusch, su maestro y protector, estaba a su lado. Cuando acabó la lectura, me acerqué a ella para saludarla. Creo que en ese mismo momento nos hicimos amigas.

—No desespere usted —me dijo cuando le hablé de mi novela y de mi obra de teatro—. Todo eso está cambiando mucho. Las mujeres son ya como un río incontenible...

—Un río fácilmente canalizado y embalsado.

—No, mujer, no diga usted eso —me dijo dándome en el brazo con su abanico en un gesto de confianza que me resultó muy simpático—. Si nos juntamos todas, si nos ayudamos unas a otras, ya no podrán seguir teniéndonos sojuzgadas.

Le regalé mi libro *Cantos de una peregrina de Jerusalén*.

Carolina se estableció en Madrid y pronto comenzó a atraer hacia sí amistades e influencias, porque tenía una personalidad muy dulce y se llevaba bien con todo el mundo. Era buena amiga de Gertrudis Gómez de Avellaneda, a la que admiraba tanto que no tenía empacho en decir que Tula era mucho mejor escritora que ella. Hasta se hizo amiga de la reina Isabel II.

¡Qué maravillosa persona era Carolina! ¡Qué luz, qué paz, qué buen humor transmitía siempre! En su juventud había estado muy enamorada de un hombre misterioso llamado Alberto que había muerto en el mar y al que le había dedicado algunos de sus más bellos poemas. Había quien decía que ese Alberto solo existía en su imaginación, porque ni se conocía su apellido ni se sabía nada de su vida.

A mí, el Alberto de Carolina Coronado me recordaba mucho a mi Luis de Flores, que es posible que también hubiera muerto en el mar, y que a menudo me parecía más un sueño que una persona real.

127. Violencia

A Juanito no le agradaba que yo saliera tanto de casa para ir a las veladas del Liceo.

—Pero ¿no se te pasa esa ventolera? —me preguntaba—. ¿No te parece que tienes ya edad suficiente para dejar de pensar en sonetos y en romances y en lagos a la luz de la luna?

—Ay, Juanito, ¿qué sería de nosotros si no existieran los lagos a la luz de la luna?

—No me gusta que pierdas el tiempo en esas necedades —me decía él.

—Entonces, ¿es que me prohíbes que vaya? —decía yo.

—Prohibir, prohibir, mujer, ¡no es eso! Es que me parece que una mujer casada como tú...

—Muchas de las señoras que van al Liceo están casadas.

—Sí —contestó él—, tan casadas como esa Gertrudis Gómez de Avellaneda, que escandaliza a todo Madrid al andar esperando un niño sin haber pasado por el altar. ¡Es algo indigno! Esas cosas solo les pasan a las coristas y a las modistillas...

Yo, que le tenía un inmenso cariño a Tula y sabía lo mucho que había sufrido y seguía sufriendo por su relación con el poeta García Tassara, me mordía los labios.

—Tula es una gran mujer —alcancé a decir yo, pero lo hice en un tono muy suave y bajando los ojos—. Una gran mujer...

—¡Ahora sí que debe de estar grande! —dijo él con una risita desagradable que me recordó, de pronto, a mi primer marido, aquel Enrique Murillo que era tan afecto a los refranes y a la maledicencia.

—Pues todo el mundo la admira —dije yo—. ¡Hasta la reina!

—Mira, Inés —me dijo mi marido, que no sentía el menor interés por las artes ni tampoco el menor respeto por los que las practicaban—, con tal de que no me pongas a mí en ridículo, me da igual lo que hagas y donde vayas.

—¿Y por qué te iba a poner yo a ti en ridículo, vamos a ver? —le dije, empezando a hartarme ya de tanta cicatería.

—Ya te he dicho que no me contestes.

—Me parece que para ponerte en ridículo tú te bastas a ti mismo —dije yo entonces, sin pensar lo que decía.

—¿Cómo has dicho? —dijo él poniéndose rojo y ofuscadísimo.

—Nada, hombre, nada.

—¿Qué es lo que insinúas, mala pécora? —me dijo—. ¿Ya estamos con eso otra vez?

—Yo no insinúo nada.

Se acercó a mí y vi cómo apretaba la mandíbula y cómo levantaba la mano para darme un bofetón. Me cubrí el rostro con los antebrazos.

—¡No, Juanito, por Dios, no me pegues!

—¡Quita esas manos! —dijo él agarrándome con fuerza.

Como no lograba apartarme los antebrazos que yo mantenía cruzados sobre el rostro, se puso todavía más furioso, me agarró del pelo y me sacó a tirones de la habitación. Yo gritaba y gemía intentando agarrarle a él de las manos para soltárselas, pero me tenía sujeta con mucha fuerza y no había manera. Además, como al tirarme del pelo me hacía mucho daño, no tenía más remedio que seguirle e ir con él a donde me llevaba. Fue arrastrándome hasta el salón y me condujo hasta el altarcito que teníamos en un rincón, donde estaba la imagen de la Virgen de los Dolores, que siempre mantenía adornada con rosas o con gladiolos blancos.

—¡Arrodíllate aquí, delante de la Virgen! —me dijo muy dramático—, ¡y explícale de dónde sacas el atrevimiento para faltarle al respeto a tu marido!

Aquella reacción suya me pareció rarísima, ya que, como he explicado, no era beato ni tampoco muy amigo de los curas.

Me obligó a arrodillarme y luego me aplastó la cabeza contra la barandilla metálica que había frente a la imagen de la Virgen, y me dio un golpe tan fuerte que me rompió una ceja y comencé a sangrar.

—¡Bueno! —dijo él con fastidio—. ¡Ya estamos!

—¡Eres un bárbaro! —le decía yo tocándome en la cara y viendo que tenía las manos llenas de sangre—. ¡Maldito seas!

—¡Que no me faltes al respeto!

—¡No eres un hombre! —le grité—. ¡Cobarde! ¡Afeminado!

—¿Quieres más todavía? Mira que tengo aquí un bastón que tiene tu nombre escrito y que nunca ha probado tu lomo todavía. ¿Quieres más?

Se acercó a un bastonero que había al lado de la puerta y cogió un bastón de ébano con una cabeza de pato tallada en piedra, su favorito.

—¡No te atreverás! —grité yo.

Sin pensar en lo que hacía me levanté del altarcito y me abalancé contra él. No sé qué quería hacerle. Yo no sabía pelear ni dar golpes, ni había pegado ni golpeado a nadie en toda mi vida. Intenté arañarle la cara, pero me apartó las manos con una habilidad que me dejó pasmada. Estaba tan furioso que enarboló el bastón y me golpeó con él en el costado. Sentí un dolor punzante en las costillas, como si me hubiera roto varias.

—¡De rodillas! —me dijo, muy alterado—. ¡De rodillas como una penitente y pidiendo perdón!

—¡Animal! ¡Malnacido!

Me golpeó otra vez en el mismo sitio y volví a sentir un dolor que me quemaba. Me di la vuelta para escapar de sus golpes y él fue detrás de mí dándome bastonazos en la espalda con toda su fuerza.

—¡Juanito, que me matas! —grité.

En ese momento se abrió la puerta del salón, que había quedado entornada al entrar nosotros allí, y apareció Consuelito, muy asustada.

—¡Mamá! —gritó la niña.

—¡Vete, vete, cariño! —le dije—. Vete, que ahora va mamá contigo.

—Mamá tiene pupa —dijo la niña viendo cómo me corría la sangre por la cara.

Yo me puse delante de ella para protegerla de los golpes de mi marido, pero al ver a la niña él cambió de actitud completamente.

—¡Si no pasa nada, bonita! —le dijo—. ¡Ven, Consuelito, que los papás están jugando nada más!

—Mamá tiene pupa —decía la niña.

—No es nada, tontita —le dijo su padre—. Es que mamá se ha tropezado y se ha caído...

Yo cogí a la niña de la mano y salí con ella del salón para dirigirme a mi cuarto. Los criados nos miraban asustados, alertados por nuestros gritos, y se asomaban a las esquinas y a las barandillas de las escaleras, sin atreverse a acercarse. Guillermina, el aya de los niños, sí se atrevió, y vino hasta mí muy alterada.

—¡Señora, está usted sangrando! —me dijo.

—No es nada, no es nada, Guillermina —dije—. Mira, ocúpate un momento de Consuelito, que yo voy a limpiarme un poco...

—Pero señora... —me dijo.

La niña se había agarrado de mis faldas y se había puesto a llorar, y yo no sabía cómo resolver aquella situación.

Cuando llegué a mi cuarto noté que me costaba respirar. No sabía yo si era por el sofoco que tenía, y llamé a mi doncella y le pedí que me desabrochara el corsé, pero la sensación de ahogo no hacía sino aumentar con el paso de las horas.

Pasé una noche malísima, con dolores terribles y punzantes en la espalda y en el costado izquierdo. Mi marido estaba encerrado en su habitación y yo no quería ni verle ni hablar con él ni tampoco llamar al médico para que todo el mundo se enterara de mis miserias. Lo llamó Guillermina sin mi conocimiento, y cuando apareció yo pensé en despedirle al instante, pero él insistió en verme.

El doctor Canalejas, que era un viejo amigo de la familia, se dio cuenta enseguida de lo que había sucedido.

—Doña Inés —me dijo—. Tiene usted varias costillas rotas. Estas son lesiones muy peligrosas, porque podrían rasgar el bazo o un riñón. Las costillas inferiores es raro que se fracturen. Deben de haber recibido unos golpes muy fuertes.

—Sí, doctor, como ya le he contado, me caí por las escaleras...

—Doña Inés —me dijo el buen hombre, mirándome con unos ojos grises y llenos de experiencia ante los que resultaba difícil mentir—. ¡He tenido que tratar a tantas mujeres que se han caído, como usted, por las escaleras de su casa! Y voy a decirle una cosa: caerse de verdad por las escaleras es una cosa rarísima. Los que se caen por unas escaleras es porque les han empujado. Y cuando uno se cae por unas escaleras no se rompe varias costillas. Eso pasa, más bien, cuando a uno le dan de bastonazos.

Yo bajé los ojos. Me ardían las mejillas.

—Inés, tiene usted que denunciar a su agresor —me dijo el doctor hablando muy quedo—. Esto que le han hecho a usted son lesiones muy graves, o podrían serlo.

—¡Pero si es el padre de mis hijos!

—¡Y aunque fuera el papa!

—¿Y qué voy a hacer, denunciarle a la policía? ¡Mucho caso me harían!

El doctor Canalejas se quedó callado, porque sabía que yo tenía razón.

No había nada que pudiera hacerse con aquellas costillas rotas más que esperar a que se soldaran ellas solas. Las fracturas me causaban un dolor muy intenso, y el doctor Canalejas me recetó codeína. Sin embargo, los dolores continuaban, lo cual preocupaba sobremanera a mi médico, que me decía que eso era muy mala señal.

Por primera vez en mi vida tuve miedo de morir.

—Doctor, ¿me voy a morir? —le preguntaba.

—¡No, mujer! —me decía él—. Nadie se ha muerto por una costilla rota.

Pero no era cierto.

Como los dolores no cesaban, el doctor me recetó morfina. Cuando me inyectó la primera dosis, dormí como un bebé durante una noche entera. La morfina hizo desaparecer toda sensación de dolor y me produjo además una somnolencia profundísima. Yo tenía la sensación de haber dado con una sustancia mágica.

Como no sabía qué hacer ni adónde ir ni con quién hablar, fui a casa de Carolina Coronado.

—Inés, ¿qué le pasa a usted? ¿Qué tiene? —me dijo.

Yo pensaba que ya había recuperado mi aspecto normal y me había curado de las contusiones y de mi ceja rota, pero al parecer todos mis sufrimientos seguían escritos en mi rostro con toda claridad.

—Nada, nada. He estado mala...

Carolina me miraba con ojos penetrantes.

—Inés, cuénteme lo que le pasa. ¡Si ya me lo imagino!

—¿Qué se imagina usted? —le dije muy altiva.

Ella me cogió de las manos y me hizo sentar en un sofacito de su salón, tratándome con un cuidado y con un cariño tan exquisitos que casi me hacían llorar.

—Inés, Inés, usted me habló hace unas semanas de aquel poema mío, «El marido verdugo»...

—Sí.

—Inés, pero una mujer como usted, ¿cómo es posible?

—¿Y cómo soy yo? —le dije—. Cuando se trata de recibir golpes todas somos iguales, me parece a mí...

—Inés, mujer, no puede usted seguir así... —me dijo.

—¿Y qué voy a hacer, si es mi marido y es el padre de mis hijos?

—No puede usted quedarse callada, Inés, soportando todo ese maltrato en silencio. Mire, quédese aquí unos días en mi casa, descanse, recupere fuerzas y juntas veremos qué se puede hacer...

—¡No, no, no! —dije yo—. Me acusará de abandono de hogar y me quitará a mis niños. No, no, Carolina, yo no puedo irme de mi casa.

—Mujer, solo unos días.

—No, no, que me quitará a mis niños.

128. La Hermandad Lírica

A pesar de todo, acepté la invitación de Carolina y pasé varios días en su casa. Le dije a mi marido que Carolina Coronado me había invitado a pasar unos días con ella y que había pensado aceptar, y le encontré muy manso y complaciente, sin duda porque él mismo se había asustado de la paliza que me había dado. Es posible que el doctor Canalejas hubiera hablado con él y le hubiera explicado la gravedad de mis lesiones y lo peligrosas que podían llegar a ser esas fracturas.

Nunca me pidió perdón, ni hubo rosas en aquella ocasión, ni tampoco joyas ni regalo alguno. Aquella reacción me extrañó, porque estaba más que habituada a sus exhibiciones de lágrimas y de arrepentimiento cada vez que me pegaba. Yo me preguntaba a qué se debía aquel cambio de actitud, y si auguraría algo bueno o algo malísimo.

Yo seguía dependiendo de la morfina. Había aprendido a inyectármela yo misma, de modo que no necesitaba ni de médicos ni de practicantes. El proceso en sí tampoco me molestaba, y tenía, por el contrario, algo que me fascinaba. Aquellas nuevas agujas hipodérmicas, finísimas y con un espacio tan delgado como un hilo en el interior, la boquilla de oro, la jeringa de cristal, todo aquello me parecía tan hermoso como una joya. La sensación de hundirme la aguja en la carne tierna del brazo, la mezcla de repugnancia y de placer, de dolor y de miedo. Le tenía verdadero terror a la aguja, y al mismo tiempo la deseaba, porque sabía que de ella brotaban la paz y la felicidad.

Los días que pasé con Carolina fueron enormemente placenteros. La morfina no solo me quitaba el dolor, sino que me ponía en un estado de euforia y de optimismo que me agradaba sobremanera. Me decía yo que hacía mucho tiempo que no me encontraba tan bien, y atribuía estas sensaciones a la compañía de mi amiga.

—Inés —me dijo ella—, he estado pensando mucho en aquella idea suya de la que me habló de crear una universidad para las mujeres. Me parece una idea brillante, y muy necesaria... ¿Sabe usted que cuando yo era niña estaba rabiando por saber y por aprender, y que mi padre se negaba a que yo recibiera lecciones de nada? Solo permitía que me enseñaran a coser...

—Así ha sido siempre.

—He tenido que aprenderlo todo por mi cuenta —me contó mi amiga—. Y así somos todas, autodidactas. Ser mujer es ser autodidacta.

—Por eso pensaba yo en crear una universidad en la que las mujeres pudieran aprender todo aquello que desearan. Pero para eso hace falta mucho dinero.

—Hace falta mucho más que dinero —me dijo ella tocándose en la frente—. Hace falta que entre algo aquí que todavía no ha entrado. Hace falta que esa idea de usted nos la podamos imaginar.

—¡Yo me lo imagino...!

—¿Y cómo es? —me decía ella, ilusionada como una niña—. Cuénteme, ¿cómo es? ¿Dónde está?

—Está en el campo —dije yo—. Una serie de edificios rodeados de árboles y huertos, separados por praderas en las que poder salir al sol para hacer ejercicio... Y todo el mundo tendrá que aprender poesía, música y danza, independientemente de lo que luego estudie...

—¡Eso está muy bien! —me dijo ella—. Pero ¿para qué quiere saber poesía, música y danza alguien que estudia para abogado o para médico?

—Para entender que el centro de la vida no es ni la ley ni la medicina, sino la persona. La persona completa, sus derechos, sus sueños, su cuerpo, su salud, su bienestar, el placer y la belleza, antes que la utilidad y el beneficio...

Ella se moría de risa y me abrazaba y me besaba.

—¡Algún día! —me decía—. ¡Eso llegará algún día, sin duda! Pero yo he pensado que, por el momento, lo que sí podemos hacer las mujeres que escribimos es unirnos.

—¿Unirnos, cómo...?

—Creando una fraternidad, una hermandad de mujeres. Ya he pensado hasta el nombre: se llamará Hermandad Lírica. Las que vivimos en Madrid nos reuniremos de vez en cuando, claro está, pero la idea de la Hermandad Lírica es que se extienda a todas las partes de España. Crear como una red de mujeres escritoras, poetisas, novelistas, dramaturgas, ensayistas, periodistas...

—¿Y cómo nos vamos a comunicar?

—Por carta —dijo ella—. Escribiéndonos unas a otras, colaborando de manera conjunta en ciertas revistas, fundando nuestras propias revistas, leyéndonos unas a otras, publicando antologías y volúmenes colectivos...

Pronto la Hermandad Lírica fue una realidad. Las que vivíamos en Madrid solíamos reunirnos en casa de Carolina. Allí conocí a Robustiana Armiño, a Pilar Sinués, a Faustina Sáez de Melgar, a María Josefa Massanés, a Ángela Grassi, a Dolores Cabrera y Heredia... Ninguna de ellas (a excepción de Faustina, que era de un pueblo del sur de la provincia) había nacido en Madrid, pero todas habían ido viniendo a la capital por diversas razones. Había otras en otras regiones de España, con las que estábamos en contacto mediante los periódicos femeninos en que colaborábamos muchas de nosotras, como *Correo de la Moda*, *Álbum de Señoritas* o *Ellas*, y también mediante cartas: Vicenta García de Miranda, Amalia Fenollosa, Manuela Cambronero, Rogelia León... Algunas de estas relaciones epistolares se convirtieron en amistades muy intensas e incluso, en algún caso, quizá en algo más.

Por entonces se publicó en Barcelona *El pensil del bello sexo*, la primera antología de mujeres escritoras de la literatura española. Claro que en siglos anteriores hubiera sido difícil hacer una antología, ¡éramos tan pocas! Pero parecía cierto que las mujeres habían comenzado a despertar, y que al menos en las letras, habíamos comenzado a ocupar nuestro lugar en un territorio que antes solo había sido del varón.

¡Y qué mujeres tan asombrosas eran aquellas! No solo escribían poesía, no solo eran *poetisas*, esa palabra que luego he llegado a odiar tanto porque se usaba para ridiculizar a las mujeres que escribían, sino también dramaturgas, novelistas, ensayistas, periodistas... Sí, no faltaban las descalificaciones y las burlas. Unos pocos años más tarde escribiría Rosario de Acuña en su poema «¡Poetisa!»:

> *no me cuadra*
> *tal palabra*
> *que al arrullo*
> *de la sátira*
> *nació*

Y luego:

> *Si han de ponerme nombre tan feo*
> *todos mis versos he de romper*

María Josefa Massanés, que era la mayor de todas, regresaría años más tarde a su Cataluña natal, a Barcelona, donde comenzaría a escribir poesía en catalán y se convertiría en una importante figura de la Renaixença, ese «renacimiento» de la cultura catalana que, la verdad sea dicha, ya tardaba en llegar. Lo mismo estaba sucediendo en Galicia con el Rexurdimento.

Pilar Sinués era de Zaragoza, y la historia que la había traído a Madrid merece la pena ser contada. Comienza en el lujoso Café Suizo, que estaba en la esquina de las calles de Alcalá y de Sevilla, entonces llamada calle Ancha de Peligros. Los hermanos Bécquer tenían en aquel café una tertulia, y en una de las reuniones, Gustavo Adolfo sacó un papelillo y leyó un poema que, según explicó con mucho misterio, había sido escrito por una dama. A todos les sorprendió la gracia y la originalidad de aquellos versos.

—¿Y dice usted que es una mujer la autora? —preguntó José Marco y Sanchís, el dramaturgo—. Pero ¿de quién se trata?

—No la conocerá usted —dijo Bécquer—. Es muy joven todavía.

—Pero usted, ¿la conoce? ¿Cómo se llama?

—Se llama Doña María del Pilar Sinués, y es de Zaragoza.

—¿Me hará usted el favor de facilitarme su dirección? —le dijo José Sanchís mortalmente serio—. ¡Es que quiero pedir su mano!

—¿Cómo pedir su mano? —le decían todos.

Todos pensaban que bromeaba. Pareciera que estaba afectado por alguna sustancia, pero ni el café ni la zarzaparrilla tienen tales efectos.

—No bromeo, caballeros —dijo José Sanchís—. ¡Pongo a Dios por testigo de que me casaré con la mujer que ha escrito esos versos! ¡Será mi esposa y la madre de mis hijos!

—Pero José, ¿qué dice usted? —le decían—. ¿Y si es fea como un demonio? ¿Y si es gruesa como un tonel? ¿Y si es una harpía? ¿Y si tiene mal carácter?

—Un alma que escribe versos así no puede tener una envoltura que no agrade y hechice los ojos —dijo él—. Yo la imagino exactamente como la mujer que he anhelado siempre en mis sueños.

Dicho y hecho. Bécquer le dio la dirección de la señorita Sinués, y Sanchís le escribió una carta pidiéndole su mano.

Se intercambiaron varias cartas. En las tertulias del Café Suizo iban siguiendo tan original historia de amor con una mezcla de curiosidad y escepticismo.

—¡Me ha dicho que sí! —contó Sanchís en una de las reuniones.

Nadie se lo tomaba en serio. Al parecer, habían intercambiado retratos. Mostró el que ella le había enviado, un dibujo que mostraba a una muchacha delgadita con unos ojos muy grandes. También contó que la admiración que sentían era mutua, y que ella también se había enamorado de él por lo que escribía.

Creo que esta historia de «amor de lejos» o «amor de oídas» solo habría sido posible en aquel Madrid romántico. A mí me recordaba a aquellos versos del romance de Rosaflorida que dicen: «Enamorose de Montesinos / de oídas, que no de vista...». Pero la historia de Pilar Sinués y José Marco no era leyenda ni romance viejo, sino que estaba sucediendo en pleno siglo XIX.

Poco después se celebró la boda, que no tuvo lugar en ninguna iglesia, sino en el juzgado, ya que José Marco y Pilar Sinués se casaron por poderes y se convirtieron en marido y mujer ¡sin haberse visto nunca!

Algo más tarde Pilar se vino a Madrid para convivir con su esposo y pronto se convirtió en una de las figuras más destacadas de la Hermandad Lírica y también de la vida literaria madrileña. Llegó a escribir, si no recuerdo mal, hasta sesenta y seis novelas, que le granjearon un gran éxito.

No, no solo éramos «poetisas», no solo escribíamos sobre tules, zafiros, violetas y, como decía mi marido, «lagos iluminados por la luna». Éramos también novelistas, ensayistas, periodistas... y ardientes abolicionistas. Casi todos los románticos lo eran, aunque también había esa especie tan aborrecible, la del romántico solo por fuera, como Zorrilla, por ejemplo, que intentó entrar también en el negocio de los esclavos comprando y vendiendo almas en México.

Había otra cosa que me gustaba en aquella Hermandad Lírica, algo que era en cierto modo nuevo en mi vida, y era la posibilidad de tener amigas.

Sí, éramos amigas. Nos gustaba hablar entre nosotras, contarnos cosas, reír juntas, hablar de libros y de ideas, pero también de amores y de tristezas. Y entre muchas de nosotras yo veía que surgían sentimientos que iban mucho más allá de la amistad.

Era lo que me intrigaba, por ejemplo, en los poemas de Dolores Cabrera. Su mundo no solo era intensamente femenino por sus temas, sino también porque casi todas sus composiciones estaban dedicadas a mujeres, a su madre, a su hermana, a la Virgen, pero sobre todo a amigas, algunas con nombre y apellidos... Yo leía aquellos poemas y me daba cuenta de que estaban escritos por una mujer y dedicados a otras mujeres pero que eran, en realidad, poemas de amor... Sí, no podían entenderse de otra manera poemas como «A la memoria de mi amiga, Doña Eusebia Gil», «A una bella», que contenía una apasionada descripción del cuerpo femenino, o «Desdén. A la señorita Doña...», que es un poema de amor, de desengaño y de celos que comienza con los versos:

Aunque dijeras, como antes,
que a todas me preferías,
y que siempre me querrías
más que a ninguna mujer...

O el poema «Un pensamiento. A mi amiga, la señorita Doña María de la Concepción Ozcariz», que dice así:

> *Si hoy, como en mejores días,*
> *Pudiera afectuosamente*
> *Estrechar tu mano ardiente*
> *Con pasión entre las mías:*
>
> *Si junto a tu corazón*
> *Latiese el mío agitado,*
> *Sintiéndose arrebatado*
> *De alegría y emoción:*
>
> *Si pudiese contemplar*
> *Tus ojos negros y bellos,*
> *Y tu frente, y tus cabellos*
> *Arrebatada besar;*
>
> *Y el viento hiciese mover*
> *Tus rizos sobre la mía...*
> *El placer me mataría,*
> *Si es que nos mata el placer!!*

Yo no comprendía cómo era posible que una mujer sintiera cosas así, pero no por un hombre, como sería lo natural, sino por una de su mismo sexo. Y luego pensaba en mi princesa rusa, en la duquesa de Alba, en María Malibrán... Y también en María Pacheco, la viuda de Padilla... pero ¡hacía tanto tiempo de aquello!

Intenté hablar con ella de aquellos sentimientos, pero no había manera. Era Dolores una mujercita delgada, de tez olivácea y rostro huesudo. Llevaba siempre el pelo bastante corto y recogido un poco por debajo de las orejas, casi como un muchacho. Había algo masculino en ella, algo seco y agreste, algo duro y ligero, como si estuviera hecha de ébano o saúco, que me agradaba mucho. A veces la miraba, veía su nariz poderosa, su barbilla claramente cincelada y me parecía que en realidad, y a pesar de su fino talle y de sus hombros delgaditos, era un varón con apariencia de mujer.

—Dolores, esos poemas que usted escribe a sus amigas son, en realidad, poemas de amor, ¿no le parece?

—¿De amor? —dijo ella—. ¿Cómo de amor? Amor se tiene a muchas personas y de muchas maneras... a los padres se les tiene amor, y a los hermanos... y a las amigas, ¿no cree usted?

—No me refiero a esa clase de amor, como el que se puede tener a la madre, o a una hermana... Usted ya sabe a qué me refiero...

—Pues, no, Inés, la verdad es que no.

—Usted habla de abrazos, de besos, de caricias, de lágrimas, de celos... De la belleza de los ojos, de la gracia del cuerpo, de la suavidad de la piel...

—Pero mujer, la poesía es así...

—Entonces, ¿no son cosas que una mujer puede sentir verdaderamente?

—No sé adónde quiere ir, Inés, de verdad que no la entiendo.

Pero yo no encontraba aquellos poemas de amor entre mujeres solo en los versos de Dolores, sino también en otros de Manuela Cambronero, de Vicenta García Miranda, de Rogelia León...

Y aquello, ¿sería algo nuevo, llegado con el nuevo siglo? ¿O habría existido siempre? Entonces recordaba yo aquellos casos de hermanas que se escribían poemas de amor cuando estaba en el convento, y la prohibición, según la Regla de Santa Teresa, de besarse y abrazarse... Pero si existía, ¿por qué no se hablaba de ello? A lo mejor porque en el fondo a nadie le importaba, con tal de que se guardaran las formas... El amor entre dos hombres es una deshonra porque el hombre invertido se feminiza, pierde su sagrada virilidad, pero dos mujeres enamoradas, ¿qué tienen que perder? Mientras estén casadas y traigan hijos al mundo, que es para lo que sirven las mujeres...

Poco después de publicar su libro de poemas *Las violetas*, Dolores Cabrera se fue a vivir a Jaca, al norte de Huesca, adonde había sido trasladado su padre, que era militar de profesión. Allí, en medio de las montañas era mucho más feliz que en Madrid. Pero regresó a la capital unos años más tarde para casarse. Era el destino de todas las mujeres y el único sentido posible que se veía a nuestra vida: casarse y traer hijos al mundo.

La Hermandad Lírica no llegó muy lejos. La mayoría de las escritoras, cuando se casaban, dejaban de escribir. También a Carolina le sucedió algo parecido. Se casó con Horacio Perry, embajador de Estados Unidos en España, y a partir de entonces su actitud hacia las letras cambió. Ella misma declaró que en aquella época era más importante ser «mujer» que ser «escritora». No dejó de escribir, desde luego, pero la literatura pasó en su vida a un segundo plano, ya que ella aceptó plenamente el papel de esposa, madre y, como se decía entonces, «ángel del hogar».

129. Morfina

Mis costillas rotas sanaron en algo menos de dos meses, afortunadamente sin llegar a producir lesiones internas. El dolor desapareció, pero yo me había acostumbrado a la morfina y no podía vivir sin ella. Mi marido me vio un día inyectándome cuando hacía meses que se habían curado mis costillas y manifestó su extrañeza. Yo le dije que aquello no tenía importancia, y que eran muchas las señoras que se inyectaban morfina de vez en cuando. Algunas, incluso, compraban jeringas diseñadas por joyeros y adornadas con diamantes y rubíes, y había señoras que se reunían para inyectarse morfina unas a otras, ya que siempre resulta más fácil clavarle la aguja a otro que a sí mismo. Y sin embargo, como ya he confesado, yo le había cogido una cierta afición inexplicable y morbosa a la propia aguja. Me dolía, por supuesto, aunque no demasiado, porque era muy fina y yo había aprendido a hacerlo bien, pero incluso aquel dolor me seducía y me maravillaba.

Además, ese pequeño dolor no era nada comparado con la sensación de bienestar y de felicidad que me invadía nada más apretar lentamente el émbolo, sintiendo cómo el mágico fluido de Morfeo entraba en el cuerpo.

Me gustaba inyectarme antes de dormir. Me ponía mi ropa de dormir, me metía en la cama, me preparaba la jeringa, y después de la inyección, me dejaba caer en las almohadas de mi lecho, perdiéndome en una nube maravillosa. Para mí la morfina era como alas de grandes cisnes blancos que se abrían a mi alrededor para recibirme en su seno.

Le juré a mi marido que lo había dejado, le entregué la morfina que tenía y la jeringa, pero me hice secretamente con otra, y ahora tenía mi morfina bien escondida y cuidaba mucho de que nadie supiera de aquella afición mía.

Con el paso del tiempo, la sensación de placer fue desapareciendo. Ya no me inyectaba morfina para entrar al paraíso sino, más bien, para no vivir en el infierno. Necesitaba la morfina para estar normal, y si no la tenía no podía pensar en otra cosa que en volver a inyectarme. A pesar de todo, me había convencido a mí misma de que lo tenía todo bajo control y que podía dejar aquello cuando quisiera.

130. Una afición de Juanito

Los negocios de mi marido iban bien, pero sufrimos un fuerte revés a causa de Don José de Salamanca, aquel arribista que desde su llegada a Madrid había revolucionado todo el mundo de las finanzas con sus proyectos fantásticos y sus especulaciones atrevidas. Consiguió Salamanca engañar a la bolsa haciendo una serie de operaciones que incluso en aquella época deberían haberse considerado fraudulentas y que le hicieron millonario de la noche a la mañana. Al mismo tiempo, muchos se arruinaron con aquello. Él mismo se arruinó unos años más tarde, porque no todas sus maniobras le salían bien, pero tenía siete vidas y logró recuperar su fortuna y convertirse en uno de los hombres más ricos de España.

Mi marido le odiaba con todas sus fuerzas, ya que aquel maldito José de Salamanca, al que pronto la reina nombró marqués, se adelantaba a todos sus planes y le desbarataba todos sus proyectos. Tenía dos mi marido, el primero, traer a España el ferrocarril; el segundo, ser el artífice de la ampliación de Madrid hacia el este, al otro lado del Paseo de las Delicias de Isabel II, que era el que continuaba hacia el norte el Paseo del Prado de los Recoletos, y que popularmente era conocido como Paseo de la Fuente Castellana, por la fuente de ese nombre que había al norte.

Pero Juanito Loeches no tenía ni la imaginación ni el atrevimiento ni el empuje para llevar a cabo estos proyectos tan grandes. Fue el marqués de Salamanca el que puso la primera línea férrea del país, que conectaba Madrid con Aranjuez, y también el artífice de aquella ampliación de Madrid que luego acabaría llamándose barrio de Salamanca.

Carolina, como he contado, se había hecho muy amiga de la reina Isabel II, y la monarca convenció al marqués de Salamanca, o le obligó, no sé, a que le vendiera un terrenito en el ensanche de Madrid haciéndole un buen precio. Carolina acababa de casarse con Horacio Perry, el embajador de Estados Unidos, y en su terreno de la nueva calle Lagasca los esposos se construyeron un palacete muy agradable en el que Carolina siguió celebrando sus reuniones y tertulias, que eran ahora tan literarias como políticas, ya que a pesar de su relativa timidez poética después de su matrimonio, y a pesar de su amistad sincera con la Señora (que era como siempre se refería todo el mundo a la reina), siguió siendo siempre una ardiente defensora de las ideas liberales. Su palacete de la calle Lagasca se convirtió, así, en un centro de refugio para liberales perseguidos y casi en un nido de conspiradores. Allí se refugió Emilio Castelar, por ejemplo, en un momento en que era buscado por la policía. Más adelante diría que si seguía vivo era gracias a Carolina Coronado. Claro está que fue la propia Isabel II, contra la cual Castelar estaba conspirando, la que hizo que le sacaran de allí, donde la policía podía detenerle en cualquier caso, y le condujeran a la Embajada de Estados Unidos para ponerle bajo la protección de Horacio Perry.

La reina era así: toda bondad, hasta para sus enemigos. Isabel II tendría muchos defectos, pero fue la monarca más bondadosa y con más corazón que ha tenido nunca España. En una de las muchas revueltas y golpes de Estado que hubo de sufrir se le atribuyó la petición de que fusilaran a más conjurados de los que ya habían sido condenados a muerte. En realidad, se pasó todo su reinado conmutando penas capitales e intentando perdonar a los que conspiraban contra ella. La verdad es que pocos monarcas han sido sujetos a más maledicencia que Isabel II y ninguno ha sido escarnecido y vilipendiado públicamente de forma más horrenda y soez. ¿Por qué? No cabe duda de que por ser mujer. Solo así se explica esa despreciable serie de acuarelas titulada *Los Borbones en pelota* que muchos tomaron por documento histórico, y en las que la reina aparece como una horrible prostituta, su marido vestido de mujer y siendo sodomizado por el padre Claret, y ella, gorda y soez, siendo cabalgada por Carlos Marfori o teniendo tratos con un asno... ¡Y pensar que fueron, seguramente, los delicados y sensibles hermanos Bécquer los autores de tal espanto...!

Pero me desvío de lo que estaba contando. Toda aquella ascensión de José de Salamanca como gran hombre de las finanzas isabelinas tuvo el efecto de agriarle todavía más el carácter a Juanito de Loeches. También él supo reponerse del revés que había sufrido por culpa de las maniobras bursátiles del marquesito dichoso, y de hecho el florecimiento de los negocios de Salamanca tuvo el efecto dominó de darle a ganar mucho dinero en contratas y subcontratas, que es el gran arte y el genio de la economía española, pero a pesar de todo le reconcomían el odio y la envidia que le tenía. Cuando hablaba de él era como si una nube negra se detuviera sobre su cabeza y le cubriera con su sombra.

Yo me daba cuenta de que mi marido no era feliz seguramente por causas por completo ajenas a las finanzas y a los trapicheos del marqués de Salamanca. Rodri, aquel Rodri tan apuesto ante el cual le había visto una noche arrodillarse para atarle los zapatos, hacía tiempo que había volado. Ahora su lugar lo ocupaba otro Adonis llamado Ignacio Sepúlveda, al que él se refería siempre como «Sepúlveda» a secas, evitando esta vez los diminutivos empalagosos, seguramente porque se daba cuenta de que le ponían en evidencia. Era este Sepúlveda un hombre grande y muy moreno con aspecto insolente y dominador. A mí no me gustaba nada y tampoco me gustaba que anduviera por mi casa, sobre todo porque veía cómo miraba a mis hijas, que eran ya unas señoritas. A mí también me miraba, y un día que me lo encontré por un pasillo me miró el pecho de la forma más indecorosa y emuló un beso con los labios. Pensé en hablar con Juanito y decirle que despidiera a aquel insolente que se tomaba tales libertades. Luego lo pensé mejor y me dije que mejor aguantar con lo malo conocido que meterme en jardines. Además, nadie había visto lo que había pasado y él podía muy bien negarlo y decirle a mi esposo que yo le tenía inquina. Mi esposo era capaz de creerle y ponerse de su parte, de modo que decidí dejar las cosas como estaban y procurar no volver a encontrarme a solas con él.

Un día me encontré a mi hija María de las Nieves llorando, y después de interrogarla un largo rato acabó confesándome que Sepúlveda se había metido en su cuarto y había abusado de ella. Yo me quedé aterrada y me puse a hacerle preguntas, y así fui poco a poco entendiendo lo que había pasado. El supuesto secretario de mi marido, que se pasaba el día en nuestra casa y muchos días hasta dormía allí, se metía habitualmente en la habitación de las niñas, de María de las Nieves y de Consuelito, y las acariciaba, pellizcaba y tocaba por todas partes. La cosa no había ido a mayores, pero era más que suficiente. Hablé con Juanito esa misma noche y le conté lo que hacía su adorado Sepúlveda con nuestras hijas. Le pedí que no volviera a meter hombres extraños en la casa, o bien que si necesitaba los servicios de un secretario lo tuviera siempre en su oficina y dentro de un horario bien delimitado.

Se puso verdaderamente pálido al oír lo que yo le contaba.

—¡Ese desgraciado! —dijo entre dientes—. ¡Le voy a hacer apalear! ¿Y tú estás segura de esto que me estás contando? ¡Mira que las niñas son muy imaginativas!

—¡Juan! —le dije—. Pero ¿qué dices, si son más inocentes que una paloma? Lo último que me podría esperar es que no defendieras a tus propias hijas.

—Mujer, es que me resulta difícil de creer...

—A mí también me mira de forma indecorosa.

—¿Sepúlveda? ¿A ti? ¿Y nunca habías dicho nada?

—Yo soy una cosa, pero mis hijas son sagradas.

Sepúlveda salió de la casa y no volvió más. En aquella época aquello que había hecho se consideraba una conducta poco honorable, desde luego, pero tampoco era ningún delito andar tocando a las mujeres aunque fueran casi unas niñas. Como no las había forzado, sus actividades no pasaban de algo así como travesuras, cosas de hombres, nada serio.

El siguiente secretario de mi marido se llamaba Francisco de Asís, como el rey, y tenía aspecto de seminarista. Tenía una barbita rubia y unos ojos azules y angelicales. Pero yo ya no me fiaba de nada ni de nadie y, por si acaso, impuse unos límites muy estrictos a su presencia en la casa y al contacto con la familia. Mis amigas me decían que era una exagerada, que los hombres eran hombres, al fin y al cabo, y que a todas nos habían dado alguna vez un pellizco en el culo.

—Sí, y cosas peores —decía yo—, pero habría que conseguir que acaben esas cosas.

—¡Ay, Inés, qué ideas se te ocurren! —me decían—. ¡Antes se acabará el mundo!

Llevaba yo un tiempo notando, ya lo había notado muchas veces, que alguien tocaba mis cosas. Y no eran las criadas, desde luego, que sabían muy bien dónde colocar las prendas y cómo doblarlas sin que se arrugaran y cuál era el orden y el lugar de mis frasquitos y pomadas. Puse un par de trampas, como sabemos hacer las mujeres, que me revelaron más allá de toda duda que alguien andaba con mis cosas de tocador y con mi ropa, especialmente con mi ropa blanca.

Yo me ponía a pensarlo y me daba tanta vergüenza lo que se me ocurría que podía estar pasando que ni me atrevía a ir más allá con la imaginación. Me encontraba prendas que habían sido usadas e incluso un poco deformadas, y hasta en alguna ocasión, rotas, simplemente porque quien se las ponía no tenía mi talla. ¿Y no hubiera sido mejor hacer desaparecer aquellos cuerpos del delito que devolverlos rotos al armario? ¿O es que quien fuera que hacía aquello ni se daba cuenta de que había rasgado o manchado aquellas prendas?

Poco a poco me fui convenciendo de que mi marido me robaba la ropa para ponérsela, y que disfrutaba vistiéndose de mujer. Todo aquello me parecía extraño y doloroso. ¿No le resultaría más fácil fingir que compraba ropa para una mujer y hacerse con sus propios vestidos y sus propios corsés, sus propias ligas y portaligas, sus propias fajas y refajos y cualquier otra cosa que quisiera utilizar? ¿O es que lo que le gustaba era, precisamente, utilizar mis prendas?

Hacía años que no me ponía la mano encima, y yo cuando pensaba en él sentía una gran pena, porque veía que era un hombre profundamente frustrado e infeliz. Y si lo que de verdad le gustaba era vestirse de mujer, ¿qué daño hacía con aquello? No veía yo que aquello tuviera nada de malo en sí mismo, por ridículo o vergonzoso que pudiera resultar y por secretas que aquellas prácticas debieran permanecer.

La verdad es que la idea de que un hombre disfrutara poniéndose ropa de mujer no me parecía nada extraño. Mi educación, las cosas que había aprendido, las ideas de la época (y de todas las épocas, en verdad) me gritaban lo contrario, que aquello era algo vergonzoso, sucio y pecaminoso, pero me daba cuenta de que en realidad a mí aquello me parecía algo tan inocente como comprensible. ¿No es eso mismo lo que deseamos experimentar cuando vamos al teatro o cuando leemos un libro, entrar en la piel de otro y vivir la vida a través de sus ojos y de sus sentidos? ¿No es eso lo que buscamos, en realidad, cuando hacemos un viaje, la sensación de ser otro? ¿Y qué viaje más exótico y lejano puede haber, más todavía que irse hasta un país lejano, que entrar en el cuerpo de otro y experimentar las sensaciones del otro sexo?

Además, ¿de dónde surgían todas esas historias que aparecen en la literatura clásica, en *La Diana* de Montemayor, en el *Quijote*, en *La Galatea* y en tantas otras novelas y obras de teatro que tratan de hombres vestidos de mujer y mujeres vestidas de hombre, que a menudo incluso se enamoran de personas de su mismo sexo?

Nuestro cuerpo es, al fin y al cabo, el vehículo de nuestra alma, y nuestra alma lo que desea es disfrazarse y experimentar, seguramente porque sabe que el propio cuerpo en que vive, el nombre que le han dado y hasta el rostro y los ojos que tiene no son más que disfraces en sí mismos.

Además, me decía yo, si a mi marido le gustaba vestirse de mujer, seguramente no sería el único del mundo, como no era Dolores Cabrera la única mujer del mundo que amaba a otras mujeres. Y si no era el único, porque en este mundo de Dios nadie hay que sea único, entonces seguramente serían muchos los que tenían aquellos gustos desviados. «Desviados» por decir algo, ya que ¿con respecto a qué estaban desviados? Y si eran muchos, entonces ¿por qué no juntarse todos y hablar de aquello abiertamente, y practicarlo, quizá, todos juntos? Imaginaba una Ciudad Libre de los Hombres Mujeres y de las Mujeres Hombres cuyos habitantes varones vistieran ropas de mujer y cuyos habitantes hembras fueran vestidas de hombre, todos muy corteses, saludándose por el paseo y entrando a comprar en las tiendas y yendo a bailar en los salones. ¿Sería aquello el fin del mundo?

¡Sí, me diréis, porque esos hombres y mujeres invertidos no crearían familias, y eso sería el fin de la raza humana! Pero esos problemas, amigas mías, son imaginarios, porque el problema de la raza humana no es que vaya a desaparecer sino, todo lo contrario, lo rápidamente que se multiplica. Además, la obligación de los seres humanos no es procrear para ser útiles a la nación, sino ser felices, y ya son demasiados los hijos que nacen sin ser deseados.

Pero ¿felices a cualquier precio?, me diréis. ¡Y no olvidéis que yo fui monja durante más de un siglo, que se dice pronto! Y yo respondería: no, no a cualquier precio. Hay un precio, hay un límite, que es la felicidad de los otros. Pero es el único límite.

Me daba pena también, mucha pena, y también vergüenza, que aquel gran secreto de mi marido a mí me resultara tan transparente. Incluso llegué a preguntarme si no sería él tan descuidado porque deseaba, en cierto modo, que yo le descubriera. Claro que yo sabía que era descuidado simplemente porque los hombres suelen serlo. Esto se debe a que no se fijan en los detalles.

Me hubiera gustado sentarme con él un día tranquilamente y decirle: «Mira, Juanito, ya sé que te gusta ponerte prendas femeninas. ¿Por qué no vamos un día tú y yo a la Gran Vía y te compramos todo lo que quieras y lo guardas en tu cuarto y lo usas como mejor te parezca, sin necesidad de colarte en mi cuarto a escondidas y de mandar a mis criadas a hacer recados absurdos cuando yo estoy fuera de casa, y sin necesidad de mancharme y de romperme la ropa? ¿No te das cuenta de que una mujer sabe si alguien ha tocado siquiera el pomo de un cajón de su cómoda, y que tú eres tan descuidado que doblas las cosas al revés y las dejas manoseadas y arrugadas y ni siquiera te fijas en qué orden están colgadas las prendas? Y además, hijo, ¡si a mí me da igual! Eso es cosa tuya. Si te gusta hacerlo, hazlo. A mí no me gusta que me juzguen y tampoco me gusta juzgar ni soy quién para hacerlo, y con esas diversiones tuyas tampoco haces daño a nadie. De verdad, no hace falta que sufras tanto».

Sí, sería maravilloso que los seres humanos, los desdichados hombres y mujeres de este mundo, tuvieran la capacidad de hablar así los unos con los otros, sin miedo, sin secretos absurdos, sin vergüenzas que nos devoran por dentro, aceptándonos naturalmente como somos.

131. Una bromita

Pasó el tiempo, mis hijos crecieron y Carlitos, el mayor, comenzó a apuntar maneras de juerguista y de calavera. Le enviamos a estudiar a Salamanca para que cambiara de ambiente y de amistades, pero no sirvió de nada, y todos los informes que nos llegaban decían que se pasaba el día en tabernas, bebiendo y jugando a los naipes. Le mandamos entonces a París dos años para que continuara allí sus estudios, pero no resistió ni dos meses y ya le teníamos de vuelta en Madrid diciendo que estaba cansado de libracos y que quería convertirse en digno heredero de su padre aprendiendo el negocio en vivo, que es como aprenden las cosas los hombres. Era muy inteligente y tenía mucha gracia al hablar, y lograba convencer a cualquiera de cualquier cosa.

Juanito le puso a trabajar con él, pero no había manera de que sentara cabeza. Se pasaba las noches en el Café Suizo, que era un establecimiento que no cerraba nunca. Los tulipanes de cristal que iluminaban la barra estaban toda la noche encendidos y había además salones en el piso de arriba donde se continuaban las cenas y las tertulias. Al alba se juntaban en el Suizo el calavera noctámbulo y el periodista insomne con el cazador madrugador que se tomaba una taza de café antes de irse a Vicálvaro a cazar conejos. Cuando unos salían de allí para irse a dormir, entraban otros recién salidos de la cama.

Carlitos tenía muchos líos de faldas y llegó incluso a enredarse con una señora casada que era quince años mayor que él. La cosa se supo, el marido le retó a duelo y, aunque esas prácticas estaban prohibidas, quedaron una mañana en las afueras de Madrid, no sé muy bien por dónde, y se batieron. Al parecer Carlitos se comportó como un valiente. El otro le disparó a dar, le hirió en un hombro y él, cuando llegó su turno, disparó al aire. Se consideró zanjado el asunto.

Yo me enteré de todas estas cosas más tarde, cuando trajeron a casa a mi hijo con el rostro blanco como el papel y el cuerpo lleno de sangre. Los gritos que di creo que los oyeron hasta en Cuba. La herida era superficial y apenas le dejaría cicatriz.

No sabía yo qué era peor, y a veces una madre desea que las heridas dejen una buena cicatriz, para que no se olviden.

Era urgente buscarle una novia a Carlitos y casarle. Pero con aquella mala fama que tenía, ni siquiera todos los millones que iba a heredar le hacían parecer un buen partido. Claro está que la caridad cristiana supone que un pecador puede reformarse y que todas aquellas aventuras de Carlitos no eran, en realidad, más que chiquilladas.

—¿Chiquilladas? —le decía yo a mi marido—. ¿Te parece una chiquillada irse a un campo al amanecer y ponerse delante de un hombre para recibir un disparo?

—Mujer, son cosas de jóvenes —me decía él, que sentía verdadera adoración por nuestro hijo mayor—. Es el ardor de la sangre. Ya se calmará...

Pero no se calmaba. Conoció a una joven muy bella, Daniela Astúriz Mendizábal, hija de un industrial bilbaíno que vivía en Madrid, y pronto las familias comenzaron a hablar de la posibilidad de un enlace entre los hijos de ambas, que sería también el enlace de dos grandes familias y de dos fortunas. Daniela era una mujer resplandeciente, elegantísima, muy aficionada a la equitación y al tiro de pichón. Tenía dieciocho años. Carlitos, que ya no era ningún pipiolo, le sacaba ocho. Verles a los dos a caballo era todo un espectáculo. Eran jóvenes, hermosos, ágiles, fuertes, y sus caballos volaban uno en pos de otro.

—¡Qué juventud! —decía Don Dionisio, el padre de Daniela, al verles—. ¡Quién volviera a tener veinte años!

A los dos les gustaban los caballos. El de Carlitos se llamaba Redy, y el de Daniela, una jaca andaluza de cuatro años, Lucero. Redy era algo bravío e inconstante, un motivo más de preocupación para sus sufridos padres, porque una vez le había dado una coz a un mozo que lo había mandado directo al hospital y luego le había dejado inútil. Lucero era una yegua preciosa, fina como lo son los caballos andaluces.

Parecía que Carlitos se encaminaba. Pero cuando llegaba la noche, cuando lograba escaparse de las obligaciones que le imponía su padre en la oficina y su noviazgo con Daniela Astúriz, corría al Café Suizo y volvía a las andadas.

Tenía allí un grupo de amigos entre los que había un poco de todo, aristócratas calaveras como el barón de Bonifaz, Paco Portales, hijo de mi amiga Elena, «pollos de la goma», como se decía entonces, algunos tipos populares, un prócer arruinado, y hasta un cura. Bebiendo ron de Jamaica los espíritus se encienden y se atreven con las más altas empresas, y así fue como surgió la idea de salir a las calles a robar capas. Era aquella una diversión corriente entre los jóvenes perdularios de las noches de Madrid.

Al salir del Suizo se cruzaron con el coche oficial de González Bravo, Ministro de Estado y de Gracia y Justicia, que conocía perfectamente a Bonifaz y a Carlitos, y a los que saludó desde el coche. Andaba también por allí Anacleto Fraguas, estudiante con aspiraciones de poeta. Comenzaron los perdis a tomarle el pelo al poeta por sus melenas románticas y sus versos, que encontraban cargadísimos, pero entonces apareció algo que les llamó más la atención. Pasaban dos vejetes envueltos en sus capas de paño, muy frioleros y tocados con sombreros de copa. Paquito Portales atacó a uno tirándole de una punta de la capa y haciéndole girar como un trompo, y Bonifaz se hizo con la del otro. Una vez obtenida, se puso a torearle mientras el proyecto intentaba recuperar su atuendo. Entonces Carlitos tuvo la brillante idea de incrustarle el sombrero de copa hasta la nariz, y otro de sus compañeros hizo lo propio con el otro, dejando a los dos carcamales ciegos y caminando con los brazos extendidos para no estamparse con las farolas.

—¡Sereno! —gritaba uno—. ¡Guardias!

—¡Esto no quedará impune! —bufaba el otro.

—¡Qué cráneo tiene este Carlitos! —se gloriaba Bonifaz.

—¡Sois unos perdidos! —chillaba el poeta, que contemplaba la escena desde la acera.

Salieron corriendo con sus capas robadas y se metieron en un colmado andaluz que había por la calle de la Cruz, La Taurina de Pepe Garabato, donde siempre había niñas, guitarras y cante. Subieron a un reservado del piso de arriba todo adornado con carteles de toros y pidieron manzanilla en abundancia y jamón serrano, baile y música. Como pago de la juerga le entregaron al gitano las dos capas, alabando mucho su calidad y su hechura.

Aparecieron dos guitarristas y las niñas se pusieron a bailar levantando las faldas y mostrando las ligas. Corrían las cañas de manzanilla y había batir de palmas, rasgueo de guitarras, ¡olés! y taconeos. No pasó mucho rato sin que subiera Pepe Garabato a decirles que abajo había unos guindas que les buscaban.

—Es el sosainas ese de Anacleto, que ha berreado —dijo Paco Portales.

El gitano les dijo que se escaparan por la parte de atrás, saliendo por la calle de la Gorguera, pero no tuvieron tiempo. Cuando salían al pasillo para intentar huir, ya estaban allí los guardias, que al ver a aquellos jovencitos resabiados y bien vestidos se quedaron un tanto amilanados. Carlitos tomó la iniciativa presentándose muy simpático a los guardias, ofreciéndoles toda su colaboración e invitando a uno de ellos a una caña de manzanilla.

—Señores, no se lo tomen a mal, pero... —decía el pobre hombre.

Garabato le empujó en el hombro.

—Hombre, Carballo, no empieces tú faltando.

Entró el guardia en el reservado donde habían armado la jarana y le dieron una caña de manzanilla. Se la bebió, y luego Paco Portales gritó que ahora le invitaba él.

Adolfito Bonifaz observó que hacía mucho calor y ordenó a las niñas que abrieran la ventana. El guardia, recelándose algo, miró a Garabato, que le recomendaba prudencia con un gesto.

—Señores —dijo el guardia—, tienen ustedes que molestarse en ir hasta el Ministerio... Ha habido una denuncia...

—Hay tiempo, hay tiempo —dijo Paco Portales—. Por el momento, es usted nuestro invitado.

Le obligaron a sentarse y a aceptar otra caña, esta a la salud de su mujer. El pobre hombre no tuvo más remedio que dar las gracias y echársela al coleto. Ahora que estaba sentado en medio de todos aquellos indeseables parecía haber perdido cualquier vestigio de autoridad.

—Y ahora se va a beber otra porque yo lo digo —dijo Carlitos.

Le acercó la caña, pero en vez de dársela, se la estrelló en la cara.

Esto fue seguido de un coro de risas y aplausos.

—¡Carlitos, hazlo volar por la ventana! —dijo entonces una de las niñas.

Lo agarraron entre varios y lo llevaron hasta la ventana abierta. El hombre se debatía y daba voces, pero Carlitos le dio un fuerte envite y lo lanzó a la calle.

—¡Jesús, Carlitos, lo habéis escachifollado! —chilló la otra niña, que se había asomado a mirar.

Todos salieron huyendo de allí.

Después de aquello corrieron todos de vuelta al Suizo, donde la consigna era decir que habían pasado allí toda la noche bebiendo y jugando.

Estos fueron los hechos, como nos fueron relatados por varias personas que habían estado allí, o que aseguraban que habían estado allí.

Al día siguiente, a primera hora de la mañana, aparecieron un inspector de policía y cuatro guardias en la puerta de nuestra casa diciendo que venían a detener a Don Carlos Alejandro de Loeches, acusado de asesinar a un guardia arrojándolo por una ventana.

Juanito y yo fuimos al dormitorio de Carlos, que estaba dormido como un bendito, recuperándose de la noche de farra.

—Carlos, ¿qué has hecho? —le decía yo.

—¡Que suelte la mosca mi padre! —dijo él cuando se enteró de lo que pasaba—. ¡Y a mí que me dejen dormir!

—Pero ¿qué mosca, si viene un inspector a prenderte? —le dijo mi marido.

—¿Es verdad lo que dicen, Carlitos? —le pregunté yo—. ¿Tienes tú algo que ver con eso?

—¡Pero si fue una broma nada más! —se quejó él—. Hay que cegarles, padre.

Quería decir sobornar a los guardias.

El inspector dijo que volvería al cabo de dos horas, pero dejó a dos guardias en el vestíbulo.

—Hay que cegarles —decía Carlitos—. Dadles mil duros.

—¡Mil duros! —se asombró Gervasio, el criado—. ¡Con veinte bastarán!

—Pues dadles cincuenta.

—A la que habría que pagarle es a la viuda del finado —dijo mi marido. Luego se volvió muy airado a su hijo y le gritó—: ¡Eres una calamidad! ¡Acabas de echar un borrón sobre tu sangre!

—¡Querido papá, si no fue más que una broma!

—¡Sí, pero has matado a un hombre con tu broma!

Yo sentía que la tragedia se cernía sobre la familia y no sabía qué hacer. Gervasio salió al vestíbulo y les repartió cincuenta duros a cada guardia para que desaparecieran de allí. Mi hijo dijo que se iba a pasar unos días al Soto de los Carvajales con su amiguete Bonifaz para esperar a que se tranquilizaran las cosas. Pero aquello era muy grave, era la vida de un hombre, y había innumerables testigos que situaban a Carlitos como principal responsable. Carlitos salió en tren de Madrid esa misma mañana, pero era evidente que el caso no iba a desvanecerse como por arte de magia.

Juanito, por su parte, se fue sin dilación al Ministerio para hablar con González Bravo y ver qué podía hacerse.

Volvió preocupadísimo, pero no desesperado.

—Pero Juanito, ¿qué va a pasar? —le decía yo—. ¿Van a meter al niño en la cárcel?

—El niño, como tú dices —me dijo él—, es un perdulario y un golfo y ha matado a un hombre por divertirse.

—Sí, pero es tu hijo —dije yo.

—Ya lo sé, Inés. Lo tengo bien presente y solo por eso, porque es mi hijo y mi heredero, voy a hacer todo lo posible por sacarle de esta. Pero ese chico no es bueno, Inés.

—¡No digas eso!

Yo estaba traspasada de dolor. No podía comprender cómo aquel niño que había llevado en mis entrañas y al que tanto había querido y cuidado, aquel primogénito adorado que había crecido rodeado de cariño y suavidades, podía haber llegado a convertirse en aquel rufián desalmado.

Hacía muchos años que había logrado superar aquella horrible adicción a la morfina, pero de pronto me descubrí deseando de nuevo la sensación helada de la aguja en el brazo. Mi marido había dado instrucciones muy estrictas a los criados y también en las farmacias del barrio para que no me la vendieran por mucho que yo se lo pidiera, pero habían pasado muchos años de aquello y logré arreglármelas para conseguir una nueva jeringa y un frasquito de la sustancia maravillosa. Esa noche me inyecté de nuevo después de un largo tiempo de abstinencia y sentí la delicia indescriptible de dejarme caer en mi cama, desvanecida en una sensación de levedad y de felicidad sin límites. Estaba medio desnuda, pero ni siquiera necesitaba taparme con las mantas porque no sentía ningún frío.

Aquella morfina que me habían vendido era de una casa nueva que yo no conocía. Tuve que mirar la etiqueta del frasquito varias veces para convencerme de que lo que veía era cierto y que no se trataba de un ensueño más. En la etiqueta, en unas letras onduladas muy bonitas y adornadas de una cenefa de flores que, curiosamente, no eran amapolas, se leía: «Morfina Leonís».

Leonís, Leonís... ¿Cómo era posible?

132. El cuarto estado

Hice mis averiguaciones, y cuando me enteré de dónde vivía la viuda del guardia asesinado, fui para allá con mi amiga Carolina Coronado y con Guillermina, la antigua aya de mis hijos. Carolina insistió mucho en venir conmigo para darme apoyo, aunque yo no quería meterla en un fregado tan tremendo como aquel. Íbamos las dos de trapillo para no llamar la atención, y sin joyas ni adornos de ningún tipo, Carolina con un *pardessus* color pasa y yo con un sayo pardo.

Las señas que nos habían dado eran por la calle de Toledo, en el barrio del Rastro. Me sorprendió la cantidad de niños que había por aquellas calles, algunos descalzos y corriendo como pilletes por entre las patas de los caballos y las ruedas de los simones, otros en brazos de sus madres o envueltos en el mantón, con la carita asomando sobre el hombro. También se veían por aquí y por allá hombres que llevaban al hombro pequeños ataúdes para recoger a los que ya habían terminado su breve paso por este mundo.

—¡Dios mío! —dije yo, viendo aquellos féretros minúsculos—. ¡Pero cómo puede haber tantos!

Cuando llegamos a la dirección que llevábamos apuntada en un trozo de papel nos encontramos con un bloque de viviendas muy grande que se abría, en el interior, a una corrala. Aquello también estaba lleno de niños por todas partes, algunos a medio vestir, que se dedicaban a jugar con el barro de los charcos. Habían fabricado una especie de mesa alargada sobre la que iban poniendo panes y roscas de barro, y andaban todos empercudidos hasta las orejas. Guillermina se encargó de hacer las preguntas.

—¿La viuda de Carballo? —le decían—. ¿Y pa qué la quién ustés, señoritas?

Al lado de aquellas gentes del pueblo bajo, hasta nuestros criados, acostumbrados al trato con las gentes finas, hablaban como condes. Así, preguntando a unos y a otros nos fuimos adentrando en aquel mundo extraño, lleno de olores y sensaciones para mí desconocidas. Subimos por unas escaleras y entramos en un largo pasillo con puertas amarillentas a ambos lados, algunas abiertas. El aire estaba cruzado de extraños olores: de tinta, de linaza, de alquitrán, de pintura, ya que en muchos de aquellos cuartos se trabajaba en diversos oficios. Se oían máquinas de coser y guillotinas para cortar papel, voces y gritos. En un cuarto, un enfermo metido en la cama con aspecto moribundo, en otro un matrimonio discutiendo. Tras una puerta, los martillazos de un taller de zapatería. Una rata bien gorda se metía con familiaridad por debajo de una puerta. Yo, tonta de mí, no había tenido la inteligencia de quitarme el polisón, y al ver aquel promontorio que abultaba mi vestido por detrás, aquellas gentes se morían de risa y decían que si me había traído el sofá en la rabadilla.

—No haga caso, señora, es que estas gentes no tienen sentido estético —me dijo Guillermina, muy grave.

Preguntando siempre por la viuda de Carballo llegamos al final de aquel pasillo infernal y salimos a otro patio todavía más pobre, sucio y cochambroso que el anterior. Bajamos por unas escaleras y enfilamos por otro pasillo pobremente iluminado con algunos tragaluces donde había olores de comida y trasiego de ollas y de pieles, ya que había por allí un taller de curtidores. Pocas industrias hay más malolientes en el mundo que la del curtido de cueros, que emplea la orina y las heces de perro para tratar las pieles, y el hedor de aquel lugar era indescriptible. Al final subimos otras escaleras que conducían a otro pasillo oscuro y laberíntico, al fondo del cual vivía, según nos dijeron, la viuda de Carballo.

Cuando entramos allí, se me cayó el alma a los pies. La pobre mujer, que tenía cara de llevar tres días llorando, estaba preparando algo de comer en un puchero. Llevaba un niño recién nacido en un mantón que se había atado a la espalda, y a su alrededor, sentados en el suelo, medio desnudos y llenos de mocos y de churretones, había cinco o seis niños más. En las paredes, algunas estampas sagradas y otra de la Catedral de Santiago. Apenas había muebles, un arcón medio roto apoyado en unos ladrillos que debía de hacer las veces de mesa y unos jergones en el suelo para poder dormir. Una de las niñas tenía una muñeca que ella misma se había hecho con trapos. Dos de los niños se peleaban por una taba de cordero, que otro juguete no tenían. Estaban todos tan sucios que yo pensé que no debían de bañarse nunca. Yo jamás había visto un lugar tan horrible y miserable.

—¡Dios mío, pobrecilla! —me dijo Carolina, mirando a su alrededor horrorizada.

—¿Es usted la viuda del guardia Carballo, señora? —le dijo Guillermina.

—¿Qué quién ustés de mí? —nos preguntó la mujer, mirándonos muy asustada.

—La acompaño en el sentimiento, señora —le dije yo.

Hubiera querido decirle más cosas, muchas cosas, pero de pronto me había quedado como muda, y no me salían las palabras.

—¿Son ustés de la Beneficencia? —dijo ella apartándose de nosotros y poniéndose frente a sus niños, que nos contemplaban todos mudos y aterrados—. ¿Qué quién? ¿Quitarme a mis niños?

—No, mujer, no se preocupe —le dijo Carolina—. Tranquilícese usted, que solo venimos para interesarnos por usted.

—Pues ¿qué les intereso yo? —dijo ella, llena de sospechas.

—Queremos ayudarla a usted con una pequeña suma —dijo Carolina—. Claro que ningún dinero sería suficiente en el mundo para consolarla a usted por su pérdida...

Yo le hice una seña a Guillermina, que se acercó a la mujer y le entregó unos billetes de banco.

—Pero esto ¿qué es? —dijo ella.

—Es para usted, señora —le dijo Guillermina—. Estas señoras de aquí han oído lo que le ha pasado a su marido y como son buenas cristianas han querido ayudarla a usted.

—Me lo han matado —dijo la mujer—. Unos señoritos calaveras... ¡Me lo han matado!

—Sí, mujer, sí, lo sabemos —dijo Guillermina.

La mujer estaba tan alterada que cogió automáticamente el dinero que le daba Guillermina sin darse cuenta de lo que hacía.

De pronto lo vio en su mano y se puso a contarlo.

—Pero esto ¿pa qué es? —preguntaba.

—Para lo que usted quiera —le dijo Carolina—. Para alimentar y vestir a sus hijos.

—¿Y es todo pa mí?

—Claro, mujer —le decía Carolina, que era toda dulzura y calidez.

—Guárdelo bien, señora —le dijo Guillermina—. ¿Tiene dónde guardarlo?

—Le hemos dado muy poco —dije yo entonces—. Le hemos dado muy poco. Somos unas miserables.

Cuando salimos de allí yo iba llorando. Me prometí volver a la semana siguiente e interesarme por aquella familia, irles dando dinero de vez en cuando y procurar que aquellos niños tuvieran ropa decente que ponerse y no se perdieran en aquel infierno de ruidos, de gritos, de barro, de ratas, de vapores mefíticos y de malos olores.

¿Qué futuro podía aguardar a aquellos niños? ¿Y a aquella mujer, viuda y con cinco o seis niños pequeños? Si con un marido guardia vivía en aquellas condiciones inhumanas, ¿cómo se las iba a arreglar ella sola?

Mi marido se enteró de que había ido con Guillermina a visitar a la viuda del guardia y agrió el gesto.

—Pero Inés, ¿una señora como tú, metiéndose en esos tugurios? ¿No podías mandar a alguien?

—Quería ir yo en persona para conocer a esa señora...

—Pero ¿sabía ella quién eras? ¡Mira que esas gentes son como animales...!

—No, no llegó a saberlo.

—Pues menos mal —dijo mi marido—. Pero no se te ocurra volver por allí.

—Pero Juanito, yo me siento responsable de esa mujer. Si no fuera por lo que hizo Carlitos...

—¡Carlitos no hizo nada! —dijo él muy furioso—. ¡No te salgas del tiesto, mujer! Ha sido un caso de malísima suerte, nada más. Carlitos no hizo nada distinto de lo que hace cualquier joven de su edad...

—Pero ¿qué tiesto ni qué tiesto? —le dije, loca de dolor y de furia—. ¿Y cómo te atreves a decir que esas gentes viven como animales? ¡Somos nosotros los animales! ¡Somos nosotros los salvajes, los que abusamos de ellos, los que vivimos como reyes mientras ellos se revuelven en el barro...!

—¡Bueno, bueno, la revolucionaria! —dijo él.

—Qué, ¿me vas a dar otra vez de bastonazos? —le reté.

—¿Es que acabas de descubrir las realidades de la vida? —me dijo él—. ¿Es que no sabes cómo vive el cuarto estado? ¿Por qué te crees que te tengo dicho que te quedes en tu lugar y no te metas donde no te importa? Tú, que siempre te has sentido una desgraciada y una víctima, ¿acabas de descubrir que en realidad eres una privilegiada?

—Dios mío, Juan, qué aborrecible me pareces en este momento. Qué soez, qué inhumano...

—Insúltame, dime lo que quieras —dijo él encogiéndose de hombros.

Le veía temblando de ira y de violencia. Hacía muchos años que no me tocaba un hilo de la ropa, pero le veía hirviendo por dentro.

—A ti no hace falta insultarte —le dije—, basta con decirte lo que eres.

Salí de casa corriendo y me eché a caminar por las calles, atravesada de dolor, consumida por una aflicción tan grande como nunca había conocido. Me daba la impresión de que no había esperanza para mi hijo, y que aunque mi marido lograra con sus influencias librarle de la cárcel, se había quedado ya maldito para siempre con aquel homicidio que había dejado sus manos manchadas con la sangre de un hombre inocente. Y era yo la que le había traído a este mundo... Era yo la que le había criado... Yo tenía que ser en parte culpable de lo que había sucedido. Todo aquello se debía a aquel matrimonio sin amor, a aquel matrimonio falso... Toda aquella falsedad se había acumulado con los años, se había tornado veneno, hipocresía... Sí, yo era también culpable... Yo también tenía las manos manchadas de sangre.

Y la vida horrible de aquellos desdichados. Yo tenía que hacer algo. Tenía que hacer algo. Mi marido era rico, tenía dinero de sobra para ayudarles... Les compraría una casita sencilla pero limpia y ventilada, donde pudieran vivir como personas, le buscaría un empleo a la viuda, compraría ropa y zapatos para los niños... Pero ¿me lo permitiría ella? ¿Se dejaría socorrer? Se preguntaría quién era yo y por qué quería ayudarla, y cuando lo descubriera, cuando descubriera que mi hijo había sido el asesino de su marido...

De pronto toda mi vida me parecía una falsedad, una envoltura vacía... Me daba cuenta de que hasta mis más elevados proyectos no eran, en realidad, más que tonterías sin sentido. ¡Una universidad para las mujeres! ¡Pero si las mujeres no necesitaban una universidad para nada! Aquel sueño mío estaba fuera de la realidad, y solo tendría sentido en una sociedad completamente distinta de aquella en la que vivíamos. Lo que de verdad necesitaban las mujeres como la viuda de Carballo era dejar de ser golpeadas, dejar de ser esclavas, dejar de traer niños al mundo que luego no podían ni alimentar, dejar de vivir como animales... ¿Para qué quería la viuda del guardia Carballo una universidad, y de qué les serviría a todas las mujeres cargadas de niños hambrientos como ella que se amontonaban en las callejuelas y las corralas de las ciudades una universidad? ¡Yo debía de estar loca! ¡Vivía en un mundo de fantasías! Pero ahora que lo había visto todo con claridad, le compraría una casita a aquella mujer y la ayudaría a encontrar un trabajo que le permitiera vivir con dignidad... Sí, sí, ¡nada de universidades! Aquellas mujeres lo que necesitaban era aprender a escribir y a hacer cuentas, higiene básica para atender a sus hijos, aprender oficios...

De pronto pensé en mi Palacio de las Calas, que llevaba cerrado desde hacía no sé cuántos años... Lo abriría y lo convertiría en un refugio para madres viudas o abandonadas que carecieran de ingresos...

Cuando regresé a casa, no encontré a mi marido en parte alguna. Llamé a la puerta de su despacho. Le busqué en su dormitorio. No estaba. Yo esperaba que se hubiera tranquilizado un poco para hablar con él y contarle todos aquellos planes que tenía.

Pregunté si había salido y me dijeron que no. Pero ¿dónde estaba? Ni en el despacho, ni en el salón, ni en la alcoba, ni arriba ni abajo...

De pronto tuve una idea, y pensé en la buhardilla de la casa, que estaba vacía y abandonada y donde nunca entrábamos. Allí arriba solo había algunos muebles y baúles viejos, pero la casa era ya lo suficientemente grande y no necesitábamos aquel espacio para nada, por lo que nunca subíamos. ¿Qué me hizo, pues, coger una lámpara y dirigirme a la escalera de caracol que ascendía hasta allí?

Fui subiendo lentamente, empujé la trampilla y me encontré en aquel espacio misterioso y polvoriento al que hacía, posiblemente, años que no subía. ¿Estaría allí mi marido? Era aquel el único lugar donde podía hallarse si era verdad que no había salido de casa.

Toda la extensión de la buhardilla estaba dividida por dos paredes consecutivas, cada una con una puerta en el medio. Crucé la primera y vi que había luz al fondo, a través de la otra puerta. Apagué la lámpara que llevaba y fui caminando medio en tinieblas, palpando con las manos para no tropezarme con las cosas que había por allí amontonadas, y así llegué hasta la otra puerta.

Me asomé con cuidado. Esta parte de la buhardilla estaba mucho más despejada que las otras. Había varios arcones colocados en círculo alrededor de una alfombra vieja y descolorida, y sobre uno de los arcones había una lámpara encendida. Al fondo había un armario de lunas abierto de par en par, y con las dos puertas de espejo reflejando la luz de la lámpara. Y frente a este armario, contemplándose en las lunas, estaba mi marido. Iba vestido con ropa interior de mujer, con unas enaguas blancas muy historiadas bajo las que llevaba un polisón que las levantaba por detrás, medias en las piernas y unas botitas de tacón fino, y se paseaba por la alfombra dándose aire con un gran abanico rosa.

El absurdo infinito de aquella escena me dejó como sin respiración. Yo ya lo sabía, ya sabía que aquello estaba pasando, pero jamás había imaginado que un día llegaría a verlo. Y además, ¿precisamente entonces, precisamente cuando la vida y el futuro de nuestro hijo andaban pendientes de un hilo?

De pronto, Juan me vio reflejada en una de las lunas, y se volvió. Me miró con ojos desencajados por el horror y la vergüenza.

—¡Tú! —me dijo.

—Sí, yo.

—¡Vete! —gritó—. ¡Vete, vete de aquí!

Pero yo no quería irme.

—¡Vete! —gritó arrojándome el abanico, que cayó a mis pies sin tocarme siquiera.

—¡Pero Juan, si a mí no me importa...! —alcancé a decirle.

Se abalanzó sobre la lámpara, intentó apagarla con dedos temblorosos y luego la arrojó al suelo para dejar la estancia en la oscuridad.

A través de un tragaluz entraba suavemente la luz de la luna. Ahora yo le veía como una forma blancuzca e indefinida.

—¡Vete, vete, por Dios, déjame! —me dijo.

—Pero si no me importa —volví a decir—. Pero Juan, si hace mucho que lo sé...

—¿Qué es lo que sabes?

—Que te gusta mi ropa.

—Vete, no quiero que me veas así.

Me di cuenta de lo mucho que sufría, y me marché de allí para no prolongar su humillación.

133. Cambiar la sociedad

No sé exactamente cómo logró Juanito librar a Carlos de la cárcel. Supongo que sobornó a los testigos, pagó a los jueces, ofreció favores, movió todos sus hilos políticos y financieros, el hecho es que finalmente resultó que todas las pruebas que existían contra nuestro hijo se desvanecieron como por arte de magia. Nadie recordaba nada, los testigos se desdijeron y el caso se deshizo por sí solo.

Mis dos hijas estaban prometidas, María de las Nieves al hijo de los marqueses de Montenegro, que era militar y escribía tragedias románticas con bastante habilidad, y Consuelito a un muchachote muy grande y muy simpático que era ingeniero de Caminos y Puertos y se llamaba Domingo Montesinos. Carlitos se pasaba el día diciendo que sus hermanas, como la cabra, tiraban al monte, una al Montenegro y otra al Montesinos. Siempre había sido muy salado, y últimamente estaba de lo más atento y cariñoso.

Parecía haberse asustado de verdad con el asunto de la taberna del tío Garabato, había dejado atrás sus noches en el Suizo y estaba ahora muy serio y muy formal en su trabajo. Yo no me esperaba mucho de aquel cambio, y suponía que su temperamento juerguista y anárquico terminaría por salir por otro sitio. Dejadas atrás aquellas diversiones de jovencito bravío, tarde o temprano ensayaría otras más propias de su edad. Es verdad que la manzanilla, los tablaos y los toros atraen a un cierto temperamento de hombres hasta la edad provecta. Pero al menos ahora no mataría a nadie ni recibiría visitas mañaneras de la policía.

Yo veía a Juan tan envejecido y triste como veía resplandecientes a mis tres hijos. Había cogido el hábito de maquillarse y pintarse para parecer más joven y a veces se excedía y su rostro adquiría un aspecto cadavérico de máscara. Su relación conmigo después de aquel episodio en el desván se había hecho esquiva, tensa y sospechosa. Me tenía miedo, y por eso mismo yo veía que intentaba tratarme mejor, e incluso me decía a menudo cosas amables y cariñosas.

Escuchó con paciencia todos aquellos planes míos de convertir mi viejo caserón en un refugio para mujeres abandonadas.

—Pero Inés —me dijo—, ¿a cuántas mujeres, a cuántas familias podrías meter en tu casa? ¿A diez, a doce? ¿Y qué iba a arreglar eso, si están todas las grandes ciudades de España llenas de miles y de decenas de miles de desgraciados que viven en condiciones inhumanas? ¿Y qué me dices de los agricultores de las aldeas, de los pastores, de los pescadores...?

—Bueno, al menos esas doce familias tendrían una oportunidad en la vida.

—Te destrozarían la casa. En tres meses no la reconocerías. En vez de llevarlas tú a la higiene y a la civilización te traerían esas gentes la suciedad y el caos... Se pelearían entre sí... Tu palacio no está dispuesto para recibir a tanta gente. ¿Vas a hacer que doce familias compartan una sola cocina, por grande que sea? Esos niños que tanta pena te dan son verdaderos bárbaros que se dedicarían a arrancar las cañerías de cobre de las que tú tanto te enorgulleces, para venderlas... Dejarían el tejado sin tejas y los entarimados sin tablones...

—¡Qué pésimo concepto tienes de esas gentes!

—Inés, es que tú quieres cambiar una sociedad entera, y eso no puede hacerlo una sola persona.

Yo me desesperaba, pero me daba cuenta de que mi marido tenía parte de razón. Además, era él quien tenía dinero. Yo no tenía nada, y sin dinero, cualquier proyecto no pasaba de ser un sueño.

134. Santander

Llegó el verano.

La reina Isabel II había puesto de moda los baños de mar y ahora toda la sociedad madrileña se trasladaba a Santander, a San Sebastián o a Lequeitio durante los meses de la canícula siguiendo a la real comitiva. La monarca sufría una enfermedad de la piel que solo se aliviaba con los «baños de olas» en el Sardinero o en la Concha y de este modo, por obra y gracia de una reina con la dermis delicada, un país encontraba la vocación que decidiría su destino.

Habíamos ido varias veces a San Sebastián, pero aquel verano nos ofrecieron la posibilidad de una villa muy cómoda y espaciosa en Santander y decidimos cambiar de destino.

Las niñas y yo salimos a principios de julio, mientras que Carlitos y Juan, menos devotos del aire libre y de la talasoterapia, se quedaron todavía en Madrid, con la promesa de reunirse con nosotras más tarde.

Aquel verano yo pensaba que bien pudiera ser el último que pasáramos las tres juntas, y que pronto mis hijas volarían del nido materno para enredarse en sus propias vidas complicadas, misteriosas, absurdas e insignificantes, que es lo que son, a la postre, todas las vidas.

Cuando paseábamos por el Sardinero parecíamos más tres hermanas que una madre con dos hijas casaderas, y a menudo los santanderinos, siempre muy mirados para los asuntos de la moral y de las convenciones sociales, se volvían a mirarnos con el ceño fruncido, como preguntándose cómo andaban aquellas tres pollitas solas y sin nadie que las guardase. Lo mismo sucedía en las reuniones sociales y en las fiestas, donde aquella conocida galantería de preguntarle a la madre si sus hijas eran sus hermanas se hacía realidad noche tras noche.

Mis hijas decían que les gustaba más San Sebastián que Santander, y que el Sardinero les parecía una playa demasiado abierta y salvaje. De las tres, creo que era yo la que más disfrutaba de meterme en el mar. Aquello de los nuevos trajes de baño me tenía loca. ¡Quién nos hubiera dicho en tiempos de Isabel la Católica o, peor aún, en tiempos de Felipe II, que aquello sería posible alguna vez!

Estábamos tan cerca de Colindres que les propuse un día a mis hijas que nos fuéramos allí de excursión para ver la famosa colegiata, la isla y quizá, incluso, el palacio de los antiguos marqueses.

—Pero mamá —me decían—, ¿tú conoces a los que viven allí? ¡No nos dejarán entrar!

Yo pensaba que a lo mejor los que vivían allí eran mis tataranietos.

Fuimos a Colindres un bonito día de sol y viento, que en esas tierras los días ventosos suelen ser muy soleados.

¡Volver a Colindres! Yo, la verdad sea dicha, no me esperaba mucho. ¡Habían pasado más de cien años...!

La ciudad me pareció muy bonita, mucho más de como la recordaba, seguramente porque en todo el tiempo transcurrido había mejorado, como había pasado con casi todas las ciudades españolas. Visitamos la colegiata, la iglesia de San Telmo, la plaza porticada, el paseo marítimo... A mis hijas les asombraba que yo lo conociera todo tan bien y que tuviera tantos recuerdos de aquel lugar del que nunca me habían oído hablar. Luego volvimos a coger el coche y le dije al cochero que nos llevara a la isla.

—¿A qué isla, señora?

—A Leonís.

¿Seguirían llamándola así? ¿Y cuántas islas había por aquella costa aparte de mi isla de Leonís, el país de las manzanas de la eterna juventud?

Fuimos por la carretera de la costa. Pasamos por lo alto de los acantilados y luego bajamos hasta la playa. Yo buscaba la isla por todas partes, pero la isla no aparecía.

—Pero ¿dónde está la isla? —preguntaba yo confusa.

—¿Qué isla, señora? —volvió a preguntarme el cochero.

—Pues Leonís.

—Eso es Leonís, señora —me dijo el cochero.

—Pero eso es tierra firme —dije yo.

Era una elevada península cubierta de árboles que se adentraba en el mar formando hacia la derecha una bahía. Yo no recordaba aquella península, pero allí, en el mar, estaban aquellas tres grandes rocas a las que llamaban Las Tres Damas. De pronto comprendí que con el paso del tiempo Leonís había dejado de ser una isla y ahora estaba unida al continente.

En la parte baja de lo que antaño había sido una isla, sobresaliendo sobre las copas de los árboles, se veía aparecer la fachada de un precioso edificio de varios pisos. Estaba todavía en construcción, rodeado de andamios y grúas, pero ya se adivinaba que iba a ser una obra ambiciosa, de porte elegante y cosmopolita.

—¿Y ese edificio tan grande? —pregunté.

—Es el hotel.

—¡Un hotel!

—El Gran Hotel Leonís. ¿No era aquí donde quería que la trajera?

Las palabras «Gran Hotel» me recordaban a Francia o a Inglaterra. No sabía yo que hubiera entonces establecimientos de ese tipo en España y me dije que era bien posible que aquel fuera el primero de su género que se construía en nuestro país.

Cuando íbamos para allá, yo intentaba recordar cómo era el istmo de arena por el que había pasado a la isla tantas veces. Había ahora una carretera flanqueada de árboles. Enseguida llegamos al edificio en construcción.

Me pareció magnífico. Era evidente que iba a ser aquel un hotel enorme y muy lujoso. Uno podía imaginar sin dificultad la alargada fachada principal con sus hileras de balcones protegidos por toldos blancos y los salones de baile y el restaurante con sus inmensas ventanas de acuario, y las arañas iluminadas del interior y las parejas bailando al son de la música de la orquesta.

Un hombre que parecía el jefe de obras se nos acercó.

—¿Quién es el dueño de todo esto? —le pregunté.

—El señor marqués de Rosablanca dirá usted —me dijo.

—¿Y está el señor marqués por aquí? —pregunté.

—Sí, señora. Ha venido a ver las obras. Como vive en el palacio y está muy cerca, viene muchas veces para supervisarlo todo.

—Indíqueme usted dónde puedo encontrarle, hágame el favor —le dije, porque me moría de curiosidad por hablar con el hombre que estaba detrás de aquel proyecto asombroso y que era también, al parecer, el dueño del palacio de los antiguos marqueses de Colindres.

—Ha subido a la ermita —dijo el jefe de obras—. La ermita de arriba, señora...

—Sí, sí, la conozco muy bien —dije—. Vamos, niñas —les dije a mis hijas—, vamos a subir y así conocéis ese lugar, que es muy pintoresco y tiene una vista muy bonita de los acantilados y del mar...

—Señora, su coche no puede subir hasta allí. El camino es muy malo.

—Claro, hombre. Subiremos a pie, que es como mejor se conocen los lugares.

—Señora, es muy peligroso —me decía, desconsolado, el jefe de obras.

—No se preocupe, conozco muy bien las cárcavas... —le dije yo—. No nos caeremos...

—Pero mamá —me decía María de las Nieves—, ¿qué te ha dado? ¡Estás como una cabrita retozona!

—Que estoy como una cabra, vamos.

—Ay, mamá, yo no quería decir eso.

—Yo siempre he sido así —le dije—. Es que vosotras no me conocéis como soy yo de verdad.

—Pues ¿cómo eres tú de verdad? —me decía Consuelo, muerta de risa.

—Pues así, como una cabra. ¡Loca, loca...!

—¡Será verdad lo que dice Carlitos, que las mujeres de esta familia tiramos al monte! —dijo Consuelo.

Ahora las tres estábamos muertas de risa, y tan contentas de ir subiendo por el camino que ascendía entre los árboles como si estuviéramos viviendo una gran aventura. A mitad de recorrido llegamos al borde de los acantilados y vi el arranque del camino que descendía por la pared de piedra, y al asomarme, me maravillé de que yo hubiera tenido el valor de descender por allí más de cien años atrás... Dios mío, ¡qué loca estaba yo entonces! ¡Qué valiente, qué temeraria había sido! ¡Y qué miedosa me había vuelto!

Enseguida llegamos a las praderas de lo alto. Les mostré a mis hijas las famosas cárcavas, que abrían el terreno en hendiduras rodeadas de zarzas y matorrales y a través de las cuales llegaba el olor del mar y el sonido cóncavo de las olas. Les expliqué que allá abajo había una enorme cueva abierta al mar y que toda aquella parte de la península estaba hueca, y una vez más se asombraron de mi conocimiento de aquellos lugares.

Luego fuimos caminando hasta la ermita que hay en el punto más alto de la isla. Estaba exactamente igual que yo la recordaba, pero había algo nuevo: una pequeña terraza con una bancada de piedra, a modo de mirador. Unas rositas salvajes crecían enredándose en los balaustres. Allí, sentado en el banco, había un caballero vestido con un traje muy elegante, mirando el mar con gesto soñador y aparentemente perdido en sus pensamientos. Había dejado el sombrero de copa en el banco a su lado. Al vernos se llevó un pequeño sobresalto.

—Perdone usted —le dije—. No queríamos molestarle.

El hombre cogió automáticamente su sombrero, se lo puso y se incorporó. Era muy alto, y aparentaba unos cuarenta años. Nos miraba con asombro, sin poder explicarse de dónde habían salido aquellas tres mujeres vestidas con muselinas flotantes e historiados canesús de raso. Inclinó la cabeza a modo de saludo.

—Usted debe de ser el marqués de Rosablanca —dije yo.

—Sí, en efecto —dijo él.

Me miraba y yo le miraba a él. Tenía bigotes largos, al estilo de moda, y un anillo con una aguamarina en la mano derecha. Una corbata azul de seda. Una camelia rosa en el ojal. En la solapa de su chaqué, un broche en forma de amapola.

Yo temblaba de tal modo que apenas podía hablar. Sentía una tiritona como si estuviéramos en lo peor del invierno, y un vértigo tal que tuve que agarrarme del brazo de Consuelo para no caerme.

—Mamá —me dijo ella—. ¿Qué tienes? ¡Te has puesto blanca!

—Mamá, siéntate un momento en este banco —me dijo María de las Nieves con cara de susto—. Te veo muy pálida.

Hice lo que decía mi hija y me dejé caer en el banco de piedra sintiendo que se me iba la cabeza y que perdía la conciencia. El corazón me latía con fuerza. Aquel maldito corsé me oprimía de tal modo que apenas dejaba entrar aire en mis pulmones.

Ahora los tres me miraban con preocupación, pero yo notaba que me iba recuperando poco a poco.

—¿Se siente usted mejor? —me dijo él.

—Sí, sí —decía yo, todavía muy mareada—. Si no es nada...

Apenas podía hablar.

—Mamá, quédate quieta, que nosotras iremos a buscar ayuda.

—No, permítanme —dijo él—. Con mucho gusto iré yo mismo. Quédense aquí cuidando de su madre.

Poco a poco mi corazón, mi viejo corazón, se iba tranquilizando. A pesar de lo que había dicho, él no se marchaba.

—Enseguida estoy bien —dije.

—Pero ¿qué te ha dado, mamá? —me preguntó Consuelo.

—Señora —me dijo él entonces—, lo mejor es que la coja en brazos y la lleve hasta abajo, porque subir aquí un coche para que la recoja no es posible.

—Es usted muy amable —le dijo Consuelo—. Mamá, creo que deberíamos hacer lo que dice este señor.

—No, no, de ningún modo —dije yo—. ¡Qué vergüenza! ¡Qué espectáculo estoy dando!

—Pero antes vamos a hacer las presentaciones —dijo él—. Yo soy Don Luis de Castroforte, marqués de Rosablanca.

—Estas jóvenes son mis hijas —dije yo—. María de las Nieves y Consuelo.

—Encantado de conocerlas, señoritas —dijo él—. Ustedes honran con su belleza este lugar inhóspito y salvaje.

—Muchas gracias, caballero —dijo Consuelo—. Pero mamá, ¿no le vas a decir a este señor cómo te llamas?

—No es necesario —dije yo.

—Pero el señor marqués querrá saberlo.

—El señor marqués ya lo sabe —dije yo—. El señor marqués y yo somos viejos amigos...

—Inés —me dijo él—. ¿Es realmente usted?

—¿Es que ya no se acuerda usted de mí? —le dije.

—Unos ojos como esos son muy difíciles de olvidar, señora. Pero ¿usted sabía...?

—¡Yo no sabía nada! —dije yo.

—¿Usted no sabía que yo...?

—Acabo de enterarme de su existencia de usted —le dije—. Jamás había oído hablar del marqués de Rosablanca... Ni de Luis de Castroforte tampoco...

—Pero entonces, mamá, ¿conoces a este señor o no le conoces? —me dijo María de las Nieves—. ¿No dices que sois viejos amigos?

Me volví a mirar a mis hijas.

—Hijitas, tengo que pediros un gran favor. Vais a bajar por el camino que hemos traído, con cuidado de no acercaros a las cárcavas, y me vais a esperar en el coche.

—¡Pero mamá! —dijo María de las Nieves mirando al desconocido con aprensión.

—Vamos, haced lo que os pido —dije yo—. Obedeced, que quiero hablar a solas con el señor marqués.

No las veía muy convencidas, pero me veían tan determinada que no tuvieron más remedio que obedecerme. Cuando vi que se perdían por detrás de la ermita, me volví a mirarle.

Seguía igual de atractivo que siempre, pero ya no era un hombre joven. No era ya un hombre de veinticinco años, sino que aparentaba al menos cuarenta. La última vez que yo le había visto tenía el rostro curtido por el sol y por el mar, pero lo que yo distinguía en esta ocasión eran los signos indudables de la edad. Observé que su ojo izquierdo no se movía igual que el derecho, y pensé que debía de ser de cristal.

—Luis —dije.

—Inés.

—Yo no sabía nada —le dije—. ¡Ni sé por qué he venido aquí...!

—Has venido, y eso basta.

Se sentó a mi lado en el banco de piedra y me cogió las manos.

—¿Ahora te llamas Luis de Castroforte...?

—He tenido muchos nombres —dijo él llevándose mis manos a los labios y besándome suavemente los dedos.

—Estás casada —me dijo viendo mi alianza.

—No —dije yo—. Sí, estoy casada, pero no importa.

—¿No importa?

—Ya no.

Le miraba y sentía que aquel era el final de una larguísima espera, de una interminable búsqueda, y supe que aquel era, para bien o para mal, el final de las aventuras de Cleóbulo y Lavinia, y que después de años y años de aventuras, de naufragios, de cárceles y de todas las añagazas del azar y del destino, habíamos logrado encontrarnos por fin. Y supe también que aquella vez era la definitiva, que ya no habría otra, y que si en aquella ocasión no lográbamos unir nuestras vidas, estas se separarían ya para siempre, como barcos que parten en direcciones distintas en el mar, para no volver a encontrarse nunca.

—¿Y tú? —le dije—. ¿Estás casado?

—Sí —dijo sencillamente.

Recordé que esto me había molestado de él muchas veces, aquella parquedad a la hora de expresarse. ¿Qué significaba aquel «sí» desnudo? ¿Cómo podía no decirme nada más?

Solté las manos que él retenía entre las suyas, me abracé a él y hundí mi rostro en su pecho. No sé cuánto tiempo permanecimos así.

135. La historia de una familia

Cuando descendimos de la ermita, encontramos a mis hijas al lado del coche con cara de circunstancias y lanzándose miraditas la una a la otra.

—Vamos, niñas —les dije—. El señor marqués ha tenido la amabilidad de invitarnos a conocer su casa.

—Tendré mucho gusto en recibirlas —dijo él—. Además, así nos aseguramos de que su señora madre se ha recuperado por completo.

Para allá que nos fuimos, nosotras en nuestro coche y él en su caballo. Salió al trote, para llegar un poco antes que nosotras. Mis hijas no dejaban de hacerme preguntas: que dónde había conocido yo a aquel caballero, que si había sido antes de que conociera a su padre, que si él había estado enamorado de mí, que si yo había estado enamorada de él...

Cuando llegamos al palacio, Luis nos condujo a la antigua sala de música, ahora decorada en cálidos tonos rosa vino, donde nos esperaba sentada en un sillón una dama como de unos ochenta años, a la que nos presentó como la marquesa de Rosablanca. Mis hijas supusieron que se trataba de su madre, o quizá incluso de su abuela, pero yo me di cuenta al instante de que era, en realidad, su esposa. Era una dama alta, esbelta, muy arrugada aunque de buena planta, y tenía unos preciosos ojos azules que no se fijaban en las cosas. Se llamaba María Eugenia y era, al parecer, ciega de nacimiento.

Luis se ofreció a enseñarnos la casa. Yo dije que no me sentía bien, y que prefería esperarles sentada, y él llamó al ama de llaves y le pidió que les mostrara el palacio a aquellas señoritas.

—Pero mamá, ¿no vienes?

—Estoy muy fatigada, prefiero descansar un poco.

—¿No se siente usted bien? —me preguntó la señora de la casa—. Luis, ofrécele a la señora una copa de mistela.

—Ay, la mistela de Colindres —dije, sonriendo—. ¡Hace tantos años de eso!

—¿La conoce usted?

—Conocí todo esto hace muchos años —dije yo.

—¿El palacio también?

—Estuve aquí alguna vez, sí —dije yo, sintiendo que estaba hablando demasiado.

—Dice usted que conoce esta casa —me dijo Luis mirando de reojo a su esposa—. Sería hace años, cuando estaba abandonada y habitada solo de cuervos, de erizos y de culebras... Usted sabrá, a lo mejor, que perteneció originalmente a una familia noble, los marqueses de Colindres. Era esta una familia extraña, los Flores, próvida de personajes extravagantes y aun estrafalarios, locos y perdidos. De uno de ellos se cuenta que estudió magia negra en Salamanca, y que fue condenado por ello a no poder morir nunca, razón por la cual su espíritu todavía sigue vagando por estas habitaciones. Y siempre hay alguna criadita impresionable que lo ve por algún pasillo pasada la medianoche... A Doña María Eugenia no le gusta que bromee con estas cosas —añadió, mirando a su esposa con una sonrisa—. Otro de ellos se marchó a América en un barco que naufragó en mitad del océano. Otro se hizo peregrino y se fue por su pie a Roma, luego a los Santos Lugares y luego mucho más lejos, hasta la India. Otro fue soldado y participó en la batalla de Gelves y en la de Orán. Otro fue contrabandista bajo el nombre de capitán Arrowhead, sufrió un motín y fue abandonado por su tripulación en una isla desierta. Otro viajó a Inglaterra y entró en la marina de ese país, y viajó al océano Pacífico, donde perdió su barco en las Molucas y hubo de vivir durante cinco años entre los salvajes. Otro viajó a Viena, se apasionó con las enseñanzas de Mesmer y aprendió el arte de la curación por el espíritu utilizando el magnetismo animal y el hipnotismo, y pasó luego largos años recorriendo las cortes de Europa practicando su arte. A veces era recibido como un sabio, a veces apaleado como un farsante. Las aventuras e infortunios de los Flores son infinitas. Tenían un talento para ganar rápidamente absurdas fortunas y para perderlo todo en una noche en una mala partida de cartas o en un negocio desastroso. La familia fue empobreciéndose y cayendo en decadencia hasta que el último de los Flores murió totalmente arruinado y sin heredero alguno. Del antiguo linaje solo quedaba un sobrino, un párroco montaraz que era chantre de la colegiata y andaba enredado con contrabandistas, y que no deseaba en modo alguno cargar con la enorme responsabilidad que conlleva un título, así como los trabajos de tener que administrar una casa y una hacienda tan grandes. Muchas veces no se comprende que tener un título y un palacio es, más que un privilegio o un regalo, una pesada carga y una responsabilidad que a veces bordea en la servidumbre.

»A principios del siglo XVIII, la propiedad fue adquirida por un industrial madrileño llamado Miguel de Solís, que tenía ideales ilustrados e hizo mucho bien a la villa. Solís llegaría a ser muy querido en Colindres, ya que trajo toda clase de ideas nuevas, máquinas nuevas y nuevas técnicas agrícolas, creó diversas industrias y favoreció siempre a sus colonos y trabajadores. Se ocupó de la instrucción de los pobres creando escuelas para alfabetizar a los niños y enseñar oficios a los jóvenes y a las mujeres, favoreció la creación de montepíos para la protección de viudas y enfermos, y en general defendió la causa de la razón y de las ciencias tanto como luchó contra el oscurantismo y la superstición. Fue además el fundador de la Sociedad Económica de Amigos del País de Colindres, que todavía hoy existe. Heredaron el palacio los hijos y los nietos de Solís, todos ellos personas industriosas y honradas, y así siguió todo hasta los malhadados años de la invasión napoleónica, que pusieron todo nuestro país patas arriba. Durante la Guerra de la Independencia el palacio fue tomado por las tropas francesas, que establecieron aquí su cuartel general. Fue bombardeado y asaltado por las tropas angloespañolas y luego por las francesas, y quedó muy deteriorado, casi en ruinas. Por estas tierras la guerra fue terrible y sangrienta. Lo que apenas sufrió fue la biblioteca, es cosa bien sabida el amor que le tienen los gabachos a las bellas letras y el respeto de los de ese país por la letra impresa. Fuera como fuera, el palacio estaba muy deteriorado, y los Solís se marcharon de Colindres. Unos se trasladaron a Bilbao, donde continuaron con el negocio de armadores de barcos que habían comenzado aquí, y otros a Barcelona, y el palacio siguió abandonado durante muchos, muchos años, hasta que yo tuve la oportunidad de comprarlo.

—Querido —le dijo su esposa—, estás mareando a esta señora con todas esas historias de antaño que a ella no pueden interesarle.

—Se equivoca usted, Doña María Eugenia —le dije—. Me interesan mucho. Continúe usted, por favor...

—Cuando lo encontré, destrozado y en ruinas, me enamoré del lugar al instante —siguió contando Luis—. Yo tenía un cierto capital, que invertí en la compra del palacio y los terrenos que lo rodean, incluida la costa y la península de Leonís que, al decir de los viejos del lugar, tiempo atrás había sido una isla... Pero yo tenía que encontrar un medio de invertir el dinero que me quedaba, un negocio que me permitiera seguir adelante con mis planes... Me planteé distintas empresas, pensé en los astilleros, en el ferrocarril, en la agricultura, en la ganadería, en la industria... Pero las máquinas y el humo nunca me han atraído en exceso. Durante la mayor parte de mi vida me he dedicado al comercio por mar. Perlas, plata, caucho, grasa de ballena... Ahora que había decidido asentarme en tierra pensé que, después de tanto recorrer las olas extrayendo los tesoros del mar, lo que ahora correspondía era cultivar la tierra. Pensé en algún tipo de cultivo que produjera altos beneficios... si es que existía. Y existe. Lo encontré. Se trata, además, de una planta enormemente provechosa para la vida humana. Una planta que tiene la capacidad de hacer nuestra vida más fácil y de traernos una cierta dosis de alivio para nuestros dolores...

—¿Se refiere usted a la vid? —pregunté, divertida.

—No, señora, a las amapolas...

—¿Las amapolas?

—Sí, en efecto, la adormidera. Amapolas de opio... Yo, la verdad, no sabía que la adormidera pudiera darse en España. Luego descubrí que había plantaciones en Andalucía, en Extremadura, en Castilla la Vieja, aunque los cultivos no siempre tenían éxito. Me puse a investigar el tema y conocí en Valencia a un licenciado en Farmacia lleno de ideas brillantes, Don Pablo Fernández Izquierdo, que me convenció de que el cultivo de la adormidera podía convertirse en una importantísima industria en nuestro país. Hoy en día el opio y sus productos derivados, tales como la codeína y la morfina, son de un uso universal en medicina, pero el opio venido de fuera de nuestras fronteras es de muy pobre calidad. Nos venden un producto adulterado y mediocre, a pesar de lo cual hemos de pagar por él precios muy elevados.

»Le propuse a Don Pablo Izquierdo que nos uniéramos para cultivar la adormidera en España y producir en nuestros propios laboratorios las sustancias derivadas de esa planta. Yo pondría el capital, él sus conocimientos. El opio se cultiva mejor en las vegas fértiles... Pero no tema, que no las aburriré a ustedes con detalles de los suelos y de su composición química, de los abonos, de la humedad, de la altura... ¡Doña María Eugenia me ha oído hablar tanto de esos temas! Compré terrenos, valles enteros, y también campos en Burgos y en Palencia. Las nuevas líneas férreas que cruzan los Montes Cantábricos nos han ayudado mucho, ya que ahora podemos trasladar en cuestión de horas y de forma segura lo que tiempo atrás nos hubiera costado semanas. Instalamos unos laboratorios aquí en Colindres y comenzamos a fabricar opio de una calidad y pureza absolutamente desconocidas en España, así como codeína y morfina.

—¡Morfina «Leonís»! —dije yo, de pronto.

—Sí —dijo él—. Leonís es el nombre que decidimos dar a nuestra marca. ¿La conoce usted?

—Sí, la conozco. He visto esos frasquitos...

Mis hijas, que hacía un rato que habían regresado de su visita al palacio, escuchaban nuestra charla con interés. Más que con interés, con verdadero asombro.

Pero hablar de la morfina me traía recuerdos tristes, e intenté cambiar de tema.

—¿Y el hotel? —pregunté.

—¡El hotel! —dijo él—. Un nuevo sueño, un nuevo proyecto. El Gran Hotel Leonís será el primero de su clase en esta costa, y yo creo que en todo el país. Ahora mismo, es lo que más me entusiasma. Quiero llenarlo de las cosas mejores que se puedan conseguir, los mejores espejos, los mejores muebles, las mejores lámparas, las mejores telas, los mejores músicos, la mejor bodega... Quiero que su cocina se haga famosa y que sus fiestas y sus bailes rivalicen con los de San Sebastián y Biarritz...

Pero el tiempo apremiaba, nos esperaba un largo viaje de vuelta a Santander y teníamos que marcharnos.

136. El último pacto

¿Y qué hacer con los viejos juramentos, con las antiguas promesas? Una vez, al escuchar las ardientes palabras de Leonora en *El trovador* de García Gutiérrez, yo había jurado que si volvía a encontrarme con él, no volvería a separarme de su lado. Pero él estaba casado y yo estaba casada también, cada uno enredado en el laberinto de su propia vida y en su propio bosque de obligaciones y compromisos.

Durante aquellas vacaciones de verano volvimos a vernos una vez más. Yo le escribí a Colindres y él me respondió a vuelta de correo preguntándome si podría algún día escaparme de casa unas horas para que pudiéramos hablar a solas en Santander.

Mi hijo y mi marido ya se habían reunido con nosotras, pero no me costó mucho esfuerzo inventarme un compromiso con alguna de las muchas amistades de Madrid con las que habíamos coincidido en Santander. Luis me había citado en un café de Santander que tenía reservados en el piso de arriba.

Así fue como me encontré, una vez más, sola en una habitación con él. Yo me habría entregado a él allí mismo. Yo estaba loca. Yo solo me debía al juramento que le había hecho a Leonora bajo la luz de las estrellas.

—No deberíamos haber quedado a solas —me dijo—. Conozco muy bien esa mirada que tienes ahora mismo.

—Cada vez que nos encontramos, es uno el que rechaza al otro —dije yo.

Él se echó a reír.

—Inés de mi vida —me dijo—. Yo quiero pasar el resto de mi vida contigo, si tú quieres.

—¡Pues claro que quiero! —le dije—. ¿No me ves aquí, muerta de amor? Yo me iría contigo ahora mismo, si tú me lo pides.

—¿Ahora mismo?

—Sin dudarlo un instante.

—¡Si pudiera pedírtelo! —dijo él—. Pero no quiero de ningún modo engañar ni traicionar a mi esposa. Es una gran mujer y ha sido para mí compañera devota y entregada, un apoyo en los tiempos buenos y malos, una amiga incondicional. Quiero serle fiel y acompañarla hasta el final.

—Y yo te quiero más por eso.

—Lo comprendes, ¿verdad?

—Te digo que esto me hace quererte más todavía. Ojalá viva ella muchos años más, Luis, aunque yo sufra esperando.

—Unos pocos años más, ¿qué importan?

—Cada minuto importa, mi amor —dije yo—. Cada minuto sin ti es para mí un minuto perdido. Pero tu esposa no tiene la culpa de esta historia tan rara y tan fantástica que nos une a ti y a mí...

—¿Y tu marido?

—Mi marido es otra cosa —dije yo—. Hace mucho que debería haberle abandonado.

—Entiendo —dijo él—. No has sido feliz con él.

—Le he dado ya demasiado de mí misma. No le debo nada —dije yo.

Abandonamos el lugar por separado. Cuando salía del café me pareció distinguir a una conocida al otro lado de la calle, Margarita Alisarán y sus dos hijas, pero me hice la despistada para no tener que dar explicaciones.

Ahora nuestras cartas cruzaban una vez más la geografía española de Colindres a Madrid, de Madrid a Colindres.

137. La Dama Blanca

Yo le había dicho a Luis que era completamente libre y que podía irme con él en cualquier momento. Pero no era cierto que yo fuera libre del todo.

Hay un hada blanca y malvada que se aparece ante nosotros, nos hechiza y nos encanta con sueños y paraísos y nos lleva a su palacio rutilante con las más dulces promesas. Una vez allí, descubrimos que el palacio no es en realidad más que un pozo oscuro en el que nos hallamos en cadenas, y que el hada es un vampiro horrendo que solo desea nuestra sangre. Algunos la llaman la Dama Blanca, otros la Señora de los Sueños, pero su verdadero nombre es Hada Morfina. Su varita mágica es una aguja hipodérmica, gracias a la cual entra en nuestras venas y se apodera de nuestro cerebro y de nuestro cuerpo. Esta es la tercera transformación del Hada Morfina: primero es la Señora de los Sueños, luego un horrendo vampiro, finalmente se instala en el centro de nuestro cerebro y de nuestra volición y ocupa nuestro pensamiento y nuestra voz. Nos convence de que ella somos en realidad nosotros. Ocupa el lugar de nuestra libertad. Nos hace decir: «Yo soy libre, y hago lo que quiero», pero no somos nosotros los que hablamos, sino ella.

¿Y cómo librarse de algo que ha ocupado el lugar de nuestra propia voluntad? ¿De dónde sacar la voluntad necesaria para oponerse a la propia voluntad?

Le escribí a Luis de Flores y le conté lo que me sucedía. Le hablé de cómo había comenzado a inyectarme morfina por prescripción médica y cómo había acabado haciéndome adicta.

Su respuesta no tardó en llegar. Me dijo que había conocido muchos casos como el mío, y que había puesto en Colindres una pequeña clínica para tratarlos. Era necesario pasar, al menos, un mes en aquella institución y firmar un acuerdo para recluirse allí y verse privado de la libertad de marcharse. Durante ese período podría recibir visitas solo los dos últimos jueves del mes, y eso solo durante unas pocas horas. El tratamiento era duro, me explicó, pero daba resultados.

Le hablé a mi marido de aquella clínica y de mi deseo de internarme en ella. Como él desconocía la existencia de Luis de Flores e ignoraba también lo cerca que me iba a encontrar de él, me dio su permiso. Por suerte para mí, ya que sin el permiso por escrito de mi esposo yo no habría podido internarme en ninguna clínica. Las mujeres del siglo XIX eran como niñas carentes de voluntad y de derechos.

Pocos días antes de partir para el norte, mi marido descubrió unas cuantas cartas de Luis de Flores en mi escritorio. No sé qué le hizo ponerse a registrarlo, porque las tenía bien escondidas. Montó en cólera, me acusó de tener un amante y de haber organizado todo aquel plan para reunirme con él y poder ponerle cómodamente los cuernos con su propio consentimiento.

Le dije que Luis de Flores era un amigo de antaño al que no veía desde antes de casarme con él, pero no hubo manera. Las cartas que había leído eran indudablemente de amor.

—Yo no te he engañado jamás —le dije—. ¡Y mira que lamento no haberlo hecho!

—Hablas como una cualquiera —me dijo—. Ahora me pregunto si mis hijos son de verdad míos.

Me prohibió que me fuera a Colindres y me amenazó con acusarme de adulterio si me marchaba.

—¿Es que no quieres que salga de esta esclavitud en que he caído? —le dije.

—Si tuvieras un poco de carácter y de fuerza de voluntad saldrías por ti sola —dijo él—. ¡Tú y tus derechos de las mujeres y todas esas ideas locas e infantiles de la Avellaneda y de la Coronado! ¡Si sois como niñas sin voluntad, todas melindres y caprichos! ¡Si necesitáis todas un hombre a vuestro lado para que os ponga derechas y os diga lo que hacer! No pienso pagarte un viaje y una supuesta estancia en una clínica para que te vayas a fornicar con tu amante.

—Pero yo necesito tu ayuda, Juanito —le dije—. ¿No ves que me estoy muriendo, que estoy blanca como un espectro, que no puedo comer, que todo me produce náuseas y que todo lo vomito...?

—Yo te veo muy bien —me dijo con tono cínico—. ¡Si por ti no pasan los años!

—Eres un malnacido —le dije—. ¡Qué mal me has tratado toda la vida! ¡Qué poco te importo!

—¡Esa boca! —dijo él—. ¡No me provoques con esa boca de víbora!

—¡Malnacido! Pero ¿qué honor quieres tú defender, desdichado, si a ti ya no te queda honor ninguno?

—¡Hasta aquí hemos llegado! —dijo apretando la mandíbula con un gesto de horrible odio y resentimiento.

Levantó la mano para pegarme y yo me cubrí el rostro con las manos y di unos pasos atrás. Me tropecé con un aguamanil que había allí, perdí el equilibrio y me caí al suelo. Loco de furia, comenzó a darme patadas en el estómago y donde podía. Yo me encogía e intentaba protegerme de sus golpes. Pero ahora era su propia violencia lo que le enardecía y ya no podía parar. Yo me cubría la cara con los brazos, pero con la ropa que llevaba no podía doblar las piernas para protegerme el vientre.

—¡Juan, por favor, que me destrozas! —le gritaba yo—. ¡Para, por favor! ¡Perdóname, Juanito! ¡Perdóname!

—¿Ahora pides perdón? —decía él—. ¿Ahora pides perdón?

El efecto de esta nueva paliza fueron fuertes dolores en la cavidad abdominal que me hicieron pensar que me había lastimado algún órgano interno, el estómago, el hígado o el bazo. Pero gracias al arrepentimiento que solía seguir a estos accesos de violencia me permitió por fin que fuera a la clínica de Colindres. Pasé allí dos meses recuperándome de la paliza, haciendo el tratamiento de desintoxicación y restableciéndome en cuerpo y alma gracias a la vida tranquila y al aire de la montaña.

Mis hijos iban a verme los días de visita. Mi marido no se dignó aparecer, cosa que le agradecí mucho, porque no tenía ninguna gana de verle.

Dado que los días de visita los ocupaba mi familia, no vi a Luis de Flores ni una sola vez durante aquellos dos meses, aunque nos escribíamos a menudo. Las cartas estaban prohibidas durante las dos primeras semanas y luego se permitía una a la semana. El segundo mes nos permitieron escribirnos a diario.

El tratamiento consistía sobre todo en pasar un horrible calvario de dolores, malestar físico y angustia y luego ocuparse en labores al aire libre. Había reuniones donde hablábamos abiertamente de nuestra adicción, de cómo habíamos empezado y de las cosas que hacíamos para ocultarla. Muchos de los internados en la clínica eran mujeres de clase alta. También nos explicaban que la adicción al opio o a la morfina no se puede curar, y que seríamos adictos el resto de nuestra vida. Que probarla una sola vez supondría volver a entrar otra vez en el mismo ciclo infernal del que acabábamos de salir.

Fue así como superé mi adicción a la morfina. Poco a poco recuperé la salud. Todos mis mareos, mis náuseas, mis problemas de estómago desaparecieron. Gané algo de peso, ya que me había quedado en los huesos y recuperé el buen color.

138. Llega la primavera

Pasaron unos años. El Gran Hotel Leonís se inauguró y fue un gran éxito. La propia Isabel II lo visitó. No se hablaba de otra cosa. Ahora ya no eran solo Santander, San Sebastián y Lequeitio, sino también Colindres y Leonís los nombres que sonaban entre la gente elegante cuando se hablaba de baños de mar. Y un invierno, durante las Navidades, que es cuando suelen morir las personas mayores, falleció la esposa de Luis.

Yo dejé pasar unos meses, hasta que llegara la primavera. Nunca habíamos hablado de cuándo exactamente nos reuniríamos. Yo quería dejarle tiempo para que organizara todas las cosas que sobrevienen a un fallecimiento en la familia. Suponía que había querido a su esposa, y que pasaría, además, por un período de duelo.

Una preciosa tarde de principios de mayo salí a pasear por Madrid, bajé hasta el Prado y fui subiendo hasta llegar al Paseo de la Fuente Castellana. El aire estaba lleno de los queridos aromas de la primavera de Madrid que yo llevaba oliendo y disfrutando desde que era una niña, perfumes deliciosos de aligustres, madreselvas en flor, celindas y pan y quesillo, la flor de la robinia, que los madrileños siempre han confundido con la acacia. El sensual aligustre, la cítrica celinda, la dulce flor de la robinia, la romántica madreselva. Esa noche, durante la cena, le dije a mi marido que quería hablar con él de un tema importante. Ahora estábamos solos en casa, y cenábamos sentados a ambos lados de una mesa demasiado grande. La distancia que había entre ambos me daba cierto valor para decirle lo que deseaba.

—Tú dirás —me dijo.

—Tengo algo que decirte, pero no quiero que te enfades ni que te exaltes.

—¡Bueno! —dijo él—. ¡Bien no empezamos...!

Yo había ensayado esta conversación mil veces en mi imaginación, y había llegado a la conclusión de que la mejor manera de resolver el asunto era ser muy breve y concisa.

—Juan —dije con el tono de más helada cortesía de que fui capaz—, voy a dejarte. Esta es la última vez que hablamos tú y yo.

—¿Cómo?

—Mañana me marcharé de esta casa y no volveré más. La decisión está tomada, y no hay nada que hablar.

—Pero ¿dónde vas a ir?

—Con mi amante.

—¡Mira la mosquita muerta! —me dijo—. ¿Ese con el que estuviste en Colindres?

—Vamos, Juan, si a ti eso no te importa lo más mínimo.

—Te acusaré de adulterio. Acabarás en la cárcel.

—Haz lo que quieras.

—Te convertirás en una apestada. La buena sociedad se apartará de ti. Nadie te recibirá en su casa.

Yo solté una carcajada.

—Ay, Juanito, pero ¿tú te crees que la realidad es como *La dama de las camelias*?

—¿Y tus hijos?

—Ellos me conocen y me quieren y lo comprenderán.

—Se apartarán de ti. No querrán volver a verte.

—No lo creo. Si es necesario, les contaré cómo me has tratado durante todos estos años... pero no creo que sea necesario. Además, yo creo que ya lo saben...

—¿Que ya lo saben?

—Pues claro que lo saben, Juan. ¿Tú crees que los niños no ven y no oyen y no se dan cuenta de las lágrimas y los moratones? Pero yo no te dejo por eso, Juan. Esa no es la causa.

—La causa es ese otro hombre.

—No. La causa es que no quiero seguir viviendo contigo.

No dije ni una palabra más.

La verdad es que yo me había hecho con un estilete, que llevaba guardado en la manga izquierda, y estaba dispuesta a sacarlo si veía que se ponía violento. Me había jurado no volver a recibir de él ni un solo golpe más.

A la mañana siguiente salí de la que había sido mi casa durante tantos años y me dirigí a la estación del Norte, donde me monté en un tren para Santander.

Era un viaje largo, tendría que cambiar de tren en Medina del Campo y en Venta de Baños. No me llevaba nada conmigo. Solo un poco de dinero de mano, una bolsa con mis viejos manuscritos, mi ejemplar de Ovidio, el doble retrato que me pintara Michel Sittow en el año 1500 y el retrato de Goya de Don Inés de Padilla, ambos envueltos cuidadosamente. Yo sentía que en aquellos tres retratos se resumía y simbolizaba mi vida. Es como si aquellas pinturas fueran la prueba de que todo lo que había vivido no había sido un sueño. Por eso deseaba tenerlos siempre cerca de mí.

Cuando me metí en el tren, cuando sonó el silbato del jefe de estación, cuando el tren se puso en marcha y comenzó a salir de debajo de la gran estructura de hierro y cristal de la estación para dirigirse hacia el norte, recordé aquella maravillosa frase del *Quijote*, una de mis favoritas de ese libro, que dice: «Salió al campo con grandísimo contento y alborozo de ver con cuánta facilidad había dado principio a su buen deseo». Este es el momento en que Don Quijote sale por primera vez de su casa para comenzar su vida de caballero andante. Así me sentía yo también, llena de la felicidad que nos produce lograr por fin hacer exactamente aquello que deseamos.

Es una lástima que tanto Don Quijote como yo hubiéramos tenido que esperar tanto en nuestra vida para dar principio a nuestro buen deseo.

Fue, como digo, un viaje muy largo. Los tramos de línea férrea de Madrid a Medina del Campo y de Palencia a Santander estaban recién inaugurados. Los trenes eran nuevos, las estaciones eran nuevas, hasta los banderines y los uniformes de los jefes de estación estaban nuevos. España se transformaba. Atrás quedaban los terribles coches de caballos, los asaltantes de caminos, los robos y las violencias. El ferrocarril cruzaba el paisaje trayendo un nuevo dinamismo, una sensación de poder y de velocidad. El mundo se hacía más pequeño, quizá menos misterioso, pero también mucho más interesante.

Cuando llegué a Santander no había nadie esperándome. No le había dicho a Luis que iba a Colindres, quería que fuera una sorpresa. Tomé un coche y le dije al conductor que me llevara al palacio de los antiguos marqueses de Colindres por la carretera de la costa. Era el camino más largo, pero también el que más me gustaba. Además, tenía ganas de ver el hotel ya terminado.

Yo había visto las fotografías que salían en los periódicos y otras que vendían coloreadas en forma de postales, pero cuando lo vi por fin en la realidad desde lo alto de los acantilados, suspendido sobre la bahía de Leonís, me pareció el lugar más bello del mundo.

Le dije al cochero que había cambiado de idea y que me llevara al hotel. Ignoraba si Luis estaría allí o en su casa, pero tenía todo el tiempo del mundo para averiguarlo. El coche cruzó la verja que rodeaba los terrenos del hotel, y vi allí el escudo de los dos cisnes con los cuellos entrelazados. Ya no era un escudo heráldico. La casa de los marqueses de Colindres había desaparecido tiempo atrás, y ahora aquella imagen era solo un anagrama, un símbolo decorativo. Además, solo había dos personas en el mundo que sabían lo que realmente significaba.

El hotel estaba rodeado de un parque muy elegante de grandes árboles y amplias praderas que descendían hacia el mar. El escudo de los dos cisnes estaba por todas partes; en un óvalo de piedra sobre la puerta principal, en los toldos azules de las hileras de balcones de la fachada, en los adornos de piedra de las mansardas de pizarra, abombadas al estilo francés y adornadas con una hilera de buhardas ovaladas, como si fueran los ventanucos de un buque. Toda la planta baja estaba recorrida por una terraza de columnas y balaustradas protegida del sol por amplios toldos de seda donde los huéspedes tomarían el té, conversarían o jugarían a las cartas, los caballeros con sus trajes oscuros, las damas con sus trajes color pastel, verde, rosa, azul, índigo. A través de las inmensas cristaleras se veían los salones interiores y las arañas del techo. Todo estaba desierto. Faltaban todavía varias semanas para que comenzara la temporada.

Cuando me acercaba a la puerta de entrada, vi una figura que se movía por detrás de los cristales. Luego se abrió la puerta principal, y apareció Luis en lo alto de las escaleras. Me miró primero sin reconocerme, y cuando se dio cuenta de que era yo, levantó los brazos con gesto de sorpresa.

—¡Inés! —me dijo—. Pero loquita, ¿por qué no me has dicho que venías?

—Quería sorprenderte.

Había aprendido a usar tan bien su pierna de madera que apenas se le notaba una ligera cojera. Bajó las escaleras ágilmente y se unió a mí.

—¿Entonces? —me dijo él.

—Entonces, nada —le dije—. Don Cobarde, aquí me tienes. Toma lo que es tuyo.

Le vi sonreír y por un momento pensé que se le humedecían los ojos. Luego me pasó un brazo por la espalda y otro por debajo de las caderas y con toda facilidad me cogió en brazos. Yo me sentía elevada en volandas como si fuera una hojita de árbol levantada por un viento poderoso. Rodeé su cuello con mi brazo y apoyé la cabeza en su pecho.

—¿Adónde me llevas? —pregunté.

—A nuestras habitaciones —dijo él, subiendo las escaleras conmigo en brazos y empujando con el codo las puertas de entrada—. Quiero que veas dónde vamos a vivir.

—Pero no me subas en brazos, que peso mucho.

—Tenemos un elevador —dijo.

Entramos en una pequeña habitación con dos puertas acristaladas. Era un cuartito diminuto en el que apenas había lugar para un espejo, un banquito y un cenicero de latón. Él apretó un botón y yo sentí, mitad espantada mitad maravillada, cómo la pequeña habitación se ponía en marcha y comenzaba a subir piso tras piso.

Pensé en preguntarle si aquello era seguro, pero no podía hablar porque nuestras bocas estaban unidas.

LIBRO TERCERO

139. Ideal de la humanidad

Yo había supuesto que viviríamos en el viejo palacio, lo cual me producía sentimientos encontrados, ya que aquel edificio estaba para mí lleno de recuerdos. También para Luis lo estaba, y por esa razón había decidido construir una vivienda en el piso superior de su hotel en el que Cleóbulo y Lavinia, reunidos después de siglos de separaciones y desgracias, pudieran vivir por fin su idilio de amor. Era un palacete en sí mismo que incluía una biblioteca, un salón de estar, un comedor, un par de habitaciones para invitados y nuestro dormitorio, y se completaba con una amplia terraza, otra terraza acristalada para los días de lluvia y un pequeño jardín. Era como vivir en un mundo aéreo, más cerca de las nubes que del suelo. Por el lado sur veíamos la bahía de Leonís, los acantilados y los verdes paisajes del país; por el otro, el infinito mar Cantábrico.

Vivíamos en pecado, desde luego. Yo recordaba a Doña Pepita y a todas aquellas damas tan beatas que había conocido tiempo atrás... Habría ahora otras Doñas Pepitas que también se escandalizarían de que el dueño del Gran Hotel viviera amancebado con una mujer, pero, la verdad, a nosotros ni siquiera nos llegaba el rumor lejano de esas murmuraciones.

Luis estaba obsesionado con la idea de que yo me había hecho adicta a la morfina usando la droga que él mismo fabricaba, y había tomado la decisión de vender sus campos de adormidera así como los laboratorios Leonís. Con el dinero que obtuvo ahora podíamos enfrentarnos a otro de sus planes: la reforma y transformación del Palacio de Colindres.

Los dos éramos felices en nuestro palacete de lo alto del hotel, pero echábamos de menos el contacto con la tierra y con los árboles. Nos sentíamos en los altos del hotel como si fuéramos dos golondrinas que vivieran en un nido colocado en un alero.

Pero a los dos nos parecía excesivo el tamaño del Palacio de Colindres. ¿Para qué necesitábamos nosotros cien habitaciones? Sin olvidar el hecho de que mantener un edificio tan grande resultaba carísimo.

Luis decía que podíamos reservarnos un ala para nosotros y nuestra familia y dedicar el resto del palacio a otra cosa. Yo ya le había hablado de mi proyecto de crear una universidad para mujeres, pero seguramente ninguno de los dos podría haber creído en la posibilidad de que aquella vieja idea mía llegara a hacerse realidad de no ser por un libro que los dos leímos por esa época.

Se trataba del *Ideal de la humanidad para la vida* de Karl Christian Friedrich Krause, traducido al español por Julián Sanz del Río.

Toda España estaba por esa época leyendo a Krause.

Karl Christian Friedrich Krause era un filósofo alemán de la época romántica que había muerto en 1832. En Alemania nunca había llegado a ser muy influyente y había sido completamente olvidado, oscurecido por la fama de pensadores de la talla de Fichte o Hegel. Sin embargo, en España sus ideas estaban causando una enorme impresión, en cierta medida gracias al impulso y la inspiración de Sanz del Río, que no se limitaba, al parecer, a traducir sus libros, sino que ponía en ellos sus propias ideas, ampliándolos y extendiéndolos, y dándoles una perspectiva que es posible que en su origen no tuvieran. Pero Sanz del Río era demasiado modesto y no deseaba alcanzar la fama como pensador original. Su magisterio fue sobre todo oral. Fue uno de esos maestros cuyos alumnos se preocupan por recoger sus enseñanzas, a las que luego intentan dar la forma de libros.

Sanz del Río había sido uno de los primeros españoles que habían tenido ocasión de salir al extranjero a estudiar, después de que se levantara aquella prohibición que había impuesto Felipe II a los españoles (¡casi trescientos años atrás!) de salir de España para formarse, por el peligro de que se contagiaran de ideas heréticas.

Sanz del Río marchó a Heidelberg a estudiar filosofía, conoció los libros de Krause, varios de los cuales tradujo, y se hizo amigo del círculo de discípulos krausistas que todavía existía en Alemania, entre ellos el célebre Amiel. Con ellos mantendría una extensa correspondencia durante toda su vida.

A su regreso a España, Sanz del Río tuvo serios problemas con la Iglesia. Acusado de «hereje recalcitrante», había sido expulsado de su cátedra de Filosofía del Derecho y apartado de la docencia. Le había sucedido lo mismo a Fernando de Castro, su gran amigo y también krausista. Afortunadamente, después de la Gloriosa de 1868 que había apartado a Isabel II del trono, los dos habían sido restituidos en su puesto.

Su visión de la vida, de la educación, de la igualdad de hombres y mujeres, su ideal de una vida en contacto con la naturaleza en un mundo de tolerancia y libertad a mí me encendían de tal modo que durante una temporada en nuestros paseos no hablábamos de otra cosa. Luis se reía de mí y me tomaba el pelo llamándome «krausista».

—Bueno, krausista —me decía por la noche, quitándome el libro de la mano y dejándolo cerrado en el suelo—, ya basta por hoy.

—Ay, Luis —me quejaba yo, fingiendo un disgusto que estaba lejos de sentir—, me vas a gastar. ¿Todas las noches, hijo?

—Todas —decía él comenzando a deshacer el primer lazo de mi ropa.

—¿No te cansas de mí? —le decía por pura coquetería.

—¿Y tú te cansas de mí?

—No, no me canso.

—Pues yo tampoco.

—Dime que eres mía —me decía él cuando me hacía suya.

—Soy tuya, mi amor, soy tuya.

—Dime que eres mía.

—Soy tuya.

—¿Toda mía?

—Toda tuya.

Luego, apagado el fuego amoroso, quedábamos desnudos bajo las sábanas, entrelazados de brazos y piernas, contemplando la lluvia a través de las ventanas, o la luz de la luna en las noches claras. Yo jamás había conocido una felicidad como la que experimenté durante aquellos años.

—Inés —me dijo Luis un día, cuando los dos paseábamos por el parque del palacio, a principios del otoño—, ha llegado el momento de que hagamos realidad de una vez ese proyecto tuyo.

Habíamos hablado muchas veces de aquello, pero nunca parecía el momento.

—¿Tú crees? ¿Tú estarías dispuesto a convertir el palacio de tu familia en una universidad para señoritas?

—¿El palacio de qué familia? —me dijo—. Mi única familia eres tú.

—¿Y nosotros dónde viviremos?

Me señaló la iglesia cuya torre sobresalía entre los árboles, y que llevaba siglos abandonada.

—Ahí, donde está la antigua iglesia, construiremos nuestra nueva casa.

Nos reunimos con arquitectos, pedimos proyectos y presupuestos y reformamos completamente el Palacio de Colindres para convertirlo en una institución de enseñanza. Pero el problema más grave no era, desde luego, el espacio físico.

Mi sueño de crear una universidad para mujeres resultó más difícil de llevar a la práctica de lo que yo había imaginado. Faltaban profesores, ya que los posibles candidatos consideraban que dar clase a simples mujeres sería un descrédito profesional, faltaban alumnas capacitadas, faltaba un sustrato social adecuado para que el proyecto saliera adelante. Tampoco era posible contar con profesoras que se encargaran de las cátedras: apenas existían entonces en España mujeres con educación superior.

Finalmente, mi universidad se convirtió en la Escuela de Señoritas Beatriz Galindo, una institución dedicada a la educación de las mujeres desde los seis años que incluía todas las etapas de la educación de entonces, la primaria, de los seis a los nueve años, que era la única que solían recibir las niñas, la secundaria, de los nueve a los catorce, y la superior, de la que solo se ofrecían unas pocas carreras, que eran las que tradicionalmente se asociaban con el mundo de las mujeres: Puericultura, Magisterio y Educación para las Artes. Yo hubiera deseado añadir Farmacia, Física y Química, Ingeniería, Medicina, Leyes, Arquitectura... pero la mera noción de una mujer abogada o arquitecta ponía una sonrisa escéptica en los rostros de todo el mundo.

Me agradaba que mi Escuela llevara el nombre de mi querida amiga y maestra, una de las primeras mujeres universitarias de nuestra historia.

A pesar de sus deficiencias y dificultades, para mí la Escuela era un sueño hecho realidad. Ahora Luis se dedicaba más a la gestión del hotel y yo a la organización de mi Escuela, que pronto se hizo famosa y comenzó a recibir alumnas de todas partes de España, de modo que tuvimos que convertirla en un internado, ya que solo con las alumnas de Colindres o de las localidades cercanas no había suficientes alumnas para llenar las clases.

Tuvimos que habilitar hasta el último rincón para acoger a las alumnas, pero todas las habitaciones eran cómodas y luminosas. Como yo siempre había odiado esa costumbre de meter a los criados en el sótano, donde no tenían ni luz ni ventilación, construimos otro edificio aledaño para alojarles. Con tanto construir, desapareció todo el dinero que quedaba de la venta de los campos de adormidera y la fábrica Leonís. Ahora ya no podíamos construir nada más.

Diseñé un uniforme para que todas las alumnas fueran vestidas igual y no se notara la diferencia entre las que venían de familias ricas y las humildes. Era un vestido azul celeste, delantal, medias blancas, zapatos de caminar y un abrigo azul marino para los meses fríos. Luego decidí cambiarlo por un tono más oscuro, porque en las frecuentes excursiones que hacíamos por la naturaleza se manchaban mucho, de modo que dejé el azul claro para las excursiones culturales a Colindres o a Santander. Cuando veía a todas aquellas niñas y jovencitas caminando o jugando o sentadas por los jardines del palacio, me parecía que estaba todo lleno de flores. Pusimos también, por iniciativa de Luis, un campo de *lawn tennis*. Era aquel un juego que todavía no existía en España, y contratamos a un instructor inglés para que nos enseñara a jugar, un muchacho llamado Roderick que enseguida se enamoró del lugar, aprendió español y empezó a hacerse llamar Rodrigo. Luego, como suele suceder en estos casos, se enamoró además de un ser de carne y hueso, una de las profesoras más jóvenes, Martina, y todo acabó en lágrimas y en un bebé sin padre.

—Esto me pasa por meter a un hombre en mi Escuela de Señoritas —le decía yo a Luis.

—Chica, no es culpa tuya —me decía él.

—¡Ay, Inés! —me decía la pobre muchacha—. ¿Y ahora qué voy a hacer yo?

¡Y era profesora de ciencias! Debería estar mejor informada de cómo funciona el cuerpo humano.

Algunos de los padres se enteraron de que la señorita Martina había tenido un desliz, y me exigieron que la despidiera al instante, ya que aquel era un pésimo ejemplo para sus hijas.

«Señores —les decía yo, en persona a los que habían venido hasta allí, por carta a los que me escribían de más lejos—, ¿cómo voy a dejar yo sola, abandonada y sin medios de vida a una mujer que va a ser madre? Sería cruel e inhumano. Y además, es una profesora maravillosa y todas las niñas la adoran».

Perdimos unas cuantas alumnas a consecuencia de aquel incidente, pero no importó. Vinieron otras.

Las profesoras y yo nos llamábamos por el nombre de pila, cosa que a todos los extraños les parecía algo insólito. Pero yo insistía, porque pensaba que éramos todas iguales y que además debíamos tratarnos como amigas.

Quise instituir también un trato lo más cordial y familiar posible entre las niñas y las profesoras, y nosotras llamábamos a las niñas por su nombre de pila mientras que ellas llamaban a las profesoras «señorita...», como se ha hecho en España siempre, independientemente de que la profesora en cuestión esté o no casada. Aquello de llamar a las profesoras «Doña Carmen» o a una niñita de seis años «señorita Herranz del Soto» me resultaba de lo más antipático. La profesora era la señorita Martina o la señorita Valentina y la alumna Juanita, o Felisa, o Damiana, o como fuera.

A mí las niñas me llamaban «señorita Inés», un nombre que me hacía mucha gracia, o «la directora», que me resultaba raro, porque no había sido yo nunca directora de nada.

Claro está que no todo eran mieles y alegrías. Encontramos en la Iglesia católica un formidable enemigo: nos acusaban de dar a las niñas una educación laica y, por tanto, pagana y libertina. Nos acusaban de ateos y de herejes. Nos acusaban de enseñar indecencias a las niñas y de no instruirlas en las virtudes que son el tesoro de la mujer cristiana: la sumisión, la obediencia, el pudor, la modestia y el respeto al varón. Aquella lacra de que tuviéramos a una profesora que era madre soltera les parecía intolerable: la criatura debía ser enviada a la inclusa, y la madre a la calle, como perdida que era.

Además, en nuestra Escuela no existían los castigos de ninguna clase, ni tampoco las celdas ni los aislamientos, ni las varas ni los vergajos que eran entonces corrientes en las instituciones de enseñanza, y todo eran, al decir de nuestros críticos, premios, regalos, bailes y canciones. Nos acusaban de que nuestras niñas se pasaban la mitad del tiempo en el campo, en el huerto, corriendo como cabras locas o bañándose en el mar medio desnudas o desnudas del todo.

¡Y cuánta razón tenían! Nuestro ideal educativo era el krausista, que insistía en la educación en libertad, en sustituir el miedo al maestro que amenaza con su vara por el respeto al maestro como amigo, en las excursiones, en el ejercicio físico y en las actividades al aire libre. Nuestras alumnas siempre estaban riendo y siempre estaban cantando. Los niños siempre han ido al colegio con miedo. Aquellas niñas eran felices yendo a clase y nos decían que durante las vacaciones se pasaban el tiempo deseando volver.

Aquellos fueron, sin duda, los años más felices de mi vida.

Sin embargo, pronto se hizo evidente que nuestra Escuela no podría sostenerse a sí misma. Muchas de las niñas que venían a estudiar procedían de familias con pocos ingresos, y yo había decidido admitir a todas y que pagaran solo aquellas que pudieran hacerlo. Enseguida tuvimos que dedicar parte de los ingresos obtenidos con el hotel al mantenimiento de la Escuela.

La mayoría de las alumnas abandonaban la Escuela al terminar la secundaria o no llegaban siquiera a completarla. A la educación superior llegaban pocas.

140. La Institución

Pasamos unos años difíciles durante los cuales pensamos incluso en cerrar la Escuela, que no daba más que pérdidas, pero recibimos un nuevo impulso con la creación de la Institución Libre de Enseñanza de Madrid, la mayor realización del krausismo español.

Yo viajé a Madrid para conocer a Don Francisco Giner de los Ríos, el gran discípulo de Sanz del Río, creador y espíritu de la Institución Libre de Enseñanza.

¡Volver a Madrid! El regreso a mi ciudad natal siempre me ha producido una sensación de alegría, aunque viniera de lugares hermosos y de experiencias felices. Hay algo cálido y acogedor en Madrid, una promesa de amistad, de paseos, de tardes infinitas. Ya sé que el nombre viene del árabe y significa «río subterráneo», pero el término «Madrid» siempre me ha recordado a la palabra «madre».

La Institución estaba situada en unos pabellones y jardines muy agradables del Paseo del Obelisco, en el barrio de Chamberí, muy cerca de la casa de Joaquín Sorolla.

Giner de los Ríos me impresionó tanto que todavía hoy no puedo escribir ni pensar su nombre sin emoción. Su magisterio, su personalidad, su sonrisa, su voz, que todavía me llegan como sonando por debajo de las ramas de las moreras y las robinias de los jardines de la Institución, son como una gran luz dentro de la cultura y la vida española que alientan desde las últimas décadas del siglo XIX hasta la fatídica fecha de 1939, cuando los vencedores de la Guerra Civil cerraron la Institución.

Durante aquel viaje conocí también a Don Segismundo Moret, el presidente de la Institución, que me contó que a ellos les había sucedido algo muy parecido a lo que me había pasado a mí en mi Escuela. Habían pretendido crear una institución universitaria independiente, luego se habían dado cuenta de que sería necesario incluir la educación secundaria para formar bien a sus alumnos en el nuevo sistema y, finalmente, que había que incluir además la primaria. Lo que comenzó como universidad acababa siendo un colegio.

Los intelectuales y artistas más destacados de la época apoyaban la Institución y la seguirían apoyando en las generaciones siguientes: Joaquín Costa, Joaquín Sorolla, Ramón y Cajal, Ortega y Gasset, Antonio Machado, Juan Ramón Jiménez, Gregorio Marañón, Menéndez Pidal, lo mejor de la ciencia, del arte, de las letras, del pensamiento, de la cultura española, creció a la sombra de los ideales del krausismo y fue tocado, de uno u otro modo, por el influjo de la Institución del Paseo del Obelisco.

Esta era la España que yo tanto había soñado. La España moderna, la España viva, libre, inteligente, sensible, la España culta y amable, abierta y tolerante, la España europea, la España de Cervantes y de Garcilaso.

Regresé a Colindres llena de ideas y proyectos. Me decía que si nuestra Escuela no podía sobrevivir, habría otras que le seguirían, y que este impulso que habíamos comenzado ya no podría pararlo nadie.

141. Celos

A Luis le gustaba verme en mi Escuela, rodeada de mis niñas. Así era como yo las llamaba. Para mí todas eran mis niñas, las alumnas y las profesoras, que eran casi todas jóvenes.

—Qué feliz te veo con tus niñas —me decía Luis—. Y cómo te quieren todas.

—Es lógico. Yo también las quiero.

—Señorita Inés —me decía Anita, una de las niñas—, yo no quiero hacer de Segismundo en la obra. A mí no me gusta el teatro.

—Pero si lo haces muy bien. ¡Eres la mejor actriz de todas!

—Es que dicen que si hacemos teatro perderemos la fe cristiana...

—¿Quién dice eso?

—Mi hermano me lo ha dicho en una carta, que a él se lo ha dicho el cura.

—¡Vaya cosas que hay que oír! —le dije—. Tú piensa, Anita, que Calderón de la Barca, el autor de la obra que estamos haciendo, era sacerdote.

—¿De verdad, Doña Inés? Se lo voy a explicar a mi hermano, que seguro que no lo sabía.

—Anita, no hace falta que me llames Doña —le decía yo a la niña.

La niña se fue corriendo y dando saltos de alegría.

—Di la verdad —me decía Luis cuando le contaba estas anécdotas—, a ti lo que te gustaría es que te hablaran las niñas de tú, como si fueran tus hijas.

—Pues ¿no sería ese un mundo ideal, un mundo en que no existiera el «usted», ni el «don», ni el «doña»?

—Ay, Inés, yo pienso lo mismo —me decía él con melancolía—. Cómo se nota a veces que somos de otra época. Todas estas gazmoñerías burguesas del siglo XIX no van con nosotros.

—Desde luego que no, hijo —le decía yo—. Yo pondría en la puerta, como Rabelais en la de su abadía de Thelema, un cartel que dijera: «Haz lo que quieras».

—Tú querrías crear una Arcadia en Colindres.

—Una Arcadia, sí —dije yo.

Todo aquello de la Arcadia y de la Edad de Oro, ese mundo pastoril donde no hay tuyo ni mío y donde los pastores, hombres y mujeres, pasan su tiempo recitando poemas y hablando sobre el tiempo, la belleza o el amor, era algo que había estado muy de moda en nuestra juventud.

Hablando del mundo pastoril, de Virgilio, de San Juan, de *La Galatea*, de *La Diana*, acabó por salir el tema de Sannazaro. Yo le dije que le había conocido en Nápoles. En buena hora se me ocurrió soltar aquello.

—Madre mía, ¿a quién no has conocido tú? —me dijo él frunciendo el ceño.

—Fue en Nápoles, durante aquellos años que viví con tu hermana.

—Pero ¿le conocías mucho?

—Bastante —dije yo, de forma un tanto imprudente.

—Quieres decir que fuiste su amante.

—Pues la verdad es que sí —dije yo.

Siempre había temido que surgiera aquel tema alguna vez, pero ahora que por fin salía, no veía razón para mentir ni para rehuirlo.

—¿También de Sannazaro? —me dijo él, muerto de celos—. Pero Inés...

—Duró muy poco. Y no significó nada.

—¿Te enamoraste de él?

—No, Luis. Era un hombre bastante mayor que yo. Lo que sentía por él, sobre todo, era admiración. La admiración que se siente por un autor famoso cuyos libros conocemos desde hace tiempo...

Yo siempre tenía miedo a que me hiciera aquella pregunta que sabía que le rondaba la mente. Una noche, al fin, la dijo con palabras.

Fue después de uno de nuestros apasionados encuentros amorosos, en lo más hondo de la noche, los dos agotados, los dos medio dormidos. La temida pregunta.

—¿Cuántos? —dije yo—. ¿Y eso qué importa?

—¿No sabes cuántos?

—Muchos, Luis, pero ¿eso qué importa ahora?

—¿Muchos?

Otra palabra terrible.

—¿Y tú, Luis, cuántas? —le dije—. Pero no, mira, no quiero que me contestes, porque no me importa, me da igual...

—Pues a mí no me da igual.

—Pero ¿qué importa eso ahora, mi amor? —le dije.

—Es que me asombra que tengas que pensártelo tanto. ¿Es que no lo sabes?

—Luis, ha sido una vida muy larga...

—Pero ¿cuántos...? —dijo, sin llegar a completar la frase—. Tú, Inés, has tenido relaciones muy largas... y en esas relaciones, ¿eras siempre fiel?

—Sí.

—¿Siempre?

—Siempre que he tenido una relación con un hombre, le he sido fiel. Solo una vez...

—¿Una vez?

—Y lo pagué bien caro.

—Comprendo —dijo él—. Fue conmigo.

—Sí, contigo.

—¿Y no tuviste ningún otro amante durante esos años, viviendo en la gran Babilonia?

—No —dije yo.

—¿Aunque no estuvieras casada con ese hombre... con ese cardenal...?

—Eso para mí no significa nada. Tú y yo, ahora mismo, tampoco estamos casados.

—Nosotros estamos casados desde aquella noche de Salamanca.

—Es verdad —dije yo—. Desde aquella noche.

—Y lo estaremos también legalmente tan pronto como podamos —dijo él.

—Si tú quieres... te digo que eso para mí no tiene excesiva importancia.

—¿Es que no quieres casarme contigo? —me dijo él jugando.

—Luis, tú eres mi marido desde que tenía diecisiete años. Tú mismo acabas de decirlo. Si quieres que pasemos por la iglesia, pasaremos.

Él quedó en silencio, y yo supliqué al cielo que se olvidara del tema.

—Bueno —dijo él—. Yo no puedo decir lo mismo... Yo no siempre he sido fiel... No siempre...

—Bueno, mi amor, pues vamos a dejarlo así. Porque a mí sí me serás fiel, ¿verdad?

—¿Acaso lo dudas?

—Pues no, hijo, ¡si estás loquito por mí! ¡Si se te cae la baba cuando me miras! ¡Si te tengo encima todo el día!

Volvió a preguntármelo unas noches después.

—Ay, hijo, qué pesado te pones con eso.

—Es que necesito saberlo, Inés.

—Pero ¿para qué? Si yo soy tuya en cuerpo en alma, y lo seré hasta que me muera. ¿No te basta con eso?

—Sí, me basta. Pero al mismo tiempo necesito saberlo.

—¿Por qué? ¿Para sentir celos? ¿Para sufrir?

Le hablé de Enrique Murillo, mi primer marido, al que jamás quise. Le hablé de Michel Sittow. Le hablé de Padilla. Le hablé del hombre que me raptó y abusó de mí. Le hablé de Sannazaro. Del cardenal. De Cervantes. De Lope de Vega. De Miguel de Solís. De Juanito de Loeches. La verdad, no habían sido tantos. De quien no le hablé fue de mi princesa rusa, ni tampoco de Testini, ni de Brasanelli ni de otras aventurillas como la de Alfred Tennyson... Y tampoco le hablé de aquel muchacho de singular belleza que el cardenal me enviaba durante mi encierro, y al que yo me entregaba una y otra vez porque no tenía otro remedio... No le hablé de esas historias no por ocultarle nada, sino porque hay cosas que no es fácil contar, cosas que no se pueden contar y, desde luego, cosas que no se deben contar de ningún modo y que deben permanecer siempre con nosotros, en la zona privada de nuestra alma.

Tampoco le hablé de Marianela, ni de mi esposa Isabel, ni de todos aquellos asuntillos de faldas que tuve cuando había sido un hombre... Desde luego, la confianza que debe existir dentro de una pareja tiene que tener ciertos límites, y en este caso yo los veía bien claros.

Y luego estaban todos aquellos, no sé cómo llamarlos, aquellos de mi etapa... bueno, de aquella etapa extraña que había vivido después de estar encerrada tantos años, en Roma... Pero estos no habían sido amantes, ni amores, ni relaciones, ni hombres, ni nada: eran solo fantasmas, como las figuras de un sueño remoto... Solo Testini emergía de esa época con el perfil y la energía de un ser individual. Dios mío, y lo bien que me lo pasaba yo con él en la cama. Desde luego que yo solo tenía un amor y un amante, pero de todos los otros amantes que había tenido en mi vida, sin duda Testini había sido el que me había hecho más feliz.

—No tengas celos, mi amor —le decía yo—. No tengas celos... Todo eso pasó hace mucho tiempo...

—Tengo celos porque te quiero —me decía él—. Sé que no tengo ningún derecho. Sé que es algo irracional...

Fuera como fuera, el tema de los celos nunca volvió a surgir entre nosotros. Pero yo sabía que no había desaparecido, que nunca desaparecería del todo.

142. Una familia

El intenso amor que llenaba mis días, la felicidad de los nuevos proyectos, la sensación de estar por fin haciendo algo en mi vida que valía la pena hacían que me sintiera más joven que desde hacía años, quizá desde hacía siglos. Y mi fertilidad, Dios mío, aquel océano interior que parecía llevar dentro de mí, del que brotaban vidas y vidas. Enseguida me quedé embarazada y di a luz a un niño al que pusimos de nombre Germán, y luego a una niña, Irene, y luego a otra niña, Patricia, y luego a dos niños más, Mario y Pedro Enrique, y una vez más tenía yo una gran familia.

—Esta vez no pienso separarme nunca de mis hijos —le dije a Luis—. Cuando se hagan mayores, cuando tú y yo parezcamos más jóvenes que ellos, les contaremos la verdad.

—Me parece bien —dijo él—. Pero a lo mejor para entonces ya no hay una verdad que contar.

Y era cierto que Luis parecía haber comenzado a envejecer. Era evidente que ya no parecía aquel joven deslumbrante de antes.

Si nuestras alumnas eran felices en Colindres, ¿qué decir de mis hijos? Mis hijas se educaron todas en nuestra Escuela, de modo que no fue extraño que más tarde varias de ellas decidieran dirigirla y administrarla. En cuanto a los niños, hicieron allí la primaria y secundaria. Eran los únicos varones de todo el alumnado. Muchos nos decían que estábamos locos por tener juntos a niños y a niñas en la misma clase.

Yo decía:

—Dentro de un siglo, todos los colegios serán mixtos.

—¿Y eso cómo puede ser?

—Porque es lo natural.

Luego nacieron Sonia, Elvira, Diana y Rodrigo, y más tarde Elena y Rosa, y ahora teníamos once hijos, los once sanos, y yo no sabía cómo hacer para no tener más. La única manera habría sido mantenernos célibes Luis y yo, algo que ninguno de los dos habría querido por nada del mundo. Luego nacieron dos niños más, Juan Luis y Eloísa.

—Pero amor mío —le decía yo a Luis—, ¿es que no te cansas de mí?

—¿Y tú de mí?

—No, no me canso. ¿Por qué me iba a cansar?

—Las mujeres que tienen hijos muchas veces pierden las ganas de acostarse con su marido.

—Eso les pasa solo a las mujeres maduras, Luis —le decía yo guiñándole un ojo.

Cuando Germán cumplió veintiún años, nos reunimos con él y se lo contamos.

—Pero papá, mamá —nos dijo mirándonos con un gesto muy raro—, ¿es que os habéis vuelto locos?

—Puede parecer que estamos locos —dije yo—. Pero mira, hijo mío, llevo teniendo esta misma apariencia desde el año 1500, o sea que es muy probable que en 1900, y en 1920 y en 1950, siga igual. Tú mismo lo verás, y te darás cuenta de que no estamos locos.

Le enseñamos los dos retratos, el que me pintara a mí Michel Sittow y el de Luis que había estado en la biblioteca del Palacio de Colindres. Los dos eran del año 1500. En cuanto al retrato de Goya, ese era un secreto incluso para Luis. No lo había visto nadie jamás.

—¿Entonces qué debo hacer? —preguntó nuestro hijo, abrumado.

—Desde luego, no contárselo a nadie. Este es el secreto de la familia y debe quedarse en la familia.

—Pero si es cierto lo que dices, mamá, será un secreto a voces.

—A mí eso me da igual. Lo que yo no quiero es tener que separarme nunca de vosotros. Quiero seguir siendo siempre vuestra madre y quiero conocer a mis nietos y disfrutarlos.

—Pero papá no aparenta ser tan joven como decís...

Y era cierto, como he dicho, que Luis parecía haber comenzado a envejecer. Cuando le conocí a principios del siglo XVIII me pareció que tenía el rostro curtido por el sol y el mar, y en nuestro encuentro de unos años atrás le había visto con la apariencia de un hombre de unos cuarenta años.

En 1900 aparentaba unos cincuenta.

Yo pensaba que si seguía envejeciendo a aquel ritmo, podría muy bien llegar hasta el siglo XXI, pero no fue así.

El 12 de julio de 1922, a eso de las cuatro de la tarde, estaba yo charlando con un grupo de profesoras en los jardines del palacio-colegio cuando vi salir de la casa a Asunción, una de las secretarias, y dirigirse hacia mí con cara de susto. Había una llamada de teléfono, me dijo, una llamada urgente. Yo presentí al instante que había sucedido una tragedia.

En Colindres teníamos teléfono desde 1908, sobre todo por insistencia de Luis, que era un gran admirador de todos los adelantos técnicos. En esa época no había ni muchas líneas ni muchos abonados, de modo que cada llamada revestía un aire de gran ocasión, o bien quería decir que «había pasado algo». Luis llevaba una semana en Madrid, donde había solicitado una entrevista con el marqués de la Vega-Inclán, director de la Comisaría Regia de Turismo, que había sido creada unos cuantos años atrás y se encargaba de la promoción de las riquezas naturales y artísticas de nuestro país para atraer a los visitantes extranjeros. Después iba a ir directamente a Gijón para encargarse de una de las miles de gestiones a que le obligaba el hotel. No le esperábamos de vuelta hasta dos o tres días después.

Corrí a la casa, cogí el teléfono con dedos temblorosos y la voz de alguien que se identificó como agente de la Guardia Civil me preguntó si era la esposa de Don Luis de Castroforte, de Colindres. Le dije que así era, y me explicó torpemente, quizá porque tenía poca práctica de hablar por teléfono, que había habido un accidente ferroviario en Paredes de Nava, y que mi marido estaba entre los heridos. Le pregunté si estaba grave, pero no me lo supo decir. Nada más colgar llamé a Germán y a Irene, mis dos hijos mayores, les conté la noticia y les dije que me iba inmediatamente para Paredes de Nava. Germán me dijo que se venía conmigo, y al poco rato Irene me llamó y me dijo que ella venía también. Paredes de Nava, en la provincia de Palencia, estaba a unos doscientos kilómetros de Colindres. Fuimos en tren hasta Palencia, y desde allí a Paredes en un camión de los que salían para ayudar en la catástrofe. Se hablaba de muchos muertos y de más heridos, y yo comencé a sentirme muy asustada.

El accidente había tenido lugar a las dos y media de la madrugada del día 11, cuando el Correo de Asturias con destino a Gijón, en el que venía Luis desde Madrid, chocó con el Rápido de Galicia, que había acumulado un retraso de dos horas y estaba detenido en la salida de la estación, situado en la aguja para desviarse para León. Por alguna razón, el Correo de Asturias ignoró las señales de parada (¿iría dormido el conductor?, ¿estaría borracho, como afirmó parte de la prensa más tarde?) y continuó a toda velocidad hasta empotrarse con el otro tren, que estaba inmovilizado en la vía.

La estación de ferrocarril estaba en las afueras de la población. Había allí gente por todas partes: operarios y zapadores, médicos y enfermeras, agentes de la Guardia Civil, autoridades locales, el juez de Paredes de Nava y hasta el Gobernador Civil de la provincia. El espectáculo de los dos trenes destrozados, con vagones montados unos sobre otros y reducidos a amasijos de hierro, era terrorífico. Las máquinas de ambos trenes estaban empotradas una contra otra de tal modo que parecían una sola pieza, ya que ninguna se había salido del carril y habían agotado toda su fuerza en el choque. El furgón de equipaje del Rápido había dado una vuelta de campana, quedando con las ruedas hacia arriba, y el vagón cama del mismo tren se había colocado encima de la plataforma del coche ambulancia, que había salido despedido, había pasado por encima de dos vagones de primera y había quedado aplastado entre ambos. Otro vagón de segunda del Rápido, así como el ténder, habían quedado destrozados. Lo mismo les había sucedido a un vagón de primera y uno de segunda del Correo de Asturias, que habían quedado convertidos en un montón de hierros y astillas.

La Cruz Roja de la localidad había comenzado inmediatamente los trabajos de rescate de los heridos, aunque se habían enfrentado con grandes dificultades para sacar a las víctimas de unos coches a los que en ocasiones resultaba imposible acceder. Desde Palencia se enviaron dos trenes de socorro con médicos y personal sanitario y un equipo de obreros con herramientas para apartar las astillas y abrir hueco entre el material destrozado. Cuando nosotros llegamos, bien entrada la tarde, los trabajos de rescate todavía no habían terminado, y la sensación, como decía, era de caos y de angustia. Todavía seguían rescatando cadáveres, que sacaban en parihuelas del tren y luego llevaban al edificio de la estación, donde los metían en féretros para llevarlos al cementerio de Paredes. Pero ¿dónde estaba Luis? La Guardia Civil nos informó de que los primeros heridos habían sido llevados al hospital de Paredes, y que a otros los habían trasladado a Palencia e incluso a León, desde donde habían enviado otro tren de auxilio. No había todavía una lista completa de víctimas, ni tampoco noticia del lugar donde se encontraban todos los heridos.

Nos dirigimos al hospital de Paredes, y allí encontramos a Luis, tendido en una cama, con medio rostro vendado, inconsciente y, por lo que parecía, en muy mal estado. El médico con el que hablamos nos dijo que había sufrido graves lesiones internas. Al parecer, el coche en el que iba había sido de los que más habían sufrido con el impacto, y uno de los hierros de los asientos le había atravesado el vientre dañándole varios órganos. Le habían operado de urgencia esa misma mañana, pero las lesiones eran muy graves y, según me dijo el médico, debíamos estar preparados para lo peor. Yo pregunté si allí en Paredes tenían el material y los equipos necesarios para tratarle, y si no sería mejor llevarle a Palencia. El médico me dijo que en el estado en que estaba Luis, lo mejor era dejarle reposar, que cualquier traslado sería contraproducente, y que en Palencia no podrían hacer más de lo que habían hecho allí. Le pedí disculpas y le dije que estaba segura de que Luis se hallaba en buenas manos, aunque sé que los médicos están más que acostumbrados a lidiar con estas situaciones y no creo que se ofendiera por las palabras de una esposa angustiada. Una esposa, sí, ya que como esposa de Luis me presenté en el hospital, aunque aparentara ser más joven que mis hijos. Supongo que todos imaginaban que Germán e Irene eran hijos de una esposa anterior, de la que Luis había enviudado. En aquellos momentos nada podía importarme menos que lo que pensara nadie.

Se oían voces, llantos, gemidos, en las habitaciones y en los pasillos del pequeño hospital de Paredes, que estaba al límite de su capacidad. El párroco estaba por allí, dando la extremaunción a los heridos graves. Como yo me temía, también entró en nuestra habitación: yo le dije que Luis dormía, y que era mejor que volviera en otro momento. No tenía el menor deseo de ver cómo un cura le daba la extremaunción, como si ya casi estuviera muerto.

Afortunadamente era el lado izquierdo del rostro el que Luis tenía vendado, de modo que cuando se despertó por fin, podía vernos. Hubiera sido un golpe muy cruel del destino que solo le hubiera quedado al descubierto su ojo de cristal.

—Inés... —dijo con voz débil—. Germán... Irene... ¿Qué hacéis todos aquí?

—¿Sabes lo que ha pasado? —le dije—. Ha habido un accidente de tren.

—Sí, sí, lo sé —dijo él.

Le cogí la mano, y noté que apenas tenía fuerza para apretar mis dedos.

—El progreso —dijo él intentando mantener el buen humor—, y las víctimas del progreso.

Estábamos en pleno mes de julio, pero cuando cayó la tarde comenzó a hacer mucho frío. Yo no conocía esos veranos de Palencia, que son más fríos que la primavera, ni el frío que puede hacer esas tardes de verano cuando comienza a soplar el norte. Yo estaba temblando, e Irene y yo nos cogíamos de las manos para darnos calor. Esa noche le operaron otra vez. Tardaron casi dos horas, durante las cuales mis hijos insistieron en que saliéramos a comer algo, ya que llevábamos todo el día en ayunas. Fuimos a una fonda, pero ninguno de los tres pudo comer mucho más que un caldo. Germán reservó dos habitaciones en la fonda viendo que tendríamos que pasar allí la noche. Yo le dije que no se molestara por mí, porque no pensaba apartarme del lado de Luis.

—Bueno, mamá, pero algo tendrás que dormir —me dijo.

El dueño de la fonda, que nos servía la comida, le miró con ojos sobresaltados y luego me miró a mí.

Normalmente mis hijos me llamaban siempre por mi nombre de pila, pero esa noche estábamos los tres tan alterados que no sabíamos lo que decíamos. A esas alturas ya todos conocían el secreto de la familia que en un principio le habíamos contado solo a Germán.

Ninguno de los tres pegó ojo aquella noche. Cuando regresamos al hospital, Luis estaba todavía dormido, y nos dijeron que tardaría todavía un rato en recuperar la conciencia y ser capaz de hablar. El médico nos aconsejó que nos fuéramos a dormir y volviéramos a la mañana siguiente, pero ninguno de los tres quiso salir de la habitación. Germán e Irene se quedaron dormidos en sendas sillas, apoyados el uno en el otro. Yo estaba al lado de Luis, con su mano entre las mías, rezando todo lo que sabía. Y sabía muchas oraciones, muchas, muchas, ¡liturgias enteras! No había rezado tanto desde mis años en el convento.

«Si toda nuestra vida es un milagro —le decía yo a Dios—, si has hecho que nuestra vida sea un milagro tan grande e inexplicable, te pido, Señor, que nos concedas ahora este pequeño milagro, que no te lo lleves esta noche». Pero ¿era cosa de Dios? ¿Existía de verdad aquel Dios, aquella presencia sobrehumana a la que se podían pedir cosas, que tenía la voluntad de decidir si dar algo o si quitarlo? Desde mis años de monja, y desde antes incluso, cuando leía la *Comedia* de Dante, yo ya pensaba que Dios no podía ser esa especie de burócrata celestial al que se le presentaban instancias debidamente cumplimentadas que él podía admitir o no a trámite y, en su caso, conceder o denegar. No, si existía Dios, tenía que ser otra cosa mucho más lejana, totalmente impersonal, más allá de nuestro concepto de justicia, de moral, de sentido. Y al mismo tiempo, algo mucho más cercano, algo íntimo en nosotros, como esa «efigie» que aparece al final del *Paraíso* de Dante, que resulta no ser el motor inmóvil ni el pantocrátor mayestático, sino «nuestra» propia efigie. Algo tan íntimo como el «esposo» del *Cántico* de San Juan, una sensación de vacío en el interior del alma, que solo puede colmarse descubriendo que eso que nos falta está, en realidad, dentro de nosotros mismos, en la «interior bodega», como un vino espiritual que nos embriaga, y que también está a nuestro alrededor, por todas partes. Y sin embargo yo rezaba y le pedía a Dios, le pedía como el que pide a un rey o a un amigo o a un juez o a un carcelero, simplemente porque no sabía qué otra cosa podía hacer.

Finalmente yo también me quedé dormida. Nos despertaron las enfermeras al entrar en la habitación a la mañana siguiente para ver cómo seguía Luis.

Abrí los ojos sobresaltada y vi que estaba despierto.

—¿Cómo te encuentras?

—Bien —me dijo—. Sereno. Tranquilo.

—Bueno, hijo —le dije—. No es tiempo de estar tan sereno.

—¿Por qué no?

—Te quiero más animado, más luchador.

—Se ha acabado la lucha, Inés.

—Pero ¿qué dices? Te han operado dos veces. Te han salvado la vida.

Él quedó en silencio un rato.

—Lo que me da más pena de dejar este mundo es apartarme de ti —me dijo con una voz muy tranquila pero también muy triste—. Nada hay en este mundo tan bello, tan bueno, tan placentero, como tu pequeña persona. Inés, mi Inés, mi Leonís. Tú eres el amor, eres la felicidad y la belleza de este mundo. Eres el centro de mi vida, la medida y la razón de las cosas.

—No soy tan pequeña —dije yo.

Me temblaban los labios.

Germán e Irene se habían despertado también y se habían acercado a la cama.

Esa mañana llegaron en dos tandas el resto de nuestros hijos, Patricia, Mario, Pedro Enrique, Sonia, Elvira, Diana, Rodrigo, Elena, Rosa, Juan Luis y Eloísa, unos en tren, otros en automóvil. Éramos tantos en la habitación que las enfermeras nos decían que allí solo podían estar los familiares directos.

—Es que somos todos familiares directos —decían mis hijos.

El médico examinó a Luis y me dijo que no creía que pasara de esa noche. Al parecer estaba destrozado por dentro, y era un milagro que siguiera vivo. Habló conmigo en el pasillo para que Luis no nos oyera, pero era inútil porque yo me daba cuenta de que él era bien consciente de su situación y, para mi desesperación, veía que ya había aceptado su destino.

—Me da pena tener que llevarme conmigo todas las cosas que tengo guardadas en la memoria —nos decía—. Son siglos y siglos de recuerdos, de aventuras, de personas, de batallas, de naufragios, que se irán de este mundo conmigo, de las que nadie sabrá jamás. Debería haber hecho lo mismo que tú, Inés, debería haber escrito la historia de mi vida. A lo mejor es algo que debería hacer todo el mundo en algún momento, para dejárselo en legado a sus hijos. Hay muchas cosas de las que no te he hablado nunca —me dijo luego—. Mujeres, hijos...

—Yo nunca te he preguntado —dije yo—. Ya sé que has tenido otras mujeres.

—He hecho cosas horribles —dijo él—, en las guerras, en las batallas, cuando era corsario...

—¿Tú has sido corsario? —le preguntó Germán estupefacto.

Luis y yo nos miramos con cara de circunstancias.

—¿Y tú, mamá, lo sabías?

—Pues claro que lo sabía —dije—. Tu padre era el capitán Arrowhead, y me robó de mi casa una vez.

—¿Cómo es eso? —preguntó Elena, la romántica Elena—. ¿Cómo que «te robó»?

—Se metió en el palacio por un pasadizo secreto que da a la biblioteca, me raptó en medio de la noche, me llevó a su barco y cuando me desperté, estaba en alta mar.

—¿Por qué nunca nos habéis contado esa historia? —dijo Elena mirándonos a ambos con ojos brillantes—. Pero ¿es cierto todo eso?

—Ahora ya parece solo un sueño —dijo Luis—. Ya lo verás, Elenita, a ti también te pasará. Cuando vives las cosas nunca te parecen gran cosa. Luego pasa el tiempo y te das cuenta de que lo que viviste tiene la sustancia de las viejas leyendas épicas. Es imposible saberlo en el presente. Es necesario perderlo para saber lo que es.

—¿Fue entonces cuando perdiste la pierna, cuando eras pirata? —preguntó Juan Luis.

—Sí, hijo —dijo Luis—. Pero yo nunca fui pirata. Era más bien corsario, traficante. Me dedicaba a traficar con ron, con tabaco y con otras cosas a través del Atlántico. Cambié de nombre, me hice marino en Inglaterra y me hacía llamar Conrad Arrowhead. Cuando uno es capitán de navío tiene que ser una persona implacable, justa pero implacable. La travesía a través del Atlántico es dura y difícil y a menudo se presentan situaciones que hay que manejar con mano de hierro. ¡Un grupo de hombres duros y curtidos, solos, sin mujeres, metidos durante meses en una cáscara de nuez! A veces tenía que ordenar que azotaran a algún marinero. Nadie hubiera entendido que actuara de otro modo. En una ocasión, por no haber sido lo duro que debiera, sufrí un motín, y fui abandonado en una isla desierta en el Pacífico.

—¿En el Pacífico?

—Atravesamos el Estrecho de Magallanes, uno de los lugares más peligrosos del planeta, y nos adentramos en el Pacífico. Yo quería alcanzar las Filipinas, pero los marineros se amotinaron y me dejaron en una isla que encontramos. Me pusieron en una barca con dos hachas, un fusil, una caja de munición, varios barriles de ron, un cuchillo, una lona embreada, una Biblia y una soga. La soga era, quizá, para que pudiera ahorcarme si las cosas se ponían muy feas, no sé. Supongo que en caso de que sobreviviera y ellos fueran perseguidos por la justicia querían dejar constancia de que me habían dejado con recursos para que no muriera. Pasé años solo en aquella isla, años de horror y desolación. Me alimentaba de focas cuando había focas, y cuando no, me internaba en los valles y barrancos de la isla para intentar cazar las cabras que vivían salvajes en las peñas. Debían de haber llegado allí en algún barco, ya que en esas islas remotas nunca hay animales terrestres grandes. Trepando por esos riscos tuve un accidente, me caí por un precipicio desde una gran altura y me rompí la pierna por varios sitios, con tan mala suerte que las heridas se gangrenaron.

—Pero papá —dijo Rosa horrorizada—, ¿quién te hizo la operación?

—No había nadie allí —dijo Luis con una sonrisa—. No había médicos, ni hospitales, ni mucho menos anestesia.

El médico había entrado en la habitación para reconocer al paciente y al oírle pensó que Luis deliraba.

—Es un efecto de la fiebre, señora —me dijo—. Vamos a ver si conseguimos bajársela.

Volvió el cura, y le echamos amablemente diciéndole que Luis estaba recuperándose muy bien y no necesitaba de su auxilio.

Nos fuimos a desayunar por turnos a la fonda, primero mis hijos y luego yo. Estaba muerta de hambre, y me sentó bien comer y tomar una buena taza de chocolate. Cuando regresé al hospital, Luis seguía hablando, y mis hijos le escuchaban embobados. Les hablaba de su peregrinaje a Jerusalén, de cómo había recorrido los terrenos del Turco, de las maravillas de Constantinopla, del largo camino a través de montañas y desiertos hasta llegar a Tierra Santa. Yo no conocía bien esa historia, y me quedé callada y escuchando al igual que mis hijos. Contó cómo en Jerusalén había conocido a un hombre venido de la India que le había hablado de la ciudad sagrada de Benarés, situada a las orillas del Ganges, y de los *sadhu*, que es como llaman ellos a sus monjes, que controlando la respiración aprenden a salir del cuerpo y estar en dos lugares al mismo tiempo. Aquello le había parecido tan asombroso que había decidido continuar su peregrinaje hacia el este.

—Pero ¿fuiste? —le preguntó Rodrigo—. ¿Llegaste tan lejos?

—Con paciencia y sin miedo se llega a cualquier sitio —dijo Luis—. Había que cruzar el imperio safávida, luego Ormuz, luego el desierto... Luego todo el inmenso Indostán, que es tan grande como Europa. Estuve tres años en Benarés, viviendo a las orillas de su río sagrado. Me convertí en un *sadhu* yo también. Como no entendía bien, lo único que podía hacer era sentarme al lado de aquellos hombres santos e intentar imitarles. Poco a poco fui aprendiendo...

—¿Y lo lograste? —preguntó Rodrigo—. ¿Lograste estar en dos sitios al mismo tiempo?

—Sí —dijo Luis—. Pero eso no era lo importante...

Se quedó callado, perdido en los recuerdos. Ninguno de nosotros se atrevía a decir nada.

—¿Cómo os conocisteis mamá y tú? —preguntó Elena entonces.

—Eso fue hace mucho tiempo —dije yo, tomando el relevo—. Vuestro padre era un jovencito arrogante que iba por las calles de Salamanca montado en un caballo blanco. Y yo era casi una niña ignorante y fantasiosa. No tenía ni quince años.

—Tenías dieciséis —dijo él mirándome con aquella mezcla de admiración y de maravilla que yo siempre veía en sus ojos.

—Pero ¿cuándo sucedió todo eso? —preguntó Irene.

—Antes del descubrimiento de América —dije yo—. Todavía había árabes en España. Todavía había juderías y sinagogas en las ciudades...

Pero por mucho que lo intentara, por mucho que intentara tomar yo el testigo de las historias para que él descansara y ahorrara fuerzas, no había manera de callar a Luis. Estuvo hablando todo el día, hasta la noche.

No diré que nos contó toda su vida, porque se tarda una vida entera en vivir una vida y haría falta otra vida entera para contarla, pero sí que nos contó miles de historias que yo oía entonces por primera vez.

Nos habló de su encuentro con Anton Mesmer en Viena, donde conoció también a Mozart, y de todo lo que aprendió de Mesmer en aquellos años en que el gran médico alemán había caído en desgracia en la corte y nadie le hacía mucho caso. Nos habló de una forma nueva de medicina que lo que pretendía no era curar el cuerpo, sino el alma, y del gran descubrimiento de Mesmer: el «magnetismo animal», que es una fuerza espiritual que habita en todos los seres vivos.

—Pero lo que no entiendo, papá —le dijo Elena—, es por qué no buscaste a mamá, por qué no vivisteis juntos durante todo ese tiempo.

—Ay, hijita —dijo él—, *infandum regina iubes renovare dolorem*, no me recuerdes el dolor más grande de mi vida. Entonces no era tan fácil como ahora. Los dos, tu madre y yo, hemos tenido otros maridos, otras esposas, otras familias. Vuestra madre pasó más de cien años encerrada en un convento. ¿Cómo, dónde podía buscarla yo? La vida en este mundo está llena de dolor. Yo pasé años prisionero, años esclavo, años náufrago. He sido muy rico y he sido pobre como las ratas, tan pobre que tenía que mendigar mi alimento por los caminos. Cuando uno es como nosotros ha de pasarse la vida inventándose nuevas identidades y perdiendo todo lo que tiene simplemente porque tiene que fingir su propia muerte una y otra vez. Yo la busqué y ella me buscó y una vez nos encontramos en Roma y me aparté de ella porque había jurado ir en peregrinación a Jerusalén y otra vez nos encontramos en Colindres y ella se apartó de mí porque estaba casada con un hombre al que no quería traicionar. Sí, en realidad nos hemos pasado cuatrocientos años buscándonos el uno al otro y perdiéndonos el uno al otro. Cuatrocientos años hasta que, al fin, logramos encontrarnos...

Yo bajé la cabeza sobrepasada por el dolor. El verso que Luis acababa de decir en latín, «oh, reina, me ordenas que renueve un dolor indecible», de la *Eneida* de Virgilio, lo habíamos comentado y traducido juntos en Salamanca.

Murió esa noche en paz, rodeado de sus hijos, totalmente consciente, como el que entra en un dulce sueño. La última palabra que pronunció fue: «Inés». Me miró, yo le cogí la mano y él cerró los ojos y se quedó dormido. No volvió a despertar.

Después de la muerte de Luis me hundí en una tristeza tan grande que no podía vivir. Me sentía sola en el mundo. No podía concebir una realidad en la que él no existiera.

143. María de Maeztu

Pasé un año de vacío, de lágrimas, de soledad. Un día cayó en mis manos un periódico (no llegaban muchos a Colindres) por el que me enteré de que existía en Madrid una institución que me pareció que era, por fin, la realización de aquel sueño mío tan antiguo de crear una escuela de educación superior dedicada a las mujeres, organizada y dirigida por mujeres.

Se llamaba Residencia de Señoritas y dependía de la Junta de Ampliación de Estudios. En un principio se había pensado como una residencia para las jóvenes que iban a Madrid a estudiar en la Universidad Central, pero había terminado por convertirse en un centro de estudios por propio derecho en el que había clases, laboratorios, cursos y conferencias.

A mí todo aquello me interesaba tanto que escribí a su creadora y directora, María de Maeztu. Le hablé de mi Escuela de Colindres y del espíritu krausista que me había animado a crearla, y ella me respondió con una carta muy cariñosa invitándome a visitar la Residencia y expresando su deseo de conocerme en persona.

Pensé que no sería mala idea pasar una temporada en Madrid y apartarme de aquellos paisajes del norte que tanto me recordaban a Luis, de modo que llené de ropa y de libros uno de aquellos inmensos baúles-armario que había entonces, cogí un tren y me presenté en Madrid, aunque esta vez con la idea de pasar allí un cierto tiempo, quizá varios meses. Me instalé en el Ritz, que era entonces el hotel de moda de la capital. Costaba veinte pesetas al día, una suma considerable para aquella época, pero no pensaba alojarme allí definitivamente y la verdad es que, siendo yo misma dueña de un hotel de lujo, sentía curiosidad por conocer aquel establecimiento tan famoso. Eran mis hijos los que se encargaban ahora del Gran Hotel Leonís, y Germán ya había venido varias veces a Madrid para conocer el Ritz y el hotel Palace y ver cómo funcionaban y me había hablado del lujo y de las delicadezas de esas dos instituciones madrileñas.

Uno viaja a otra ciudad para olvidarse de sus pesares y, sin darse cuenta, se lleva sus pesares consigo. Sí, esto se ha dicho muchas veces, pero no es del todo cierto. Encuentro que todos los cambios que hacemos en el exterior tienen una influencia en nuestro interior. Nada más pasar unos pocos días en mi ciudad natal me di cuenta de que aquel cambio de aires me sentaba bien, porque me hacía sentir que el mundo era más grande que mi pequeña circunstancia personal, y que la vida no se acababa porque mi vida, mi pequeña vida, hubiera sufrido aquel golpe terrible que suponía haber perdido a mi compañero del alma.

Aquel nuevo Madrid me maravillaba, especialmente el Paseo de la Castellana, que crecía hacia el norte flanqueado de mansiones nuevas de esas que en Madrid, con esa tendencia nuestra a empequeñecerlo todo, se las llamaba simplemente «hotelitos» aunque fueran verdaderos palacios, en muchas ocasiones rodeados de un gran parque romántico y construidos en gran variedad de estilos. En el lugar donde tiempo atrás había estado la Fuente Castellana que había dado nombre al paseo, y cuyo obelisco de piedra había dado nombre también al Paseo del Obelisco, que terminaba en esa glorieta, había ahora un monumento dedicado a Emilio Castelar con una magnífica escultura de Mariano Benlliure, y casi me espantó ver allí, ejecutado en bronce, al que yo había conocido de carne y hueso en la casa de Carolina Coronado.

Subiendo por el Paseo del Cisne me acerqué a contemplar el Palacio de Bermejillo, que se consideraba un epítome de la nueva «arquitectura nacional», y que me recordó mucho, por su aire morisco, a la Alhambra de Granada.

La Residencia estaba allí al lado, en la calle Fortuny, en una gran manzana ciudadana en la que había varios edificios de instituciones culturales relacionadas entre sí, todos ellos rodeados de abundantes árboles.

María de Maeztu me recibió en su despacho con las manos manchadas de tiza, y me di cuenta de que acababa de salir de una clase. Era una mujer menuda y de gesto triste, con un rostro redondeado y bondadoso, rostro de aire libre, de sencillez vasca, de total carencia de afectación. Iba vestida de forma muy austera, y yo de pronto me sentí provinciana al haberme presentado allí con mis mejores galas, como si fuera a una recepción o a un banquete. Me gustó su despacho, que tenía dos grandes ventanas inundadas de luz y una mesa grande llena de libros con una lámpara de pantalla con cuerpo de ónice.

—¿Y cómo tuvo usted esta visión de crear una residencia para mujeres estudiantes que fuera también una escuela superior? —le pregunté—. Es el mismo sueño que yo tuve hace muchos años, pero que apenas he podido hacer realidad en mi Escuela...

—Pues la pura necesidad —me dijo—. Cuando me vine yo para Madrid a estudiar en la Universidad Central, tuve que vivir en una pensión del centro. Había allí tanto ruido que era imposible estudiar. Eran voces, guitarras, gritos todo el día. Entonces pensé que iba a dedicar mi vida a crear un lugar donde las mujeres que vinieran a Madrid a estudiar pudieran tener su espacio.

—«Dedicar su vida» —dije yo—. Eso es muy bonito, encontrar algo a lo que una desea dedicarse enteramente, en cuerpo y alma...

—Yo soy feminista, qué quiere usted —me dijo ella riendo—. Creo que ha llegado la hora de las mujeres.

Me enseñó las instalaciones, que me causaron una profunda impresión. Fuimos a la biblioteca, a los laboratorios de química, entramos en alguna clase, en alguna de las habitaciones de las alumnas, salimos al jardín... ¡Y todo estaba lleno de mujeres, mujeres jóvenes por todas partes, pintando al óleo, estudiando, tomando el té, charlando amigablemente! Todo era agradable, funcional, discretamente elegante. Las habitaciones eran cómodas y tenían muebles bonitos, alfombras, búcaros de flores y reproducciones de obras de arte. Las paredes de las salas estaban adornadas con cuadros modernos. A pesar del aire conventual que yo percibía en aquella gran casa llena de mujeres, todo estaba traspasado por una luz deportiva, sana y alegre. El ideal de sufrimiento y austeridad inhumana que impera en un convento estaba allí ausente por completo.

Las clases eran amplias y luminosas, algunas con pupitres, otras con mesas comunes. Las grandes mesas redondas de la biblioteca estaban abarrotadas de alumnas que leían, que consultaban libros, que tomaban notas. Otras leían periódicos sentadas en butacas. En el jardín, que era muy amplio y lleno de árboles, había una pista de tenis donde cuatro muchachas jugaban en ese momento un partido de dobles. También había una pista de hockey. Sí, era mi sueño, mi sueño hecho realidad.

Yo no lo había conseguido, pero ¿qué importaba eso? Lo había conseguido otra mujer, otra hermana.

—Hemos crecido tanto —me contó María—, que nos hemos ido extendiendo a otros edificios y pabellones. Como ve, este parque es muy grande y se pueden incluso construir otros edificios en él. El problema que tenemos ahora son los ladrones.

—¿Los ladrones?

—¡No se imagina usted! —me dijo—. Como se sabe que esta enorme casa está llena de mujeres, y además estas calles están desiertas y oscuras por la noche, las chicas, cuando vuelven de sus clases al caer la tarde, sufren continuos asaltos y atropellos. Intentan organizarse para venir en grupos grandes, porque caminar a solas se ha vuelto muy peligroso.

—Es el problema que siempre hemos tenido las mujeres.

—Y no es solo eso —me dijo—. Hay, como le digo, una banda de ladronzuelos que trepan por los balcones, se meten por las ventanas cuando los dormitorios están vacíos, y roban de todo. Ropa, alhajas, muebles, ¡hasta colchones se llevan!

—¡Qué horror! ¿Y la policía no hace nada?

—Cuando le insisto mucho al Ministerio de la Gobernación o a la Dirección General de Seguridad, envían a una pareja de policías y están por aquí un par de días. Luego desaparecen y vuelven los robos. Lo que hacemos es instalar unos focos en la calle Rafael Calvo para que no esté todo tan oscuro, pero no duran ni una semana. Los maleantes acaban por quitarlos. Ponemos otros, y otra vez lo mismo.

Sí, era mi sueño hecho realidad, pero como todo sueño, tenía un lado oscuro e inquietante. La verdad es que en Colindres no habíamos tenido apenas problemas de robos ni de violencia.

Volvimos a entrar, subimos a una de las salas de estar y nos sentamos para charlar con algunas alumnas y profesoras que estaban tomando té, una nueva costumbre que venía a sustituir el pesado chocolate castellano. Entonces se escribía «thé», con hache, quizá porque pareciera más inglés, aunque en inglés no se escribe así.

Me fascinaba cómo vestían aquellas mujeres, las profesoras y las alumnas, pero sobre todo las jóvenes. En los laboratorios se ponían batas blancas, pero el resto del tiempo iban con ropas ligeras y cómodas, con jerséis de punto o chaquetas de paño y con faldas cortas que dejaban completamente al descubierto las pantorrillas. Casi todas llevaban el pelo corto, y las que no, se lo recogían, dejando el cuello descubierto. Me sorprendía ver las piernas desnudas casi hasta la rodilla, los zapatitos a la vista. Me sorprendían aquellos peinados tan poco femeninos, sin moños, sin melena, sin tirabuzones. Me sorprendía que tantas llevaran relojes de pulsera, como si fuera fundamental para ellas saber siempre la hora.

Me di cuenta de que estas eran las mujeres del nuevo siglo. Para conocerlas había venido yo a Madrid.

144. Einstein

También yo me compré ropa nueva. Me parecía extraordinario que la ropa fuera ahora tan sencilla, tan ligera. Una se ponía la ropa interior, que era finísima, casi como una segunda piel, luego un camisón fino y encima un vestido, o bien una blusa y una falda, y eso era todo. Si hacía frío, una chaqueta o un jersey. Si hacía mucho frío, un abrigo y un gorrito. Yo no me acostumbraba a llevar faldas tan cortas y a notar el aire en las piernas. Tampoco a que la ropa se pegara tanto a la piel, al pecho, al vientre, a las caderas, y que revelara tanto las formas del cuerpo.

Eso sí, no se concebía salir a la calle sin un sombrero. Hombres y mujeres iban siempre con la cabeza cubierta. En el caso de los hombres era siempre un sombrero de ala. Las mujeres tenían más opciones: sombreros de ala, cónicos, abombados, turbantes, gorritos, bonetes, un gorrito con una pluma, aunque el que estaba más de moda era el *cloche*, que se consideraba el colmo de la elegancia y, la verdad sea dicha, quedaba muy bien. Por la sencillez de su diseño y su aire vagamente masculino, aunque a veces iba adornado con un lazo o una cinta, se convirtió en algo así como el símbolo de la mujer de aquella época: moderna, desinhibida, profesional, independiente...

Pero había una prenda que representaba para mí, más que ninguna otra, el espíritu del nuevo siglo. Se trataba de los nuevos sujetadores o sostenes, que se adaptaban a la forma del pecho y lo cubrían y sostenían cómodamente, sin oprimirlo ni desfigurarlo. Me gustaban tanto que me pasaba el día en las tiendas de lencería y llegué a comprarme doce o catorce de distintos tipos y estilos, con tirantes sencillos o cruzados, con copas de raso o de satén, con armadura de alambre o sin ella, con cierre por detrás o por delante, con florecitas bordadas o sin bordados, de gasa o de encaje, con tirantes o sin tirantes para los vestidos «palabra de honor»... Me gustaba mirarme en el espejo de mi cuarto del Ritz vestida solo con una de aquellas prendas encantadoras que, por primera vez desde hacía siglos, reconocían la existencia de los pechos femeninos y su derecho a no ser ocultados o aplastados de forma inmisericorde. Mi pecho, como ya he dicho en varias ocasiones, no es precisamente modesto, y yo sentía que por primera vez podía sentirme cómoda y respirar bien. Claro que las nuevas ropas daban unos perfiles a la figura femenina que atraían todo tipo de miradas y comentarios.

Decidí prolongar mi estancia en Madrid.

No podía seguir viviendo eternamente en el hotel Ritz, de modo que hice acondicionar mi Palacio de las Calas una vez más. Tuve que hacer una reforma completa en el interior, y lo dejé muy al estilo moderno de Le Corbusier, con ángulos simples, arcos limpios y paredes blancas. No quería modificar la fachada, pero abrí paredes y puse grandes ventanales en las estancias que daban al jardín y también alguna claraboya para lograr llenar la casa de luz. Quedaba la tarea de amueblarla y decorarla, cosa que fui haciendo poco a poco. Como era una casa tan grande, amueblé mi alcoba, un despacho, una sala de estar y un dormitorio para invitados, y seguía pareciendo vacía.

Durante la reforma del palacio cogí una habitación en uno de los edificios de la Residencia de Señoritas y descubrí que allí me sentía a gusto y que, además, tenía resueltos todos los problemas prácticos, de manera que cuando el palacio estuvo terminado decidí usarlo solo como lugar de trabajo y seguir viviendo en la calle Fortuny. Además, ahora me parecía que el barrio de La Latina estaba muy lejos de todos aquellos barrios nuevos donde sucedían las cosas interesantes.

Madrid era ahora para mí los barrios de Almagro, Castellana y El Viso, una isla maravillosa en la conjunción de los distritos de Chamberí, Chamartín de la Rosa y Salamanca cuyo centro era, sin duda, el Cerro del Viento, lo que llamaban entonces los Altos del Hipódromo porque el hipódromo de Madrid estaba justo enfrente, al otro lado de la Castellana. Aquel Cerro del Viento, al que Juan Ramón Jiménez le había cambiado el nombre por el de Colina de los Chopos, mucho más poético y más acorde con su nueva realidad, se iba llenando de instituciones científicas, educativas y culturales como si se tratara de una moderna Acrópolis madrileña. Allí estaban el Palacio de las Ciencias y de la Industria, que albergaba el Museo de Ciencias Naturales y la Escuela de Ingenieros Industriales, los edificios de la Residencia de Estudiantes, el Archivo Histórico Nacional, el Instituto Escuela, que también sería dirigido por María de Maeztu y que acabaría llevando el nombre de su hermano Ramiro, el Instituto Leonardo Torres Quevedo, y todos los otros institutos, edificios y pabellones dedicados a las ciencias que luego se convertirían en el Consejo Superior de Investigaciones Científicas, todo rodeado de jardines y de parques...

Creo que la primera vez que fui a la Residencia de Estudiantes fue para escuchar la conferencia que dio Albert Einstein en su visita a Madrid, titulada «Resumen de la teoría de la relatividad». Einstein había ganado el Premio Nobel de Física un par de años antes y se había convertido en algo así como un héroe internacional. Fue José Ortega y Gasset quien le presentó en aquella ocasión y también el que hizo de traductor, ya que la conferencia se dio en alemán. En el público vi a muchos de los residentes, entre ellos a Buñuel, a Dalí y a Lorca. También estaban por allí el doctor Marañón y Blas Cabrera, que era el físico más destacado del país y había sido uno de los promotores de la venida de Einstein a Madrid.

Einstein estaba siempre rodeado de gente allá por donde iba. Era un hombre alto, de rostro risueño, tocado con un bigote negro. Había venido acompañado de su esposa, Elsa Löwenthal. Como acercarse a él parecía empeño imposible con todos aquellos señores importantes que le rodeaban todo el rato, yo me acerqué a su esposa, que se sorprendió cuando le hablé en alemán. Era muy simpática, me pareció, y también algo tímida. Creo que los dos estaban un poco abrumados con tanta fama, tanta vida social, tantas fotos, tantas recepciones. Me contó que habían conocido al rey Alfonso XIII y a la reina Victoria Eugenia y que le había sorprendido que la reina hablara alemán. Claro que la reina, hija de la reina Victoria de Inglaterra y el príncipe Alberto, provenía de una familia en gran parte alemana y hablaba esa lengua desde niña.

No fue mucho lo que entendí de la teoría de la relatividad. Quizá el problema no fuera que no entendiera las palabras de Einstein, sino que lo que entendía me parecía imposible y contrario al sentido común. La masa y la energía, explicaba Einstein, eran lo mismo, dos manifestaciones de la misma cosa, por mucho que tal concepto repugnara al sentido común. La masa, de acuerdo con su famosa fórmula, era energía multiplicada por el cuadrado de la velocidad de la luz. La velocidad de la luz, por su parte, era una constante. Nada podía ir más rápido que la luz. Si pudiéramos viajar muy rápido, a una velocidad próxima a la de la luz, el tiempo pasaría para nosotros más despacio. El tiempo, en realidad, no es más que una dimensión del espacio. Creer en la existencia de un tiempo «absoluto», universal y objetivo, es una fantasía. Es imposible ir en línea recta: las líneas rectas tienen una existencia meramente teórica. Si uno comenzara a moverse en línea recta durante un período de tiempo infinito, llegaría al punto de partida. El espacio es curvo. El universo, también.

Salí de aquella conferencia como borracha. Pero todo aquello ¿sería cierto? Albert Einstein había ganado el Premio Nobel, de modo que no era ningún loco ni tampoco ningún místico. Pero el universo, tal como él lo describía, no se parecía en nada a aquello que nos había contado la ciencia. La ciencia anterior a Einstein había descrito siempre un universo estático, homogéneo, predecible. ¿Qué sentido tenía afirmar que el espacio podía curvarse, o que el tiempo podía transcurrir más rápido o más despacio?

Yo estaba obsesionada con entender la teoría de la relatividad, y buscaba publicaciones y artículos para informarme.

—Sea como sea, ¿qué tiene todo eso que ver con nosotros? —decían a mi alrededor—. Todas esas cosas de las que habla Einstein no tienen efecto directo en la vida humana.

En el diario *ABC* salió un artículo titulado «Las originalidades Einsteinianas» donde se venía a decir que las ideas de Einstein eran una suma de disparates. También se revelaba lo que habían pagado a Einstein por las tres conferencias que dio: tres mil quinientas pesetas, que era el sueldo anual de un profesor universitario. Apareció además un chiste donde un hombre con birrete de doctor hablaba con otro vestido de etique-

ta: «Y tú, Calínez, ¿has comprendido la teoría de la relatividad?».
«Hombre, la verdad..., la he comprendido muy relativamente».

A mí aquellas opiniones triviales me escandalizaban porque, tal y como yo lo veía, aquellas ideas lo cambiaban todo.

En los que yo creo que sí influyeron las ideas de Einstein fue en dos de los que estaban presentes en aquella conferencia que dio en la Residencia: Buñuel y Dalí. Especialmente en el último, con esos relojes blandos en los que el tiempo parece deshacerse, y con ese formidable *Corpus hipercubicus* donde Cristo aparece crucificado no en una cruz, sino en un hipercubo de cuatro dimensiones.

145. Mi Hispano-Suiza

Aprendí a fumar y aprendí a conducir. Me compré un automóvil, un flamante Hispano-Suiza H6B, y me compré también, como es lógico, unas gafas de piloto de caucho con cristales amarillos y un gorro de cuero que se ataba por debajo de la barbilla con una correa. Como tenía el pelo larguísimo y me molestaba para pilotar, decidí cortármelo por encima de los hombros, y ahora estaba yo más feliz que nadie con mi automóvil pintado de color amarillo calabaza, mi gorro de cuero, mis gafas de piloto y mi pelo cortito.

Les mandé una foto a mis hijos donde se me veía de pie al lado de mi automóvil, con la cabeza descubierta, mis gafas de piloto sobre la frente y un cigarrillo en los labios. Las reacciones fueron de lo más variado. En general, mis hijas me felicitaban y me decían que aquello de dejarse el pelo corto era una gran idea. Mis hijos, en cambio, me preguntaban que si me había vuelto loca y me decían que conducir un automóvil era algo muy peligroso. Tampoco estaba bien visto entonces que una mujer fumara. Se consideraba un rasgo poco femenino.

Conducir era muy divertido en los años veinte. Apenas había automóviles en Madrid, y en cuanto uno salía de la ciudad, se encontraba las carreteras y los caminos prácticamente desiertos. Tampoco había entonces semáforos, ni señales de tráfico, ni límites de velocidad, ni prohibiciones de ningún tipo. Yo mantenía mi Hispano-Suiza en un garaje del Paseo del Obelisco, ya que hubiera sido temerario dejarlo aparcado en la calle durante la noche. Aparte de eso, uno podía ir a donde quisiera y dejar el coche donde le viniera en gana.

Hay que decir, además, que España era un verdadero paraíso para los automovilistas, y que había pocos países en Europa que contaran con una red de carreteras tan completa y tan bien acondicionada como la española. Los ingenieros que habían trazado las carreteras se habían esmerado y se habían preocupado de señalar el borde de las curvas con postes de madera pintados de blanco y rojo, así como de dotarlas del peralte adecuado, de manera que el automóvil no se saliera movido por la fuerza centrífuga. Uno podía recorrer España de un extremo a otro de una forma cómoda y segura, y había automovilistas ingleses y franceses que venían a España con sus vehículos solo para disfrutar del placer de conducir en nuestras carreteras.

Me daba cuenta de que aquel era el siglo de la velocidad y de las máquinas. También habíamos considerado al siglo XIX un siglo de las máquinas, es verdad, pero la tímida locomotora o el modesto telar mecánico no podían compararse con el automóvil, el aeroplano, el submarino, el autogiro... ¡Y por asombroso que pudiera parecer, estos dos últimos eran inventos españoles!

Yo tenía la sensación de estar viviendo una verdadera época de los milagros en aquel Madrid de los años veinte. España aparecía de pronto llena de ideas nuevas, de poetas, de artistas, de científicos, de ingenieros. ¿De dónde salía toda aquella creatividad en todos los campos, incluso en aquellos en los que España tradicionalmente nunca había destacado, como la tecnología, la ingeniería y la aeronáutica? Me daba la impresión de que nuestro país estaba logrando, por fin, entrar de lleno en la historia de Europa y que comenzaba a formar parte del mundo.

También mi Hispano-Suiza era de fabricación española, desde luego. Cuando yo salía con él de Madrid y me lanzaba a ochenta kilómetros por hora por la carretera de Aranjuez, sentía como si estuviera a punto de levantarme del suelo y echar a volar. Pensaba yo que añadiéndole unas alas a mi automóvil, no le costaría mucho elevarse yendo a aquellas velocidades.

Yo meditaba en esas teorías de Einstein que aseguraban que al aumentar la velocidad el tiempo comenzaba a pasar más despacio, y no podía evitar relacionar aquellas ideas fascinantes y aquella máquina que bramaba bajo mis manos con mi propia vida, con mi extraño paso por el tiempo.

Recordaba el cuerno del unicornio de la Universidad de Salamanca, aquel espolón de marfil recorrido por una espiral, y pensé en dos tiempos distintos, uno que avanza en línea recta y otro que procede de forma helicoide, dando vueltas alrededor de un eje inexistente.

¿Y cuál era el mío, el que avanza en línea recta o el que se demora girando sobre sí mismo una y otra vez?

Mis hijas Elena y Rosa vinieron a verme a Madrid, yo creo que un poco alarmadas por las cosas que yo les contaba en mis cartas. A las dos les entusiasmó mi automóvil. No podíamos montarnos las tres juntas, porque era biplaza, pero las paseé a las dos, siempre por carreteras amplias y a velocidades moderadas para que no pensaran que su madre se había vuelto loca.

Gracias a mi Hispano-Suiza hice una amistad singular. Una vez, corriendo por la carretera de La Coruña, sentí que me seguía otro automóvil. Al cabo de un rato me adelantó en una recta, y vi que era otro Hispano-Suiza, probablemente del mismo modelo que el mío. De pronto, tuve la idea de intentar adelantarle. Era el puro placer deportivo de la velocidad y también, hay que decirlo, aquella divina inconsciencia hacia todas las cosas que teníamos entonces. Pisé el acelerador y comencé a acercarme a él. Llegamos a una curva y yo, de forma temeraria, no reduje la velocidad y adelanté limpiamente al otro conductor. Luego notaba que él intentaba pasarme a mí. En una larga pendiente casi lo consiguió. Se puso a mi altura y durante unos tensos segundos los dos fuimos uno al lado del otro. El otro conductor también llevaba un casco de cuero y unas gafas de piloto tintadas como las mías. No podía verle las facciones, pero no cabía duda de que era un hombre. Tenía unos poblados bigotes oscuros.

Finalmente, tuvo que desistir y yo seguí en cabeza. Nos dirigíamos hacia Navacerrada, y la carretera comenzó a ascender por entre escarpadas laderas cubiertas de espesos pinares, en curvas cada vez más cerradas que hacían la conducción más difícil y peligrosa. Yo seguía en cabeza. El otro automóvil intentó adelantarme en un par de rectas, pero no lo lograba. Luego, en una curva, le vi desaparecer. Un par de curvas más arriba, cuando me convencí de que no me seguía, me detuve al borde de la carretera. No se oía el otro motor. Di la vuelta y regresé, temiéndome que hubiera sufrido un accidente.

Así era, su coche se había salido de la carretera y se había hundido entre los helechos y los matorrales. Paré mi automóvil, salté a tierra y corrí hacia el automóvil siniestrado. Vi que el conductor manoteaba apartando las ramas de pino que le habían caído por encima.

—¿Está usted bien? —le dije.

—¡Estoy vivo! —dijo él.

Se puso de pie, y le vi salir del automóvil, un poco tambaleante pero aparentemente ileso.

—¿No tiene nada roto? —le pregunté.

—Pero bueno, ¿una mujer? —dijo él al verme.

—Eso parece. ¿No está usted herido?

—No, no, estoy bien —me dijo—. Conduce usted como un demonio, señora. ¿Dónde ha aprendido usted a correr de esa manera?

Se quitó el casco y las gafas tintadas y entonces yo pude ver su rostro.

—¡Pero si es usted...! —dije yo.

—Sí, sí.

Era Alfonso XIII, el rey de España.

Yo me quité también el casco y las gafas. No sabía qué se hacía en estos casos. Llevaba demasiado tiempo sin acercarme a ningún monarca. ¿Debía hacerle una reverencia? ¿Inclinarme ante él?

—Vaya, y guapa encima —dijo él al verme sin casco y sin gafas—. ¿Señora o señorita?

—Señora.

—¿Y su esposo de usted le permite que haga estas locuras con su automóvil?

—Soy viuda, majestad. El automóvil es mío.

—¡Viuda tan joven! —dijo él—. Pues sí que es mala suerte, chica. Y su marido, ¿a qué se dedicaba?

—Era el dueño del Gran Hotel Leonís de Colindres.

—¡No me diga! Allí hemos estado un par de veces. A la reina le encanta.

—Sí, ya sabía que habíamos tenido ese gran honor —le dije.

—Yo conocí a su marido. El marqués de Rosablanca.

—En efecto.

—Y usted, entonces, será la marquesa de Rosablanca.

—No doy mucha importancia a esas cosas, majestad. La verdad, ni me acordaba de que, por mi matrimonio, tenía yo ese título.

—Pues es importante, mujer —me dijo—. Eso viene de la época de mi abuela, la reina Isabel II.

—Eso creo.

Yo saqué tabaco y le ofrecí. Se sorprendió casi más de que fumara que de que condujera, y me preguntó si era española. Me miraba como acariciándome con sus grandes ojos húmedos y tristes. No era en absoluto un hombre guapo, pero tenía esa aura de fascinación que produce siempre el poder.

—Sí, majestad, de Madrid. Me llamo Inés de Padilla.

—Pero habrá vivido en el extranjero.

—Sí, en Italia y en Inglaterra principalmente.

Durante unos minutos fumamos en silencio. Luego él volvió a subirse a su automóvil e intentó ponerlo en marcha para sacarlo marcha atrás, pero no arrancaba.

—Bueno, pues tendrá usted que llevarme de vuelta —dijo.

—Es lo menos que puedo hacer —le dije.

Montamos los dos en mi automóvil y conduje de vuelta a Madrid, hasta el Palacio Real.

—Mañana hay una carrera de automóviles en el Hipódromo —me dijo al despedirse—. Venga usted al palco real, Inés de Padilla. Diga que es la marquesa de Rosablanca y la pasarán directamente.

No diría que no me lo pensé, porque me picaba la curiosidad, pero finalmente no fui aquella tarde al Hipódromo.

Conocía de sobra la fama de mujeriego de Alfonso XIII y no sentía, por otra parte, el menor interés por acercarme al círculo palaciego, tan alejado de mis intereses políticos, intelectuales y artísticos. Alfonso XIII carecía de inclinaciones culturales de ningún tipo y solo sentía interés por los deportes y por la pornografía, a la que era tan aficionado que incluso llegó a escribir el guion de varias películas, que hacía luego rodar en un estudio de Barcelona con prostitutas. Claro que todo esto se ha sabido más tarde, porque Alfonso XIII solo mostraba aquellas películas a sus muy allegados, en sesiones privadas celebradas en algún salón del Palacio Real.

Era un rey anticuado, obsesionado con las formas y el protocolo y deseoso de acumular todo el poder en su persona. Por esa razón había dado su apoyo al golpe de Estado de Miguel Primo de Rivera, capitán general de Cataluña, que había derogado la Constitución y había establecido una dictadura. El propio rey había nombrado a Primo de Rivera Presidente del Gobierno. Aparecían juntos en las fotos oficiales.

¿Qué se me había perdido a mí en aquellos ambientes? Nada en absoluto. Cuanto más lejos, mejor.

146. El Lyceum Club

En 1926, María de Maeztu creó el Lyceum Club Femenino, que era algo así como un club cultural llevado por mujeres y destinado a las mujeres. Su sede estaba en la calle de las Infantas y me honra decir que yo estuve entre las socias fundadoras, aunque nunca llegué a tener ningún cargo dentro de la institución.

En los salones del Lyceum Club conocí al otro lado de la que luego se llamaría la Generación del 27, quiero decir, a la mitad femenina: a Victoria Kent, que era la vicepresidenta; a Zenobia Camprubí, esposa del poeta Juan Ramón Jiménez; a Victorina Durán, escenógrafa y directora de teatro; a Clara Campoamor, a la que cupo el honor, unos años más tarde, de lograr el derecho al voto para las mujeres; a Maruja Mallo, pintora surrealista; a Lydia Cabrera, etnóloga cubana; a Gabriela Mistral, poeta y cónsul general de Chile; a María Zambrano, filósofa, y a las escritoras Rosa Chacel, Elena Fortún, Matilde Ras, Carmen Conde, Concha Méndez, Ernestina de Champourcín...

¡Todo aquello me traía tantos recuerdos! El Liceo Artístico de Madrid, Carolina Coronado, la Hermandad Lírica... Poco a poco, el sueño se iba haciendo realidad.

Le propuse a María de Maeztu dar una serie de cinco conferencias en el Lyceum que se llamarían «Historia de las mujeres en España», una por cada siglo. Le gustó la idea, y mis conferencias tuvieron un gran éxito. Pronuncié también otras, «Escritoras olvidadas de la literatura española», «La utopía sexual en la novela pastoril» y «El feminismo de San Juan de la Cruz». Esta última suscitó muchas críticas entre los sectores conservadores y religiosos, que me acusaban de hacer una lectura obscena de los poemas del santo. Me llamaron de todo: anarquista, marimacho, libertina, pornógrafa...

De todas aquellas mujeres excepcionales que conocí en el Lyceum, había una que me fascinaba especialmente: Victoria Kent. Era una mujer brillante. Había estudiado Derecho en la Universidad Central y se había convertido en la segunda mujer en España que había logrado licenciarse como abogada. Con el tiempo llegaría a ser diputada en las Cortes y también Directora General de Prisiones en el gobierno de la República, donde tomó, entre muchas otras medidas, la de desterrar para siempre las cadenas de las cárceles españolas. Hasta Manuel Azaña la acusaría de ser demasiado blanda.

Frente al «¡vivan las cadenas!» de los partidarios de Fernando VII, el «¡fuera las cadenas!» de Victoria Kent.

Me parecía muy guapa. Su rostro era cuadrado, muy armonioso, con facciones muy bien cinceladas y líneas limpias y claras. Poseía una belleza que a mí me parecía muy «moderna». No era la belleza romántica y soñadora de María Malibrán ni la apasionada y ardiente de María Teresa de Silva. Su feminidad, de la que no podía haber la menor duda, era de un corte y estilo totalmente nuevos. A veces me parecía una mujer delicada, exquisita, y a veces la veía como un hombre joven, apuesto, bello y varonil, y a veces se me hacía difícil distinguir entre ambos aspectos de su persona. Llevaba el pelo muy corto, aún más corto que yo. Tenía la costumbre de vestir con ropas masculinas y a veces se ponía una chaqueta y una corbata. Muchas otras, como Matilde Ras o Elena Fortún, también se ponían a veces ropas de hombre. Me encantaban su sonrisa y su mirada, el gesto de ironía y de inteligencia de sus labios, el brillo pícaro y tierno que yo veía siempre en sus ojos. Había en ella algo limpio, limpio, no tengo una palabra mejor para expresarlo, una limpieza que era claridad y nobleza y que pertenecía tanto al cuerpo como al espíritu. Cuando me encontraba a su lado, yo sentía deseos de ser mejor persona.

Me sentía poderosamente atraída hacia ella. Me parecía encantadora. Me gustaba todo en ella, el tono de su voz, que tenía como una vibración musical que me provocaba una sensación de cosquilleo en la nuca cuando la escuchaba reírse, la forma en que ladeaba la cabeza cuando escuchaba, sus gestos, la forma en que movía sus dedos, que eran largos y muy bien torneados, sus observaciones, su humor. Intenté hacerme amiga suya y no me resultó difícil. Congeniamos enseguida.

Un día, saliendo del Lyceum Club, hablábamos de lo mucho que había cambiado la vida de las mujeres, y yo le dije que tenía un automóvil.

—Pero cómo, ¿un automóvil suyo, de su propiedad? —se sorprendió ella.

—Pues claro, ¡lo he pagado con mi dinero! —dije yo—. Es un Hispano-Suiza.

—¡Es usted un pozo de sorpresas!

La invité a dar un paseo y le encantó la idea. Cogimos el tranvía para ir hasta el gáraje donde yo tenía mi automóvil. Luego nos pusimos a dar vueltas por Madrid, salimos de la ciudad y nos fuimos a la Casa de Campo, subimos a lo alto de un cerro y detuve el coche entre los pinos. Desde allá arriba se veía Madrid a lo lejos, la mole blanca del Palacio Real, la Catedral de la Almudena en construcción, la cúpula de San Francisco el Grande...

A pesar del poco espacio que había en el Hispano-Suiza, estábamos tan cómodas dentro del coche que ninguna de las dos sentía la necesidad de salir. Estábamos hablando sobre *Zezé*, una novela de Ángeles Vicente aparecida hacía unos años, y nos sorprendió descubrir que las dos la habíamos leído.

Zezé contaba la historia de una mujer que despierta a la sexualidad en el internado donde estudia, primero con una monja, Sor Angélica, luego con una compañera, y tiene más tarde una apasionada historia de amor con una mujer llamada, ¡una vez más!, Leonor. *Zezé* contenía escenas eróticas de enorme franqueza y sensualidad, y la propia Zezé habla de la «lujuria desenfrenada» que le provocan las caricias de Leonor. Yo jamás había leído nada parecido, y no creo que en la literatura europea de la época (la novela apareció en 1909) hubiera muchos ejemplos similares.

—¿Y usted qué opina de la historia de Zezé? —me dijo ella—. ¿Le parece que cosas así pasan a menudo?

—Claro que pueden pasar... siempre han pasado —dije yo.

De pronto, estar allí las dos solas, en medio de la soledad de los pinos, hacía que me sintiera muy nerviosa. Estábamos las dos tan cerca que nuestras rodillas y nuestras pantorrillas se tocaban a veces y yo podía oler con toda claridad el aroma de la piel de Victoria, que me resultaba de lo más agradable. Me preguntaba si sería alguna colonia, algún jabón que usaba, o bien el propio olor de su cuerpo.

—¡Es usted una mujer tan misteriosa! —me dijo ella de pronto.

—¿Misteriosa yo? —dije con una risa.

—¿De dónde ha salido usted, Inés? —me dijo—. ¿Dónde ha vivido, quiénes eran sus padres, cuándo ha leído tanto...? Es usted muy joven, pero parece que ha vivido cien años. Cuando habla usted del siglo XVI o del siglo XVIII es como si hubiera estado usted allí mismo. Me intriga usted. A todas nos intriga.

Me cogió la mano con sus dedos cálidos y yo me puse a temblar. Temblaba tanto que yo creo que ella tuvo que notarlo.

—¿Volvemos? —dije yo.

Pasaron unos días, y yo no paraba de pensar en Victoria. Me daba cuenta de que me parecía tan simpática, tan encantadora, tan inteligente, tan salada, porque en realidad me estaba enamorando de ella. No sabía qué hacer.

Pero ¿enamorarme...? La verdad es que no era aquella la primera vez que me sentía atraída por una mujer. Y después de la muerte de Luis, ¿cómo podría yo sentirme atraída por otro hombre?

Como quería parecerme a ella, probé a cortarme el pelo todavía más corto y me dejé una melenita un poco por debajo de las orejas. Probé también a ponerme una chaqueta de hombre y una corbata, pero me veía rara con aquella ropa. Para mí ya era bastante modernidad llevar un sostén en vez de un corsé y caminar por la calle mostrando las pantorrillas desnudas.

—Lo pasé muy bien el otro día —me dijo Victoria cuando volví a verla unos días más tarde—. A ver cuándo hacemos otra excursión con su automóvil.

—Cuando usted quiera. Por mí, encantada.

Pensé que lo decía por pura amabilidad.

—Es usted una gran conductora —me dijo, mirándome con aquellos ojos suyos pequeñitos y brillantes que me cautivaban.

—Pues vámonos a El Escorial —dije yo impulsivamente.

—¿Así, de pronto?

—¿Y quién nos lo impide?

Dicho y hecho. Nos montamos en el coche y salimos de Madrid en dirección a la sierra. Pero no llegamos a El Escorial. Cuando estábamos cruzando las montañas, Victoria me pidió que nos detuviéramos un momento para ver el paisaje. Yo me salí de la carretera y avancé un poco entre los pinos. Hacía un rato que habíamos pasado Galapagar y desde allí arriba se veía la vega del río Aulencia. Al fondo del amplio valle cubierto de árboles se veía la línea brillante del riachuelo, que corría en dirección al oeste. Siempre contemplar un río que corre en dirección al mar nos hace reflexionar sobre nuestra vida.

Una vez más, ninguna de las dos hizo el menor intento por salir del automóvil. Me giré un poco hacia ella, y nuestras rodillas volvieron a tocarse.

—Me dijo usted el otro día, Victoria, que yo era un misterio —le dije—. Pero yo no quiero serlo para usted. Dígame, ¿qué le gustaría saber de mí?

—Pues todo, Inés. Hábleme usted de su infancia. ¿Tiene usted hermanos? ¿Cómo es su madre?

De nuevo me había cogido la mano y de nuevo yo me había puesto a temblar.

—Está usted tiritando —me dijo—. ¿Tiene frío?

—No, no —dije yo.

Entonces se me acercó muy delicadamente, me puso una mano en el busto y comenzó a besarme en los labios.

Yo al principio no pude reaccionar, pero enseguida me puse a responder a sus besos.

Luego ella comenzó a besarme en el cuello y en la garganta. Yo desfallecía de deseo. Sentí que ella me abría la blusa y me besaba en el pecho.

—Pero ¿usted no tiene miedo? —le dije—. ¡Puede vernos alguien!

Pero ¿quién iba a vernos allí, en mitad del campo? Ni siquiera pasaban automóviles por la carretera, y aunque hubiera pasado alguno, tampoco nos habrían visto.

Me cerré la blusa, y me temblaban tanto las manos que no acertaba con los botones. Ella se rio y comenzó a ayudarme.

—Sí —me dijo—. Claro que tengo miedo. Siempre he tenido miedo. Hasta que un día, una se harta de tener miedo y de ocultarse...

Yo le acariciaba la mejilla y los labios. Sentía por ella un enorme cariño y una ternura que me hacían desfallecer.

—Qué cariño le tengo, Victoria —le dije—. Dios mío, qué a gusto me siento a su lado.

—¿Se avergüenza de ese cariño? —me dijo ella.

—No, claro que no.

—¿Le confunde sentirse así?

—Un poco.

No sé cuántos años tenía ella entonces, quizá treinta y seis. Sin duda se sentía mayor que yo, quizá mucho mayor que yo.

—¿Desde cuándo sabe usted que es sáfica? —me preguntó, acariciando también mi mejilla con las yemas de sus dedos cálidos.

Yo le sonreí sin decir nada, porque no sabía qué contestar.

—Vamos a mi casa —dije de pronto, sin pensar.

—Pero ¿usted no vive en la Residencia?

—Sí, pero tengo una casa.

—¿En Madrid?

—Sí, en Madrid.

—¿Y qué vamos a hacer en su casa? —me dijo con una sonrisa.

—¡Tomar el té!

Ella se echó a reír.

—Tomar el té sin miedo a que nos descubra nadie —dijo ella.

—Precisamente.

Esa tarde nos hicimos amantes. Solo entonces, cuando estábamos las dos desnudas y medio enredadas en las sábanas de mi enorme cama, dejamos de tratarnos de usted y comenzamos a tutearnos.

147. Aquel círculo feliz

Así fue como entré yo en el Círculo Sáfico de Madrid.

¡Sáfica! Safo, la poetisa griega, siempre había sido importante en la poesía de mujeres. Carolina Coronado le había dedicado varios poemas, y lo mismo hicieron otras poetas de la Hermandad Lírica. Pero en el siglo XIX no se conocía bien la verdadera poesía de Safo, ni tampoco se la relacionaba en absoluto con el amor entre mujeres.

Ahora la figura de Safo de la isla de Lesbos y el adjetivo «sáfico» tenían un significado que hubiera sorprendido mucho a Carolina Coronado.

Lo cierto es que entre las escritoras de la Hermandad Lírica había habido también muchas «sáficas» en el moderno sentido.

No sé cuándo escuché por primera vez la expresión «Círculo Sáfico». Ciertamente no fue de labios de Victoria que, aunque completamente sáfica, no lo era abiertamente y se comportaba de forma muy discreta en lo relativo a sus amores. Había otras, como Victorina Durán, por ejemplo, que no ocultaban su lesbianismo en absoluto.

Pero ¿existió el Círculo Sáfico en el Madrid de los años veinte y treinta o no existió? Como tantas cosas de la historia de España, luego se diría que aquello no era más que una leyenda. Pero ¿por qué ese empeño en intentar demostrar que todo son «leyendas», que todo es falso, que nada de lo que sucedió, sucedió de verdad?

Qué curioso que el primer tomo de las memorias de Victorina Durán se titule, precisamente, *Sucedió*. En este libro, y en los dos que siguieron, *El rastro. Vida de lo cotidiano* y *Así es*, Victorina relató muchas de sus vivencias amorosas. En muchas ocasiones, estas relaciones sucedían entre mujeres que eran claramente sáficas; en otras se trataba de aventuras puntuales cuyas protagonistas también tenían relaciones con hombres, estaban casadas o se casarían felizmente más tarde.

Pero ¿qué significa exactamente «ser» lesbiana? El alma humana no tiene un solo color, sino muchos.

«No sé si habré conseguido que esté claro y patente —escribe Victorina Durán— que en estas historias hay varias mujeres, de tipos diferentes, que han querido, que han AMADO a otra mujer, la mayoría por una sola vez en su vida, pero esta sola vez ha sido de manera verdadera y sincera. Ha sido "normal". Ha sido "así". "Así es"».

La mayoría «por una sola vez en su vida»...

El Círculo Sáfico existió, desde luego. En una de las muchas cartas que intercambiaron durante sus años de separación, Matilde le dice a Elena Fortún que ella, Elena, fue «nuestra Reina, la Reina Maga de aquel círculo feliz». Ese «círculo feliz» al que se refiere Matilde Ras no era otro ni podía ser otro que el Círculo Sáfico de cuya existencia tantas veces se duda. A él pertenecieron Margarita Xirgu, Irene Polo, María de Maeztu, Gabriela Mistral, Lydia Cabrera, Teresa de la Parra, Carmen Conde, Amanda Junquera, Elena Fortún, Matilde Ras y tantas otras.

Estuvo relacionado con el Lyceum Club, cuyas directora y vicedirectora eran lesbianas, pero no puede identificarse con este. Había muchas mujeres en el Lyceum que no eran lesbianas, sin duda la mayoría de ellas, y algunas, incluso, que veían con reprobación y con disgusto el abierto lesbianismo de Victorina Durán.

¿Pertenecí yo a este Círculo? Sin duda. Victoria y yo fuimos extremadamente discretas, y nuestra relación amorosa tampoco fue muy larga. Pero pronto se supo. No éramos ostensibles en público, pero tampoco escondíamos nuestra amistad. Y no cabe duda de que cuando dos personas comparten el amor físico se ven envueltas ambas en una especie de aura cuando están próximas, que las delata fácilmente. Una vez, una de las señoras del Lyceum me dijo con disgusto:

—¿O sea que usted también, como la gorda esa de Victorina Durán?

—¿Yo también qué? —le dije, desorientada.

—¡Nos ponen a todas en entredicho con esas malas costumbres!

—No son costumbres —le dije yo con mucha serenidad—. Es la naturaleza de muchos hombres y mujeres.

—¡No me diga! Pues a mí me parece una desviación de la naturaleza. Algunas de estas sáficas estaban casadas. Algunas eran de izquierdas, otras más conservadoras, algunas no eran religiosas, otras eran católicas. Elena Fortún, por ejemplo, era lesbiana, republicana, católica y estaba casada.

Esa conjunción de contrarios me parecía un milagro, y también el símbolo de una España posible y futura, más allá de los fanatismos y de las guerras civiles.

Muchas de estas escritoras maravillosas a las que he mencionado más arriba han sido luego bastante olvidadas, como Ernestina de Champourcín o Elisabeth Mulder. Otras, como Rosa Chacel o Elena Fortún, no tienen el reconocimiento que merecen. Recuerdo el deslumbramiento que me produjo la lectura de *Estación de ida y vuelta* de Rosa Chacel, que apareció al principio de la República, y me pareció la novela más moderna y original que había leído nunca. Aquella prosa estaba de acuerdo con las corrientes del «modernismo» europeo, que entonces apenas podíamos leer ni conocer en España.

También ha sido olvidada Matilde Ras, feminista, católica, conservadora, pionera de la grafología en España, autora de cuentos, ensayos literarios, reportajes y dos maravillosos diarios, *La búsqueda de sí misma* y *La búsqueda del interlocutor perfecto*.

Cuando leo a estas escritoras no puedo evitar recordar las primeras impresiones que me produjo Victoria Kent, la sensación de algo ligero, limpio, noble. Creo que este es, por lo general, el estilo literario de las mujeres, frente al de los hombres, que suele ser pesado, barroco, canallesco. El canon literario español lo han establecido siempre los hombres, creando así una literatura barroca y en muchos casos ilegible. Si las mujeres hubieran logrado aportar su tono y su voz, como lo han hecho, por ejemplo, en la literatura francesa, si hubieran sido leídas como se merecían, quizá Valle-Inclán y su prosa ridícula e ininteligible tuviera menos prestigio entre nosotros, y se admirarían más otras virtudes como la claridad clásica y la espontaneidad emotiva, que tan ausentes han estado siempre de nuestras letras.

148. Gallinas y gallitos

Con la llegada de la República, Clara Campoamor y Victoria Kent se presentaron a las elecciones y fueron elegidas diputadas, ya que las mujeres no podían votar pero sí presentarse como candidatas, de modo que ahora había dos mujeres en las Cortes. Esto era un motivo de orgullo para la causa de las mujeres y para todas nosotras, desde luego, pero los caballeretes de la época se reían de ellas y no las tomaban en serio.

El 1 de octubre de 1931 se celebró el debate sobre el voto femenino en el Congreso, y Victoria me invitó a la sesión. En el hemiciclo no cabía mucho público y muchos de los asientos solían estar ocupados por periodistas, gacetilleros y dibujantes, pero gracias a mi amistad con Victoria me aseguré un sitio en el que sin duda sería un debate caldeado. Me puse muy elegante, vestida para la ocasión, como imaginaba que había que entrar en aquel palacio que era el templo de la democracia. El famoso hemiciclo, el Salón de Sesiones donde se reunían los diputados, se aprobaban las leyes y se gobernaba la nación, me pareció una estancia muy pequeña, mucho más que como la había imaginado. No era más grande que un paraninfo universitario y a pesar de la solemnidad y el esplendor de la arquitectura, las hileras de columnas, los terciopelos, las alfombras, los candelabros, los mármoles, los miles de detalles decorativos, las *boiseries* con orlas doradas, los enormes cuadros históricos, las estatuas, las magníficas pinturas de la bóveda, tenía algo de íntimo y recogido, una medida humana, que me agradó. A ambos lados de la solemne mesa de la presidencia había dos estatuas de los Reyes Católicos colocadas en sendas hornacinas, y me divirtió comprobar lo poco que se parecía la reina Isabel, con su carita redondeada con forma de manzana, a la mujer imponente que yo había conocido. La reina Isabel aparecía también en el rosetón del centro de la bóveda como representación de la nación española. Yo lo miraba todo embobada, como si fuera una recién llegada a Madrid, fascinada por aquel brillo y esplendor, maravillándome de la claraboya azul de lo alto de la bóveda, dejando vagar la mirada por las representaciones, en lienzos y en frescos, de tantos personajes históricos que yo había conocido en persona, y me preguntaba por qué nunca había sentido la curiosidad de visitar hasta entonces aquel palacio.

Comenzó la sesión. Los señores diputados fueron ocupando sus escaños, y también aparecieron las dos únicas mujeres diputadas y se sentaron en los suyos. Para mi gran sorpresa, y teniendo en cuenta la importancia de lo que iba a debatirse allí esa tarde, muchos de los escaños estaban vacíos. Había, al parecer, gran cantidad de diputados que no consideraban importante acudir aquella tarde a la sesión del Congreso.

Yo ya sabía que Victoria se oponía a otorgarles el voto a las mujeres, pero es una cosa muy distinta hablar de algo con un grupo de amigos o tomando un café que oír esas mismas ideas expuestas en el Salón de Sesiones del Congreso de los Diputados. Victoria tomó la palabra primero. Qué orgullosa me sentía al verla allí, tan delgadita, tan frágil, tan serena, tan fuerte.

—Creo que el voto femenino debe aplazarse —dijo Victoria—. No es el momento de otorgar el voto a la mujer española. Lo dice una mujer que, en el momento crítico de decirlo, renuncia a un ideal.

De pronto aquellas palabras me produjeron un gran dolor. Los argumentos de Victoria no eran del todo absurdos: afirmó que las mujeres carecían de conciencia política, que no estaban suficientemente formadas y que concederles el voto podía ser peligroso para la recién nacida República.

Le respondió Clara Campoamor. Las dos hablaban bien, las dos eran grandes oradoras. Hablaban con ese tono agudo, un poco plañidero que teníamos todos entonces, quién sabe por qué. Era el estilo de la época. También los hombres hablaban así.

Pero Clara no solo hablaba con pasión. En su intervención, muy meditada y calibrada, daba innumerables datos que contradecían esa supuesta falta de sentido político de las mujeres y recordó cómo se habían manifestado las mujeres en Zaragoza contra la guerra de Cuba y cómo habían participado de forma mayoritaria en el Ateneo para protestar por el desastre de Annual. En cuanto a su pobre formación, afirmó que en los últimos años el número de hombres analfabetos había ido en aumento, mientras que el de las mujeres había disminuido.

—Es un problema de ética, de pura ética, reconocer a la mujer, como ser humano, todos sus derechos. Yo, señores diputados —continuó—, me siento ciudadana antes que mujer y considero que sería un profundo error político dejar a la mujer al margen de ese derecho, a la mujer que espera y confía en vosotros.

Yo me daba cuenta de que en realidad, tanto Victoria como Clara defendían lo mismo: la necesidad de lograr una República fuerte y con un amplio apoyo popular, pero me pareció que los argumentos de Victoria tenían algo de estrategia y de cálculo que no me gustaba. El debate fue bastante encarnizado, sobre todo por parte de las dos únicas mujeres presentes en la sala.

—Lo que yo te diga —dijo un caballero sentado frente a mí—, son las únicas diputadas del Congreso y lo que hacen es pelearse entre sí y tirarse los trastos a la cabeza.

—Las llaman la clara... y la yema —dijo otro, muy divertido.

—Sí, hay para hacer una tortilla —dijo otro.

En un momento del debate el propio Presidente de la Cámara, el socialista Julián Besteiro, le pidió por favor a Victoria Kent que limitara los excesos de gesticulación en sus intervenciones.

—Le ruego —dijo—, no, mejor dicho, le prohíbo, señorita, que gesticule en sus intervenciones. Y creo que todos les agradeceríamos a las señoritas diputadas Kent y Campoamor que no se excedan en sus cacareos —añadió, entre risas de la bancada.

Cacareos de gallinas, claras y huevos, tortillas... A mí me ardían las mejillas de indignación. Hubiera querido gritar «¿y qué pasa con el quiquiriquí de los gallitos?», pero ¿qué habría conseguido? Que dos ujieres me agarraran de los brazos y me sacaran de la sala. Una loca más, otra histérica, como todas las mujeres.

Llegó el momento de la votación. El voto femenino fue aprobado por 161 votos a favor y 140 votos en contra, en medio de aplausos y voces de alegría de una mitad de la sala y pateos y abucheos de la otra. Yo salí del Congreso y me eché a caminar por las calles mirándolo todo maravillada y sintiendo que estaba viviendo un día histórico.

Cuando llegaron las siguientes elecciones sucedió exactamente lo que Victoria había predicho: las mujeres votaron masivamente a la derecha. Cuando los periodistas le preguntaban a Clara Campoamor qué opinaba de los resultados de las elecciones, ella decía con toda naturalidad que las mujeres tenían derecho a votar a quien les viniera en gana, y que eso no se discutía. Tenía toda la razón.

Después de aquello, mis relaciones con Victoria se fueron enfriando. No como consecuencia de sus posiciones políticas, desde luego, porque yo la seguía queriendo y admirando, sino porque sus obligaciones como diputada y más tarde como Directora General de Prisiones absorbían todo su tiempo.

A mí aquello de estar de nuevo sola, de nuevo soltera, por así decir, no me molestaba en exceso. Siempre ha sido así en mi vida: si estoy en una relación, me entrego a ella apasionadamente. Si no, ni siquiera pienso en ello.

Mis hijos venían a verme a Madrid de vez en cuando. Como eran tantos, las visitas eran frecuentes y a mí me hacían feliz. Poco a poco me fueron visitando todos. Venían y se quedaban fascinados y asustados por la forma en que vivía, por mis amigos y amigas, por la Residencia, por el ambiente de libertad que se respiraba en Madrid.

Mis hijos varones estaban interesados sobre todo en mi Hispano-Suiza, y les asombraba enterarse de que podía alcanzar los cien kilómetros por hora en terreno llano. Lo intentamos un par de veces, y lo conseguimos sin problemas. El pensamiento de que a aquella velocidad uno podría llegar a Valencia en menos de cuatro horas nos producía vértigo.

Le presenté a mis hijas a María de Maeztu, y pronto establecimos acuerdos para crear campamentos de vacaciones y cursos de verano de las instituciones madrileñas en la Escuela Beatriz Galindo de Colindres. Comenzó así una colaboración entre la Residencia, el Lyceum y mi Escuela que se extendió durante los años de la República y solo se vio interrumpida por la Guerra Civil.

Yo las presentaba como «amigas», «compañeras» o «colaboradoras», desde luego, ya que nadie podía imaginar que aquellas mujeres, que eran de mi edad o mayores que yo, fueran en realidad mis hijas. A menudo pensaban que era al revés, y que alguna de mis hijas era mi madre, teniendo en cuenta el parecido que existía entre nosotras. Nosotras nos reíamos con aquello y cuando estábamos en privado hacíamos bromas, pero creo que a todas nos inquietaba un tanto la situación. ¿Qué haríamos cuando mis nietos fueran mayores? ¿Contárselo también? ¿Y a mis bisnietos?

El estreno de la obra *Nuestra Natacha* de Alejandro Casona me hizo reflexionar mucho sobre el papel que podía tener nuestra Escuela y el maravilloso entorno natural del Palacio de Colindres en la reforma de las jóvenes expresidiarias. La obra se estrenó en Barcelona en 1935 y en Madrid al año siguiente, donde fue protagonizada por Amparo Rivelles. Yo leía sobre la Farm School de Redhill, en Inglaterra, dedicada a la reforma de jóvenes delincuentes, y pensaba que también en Colindres podría poner una granja escuela y llevar a cabo el sueño de Natacha. Pero fue imposible, porque a los pocos días del estreno de la obra estalló la Guerra Civil.

149. La guerra

Pasé la Guerra Civil en Madrid.

Resulta extraño pensar ahora en ello, pero durante los primeros meses de la guerra no estábamos excesivamente preocupados, y creo que todo el mundo pensaba que la situación se resolvería por sí sola. El golpe del 19 de julio en la península había sido reprimido fácilmente en Madrid en el cuartel de la Montaña y en el de Carabanchel. Sin embargo, desde el principio debería haber sido evidente cuál sería el resultado de la contienda que siguió. Un ejército fuertemente organizado y bien equipado se enfrentaba a unas «milicias» pobremente armadas, muchos de cuyos integrantes tenían poca formación militar y hasta rechazaban la mera idea de jerarquía y disciplina. Hitler y Mussolini ofrecieron desde el principio su apoyo a Franco, mientras que las potencias democráticas acordaron mantenerse neutrales firmando un pacto de no intervención. Solo el otro gran dictador de Europa, Stalin, decidió ayudar a la República. También fue la Unión Soviética la que organizó las Brigadas Internacionales. Todas estas son cosas bien conocidas.

Machado escribió en un poema famoso que había «dos Españas», pero no es cierto, porque había más de dos. En el verano del 36, al mismo tiempo que Franco dio el golpe de Estado que dio origen a la Guerra Civil, se proclamó en la zona este de España, sobre todo en Cataluña, Aragón y Valencia, una «revolución» anarquista. Allí ya no había dos Españas, sino tres: los fascistas, los demócratas y los «revolucionarios». Para los anarcosindicalistas de Cataluña y Aragón, la República, con su «democracia burguesa», resultaba tan odiosa y tan enemiga como Franco, ya que para los que quieren hacer la «revolución», la democracia no significa nada. De modo que la República se vio en la situación de tener que luchar contra los sublevados y también contra los «revolucionarios» dentro de su propio bando. También estos hechos son bien conocidos. El caos del lado republicano era abrumador: como las milicias aragonesas estaban dominadas por los anarquistas, las autoridades comunistas se negaban a proporcionarles armas para resistir contra Franco. En circunstancias así, ¿cómo iba a ser posible ganar la guerra?

El avance de las tropas rebeldes fue muy rápido. Entraban en las ciudades conquistadas y cometían todo tipo de atrocidades. Creo que no comprendimos de verdad el verdadero horror de la situación hasta que nos llegaron las noticias de lo sucedido en Badajoz, y de cómo el general Yagüe había ordenado llenar la plaza de toros de hombres, mujeres y niños, y los había hecho ametrallar hasta acabar con la vida de cuatro mil personas. La Falange local le había felicitado por aquella idea suya de colocar ametralladoras en los tendidos de la plaza. Yagüe había declarado que aquello no había sido más que un ensayo de lo que pensaba hacer en la Plaza Monumental de Madrid.

Yo leía las crónicas de los periódicos, a menudo de corresponsales extranjeros que se jugaban la vida para escribirlas, y no podía dar crédito a lo que leía.

Las tropas de Franco llegaron a Madrid en octubre de 1936, y se situaron al oeste de la capital, en la zona de la Casa de Campo. Como el río Manzanares había sido canalizado desde el Puente de los Franceses, lo cual oponía un obstáculo físico a la entrada de tropas, la idea era invadir Madrid por la Ciudad Universitaria y por la plaza de España. En noviembre, el gobierno republicano se trasladó a Valencia, dejando la capital al mando de la Junta de Defensa de Madrid, presidida por Largo Caballero, y del jefe del Estado Mayor, el teniente coronel Vicente Rojo. Victoria Kent fue enviada a París como agregada de la embajada de España. Muchos escritores e intelectuales se marcharon de Madrid, Machado enseguida, Juan Ramón Jiménez a los pocos meses. ¿Por qué no me marché yo?

Los ejércitos de Franco estaban, como suele decirse, a las puertas de la ciudad. Sabíamos que Franco había enviado a Madrid a los legionarios y los moros, dos palabras cuyo mero sonido nos producía terror por la fama que tenían de crueldad despiadada. Los moros tenían permiso de pillaje, y era bien sabido que cuando entraban en una ciudad enemiga lo arrasaban todo, robaban lo que podían, mataban indiscriminadamente, violaban a las mujeres y castraban a los soldados prisioneros.

La propaganda del gobierno alimentaba el terror, y la radio, los altavoces callejeros y la prensa no dejaban de recordar a los madrileños lo que harían esas tropas feroces que acechaban al otro lado del río si lograban entrar en la ciudad.

Hubo cien mil soldados marroquíes en las tropas de Franco, la mayoría reclutados en las zonas más pobres de Marruecos. ¡Qué extraña era aquella «cruzada», como la llamaba Franco, la última gran cruzada de occidente, en la que gran parte de los «cruzados» eran musulmanes!

En sus intervenciones radiofónicas desde el sur de España, el general Queipo de Llano hablaba con orgullo de las violaciones perpetradas por el ejército español en África y afirmaba que lo mismo les esperaba a las mujeres de la península, que, cansadas de «maricones republicanos», iban por fin a conocer a hombres de verdad. Violar a las «rojas» estaba justificado porque todas ellas, decía esta maravilla de hombre, «practicaban el amor libre». Y luego, con su tono simpático y campechano: «No se van a librar, por mucho que berreen y pataleen».

¡El horror de la guerra! ¡La guerra, una vez más! Yo había vivido unas cuantas: la de Granada, la rebelión comunera, el 2 de mayo en Madrid, la de la Independencia, la invasión de los Cien Mil Hijos de San Luis... pero ninguna tan salvaje y cruenta como esta.

Al principio de la batalla de Madrid, salía yo un día del Café Gijón, donde me gustaba trabajar en mis escritos, cuando me sorprendió una alarma aérea. Todavía no había habido tiempo para instalar sirenas en Madrid, de modo que no éramos conscientes de que llegaban los aviones hasta que los teníamos encima. Pero en aquella ocasión no se trataba de los temibles Junkers que pasaban sobre la ciudad lanzando bombas de cien y de quinientos kilos, sino de un avión Caproni italiano que tiraba un bulto con un paracaídas y después se alejaba. Vi el paracaídas descender lentamente y desaparecer por entre los edificios, no muy lejos de donde yo estaba, y corrí hacia allí por una curiosidad malsana que todavía hoy en día no puedo acabar de explicarme. Enseguida llegué al lugar, que estaba ya lleno de curiosos. Lo que habían lanzado del cielo era una caja de madera con la indicación «A la Junta de Defensa de Madrid». Los milicianos se acercaron a ver de qué se trataba y la abrieron. En el interior había un cuerpo de un soldado horriblemente mutilado y cortado en pedazos. La gente daba gritos y aullidos de dolor y de indignación. Yo estaba completamente paralizada. No podía apartar los ojos de aquel espectáculo sanguinario.

Se trataba, como se sabría más tarde, de Primo Gibelli, un aviador ruso de origen italiano cuyo avión había sido derribado y que había tenido la mala suerte de caer dentro de las filas fascistas. Le torturaron, le mutilaron y finalmente lo despedazaron, lo metieron en una caja y lo lanzaron sobre Madrid. El *ABC* publicó las horribles fotos.

Después de ver aquello, me pasé una semana como una sonámbula, sintiéndome enferma, sin ser capaz de comer ni de hablar. ¿Por qué no me marché de Madrid en ese momento?

Estos actos promovían venganzas igualmente crueles por parte de los republicanos. La Junta de Defensa de Madrid afirmaba que en la República no se asesinaba a los prisioneros, pero esto no era cierto.

La guerra no solo es el territorio y la ocasión de la crueldad, sino también de la insensatez, de la locura total, ya que en ella todas las normas que suelen regir la vida desaparecen y parece que todo es posible. Y hay algo embriagador en esa locura, en la sensación de impunidad y de dominio que produce, en la sensación de diversión y de juego. Grupos de milicianos iban por la calle pidiendo la documentación a quien les parecía y deteniendo a ciudadanos a su arbitrio, muchos de los cuales eran fusilados si se sospechaba que eran falangistas. Pero la locura podía tener visos más alegres y despreocupados. Los milicianos tenían vales para comer gratis en los restaurantes y para visitar los burdeles de balde. Bastaba mostrar una enseña de la UHP, Unión de Hermanos Proletarios, para coger cualquier cosa sin pagar, cruzar cualquier puerta, librarse de cualquier norma.

—UHP.

—¡Adelante!

En una ocasión un grupo de milicianos me pidieron la documentación en la calle. Miraban mis papeles con mucha desconfianza, y uno de ellos me parece a mí que ni siquiera sabía leer.

—¿No tiene ningún carné de un sindicato?

—Pues no.

Yo llevaba en la mano un libro de Antonio Machado, cariñosamente dedicado por el poeta. Aquello les impresionó.

—Vas demasiado bien vestida, compañera —me dijeron—. Ten cuidado, que no te confundan con una burguesa.

Pero ¿qué estaba sucediendo allí? ¿Qué pretendían aquellas gentes, eliminar a todos los que no pensaran como ellos, a todos los que no pertenecieran a un sindicato, a todos los que fueran «burgueses»?

La batalla de Madrid duró cuatro meses de cruentos combates. Dado que los ejércitos de Franco no podían entrar en Madrid por el norte, donde fueron detenidos por las tropas leales a la República, lo intentaron por el oeste. Las fuerzas de ocupación luchaban en la Ciudad Universitaria apoyadas por las baterías de cañones situadas en el cerro Garabitas, en la Casa de Campo. Las fuerzas republicanas llenaron los terrenos de la Ciudad Universitaria de trincheras y, bajo la dirección de Vicente Rojo, lograron una vez más repeler a los agresores. Todos los terrenos de la Ciudad Universitaria, las facultades y colegios mayores, la Casa de Velázquez, el Puente de los Franceses, las salas del Clínico, hasta Moncloa y el Parque del Oeste, fueron escenario de violentos combates. Ataques de la caballería africana, trincheras, barricadas, tanques soviéticos, obuses, metralla.

Como Madrid resistía, los agresores decidieron abandonar la idea de tomar la ciudad y adoptaron otra estrategia: ir conquistando el resto de los territorios republicanos y someter a Madrid a un lento y agotador asedio.

Comenzó entonces la parte más dura de la guerra. El hambre se instaló entre nosotros, dado que apenas podían entrar en Madrid los suministros. Como suele suceder en estos casos, todos los gatos de la capital desaparecieron. En los cabarés había canciones humorísticas donde se hacía referencia al triste destino de los mininos de Madrid.

Pero lo más terrible fueron los bombardeos. Los aviones de Franco comenzaron a bombardear sistemáticamente la ciudad, en un intento de minar la moral de la población y provocar la insurrección y el caos. Era la filosofía de la «guerra total», que luego sería adoptada por Hitler en el *blitz* de Londres y también por los aliados en los bombardeos masivos de las ciudades alemanas. El de Madrid fue, en realidad, y aunque el dato ha pasado desapercibido para el mundo, como tantas otras cosas que suceden en nuestro país y en nuestra ciudad, el primer bombardeo moderno sobre una gran ciudad. No es este un honor del que pueda presumirse, ciertamente, pero es menester recordar las cosas como pasaron. El mundo entero conoce el bombardeo de Guernica gracias al cuadro de Picasso, del mismo modo que todo el mundo conoce el *blitz* londinense o tiene imágenes en la memoria de Dresden destruido, pero ¿quién piensa alguna vez en el bombardeo de Madrid, en bloques enteros reducidos a ruinas, en simas abiertas en las calles, en carretillas donde se transportan cadáveres de niños? Los aviones de Franco, la Legión Cóndor alemana y la Aviazione Legionaria italiana, apoyados por los cañones situados en el cerro Garabitas y en el cerro de los Ángeles, bombardearon Madrid desde noviembre del 36 hasta febrero del 39. El infame y tristemente célebre bombardeo de Guernica duró tres horas: el de Madrid duró tres años.

Los aviones franquistas usaban como referencia la torre de la Telefónica, el edificio más alto de la ciudad, que acabó llena de heridas de metralla. Bombardearon con obuses y bombas incendiarias todo el centro de Madrid, el barrio de Rosales, la Castellana, Recoletos y el Paseo del Prado, incendiaron los barrios pobres de Tetuán, arrasaron hospitales llenos de heridos y de enfermos y se ensañaron en los edificios más emblemáticos de la ciudad como el Palacio de Liria, que ardió entero, el Palacio de Buenavista, la Real Academia, el Palacio Real, el Teatro Real, la Biblioteca Nacional, el Museo del Prado, estos últimos atacados con bombas incendiarias... ¿Qué clase de gente salvaje puede dedicarse a bombardear hospitales? ¿Qué clase de bestias pueden ordenar el bombardeo con fuego de una academia, un teatro de ópera, una biblioteca, un museo? Las bombas de Franco caían sobre las palabras, sobre la música, sobre los libros, sobre la pintura, caían sobre hospitales y colegios y también, desde luego, sobre los desdichados que al oír las sirenas no tenían tiempo de meterse en un portal, de bajar al sótano de sus casas o de refugiarse en la parada de metro más cercana. La Gran Vía, que entonces tenía el nombre de Avenida de Rusia, fue tan castigada que la llamábamos «la avenida de los obuses». Un enorme boquete abría la Puerta del Sol. Había por doquier edificios destruidos y socavones en las calles producidos por las bombas.

Además de los muertos y los heridos, había miles de familias sin casa. Yo ofrecí el Palacio de las Calas a la Junta de Defensa de Madrid para acoger a familias que se hubieran quedado sin hogar, pero era una casa deshabitada y sin apenas muebles, y finalmente nunca fue utilizada.

Entre bombardeo y bombardeo, la vida seguía. Nuestra única obsesión era la comida. Yo he llegado a comer naranjas podridas pensando que no estaban tan malas. La gente se especializó en encontrar hierbas comestibles y las recogían donde podían.

Durante esos años me hice muy amiga de Elena Fortún.

El Consejo de Protección de Menores se incautó del convento de María Inmaculada, y las monjas del Servicio Doméstico y las «señoras de piso» que vivían allí recibieron la orden de desalojarlo.

Elena iba a asistir al desalojo a fin de escribir un artículo para *Crónica*, y le pregunté si podía acompañarla. Allá que nos fuimos las dos, presentándonos como periodistas de *Crónica*.

Cuando llegamos al convento, todas las niñas estaban llorando, creando un griterío tremendo. Había noventa y cinco niñas entonces allí acogidas, y no sé qué les habrían contado las monjas, que estaban aterradas.

Las monjas tardaron casi todo el día en coger sus cosas, en vestirse de seglares y en abandonar el lugar. Cuando al fin pudimos entrar, nos quedamos espantadas de las condiciones en que vivían las niñas. El convento era muy grande y espacioso, pero las tenían amontonadas en unos camaranchones colocados en las buhardillas y encima de los gallineros, estancias que serían gélidas en invierno y ardientes en verano. El hedor que había allí dentro era indescriptible. Olía a pies sucios, a sudor, a colchones empapados de orines, a falta de aseo y ventilación. A mí se me encogía el corazón al ver todo aquello.

Como cuarto de aseo utilizaban una buhardilla trasera, donde lavaban a las criaturas dando con la cabeza en el techo. En cuanto a espacio de juego, apenas tenían: la huerta estaba prohibida, porque las niñas son muy atolondradas y pisan las plantas, y el jardín era para recreo y solaz de las señoras de piso, que para eso pagaban, y allí hacían ganchillo y hablaban del último sermón.

Como el Estado se empeñaba con obstinación en que las niñas estudiaran, las monjas habían desalojado el establo y habían puesto allí unas sillas y un encerado. ¿Qué les enseñaban? Algunas llevaban cuatro años «estudiando» y todavía no habían aprendido a leer. Eso sí, lo que todas hacían muy bien era barrer, fregar y limpiar.

—Señoritas, ¿es verdad que nos van ustedes a quitar la fe? —les decía una de las niñas entre sollozos a las señoras del Consejo de Protección de Menores.

Las señoras las reunieron a todas, les contaron un cuento y luego les enseñaron a cantar *La luna de Roncesvalles* y *Las agachaditas*, y las niñas comenzaron a tranquilizarse, viendo que aquellas señoras que estábamos allí no les exigíamos hacer sacrificios a los dioses paganos.

Elena y yo hablábamos con las niñas, que nos contaban lo que aprendían con las monjas.

—Yo me ando por el cuarto mandamiento —nos dijo una, muy marisabidilla—, y esta se anda por el Credo.

Bajaron a las niñas a los dormitorios de la clausura y de la enfermería, magníficos, amplios y ventilados, y les dijeron que a partir de entonces dormirían allí.

Solo había un baño en todo el convento, que posiblemente no se había utilizado nunca.

—Mañana os bañaréis en la alberca —les dijeron las señoras—. Para las mayores traeremos trajes de baño de bonitos colores. Las chiquitinas se bañarán desnudas.

—¡Huy! —dijo una renacuaja de tres años, tapándose la boca—. ¡Eso es faltar a la modestia!

—¡Ahora resulta que hemos llorado por una tontería! —decía otra de ellas—. Las señoritas son muy buenas, y no quieren quitarnos la fe ni hacernos republicanas.

—Republicana ya lo eres, porque tu patria es una república.

—¡Anda, es verdad!

En los días siguientes Elena y yo volvimos varias veces al convento. La normalidad, el aire limpio, la sensatez (que son, en realidad, las tres grandes enemigas de la religión cerril y conservadora) iban llegando poco a poco al convento y transformando la severidad absurda y gazmoña en la sensación de la vida normal. Del Ministerio de Instrucción Pública iban enviando material escolar, y las Misiones Pedagógicas regalaron una pequeña biblioteca. Se sustituyeron las ropas de feísimas telas que solían utilizarse en los asilos por alegres telas estampadas.

Cuando las reconocieron los médicos, se vio que las niñas estaban llenas de eczemas, de pupas, de ojos enfermos, y que tenían el pelo tan sucio que parecía que no se lo habían lavado nunca. La higiene y la buena alimentación iban obrando el milagro, y ahora las niñas se comportaban como niñas, corrían, saltaban y cantaban en corro. Nos contaron que las monjas les prohibían correr y hablar; que a las que se reían las castigaban, y que las obligaban a caminar en silencio y con los ojos bajos.

Pero esto ¿qué tiene que ver con Dios, con Cristo o con nada de nada?

Los de las Misiones Pedagógicas trajeron una cámara de cine y una noche proyectaron unas películas de Charlot en una de las paredes del patio. Aquello fue definitivo para ganarse el corazón de las pobres niñas que creían que aquellas señoras republicanas querían atentar contra su modestia y hacerles abjurar de su religión. Ahora las niñas se pasaban el día preguntando cuándo volvería el cine. Cuando les dijeron que habría cine sonoro cada dos días, no se lo podían creer.

A través de Elena Fortún comencé a colaborar con la revista *Crónica*. Ahora me pasaba el día pensando en temas posibles para mis artículos.

Un día me sorprendió un ataque aéreo cuando salía del Museo del Prado, adonde había ido a documentarme para escribir la que sería mi primera colaboración en la revista. El museo estaba cerrado, y necesité un permiso especial para entrar.

A causa de los bombardeos, la Junta de Defensa de Madrid había decidido trasladar la mayoría de los cuadros a Valencia y a otras ciudades para protegerlos de la destrucción. Otros habían sido llevados a San Francisco el Grande o colocados en el sótano del propio edificio, aunque las esculturas más voluminosas y las mesas de piedras preciosas seguían en su lugar, envueltas en gruesos embalajes para protegerlas de los cascotes y la metralla.

El museo estaba irreconocible, se había convertido en un lugar fantasma. En las paredes vacías se veían las marcas dejadas por los cuadros. Las galerías principales estaban llenas de sacos de tierra apilados y de montones de arena para mitigar la destrucción de las bombas incendiarias. Las claraboyas de la galería central, en la que solían exponerse algunos de los cuadros principales del museo, estaban totalmente destruidas.

Salí del museo con intención de ir al Café Gijón para escribir mis impresiones y organizar mis notas. Cuando oí el sonido de las sirenas me encontraba en medio del bulevar del Paseo del Prado, uno de los espacios abiertos más grandes de Madrid. ¿Dónde podía yo refugiarme? Las estaciones de metro más cercanas eran la de Banco de España y la de Atocha, pero para llegar a cualquiera de ellas tendría que ir corriendo, a cielo descubierto, por los bulevares del paseo, de modo que decidí cruzar la avenida y meterme por las callejuelas en busca de algún portal donde refugiarme. Entré por la calle Lope de Vega y de pronto pensé que estaba cerca de la iglesia del Cristo de Medinaceli, y que los aviones de Franco no solían bombardear iglesias, aunque la puntería de los pilotos no era muy fina y los Jerónimos, por ejemplo, sí había sido bombardeada, quizá por su proximidad con la Real Academia y el Museo del Prado.

Subía corriendo por la calle Lope de Vega cuando oí el sonido de los motores de los aviones. Pocos ruidos hay en el mundo más terroríficos. Todos los madrileños sabíamos muy bien lo que había que hacer en estos casos: lo primero, buscar refugio, y si no se encontraba, tirarse al suelo, ya que la metralla de las bombas se expande horizontalmente. Vi a una mujer que bajaba por la calle empujando un carrito de bebé. Las bombas empezaron a caer muy cerca, seguramente en la Gran Vía o en la calle Alcalá y se sentía retumbar el suelo con las explosiones. Yo me dirigí al primer portal abierto y le grité a la mujer que entrara también, pero ella estaba como loca, no quería pararse. Iba rezando en voz alta.

Un obús cayó cerca, impactando, según creo, en la fachada del otro lado de la calle, y un trozo de metralla, o quizá del cemento de la casa, derribó a la mujer, dejando milagrosamente ileso el carrito del niño, que siguió corriendo calle abajo. La mujer estaba en el suelo, destrozada. La metralla le había abierto el vientre, vi sus blancos intestinos fuera del cuerpo, pero todavía estaba viva, y movía los brazos y las piernas. Corrí hacia el carrito del niño, y cuando lo alcancé vi que en su interior no había nada. ¡Nada! Loca de terror, pensé que el niño se había caído y me puse a buscarlo por la acera, pero no era posible que estuviera por allí y yo no lo viera. Pues ¿qué hacía aquella mujer conduciendo por las calles de Madrid un carrito de niño vacío? De pronto me vino a la cabeza la imagen de un toro con los cuernos embreados de fuego, corriendo loco y ciego por las calles de Tordesillas, topándose con las paredes sin saber lo que hacía. Corrí hasta el siguiente portal y me metí en el interior, detrás de un pilar, no muy lejos de la entrada, y me tumbé cuan larga era sobre el suelo helado. Bajar al sótano era siempre lo mejor, pero se habían dado casos de edificios destruidos que habían dejado atrapados bajo los escombros a todos los que se escondían en ellos y, sea como sea, las cuevas y los espacios cerrados siempre me han producido horror.

Las bombas seguían cayendo cerca, haciendo retumbar todo el edificio, y luego se fueron alejando. No me atreví a levantarme hasta que volvieron a sonar las sirenas anunciando el fin de la alarma. Cuando salí del portal, vi que la mujer estaba ya muerta.

Nunca había visto la muerte tan de cerca, y tomé en esos mismos instantes la decisión de marcharme de Madrid. Lo hice unas semanas más tarde. Una helada mañana de diciembre fui al Palacio de las Calas, me despedí de mis libros, saqué del armario donde los tenía guardados mis dos retratos, el de Michel Sittow y el de Goya, los embalé bien y unos días más tarde salí de Madrid con destino a Valencia.

Ahora que pienso en ello, no sé exactamente por qué daba yo tanta importancia a aquellos dos retratos. ¿Porque eran valiosos, porque vendiéndolos a un museo podría haberme hecho rica? Desde luego que no, porque no pensaba venderlos nunca, entre otras razones por aquel extraño parecido que existía entre ellos y su propietaria, tan difícil de explicar y que podría plantear dudas, incluso, sobre su autenticidad.

No, aquellos retratos eran algo mío privado y secreto. Luis y mis hijos conocían el de Michel Sittow, pero nadie, ni siquiera mi marido, había visto jamás el retrato de Goya. Entonces ¿por qué? ¿Por amor a la belleza? ¿Por respeto al arte? ¿Por vanidad?

Creo que la principal razón, que no excluye a las anteriores, es que aquellos retratos parecían dejar constancia de la realidad de mi extraña vida. Si aquellos retratos existían, entonces mi vida no era una fantasía ni una locura. Si aquella tabla y aquel lienzo eran reales, entonces mi vida había sido real también.

Dos días después de llegar a Valencia, logré embarcarme en un barco inglés que me llevó a Southampton.

Una vez más, exiliada.

150. La posguerra

Después de la Guerra Civil, y ante el inminente peligro de guerra en Europa, me exilié a México como tantos otros republicanos. Mi exilio no solo se debió a causas políticas o a que existiera para mí un peligro real y concreto en España, sino sobre todo al horror que me causaban aquellas gentes que se habían hecho con el país. Era como si desde los años veinte hubiéramos estado creando un sueño y un jardín en España y ahora hubieran entrado unos facinerosos soeces con el ánimo de destruirlo todo.

Querían destruirlo todo, y lo destruyeron. Cerraron la Institución Libre de Enseñanza, la Residencia de Estudiantes, la Residencia de Señoritas, el Lyceum Club y la Junta de Ampliación de Estudios y también, ¡ay!, mi Escuela de Señoritas Beatriz Galindo, que convirtieron en un colegio de monjas y renombraron como del Sagrado Corazón de Jesús.

Tres de mis hijas, que se habían involucrado mucho en las Misiones Pedagógicas y eran las cabezas visibles de la Escuela Beatriz Galindo, tuvieron que exiliarse a Francia. Mis hijos, que no habían estado vinculados directamente con la política, no sufrieron represalias y continuaron con la gestión del hotel, aunque dos de ellos se negaron a firmar el documento de adhesión al régimen que se exigía a todos los «cabezas de familia» y tuvieron que exiliarse también.

La destrucción de todo el legado del krausismo español se basó en la idea de que su filosofía era «pedante», «antirreligiosa» y «antipatriótica».

Y es que el principal problema de los franquistas no era solo que fueran insensibles, atrasados e incultos, sino que eran imbéciles.

¡Pobres imbéciles! ¡Desdichados ignorantes, llenos de odios, miedos absurdos y creencias ridículas! ¡Y desdichados de nosotros, las víctimas de su profunda imbecilidad!

Después de unos años en México, pasé a Puerto Rico, donde viví cerca de Juan Ramón y de Zenobia y trabajé en la Universidad de Puerto Rico en Río Piedras como profesora de literatura española.

Cuando terminó la Guerra Mundial y llegó la liberación de Francia, me trasladé a París para estar cerca de mis hijos y de sus familias. Como sabía varios idiomas, no me costó entrar a trabajar en una editorial. Hice además bastantes traducciones del español, del italiano y del inglés al francés, pero también del francés al español para la editorial El Ruedo Ibérico, que publicaba libros en español dentro de Francia.

De pronto, en París, mis hijos, mis nietos y yo volvíamos a ser una gran familia. Para los extraños, yo era una amiga de la familia. Para mis bisnietos, era simplemente «Inés», una señora que les cuidaba, les hacía regalos y les quería mucho. A mis nietos mayores les contamos, entre mis hijos y yo, el gran secreto familiar tal y como yo se lo había contado a mis hijos, y les pedí que no les dijeran nada a los más pequeños ni a sus hijos. No queríamos confundir a los niños diciéndoles que yo era, en realidad, su abuela o su bisabuela, pero me propuse írselo contando a todos ellos también a medida que se hicieran mayores. No quería volver a perder jamás el contacto con mi familia. En cuanto a mis yernos y nueras, y a los cónyuges de mis nietos, un grado de parentesco para el que no existe palabra en castellano, creo que al principio pensaban que era una broma que teníamos entre nosotros. Con el paso de los años, poco a poco, se iban dando cuenta de que aquello que les habían contado mis hijos era cierto.

151. Luisa

Regresé a Madrid tras la muerte de Franco. Me costaba volver a conectar con mi país. Desde 1938, cuando yo me había exiliado, España se había transformado completamente. Había una enorme ebullición social.

Comencé a trabajar en *Diario 16*, un periódico que parecía traer un nuevo estilo al periodismo español. Cuando yo leía las columnas de Rosa Montero y las entrevistas que hacía para *El País*, pensaba que aquel era, por fin, el estilo femenino de escribir, limpio, transparente, cálido, próximo al tono de la voz hablada. Los columnistas de *ABC*, por ejemplo, seguían fieles a Valle-Inclán y a Ramón Gómez de la Serna: palabrejos, retorcimientos barrocos, alardes de ingenio. Todo eso por no hablar de la cuestión de las ideas, claro. Pero las ideas y las palabras siempre están unidas.

Rosa Montero se estaba haciendo famosa también por su estilo de hacer entrevistas, en las que proporcionaba siempre una semblanza humana del entrevistado y recreaba el tono y ambiente de la conversación. Yo también veía en esto el mundo femenino, con su gusto por los interiores, la vida privada, la calidez de lo próximo.

Los precios de la vivienda eran muy bajos entonces. Me compré un piso de doscientos metros cuadrados en la calle Doctor Fleming, en un barrio muy agradable del norte de Madrid, no muy lejos de la Colina de los Chopos donde tiempo atrás había estado la Residencia de Estudiantes. Trasladé allí mi extensa biblioteca, que seguía en el Palacio de las Calas, y me dispuse, de una vez por todas, a organizar mis múltiples proyectos literarios, a darles forma y a terminarlos.

El Palacio de las Calas seguía donde estaba, aunque perdido en una especie de limbo legal. No podía venderlo, porque mis títulos de propiedad sobre aquella casa tenían siglos de antigüedad. No era mío, pero no era de nadie. No era mío, además, porque yo no era nadie. Yo suponía que en cualquier momento la situación legal de aquel edificio sería notada, y que algún banco se apoderaría de él.

He dicho que yo no era nadie. Esto no es del todo cierto desde el punto de vista legal. Yo era Inés de Padilla Maldonado, el nuevo nombre que me fabriqué en mi exilio, nacida en Madrid en 1916. En Francia conseguí cambiar mi fecha de nacimiento a 1936 aduciendo que había habido un error, imputable a la burocracia mexicana, cosa que todo el mundo estuvo dispuesto a aceptar. Con mis documentos franceses y la historia de que yo era hija de unos exiliados españoles en Francia, no me costó conseguir un DNI español, de acuerdo con el cual, en 1980 yo tenía cuarenta y cuatro años.

Hice nuevos amigos. Mi trabajo en *Diario 16* me ayudó a conocer a mucha gente. Mi casa se convirtió en un centro de reuniones y de tertulias, algunas más literarias, otras más políticas. Dios mío, ¡y cuánto bebía la gente entonces! Yo estaba acostumbrada a beber vino desde mi infancia, pero en aquellas reuniones me aficioné a descubrir vinos nuevos y a apreciarlos. Los demás se inclinaban más hacia el whisky y el gin tonic, además del sempiterno cubalibre. Era un Madrid muy divertido aquel, el Madrid de la movida, lleno de creatividad, de pintores, de fotógrafos, de nuevos directores de cine. El barrio de Maravillas, que ahora se llamaba de Malasaña, era el centro de la vida nocturna. Pero había muchas otras zonas de bares y discotecas, de cines y teatros: Chueca, la plaza de Santa Ana, Lavapiés, La Latina... Y estaban también Orense, Azca, el parque de Berlín, el Ateneo de Prosperidad...

Tuve varios amantes, especialmente dos, con los que viví dos historias de amor más o menos largas. Uno era un hombre, la otra, una mujer. No puedo decir sus nombres, porque los dos son personajes públicos. El hombre era un político del PSOE que llegó a ser ministro y luego diputado europeo, y la mujer, una escritora. Les llamaré Federico Terán y Luisa Sigüenza.

Federico era atractivo y ambicioso y estaba dotado de la mejor cualidad que puede tener un hombre: una gran alegría. Vestía siempre chaquetas de pana con coderas, muy a la moda «progre» de la época, usaba gafas de pasta redondas y llevaba un bigote que me recordaba al siglo XVII. Estaba casado con una abogada laboralista muy conocida. Lo que comenzó como una aventura en un congreso del PSOE que yo estaba cubriendo como periodista se prolongó por espacio de dos años, tras los cuales yo decidí cortar porque no me gustaba aquel papel de amante y porque respetaba y admiraba a su mujer. Pues si la respetabas tanto, me diréis, ¿cómo duró aquello dos años? Y es una observación justa. El que esté libre de culpa...

Mi historia con Luisa fue más larga y más bonita. Cuando la conocí, acababa de divorciarse de un marido que la maltrataba psicológica y físicamente. Nunca llegué a conocerle, pero vi algunas fotos de él, en las que aparecía como un hombre serio y amargado. En aquella época había mucha más aceptación social hacia la violencia doméstica. Las mujeres que la sufrían solían soportarla en silencio. Sí, yo conocía bien aquella situación, y también cómo el maltratador muchas veces logra convencer a su víctima de que se merece todos los golpes que le caen. Finalmente ella se hartó, y le dejó. Por suerte, no habían tenido hijos.

El marido de Luisa no aceptaba que se hubiera divorciado de él y a veces la seguía por la calle, convencido de que tenía algún amante, o la llamaba por teléfono durante la noche. La llamaba y se quedaba callado, y ella oía su respiración. Otras veces la insultaba con palabras lejanas y soeces, testimonio de un alma a la deriva. Luisa se cambió de número de teléfono, y aquel acoso, al menos, desapareció.

Luisa nunca había tenido relaciones con mujeres, y la nuestra comenzó como una larga amistad que se fue haciendo cada vez más íntima, hasta que un día llegó a los besos y a las caricias, y a partir de entonces se transformó, insensiblemente y sin que cambiara externamente tanto, en una relación amorosa.

Luisa tenía treinta y cinco años cuando comenzamos a salir. Era una mujer preciosa, muy alta, casi tanto como yo. Las dos éramos altas, las dos éramos morenas y teníamos el pelo cortado en media melena, las dos éramos escritoras. Es decir, ella era novelista y yo una periodista que quería ser escritora. Luisa había publicado tres novelas entonces, y empezaba a ser conocida.

Me hacía mucha gracia la forma de hablar de los intelectuales de izquierda de aquella época. En vez de «las mujeres» decían «las señoras» (y las mujeres decían «los señores»); a los conservadores les llamaban «carrozas»; a los franquistas recalcitrantes, «el búnker»; a una mujer muy guapa, «una señora estupenda»; a un hombre de ideas reaccionarias, un «carpetovetónico». Era la época en que Forges y Francisco Umbral tanto influyeron en la lengua española por su sensibilidad para la lengua hablada y, desde luego, por su creatividad. Aquello de llamar «una maciza» a una mujer con un cuerpo bonito yo creo que se lo inventó Forges. Había otras palabras típicas de esa época, como «cantidad» por «mucho»; «tronco» por «persona»; «la basca» por «la gente»; «me mola» por «me gusta»; «chachi piruli», algo bueno; «nasty de plasty», algo malo; «dar un voltio» por «dar una vuelta»; «mover el esqueleto» por «bailar»; «enrollarse como las persianas» por «hablar demasiado»... Me encantaba la forma en que Rosa Montero decía «mover el esqueleto» o «la basca», o pronunciaba, por ejemplo, la palabra «majadero», que con su tono de voz agudo, quebrado y medio afónico y su gran sentido del humor, sonaba como la descalificación más grande que se le puede hacer a un ser humano.

Yo estaba fascinada con la noche madrileña y quería salir, salir, salir. A Luisa también le gustaba mucho bailar, lo cual era una suerte, porque a mí las discotecas y las fiestas de los ochenta me parecían lo más maravilloso que había conocido nunca.

Todo en aquel Madrid de los años ochenta me parecía fascinante. Era como si todos los problemas hubieran desaparecido, y por fin se permitiera a la gente, hombres y mujeres, que vivieran como quisieran. La libertad sexual y creativa de aquella época me sorprendía continuamente. Las mujeres iban por la calle casi sin ropa. Los homosexuales se besaban en público y los travestis iban por la calle vestidos de mujer. El aborto era legal. Todo aquello resultaba difícil de creer para alguien tan antigua como yo. Y había cosas que, la verdad, me parecían un poco de locos. Me asombraba ver los kioskos de prensa llenos de revistas con mujeres desnudas en la portada. ¡Dios mío, tanta carne humana exhibida a la vista de todos como si aquello fuera lo más normal, como si el cuerpo femenino fuera una mercancía! También por esa época vi por primera vez películas pornográficas, que me asquearon, y que me hicieron preguntarme si aquello era de verdad un avance o un tremendo retroceso. Yo recordaba a las «abolicionistas» de la época de la República, que luchaban por que se prohibiera la prostitución. Pues ¿no era el cine pornográfico otra forma de explotar y humillar a las mujeres?

No todo era alegría y desenfreno. También estaban los «fachas» y las pandillas de jovencitos de Fuerza Nueva, que daban palizas a los jóvenes que llevaban el pelo largo. Pero eran los últimos coletazos de un mundo que se acababa, y ellos mismos lo sabían.

Era aquel el Madrid de las primeras películas de Almodóvar, de las películas de Colomo y de Trueba, el Madrid de *¿Qué hace una chica como tú en un sitio como este?*, el Madrid de Miguel Ríos, de Ana Belén y Víctor Manuel, de Cecilia Roth y de Alaska... Era la época en que las grandes compañías de teatro catalanas hacían furor en Madrid: Els Joglars, el Teatre Lliure, Dagoll Dagom, Els Comediants... El teatro bullía de creatividad en esa época, en un estilo fantástico, romántico y a veces surrealista, como *Retrato de dama con perrito*, de Luis Riaza, *La señora tártara*, de Francisco Nieva o *El vodevil de la pálida, pálida, pálida, pálida rosa*, de Miguel Romero Esteo...

Cuando pensaba que en aquella misma ciudad, unas calles más allá o más acá, yo había sido encerrada y torturada por la Inquisición, me parecía que toda mi vida pasada no había sido más que un sueño.

Todo ese dolor, todo ese sufrimiento, toda esa obsesión con la ortodoxia, con los llamados «herejes», ¿para qué servían?, ¿para qué sirvieron?

Y de los sufrimientos que tenemos ahora mismo, ¿cuántos son completamente inútiles?

152. Cabo de Gata

Luisa vivía en una buhardilla alquilada entre Luchana y la plaza de Olavide y se reía mucho de mi piso de burguesaza. ¿De burguesaza, si lo había comprado con mi sueldo después de entramparme en una hipoteca de cinco años? Finalmente, cedió al discreto encanto de la burguesía y se vino a vivir conmigo. El piso era tan grande que cada una tenía su propio estudio. Si queríamos, podíamos pasarnos el día entero sin vernos.

Ese primer año viviendo juntas, cuando llegó el verano, nos fuimos a Almería, al Cabo de Gata, y nos pasamos un mes desnudas en las playas de Mónsul. Yo había oído hablar mucho de aquellas playas salvajes y desiertas donde era posible hacer nudismo, pero no me imaginaba que aquellos paisajes de áloes y de chumberas del sur de España pudieran llegar a gustarme tanto.

El Cabo de Gata era en aquella época como el paraíso en la tierra. A mí aquella vida de sol y salitre, la posibilidad de pasar todo el día desnudas en aquellas playas preciosas y medio vacías, me parecía algo completamente extraordinario. Luisa era algo más púdica que yo a la hora de mostrar el cuerpo, pero cualquier sentimiento de pudor desaparece en estos casos a las pocas horas, o incluso a los pocos minutos de quitarse la ropa. El sol, la luz, el calor, el mar, la sal envuelven el cuerpo en otra vestimenta: la sensación de libertad.

—¿Qué vergüenza puedes tener con ese talle tan bonito que tienes? —le decía yo.

—No me avergüenzo de mi talle, como tú dices, pero sí de que me miren.

—¿Y tú no miras los otros cuerpos?

—Sí, por curiosidad.

—Los cuerpos humanos son muy hermosos, es lógico mirarlos.

Ella me decía a menudo que yo hablaba como una persona de otra época. No me acostumbraba a usar palabras como «tía», «cachondo», «enrollarse», o a decir tantas palabrotas como se decían entonces, y a menudo se me escapaban palabras anticuadas.

A veces estábamos en calas apartadas, solas las dos, y nos poníamos a hacer el amor frente al mar, sin preocuparnos de que alguien pudiera vernos. Su sexo sabía a mar. Claro que el sexo de las mujeres siempre sabe a mar. Pero también era agradable estar en playas más grandes donde había otros bañistas, tomarse un Campari en una terraza o comer una paella en un chiringuito sin dejar de estar desnudas.

—Inés, eres una mujer salvaje —me decía ella—. Y me has convertido a mí en una salvaje también.

—Somos mujeres, por eso somos salvajes —decía yo.

—Si me hubieran dicho a mí hace cinco años que iba a estar enamorada de una mujer y en una playa nudista, me habría dado la risa —me decía ella.

Yo pensaba lo mismo, pero las distancias temporales eran, en mi caso, mucho más grandes.

Por la noche nos dábamos crema hidratante por toda la piel, y nos maravillaba ver el moreno homogéneo de nuestros cuerpos. Estábamos tan tostadas que casi parecíamos de otra raza. El efecto del sol, del mar, del ejercicio físico y del relax se traducía en unas maravillosas noches de amor.

Nos sentíamos tan libres, tan desinhibidas, que una noche conocimos a dos chicos en un bar, nos fuimos a bailar los cuatro y luego les invitamos a nuestro apartamento y pasamos la noche juntos. Nos gustó mucho, y volvimos a repetirlo unas noches más tarde.

—Tenemos que establecer unas reglas —me dijo Luisa—. Esto ha estado muy bien, pero me da miedo que se nos vaya de las manos.

—Bueno. ¿Qué reglas quieres poner?

—Yo no sabía, por ejemplo, que a ti te gustaban los hombres.

—Pues claro que me gustan. Los hombres son maravillosos.

—¿Y si te enamoras un día de un hombre?

—¿Y si te enamoras tú? Eso no puede controlarse.

—Es que a veces me das vértigo, Inés. Siento que me llevas cada vez más lejos.

Yo me teñí el pelo de rubio platino, y me teñí también el vello púbico. Ahora ya no éramos tan parecidas: ella seguía teniendo una melenita negra como el ala de un cuervo, mientras que la mía era casi blanca. Un día ella se rasuró el pubis completamente, y yo decidí imitarla.

A partir de entonces volvíamos todos los veranos al Cabo de Gata al menos dos semanas, y luego hacíamos viajes a París, a Londres, a Roma.

Finalmente, fue ella la que se enamoró de un hombre, y me abandonó. La historia es un poco complicada y tiene muchas vueltas, y me parece que no merece la pena contarla aquí.

153. *El olivo*

Ahora que estaba sola otra vez, me concentré en terminar *El olivo*. No abandoné mi vida social, pero comencé a salir menos. La maravillosa luz de Madrid atravesaba los doscientos metros cuadrados de mi apartamento, por el lado este durante la mañana y por el oeste durante el atardecer. Aquello me bastaba.

Tras varios años de intenso trabajo, lo conseguí. *El olivo. Vida de una mujer* tenía cerca de mil páginas. Me daba cuenta de que era un libro demasiado largo, y empleé otro año más en reducirlo a unas seiscientas. En aquella época existía la idea, quién sabe por qué, de que las novelas no debían tener más de doscientas páginas, y supuse que la inmensa longitud de mi novela podría ser un problema. Además, para mí suponía la coronación de toda una vida de escritura, mientras que para los demás no sería más que una «ópera prima».

Cuando lo tuve todo mecanografiado, hice fotocopias y mandé el enorme manuscrito a varias editoriales. Recibí bastantes respuestas, algunas de rechazo, otras ambiguas (que eran de rechazo también) y algunas bastante positivas que eran, en realidad, también de rechazo. Hasta que una de las cartas, de una conocida editorial de Barcelona, resultó ser de aceptación.

Me fui a Barcelona para hablar con el editor, que en este caso eran dos editores, uno muy severo, que hablaba de literatura, y el otro muy simpático, que hablaba de dinero, y yo me sentía como flotando en un sueño. ¿Sería posible que mi novela fuera a publicarse por fin? Hablamos de condiciones, de plazos, del título, de algunas cosas que ellos pensaban que podían modificarse. Era evidente que el libro les había sorprendido y les había gustado. Firmamos el contrato, y me dijeron que el libro tardaría aproximadamente un año en salir.

El olivo. Vida de una mujer se publicó en la primavera de 1999, en los atisbos de un nuevo milenio. Recuerdo muy bien la impresión que sentí al recibir la pesada caja que llegó a mi casa una mañana, la sensación de abrirla en la mesa de la cocina y de tener el libro, el objeto físico y real, por fin entre mis manos.

Lo toqué con ambas manos como el que toca un milagro. Era bastante pesado, porque editado tenía casi setecientas páginas. Lo abrí. Las páginas estaban frías, y tenían un tacto sedoso y un color crema muy agradable. Las fui pasando hasta llegar a la de la dedicatoria. Decía así:

Para Luis, siempre.

—Para ti, siempre —dije en voz alta, mirando su nombre impreso en la página de la dedicatoria—. Dondequiera que estés.

De pronto, me puse a llorar.

Me senté en la mesa de la cocina y esperé a que se me pasara el llanto respirando profundamente para tranquilizarme. No sabía por qué lloraba. Seguramente por una suma de muchas cosas. Por el recuerdo de Luis. Por la emoción de ver al fin coronada y hecha realidad la obra de toda una vida. Por la sensación de que era ahora, precisamente, cuando Luis había muerto de verdad, ya que *El olivo* no era solamente, como decía su subtítulo, la «vida de una mujer», sino sobre todo una historia de amor, la nuestra, que había durado más de cuatrocientos años. Y ahora ya no era solo una vivencia en mi recuerdo y en mi nostalgia, sino un objeto sólido en el mundo, una obra de arte.

Pero Luis no moriría hasta que yo no muriera, ya que seguía vivo en mi memoria.

«Inés, Inés —le oí decir en mi interior—, ¡lo has conseguido por fin! Has terminado tu libro, lo has publicado... ¿Te das cuenta de que consigues todo lo que te propones?».

«No es esa la sensación que yo tengo», le respondí, hablando con él dentro de la cabeza.

«No te das cuenta, pero todos tus sueños se hacen realidad... Y, de ese modo, has logrado hacer realidad todos los míos».

«Mi sueño era vivir contigo siempre».

«Ese es el sueño que nadie puede cumplir...».

Tenía ganas de salir a la calle y de pasear. Pensé en llevarme un ejemplar del libro conmigo. Lo cogí, pero cuando llegué a la puerta lo pensé mejor y regresé para dejarlo de nuevo sobre la mesa de la cocina. Salí de casa y eché a caminar por las calles. Estaba llena de una sensación maravillosa e ingrávida de ilusión y de esperanza, como si fuera ahora, precisamente, cuando comenzaba mi vida.

¿Cuál sería el destino del libro? ¿Tendría éxito o no? ¿Me llevaría a la fama? ¿Qué dirían los críticos? En aquel momento nada de aquello me importaba realmente, porque el milagro era que el libro hubiera sido publicado por fin, y que yo tuviera una caja llena de ejemplares en mi casa.

Fui caminando hacia el sur por la Castellana, dejándome llevar por la gran avenida y por sus bulevares arbolados como si fuera realmente un río, y yo una rama desgajada o una hoja de árbol lentamente arrastrada por la corriente. Era una cálida mañana de abril, y no era solo yo la que comenzaba a vivir, sino toda la tierra. Los árboles estaban llenos de ese verde tierno y luminoso que tienen en primavera. Había tulipanes de colores distintos por todas partes. El aire estaba lleno de vilanos dorados.

Llegué hasta los rascacielos de Azca, y entré en el recinto para pasear por su laberinto de rampas, escaleras, terrazas y parques suspendidos. Estaba como borracha, como mareada. ¿Qué va a pasar ahora?, me decía, ¿qué va a pasar ahora?

De pronto tuve una idea. El Corte Inglés estaba allí al lado, dentro de la gran manzana de Azca. Fui caminando hacia una de las puertas del complejo de edificios que ocupaban los grandes almacenes y me dirigí a la librería, que era una de las más grandes de Madrid. Fui a las mesas de novedades de novela española y allí estaba mi libro, *El olivo* de Inés de Padilla, dos torres, una al lado de la otra.

Vi cómo una mujer se acercaba y comenzaba a curiosear los títulos de la mesa. Cuando llegó frente a *El olivo* cogió un ejemplar, leyó el texto de contraportada y luego volvió a dejarlo en su lugar. Luego volvió a cogerlo, lo abrió por la solapa y leyó la biografía de la autora. Había allí una foto mía. Ella levantó los ojos y nuestras miradas se encontraron. Yo aparté los ojos y me retiré unos pasos, esperando que no me hubiera reconocido. Vi cómo la mujer cogía el libro y se iba a la caja a pagarlo. ¿Sería ella mi primera lectora? ¿Sería aquel el primer libro que vendía?

De pronto, me sentí un poco mareada y como con chispas de luz frente a los ojos. ¿Qué me pasaba? Entonces me di cuenta de que no había desayunado y que llevaba no sé cuántas horas sin comer ni beber nada. Tenía que tomar algo si no quería desmayarme, de modo que pensé subir a la cafetería del último piso. Me tomaría un buen desayuno, me dije, para celebrar la publicación de mi libro.

Y fue allí, cuando estaba subiendo por las escaleras mecánicas de El Corte Inglés, cuando tuve mi revelación. No sé si tenía que ver con aquel estado emocional tan especial en el que me encontraba, con el hecho de tener el estómago vacío, con la sensación de ir subiendo piso tras piso por aquellas escaleras mecánicas, viendo cómo las maravillas del piso inferior se iban desvaneciendo mientras aparecían las maravillas del piso siguiente. Este movimiento de elevación, pasando por la planta de señoras, y luego la de jóvenes, y luego la de caballeros, y luego la de niños, y luego la de muebles y hogar, y luego la de deportes, me hacía sentir que yo me iba transformando también con cada nuevo piso al que llegaba, y que era alternativamente una mujer, luego una adolescente, luego un hombre, luego una niña, luego una madre... Y me venían a la memoria de pronto todas las que yo había sido, todas las vidas que había vivido: la niña que entró a estudiar en Salamanca, la amiga de Fernando de Rojas y de Miguel Abravanel, la esposa de Enrique Murillo, la dama de Juana de Castilla, la amante de Padilla, la amiga de Isabel de Flores, y recordaba además los lugares, los paisajes de mi vida, el Vesubio, el Panteón de Roma, la casita del Janículo donde volví a encontrarme con Luis después de tantos años, la pantera, el Ponte Vecchio de Florencia, mi Palacio de las Calas, mi Academia de los Soñados, la cárcel secreta de la Inquisición, la caseta de al lado del Manzanares donde se reunían el verdugo, el médico y el barbero, el jardín del convento de Santa Inés, las habitaciones de Matteo Brasanelli en el Palacio del Buen Retiro, la casa de la calle Fuencarral de Miguel de Solís, la isla de Leonís, el Tiburón de Plata cruzando las olas, mi esposa Isabel, mi enamoramiento de María Teresa de Silva, el estudio de Goya, la sensación de estar en escena, la sensación de atarme el corsé, la sensación de afeitarme el rostro, la sensación de estar embarazada, la sensación de ser un hombre, la sensación de ser una mujer...

Entonces tuve mi revelación. Creo que sucedió entre el piso tercero y el quinto. De pronto lo comprendí todo. Comprendí que yo no era una, ni dos, ni tres, que yo no era ni hombre ni mujer, ni joven ni vieja, ni niña ni niño; que yo era, en realidad, una multitud. Sí, yo no tenía un «yo» en modo alguno. Tenía miles de yoes, como esos mil colores que tiene, según Virgilio, el arco iris.

¿Cuántas era yo, en realidad? Cuando pensaba en mi vida, cuando ponía mi memoria en un solo lugar y en un solo momento, me daba cuenta de que aquella que recordaba era solo una manifestación de un ser mucho más vasto, de igual modo que una oruga, una crisálida, una ninfa y una mariposa son criaturas distintas pero también la misma criatura.

¿Cuántas era yo en realidad? Cien, me dije... No, no podía ser cien, tenía que ser muchas más. Mil cuatrocientas, pensé. Mil cuatrocientas sesenta y nueve, el año de mi nacimiento.

¡Mil cuatrocientas sesenta y nueve!

Este era un descubrimiento tan extraordinario que lo cambiaba todo. Yo era en realidad mil cuatrocientas sesenta y nueve personas distintas, con mentes distintas, con orientaciones sexuales distintas, con personalidades distintas. No había dos sexos, ni tampoco tres sexos, como se decía a fines del siglo XIX, sino mil cuatrocientos sesenta y nueve sexos. Como todos los descubrimientos, este llegaba en el momento adecuado, ya que tenía que ver con el nuevo milenio que se acercaba. Algunos decían que sería el milenio de las mujeres, pero yo comprendí de pronto que no era así, que no podía ser así, porque en realidad «las mujeres» no existían. Lo que existía era lo femenino, que se mezclaba con lo masculino en miles de colores y posibilidades distintas. El nuevo milenio sería, por eso, el milenio femenino. El viejo patriarcado entraría en crisis y se iría desmoronando poco a poco como un castillo de arena, porque no era más que una ilusión. ¿Una lucha de las mujeres, un triunfo de las mujeres, una victoria de las mujeres? No, eso no tenía sentido, porque los valores de «lucha», «triunfo» y «victoria» eran, precisamente, patriarcales. El nuevo milenio sería femenino de formas mucho más sutiles. Frente al deseo de triunfar del patriarcado, el deseo de ayudar. Frente al deseo de entender, el deseo de sentir. Me daba miedo pensar lo que estaba pensando. Me llevaba a límites y a territorios que yo misma no entendía. ¿El hogar, la casa, la familia, la vida privada? Me decía yo. Pero ¿de qué hablas, Inés? ¡Eso son valores burgueses! Pero yo me daba cuenta, con toda claridad, de que no era cierto, y que la casa y el hogar tenían tanta importancia para la vida humana como el trabajo y la profesión. El amor y la inteligencia, el cerebro y el corazón, el cuerpo y el espíritu. El día claro de la mente y la noche llena de misterios. Lo masculino y lo femenino, transformados en mil cuatrocientas sesenta y nueve «personas» distintas.

Y de pronto me dije que entre esas mil cuatrocientas sesenta y nueve personas distintas que era yo, debería haber *una* que fuera la verdadera Inés, la Inés que conocía a todas las otras pero que no era ninguna de ellas, la única que podría de verdad pronunciar la palabra «yo». Y esa Inés, ¿quién era? ¿Dónde estaba?

«Soy yo», me dije de pronto, cuando las escaleras mecánicas terminaban en la sexta planta y ya no se podía subir más. «Soy yo».

«¡Soy Inés!», me dije, con una sensación de sorpresa que me recorrió el espinazo como un fuego frío. «Soy yo, Inés. ¡Estoy aquí!».

Y hasta ese momento, ¿dónde había andado yo escondida? ¿Cómo había vivido? En una cueva, en la oscuridad, dormida. Y ahora había despertado.

Guía de lectura

El propósito de esta breve guía de lectura, que en modo alguno quiere ser exhaustiva, es doble: primero, hacer una lista de las mujeres históricas que aparecen mencionadas en el texto, y segundo, dar cuenta de una serie de homenajes literarios que, mal entendidos, bien podrían traerle al autor la acusación de plagio. El primero de ellos, y uno de los más extensos, es el de *La Lozana andaluza*, ese libro singularísimo de nuestras letras, que es mi fuente principal para el episodio de Inés en Roma.

Algunos se preguntarán por qué cito o parafraseo casi textualmente pasajes enteros. Como ya he dicho, son, en primer lugar, homenajes. Pero quiero explicar por qué he sentido que esto podía hacerse así. Primero, por la idea de la *imitatio* renacentista, tan importante en nuestra literatura clásica. Segundo, por la técnica de apropiación de páginas ajenas de mi amigo, el gran compositor Mauricio Sotelo. Es lo mismo que hace Takemitsu con Debussy, Berg con Bach, o Berio con Mahler.

Muchos de los personajes que aparecen en este libro son históricos; otros, creo que la mayoría de ellos, son inventados. Algunos están inspirados en personajes históricos, como Brasanelli, que está inspirado en el cantante Farinelli; otros son composiciones de tipos sociales, como el cardenal Bonormini, que no representa a ningún cardenal concreto aunque tiene ciertos parecidos con el papa León X.

Dado que mi novela pretende ser, entre otras cosas, una historia de las mujeres en España, en esta guía de lectura mencionaré casi exclusivamente los nombres de los personajes históricos femeninos.

La primera es Isabel Galindo, cuya vida inspira, también, la vida temprana de Inés de Padilla, ya que las situaciones vitales de ambas mujeres, y también su recorrido vital, son muy parecidas.

Luisa de Medrano, nacida en Atienza en 1584, fue profesora en Salamanca y autora de poemas y obras filosóficas en latín, todas ellas perdidas cuando el emperador Carlos V ordenó que se borrara toda mención de su nombre.

Cualquiera reconocerá las evidentes referencias a *La Celestina*.

También las referencias a la poesía de San Juan de la Cruz cuando Inés baja por la noche para encontrarse con Luis: «Salí sin ser notada...».

Hay otras evidentes referencias a la poesía española: «Aquellas ropas chapadas», a Jorge Manrique, una cita que la propia Inés podría tener en la cabeza.

Isabel la Católica es un personaje importante en el libro. Las historias de sus damas Beatriz de Bobadilla y Beatriz de Silva y Meneses son reales, aunque el episodio del baúl lo he tratado con cierta fantasía. Cuando estaba allí encerrada, Beatriz de Silva tuvo una visión de la Virgen vestida de blanco y azul, que le daba ánimos y le decía que sería rescatada. Santa Beatriz de Silva fue canonizada en 1976.

Toda la historia de Juana de Castilla y la visión dignificada de esta reina provienen sobre todo de la biografía que ha escrito sobre ella Bethany Aram. En toda esta parte, la novela se ajusta bastante a los hechos históricos hasta en los detalles más nimios: la violencia de Mosén Luis Ferrer, la corrupción y manipulación del marqués de Denia y de su esposa, las mentiras que le cuentan a la reina, el episodio de los comuneros...

Diego de Arramía, un caballero que sufre de podagra, viene directamente de la obra de teatro de Galdós *Santa Juana de Castilla*.

El discurso de la reina Juana es una ligera adaptación del original, que se conserva íntegro, una de las pocas muestras de la forma más o menos directa de expresarse de una mujer, y de una reina, a principios del siglo XVI.

Todo el mundo conoce a María Pacheco, esposa de Padilla, que a la muerte de su marido se convirtió en la capitana de la causa comunera.

Pocos recuerdan, en cambio, a Beatriz Bernal, autora de la novela de caballerías *Don Cristaliano de España*, un libro que Inés encuentra en Venecia en su traducción al italiano. El libro tuvo bastante éxito, como demuestran sus varias ediciones y el hecho de que fuera pronto traducido, aunque apareció sin el nombre de la autora.

Oliva Sabuco de Nantes, autora de *Nueva filosofía de la naturaleza del hombre*, una de las grandes prosistas de nuestro XVI, es hoy en día más conocida gracias a una novela que le ha dedicado José María Merino. Su padre aseguró que él era el verdadero autor del libro, una afirmación poco creíble pero que encanta a todos aquellos siempre dispuestos a considerar que las mujeres son, y han sido siempre, idiotas.

En cuanto a María de Zayas, he querido homenajear a esta importante novelista del Siglo de Oro utilizando unas líneas suyas para describir el estrado que pone Inés en su casa: «Lo aderecé con paños flamencos cuyos boscajes, flores y arboledas parecían las selvas de Arcadia o los pensiles huertos de Babilonia...».

También existió, claro está, Ana Caro de Mallén, gran amiga de María de Zayas, con la que vivió durante una época.

Casi nadie recuerda hoy en día a Doña Cristobalina Fernández de Alarcón, poeta de Antequera, cuyas composiciones podemos leer en una antología famosa de la época: *Flores de poetas ilustres*, de Pedro de Espinosa.

Hubiera querido hacer aparecer en las páginas de mi novela a muchas otras mujeres ilustres, por diversas razones, de la historia de España. Pero la cronología y las necesidades narrativas no me permitían lo que, de otro modo, se habría convertido en una especie de galería estereotipada o martirologio tedioso. Entre ellas hay dos que solo aparecen mencionadas: la princesa de Éboli y Santa Teresa de Jesús.

Inés nunca llega a conocer a Santa Teresa, pero entra en un convento de carmelitas descalzas, cuya primera madre priora sí conoció a la santa.

Hay otro homenaje a una gran mujer, una gran escritora y una monja ilustre: la mexicana Sor Juana Inés de la Cruz. Los estudios de Inés y la conversación que tiene con el ignorante Don Frutos provienen directamente de la *Carta a Sor Filotea de la Cruz* de Sor Juana Inés, uno de los textos más asombrosos jamás escritos por una mujer.

Las monjas visionarias y milagreras, así como las que tienen encuentros con el Diablo, están inspiradas en otros tantos testimonios de la época, directos o indirectos.

Matteo Brasanelli está inspirado en Farinelli, el cantante favorito de Felipe V, que vivió en Madrid durante muchos años. En realidad, se parece a Farinelli en todo lo que uno puede saber desde fuera. Le incluyo en la lista a pesar de ser «hombre» por su condición ambigua o intersexual.

De Isabel de Farnesio, esposa de Felipe V, se decía que era la verdadera monarca.

Inés lee con sorpresa y agrado la «Defensa de las mujeres» del padre Feijoo, uno de los textos fundacionales de lo que podríamos llamar el «feminismo» español.

La historia de María Isidra de Guzmán, académica de la lengua y doctora por Alcalá, está tomada directamente del ensayo *Usos amorosos del dieciocho español*, de Carmen Martín Gaite, que es, por cierto, una de las más grandes novelistas que ha dado nuestra literatura. De su ensayo proviene también, como es obvio, toda la información sobre usos sociales tan sorprendentes como el del «cortejo» y otras costumbres y modas del siglo XVIII español, como por ejemplo, el lenguaje de los lunares del rostro.

Histórica es, desde luego, la famosísima actriz María Ladvenant.

La Pajuelera fue una torera del siglo XVIII, famosa en la suerte de varas.

La condesa-duquesa de Benavente y duquesa de Osuna tenía una propiedad al oeste de Madrid que es hoy un barrio llamado Alameda de Osuna, y un palacio con un parque encantador, El Capricho, que sigue siendo hoy en día el parque más bonito de Madrid.

Histórica es también Doña Josefa de Amar y Borbón, de la Junta de Damas de Honor y Mérito, como lo es esa propuesta suya de crear un uniforme para las mujeres españolas que tanto asusta a Inés de Padilla.

La Junta de Damas de Honor y Mérito era parte de la Sociedad Económica Matritense de Amigos del País, y reunía a muchas mujeres de la época interesadas en las artes, las ciencias y la cultura en general.

María Luisa de Parma, esposa de Carlos IV, es bien conocida de todos sobre todo a través de los terribles retratos que le hiciera Goya.

La escena del Prado de «Una maja» viene directamente de los sainetes de Don Ramón de la Cruz, sobre todo de *El Prado de noche*. Este es uno de los casos en que no he podido evitar citar literalmente. Me hacía tanta gracia el original, que hay conversaciones enteras que provienen de Don Ramón. Por supuesto, la escena de «la maja» en sí es completamente imaginaria.

Doña María Lorenza de los Ríos, marquesa de Fuerte-Híjar, fue una de las grandes damas del siglo XVIII español. La literatura francesa está llena de grandes damas que organizan salones literarios o artísticos y son maestras del arte de la conversación, autoras de maravillosos epistolarios y diarios o bien autoras de obras de ficción o pensamiento como Madame de La Fayette, Madame de Pompadour o Madame de Staël. Similar papel en el desarrollo de la cultura y las letras tuvieron en España mujeres como la marquesa de Fuerte-Híjar, en cuya casa se organizaban incluso estrenos teatrales.

Hubo muchas otras, como la condesa-duquesa de Benavente, por ejemplo, en cuya casa había también una tertulia literaria y para cuyo Capricho pintó Goya una serie de escenas rococó y, más tarde, una serie de pinturas sobre brujas que a mí me parecen completamente inexplicables.

María Teresa de Silva, XIII duquesa de Alba, es uno de los personajes más conocidos del siglo XVIII español. También ha sido muy vilipendiada, como lo han sido casi todas las mujeres que han llegado a destacar en nuestra historia por una razón o por otra.

En cuanto a la cuestión de si *La maja desnuda* es ella o no... Podría decir que eso no es importante, porque parece que es lo que una persona inteligente y sofisticada debería decir. Lo cierto es que me gustaría pensar que en realidad sí es ella, aunque no de esa manera literal en que siempre se quieren dirimir estos temas. *La maja desnuda*, como cualquier obra maestra, es un cuadro muy complejo que es necesario desentrañar y leer en muchos niveles. No cabe duda de que representa un ideal de belleza, quizá el ideal que encarnaba para Goya la duquesa. Quiero decir que es posible que ella posara para el cuadro y también que Goya hiciera posar a otra modelo para intentar representarla a ella. No cabe duda de que Goya y ella tuvieron una apasionada relación sexual y que Goya estaba obsesionado con ella, quiero decir, enamorado. La representó muchas veces, vestida y desnuda, y en dos de sus grabados más misteriosos, *Volavérunt* y *Sueño de la mentira y la inconstancia*, expresó de la forma más clara sus sentimientos de celos y de desilusión, de amor y de melancolía por aquella mujer que, seguramente, después de otorgarle sus favores, se apartó de él.

La duquesa de Huéscar, madre de María Teresa de Silva, es un personaje antipático. No todas las mujeres «ilustradas» eran seres humanos admirables, desde luego.

Cualquiera que haya leído *El 19 de marzo y el 2 de mayo* de Benito Pérez Galdós podrá reconocer la taberna de la calle del Humilladero a la que Inés entra para escuchar las conversaciones populares acerca de la situación política. También aquí he citado pasajes enteros: «Desde los majos que se dedicaban a vender hierro viejo en el Rastro, cortar carne en las plazuelas, degollar reses en el matadero, lavar tripas en el portillo de Gilimón, vender aguardiente en *Las Américas*, machacar cacao en Santa Cruz, freír buñuelos en la esquina del hospital de la V.O.T....».

Históricas son, por supuesto, dos de las heroínas del 2 de mayo, Clara del Rey y Manuela Malasaña, cuyos nombres hoy en día todo el mundo conoce en Madrid gracias a las calles que les ha dedicado el ayuntamiento. La de Manuela Malasaña está muy cerca de donde vivía esta muchacha, en el antiguo barrio de Maravillas, que desde los años ochenta del pasado siglo se conoce precisamente como «barrio de Malasaña». La de Clara del Rey está bastante lejos, en el barrio de Ciudad Jardín, que entonces no existía.

He leído muchos libros para escribir esta novela. Algunos dejaron mucho en las páginas y luego su rastro fue poco a poco desapareciendo, como las *Memorias de Piedrahíta* de José de Somoza, que me ayudó a comprender la figura y la persona de la duquesa de Alba. Las páginas sobre los exiliados románticos en Londres son deudoras de las *Memorias de un setentón* de Alcalá Galiano, un libro interesante y bien escrito.

Manuel García, el gran tenor español, director y empresario teatral, fue el padre de tres hijos excepcionales: María Malibrán, una de las grandes sopranos de la historia y una de las musas del romanticismo; Pauline Viardot, celebérrima *mezzo* y amante de Turguéniev, y Manuel García hijo, que fue el creador de la moderna técnica vocal operística.

El párrafo «ese era, precisamente, el ideal romántico: hacer una literatura que fuera verdad, heraldo de una sociedad nueva que fuera también verdadera y no tuviera otras reglas que la verdad misma ni otro maestro que la naturaleza» es una paráfrasis de un artículo de Larra acerca del significado del romanticismo.

En la época romántica hay una verdadera avalancha de nombres de escritoras. Evidentemente todas existieron, desde las más famosas, Gertrudis Gómez de Avellaneda y Carolina Coronado, con todas sus circunstancias vitales, hasta las más desconocidas: Robustiana Armiño, Pilar Sinués y la extraordinaria historia de su amor y su matrimonio «de oídas», Faustina Sáez de Melgar, María Josefa Massanés, Ángela Grassi, Vicenta García de Miranda, Amalia Fenollosa, Manuela Cambronero, Rogelia León, y una autora por la que siento un especial afecto, Dolores Herrera y Heredia, cuya poesía no merece el olvido en que ha caído.

El poema «El marido verdugo» de Carolina Coronado es una de las primeras denuncias de la violencia contra las mujeres de que tengo noticia.

Rosario de Acuña, autora del poema «¡Poetisa!», donde se queja de que ese apelativo es un invento de los literatos machos para reírse de las escritoras mujeres, era más joven y escribió su obra un poco más tarde.

En cuanto a la catalepsia de Carolina Coronado, recordemos que era este un tema que preocupaba mucho en la época. Gertrudis Gómez de Avellaneda, por ejemplo, dejó escrito en su testamento: «Hay que dejar el cuerpo en una habitación aireada hasta que se presenten signos indudables de la muerte, como se hace ya en los países más civilizados a fin de que no sigan repitiéndose los horribles casos de enterramientos de personas vivas...».

El episodio de Carlitos en el Café Suizo proviene de *La corte de los milagros*, de Valle-Inclán, de cuyas escenas he tomado a veces frases y conversaciones que me hacían mucha gracia, y cuyo sabor quería dejar también en mis páginas. También Adolfito Bonifaz es un personaje de Valle.

La visita de Inés, Carolina Coronado y Guillermina a la viuda del guardia asesinado tiene algo prestado de *Fortunata y Jacinta*, del mismo modo que el personaje de Elenita, «la de Portales», tiene mucho de *La de Bringas*. No hay ninguna relación directa entre Juanito Loeches y Juanito Santa Cruz, pero yo me los imagino a los dos hundidos, sobre todo al final, en una misma nube de melancolía. También el episodio de Inés tocando la puerta del despacho de su marido, al otro lado del cual los hombres hablan de sus asuntos, es una cita directa de un pasaje que siempre me ha impresionado de *Fortunata y Jacinta*.

Hay otras novelas de Galdós que tenía en mente cuando escribía *Leonís*. Por ejemplo, *La Fontana de Oro*, para el capítulo «Filomena», donde también hay una referencia a *Miau*, o *Doña Perfecta* en el capítulo «Doña Pepita». Esta última novela, que no es, desde luego, mi favorita de Galdós, tiene algo de radiografía intemporal de España.

También aparece en la novela Torquemada, el famoso usurero de Galdós.

Hay una verdadera inundación de nombres de mujeres cuando llega esa época mágica que ha sido llamada la Edad de Plata, que va desde principios del siglo XX hasta la Guerra Civil.

María de Maeztu, las «sinsombrero», Maruja Mallo, Margarita Manso, Victoria Kent, Zenobia Camprubí, Victorina Durán, Clara Campoamor, Lydia Cabrera, Gabriela Mistral, María Zambrano, Rosa Chacel, Elena Fortún, Matilde Ras, Carmen Conde, Concha Méndez, Ernestina de Champourcín... Y tantas otras que no he mencionado: María Teresa León, Concha de Albornoz, Rosario de Velasco, Delhi Tejero, Ángeles Santos, Luisa Carnés, todas ellas vinculadas por su formación y su actividad intelectual y artística con la ciudad de Madrid, aunque algunas habían nacido en otros lugares o terminarían viviendo en el exilio...

Tampoco se acuerda nadie hoy en día de Ángeles Vicente, autora de *Zezé* (1909), quizá la primera novela europea donde se describe de forma desinhibida una relación lésbica.

La primera vez que oí mencionar el Círculo Sáfico de Madrid fue en la correspondencia entre Matilde Ras y Elena Fortún, en el magnífico volumen *El camino es nuestro* preparado por Nuria Capdevila-Argüelles y María Jesús Fraga. En relación con este círculo de mujeres que, o bien eran lesbianas, o bien tuvieron en algún momento de su vida una significativa relación lésbica, se encuentran la escenógrafa y directora de teatro Victorina Durán; la actriz Margarita Xirgu y la periodista Irene Polo; la abogada Victoria Kent, que tuvo una larga relación con Louise Crane; María de Maeztu, que tuvo una relación con Gabriela Mistral; Lydia Cabrera, con Teresa de la Parra; Carmen Conde, con Amanda Junquera; Elena Fortún, con la escritora Matilde Ras, en una larguísima relación que duró toda una vida; Lucía Sánchez Saornil, poeta anarquista, con la portuguesa Judith Teixeira; y en Barcelona Ana María Martínez Sagi con la gran novelista Elisabeth Mulder...

En el capítulo «Gallinas y gallitos» se citan, más o menos textualmente, fragmentos de las intervenciones de Victoria Kent y de Clara Campoamor en el debate sobre el voto femenino.

El episodio del convento al que van juntas Inés y Elena Fortún proviene de un artículo de esta última publicado en *Crónica* al poco de comenzar la guerra, «El convento incautado y las niñas que vivían al margen de la vida».

Después de la dictadura solo se menciona el nombre de una escritora: Rosa Montero. Que ella sirva para simbolizar a todas las escritoras españolas contemporáneas y también algo que yo deseaba decir sobre el papel de las mujeres en la escritura.

También se mencionan otras mujeres: la cantante y comunicadora Alaska; la actriz y cantante Ana Belén; la actriz Cecilia Roth. Las tres, cada una a su manera, traen el aroma y el sonido de una época que fue, contando con ciertas sombras, muy creativa y muy alegre.

Sea como sea, no hay que olvidar que *Leonís* es una novela y nada más que una novela.

Hay otra obra, una maravillosa novela inglesa, a la que *Leonís* homenajea de manera ostensible a lo largo de sus muchas, de sus demasiadas páginas. Los lectores atentos percibirán aquí y allá pequeños guiños a esa gran obra maestra, sin cuyo ejemplo yo nunca habría podido escribir *Leonís*.

Índice

Este libro
terminó de imprimirse
en Barcelona
en septiembre de 2022